사임당

최정주 장편 소설

세시

사임당

제 1판 1쇄 발행 | 2017년 1월 30일
지은이 | 최정주
펴낸이 | 소준선
staff | 소진주, 소은주
경영지원 | 권부애
제작 | ㈜삼신문화
펴낸곳 | 도서출판 세시
출판등록 | 1994-000049호
주소 | 서울시 마포구 토정로 25길 9 태민빌딩
전화 | 02-715-0066
팩스 | 02-715-0033
ISBN / 978-89-98853-27-3 03810

사임당

최정주 지음

사임당에 관한 몇 가지 화두

40여 년 동안 소설을 써오면서 작가와 주인공의 만남 또한 사람과 사람의 관계처럼 인연의 끈으로 맺어져야 만날 수 있다는 생각은 변함이 없었다. 더구나 그것이 작가가 창조한 허구의 인물이 아닌 역사 속에 실존했던 인물이라면 더더욱 질긴 인연이라고 보아야 할 것이다.

나운규와 이중섭, 황진이와 이화중선을 쓰면서도 그들과의 인연을 소중하게 여겼다.

30년 전쯤에 사임당을 만났다. 강릉 오죽헌의 영정 앞에서, 오죽을 흔들고 가는 바람소리를 들으면서, 경포대에 올라 푸른 호수와 그 너머의 쪽빛 바다를 바라보면서, 언젠가는 사임당을 소설로 써야겠다고 작정했었다.

사임당을 내 안에 간직하고 자료를 모으는 과정에서 '어쩌면 소설로 쓰지 못할지도 모른다'는 생각이 줄곧 나를 지배했다.

사임당은 너무 완벽해서 가까이 다가갈 수 없는 인물이었다.

율곡이 남긴 행장기가 그러했고, 율곡의 후학들이 사임당의 그림에 붙인 빛나는 송가가 나를 짓눌렀다. 현모양처의 표상으로 굳어진 이미지 또한 함부로 범접할 수 없는 무게를 지니고 있었다. 그동안 내가 쓴 인물소설 속의 주인공들이 결코 가벼운 인물이 아닌데도 사임당은 너무 무거웠다.

2015년 뜨거운 여름, 내 안의 화두는 온통 사임당이었다.

그녀에게서 현모양처라는 너울을 벗겨주고 싶었다.

누군가는 율곡이 열세 차례나 과거에 장원급제했다는 사실조차도 미사여구를 동원하여 빛나는 찬가를 불렀지만, 혹시 양반이라는 기득권층의 자기과시나 오만의 표출은 아니었을까, 하는 생각에서 벗어날 수가 없었다.

사임당은 대학자 율곡을 길러냈으니 현모인 것은 분명하지만, 좋은 아내는 아니었다. 따지고 보면 이 땅의 어머니들치고 사임당만 못한 어머니가 있을까? 자식을 낳고 기르는 어머니는 모두가 사임당이 아니겠는가?

사임당은 보통의 남자들이 사랑하며 함께 살아가기에는 참으로 어려운 여인이었다.

새벽마다 인터넷 속의 초충도를 꺼내놓고 그걸 그리는 사임당의 모습을 내 안에 떠올리는 일로 하루를 시작했다. 초충도를 한참 동안 바라보고 있으면 그림 속의 초충들이 내 안으로 들어왔다. 그래서 행복한 여름이었다.

사임당에서 오죽그림의 화제로 삼은 시 한 구절을 한시로 번역해준 유산 이필준형께 감사하고, 소설이 어려운 시절에 용기를 내준 세시의 소준선형께는 뜨거운 박수를 보낸다.

지리산 자락에서 최정주

차례

초충도가 사라졌다

그날 김민혜가 사무실을 나오려는데 '어이, 혜민 김기자' 하고 편집국장 이동호가 불러 세웠다.

일부러 그러는 것인지 아니면 실수로 그러는 것인지, 대머리 이동호는 김민혜를 꼭 혜민 김기자라고 불렀다.

못 들은 체 그냥 나오려는데 이번에는 '김민혜 기자' 하고 이름을 제대로 부르는 소리가 목덜미를 휘감았다. 그것은 꽤나 심각한 일이 생겼거나, 아니면 특집으로 다룰만한 중요한 기사거리가 있다는 뜻이었다.

"부르셨어요? 국장님."

김민혜가 돌아서며 묻자 이동호가 손가락을 까딱거렸다.

"오늘 강릉엘 간다고 했던가?"

"예, 박광로 선생님과 동행하기로 했습니다."

"아참, 그랬지. 강릉에서 초충도 병풍이 나타났다고 했지?"

"예, 그것도 열두 폭 병풍이 발견되었다네요."

"진품이라면 대단한 사건이 되겠구먼. 사진은 누구랑 가지?"

"소장자가 극비리에 박선생님만 초청하셔서요."

"일단은 감정부터 받아놓겠다는 속셈이로군? 노인양반 모시고 다니느라 수고가 많구먼. 조심해서 다녀오라구."

이동호가 나가보라는 손짓을 하며 컴퓨터화면으로 눈길을 돌렸다. 두 눈으로 확인하지 않아도 그 남자는 지금 인터넷 고스톱을 치고 있을 것이다. 목소리가 맑은 걸로 보아 고스톱에서 잃고 있지는 않은 모양이다.

―청담동 이여사댁으로 오시오.

고서화 감정전문가인 박광로에게 문자가 온 것은 김민혜가 막 주차장을 빠져나올 때였다.

청담동 이여사라면 석 달 전에 사임당의 초충도 한 점을 구입한 여자였다. 화려하지는 않지만 기품이 있어 보이는 한복차림의 이여사는 20대 초반에 미스코리아에 뽑혀 텔레비전 드라마에 몇 번 출연하다가 재벌2세와 염문을 뿌리고 자취를 감추었던 여자였다.

그녀가 매스컴에 얼굴을 드러낸 것은 염문의 남자가 죽고 난 다음이었다. 장례식장에 나타난 그녀를 유족들이 쫓아내자 장례식장 밖에서 검은색 상복을 입고 무릎을 꿇고 있는 모습의 사진이 신문마다 대문짝만하게 실렸었다.

얼마 후에 김민혜는 그녀가 자신이 낳은 재벌 2세의 딸도 유산 상속의 권리가 있다면서 소송을 제기했다는 기사를 읽었다.

"사임당은 내가 어려서부터 존경하고 사모했던 분이에요. 어떻게든 초충도 한 점은 소장하고 싶었는데, 운이 닿아 구하게 되었어요."

그래서 평소 거래하던 인사동의 고서화 전문화랑을 통하여 어렵게 구입했다면서 박광로에게 감정을 부탁해 왔다. 김민혜가 거기에 동행하게 된 것은 제법 잘 나가는 여성주간지 '로즈퀸'에 기사를 써주었으면 하는 이여사의 은근한 바람 때문이었다.

박광로로부터 진품이라는 판결을 받은 이여사가 미리 준비해 놓은 봉투 두 개를 꺼내어 하나씩 나누어 주었다.

"박선생님께서는 감정료를 받으셔야 되겠지만, 저는 아닌데요."

김민혜가 봉투를 밀어내자 이여사가 호들갑을 떨었다.

"다른 뜻은 없어요. 그냥 걸음값이라고 생각하세요."

"걸음값은 회사에서 충분히 받습니다. 좋은 기사거리를 제공해 주신 여사님께 제가 감사를 드려야지요."

김민혜가 고집을 꺾지 않자 이여사가 좀은 섭섭한 표정을 지었다. 사임당이나 초충도와는 도무지 어울리지 않는 천박기가 슬쩍 드러나는 모습이었다.

김민혜가 금방이라도 뛰어오를 것 같은 개구리와 손끝만 스쳐도 붉은 꽃잎이 뚝뚝 떨어질 것 같은 봉숭아 두 포기가 그려진 초충도를 다시 한번 찬찬히 바라보았다.

그런데 이상한 일이었다.

초충도 속의 개구리를 보아도, 활짝 피어있는 봉숭아꽃을 보아도 아무런 감흥이 생기지 않았다.

김민혜는 대학에서 문예창작을 전공한 다음 잘 나가는 여성주간지 '로즈퀸'의 기자가 되고, 문화예술분야, 그것도 미술 쪽을 주로 맡아 기사를 쓰면서부터 박광로와 인연을 맺었다. 대학에서 미술사를 가르치다가 정년퇴임을 하고는 주로 고서화 감정으로 이름을 날리던 박광로는 한 마디로 고서화 감정으로 대한민국에서 두 번째 가라면 서러워할 만큼 독보적인 존재였다.

특히 사임당의 생애랄지, 작품세계 등의 논문을 여러 편 발표한 것을 인연으로 사임당의 초충도 분야에서는 박광로의 말은 그대로 법이었다. 한 달이면 서너 차례 정도 박광로의 고서화 감정에 동행하면서 김민혜도 나름대로는 안목을 키우고 있는 중이었고, 사임당의 초충도라면 꿈에서도 종종 나타날 만큼 깊이 빠져있는 중이었다.

더구나 김민혜는 초충도 앞에서 자신도 이해할 수 없는 현상을 겪고 있었다. 초충도를 마주했을 때 어떤 그림 앞에서는 가슴이 사정없이 뛰면서 눈앞이 아득해지는가 하면, 어떤 그림 앞에서는 아무런 감흥도 일어나지 않는다는 점이었다. 그런 일이 몇 번 되풀이되자 김민혜는 한 가지 사실을 눈치 챌 수 있었다. 그것은 박광로가 진품으로 판결을 내리는 작품일수록 가슴의 동요가 거셌다는 점이었다.

이여사의 초충도 앞에서 김민혜의 가슴은 잔잔했다.

김민혜는 박광로가 청담동 이여사가 구입했다는 초충도가 진품이 아니라는 감정결과를 내놓을 걸로 믿었다. 그런데 돋보기를 들이대고 화지의 재질이며 개구리의 모습이며 봉숭아꽃잎의 붉은 부분을 세심하게 살펴 본 박광로가 '진품입니다' 하고 판정을 내렸다.

　"그래요? 내 눈이 엉터리는 아니었군요. 화랑 주인이 몇 점의 초충도를 내어 놓는데, 이 그림 앞에서 유난히 가슴이 떨리지 뭐예요."

　이여사의 호들갑에 박광로가 맞장구를 쳤다.

　"사람과 사람 사이에도 인연이 있듯이 사람과 그림 사이에도 인연이 있지요. 이 개구리를 보세요. 이여사님을 뚫어져라 바라보고 있지 않습니까? 개구리의 눈이 하늘을 향하는 것은 끊임없이 상승하고 싶어 하는 인간의 욕망을 나타내기도 하지요."

　"아, 그래요? 그냥 보기에는 단순한 그림 한 점에도 그런 오묘한 뜻이 담겨 있군요."

　이여사가 고개를 크게 주억거렸다.

　그런데 김민혜의 기분은 영 개운하지가 않았다.

　"지금까지 봐 온 초충도와는 느낌이 다르던데요?"

　이여사네 집 철옹성같은 대문을 나서면서 김민혜가 말했다.

　"어떻게?"

　"봉숭아의 붉은 꽃잎이 너무 싱싱한 느낌이라고 할까요? 오백년이나 된 그림 같지가 않았어요."

"조선 한지와 주사로 만든 붉은 안료의 힘이지. 천 년의 세월이 흘러도 변함이 없는. 오래된 그림이 훼손되는 것은 순전히 사람의 잘못이라구, 보관을 제대로 하지 못한."

박광로가 좀은 기분이 나쁘다는 기색을 얼굴에 드러냈다.

"어머, 제가 건방졌네요. 선생님 같은 대가 앞에서 그림을 논하다니요? 더구나 초충도 감정의 일인자 앞에서 감히 초충도를 언급했네요."

"아니, 상관없어. 서당개 삼 년이면 풍월도 읊는다고 했으니까. 참, 이여사는 김기자도 알지?"

"오늘 처음 뵈었는데요?"

"미스코리아 출신이라구. 재작년이던가? 유산문제로 세상을 떠들썩하게 했었는데, 몰라?"

"아, 그분이 그분인가요? 재벌 이세와의 사이에 딸이 하나 있다고 했었죠?"

"맞아, 그 여자야. 초충도를 구입할 정도라면 재판에서 이긴 모양이군."

초충도 앞에서 아무런 감흥이 없었다는 김민혜의 말이 마음에 걸렸던 것일까? 박광로의 얼굴은 여전히 우중충했다.

그리고 석 달 간 박광로한테서는 전화가 없었다.

그것은 새로운 초충도가 발견되지 않았다는 뜻도 되고, 암암리에 거래되던 초충도의 거래도 한산하다는 뜻도 되었다. 아니면 감히 자신이 감정한 그림을 놓고 왈가왈부한 김민혜에게 미운 털을 박아놓았는지도 모를 일이었다.

사실 대학에서 미술사를 가르치고 사임당에 관한 논문을 몇 편 발표한 것이 전부인 박광로를 초충도의 대가로 만든 것은 5만원권 지폐였다. 사임당이 5만원권의 모델로 선정되고 여성단체에서 '지폐의 모델로 사임당을 선정한 것은 현모양처인 사임당의 숭고함을 모독하는 행위'라며 항의 성명을 발표하는 등 사람들의 입살에 오르내리게 되자 덩달아 숨어있던 초충도가 햇빛 아래 모습을 드러내면서 박광로의 일이 바빠졌다.

김민혜가 박광로를 처음 만난 것은 인사동의 고서화 전문점 '가람'에서였다. 틈만 나면 안목도 넓힐 겸 기사거리도 찾을 겸 인사동을 드나들었던 김민혜의 눈에 하루는 아주 익숙한 그림 한 점이 화살처럼 들어와 박혔다.

아니, 그림이 아니라 소리가 먼저 귀청을 두들겼다.

개구리 울음소리였다.

처음에는 지나가던 사람의 휴대폰에서 나오는 소리인 줄 알았다. 가끔 그런 일이 있었다. 인사동 거리를 걷다보면 시간을 알리는 뻐꾸기 울음소리도 들렸고, 드물기는 하지만 귀뚜라미가 귀뜰귀뜰 울기도 했다. 그날의 개구리 울음소리도 독특한 취미를 가진 누군가가 개구리 울음소리를 녹음하여 휴대폰 벨소리로 사용하고 있는 걸로 짐작했다.

개구리 울음소리에 끌리듯 김민혜가 고서화점 안으로 들어가자 백발의 노인과 주인인 듯한 초로의 사내가 그림 한 점을 놓고 속삭이고 있는 중이었다.

한 눈에 보기에도 그림은 사임당의 초충도가 분명했다.

수탉의 벼슬을 닮은 맨드라미가 두 송이 피어있었고, 맨드라미 아래에서 개구리 한 마리가 입을 벌린 채 울고 있는 모습의 그림이었다.

"어머, 초충도네요?"

김민혜가 자신도 모르게 탄성을 지르자 백발의 노인이 서늘한 눈빛으로 돌아보았다.

"젊은 처자가 초충도를 아네?"

"강릉 오죽헌에서 보았거든요. 인터넷에서도 찾아보았구요. 그런데 개구리 울음소리를 못 들으셨어요?"

"개구리 울음소리?"

백발의 노인이 되물었다.

"예, 가게 앞을 지나가는데 개구리 울음소리가 들려서 들어왔거든요."

"허허, 대단한 감성인데? 그림 속의 개구리 울음소리를 듣다니. 실례가 안 된다면 무슨 일을 하는가 물어보아도 되겠는가?"

"주간여성신문 '로즈퀸'의 기자로 있어요. 주로 문화예술 쪽의 기사를 쓰고 있는데, 요즘은 그림에 관한 기사를 많이 쓰고 있습니다."

"그런가? 나는 박광로라는 사람이네. 고서화를 감정하고

16

있지."

"선생님의 함자를 신문에서 뵌 적이 있어요. 지난번에 사임당의 초충도가 무더기로 발견되었을 때 다른 분은 진품이라고 했는데, 선생님은 위작이라고 하셨지요?"

"위작이었으니까. 사임당의 초충도에는 위작이 많아. 그것은 사임당의 초충도가 단순한 구도에 색칠이 단조롭기 때문이기도 하지만."

"하면 선생님은 사임당의 초충도를 높게 평가하지 않으시는 군요."

"아니지, 아니야. 아주 높게 평가하지. 다만, 사임당의 그림에서는 그림이 지니고 있는 정신을 읽어내야 한다는 뜻이지. 자네가 개구리 울음소리를 들었듯이."

"환청이었지요. 설마 그림 속의 개구리가 울었겠어요?"

"허허, 자네는 그림 속의 호랑이가 밤마다 나와 주인집의 소를 잡아먹었다는 소리도 못 들어보았는가? 정말 좋은 그림이라면 그림 속의 새가 울고, 꽃은 향기를 내뿜는다네."

낮술이라도 마신 것일까? 박광로가 엉뚱한 소리를 했다.

"오늘 선생님을 만나 좋은 말씀을 들었습니다."

"자네, 기자라고 했지? 명함 있으면 한 장 주겠나?"

박광로가 손을 내밀었다.

그것이 박광로와 인연의 시작이었다. 잊을만하면 박광로가 전화를 걸어왔다.

사임당의 초충도나 옛그림을 구입하려는 사람이 감정을 의뢰해 오면 박광로가 동행을 요구해 왔다.

"오공 때 장관을 지냈던 김여사가 초충도 감정을 해달라는데 같이 가지 않겠는가?"

"데려가 주신다면 저야 영광이고 행복이지요."

"대신 내 운전기사 노릇은 해주어야겠어."

"그만한 수고쯤이야 감지덕지지요."

"이번에는 전라도 광주까지 내려가야 하는데?"

"광주가 아니라 제주도까지라도 모시고 가야지요."

박광로와 함께 고서화를 감정하러 다니는 길은 김민혜에게는 초충도는 물론 조선시대의 산수화며 인물화며 풍속화에 눈을 뜨는 계기가 되었다.

그렇게 이십여 차례 초충도를 보고나자 김민혜는 자신도 모르게 초충도에 푹 빠져들었다. 다른 그림 앞에서는 '좋다'는 감정 말고는 특별한 느낌이 없었는데, 초충도 앞에서는 좋고 나쁨이 확실히 구분이 되는 것이었다.

김민혜의 가슴이 설레이지 않는 초충도는 박광로가 어김없이 위작이라는 판결을 내렸다. 박광로가 화선지의 재질이랄지 물감이랄지 그림의 특징을 가지고 감정을 한다면 김민혜는 오직 자신의 가슴이 떨리고 안 떨리고를 가지고 진품여부를 판별했다. 더 나중에는 초충도를 가만히 들여다보고 있으면 초충도 속의 풀벌레가 우는 소리가 들리기도 했다. 여치가 있는 그림에서는 여치의 울음소리가 들리고, 귀뚜라미가 있는 그림에서는 귀뚜라미 울음소리가 들렸다.

그뿐만이 아니었다.

어느 날인가는 봉숭아 그림이 그려진 초충도에서 봉숭아꽃 향기를 맡기도 했다.

'내가 미친 것이 아닐까? 오백 년이나 된 그림에서 꽃향기를 맡다니.'

초충도를 감정하러 가자는 박광로의 전화에 만사를 제쳐놓고 허둥지둥 달려가는 자신의 모습에 실소를 머금기도 했다.

'최소한 초충도에 중독된 것은 틀림없어.'

박광로의 전화가 없어도 김민혜는 하루가 멀다고 인사동 고서화점을 광방에 쥐 드나들 듯이 드나들며 새로 발굴된 초충도가 없는지 탐문하고 다녔다. 따라서 인사동의 고서화점 주인들치고 김민혜를 모르는 사람이 없었다. 나중에는 고서화점 주인들 쪽에서 초충도가 나왔다면서 전화를 걸어왔다.

"기가막힌 초충도가 한 점 나왔는데 구경 오지 않겠소?"

"가야지요. 어디로 가면 되지요? 사장님의 가게로 가면 되나요?"

"아니오. 박광로 선생님을 모시고 평창동으로 오시오."

그렇게 박광로와 함께 초충도 감정을 다니는 사이에 김민혜에게는 어느 사이에 '초충도 전문기자'라는 별명이 붙었다.

박광로가 강릉에 열두 폭짜리 초충도 병풍이 나타났다면서 동행을 요청해 온 것은 사흘 전이었다. 어제와 그제, 이틀 동안 김민혜는 사임당의 초충도에 대하여 다시 한번 꼼꼼이 공부를 했다. 그런데 기왕에 나온 초충도 병풍 말고 새로이 열두 폭 병풍이 나온다는 것은 불가능에 가까웠다.

세상에 알려진 사임당의 초충도병풍은 숙종 임금이 아꼈다는 8폭짜리가 있다는 기록이 있었을 뿐, 사임당이 열두 폭 초충도 병풍을 그렸다는 기록은 어디에도 없었다.

김민혜는 열두 폭 초충도 병풍이 남아있을 확률은 없다고 믿었다.

고서화 감정 전문가들 가운데 사임당의 초충도 중에는 가짜도 많다고 주장하는 사람이 많은 것도 무리는 아니었다.

'과연 조상대대로 높은 벼슬을 살았다는 강릉 유지의 집에서 나온 열두 폭 초충도병풍은 어떤 모습으로 나를 맞이할까?'

그것이 진품이면 진품인대로, 위작이면 위작인대로 세상을 떠들썩하게 만들 기사거리임에는 틀림없는 사실이었다.

청담동 이여사의 집에는 뜻밖에도 강북경찰서의 강일수 형사가 먼저 나와 이여사에게 이것 저것 물어보고 있는 중이었다. 김민혜가 문화재 도난사건을 취재하느라 몇 번 만난 적이 있는 낯익은 형사였다.

"어, 왔어?"

김민혜가 거실로 들어서자 박광로가 한쪽으로 끌었다.

"초충도가 사라졌어."

"예? 무슨 말씀이세요?"

"이여사가 미국에 있는 딸네 집에 갔다가 두 달만에 돌아왔다는데, 그 사이에 지난번 구입한 초충도가 사라졌다는 거야."

"그래요? 헌데 무슨 일로 선생님께서 여기에 와 계신 거죠?"

"내가 감정을 했었잖아. 이여사가 전화를 했드라구. 형사라는 사람은 여기 와서 만났고. 그림의 값은 얼마나 되며, 진품은 확실한가 등등을 물어보더라구."

"그렇군요. 하면 저한테도 강형사가 볼 일이 있을 것 같은데요. 잠시만요, 선생님. 강형사한테 아는 체 좀 하구요."

김민혜가 이여사와 소파에 마주앉아 있는 강일수에게 다가갔다.

이여사가 오른손을 살짝 들며 왼쪽 눈을 짧게 깜박였다.

"오, 김기자가 마침 오는구먼. 박광로 선생님께서 초충도를 감정하실 때 함께 있었지요. 주간신문에 새로운 초충도의 발견이라고 기사도 크게 실어주었었고."

"김민혜 기자는 저도 안면이 있습니다. 취재거리가 생기면 끈질기게 달라붙는 근성있는 기자지요. 한번은 제가 식겁을 한 적도 있습니다. 대외비 사건을 발설했다가 그것이 기사로 터진 통에 목이 날아갈 뻔했다니까요."

강일수가 무용담을 털어놓듯 얘기하며 김민혜를 찬찬히 바라보았다. 그런데 강일수 형사의 눈빛에 적의는 담겨 있지 않았다.

마치 사랑스런 누이를 바라보는 듯한 따뜻함이 느껴졌다.

그동안 기자노릇을 하면서 여러 종류의 사람들을 만나 온 덕에 기자노릇 3년만에 김민혜도 상대하는 사람의 속내를 어느 정도는 짐작할 수 있을 만큼 노련해졌다.

"안녕하세요? 강형사님. 오랜만에 뵙네요."

김민혜가 활짝 웃자 강일수가 따라 웃었다.

"그런가요. 난 어제 본 듯 익숙한데요. 박광로 선생께서 초충도를 감정하실 때 동행했었다지요?"

"그랬는데요?"

"그 이후 이여사님 댁에는 몇 번이나 왔었지요?"

"제가 쓴 초충도 기사와 이여사님의 기사가 실린 신문을 들고 한번 왔었지요."

"그때 저 자리에 걸린 초충도를 보았겠군요?"

"물론 보았지요."

그날 아무런 감흥도 없이 대형 텔레비전 뒤의 벽에 소품처럼 걸린 초충도를 바라보았던 기억을 떠올리며 김민혜가 대꾸했다.

"그날 이여사님께서 며칠 후에 미국으로 출국한다는 말씀을 하셨던가요?"

"글쎄요. 차 한잔 마시고 가라시는 것도 사양하고 신문만 전해드리고 바로 나갔으니까, 그런저런 얘기를 나눌 여유가 없었는데요. 헌데, 저한테 왜 그런 걸 물으시죠?"

"초충도와 관련된 사람들은 일단 용의선상에 올려놓고 탐문을 하고 있는 중입니다."

"불쾌해요. 이제 이여사님 댁에 초충도가 있다는 것은 대한민국의 알만한 사람들은 다 알고 있다구요. 로즈퀸의 독자가 몇만인 줄 아세요? 그 사람들이 다 용의자인가요?"

"어쩔 수 없지요. 사건이 나면 세상의 모든 사람들이 다 내 눈에는 용의자로 보이니까요. 허허허."

"그런 법이 어딨어요? 그것은 선량한 시민을 모독하는 일이에요."

김민혜가 강일수를 향해 눈을 흘기는데 박광로가 다가왔다.

"강형사, 나한테 물어볼 것은 다 물어보았지요?"

"예, 선생님. 가셔도 좋습니다. 김기자님도요. 하지만 경찰서로 한두 번은 더 부를지도 모릅니다."

"그런 일은 없었으면 좋겠소."

박광로가 불쾌한 낯빛으로 내뱉고는 김민혜에게 나가자는 눈짓을 보내왔다.

"강형사가 선생님을 불쾌하게 한 건 아니지요?"

현관을 나와 자연석으로 단장된 정원을 걸어 나오며 김민혜가 물었다.

"아니, 크게 불쾌했어. 아무리 직업의식이라고 할망정 보자마자 의심의 눈초리부터 쏘아대는데 귓방맹이라도 한 대 쥐어박고 싶더라구. 할망구가 아침부터 엉엉 울면서 전화를 해왔더군. 미국에서 돌아와 보니까, 벽에 걸어놓았던 초충도가 사라졌다고.

와서 보니까 벌써 도난신고를 했는지 강형사가 와 있더라구."

"황당하셨겠어요."

"황당했지. 강형사가 다짜고짜 청담동 이여사가 초충도를 소장하고 있는 것을 아는 사람은 몇 명 되지 않는다면서 범인 취급을 하지 뭐야."

"설마 선생님을 의심이야 했겠어요. 형사 눈에는 모든 사람이 범인으로 보일 수도 있겠지요."

"그것을 나무랄 수도 없는 일이긴 해. 자기 본분에 충실하겠다는데……."

대문을 나온 박광로가 성곽처럼 높이 쌓아놓은 돌담을 돌아보며 대꾸했다.

"대관령을 넘어가도 괜찮겠지요?"

김민혜가 차에 오르며 물었다.

"기사님 마음대로."

"이상하지요? 강릉에 갈 때면 시간이 단축되는 다른 길도 있는데 꼭 대관령을 넘어간다니까요. 대관령을 넘어갔다가 대관령을 넘어와야 강릉길이 편안하다니까요."

"김기자가 대관령과 특별한 인연이 있는 모양이군. 전생에라도 말야."

"전생에요? 선생님은 전생을 믿으세요?"

"암, 믿지. 전생이 없으면 후생도 없을 텐데, 너무 허망하잖아. 김기자는 안 믿는가?"

"글쎄요. 현생의 삶도 버거운데 전생이며 후생까지 챙길 여유가 있어야지요."

김민혜가 속내를 감춘 채 심드렁하니 대꾸했다.

사실은 강릉에 갈 때마다 김민혜는 자신이 아주 오래 전에 강릉의 어딘가에 살았지 않은가, 하는 생각을 했었다.

그것은 고등학교 2학년 때부터 비롯된 느낌이었다.

고등학교 2학년 수학여행 때였다. 처음인데도 대관령 휴게소에서 내려다본 강릉 쪽의 산이며 들이 눈에 익었다. 오래 전부터 계속 보아온 듯이 낯설지가 않는 것이었다. 그런 느낌은 경포호수며 오죽헌에 들렀을 때도 마찬가지였다.

사임당과 율곡의 영정을 마주했을 때랄지, 몽룡실에서 율곡의 글씨를 바라볼 때에는 아련한 그리움 같은 것이 가슴에서 스물스물 기어올라왔다.

'내가 혹시 전생에 강릉땅 어딘가에서 살았던 것이 아닐까?'

그때 김민혜는 처음으로 사람의 전생이라는 것을 뇌리에 새겨넣었다. 사람에게 전생이 있다면 자신은 분명 강릉이나 오죽헌과 관련이 있을 것이라는 생각도 함께 버무렸다.

그 이후 김민혜에게 강릉이며 오죽헌이며 경포호수는 떠올리는 것만으로도 눈물이 날만큼 그리운 곳이 되어 있었다. 또한 취재가 되었건, 개인 여행이 되었건 강릉행을 계획하고 나면 초등학교 시절의 소풍 전날 밤처럼 가슴이 설레면서 쉽게 잠이 들지 못했다.

"어젯밤에는 한숨도 못 잤어. 가슴이 떨려서 말야."

차가 서울시내를 빠져나와 대관령을 향해 가고 있을 때 박광로가 하품을 하다말고 말했다.

"사실은 저도 그랬어요. 정말 사임당의 열두 폭 초충도 병풍이 발견되었다면 우리나라 미술사에 한 획을 긋는 큰 사건이 되겠지요?"

김민혜가 맞장구를 치며 박광로를 돌아보았다.

"암, 그렇구 말구. 사임당의 초충도병풍은 숙종이 애지중지 감상했다는 여덟 폭 병풍이 가장 컸으니까."

"좌의정이라는 사람이 대단한 칭찬을 했었다지요? 실물과 똑같아 줄기와 잎사귀는 이슬을 머금은 것 같고, 풀벌레는 살아 움직이는 것 같으며, 오이와 수박은 보고 있노라면 저도 모르게 입에 침이 흐를 것 같은 천하의 보배라고 했다던가요? 오죽헌의 안내판에서 본 적이 있어요."

"임금 앞에서 아부하기 위해 한 소리라고 할망정 그만한 칭찬도 없지."

"사임당이나 매창의 그림을 놓고 그런 일화들은 많잖아요. 사임당이 여치를 그린 그림을 말리려고 마루에 내놓았는데, 닭이 그림 속의 여치를 살아있는 여치인 줄 알고 쪼아 그림을 망쳤다고 했던가요?"

"허허허, 기자 아니라고 할까봐 별걸 다 알고 있군. 그만큼 사임당의 그림에는 화가의 혼이 들어있다고나 할까? 헌데, 요즘도 김기자는 사임당의 초충도 앞에서 가슴이 떨리는가?"

"떨리기도 하구요, 안 떨리기도 하구요. 그때그때 달라요."

"하긴, 같은 화가의 그림이라도 작품의 질은 다르기 마련이니까. 풀벌레 울음소리도 들어?"

"마찬가지예요. 들리는 그림도 있고, 안 들리는 그림도 있어요."

"기분에 따라 다르겠지. 김기자가 사임당의 그림에 푹 빠져있으니까 묻는 것인데, 청담동 이여사의 초충도를 감상하면서는 어땠어? 가슴이 떨렸어? 개구리 울음소리를 들었어?"

박광로의 눈이 도수 높은 안경 속에서 반짝였다.

김민혜가 잠시 망설이다가 글쎄요, 하고 짧게 대꾸하며 애매한 웃음을 흘렸다.

자칫 가슴도 떨리지 않았고, 개구리 울음소리도 들리지 않았다고 하면 박광로가 실망을 할지도 모를 일이었다. 어쩌면 김민혜의 느낌을 참고로 그림의 진위여부를 가리자고 나올지도 몰랐다.

원래 규정속도를 넘지 않는 김민혜의 주행속도로도 두 시간 남짓 달리자 대관령 정상에 도착했다. 주말이 아닌데도 대관령 휴게소에는 여행객들의 차가 넘쳐나고 있었다.

차가 정차하자마자 화장실로 달려가는 박광로에게 30분 후에 차로 돌아와 달라고 말한 김민혜는 대관령을 넘을 때면 꼭 잠시 머물렀던 곳으로 향했다.

고등학교 2학년 수학여행 때에 강릉 쪽을 내려다보며 눈물을 글썽이던 곳이었다. 그때 눈물이 앞을 가린 눈으로 내려다보았던 낯익은 풍경들 앞에서 아득한 그리움에 잠겨 들고 싶었다.

'5백 년쯤 전에 사임당이 여섯 살짜리 율곡의 손을 잡고 이 고개를 넘으면서 어머니에 대한 사무치는 정을 눈물로 쏟아내며 시를 읊었던 곳이 여기 어디쯤일까?'

늘 했던 그 생각을 되풀이 하며 김민혜가 그리움 속으로 빠져 들고 있을 때였다.

"김기자가 여기 있을 줄 알았지."

어느새 다가온 박광로가 속삭이듯 말했다.

"이곳에 서면 마음이 한없이 포근해져요."

"그런가? 역시 김기자는 강릉과 사임당의 광팬이구만."

"그럴지도 모르지요. 헌데, 이여사님의 초충도는 어디로 사라졌을까요?"

"그걸 누가 알겠어? 그림을 훔쳐간 도둑이나 알겠지."

"찾을 수 있을까요?"

"글쎄. 깊이 숨겨버리면 찾기가 힘들 것이고, 팔겠다고 내놓으면 의외로 쉽게 찾을 수도 있겠지."

"사임당의 초충도라면 유명한 그림인데, 설마 훔친 그림을 팔겠다고 내놓겠어요?"

"초충도 속의 풀벌레만도 못한 것이 때로는 사람이니까. 가자구. 지금 출발해야 약속시간에 도착하겠구먼."

박광로가 차 쪽으로 몸을 돌려세웠다.

"강릉 유지라는 분은 어떤 분이세요?"

차에 오른 김민혜가 물었다.

"선조가 강원도 관찰사를 했다는데, 국회의원도 두 번인가 했었지. 기자간담회 후에 저녁을 사면서 여기자를 성추행했다고 세상을 떠들썩하게 했던 조모라는 사람 말이야. 당에서 공천을 안 주니까 무소속으로 출마했다가 채 천 표도 못 얻었었지, 아마."

"행세깨나 하던 집안이었네요."

여기자를 성추행했던 조모 씨라면 김민혜도 이름은 기억하고 있는 사람이었다. 유명인의 성추행 사건이 나면 꼭 언급되는 것이 조모라는 사람의 이름이었다. 전직 국회의원 조모 씨는 일테면 유명인 성추행 사례의 시작이나 마찬가지였다.

"망신은 망신대로 당하고, 재산은 재산대로 날리고, 강릉의 웃음거리가 되었다고 소문이 자자했었는데, 부자는 망해도 삼 년은 간다고 느닷없이 열두 폭짜리 초충도병풍이 나왔다고 하지 뭐야."

"선조가 강원도 관찰사까지 했다면 진품일 가능성이 높겠네요?"

"모르지. 감정을 하기 전에는 가타부타를 함부로 말할 수 없는 것이 고서화라구. 조의원이 직접 전화를 했더라구. 아무한테도 알리지 말고 나 혼자 오라구."

"그렇다면 제가 가서는 안 되는 자리잖아요? 더구나 기자인데."

"기자라는 사실을 숨기면 되지. 내 조교라고 하자구. 조의원을 만나러 갈 때는 김기자가 내 가방을 들어. 감정을 할 때에는 시중도 들고."

"후훗, 재미있겠는데요."

"일단은 조의원이 소장하고 있는 초충도병풍을 보고 느낌을 나한테만 말해줘. 가슴이 떨리는지, 풀벌레 울음소리가 들리는지, 있는 그대로 보아달라구."

박광로의 말에서 김민혜는 그가 강릉의 열두 폭 초충도병풍을 두고 진품보다는 위작 쪽에 무게를 두고 있는 것을 깨달았다.

"이번에도 오죽헌에 들를 것인가?"

강릉시내로 들어서자 김민혜가 틈이 날 때마다 오죽헌을 찾는 것을 알고 있는 박광로가 물었다.

"일부러 시간을 내서도 찾는데요. 선생님의 일에 크게 방해가 되지 않는다면 저 혼자 둘러볼게요. 사임당의 향기에 취해보고 싶어요."

대관령에서부터 가슴이 설레었던 김민혜가 들뜬 기분을 그대로 드러냈다.

"사람에게 정말 전생이 있다면 김기자는 틀림없이 강릉이나 오죽헌, 아니면 사임당과 관련이 있을 거야."

"후후, 정말이세요? 고서화를 감정하듯이 저를 감정해 보실래요?"

"그럴 수 있으면 정말 좋겠구먼."

박광로가 농담으로 얼버무렸다.

그러나 김민혜의 가슴에서는 순간 회오리가 몰아치면서 정신과 의사인 갈홍근의 짙은 눈썹과 부드러운 눈빛이 떠올랐다.

갈홍근은 본업인 신경정신과보다는 오히려 최면술사라는 이름으로 널리 알려진 인물이었다.

일 년쯤 전이었다.

김민혜가 텔레비전에서 종편채널을 보고 있는데, 갈홍근이 한 분야에서 전문가라고 소문이 자자한 다른 패널들과 나와 최면술을 통하면 사람의 전생도 들여다 볼 수 있다고 떠들고 있었다. 그 날의 패널은 무속인으로 이름깨나 알려져 대선이나 총선 때면 문지방이 닳는다는 5십대의 여자와 대통령을 꿈꾸는 정치인들한테 은밀히 조상의 산소를 옮겨주고 거액의 수고비를 받아 강남에 빌딩을 마련했다고 주간신문에 대서특필 되었던 풍수지리학자가 출연하여 저마다 자기 분야를 떠들고 있었다.

그날 갈홍근은 게스트 한 명한테 최면을 걸어놓고 전생여행을 시키고 있는 중이었다.

갈홍근이 최면에 걸린 게스트에게 물었다.

"당신은 지금부터 한 달 전으로 돌아갑니다. 날짜가 기억납니까?"

"예, 오월 이십팔일이었습니다."

"그날 당신한테 무슨 일이 있었지요?"

"아내가 사라졌습니다. 당근과 브로콜리와 사과를 갈아 만든 해독주스를 마련해 놓고 제 어깨를 흔들던 아내가 그날은 저를 깨우지 않았어요."

"전날 아내와 싸웠습니까?"

"결혼기념일이었는데, 회사의 중요한 일 때문에 선물을 잊었습니다. 아내가 사라진 것을 알고 나서야 결혼기념일을 챙기지 못했음을 깨달았습니다."

"아내는 어떻게 되었습니까?"

"오후에… 오후에 돌아왔어요. 제가 좋아하는 꽃게탕을 끓여놓고 기다리고 있었습니다."

"한 달 전의 당신은 아내가 잠시 사라진 사건은 있었지만 별 일은 없었군요. 좋습니다. 이제 당신은 십년 전으로 돌아갑니다. 지금 떠오르는 날짜를 말씀해 보세요."

갈홍근이 소곤거리듯 게스트의 귀에 대고 말했다.

"이천 오년 구월 구일이 떠오릅니다."

"특별히 의미가 있는 날인가요?"

"예, 그날 클럽에서 춤을 추는 아내를 만났습니다. 바라만 보고 있어도 황홀해지는 여자였습니다."

"그래요? 부킹을 했습니까?"

"음악이 바뀌자 아내가 저한테 다가왔습니다. 춤을 추면서 자기를 뚫어져라 바라보고 있는 제 눈빛이 담고 있는 갈망을 보았다구요."

"그래서 결국 아내와 사랑을 시작했고, 결혼까지 갔었군요. 정말 의미있는 날이었군요."

갈홍근은 그런 식으로 게스트의 시간을 거슬러 올라가고 있었다. 30년 전에 담임선생님께 과제를 안 해간 벌로 손바닥 다섯 대를 맞았다면서 얼굴을 찡그리는 게스트에게 '백년 전의 당신을 떠올려 보십시다' 하는 갈홍근의 말에 방청객이며 다른 패널들이 놀란 표정으로 웅성거리기 시작했다.

'백년 전이라면 저 남자의 전생인데, 과연 전생을 떠올릴 수 있을까? 설마 짜고 치는 고스톱은 아니겠지?

김민혜가 호기심을 가지고 텔레비전 화면을 들여다보고 있는데, 남자의 얼굴이 고통으로 일그러지고 있었다.

패널이며 방청객들에게 조용히 하라는 뜻으로 손가락을 입술에 댄 갈홍근이 다시 물었다.

"무엇이 떠오릅니까?"

"제가 임종을 맞이하고 있습니다. 세 아들과 두 딸과 아내가 울고 있습니다."

"당신의 나이가 몇 살입니까?"

"일흔일곱 살입니다."

"좋습니다, 좋아요. 거기에서 다시 삼십 년을 거슬러 올라가 보십시다. 당신은 무엇을 하고 있습니까?"

"멍석에 말려 매타작을 당하고 있습니다."

그렇게 대꾸한 게스트 남자가 고통에 얼굴을 일그러뜨리며 몸부림을 쳤다. 순간 갈홍근이 당황한 표정을 짓더니, 게스트 남자를 깨웠다.

"내가 셋을 세면 당신은 현실로 돌아옵니다. 하나아, 두울,

세엣."

한동안 텔레비전에서는 정적이 흘렀다.

잠시 후에 얼굴이 땀으로 범벅이 된 게스트 남자가 깨어났다. 땀을 흘리기는 갈홍근도 마찬가지였다.

한때 잘 생긴 얼굴로 여자들의 가슴깨나 설레게 만들었던 아나운서 출신 사회자가 게스트 남자에게 물었다.

"지금 기분이 어떻습니까?"

"모르겠습니다. 많이 혼란스럽습니다."

"방금 백 년 전을 여행하고 돌아오셨습니다. 나중에 방송을 보시면 알 것입니다."

그날 갈홍근의 전생여행은 특히 무속인 여자의 지지를 받았다. 자신도 방문객의 조상이나 죽은 지인들과 접신하면 의뢰자의 전생도 들여다 볼 수 있다는 주장이었다.

그 이후에도 갈홍근은 종편채널에 나와 종종 최면술의 시범을 보여주었다.

김민혜의 생각은 반반이었다. 사람에게는 분명 전생이 있을 것이라는 생각과 전생을 본다는 것은 정신질환의 일종으로 최면 중에 보았던 현상들은 환청이나 환각이라는 생각이었다.

그러자 김민혜는 한 가지 의문이 떠올랐다.

초충도 앞에서 개구리 울음소리를 듣는 것이랄지, 강릉 오죽헌에 갔을 때 '너 왔구나' 하던 다정스런 남자의 목소리가 귀에 쟁쟁한 점이었다.

그것을 김민혜는 초충도에 너무 깊숙이 빠져있는 자신의 정신적인 문제라고 여겼다.

'정말 정신과 진료라도 받아보아야 하는 것이 아닐까?'

한번 그런 생각이 들자 김민혜는 자신이 정신적으로 큰 문제가 있는 것처럼 안절부절못했다.

김민혜가 갈홍근을 찾아간 것은 한 달 전이었다. 강릉 오죽헌에서 '너 왔니?' 하는 소리를 들었고, 인사동 고서화점의 초충도에서 귀뚜라미 울음소리를 들은 며칠 후였다.

김민혜의 말을 다 들은 갈홍근이 말했다.

"김민혜 씨의 증상은 두 가지로 요약할 수가 있습니다. 마약에 중독된 환자가 환청을 듣고 환각을 보듯이 초충도에 너무 몰입돼 있어 생긴 현상일 수도 있고, 아니면 전생에 사임당과 관련이 있을 수도 있지요. 어떻습니까? 전생여행을 한번 해보시겠습니까?"

갈홍근이 마치 전생을 들여다보기라도 하듯 뚫어지게 쏘아보았다.

"텔레비전에서 말고 병원에서 다른 사람에게 전생여행을 시킨 일이 있는가요?"

"그럼요. 나는 환자들의 치료를 최면을 걸어놓고 하는 경우가 많습니다. 한번 들어보시겠습니까? 마침 몇 사람의 전생을 녹음해 놓은 것이 있는데요."

"정말요?"

"따라오세요."

갈홍근이 김민혜를 다른 방으로 데리고 들어갔다. 최면을 걸어 전생여행을 하는 방인 듯 잘 정비된 녹음시설과 고급 가죽소파가 비치되어 있었다.

갈홍근이 녹음기를 조작하자 이내 두 남자의 목소리가 흘러나왔다.

"자, 마음을 편하게 가지세요. 당신은 지금 몇 살이지요?"

"서른일곱 살입니다."

"좋습니다. 당신의 삼십년 전을 떠올려 보세요. 무엇이 보입니까?"

"제가 대문 밖에 나와 혼자 울고 있습니다."

"왜 울고 있지요?"

"시장에 생선을 팔러 나간 엄마를 기다리고 있습니다."

"당신의 어머니는 생선장사를 하셨군요? 아버지는 어떤 사람이었습니까?"

"집에 아버지는 안 계십니다. 엄마와 단 둘이 살고 있습니다."

"그래요? 그럼, 다시 이십 년 전으로 돌아가 봅니다. 무엇이 보이지요?"

잠시 침묵이 흐르다가 고통을 억누르는 듯한 남자의 목소리가 흘러나왔다.

"제가 경찰서의 취조실에 있습니다."

"왜죠?"

"제가 동료학생들을 선동하여 데모를 하였다고 잡혀왔습니다."

"무엇 때문에 데모를 하였는가요?"

"부정선거를 규탄하는… 이승만의 하야를 외치는 소리도 들립니다. 아아악!"

"무슨 일입니까? 왜 비명을 지르지요?"

"제가 물고문을 당하고 있습니다. 숨을 쉴 수가 없어요. 아아악! 그만… 그만하세요."

남자의 단말마적인 비명을 끝으로 전생여행은 끝을 맺었다.

"밤마다 낯선 사내가 나타나 자신의 목을 졸라 잠들기가 무섭다는 직장인인데, 바로 앞전생입니다. 어떻습니까? 김기자도 전생여행을 해보겠습니까?"

"다음에요, 다음에 기회가 되면 할게요."

김민혜가 서둘러 갈홍근 앞에서 물러났다.

강릉에서 열두 폭짜리 초충도병풍이 나타났다는 박광로의 말을 듣는 순간에도 김민혜는 갈홍근을 떠올렸다.

"이번 강릉행에서도 중후한 남자의 목소리를 듣는다든지, 초충도에서 꽃향기가 풍기고 풀벌레 울음소리가 들린다면 정말 갈홍근을 찾아가야겠다고 작정하고 있는 참인데, 박광로가 전생얘기를 꺼낸 것이었다.

'강릉은 나에게 어떤 곳일까?'

김민혜가 생각할 때였다. 네비게이션이 목적지 부근이라는 안내 멘트를 하자 고풍스런 느낌이 드는 한옥이 눈앞에 나타났다.

강릉의 유지라는 조인호의 집이 분명했다.

대문 밖 공터에는 두 대의 검은 승용차가 주차되어 있었다.

"벌써 다른 손님이 와 있는 모양이군."

박광로가 중얼거렸다.

조인호의 집 거실에는 집주인과 밖에 주차된 2천cc급 승용차의 주인인 듯한 사내가 감색빛이 번쩍이는 가죽소파에 앉아 담소를 나누고 있었다.

사진으로 여러 번 보아 김민혜에게도 낯이 익은 집주인 조인호가 엉거주춤 몸을 일으키며 말했다.

"어서 오시오, 박선생님. 아무래도 사안이 사안인 만큼 양민수박사도 함께 오시라고 했소. 고서화 감정의 대가들이신 두 분께 감정을 받고 싶었소."

조인호의 말에 양민수라고 불린 사내가 엉거주춤 몸을 일으켰다.

김민혜에게는 낯선 사내였는데, 박광로와는 안면이 있는 모양이었다.

사내가 고개를 깊숙이 숙이며 정중하게 인사를 했다.

"박선생님께서 오신다기에 기다리고 있었습니다. 어서 오십시오. 오랜만에 뵙지요?"

"양박사도 와 있었구려. 내가 괜한 발걸음을 한 것 같소."

박광로의 표정이 어쩐지 떨떠름했다.

"하이구, 무슨 말씀이십니까? 초충도의 감정은 박선생님이 독보적이지 않습니까? 진품도 박선생님이 아니라면 아닌 게 되지 않습니까?"

그런데 김민혜가 듣기에 양민수의 말에는 뼈가 들어있는 느낌이었다. 살이 디룩디룩 찐 쥐의 형상에 턱이 홀쭉한 얼굴에서는 천박한 기운이 느껴졌다. 순간 김민혜의 뇌리로 일 년 전쯤이던가? 두 사람이 대원군의 난 그림의 진위를 놓고 매스컴을 통하여 논쟁을 벌였다는 것이 스쳐갔다. 그때 박광로는 위작이라고 주장하였고, 양민수는 진품이라는 감정결과를 내놓았다. 결국 위작이라는 박광로의 주장이 받아들여져 양민수가 망신을 당했었다.

양민수에게는 그때의 앙금이 남아있었던 모양이었다.

"별말씀을… 조의원님, 일단은 초충도부터 친견을 할까요?"

박광로가 서둘렀다.

"그럽시다. 서재로 가십시다. 헌데 여성분은?"

조인호가 일행을 서재로 안내하다 말고 김민혜를 돌아보았다.

"내가 대학에 있을 때 조교였습니다. 요즘은 내 원고도 정리해주고 감정도 도와주는 조수노릇을 하고 있지요. 초충도에 대한 안목이 대단한 친구입니다."

"아, 그래요?"

조인호가 김민혜에게는 별다른 관심을 보이지 않고 먼저 서재로 들어갔다.

서재라고 했지만, 주인이 읽은 듯한 손때 묻은 책은 보이지 않고 장식용으로 사들인 전집류며 백과사전류가 한쪽 벽면을 채우고 있었다.

조인호가 대형 금고를 열고 옻칠이 번쩍이는 오동나무 함을 꺼내어 테이블 위에 내려놓았다.

'과연 어떤 초충도일까?'

김민혜가 가슴이 오그라들고 숨이 막히는 느낌에 어깨를 흠칫 떠는데, 조인호가 함의 뚜껑을 열고 둘둘 말린 그림을 꺼냈다.

김민혜가 박광로의 가방에서 돋보기를 꺼내어 건네주었다.

"자 보십시오. 이것이 이번에 집을 수리하다가 벽 속에서 발견한 초충도입니다."

조인호가 초충도 한 점을 먼저 테이블 위에 펼쳤다.

박광로가 돋보기를 들이대며 초충도를 세밀하게 살피기 시작했다. 양민수는 시력이 괜찮은지 두 눈을 가늘게 뜨고 그림을 들여다보며 아, 하고 탄성을 내질렀다.

김민혜가 박광로의 뒤에 서서 그림이 한 점 한 점 넘겨질 때마다 숨을 멈추고 들여다보았다.

조인호가 내놓은 초충도 그림은 그동안 김민혜가 보아왔던 초충도와 크게 다를 것은 없었다. 가지의 큰 잎 그늘에 숨어 먹이를 노리는 사마귀 그림이 있는가하면, 맨드라미꽃 아래에서 하늘을 올려다보는 개구리 그림도 있었다.

한 마디로 오죽헌이나 박물관, 또는 개인소장자들이 가지고 있는 초충도를 한 곳에 모아놓은 느낌이 들었다.

그림 열두 점을 모두 살핀 박광로가 김민혜를 돌아보았다.

그 눈빛은 '자네가 보기에는 어떤가? 진품 같은가?' 하고 묻고 있었다. 김민혜는 박광로의 눈빛에 아무런 내색도 하지 않았다. 잘 인쇄된 화집을 보는 것처럼 가슴은 잔잔했지만 섣불리 자신의 의견을 드러낼 수는 없었다.

양민수가 먼저 호들갑을 떨었다.

"대단합니다. 온 몸에 소름이 쫙 돋는군요. 고서화에 빠져 삼십 년을 살았습니다만, 정신이 아득해지는 느낌은 처음입니다. 어떻습니까? 박선생님."

양민수의 말에 조인호가 잔뜩 기대가 실린 눈빛으로 박광로를 돌아보았다.

"글쎄요. 한번 보아서 알 수 있나요? 보관상태는 무척 좋군요."

"그럴 것입니다. 백 년이 넘는 세월을 벽 속에 숨어 있었으니까, 사람의 손을 탈 일도, 햇빛을 볼 일도 없었지요."

"대단합니다, 대단해요. 이건 미술사 쪽으로 봐도 해방 후의 고미술계에서 일어난 최대 사건입니다. 사임당의 이런 초충도가 숨어 있었다니요?"

양민수가 얼굴까지 붉히며 큰소리를 냈다.

초충도 열두 점을 감상하고 서재를 나오면서 박광로가 다시 한번 김민혜를 돌아보았다. 초충도의 느낌을 묻는 눈빛이었으나 일부러 모른 체 했다.

가슴이 답답했다.

빨리 자리에서 벗어나고 싶었다.

김민혜가 집주인 조인호와 객들이 소파에 앉는 것을 보며 박광로를 내려다보았다.

"선생님, 전 그만 가봐도 되겠지요? 강릉에서 다른 볼 일이 있어서요. 어떻게 할까요? 제가 모시러 올까요?"

김민혜의 물음에 양민수가 나섰다.

"차 때문이라면 박선생님은 제가 뫼시겠습니다."

듣던 중 반가운 소리였다.

김민혜가 어떻게 할 거냐는 눈빛으로 바라보자 박광로가 고개를 끄덕였다.

'저건 누가 봐도 가짜야. 혼이 들어있지 않은 시늉만의 초충도였어. 병풍 그림 속의 풀벌레며 꽃들이 모두 죽어있었어.'

김민혜가 중얼거리며 경포대 쪽으로 차를 몰았다.

휴일이 아닌데도 오죽헌에는 관광객들로 넘쳐나고 있었다. 수학여행을 온 학생들과 아이들을 데리고 온 부모들이 오죽헌 경내를 관람하며 다니고 있었다.

"여길 보거라. 사임당님의 초충도를 본따 만든 화단이란다."

대여섯 살이나 되었을까? 눈빛이 초롱초롱한 아들에게 초충도 화단을 설명해 주고 있는 어머니 곁을 지나는데, 조인호의 집에서 보았던 초충도 병풍이 한 점 한 점 스쳐갔다.

그러자 다시 가슴이 답답해지면서 명치끝을 바늘로 찌르는 듯한 통증이 일었다.

가슴을 토닥토닥 두드리며 김민혜가 사임당 앞에 섰을 때였다.

"인선이 왔구나?"

느닷없이 남자의 중후한 목소리가 들렸다.

인선이는 사임당의 이름이었다.

김민혜가 주위를 두리번거렸다. 그러나 주위에는 인선이라는 이름으로 불릴만한 여자아이도 보이지 않았고, 인선이라고 불러줄 남자의 모습도 보이지 않았다.

'내가 또 환청을 들은 것일까? 아무래도 정신감정을 받아봐야 하는 것이 아닐까?'

김민혜가 일 년 남짓 머릿속에 맴돌고 있던 생각을 다시 끄집어냈다. 그러자 온 몸에서 소름이 솟구치면서 눈앞이 아득해졌다.

그때였다.

한눈에 보기에도 고가임이 분명한 카메라를 든 20대 후반이나 30대 초반으로 보이는 사내가 찰칵찰칵 셔터를 누르고 있었다. 그런데 카메라의 렌즈가 김민혜를 향해 있었다.

'설마 저 남자가 나를 카메라에 담은 것은 아니겠지?'

김민혜는 남자들이 카메라에 담고 싶어할 만큼 미인이 아니었다.

자신이 괜한 생각을 했다면서 머리를 내저은 김민혜가 검은 대나무가 빽빽이 자라고 있는 대나무숲으로 갔다. 오죽숲은 가운데 산책로를 만들어 놓아 죽향을 맡으면서 걷기에 좋을 만큼 가꾸어 놓고 있었다.

김민혜가 조금 전의 '인선이 왔느냐?' 하던 남자의 목소리를 뇌리에 떠올리며 오죽숲을 천천히 걸어가고 있는데, 언제 왔는지 조금 전의 사내가 다시 찰각찰각 셔터를 누르며 다가오고 있었다. 그때마다 후래쉬 불빛이 번쩍였다.

'틀림없어. 저 남자는 내 얼굴을 찍고 있었어.'

김민혜가 성큼성큼 카메라를 목에 걸고 있는 사내에게 걸어갔다.

"저기, 방금 내 얼굴을 찍고 있었지요?"

"눈치 챘습니까? 김민혜 씨."

사내가 싱글거렸다.

"나를 아세요?"

김민혜가 이 사내를 어디서 보았지? 생각하며 머리를 굴렸지만, 만났던 기억이 안 났다.

"로즈퀸의 김민혜 기자를 모를 리가 있습니까? 민혜 씨가 쓴 초충도 기사를 빼놓지 않고 읽었는데요. 기왕에 오죽숲에 들어왔으니까, 끝까지 걸어볼까요?"

로즈퀸이나 초충도 기사까지 들먹일 정도라면 사내가 허튼 수작을 하고 있는 것이 아니라는 걸 깨달은 김민혜가 얼굴을 풀었다.

"정말 나를 모르겠어요?"

몇 걸음 걸었을 때 사내가 오죽을 몇 컷 카메라에 담은 다음에 돌아보며 물었다.

"오늘 처음 만난 사람을 내가 어떻게 알아요?"

그제서야 김민혜가 사내의 얼굴을 찬찬히 바라보았다. 그러자 김민혜의 가슴이 싸아 하니 아파오면서 얼굴이 후끈거렸다. 30년 가까이 살아오면서 그런 경험은 처음이었다. 대학에 다닐 때 엠티나 과단합대회 때에 앞에서 설쳐 선머슴아라는 별명으로 불리기도 했지만 사내 앞에서 긴장을 하기는 처음이었다.

김민혜가 침묵을 지키자 사내가 보일 듯 말 듯한 웃음을 흘리며 말했다.

"저 지난 주던가요? 민혜 씨가 쓴 '맨드라미와 개구리'라는 초충도 기사에 초충도 속의 맨드라미와 오죽헌 화단에 피어있는 맨드라미를 비교하기 위하여 실린 사진 제가 찍은 것인데요."

사내의 말에 김민혜가 아, 하고 탄성을 내질렀다.

"그렇다면 댁이 야생화사진을 전문적으로 찍는 사진작가 이화정 씨라는 말씀이세요?"

"이제야 내 이름을 불러주시는군요. 내가 꽃우물 이화정입니다."

사진작가 이화정이 호주머니에서 명함을 꺼내어 건네주었다.

그 명함을 잠시 들여다 본 김민혜가 고개를 들고 말했다.

"사진작가 이화정 씨라면 매주 로즈퀸에 꽃사진이 실리다시피 하는데, 그동안에는 어찌 만날 수가 없었지요?"

"편집국장님과 사진기자하고만 상대를 했으니까요. 대부분은 사진기자가 나한테 와서 필요한 사진을 가져갔으니까, 만날 수가 없었지요."

"그랬군요. 헌데 오늘 오죽헌에는 웬일이세요?"

"난 강릉에 자주 옵니다. 오죽헌 뜰의 꽃도 찍고, 오죽숲이 변하는 모습도 카메라에 담지요. 봄에 죽순이 나올 때부터 겨울에 눈에 덮인 오죽의 모습까지 놓칠 수가 없지요. 오늘 새벽에 눈을 뜨자 문득 오죽헌이 떠오르지 뭡니까?"

"오죽헌이 떠올라요?"

"내가 그렇거든요. 날마다 눈을 뜨는 순간 그날의 일이 결정돼요. 가령 지리산 노고단에 가면 원추리꽃이 한창이겠구나, 생각하면 만사를 제쳐놓고 노고단으로 달려가야 하구요. 오죽헌에 가면 봉숭아꽃이 아름답겠구나, 싶으면 강릉으로 달려와야 해요. 사실은 지난 주에 와서 오죽헌 화단의 꽃이며 오죽을 모두 찍어 갔으니까, 오늘은 올 이유가 없었는데, 이상하지요? 눈을 뜨자마자 오죽헌이 떠오르면서 안달이 나게 만들지 뭐예요?"

"안달이 나요?"

김민혜가 처음으로 웃음기를 내보였다.

"강릉행을 결정할 때면 유난히 조바심이랄까, 안달을 하지요."

"어쩜 나하고 같네요. 오늘은 안달이 나서 온 것은 아니지만, 평균 한 달에 두 번씩은 오죽헌을 다녀가야 해요."

"오늘 오죽헌에서 민혜 씨를 만난 것은 운명이군요. 명함 한 장

주시겠습니까? 오늘 만난 기념으로요."

이화정의 말에 김민혜가 쿵쿵쿵 뛰는 가슴을 진정시키며 손가방에서 명함을 꺼내어 건네주었다.

그걸 뚫어지게 들여다 본 이화정이 말했다.

"이 전화번호 내가 기억하고 있어도 되겠지요?"

김민혜가 말없이 이화정을 바라보았다.

서울로 돌아온 김민혜는 그 길로 바로 갈홍근을 찾아갔다.

김민혜를 잠시 바라본 갈홍근이 말했다.

"김민혜 씨 얼굴에서 빛이 나는군요. 눈빛 속에 기쁨을 감추고 있는 모습이 좋은 일이 있었던 모양이지요?"

"오죽헌에 다녀오는 길이에요."

"아, 오죽헌이 김민혜 씨를 행복하게 만들었군요. 무슨 일이 있었습니까?"

"또 환청을 들었어요. 누군가 인선이 왔구나, 하고 반갑게 말했어요. 선생님, 제게 전생여행을 시켜주시겠어요?"

"결심을 하셨습니까?"

"다만 조건이 있어요."

"조건이라면?"

"저는 오백 년 전의 제 전생을 알고 싶어요. 가능하시다면 중간과정은 생략하고 바로 오백 년 전의 저를 만났으면 해요."

"중간단계를 최대한 줄이는 방법을 사용해 봅시다."

"또 한 가지는 제게도 전생이 있었고, 박사님을 통해 그것이 밝혀진다면 세상에 알리지 않는 것이 좋겠어요."

"그야 물론이지요. 최면치료도 의술입니다. 환자의 모든 사항은 비밀을 지키는 것이 의사의 기본적인 의무이고 윤리입니다."

"끝으로 최면에 걸렸을 때 박사님과 제가 나누는 모든 대화를 녹음했으면 좋겠어요."

"물론이지요. 나는 다 녹음을 합니다."

"제 말씀은 제가 준비한 소형녹음기에 제 몫으로 하나 더 녹음해 달라는 것입니다."

김민혜의 말에 갈홍근이 잠시 망설이다가 대답했다.

"그렇게 하지요. 언제부터 시작할까요?"

"내일부터라도 상관없어요. 아무래도 박사님의 진료시간도 끝나고 저도 근무를 마친 오후 시간이 좋겠지요?"

"나야 괜찮지만, 김민혜 씨가 편한 시간에 합시다. 지난번에 다녀간 다음에 김민혜 씨가 쓴 초충도 기사를 다 찾아보았습니다. 어쩌면 지금까지 경험하지 못한 재미있는 경험을 할 수 있을 것 같았습니다. 우리 내일 만나는 것이지요?"

"네, 제 마음이 변하지 않으면요."

진료시간을 예약하고 오피스텔로 돌아온 김민혜가 컴퓨터를 켜고 조인호의 집에서 보았던 초충도 병풍의 내용을 풀과 곤충의 이름이며 배치상황 등을 꼼꼼이 정리하고 있는데, 휴대폰에서 '카톡 카톡' 하는 경박스런 음성이 들렸다.

휴대폰을 열고 카톡을 열자 뜻밖에도 이화정한테서 메일이 와 있었다.

−민혜 씨, 오죽헌의 몽룡실 앞에 서 있다가 뒤를 돌아보는 민혜 씨의 모습을 보는 순간, 새벽부터 나를 안달나게 했던 까닭이 민혜 씨 때문이란 걸 알았습니다. 오죽헌을 수없이 많이 다녔지만 오늘처럼 가슴이 설렌 적이 없었습니다. 오늘 민혜 씨를 만난 것을 나는 운명이라고 믿고 싶습니다. 내 마음이 정리되면 전화하겠습니다. 내 전화번호를 기억해 놓으십시오.

'후후, 웃기는 사람이야. 혹시 전문 바람둥이가 아닐까?'

얼핏 그런 생각이 스쳐갔지만 이내 고개를 내저었다. 분명 이화정한테서 바람기는 보이지 않았었다. 답신을 보낼까하다가 김민혜는 휴대폰을 내려놓았다.

다음날 김민혜는 몸을 깨끗이 씻고 갈홍근을 찾아갔다.

빌딩숲 사이로 노을이 지고 있을 무렵이었다.

갈홍근이 모든 준비를 해놓고 기다리고 있었다.

두 시간 후에 김민혜는 자신의 오피스텔에서 소형 녹음기를 틀어놓고 오백 년 전쯤, 한 여인의 사연을 듣고 있었다.

최면은 이내 걸렸다. 전생으로 들어가기 위한 몇 가지 질문 끝에 갈홍근이 물었다.

"당신은 지금 몇 살입니까?"

"아홉 살입니다."

"이름이 어떻게 되지요? 무엇을 하고 있습니까?"

"인선입니다. 신인선. 어머니가 수 놓는 걸 바라보고 있습니다. 아, 한양에 계시던 아버지께서 돌아오셨습니다."

"아버지의 함자를 알 수 있습니까?"

갈홍근의 물음에 김민혜가 잠시 멈칫하다가 대꾸했다.

"신… 명… 화…."

신명화는 인선의 아버지였고, 인선이는 사임당의 이름이었다.

순간 김민혜의 가슴이 옥죄어 들면서 숨이 컥 막혔다.

벌 나비와 대화하는 아이

"아버지가 한양에 가 있는 동안 인선이는 어찌 지냈느냐?"

신명화가 얼굴에 웃음을 가득 띠고 물었다.

"어머니가 수 놓는 걸 구경했어요. 또……."

"또?"

"여치하고도 놀고 나비가 꽃 위에 앉아 날갯짓하는 걸 구경했어요. 나비는 예쁜 꽃이건, 안 예쁜 꽃이건 가리지 않고 공평하게 앉아 놀아주었어요."

"인선아, 꽃은 다 예쁜 것이란다. 나비의 눈에는 사람과 달리 모든 꽃이 다 예쁘게 보였던 게지."

"벌들도 아무 꽃에나 앉아 꿀을 따 갔어요."

"어떤 꽃이건 꽃에는 꿀이 있으니까. 벌은 꿀을 얻을 수 있어서 좋고, 꽃은 벌의 중매로 씨앗을 만들 수 있어서 좋고. 아참, 내가 깜박 잊고 있었구나. 우리 인선이한테 줄 선물을 사왔는데."

"선물이요? 아이, 좋아라."

인선이가 손뼉을 치며 소리를 지르자 빙그레 웃으며 부녀간의 대화를 듣고 있던 이씨부인이 말했다.

"인선이는 좋겠구나. 헌데, 서방님. 어쩐 일이세요? 딸내미 선물을 다 챙겨 오시다니요?"

"내가 지난번에 들렀을 때 보니까, 인선이가 마당에서 빗자루로 그림을 그리며 놀고 있는데, 쓱싹쓱싹 비질 몇 번으로 뒷산의 소나무를 그럴듯하게 그려냅디다. 운종가 화방에 들러 문방사우와 안료를 몇 가지 사왔소."

"안료를요?"

"인선이가 기뻐할 것 같습디다."

"잘 하셨어요. 인선이가 색을 보는 눈이 뛰어나요. 이걸 좀 보세요. 제가 수 놓는 걸 보고 흉내를 낸 것인데, 색을 정확히 구별하여 쓸 줄 알더라구요."

이씨부인이 맨드라미가 수 놓인 명주 수건 한 장을 반짇고리에서 꺼내어 신명화 앞에 펼쳐놓았다.

"이것이 인선이의 솜씨라는 말이오?"

"그렇다니까요? 손이 어찌나 빠른지 한나절만에 놓더라니까요?"

"우리 인선이의 재주가 제법이구나. 모르는 사람한테는 네 어머니가 놓았다고 해도 믿겠구나. 아버지가 그림도구 사오기를 잘했지. 색실은 네 어머니를 주려고 사왔는데, 그것도 너를 주어야겠구나."

신명화가 봇짐을 풀어 선물을 꺼내어 늘어놓았다.

"색실은 안 돼요. 인선이한테 너무 무거운 짐을 지우려고 하지 말아요. 수를 놓고 그림을 그리기에는 인선이 나이 이제 겨우 아홉 살이라구요."

"그런가요?"

"인선이는 수를 놓는 것보다 그림을 그리게 하세요. 좀 더 시간이 지나면 제가 놓는 수의 밑그림을 그리게 할 거예요."

"알았소. 그렇게 하시오. 인화한테는 붉은 댕기를 사왔다."

신명화가 제각기의 몫으로 사온 선물을 건네어 주었다.

이날밤 인선이는 아버지가 한양에서 사온 선물보따리를 머리맡에 놓고 잠을 청했지만 새벽녘까지 잠을 이룰 수가 없었다.

한양의 본가에 머물면서 1년에 겨우 두어 차례 얼굴을 보여주는 아버지한테 응석도 제대로 못 부렸던 인선이었다. 어머니가 놓는 수를 흉내 내면서, 마당에서 빗자루로 쓱싹쓱싹 그림 흉내를 내면서, 얼마 전부터는 아버지의 사랑방에 들러 붓으로 소나무를 그리고, 봉숭아꽃을 그리면서 소나무에게는 녹색을 입히고, 봉숭아꽃에는 붉은색을 입히면 참 예쁘겠다는 생각은 했지만, 아버지한테 안료를 사다달라고 조를 수는 없었다.

떨어져 사는 것이 미안한 아버지는 딸들한테 언제나 너그러웠지만, 아버지는 아버지라는 이름만으로도 세상에서 가장 어려운 사람이었다.

그런데 아버지가 딸의 마음을 알고 그림도구들을 한 아름 사온 것이었다.

다음날 인선은 아침을 먹자마자 제 방에 틀어박혀 그림을 그렸다. 마침 후원의 복숭아나무에 복숭아가 붉은빛을 띠고 익어 있었다. 하루에도 몇 번씩 후원을 산책하며 머릿속에 그려 넣었던 복숭아나무였다.

연화를 불러 먹을 갈게 하고 붓 씻을 물을 떠오라고 시키면서 한나절 내내 빨간 복숭아가 열린 복숭아나무와 씨름을 하였다.

"애기씨, 진짜 복숭아 같아요. 따 먹고 싶어요."

연화가 놀란 눈빛으로 탄성을 내질렀다.

연화는 계집종이었다. 어려서부터 인선이와는 동무처럼 지냈다. 둘이 유난히 가까운 것을 안 이씨부인이 인선이의 수발만 들도록 했다.

연화라는 이름도 인선이가 지어주었다. 인선이가 천자문을 다 외우고 붓으로 쓸 수 있게 된 어느 날이었다. 후원 연못에 연꽃이 분홍으로 피어있었다.

나비 한 마리가 연꽃 위를 나풀나풀 날아가고 있었다.

나비의 날갯짓에 따라 햇살이 은빛으로 쏟아져 내리다가 연꽃 위에서 놀란 듯이 튕겨져 솟구쳤다. 나비가 안채 지붕을 넘어 검은 대밭 사이로 사라진 다음이었다.

뒤에서 어린 계집종의 목소리가 들렸다.

"어머, 애기씨. 연꽃이 너무 예뻐요."

"그렇지? 예쁘지? 헌데 네 이름이 뭐니?"

제 또래의 계집종이 있다는 것은 알고 있었지만 이름은 모르고 있었다.

"저는 이름이 없어요."

"사람이 어찌 이름이 없다는 말이냐? 네 어머니는 너를 어떻게 부르지?"

"아무렇게나 불러요. 언년이가 되었다가 서운이도 되고, 엄니가 화가 나 있으면 이년도 되고 저년도 되구요."

"내가 네 이름을 지어주어야겠구나. 사람이 한 가지 이름만 있어야 부르기가 쉽지. 부르는 사람의 기분에 따라 달라진다면 제대로 된 이름이라고 할 수가 없지."

"애기씨가 이년의 이름을 지어주신다구요?"

어린 계집종의 얼굴이 발그레 물들었다.

"그래, 마침 연못에 연꽃도 피어있고, 연꽃 앞에 너와 내가 함께 있으니까, 연꽃 연자에 꽃 화자를 넣어 연화라고 부르면 어떻겠니?"

"좋아요, 애기씨."

"넌 이제부터 연화다?"

"예, 애기씨. 연화가 애기씨께 큰 절을 올리겠습니다."

연화가 땅바닥에 무릎을 꿇고 다소곳이 절을 했다.

"부끄럽구나. 누가 보면 어쩌려고 그러니? 어서 일어나렴."

인선이 서둘러 연화를 일으켜 세웠다.

그날부터 연화는 인선이의 수발하녀가 되었다. 이름은 하녀였지만 동무나 마찬가지였다. 잠도 따로 자고, 밥도 따로 먹었지만, 잠 자고 밥 먹는 시간만 빼면 둘은 늘 함께 있었다.

인선이가 매화나무 아래 서 있으면 연화도 거기에 있었고, 인선이가 맨드라미꽃 그늘의 개구리와 놀고 있으면 연화도 거기에 있었다. 인선이가 감나무가지에서 맴맴 노래하는 매미와 얘기를 나누고 있으면 연화도 거기에 있었다.

"매미야, 너는 무엇으로 맴맴 소리를 내니?"

인선이가 물으면 매미가 맴맴 대답했다.

"애기씨, 매미한테 물으면 매미가 대답해요?"

"그럼, 대답하구말구."

"방금 매미가 뭐라고 했어요?"

"친구가 그리워서 울었다는구나."

"정말요? 애기씨는 참 신기해요. 또 무슨 말을 하는지 물어보세요."

"매미야, 너는 이레 동안만 살고 가는 것이 슬프지 않니?"

인선의 물음에 매미가 맴맴 대답했다.

"조금도 슬프지 않다는구나. 비록 이레 동안이지만 부르고 싶은 노래를 다 부를 수 있어서 행복하다는구나."

"정말요? 정말 그렇게 말했어요?"

"그렇다니까? 매미의 마음으로 들으면 매미가 하는 얘기를 다 알아들을 수가 있지. 그것은 여치도 마찬가지고, 귀뚜라미도 마찬가지란다. 그 뿐인 줄 아니? 꽃과도 얘기할 수 있고, 나무에 달린 열매와도 얘기를 나눌 수 있다."

"전 애기씨의 말을 도통 알아듣지 못하겠어요."

"네가 그것들과 좀 더 가까워지면 너도 알아들을 수 있을 거야."

인선이의 말에 연화가 고개를 갸우뚱했다. 그러면서도 점점 인선이를 닮아갔다. 아니, 닮으려고 애를 썼다. 인선이가 뒤뜰에 쪼그리고 앉아 짤막한 나뭇가지를 붓 삼아 꽃을 그리면, 저도 마주앉아 흉내를 냈고, 인선이가 날아가는 나비를 향해 '호랑나비야, 맨드라미꽃 하고 놀다가렴' 하고 중얼거리면 연화도 '나비야, 우리 애기씨가 더 놀다가'라고 하지 않니?' 하고 따라서 했다.

하루는 인선이가 제 방에서 천자문을 쓰고 있는데, 신기한 듯 바라보고 있던 연화가 물었다.

"애기씨, 이것이 글자라는 거예요?"

"그래. 이 속에는 네 이름도 들어있다. 볼래? 이 글자는 연꽃 연자라는 글자이고, 이 글자는 꽃 화자라는 글자란다. 아참, 이것은 명나라 사람들이 쓰는 글자고 조선 사람들은 언문을 쓰는데, 이것이 네 이름 연화란다."

인선이가 언문으로 연화라고 써 보이자 제 이름자를 손가락으로 몇 번 써보던 연화가 말했다.

"애기씨, 저한테도 글을 가르쳐 주시면 안돼요?"

"너한테?"

"배우고 싶어요."

"어른들이 알면 혼이 날 텐데?"

"그래두요. 그래두 배우고 싶어요."

"좋아. 네가 원한다면 가르쳐주지 뭐. 대신 네 어머니한테도 비밀이다?"

"예, 애기씨."

그날부터 인선이는 제 방에서 연화와 놀 때면 소곤소곤 글을 가르쳤다. 먼저 언문을 가르치고, 언문을 읽고 쓰게 된 다음에는 천자문을 가르쳤다. 인선이가 외할아버지한테 글공부를 할 때면 연화는 마루에 앉아 귀를 기울였다. 그만큼 연화는 욕심이 많은 아이였다.

"연화야, 내가 복숭아를 그린 일은 비밀이다."

붓을 놓으면서 인선이가 말했다.

"왜요? 막 자랑을 치시지 않구요."

"아니, 자랑 칠 그림이 아니란다. 비밀을 지키지 않으면 다시는 너랑 놀지 않을 것이다."

"알았어요, 애기씨. 하늘이 무너져도 애기씨가 복숭아를 그린 일은 말하지 않을게요."

한나절을 제 방에 틀어박혀 있던 인선이 후원으로 나가자 연못가 돌팍 위에 앉아 있던 아버지가 웃으며 말했다.

"네 몸에서 먹물냄새와 안료냄새가 나는 것을 보니까 그림을 그린 모양이구나. 아버지가 구경을 해도 되겠느냐?"

"나중에요. 나중에 보여드릴게요."

인선이의 얼굴이 복숭아꽃빛으로 바뀌었다.

"허허허, 녀석도 참. 어떤 그림을 그렸길래 이리 부끄러워할꼬?"

신명화가 정이 듬뿍 담긴 눈빛으로 인선이를 바라보는데, 연화가 종종걸음으로 다가왔다.

"애기씨, 마님께서 찾으십니다."

그제서야 인선이는 어머니에게 훈육 받을 시간인 것을 알고 서둘러 안방으로 갔다. 언니 인화가 수틀을 붙들고 앉아 있다가 엉덩이를 움직여 자리를 내주었다.

"인선아, 네 눈빛이 맑고 밝은 것이 보기에 좋구나. 눈빛이 맑은 것은 마음도 맑다는 뜻이니라. 가슴에 착한 생각을 품고 있으면 눈빛으로 드러나는 것이란다."

"저는 착한 생각을 하지 않았는데요?"

"너도 모르게 착한 생각을 하고 있었을 것이다. 오늘은 여자가 지켜야할 법도에 대해서 배워보자꾸나. 지금부터 내가 하는 말을 머리에 잘 새겨넣거라. 너희들이 살아갈 평생 동안 숙명처럼 달고 함께 가야할 무거운 짐 같은 것이니라."

이씨부인이 두 딸을 엄한 눈빛으로 바라보며 입을 열었다.

인선이의 어머니 이씨부인에게는 아들이 없었으므로 외할아버지가 사위와 의논하여 친정집에서 살게 하였다. 아버지 신명화는 한양과 강릉을 오가며 살고 있었다. 주로 한양에서 머물며 강릉에는 1년에 한두 번 들렀는데, 한번 오면 한 달 남짓 머무르다 돌아갔다.

어린 인선이 한양의 아버지를 늘 그리워하는 것을 알고 외할머니와 외할아버지가 정을 듬뿍 주었다.

평소에는 온화하고 정을 담아 딸들을 대하다가도 훈육시간이면 이씨부인의 눈빛이 엄해졌다.

"남자는 학문을 닦아 벼슬길에 나가 집안을 일으켜 세우거나 지키는 것이 본분이라면 여자는 안에서 할 일이 참 많단다. 부모를 봉양하고, 자식을 낳아 올바로 기르고, 친척 간에 화목하고, 남편을 섬기고, 제사를 지극정성으로 모시는 일이 모두가 여자들이 할 일이란다. 특히 자식을 바르게 키우는 일은 여자가 해야 하는 일 가운데서도 가장 중요한 일이란다."

"아버지도 자식을 기르고 훈육하던데요?"

인선이가 말했다.

"그야 그렇지. 다만 어머니는 늘 자식 곁에서 자식을 바라보고 있단다. 내가 너희들한테 그러는 것처럼. 너희들 아버지는 사정이 있어서 멀리 한양에 계시지 않니? 세상에 내려오는 옛 이야기를 보더라도 훌륭한 자식을 길러낸 어머니의 얘기만 있지, 아버지가 자식을 훌륭히 길러냈다는 말은 없단다. 주나라 문왕을 길러낸 태임을 보더라도 알 수 있단다."

"태임이요?"

인선이가 눈을 반짝이며 물을 때였다.

문 밖에서 신명화의 기침소리가 들렸다.

이씨부인이 옷매무새를 가다듬으며 인화를 바라보았다.

인화가 얼른 일어서서 문을 열었다.

"내가 좀 들어가도 되겠소? 부인."

신명화의 물음에 이씨부인이 말했다.

"인화야, 아버지께 들어오시라고 말씀드려라."

인화가 신명화에게 말했다.

"아버지, 어머니께서 들어오시랍니다."

신명화가 방으로 들어와 앉으며 말했다.

"밖에서 얼핏 들으니까, 주나라 문왕의 어머니 태임에 대해서 얘기하고 있던 것 같던데, 그렇소?"

"여자의 도리를 가르치다 보니까, 거기까지 가게 되었습니다. 저는 다만 어머니께 들은 말을 그대로 전해줄 뿐입니다."

"나도 언젠가는 내 딸들에게 태임의 얘기를 해주고 싶었소. 태임이라 하면 모든 어머니들의 귀감이잖소?"

"그렇지요. 그래서 저도 태임을 닮으려고 애쓰고 있답니다."

"알고 있소. 사려깊은 부인이 있어 한양 본가에 머물면서도 마음이 든든하오. 고맙소."

"응당 제가 해야 할 일인 걸요. 기왕 들어오셨으니까, 오늘은 서방님께서 주나라 문왕이 백성을 어떻게 아꼈는가를 말씀해 주세요."

"그러리다. 인화야, 인선아. 세상에 왕도가 무엇인지를 몸소 실천하며 보여준 왕이 주나라의 문왕이었단다."

"왕도라면 왕이 가야할 길을 말하는 것인가요?"

인선이 눈을 반짝이며 물었다.

"그렇지. 허나 내가 너희들한테 해주고 싶은 말은 왕도뿐만이 아니란다. 왕의 길, 벼슬아치의 길, 부모의 길, 자식의 길을 들려 주고 싶구나."

신명화의 말에 두 딸이 귀를 열고 올려다보았다.

"왕은 자비롭고 선한 마음으로 백성을 다스려야 하고, 벼슬아 치들은 백성들을 따뜻한 마음으로 보살펴야 하며, 자식들은 부모 님께 지극한 마음으로 효성을 바쳐야 하며, 부모는 자식을 사랑 으로 길러야 하며, 사람과 사람 사이에는 착한 마음으로 신의를 지키며 살아야 한다. 그것을 가르친 것이 주나라 문왕이었고, 스스로 실천하며 백성을 다스렸단다."

신명화가 정이 담긴 눈빛으로 이씨부인을 바라보았다.

그 눈빛에 이씨부인이 얼굴을 발그레 물들이며 입을 열었다.

"왕이면서도 문왕은 참으로 검소한 사람이었다지요? 항간의 백성같이 소박한 옷차림으로 농사철이면 들에 나가 농부처럼 일 을 하고, 백성들의 가난한 삶을 알고 왕실의 경비를 줄여 세금을 감면해 주고, 부녀자나 자식들이 남편이나 아버지의 죄를 대신 받는 법을 없앴다지요."

"부인이 아주 잘 알고 있구려. 그랬다고 했소. 흔히들 백성들이 살기좋은 시절을 가리켜 요순시절이라고 하오만 주나라의 문왕시절도 요순시절처럼 백성들이 살기에 좋았던 모양이오."

"그런 문왕을 길러낸 것이 어머니 태임이었지요."

"그렇소. 태임이 문왕을 가졌을 때의 태교는 아이를 잉태한 모든 어머니들이 지켜야할 본보기로 전해져 오고 있소. 부인이 말해 보겠소?"

신명화의 말에 이씨부인이 두 딸을 바라보다가 남편을 향해 입을 열었다.

"태임이 문왕을 잉태했을 때 스스로 경계하기를 눈으로는 나쁜 것을 안 보고 꽃같은 좋은 것만 보려고 애를 썼으며, 귀로는 나쁜 소리를 안 듣고 새소리같은 좋은 소리만 들으려고 귀를 기울였으며, 입으로는 들으면 상대방의 기분이 좋아지는 말만 하려고 애를 썼다지요. 왕비라는 높은 지위에 있으면서도 언제나 아랫사람을 정으로 대했다지요. 그런 어머니였으니 문왕같은, 온 백성들에게 칭송을 듣는 훌륭한 아들을 길러냈겠지요."

이씨부인이 너희들도 장차 태임같은 어머니가 되어라, 하는 눈빛으로 두 딸을 바라보았다.

순간 인선이의 가슴이 사정없이 두근거리면서 뜨거워졌다.

어머니의 훈육시간이면 한 마디 한 마디를 뇌리에 담고 가슴에 새겼지만, 태임의 얘기처럼 가슴이 두근거린 적은 없었다.

신명화가 말했다.

"흔히들, 주나라의 문왕시대를 요순시절 이후 가장 살기 좋은 시대였다고 말하는 것만 보아도 문왕이 얼마나 백성들을 잘 다스렸는가를 알 수 있단다."

"요순시절이요?"

인선이가 물었다.

"한 마디로 백성들이 왕이 누구인지도 모르고 자기 생업에만
충실했던 시절이었단다."

"요순임금이 그런 왕이었다는 말씀이지요?"

"요임금과 순임금이지. 두 임금의 시대를 요순시대라고 부른단
다. 요임금이 백성을 따로 가르치지 않아도 백성들은 서로 화합
하고, 부모에게 효도하였으며, 벼슬아치들에게는 엄격하게 대하
여 백성들을 섬기게 하였으며, 희씨와 화씨 두 성씨에게 계절에
맞는 농사법을 가르쳐 백성들이 때에 맞추어 씨를 뿌리고 알곡을
거두게 하였으며, 또한 1년을 366일로 정한 것도 요임금이었지.
궁궐 입구에 감간고를 설치한 것만 보아도 요임금이 백성을 얼마
나 아꼈는가를 알 수 있단다."

"감간고요?"

이번에는 가만히 신명화의 말에 귀를 기울이던 인화가 물었다.

"너희들, 신문고를 아느냐?"

신명화의 물음에 인선이가 잠시 생각하다가 대답했다.

"한양 대궐 입구에 달아놓은 북이 아닌지요?"

"맞다. 우리 조선에서도 백성들이 원통하고 억울한 일을 당하
고도 그걸 풀지 못했을 경우에 왕에게 직접 원통함을 호소할 길
을 열어주기 위하여 설치했던 북이란다. 지금은 유명무실하게 되

64

었다만, 지방관아에는 관아마다 등문고를 설치하여 백성들의 억울한 사정을 풀어주기도 하였단다. 말하자면 조선 신문고의 조상이 요임금이 설치했던 감간고라고 보면 될 것이다."

"하면 요임금의 아들이 순임금인가요?"

아버지와 딸들의 대화를 듣고만 있던 이씨부인이 물었다.

"아니오. 요임금은 자기 아들이 왕재가 아님을 알고 왕위에 있은 지 칠십 년이 지났을 때 신하들에게 천하의 어질고 백성을 잘 다스릴만한 인재를 찾아오라고 영을 내렸소. 그러자 신하들이 백성들 사이에 효자로 소문이 자자한 고양사람 우중화라는 사람을 추천했지요. 신하들이 하나같이 추천하자 요임금이 우중화에게 두 딸을 시집보내고 몇 가지 일을 맡겨 능력을 시험하였는데, 그 재능이 뛰어났다고 합디다."

"그 사람이 얼마나 효도를 잘 하였기에 천하에 소문이 났을까요?"

이씨부인의 물음에 신명화가 대답했다.

"우중화의 아버지는 고수라는 사람인데 부인이 죽자 새로 부인을 맞이했다고 하오. 새 부인이 아들을 낳았는데, 고수가 둘째부인이 낳은 아들을 너무 편애한 나머지 중화를 죽이려고 했다 하오. 그때마다 중화는 아버지가 아들을 죽이는 살인죄를 짓지 않도록 하기 위하여 지혜로 죽음을 피하면서 얼굴빛 하나 변하지 않고 아버지와 계모를 지극정성으로 모셨다 하오. 한번은 고수의 목숨이 경각에 달렸는데, 중화가 자기 손가락을 잘라 목구멍에 피를 흘려주자 기적처럼 살아났는데, 그걸 보고 사람들은 하늘이 감동하여 꼼짝없이 죽을 고수의 목숨을 살려주었다고 했다지요."

"단지하여 부모를 살린 효자얘기는 우리 조선에도 많은 걸요."

"그렇소. 헌데 우중화는 효뿐만이 아니라 요임금이 맡긴 일도 막힘없이 척척 해냈을 뿐만 아니라 두 부인과도 얼굴 한번 찌푸린 일 없이 화목하게 살았다 하오. 몇 년 후에 요임금이 우중화를 섭정으로 삼고 은거하였는데, 요임금이 죽고 나자 우중화는 왕위를 요임금의 아들에게 물려주고 변방으로 나가 살았다고 합디다. 그러자 벼슬아치들이 날마다 찾아와 나라의 일을 의논하고, 또한 백성들이 억울한 일을 호소하면서 풀어주기를 간청하자 하늘의 뜻이라 믿고 돌아와 왕이 되었다고 하오. 아무튼 요순시절에는 하늘이 내린 큰 재앙도 없었고, 백성끼리의 송사도 드물었을 만큼 태평성대였다고 하니, 사람이 가장 살기 좋은 시절이 아니었겠소? 임금이 정치를 잘하면 하늘이 도와준다는 말은 그래서 생긴 것이 아니겠소? 반대로 생각하면 임금이 폭정을 하면 하늘이 큰 재앙을 내려 경고하는 것이 아니겠소?"

"그야 그렇지요. 우리 조선에서도 세상살이의 호불호를 백성들은 임금에 빗댄 경우가 많잖아요. 강의 물줄기를 바꾸는 큰 홍수가 나도 임금 탓이오, 칠 년 대한 가뭄이 들어도 임금 탓이라고 하지 않던가요?"

"임금이 제대로 백성들을 다스려 백성들의 삶이 편안하다면 어지간한 홍수나 가뭄의 피해 정도를 가지고 임금을 입에 올려 원망하지는 않을 것이오. 요순시절에 백성들 사이에 유행하던 노래가 지금도 전해져 오는데, 한결같이 칭송하는 내용이지 헐뜯고 원망하는 내용은 없소. 문왕을 요임금과 순임금에 빗대어 같은 반열에 놓는 것만 보아도 문왕이 얼마나 백성을 잘 다스렸는가를 알 수 있지 않소?"

"그런 문왕을 길러낸 분이 어머니 태임이었구요."

말 끝에 이씨부인이 두 딸을 번갈아 바라보았다.

가슴이 쿵쿵거리면서 인선이의 얼굴이 붉어졌다.

어머니의 훈육이 끝나고 인선이가 밖으로 나와 뒤뜰 후원으로 가자 외할아버지가 연못가 돌팍 위에 앉아 막 피어나려는 연꽃을 보고 있었다.

연꽃이 피기를 이제나 저제나 기다리고 있던 인선이가 외할아버지 곁으로 다가갔다.

"오늘은 무슨 공부를 했느냐?"

외할아버지가 정이 담긴 눈빛으로 돌아보며 물었다.

"주나라 문왕을 길러낸 태임이라는 분에 대해 공부했어요."

인선이가 외할아버지 곁에 다소곳이 앉으며 대답했다.

"너한테 꼭 필요한 공부를 했구나. 태임도 훌륭했지만 문왕은 참 지혜로운 사람이었다. 너 할아버지가 읽고 있는 주역이라는 책을 알고 있느냐?"

"몇 번 펼쳐보기는 했지만, 무슨 내용인지는 모르겠어요."

"네가 알 리가 없지. 사서삼경에 통달한 선비들도 주역을 놓고는 쩔쩔 맨단다. 주역은 역술에 관한 책인데, 그걸 완성한 이도 문왕이란다. 그가 얼마나 지혜로운 사람이었는가 하면, 서백이 아직 왕이 되기 전의 일을 보면 알 수 있단다."

"서백이 문왕인가요?"

"잘 아는구나. 서백은 젊어서부터 넓은 덕으로 이웃을 대하고 사람들에게 인망을 얻어 칭송을 받았단다. 그러자 백성들이 서백의 주위로 모여들었고, 나중에는 한 나라를 다스리는 제후에 비길만한 힘을 길렀다는구나. 그러자 은나라의 주왕이 서백을 잡아다 옥에 가두고는, 그것도 모자라 서백의 아들을 죽여 그 살점으로 국을 끓여 끼니로 넣어주라고 명을 내린 다음에 '어디, 세상 사람들의 칭송대로 서백이 성인인지 두고 보자꾸나. 제 아들의 살점으로 끓인 국을 먹으면 제 자식의 살점을 먹는 것이니 성인이 아닐 것이요, 만약 먹지 않는다면 성인이 틀림없으므로 죽여버리거라' 했단다. 국을 받아 든 서백은 그것이 자기 자식의 살점으로 끓인 것이라는 걸 알면서도 눈물을 머금고 먹는 시늉을 했다는구나."

"징그러워요, 할아버지. 사람이 어찌 그런 짓을 할 수 있어요?"

"폭정을 하는 왕은 사람이 아니란다. 너 주지육림이라는 말뜻을 아느냐?"

"술이 연못을 이루고 고기가 숲을 이룬다는 뜻이 아닌가요?"

"맞다. 왕이나 높은 관직의 벼슬아치들이 술과 고기에 빠져 흥청망청할 때에 쓰는 말이란다. 그런 왕이니 백성들을 제대로 돌

볼 수나 있었겠느냐? 은나라 주왕이 꼭 그런 사람이었구나."

"서백이라는 사람은 나중에 어떻게 되었어요?"

"서백의 인품이 훌륭하니까, 따르는 사람들도 많았지. 부하들이 주왕에게 땅과 말과 미인을 바치자 서백을 불러 활과 화살을 하사하며 자신을 대신하여 중원의 서쪽 지역을 다스리게 하였다는구나."

"왕이 된 것인가요?"

"제후니까 왕이나 마찬가지지. 서백을 정말 훌륭한 왕으로 만든 사람은 따로 있단다."

"어머니인가요?"

"태임은 서백에게 뛰어난 인품과 지혜를 길러주었지만 서백이 주왕에게 곤욕을 치룰 때에는 이 세상 사람이 아니었단다. 서백을 역사에 길이 남을 성군으로 만든 것은 강여상이라는 사람이었단다. 흔히들 강태공이라고도 부르는."

"강태공이면 날마다 곧은 낚시를 강에 던져 놓고 앉아있던 사람이 아닌가요?"

"맞다. 그 강태공이 바로 강여상이라는 사람이다."

"강태공의 낚시는 기다림의 낚시라고 아버지께서 말씀하셨어요."

"네 아버지가?"

"예, 지난번에 오셨을 때 경포호에서 낚시를 하시는 아버지를 따라갔을 때 말씀하셨어요."

"네, 아버지는 무엇을 기다린다고 하더냐?"

"그런 말씀은 안 해주셨어요. 강여상이라는 분은 무엇을 기다렸나요?"

"때와 사람을 기다렸지. 자신이 세상에 나설 때와 자신을 알아줄 사람을 기다렸던 것이지."

"그렇게 기다리다 만난 사람이 나중에 문왕이 된 서백이라는 분이었군요? 좀 더 자세히 말씀해 주세요, 할아버지."

"허허허, 네가 내 말을 알아듣겠느냐? 어려울 텐데……."

"재밌잖아요. 들려주세요."

"서백이 주나라의 문왕이 된 얼마 후였다. 문왕은 나랏일로 머리가 아플 때면 사냥으로 풀곤 했다는구나. 어느 날 문왕이 사냥을 나가려는데 하늘과 땅과 사람의 일에 통달한 편이라는 사관이 '제가 점괘를 뽑아보니 폐하께서 수일 내로 북쪽으로 가시면 큰 인물을 얻게 될 것이라고 나왔습니다' 하고 아뢰었다지."

"그래서요?"

"문왕이 자신도 세상의 이치를 꿰뚫어 보고 있었지만, 사관의 말을 귀담아 듣고 자신의 뜻에 맞으면 잘 따랐다는구나. 문왕이 사냥을 포기하고 괘를 뽑아보자 정말 사관의 말대로 훌륭한 인물을 구할 괘가 나왔다더구나."

"그 큰 인물이 바로 강태공이었나요?"

"허허허, 오늘 보니까 내 손녀 인선이가 아주 똑똑하구나. 맞다. 문왕이 사흘 동안 목욕재계하고 북쪽으로 가서 만난 사람이 바로 강여상이었다. 강여상은 문왕을 도와 주나라의 기틀을 다졌고, 문왕이 죽고 나자 그의 둘째 아들 무를 도와 주지육림에 빠져 백성들을 나 몰라라 했던 은나라의 주왕을 몰아내고 천하를 평정하였으며, 바닷길로 조선에서 가장 가까운 제나라의 시조가 되었었지. 헌데 강여상에게는 네가 꼭 새겨 들어야할 얘기가 한 가지 더 있다."

"그분의 어머니도 어질고 현명하여 자식을 잘 길러냈는가요?"

인선이의 물음에 외할아버지가 고개를 가로저었다.

"어머니의 얘기가 아니라 부인 얘기니라. 강여상은 참으로 가난한 선비였다. 부인이 이웃집에 품을 팔아 겨우겨우 끼니를 이어가고 있었다는구나. 하루는 부인이 품일을 나가면서 비가 오면 마당에 널어놓은 조를 안으로 들여놓으라고 단단히 당부를 하였단다."

"그런데 강여상이 책을 읽느라 부인의 당부를 잊어버렸군요? 갑자기 내린 소나기에 널어놓았던 조는 다 떠내려가버리고요?"

"허허허, 네가 알고 있던 얘기더냐?"

"어머니께 그와 비슷한 얘기를 들은 적이 있어요. 조선에도 글 읽던 선비가 부인의 당부를 잊고 곡식을 비에 떠내려 보냈다는 얘기가 몇 가지 있다고 하셨어요. 대부분이 부인의 잔소리에 집을 나갔지요. 강여상이라는 분도 그랬나요?"

"부인한테 쫓겨났지. 집을 나온 강여상이 여러 나라를 돌아다니며 자기가 모실만한 왕을 찾았는데, 주나라에 들어와 보니, 백성들마다 문왕을 칭송하지 않는 사람이 없었다는구나. 그러나 자신이 먼저 문왕을 찾아가는 것은 도리가 아니라고 여기고 문왕이 찾아오기를 기다렸단다. 즉, 강태공의 낚시는 문왕을 기다리는 기다림의 낚시였지. 강여상이 제나라의 제후가 된 얼마 후였단다. 화려한 마차를 타고 많은 신하들과 함께 민정을 시찰하고 다니다가 옛날 자기가 살던 마을을 지나게 되었다는구나. 그때까지 가난하게 살던 옛날의 부인이 제후의 얼굴을 보니까, 날마다 책 속에 묻혀 살던 제 서방님인 게야. 얼른 무릎을 꿇고 엎드려 지난 날을 사죄하고 다시 받아달라고 하였다는구나."

"받아주었나요?"

"강여상이 그랬다는구나. 부인, 먼 길을 와서 목이 마르구려. 물 한 그릇 떠다주겠소? 하고 말이니라. 자신을 알아봐 주고 말을 걸어준 옛 서방님이 고마운 부인이 부리나케 물 한 그릇을 떠다 바쳤다는구나."

"물을 엎질러버렸나요?"

"아니, 너. 네 애비한테 들었던 게로구나? 다 알고 있으면서 할 애비를 놀려? 괘씸한 녀석 같으니라구."

외할아버지 이사온이 빙그레 웃었다.

"아니에요, 아버지께 들은 것이 아니에요."

"하면 네가 그걸 어찌 아느냐?"

"어른들이 흔히 하는 말 가운데, 엎질러진 물이라는 말이 있잖아요. 강태공이라는 분도 그랬을 것 같았어요."

"그랬지. 옛부인이 떠온 물을 땅바닥에 부어 놓고는 부인한테 그랬다는구나. 부인, 그 물을 다시 그릇에 담아 보시오, 하고 말이니라. 그제서야 일이 그른 것을 안 옛부인이 돌아서서 울며 도망을 쳤다는구나."

"참았으면 좋았을 텐데요."

"그러게 말이니라. 고진감래라는 말이 있잖느냐? 힘든 시절을 함께 견뎌야 즐거운 시절도 함께할 것이 아니더냐? 한번 그릇된 일은 되돌리기 어렵다는 뜻의 엎질러진 물 이야기는 그때부터 비롯된 것일지도 모르겠구나. 인선아, 너는 강태공의 부인을 닮지 말고 문왕의 어머니 같은 사람이 되거라."

"예, 할아버지."

"네가 여자인 것이 참으로 한스럽구나. 사내로 태어났다면 조선의 동량재가 되고도 남았을 것을."

"시경은 언제 가르쳐주실 거예요?"

"네 나이 열 살이 넘으면 시작하자."

외할아버지 이사온이 외손녀 인선이의 어깨를 토닥거려 주었다.

그때 인선이는 연꽃 한 송이가 막 피어나고 있는 모습을 보았다.

늘 조용하던 집안이 신명화가 머물자 화기가 감돌았다. 머슴이며 하녀들의 움직임이 민첩해졌으며, 채마밭을 기웃거리는 닭들도 종종걸음을 쳤다.

그 뿐만이 아니었다. 후원이며 담 밑에 피어있는 꽃들도 한껏 자태를 뽐냈으며, 새들은 맑은 소리로 아침마다 인선이의 잠을 깨웠다.

아버지의 얼굴을 보고, 아버지의 목소리를 들으며 하루를 시작하는 아침이 인선이는 신이 났다.

새소리에 잠을 깨면 연화가 떠다놓은 놋대야의 물로 세수를 한 다음에 외할아버지와 외할머니께 아침 문안을 여쭙고 서둘러 작은 사랑으로 아버지를 찾아가 문안을 드렸다.

"아버지, 평안히 주무셨어요?"

마치 기다리고나 있었다는 듯이 방문이 열리고 신명화가 얼굴을 내밀었다.

"오냐. 인선이도 잘 잤느냐?"

"예, 아버지."

아버지의 얼굴을 조금이라도 빨리 보고 싶어 문안을 여쭙는다는 핑계로 찾아왔지만, 막상 얼굴을 대하면 부끄러워진 인선이 얼굴을 붉히며 후닥닥 돌아섰다.

"허허허, 녀석도 참."

신명화가 너털웃음을 터뜨렸다.

그날 오후였다.

이씨부인의 수발을 받으며 나들이 채비를 마친 신명화가 인선이를 불렀다.

"인선아, 아버지를 따라가지 않으련?"

아버지의 물음에 인선이가 얼른 대답했다.

"아버지께서 가시는 곳이면 전 어디든 좋아요."

"정말이냐?"

"예, 저는 거짓말은 안 해요. 연화랑 같이 가도 되지요?"

"암, 되고 말고."

부녀간의 대화를 듣고 있던 이씨부인이 물었다.

"어디를 가시는데요?"

"관음사에 가려 하오. 마침 대웅전 벽에 단청을 하고 있다 하오. 시주도 좀 하고 인선이한테 구경을 시켜주고 싶소. 단청스님들이야말로 조선 최고의 화원이 아니오."

"그렇긴 합니다만, 오고가고 삼십 리 길인데, 한나절에 다녀오기에는 너무 빠듯하지 않을까요?"

"늦어질 것 같으면 하룻밤 묵어오면 될 거 아니오?"

관음사는 신명화가 강릉 북평촌에 머물 때마다 들르던 절이었다. 장인 이사온은 선비가 사서삼경을 읽지 않고 절간의 승려를 가까이 한다고 나무랐지만, 신명화는 사서삼경을 읽는 것보다 주지스님과의 하룻밤이 훨씬 마음에 닿았다.

사실은 이번 강릉길도 관음사의 단청 소식을 듣고 부랴부랴 서둘러 내려온 셈이었다.

신명화는 둘째 딸 인선이의 그림공부를 도울 수만 있다면 어떻게든 돕고 싶었다. 이번에 내려오기 전에도 화방에 들러 유명화원의 화집을 구하려고 했지만, 명나라 화원의 화집이 몇 권 있었을 뿐, 조선 화원의 화집은 없었다.

화방 주인의 말이 조선 화원의 화집은 구하기가 힘들다고 했다.

신명화가 안견의 화집이 나오면 연락해 달라고 단단히 당부를 하자, 화방 주인이 선금을 맡겨 놓으면 모사에 재주를 가진 견습 화원을 동원하여 빠른 시간 내에 모사할 수 있다고 하여 화집 서너 권 값을 맡겨 놓기까지 했다.

그런 신명화가 대웅전 단청이라는 좋은 기회를 놓칠 리가 없었다.

"저기를 보거라. 오늘따라 하늘의 푸른빛을 담은 경포호가 거울처럼 맑구나. 그 너머 바다는 짙은 쪽빛이구나."

신명화의 말에 인선이가 눈길을 푸른 호수와 그 너머 바다 쪽으로 돌렸다. 갈매기 몇 마리가 호수 위를 날고 있었다.

"가슴이 막 열리는 것 같아요."

인선이가 숨을 크게 들이마셨다.

"가슴이 열려? 네가 그런 말도 할 줄 아는구나."

신명화가 빙그레 웃었다.

"며칠 전에 해가 질녘에 경포호를 구경한 적이 있는데, 호수와 바다에 붉은 기둥이 솟아 있었어요."

"좋았겠구나. 인선아, 해질녘의 붉은 기둥도 좋지만, 보름달이 뜨는 밤의 노란 기둥도 아름답단다."

"밤에는 무서워서 나올 수가 없어요. 머릿속에 그려보기만 했어요."

"허허, 그랬구나. 다음에는 아버지가 보름에 맞춰 내려오마. 너한테 달 밝은 밤의 노란기둥을 꼭 보여주마."

"정말요?"

"그럼, 정말이고 말고. 아버지는 내 딸들한테 거짓말은 안 한다. 아버지가 보기에 너는 그림 그리는 재주가 뛰어나더구나. 사람들은 사대부 집안 여자아이가 그림을 그린다고 수군거릴지 모르겠다만, 아버지는 상관하지 않는다. 외조부님께 글은 열심히 배우느냐?"

"예, 아침나절로 서너 식경씩 배우고 있어요."

"요즘엔 무엇을 배우고 있느냐?"

"명심보감은 다 익혔고, 고문진보를 배우고 있어요. 나중에는 시경을 가르쳐준다고 하셨어요."

"시경을?"

"예, 시경에는 아름답고 재미있는 시들이 삼백 편도 넘게 있다고 외할아버지께서 말씀하셨어요. 계집아이가 과거를 볼 것도 아니니, 논어나 맹자 대학이나 중용을 배우는 것보다 시경을 읽는 것이 좋다고 하셨어요."

"외조부께서 너를 바른 길로 인도하고 계시는구나. 시경은 논어를 지으신 공자님께서 그때까지 항간에 떠돌던 노래 삼천여 편 가운데 삼백여섯 편으로 간추려 편찬한 책이란다."

"시경이 노래였어요?"

"그래, 노래였지. 옛날도 오랜 옛날부터 중원을 다스리던 왕들은 채시관이라는 벼슬아치를 시켜 백성들이 부르는 노래를 수집해 오게 했단다. 백성들의 노랫말을 보고 왕은 민심을 살피고, 백성들을 더욱 잘 다스리려고 애를 썼단다."

"문왕시대에도 노래가 있었을까요?"

"암, 있지. 시경에 문왕과 그 어머니 태임을 칭송한 시가 열 편이 넘게 들어있으니, 문왕이 다스리던 시대가 얼마나 태평성대였는가를 알 수 있지."

"정말 태임을 칭송한 시도 있어요?"

"그럼, 태임처럼 훌륭한 어머니를 칭송한 노래가 어찌 없겠느냐? 인선아, 너한테는 어려운 질문이 되겠다만, 너는 시를 무엇이라고 생각하느냐?"

"모르겠어요."

인선이가 얼굴을 붉혔다.

"부끄러워할 것 없다. 공자님이 시경 편찬을 마치자 한 제자가 물었다는구나."

"뭐라구요?"

"스승님, 시 삼백 편을 일러 한 마디로 말하면 무엇일까요? 하고 말이니라."

"공자님이 뭐라고 대답하셨어요?"

"사무사(思無邪), 사악함이 없다고 대답하셨단다. 즉 마음에 사악함이 없는 것이 시라고 하셨다는구나. 내가 보기에 인선이 너는 이미 사무사를 실천하고 있더구나."

"제가요? 아버지."

"그래, 네가 다섯 살 때였던가? 아버지는 네가 꽃과도 얘기를 나누고 개구리와도 얘기를 나누며 노는 것을 보았단다."

"제가 꽃과 무슨 얘기를 나누었는데요?"

"허허허, 궁금하냐? 네가 했던 말을 네가 몰라?"

"모르겠어요. 기억이 안 나요."

"잘 들어보렴. 네가 원추리꽃한테 그러더구나. 원추리꽃아, 피어주어서 고마워. 어젯밤에 바람이 세차게 불었는데, 다치지는 않았니? 벌하고 나비는 다녀갔니? 찾아오면 귀찮다 말고 반갑게 맞아주렴, 하고 아주 정답게 얘기를 나누더구나. 그런 감성이야말로 시가 아니겠느냐? 시란 사람이 가질 수 있는 가장 순수하고 고귀한 것으로, 시를 쓰거나 읽는 일은 사람의 마음을 아름답게 변화시켜 준단다. 오늘 아버지가 구태여 너를 관음사에 데려가는 까닭이 조선 최고의 단청스님이 단청하는 모습을 보여주고 싶어서란다."

"아버지께서 그러신 줄 알고 있었어요. 그래서 얼마나 기쁜지 모르겠어요."

"네가 기쁘다니, 아버지도 즐겁구나."

둘이 도란거리며 일주문을 들어서자 짙은 향내 속에서 은은한 안료 냄새가 풍겼다. 아버지가 사다준 안료와 비슷한 냄새였다. 순간 인선이의 가슴이 쿵쿵쿵 뛰었다.

문이 활짝 열려있는 대웅전 토방 아래에서 합장으로 부처님께 예를 갖춘 신명화가 마침 단청스님이 단청하는 걸 지켜보고 있는 주지스님에게 다가가 다시 합장으로 예를 갖추었다.

인선이가 아버지를 따라 합장하는 흉내를 내자 주지스님이 말했다.

"신처사님의 따님인 모양이지요? 얼굴에서 빛이 납니다."

"과찬을 하시는군요. 제 딸 인선이는 이제 아홉 살 밖에 안된 어린 아이랍니다. 이 아이가 그림 그리는 걸 좋아하여 구경시켜 주려고 함께 왔습니다. 법화스님은 단청뿐만 아니라 조선에서 탱화그림의 일인자가 아니십니까?"

신명화의 말에 찬란한 연꽃 속에서 우뚝 솟아있는 보살님상의 눈동자에 점 하나를 찍고 난 법화스님이 돌아서서 눈을 한번 맞추고는 합장을 했다.

"성불하시지요, 신처사님."

"성불하십시오, 법화스님."

신명화를 따라 인선이의 손이 저절로 합장을 했다.

인선이가 법화스님이 그린 대웅전 벽화를 설레는 마음으로 바라보고 있는데, 법화스님이 말했다.

"인선이라고 했느냐? 삼신각이며 칠성각에 걸려 있는 탱화를 구경하지 않겠느냐? 탱화를 자세히 관찰하는 것도 그림공부에 도움이 될 것이다."

"예, 스님. 고맙습니다."

인선이가 합장으로 예를 갖추고 연화와 함께 삼신각으로 갔다.

거기에는 젊은 스님이 인선이 또래의 계집아이에게 벽에 걸린 탱화를 설명해 주고 있었다.

"난정 아기씨, 절에 모셔진 탱화에는 모두 별이 숨어 있다고 했잖습니까? 조금 전 칠성각에서는 찾지 못했으니까, 삼신각 탱화에서 찾아보시지요."

"보우스님, 아무리 봐도 별이 없는데, 안 보이는 별을 어찌 찾으라 하세요?"

난정이라는 계집아이가 짜증을 냈다.

그때 연화가 나섰다.

"우리 인선 애기씨는 꽃 속에서도 별을 잘 찾아내는데……."

연화의 말에 난정이라는 계집아이가 돌아보며 눈의 흰자위를 드러냈다.

"거짓말하지 마. 별이 어떻게 꽃 속에 있니?"

"착한 마음으로 자세히 보면 꽃마다 별이 숨어있다고 했어. 너는 꽃 속의 별도 못 보았구나. 나도 보았는데. 애기씨, 저 그림 속에서 별을 찾아보세요."

그제서야 보우스님이 인선이를 돌아보았다.

"정말 꽃 속에서 별을 보았느냐? 그렇다면 저 탱화 속의 별도 찾아낼 수 있겠구나."

보우스님의 말에 인선이가 얼굴을 붉히며 낮은 소리로 대답했다.

"부처님의 왼쪽 어깨 위에 북두칠성이 있고요, 부처님의 머리 위에 북극성이 있어요."

"정말 네가 북두칠성과 북극성을 보았다는 말이냐?"

인선이가 얼굴을 붉히며 고개를 끄덕이자 난정이라는 아이가 파르르 화를 냈다.

"거짓말하지 마. 내 눈에는 안 보이는 별이 어찌 네 눈에는 보인단 말이냐? 너 우리 아버지가 누구인지 모르지?"

인선이 대꾸를 않자 연화가 발끈하고 나섰다.

"우리 애기씨가 오늘 처음 만난 네 아버지가 누군지 어찌 알겠니?"

"한성부에 오위도총관 부총관으로 계시는 정 윤자 겸자를 쓰시는 분이 우리 아버지다. 너 자꾸 거짓말을 하면 우리 아버지한테 일러서 혼찌검을 내줄 거다."

난정이라는 계집아이가 눈을 하얗게 흘기며 금방이라도 주먹질을 할 듯 다가섰다.

연화가 난정이 앞을 막아서며 소리를 질렀다.

"우리 애기씨는 거짓말을 안 해. 우리 애기씨가 별을 찾았다면 저 그림에는 분명 별이 있을 거야. 너야말로 억지 쓰지 마."

"뭐라구? 쬐그만 게 뭘 안다구. 계집종 주제에 감히 나한테 대들어?"

난정이가 주먹을 머리 위로 들어올릴 때였다.

요사채 쪽에서 계집아이를 부르는 소리가 들려왔다.

"난정아, 아버지께서 기다리시겠구나. 그만 가자."

"예, 어머니. 너 까불지 마."

정난정이 연화를 향해 한번 더 눈을 흘겨주고는 폴짝폴짝 뛰어 제 어미한테 돌아갔다.

"너나 까불지 마."

연화가 마주 고함을 쳐주고는 인선이를 향해 배시시 웃었다.

계집종 연화를 친구처럼 대할 만큼 사람을 싫어하지 않는 인선이의 눈에도 어쩐지 정난정의 뒷모습이 좋게 보이지가 않았다.

"너, 어디에 사느냐?"

보우스님이 인선이를 향해 물었다.

"북평촌에 살아요."

인선이가 대답하자, 연화가 한 마디 보탰다.

"북평촌 검은 대나무밭 집이 애기씨네 집이에요."

"이사온 어르신이 네 외조부님이시겠구나. 참으로 좋은 집에 사는구나. 몇년 전에 내가 시주를 나갔다가 서기가 서려있는 그 집을 보았구나. 장차 훌륭한 사람이 태어날 집터였느니라. 한 눈에 탱화 속에 숨은 별을 찾아내는 걸 보니, 너도 예사 아이는 아니구나."

보우스님이 고개를 끄덕거렸다.

인선이가 칠성각의 별까지 찾고 대웅전으로 내려오자 법화스님이 막 문수보살을 완성해 놓고 찬찬히 살펴보고 있는 중이었다.

아버지는 주지스님과 차라도 마시러 가셨는지 보이지 않았다.

문수보살의 자애스런 모습에 인선이가 아, 하고 탄성을 내지르자 법화스님이 돌아보다가 눈을 크게 떴다.

　"내가 너를 다시 보니까 어쩌면 방금 내가 그린 문수보살님과 똑 닮아있구나."

　법화스님의 말에 연화가 그림 속의 문수보살과 인선이를 번갈아 바라보다가 소리를 질렀다.

　"맞아요. 똑같아요, 애기씨."

　"연화야, 못하는 말이 없구나. 내가 어찌 거룩하신 문수보살님을 닮았단 말이냐?"

　"아니에요, 정말 닮았어요."

　연화의 말에 고개를 끄덕이던 법화스님이 물었다.

　"네가 그림 그리는 걸 좋아한다니 묻는다만 주로 어떤 그림을 그리느냐?"

　인선이가 얼굴을 붉히자 연화가 대신 대답했다.

　"꽃도 그리고, 여치도 그려요. 얼마 전에는 복숭아나무를 그렸는데, 복숭아가 따 먹고 싶을 만큼 똑같았어요."

　"그래? 솜씨가 좋은 모양이구나. 넌 그림을 그릴 때 어떤 마음으로 그리느냐? 그냥 눈에 보이는 대로, 혹은 눈으로 보고 머리가 기억하고 있는 대로 그리느냐?"

　인선이가 대답을 못하고 머뭇거리자 연화가 대신 나섰다.

　"우리 애기씨는 그림을 그릴 때에는 꽃한테도 말을 하고, 여치를 그릴 때에는 여치하고도 말을 해요. 꽃이 되어야 꽃을 그릴 수 있고, 여치가 되어야 여치를 제대로 그릴 수 있다고 했어요."

연화가 자랑스레 대꾸하자 법화스님이 눈을 크게 뜨고 인선이를 찬찬히 살폈다.

"아직 열 살도 안된 네가 벌써 그 경지에 이르렀단 말이냐?"

"아니에요. 연화가 거짓말을 하고 있는 거예요."

"아니다, 이 아이의 말이 맞을 것이다. 방금 나는 문수보살님을 바라보는 네 눈빛에서 문수보살님을 보았구나. 내가 문수보살님의 마음으로 문수보살님을 그렸듯이 네 눈빛도 예사롭지가 않았느니라."

"맞아요. 우리 애기씨가 그랬어요. 꽃하고 놀 때에는 꽃의 마음이 되어야 하고, 개구리하고 놀 때에는 개구리의 마음이 되어야 한다고 했어요. 그렇지요? 애기씨."

"네가 자꾸 엉뚱한 소리만 하는구나."

연화의 말에 부끄러워진 인선이가 도망을 치듯 요사채의 주지스님 방으로 갔다.

"같이 가요, 애기씨."

연화가 종종 걸음으로 따라왔다.

관음사에 다녀온 후로 인선이는 연화가 더욱 가깝게 느껴졌다.

정난정이라는 아이가 주먹을 쥐고 덤벼들 때 망설이지 않고 앞을 막아섰던 연화에게 친동기간 같은 정을 느꼈다.

"연화야, 너도 그림을 그려보겠니?"

연화가 그림을 그리고 싶어 한다는 걸 알고 있던 인선이가 물었다.

"정말요?"

연화가 눈을 반짝이며 반색을 했다.

"사실은 너한테 붓을 쥐어주고 싶었지만, 안료가 귀하고 비싸다는 말을 들어서 그러지를 못했구나. 네가 난정이라는 아이를 막아주었을 때 내가 참 옹졸했다는 생각이 들었다. 내가 아껴 쓰면 안료를 나누어 줄 수 있었는데."

그날부터 인선이는 어른들 몰래 연화와 함께 그림을 그렸다.

아버지가 북평촌에 머문 지 한 달이 거즌 다 되어가던 날이었다.

인선이가 원추리잎 사이에 숨어있는 여치를 그려놓고 어머니에게 훈육을 받느라 제 방을 비우고 있을 때였다.

연화가 숨이 가쁜 목소리로 고함을 질렀다.

"애기씨, 인선 애기씨. 큰일 났어요."

"무슨 일인데 호들갑을 떠느냐? 여자의 목소리가 담을 넘어서는 안 된다고 몇 번이나 말하더냐? 들어와서 고하거라."

이씨부인이 낮으막 하지만 나무라는 투로 말하자 연화가 방금 인선이가 그려놓고 온 여치 그림을 들고 들어왔다.

"이걸 좀 보세요, 마님. 애기씨가 그린 여치 그림을 닭이 쪼아버렸어요."

연화가 방바닥에 그림을 펼치자 정말 원추리잎 사이에 그려 놓앉던 세 마리의 여치 가운데 두 마리가 사라지고 대신 작은 구멍이 뚫려 있었다.

"애기씨가 안방으로 가신 뒤 그림을 말리려고 마루에 잠시 내놓았는데, 마당에서 놀던 닭이 정말 여치인 줄 알고 쪼아버렸지 뭐예요. 죄송해요, 애기씨."

연화가 눈물까지 글썽였다.

"조심하지 그랬니? 그림은 햇빛에 말리는 것이 아니란다. 그린 자리에서 그대로 말려야 한단다."

"제가 몰랐어요, 애기씨. 어떡하지요? 애써 그린 그림을 망쳐버렸으니."

"괜찮아. 그림은 다시 그리면 되니까."

인선이가 망가진 그림을 접으려는데 신명화가 말했다.

"그 그림을 아버지한테 주겠니? 어디 한번 보자꾸나."

인선이가 그림을 넘겨주자 그걸 들여다 본 신명화가 감탄을 했다.

"원추리잎이며 남은 한 마리의 여치가 실물과 똑같구나. 먹이 찾던 닭의 눈에 여치가 살아서 폴짝폴짝 뛰어다니는 여치로 보였다는 말이지? 닭을 속일 만큼 실물과 똑같았다는 말이지? 부인, 이 그림을 좀 보시오. 인선이의 그림솜씨가 한양에서도 내로라하는 화원에 뒤지지 않는구려."

"아무리 그렇더라도 인선이는 아직 어린아이예요."

"그러니까 더 놀랍지요. 인선아, 안료 걱정 말고 열심히 그림을 그리거라. 관음사 주지스님은 너한테서 빛이 난다고 하시지 않더냐? 아마도 네 그림솜씨를 알았던 것이겠지. 인선아, 이 그림은 나를 주지 않겠느냐? 내가 내일 한양으로 떠나는데, 기념으로 가져가고 싶구나."

"다시 잘 그려드릴게요, 아버지."

"아니다. 이 그림은 내가 꼭 가지고 싶구나."

신명화가 고집을 부렸다.

인선이의 그림을 닭이 쪼았다는 얘기는 채 하루가 가기 전에 북평촌 일대로 퍼져나갔다. 닭의 눈을 속일 만큼 실물과 똑같은 여치를 그렸다고 연화가 막 떠들고 다닌 덕분이었다.

다음 날이었다.

신명화가 간단한 봇짐을 챙겨 집을 나섰다.

올 때는 보따리가 불룩했지만, 돌아갈 때에는 홀쭉했다.

마당에서 장인인 이사온이 사위에게 한 마디했다.

"자네한테 그럴 뜻이 없다는 것은 알지만 부지런히 학문을 닦아 과거를 보았으면 좋겠네. 사대부가의 사내라면 응당 거쳐야할 과정이 아닌가?"

"손에서 책을 완전히 놓은 것은 아닙니다, 장인 어르신."

"알겠네. 명심하게."

이사온이 돌아서 사랑으로 들어가 버리자 신명화가 이씨부인이 있는 안방을 한번 돌아보고 대문을 나섰다.

인화도 대문 밖에서 인사를 하고 들어가자 인선이와 연화가 신명화를 따라나섰다.

"인선아, 너도 들어가거라."

"경포대까지만 갈게요, 아버지."

"그러겠느냐? 한양으로 가는 내 발걸음이 한결 가볍겠구나."

신명화가 인선이를 내려다보며 웃었다.

인선이는 아버지를 따라 한양까지라도 가고 싶었지만, 북평촌에서 경포대까지는 채 한식경도 걸리지 않았다.

경포대를 잠시 올려다본 신명화가 낮으막한 소리로 말했다.

"경포대구나. 그만 들어가 보거라. 아버지가 집 앞까지 바래다주련?"

"아니에요, 아버지. 연화와 함께 있으면 심심하지 않아요. 이거 가져가세요."

인선인가 품 속에서 봉투 하나를 꺼내어 내밀었다.

"무엇이냐? 보아하니, 서찰이 들어있는 것 같구나."

"그림이에요. 아버지께서 사다주신 화선지와 안료로 처음 그린 그림이에요."

인선이의 말에 연화가 아, 하고 소리를 질렀다.

"애기씨, 천도복숭아를 그린 그림이지요?"

인선이가 얼굴을 붉혔고 신명화가 물었다.

"천도복숭아?"

"한양에서 아버지 건강하시라고 천도복숭아를 그렸어요. 모양은 집에 있는 복숭아를 닮아있지만, 제 마음 속에는 천도복숭아가 있었어요."

"내가 아주 귀한 선물을 받았구나. 고맙구나. 한양에 도착하는 대로 화집이 나왔으면 화집과 그림 그리는데 필요한 것들을 사서 칠복이 편에 보내마. 지혜롭고 현명하며 자애로운 네 어머니가 계시니, 나는 너희들 걱정은 하지 않으마. 또 만나자."

말을 마친 신명화가 성큼성큼 걸어 멀어져 갔다.

인선이는 아버지의 모습이 보이지 않을 때까지 눈물 글썽이는 눈으로 지켜보았다.

미로를 그리는 사람들

"아버지께서 안료와 화선지 등 그림에 필요한 재료들을 칠복이에게 한 짐 지워 보내오셨어요. 인선이가 부자가 되었어요."

전생여행의 녹음자료에 의하면 한양으로 간 신명화가 그림 그리는데 필요한 재료들을 한 짐 보내온 것은 한 달 후였다. 그 안에는 안견 화첩의 모사본도 한 권 들어있다고 했다.

"그리고 무엇이 있나요?"

"서찰 한 통이 들어 있어요."

"서찰에는 무슨 사연이 쓰여 있나요?"

"사랑하는 내 딸 인선이에게라고… 흑흑흑……."

"내용이 슬픈가요?"

갈홍근의 물음에 김민혜는 계속 울고만 있었다.

"좋습니다. 오늘은 여기까지만 합시다. 내가 셋을 세면 김민혜 씨는 다시 현실로 돌아옵니다. 하나, 둘, 셋."

최면에서 깨어난 뒤에도 김민혜는 계속 흐느끼고 있었다.

"괜찮아요. 울음을 그치세요. 다음에는 언제 만날까요? 우리."

"제가 전화를 드릴게요. 아직까지 제 정신은 몽롱하고 금방이라도 쓰러질 것 같아요. 온 몸에서 기운이 다 빠져나간 것 같아요."

"그럴 것입니다. 김민혜 씨는 한 시간 동안이나 최면중이었으니까요."

전생여행의 첫 번째 녹음은 거기에서 끝나고 있었다.

'정말 내 전생이 사임당이었을까? 초충도에 중독된 내 바람이 아닐까?'

김민혜는 꼭 꿈을 꾸고 있는 기분이었다.

다음날 아침이었다. 눈을 뜨자마자 휴대폰부터 확인했다. 자신이 잠들어 있는 사이에 혹시 이화정한테서 문자나 메일이 와 있지 않을까 싶어서였다. 그러나 휴대폰에는 문자도 메일도 들어와 있지 않았다.

'싱거운 사람이네. 운명이네 뭐네 떠들었던 것이 다 거짓이었다는 말인가?'

김민혜가 고개를 절레절레 내저으며 출근을 하려고 막 오피스텔을 나오는데, 박광로한테서 전화가 왔다.

"안 그래도 오늘 선생님을 뵈려던 참이었어요. 열두 폭 초충도 병풍의 진위는 판가름이 났나요?"

그것은 위작이었어, 하는 대답을 기대하며 김민혜가 다짜고짜 물었다.

"자그마치 열두 폭짜리 병풍이야. 함부로 진위를 가릴 수는 없지."

"선생님께는 감이라는 것도 있잖아요? 감으로는 어땠어요?"

"김기자야말로 감이 어땠는가? 전에 초충도를 볼 때처럼 귀뚜라미 울음소리가 들리던가? 봉숭아꽃 앞에서 가슴이 뭉클해지던가?"

"초충도 앞에서 제 감정이 무슨 상관이 있겠어요? 그림의 호불호에 따른 단순한 감상일 뿐인 걸요."

"김기자가 말을 아끼는군. 나는 김기자가 청담동 이여사가 구입했다 도난당한 초충도를 위작으로 여긴다는 것을 알고 있다고."

"무슨 말씀이세요?"

"초충도를 바라보는 김기자의 눈빛만 보고도 나는 김기자가 어떤 생각을 하고 있는지 짐작할 수 있는 사람이야. 청담동 이여사의 초충도를 놓고 김기자의 눈빛은 동요가 없었어. 그것은 어제 조의원의 열두 폭 초충도병풍 앞에서도 마찬가지였지만."

"하지만 양민수 박사는 진품이라고 확신을 하던 걸요? 감개무량하여 눈물까지 글썽였잖아요?"

"그 사람은 사기꾼이야. 위작을 진품으로 거짓 감정을 해주고 돈이나 받는. 정말 나한테 어제의 느낌을 말해주지 않을 거야?"

박광로의 목소리가 은근했다.

"모르겠어요, 전. 또한 제게 어떤 감정이 있다고 해도 그걸 선생님께 말씀드릴 수는 없어요. 제 감정이 선생님의 판단에 혼란을 주면 안 되잖아요."

"지질도 그렇고 사용된 안료도 근대나 현대의 것은 분명 아니었어. 사임당의 다른 초충도 그림과 같은 종이에 천연안료를 사용한 것은 분명하지만."

"그럼 진품이 틀림없잖아요."

"뭔가 께름칙해. 사임당의 초충도에서 느꼈던 감동이 느껴지지가 않아."

"소장자에 대한 선입견 때문이 아닐까요?"

"선입견?"

"한때 매스컴을 떠들썩하게 했던 성추행 사건이나 기어코 국회의원에 출마하여 노추를 보여주었던 이력같은 것 말예요."

"글쎄, 그럴까? 아무튼 수일 내로 한번 만나자구. 며칠 후에 조의원이 초충도병풍을 가지고 서울에 온다고 했으니까."

"서울로 초충도병풍을 가지고 온다구요?"

"진품이라고 확신하는 양민수의 말을 믿고 언론에 터뜨릴 모양이야."

"예?"

김민혜가 소스라치게 놀라 소리를 질렀다.

"조의원이 초충도병풍을 내놓을 것 같더라구."

박광로가 조심스레 말했다.

"판다는 말씀이세요?"

"다음 총선에 출마할 것이라는 소문이 돌더니, 초충도병풍을 팔아서 선거자금으로 쓸 예정인지도 모르지."

"선생님께서 조의원을 막아줄 수는 없는가요?"

"무얼 막지?"

"진위가 판가름 나지 않은 초충도병풍을 세상에 터뜨리는 것을요."

김민혜가 조심스레 말했다.

"조인호는 정치를 했던 사람이야. 매스컴을 이용할 줄 알지. 열두 폭 초충도병풍이 나타났다는 사실을 언제 언론에 터뜨려야 효과를 극대화시킬지를 알고 있다구."

"언제 온다고 하던가요?"

"날짜는 확실히 얘기하지 않았지만, 기왕에 양민수가 진품이라는 확신을 주었으니까, 오래 걸리지는 않을 거야."

"선생님은 진품이라는 확신만 없으신 건가요? 아니면 위작 쪽에 무게를 두고 계시나요?"

김민혜가 박광로의 속내를 떠보느라 은근히 물었다.

"모르겠어. 종이와 안료가 사임당 시대의 것이긴 하지만, 진품이라는 확신은 없어. 감이 안 와, 감이."

박광로가 한숨을 내쉬었다. 고서화 감정의, 더구나 초충도 감정의 대가라는 박광로도 난감한 것이 분명했다.

며칠 후였다.

아침에 출근하기 전 박광로에게 문안인사 겸 조인호가 서울에 오면 미리 귀띔을 해달라고 당부하는 일로 하루를 시작하는 김민혜가 열두 폭 초충도 병풍의 내용을 정리한 파일을 들고 사무실로 들어서는데, 이동호가 손을 까딱거렸다.

"김기자, 지난번 강릉 조인호 의원 집에서 양민수 박사도 함께 만났다면서?"

"어떻게 아셨어요?"

"양박사가 내 대학동문이야. 어젯밤에 전화를 했더군. 강릉 조인호 씨 집에서 나온 열두 폭 초충도병풍은 진품이 확실하다며 잔뜩 흥분해 있더라구."

"그래요? 박광로 선생님도 지질과 안료는 사임당의 초충도와 같은 것이라고 하셨어요."

"그럼 진품이 틀림없구만. 그런 쪽으로 기사를 쓰라구. 일간지에서 냄새 맡기 전에 우리가 먼저 터뜨리자구. 평생 한번 잡을까 말까한 특종을 낚을 수 있는 기회야."

이동호가 한쪽 눈을 찡긋했다. 그가 유난히 기분이 좋을 때 하는 버릇이었지만, 김민혜의 눈에는 천박하게 보였다.

"저는 아직 기사 쓸 준비가 안 되어 있는 걸요."

"그림을 보았고, 감정현장에 함께 있었으면 되었지, 무슨 준비가 더 필요하지? 이미 자료정리는 끝났을 것 아닌가."

"자그마치 열두 폭짜리 병풍이에요. 자칫 잘못 터뜨렸다가 위작으로 결론이 나면 어떡해요? 양민수 씨는 진품이라고 했지만, 박광로 선생님은 판정을 보류하셨어요."

"박선생도 지질과 안료는 인정을 했다면서?"

"좀 더 신중을 기하시겠다는 의미겠지요. 그것이 박선생님의 장점이 아니던가요? 여간해서는 감정에 오류를 범하지 않는."

"김기자가 보기에는 어땠어?"

"제가 뭘 아나요?"

"웬 겸손이실까? 김기자의 안목이 어지간한 전문가보다 낫다는 걸 내가 알고 있는데. 기사 쓸 거야 말 거야?"

이동호가 다그칠 때였다.

김민혜의 휴대폰이 지르륵 지르륵 울었다. 발신자는 강일수였다.

김민혜가 눈짓으로 이동호에게 양해를 구하고 편집실 복도로 나와 여보세요, 하고 말했다.

"나 강일숩니다. 강북경찰서 특수수사과로 잠깐 나와주시겠습니까?"

"무슨 일이시죠?"

"고서화 전문털이범이 잡혔는데, 청담동 이여사가 잃어버렸다는 초충도가 포함되어 있습니다. 그림에는 문외한이라 뭐가 뭔지 알 수가 있어야지요."

"알았어요. 바로 갈게요."

김민혜가 이동호에게 강북경찰서에 다녀오겠다고 말하자 이동호가 지나가는 투로 말했다.

"김기자, 조의원의 초충도병풍건 자료정리는 되었겠지?"

"예, 정리는 마쳤어요."

"나가기 전에 그 파일을 내 메일로 넣어."

"네, 그러지요."

취재차 출장을 다녀올 때면 늘 편집국장의 자격으로 출장보고서 대신 요구하던 일이라 별 의심없이 김민혜가 정리된 파일을 이동호의 메일주소로 전송하고 서둘러 강북경찰서로 갔다.

강북경찰서 특수수사과에는 박광로가 먼저 와 있었다.

"어? 선생님."

"와 주었군. 내가 강형사한테 김기자를 불러달라고 청했어."

"예?"

"자꾸만 눈이 침침해지고 있어. 안경 도수를 높였는데도 어제 본 것도 오늘 다시 보면 긴가민가하다니까. 강형사, 초충도를 김기자한테 보여주세요. 김기자가 살펴봐 줘."

"김기자님, 이걸 좀 보세요. 이걸 훔쳤다는 놈이 청담동을 지목했으니까, 틀림없을 것입니다만, 돌다리도 두드리고 건넌다고 전문가의 눈을 빌려 확실하게 해놓는 것이 좋겠지요."

강일수 형사가 김민혜를 증거보관실로 데리고 갔다.

박광로가 따라왔다.

한 눈에 보기에도 초충도는 청담동 이여사가 구입했던 그림이 분명해 보였다.

박광로가 가방에서 돋보기를 꺼내어 건네주었다.

김민혜가 속으로 웃으며 돋보기를 받아들고 초점을 맞추어 초충도를 최대한 확대시켜 놓고 찬찬히 살폈다. 그런데 이상한 일이었다. 개구리의 눈길이 가 있는 맨드라미꽃 가장자리에 별이 하나 숨어 있었다. 맨 눈으로는 보이지 않을 아주 작은 별이었다.

　김민혜가 박광로를 돌아보았다.

　"선생님, 여길 좀 보세요. 별이 있어요."

　"별이? 무슨 별이 있어?"

　"여기요. 여기 분명히 별이 있잖아요."

　김민혜가 돋보기를 박광로에게 넘겨주고 손가락 끝으로 별을 짚어 주었다.

　"오, 정말이군. 정말 별이 있어. 이건 뜻밖인 걸. 여지껏 초충도를 수십 번 감정했지만 별을 발견하기는 처음이야."

　박광로가 고개를 갸웃거리자 강일수 형사가 물었다.

　"무엇입니까? 허면 이 그림이 청담동 이여사의 것이 아니라는 말입니까?"

　"청담동에서 나온 것은 맞소."

　"헌데요?"

　"내가 감정하면서 놓쳤던 부분을 찾아냈소. 별이요, 별."

　"사임당의 초충도에 별이 있었어요? 아무튼 청담동 이여사의 그림이 맞다니까 되었습니다. 돌아가셔도 좋습니다."

　"앞으로는 이런 일로 사람을 오라가라 부르지 마시오."

　박광로가 불쾌감을 드러내놓고 성큼성큼 걸어 사무실을 나갔다.

"저는 도움이 필요하시다면 언제든지 달려올 것이니까 불러주세요."

김민혜가 진담을 농담처럼 흘리고 박광로의 등 뒤에 따라붙었다.

"선생님, 사임당의 초충도에서 정말 별을 처음 보신 거예요?"

"글쎄, 본 것 같기도 하고, 못 본 것 같기도 하고, 아리송해. 조금 전에 보았던 별은 붓이 스치면서 저절로 생긴 별일 수도 있고, 화가가 일부러 그려넣은 것일 수도 있고. 앞으로는 초충도를 감정할 때면 별의 유무도 함께 따져보아야겠어. 헌데, 김기자는 오늘도 아무런 감흥을 못 느꼈는가?"

"별은 찾아냈잖아요."

"별이 문제군, 별이."

박광로가 중얼거렸다.

경찰서 주차장으로 가면서 김민혜가 박광로를 돌아보았다.

"선생님, 어디로 가시겠어요? 제가 모실 게요."

"바쁜 사람이 그래도 되겠어?"

박광로가 반색을 했다.

"지방만 아니면 가능해요. 오늘은 작성할 기사가 있어 멀리까지는 모실 수가 없어요."

"인사동까지만 데려다줘."

"예, 그럴게요."

김민혜가 박광로를 뒷자리에 태우고 인사동으로 가자 청담동 이여사에게 초충도를 팔았던 고서화점 '가람'의 주인 정영섭이 호들갑을 떨며 반겼다.

"하이구, 선생님. 맨드라미와 개구리를 찾았다면서요? 얼마나 다행입니까?"

"마침 씨씨티브이에 찍힌 사내가 문화재며 고서화 절도 전과가 있던 친구라 쉽게 잡은 모양입디다. 아, 참, 초충도 있지요?"

"초충도는 왜요? 구매자가 나타났습니까?"

"아니오. 오늘따라 초충도가 그립구려. 정사장이 가지고 있는 것을 다 보여주시오."

"왜 그러십니까? 박선생님."

"내가 정사장이 가지고 있는 초충도를 제대로 알고 있어야 구매자가 있으면 소개해 줄 것이 아니오. 양민수 박사가 감정한 것도 있으면 함께 내놓으시오."

"하지만 박선생님과 양박사님의 의견이 다른 것도 있어서요. 박선생님께서 진품으로 감정하신 것만 내놓겠습니다."

"아니오, 다 가져오시오, 다."

박광로가 고집을 부리자 정영섭이 고개를 갸웃거리며 안으로 들어갔다가 그림뭉치를 들고 나왔다.

"이것이 제가 가지고 있는 초충도의 전부입니다."

정영섭이 초충도를 한 점 한 점 테이블 위에 펼쳐놓았다.

박광로가 돋보기로 초충도를 살피기 시작하였다.

그 눈빛은 평소보다 진지했다. 그러다가 어떤 그림의 어떤 부분에서 김민혜를 돌아보았다.

"별이 있어, 여기에."

"정말 별이 또렷하게 보이네요."

둘이 나눈 얘기를 들었는지 정영섭이 참견하고 나섰다.

"사임당의 초충도에 별이 있다구요?"

"여길 보시오. 이렇게 확대해서 보면 별이 분명하지요?"

"그렇네요. 별이 있네요."

정영섭이 신기한 듯 별을 들여다보며 탄성을 내질렀다.

"이건 양민수 박사가 감정했소?"

박광로가 서늘한 눈빛으로 정영섭을 돌아보았다.

"예, 선생님께서 감정해 주신 한 점을 빼고 나머지 다섯 점은 양민수 박사님이 감정하셨지요."

"이상하구려. 양박사가 진품으로 감정한 초충도에만 별이 들어 있구려."

"그러게요."

정영섭이 고개를 갸웃하다가 박광로에게 작은 소리로 물었다.

"강릉 조인호 의원 댁에서 굉장한 물건이 나왔다면서요?"

"정사장이 그걸 어떻게 알았소?"

박광로가 짐짓 물었다.

"이 바닥에 소문이 파다하게 났습니다. 양민수 박사님이 은밀히 구매자를 찾아나서셨다는 소문까지 있는 걸요. 한성미술관과 벌써 접촉을 했다는 말도 있고, 관계기관에 지질과 안료분석을 의

뢰했다는 얘기도 돌고 있습니다."

"관계기관이라면 국과수를 말합니까?"

"아무래도 지질이나 안료의 분석은 사람의 눈보다는 과학적인 방법으로 분석하는 것이 정확하지 않을까요? 그렇게하여 진품이라는 결론이 난다면 부르는 게 값이 되겠지요."

정영섭의 목소리가 떨렸다.

"허나 지질과 안료만 가지고 그림의 진위를 판단해서는 안 되지요. 그림 속에 있는 정신을 읽어낼 수 있어야지요. 양민수 박사에게는 그럴 능력이 없어요."

박광로가 불쾌한 표정을 지었다.

"박선생님의 눈에는 그 정신이라는 것이 보입니까?"

"뭐요? 그것은 보는 것이 아니라 느끼는 것이오. 혹시, 정사장도 이번 조인호의 초충도병풍에 관여하기로 했소?"

"무슨 말씀이신지요?"

"판매에 중간책 노릇을 맡은 것은 아니오?"

"하이고, 저같은 사람에게 그런 기회가 오겠습니까? 아마 쥐도새도 모르게 진행이 될 것입니다. 사임당의 열두 폭 초충도병풍이 나타났다고 매스컴에 난리법석을 피우다가 슬그머니 사라지겠지요. 매스컴을 동원하여 가격을 올릴 만큼 올려 팔고나면 화제의 중심에서 사라지는 것이죠."

"내 정사장과의 의리를 생각해서 하는 말이오만, 이번 조인호의 초충도병풍에는 너무 깊이 관여하지 않는 것이 좋을 것이오."

박광로의 말에 정영섭이 눈을 크게 뜨고 눈치를 살폈다.

"박선생님은 조인호 의원의 초충도병풍을 위작으로 보시는군요?"

"꼭 그렇다고는 말할 수 없소. 다만 양민수라는 사람을 믿을 수가 없소. 무슨 수작을 부릴지 걱정이 되는구려. 벌써 국과수에 감정을 의뢰한 걸 보면 조인호가 속전속결로 팔아치울 모양인데, 만약 사임당의 열두 폭 초충도병풍이 진품이라면 고미술사에서 역사적인 일이며 국보급인데, 너무 서두르고 있다는 생각이 드는구려. 정사장은 이쪽 사정에 밝으니까, 조인호의 초충도병풍건을 놓고 새로운 얘기가 있으면 알려주시오."

"예, 그럭허지요."

정영섭이 애매한 표정으로 고개를 끄덕였다.

김민혜도 열두 폭 초충도병풍건에 촉각을 곤두세우고 있었다. 그것이 진품이라면 자신이 제일 먼저 기사를 쓰고 싶었다. 그래서 일단 진품이라는 기사와 위작이라는 기사를 써놓고 국과수의 감정결과를 기다리고 있는 중이었다.

결과를 언제 발표할지 몰라 날마다 국과수로 출근하다시피 했다.

강일수를 만난 것은 국과수 정문 앞에서였다.

"강형사님이 여긴 어쩐 일이세요?"

김민혜의 물음에 강일수가 참, 못 말릴 여자로군, 하는 눈빛으로 잠시 뜸을 들이다가 대답했다.

"부검 때문에 다녀가는 길인데, 김기자는 무슨 일로?"

"초충도병풍의 지질과 안료를 감정하는 일이 궁금해서요."

"아, 나도 얼핏 들었습니다. 강릉에서 대단한 병풍이 나왔다지요? 헌데 그것 감정결과가 나오려면 몇 달이 걸릴지도 모릅니다."

"그렇게나 오래요?"

"유명인의 사인을 규명하는 일처럼 급한 일도 아니지 않습니까? 세월아 네월아 가거라, 하다가 일거리가 없으면 소일거리 삼아 하겠지요. 괜히 시간낭비하지 말고 다른 일에나 신경을 쓰시지요."

"정말 그래야겠네요. 참, 청담동 이여사네 집에서 초충도를 훔친 범인은 어떻게 되는 건가요?"

"곧 검찰에 송치할 겁니다."

"아, 그래요? 강형사님, 마침 점심시간이 다 되었는데, 드시고 가는 것이 어때요? 제가 남원추어탕을 잘 하는 곳을 알고 있는데요."

"남원추어탕이오? 좋지요. 몇 년 전에 여름휴가를 지리산 뱀사골로 간 적이 있는데, 오며가며 먹었던 남원추어탕 맛은 종종 생각이 납니다. 서울에도 남원추어탕이라는 간판은 많은데, 남원에서 먹었던 맛이 안 나더라구요."

"제가 알고 있는 곳은 모든 재료를 남원에서 가져다 쓰거든요.

심지어는 물까지도 지리산 물을 가져다 쓴다고 하더라구요. 한번 드시면 실망하지는 않으실 거예요."

"김기자 덕분에 맛있는 추어탕을 한 그릇 먹어볼까요?"

강일수가 입맛을 쩝 다셨다. 2년 남짓한 동안 몇 차례 함께 밥을 먹은 기억에 의하면 강일수는 입맛이 까다로운 사내였다. 늘 바쁜 타령이면서도 끼니 때면 맛집을 골라 찾아다닐 정도였다.

남원추어탕의 국물을 한 수저 맛 본 강일수가 고개를 끄덕였다.

"역시 남원추어탕이라는 이름에 걸맞는 맛입니다. 김기자의 말대로 물까지도 남원에서 가져다 쓰는 모양입니다."

두 사람이 나누는 대화를 들었던지 옆자리의 식탁을 행주로 닦던 여종업원이 끼어들었다.

"물도 그렇지만 우리 집은 남원 요천수에서 잡은 자연산 미꾸리만 쓴다구요."

"에이, 여보슈. 그 많은 미꾸라지를 어떻게 자연산으로만 쓴답니까? 함부로 자연산이라고 떠들면 사기죄로 고발당할 수도 있습니다."

강일수의 말에 여종업원이 억울하다는 듯 말했다.

"남원에는 양식 미꾸라지나 미꾸리도 유명하지만, 요천수나 섬진강에서 잡은 자연산 미꾸라지나 미꾸리도 유명하다고 했어요."

"그렇다고 쳐둡시다. 아무튼 추어탕은 맛있었소. 잘 먹었습니다. 김기자, 다음에는 내가 사겠소."

"맛있게 드셨다니, 고마워요."

두 사람이 남원추어탕집을 나와 막 헤어지려는데, 강일수의 휴대폰이 울었다. 전화를 받은 강일수의 얼굴이 벌레라도 씹은 듯이 일그러졌다.

"사건인가요?"

김민혜가 조심스레 물었다.

"김기자, 혹시 인사동에서 고서화점을 운영하고 있는 정영섭이라는 사람 알아요?"

강일수 형사가 되물었다.

"그럼요. 며칠 전에도 만났는걸요. 헌데, 왜요?"

"아니오. 그냥 물어보았습니다. 청담동 이여사한테 초충도를 팔았던 사람이 아닙니까?"

강일수가 얼버무렸다.

그러나 김민혜는 기자의 감으로 정영섭에게 무슨 일인가 생긴 것을 눈치 채고 있었다. 처음부터 강일수 형사가 사건의 내용을 순순히 털어놓을 리는 없었다. 이쪽에서 사건의 윤곽이라도 취재를 해놓고 들이대야 못이긴 듯이 사건의 내용을 흘려줄 것이다.

남원추어탕 한 그릇을 사주었다고 해서 호락호락 넘어올 사람은 아니었다. 어쩌면 고서화점 주인인 정영섭이 청담동 이여사의 초충도 도난사건에 관계가 있으니까 취재해 보라는 뜻으로 그 이름을 들먹여준 것이라고 김민혜는 짐작했다.

강일수가 말했다.

"국과수 쪽 결과가 나오면 알아보고 전화할게요. 남원추어탕값은 해야지요."

"고마워요, 강형사님."

강일수와 헤어진 김민혜는 곧바로 인사동으로 차를 몰았다.

그런데 정영섭의 고서화점 '가람'은 문이 닫혀 있었다.

이웃 화랑이며 고가구점에 물어보아도 정영섭의 고서화점이 문을 닫은 이유를 아는 사람은 없었다.

'내 예상대로 이여사한테 가짜를 진품으로 속여 팔아먹은 것이 들통난 것은 아닐까? 아니면 도난이나 도굴과 관계가 있는 것은 아닐까?'

한때 중앙일간지의 문화부 기자로 이름을 날리던 이동호가 틈만 나면 떠벌리는 괴담같은 얘기가 있었다.

지방주재 기자를 할 때인데, 평소 가깝게 지내던 옛물품점 주인이 가끔 가게의 문을 닫아놓고 사나흘씩 잠적을 했다. 그렇게 잠적을 하고 모습을 드러내면 핼쑥해진 얼굴에 눈빛만 유난히 번들거렸는데, 가게에 못 보던 옛물건이 한두 점씩 늘어나더라는 것이었다.

"알고 보니까, 잠적하고 있던 동안 도굴을 다녀온 것이더라구."

"도굴이오?"

"옛날에는 떵떵거리며 살았어도 후손들이 몰락하여 돌보지 않는 묘를 찾아 도굴을 하는 것이지. 행세깨나 하던 집에서는 망자의 무덤에 값나가는 부장품을 넣어놓았거든. 무덤을 파헤치고 그걸 꺼내는 것이지. 심지어는 삼백 년이나 사백 년쯤 된 어느 문중 선산의 무덤가에 세워놓은 분향대며 향대를 훔쳐다 재벌집의 정원 장식용으로 팔아먹기도 하더라구. 요즘엔 그런 사람이 없겠지만, 칠십 년대 초만 해도 도굴로 돈을 번 고물품상이 많았었지. 그뿐인 줄 알아? 도굴로 획득한 장물을 비싼 값에 팔아먹고는 그걸 또 그런 것들만 전문적으로 훔치는 도둑에게 슬쩍 흘려 훔쳐오게 한 다음에 다시 사들여 되파는 일까지도 있었다니까. 참, 어수룩한 시절이었지."

"요즘에는 그런 파렴치한은 없겠지요?"

"글쎄, 그놈의 속을 알 수가 있어야지. 심지어는 그런 사람도 있다고 하잖아? 고서화점 주인이 감정전문가와 짜고 위작을 진품으로 둔갑시켜 비싼값에 팔아먹는다고 하더라구. 워낙 비밀리에 행해지는 일이라 밖으로 드러나지 않아서 그렇지, 그런 얘기들이 많이 떠돌아다녀. 5공시절에 행세깨나 하던 사람이 선물로 받은 신윤복의 미인도를 가세가 기울어 팔아먹으려고 했더니, 위작이더라나? 최고의 감정전문가가 진품으로 감정했던 확인서까지 있었다는데 말야. 고물품점이나 고서화점, 혹은 화랑가에 떠도는 그런 얘기들만 모아도 책 몇 권은 쓸 걸."

이동호가 재미삼아 떠들었던 얘기들이 하필이면 정영섭의 가게 앞에서 떠오른 이유를 곰곰이 되새기며 김민혜가 예닐곱 걸음 옮겼을 때였다.

가슴으로 싸한 기운이 스쳐가 돌아보니, 인화연이라는 젊은 여류화가의 개인전이 열리고 있는 화랑 앞이었다.

인화연은 꽃그림을 주로 그리는 화가였다. 한두 송이의 꽃이 아니라 수십 수백 송이의 꽃을 그려놓고 추상화 기법으로 덧칠을 하는 화가였다.

며칠 전에 김민혜는 사무실에서 인화연이 전시회에 내놓을 그림들을 수록해 놓은 도록을 본 일이 있었다.

이동호가 우편으로 배달된 도록을 두어 장 넘겨보다가 휴지통에 던져버린 것을 김민혜가 자리로 가져와서 보았었다. 특별히 이름난 화가라서 취재의 대상이 된다든지, 아니면 그림이 마음을 끌어당기는 경우가 아니면 건성으로 넘기며 대강 훑어보는 것이 전부였는데, 인화연의 그림 앞에서는 눈길이 오래 머물렀다.

'인화연의 꽃그림전'이라는 타이틀이 아니었다면 그림들이 꽃을 그린 것인지도 모르고 지나쳤을 인화연의 그림들을 자세히 들여다보자 비로소 꽃들이 형체를 드러내며 눈앞으로 다가왔다.

"관심가질 거 없어. 프랑스공모전에 입상은 했다지만 국내에서는 이름도 없는 무명이잖아? 그런 친구들까지 일일이 상대하다 보면 진짜 심층취재로 다루어야할 기사거리에 소홀해진다구."

이동호는 그렇게 폄하했지만 김민혜가 보기에는 많은 이야기를 담은 그림들이었다. 꼭 취재의 목적이 아니더라도 한번 들러야겠다고 작정하고 있었는데, 딱 마주친 셈이었다.

화랑에는 전시회를 개최하는 화랑 직원인 듯한 여자와 그림을 감상하며 고개를 갸웃거리는 여자 손님 둘이 있었다.

도록에서 얼굴을 익혔던 인화연은 보이지 않았다.

김민혜가 빨주노초파남보 빛깔의 꽃을 옅은 회색으로 덧칠하여 감추어 놓은 그림 앞에 서 있는데, 여자 손님들이 자기들끼리 나누는 대화가 귓속으로 파고들었다.

"꽃그림전이라고 해서 잔뜩 기대를 가지고 왔는데, 꽃은 한 송이도 안 보이네?"

"맞아. 내 눈에도 꽃은 안 보여."

"프랑스 미술공모전에 입상한 화가가 맞아?"

"신문에서 내가 분명히 보았어. 나이 서른도 안 된 젊은 화가가 프랑스 공모전에서 특별상을 받은 것은 대단한 사건이라고 했어."

"사놓으면 나중에 돈이 될까?"

"글쎄. 난 감상용으로 한 점 구입하려고 했는데, 안 내켜. 너무 어둡다고."

두 여자가 전시장의 그림들을 한 눈으로 쓱 훑어 본 다음에 미련없이 화랑을 나간 다음이었다.

김민혜가 수십 송이의 붉은 맨드라미를 보라색의 추상으로 덧칠해 놓은 그림 앞에 섰을 때였다. 가슴이 철렁 내려앉는가 싶더니, 한쪽 귀퉁이에 그려놓은 맨드라미꽃의 가운데에서 별 하나가 반짝였다. 별을 은색이나 푸른색으로 그리지도 않았고, 다섯 꼭지점의 별모양으로 그린 것도 아닌데 반짝이는 별이 김민혜의 뇌리를 파고들었다.

김민혜가 눈을 스르르 감고 그림을 다시 한번 찬찬히 훑어보았다. 화랑을 자주 다니다 보면 두 눈을 크게 뜨고 감상할 때보다 오히려 눈을 가늘게 뜨고 볼 때 그림의 본 모습이 잘 보일 때가 있었다.

인화연의 맨드라미꽃 그림 속의 별도 눈을 크게 뜨고 보았을 때는 안 보이던 것이 눈을 가늘게 뜨자 보이는 것이었다.

'혹시 다른 그림에도 별을 숨겨놓은 것은 아닐까?'

김민혜가 이미 지나쳐 온 그림들을 입구 쪽에서부터 다시 찬찬히 살펴보기 시작했다. 그리고 첫그림을 보자마자 김민혜의 가슴이 오그라들었다.

인화연은 분명 그림 속의 수많은 꽃 중에서 한 송이를 선택하여 은밀하게 별을 하나 숨겨 놓고 있었다.

정신이 아득해진 김민혜가 겨우 버티고 서서 봉숭아꽃 그림을 들여다보고 있는데, 도록에서 얼굴을 익혔던 인화연이 다가왔다.

"안녕하세요? 인화연입니다."

"아, 네… 축하드립니다."

"로즈퀸의 김민혜 기자님이 맞으시죠?"

"나를 어떻게 아세요?"

"초충도 기사를 많이 쓰시잖아요. 거기에 실린 사진을 보았어요. 헌데, 인사동에는 무슨 일이세요? 설마 내 그림들을 취재하러 나오신 것은 아니시죠?"

"취재가 목적은 아니었지만, 좋은 그림들을 볼 수 있어서 기뻐요."

김민혜가 진심을 담아 말했다.

인화연이 후후 웃었다.

"김기자님도 방금 여자분들이 나누는 대화를 들으셨지 않아요? 화장실에 다녀오다가 우연히 들었어요."

"칙칙한 덧칠 속의 진짜 꽃들을 못 본 것이지요."

"김기자님은 보셨어요?"

"그럼요. 꽃송이에 숨겨놓은 별도 보았는걸요."

"별도 보셨어요?"

인화연이 흠칫 놀라다가 대단한 비밀이라도 들킨 듯한 모습으로 얼굴을 붉히며 김민혜를 바라보았다.

그 눈빛 속에는 두려움이 들어있었다.

"그림 한 점에 그려진 수십 송이의 꽃 중에서 한 송이에만 별을 숨겨 놓았잖아요. 가령 이 그림의 맨드라미꽃에는 여기에 숨겨 놓았고요, 여기 백합꽃에는 여기 암술 속에 숨겨 놓았잖아요. 인 작가께서 그림 속의 꽃에 별을 그린 이유가 따로 있나요?"

"특별한 이유가 있는 것은 아닌데, 언젠가부터 꽃을 그리고 나면 버릇처럼 별을 그려넣는 나를 발견했지요. 초충도 기사를 읽고 보통 분은 아니라는 느낌을 받았지만, 김기자님은 정말 대단한 분이세요."

"대단하긴요? 그림을 많이 보고 다니다 보니까, 일반인보다 눈이 조금 더 트인 것이지요."

"실은 신문사나 방송국의 미술담당 기자들도 추상으로 덧칠한 그림 속의 꽃은 못 보고 지나치던 걸요."

"사실은 나한테 꽃그림 속의 별을 가르쳐준 것은 초충도예요."

"초충도요?"

"그것도 며칠 전에야 별이 떠 있는 초충도가 있다는 걸 알았어요."

"모든 초충도에 다 별이 있던가요?"

"아니, 별이 없는 초충도도 있어요."

김민혜는 별이 뜬 초충도는 위작일 가능성이 많다는 얘기를 해주려다가 그런 말까지 할 정도로 인화연과 가깝지 않다는 걸 깨닫고 입을 다물었다.

인화연이 말했다.

"사실은 인사동에서 김기자님을 여러 번 뵈었어요. 저기 가람 고서화점에서 박광로 선생님과 함께 있는 모습도 보았고, 인사동을 감상하며 무심히 걸어가는 모습도 여러 번 보았어요."

마침 잘 되었다싶어 김민혜가 물었다.

"가람이 방금 보니까 문이 닫혔던데 무슨 일이 있는 모양이지요?"

"내가 알 수 있나요? 나는 인사동에 자주 들르기는 해도 주로 현대화 쪽에 관심을 두거든요. 내 취향이 아닌데도 김기자님이 연재하고 있는 '초충도를 찾아서'라는 에세이를 읽다보면 눈물이 날 때도 있었어요."

'초충도를 찾아서'는 김민혜가 한 달에 5만부 안팎으로 팔리는 월간 여성지 '우먼앤플라워'에 게재하고 있는 연재물이었다. 거기 홈페이지에 실린 댓글을 보면 다른 기사들보다 호의적인 독자들이 많았다. 강릉이나 오죽헌을 둘러본 자신의 감상이나, 새로운 초충도가 발견되었을 때의 행복감 같은 것을 담담하게 쓰고 있는 중인데, 부담감없이 쉽게 읽히는 점이 좋다는 댓글도 있었다.

"눈물을 흘릴 만큼 슬픈 얘기는 아닌데요?"

김민혜의 말에 인화연이 얼굴을 붉히며 대꾸했다.

"강릉 오죽헌이나 슬쩍슬쩍 짚고 넘어가는 사임당의 생애를 보면 이상하게도 가슴이 아파요. 한번은 내가 김기자님의 개인 메일주소로 메일을 보낸 적도 있었어요. 물론 많은 메일을 받으실 테니까 기억도 못하시겠지만요."

"아이디가 어떻게 되죠?"

"연꽃이오. 내 이름이 꽃 화자에 연꽃 연자를 쓰거든요."

"아, 기억이 나요. 그때 내가 답신메일을 보냈었는데요."

"의례적인 내용이었지요. 관심을 가져주어서 고맙다는……."

"아마, 인작가님이 그림을 그리는 분이라는 걸 몰라서 그랬을 거예요."

"내가 김기자님의 심기를 불편하게 해드린 것은 아닌가요? 난 다만 '초충도를 찾아서'를 즐겨 읽는 독자입장에서 말씀드린 것인데요."

"아니에요. 어쩐지 인작가님과는 좋은 인연이 될 것 같군요."

"고마워요. 그렇게 말씀해 주셔서요. 실례가 안 된다면 명함 한 장 주시겠어요?"

인화연의 청에 김민혜가 손가방에서 명함을 한 장 꺼내 주는데 휴대폰이 울면서 액정화면에 '이동호국장님'이라는 발신자의 이름이 떴다.

"그럼, 이만……."

김민혜가 인화연에게 짧은 작별을 고하고 화랑을 나와 이동호의 전화를 받았다.

"저예요, 국장님."

"지금 바로 회사로 들어와. 사임당의 열두 폭 초충도병풍이 발견되었다는 인터넷 기사가 떴어."

"뭐라구요? 기사의 출처는요?"

"그냥 익명으로 떠돌아다니고 있어. 이제 방송이며 신문에서 벌 떼처럼 달려들 거야. 우리 신문 이번주판의 마감이 오늘이잖아. 내일 배포할 이번주판에 기사를 터뜨리자구."

"알겠습니다. 일단은 회사로 들어갈게요."

김민혜가 사무실로 들어서자 무엇인가 끄적이고 있던 이동호가 고개를 들었다.

"방금 열두 폭 초충도병풍의 그림들이 인터넷에 떴어."

"그래요? 하면 이건 양민수 박사나 조인호 씨 쪽에서 흘렸을 가능성이 많군요."

김민혜의 뇌리로 정영섭의 고서화점에서 들었던 얘기들이 스쳐갔다. 누군가가 희귀 그림이나 문인화를 팔겠다고 은밀히 내놓으면 어떤 그림이 발굴되었다든지 하는 기사가 인터넷을 떠돌게 만들어 그림값을 올린다는 것이었다.

관계기관에 감정을 의뢰해 놓고 그 결과가 나오기도 전에 증권가의 찌라시같은 기사거리를 흘린 것은 무슨 꿍꿍이가 있는 것이 분명했다.

"김기자가 한번 살펴 봐. 조인호 의원 집에서 본 것이 맞는지."

"예, 그럴게요."

김민혜가 자기 자리에 앉아 인터넷으로 들어갔다.

제일 먼저 눈에 들어온 것이 초충도 그림 열두 점이었다. 한 눈에도 강릉 조인호의 집에서 보았던 그림이 분명해 보였다.

김민혜가 아무런 감흥도 없이 그걸 한 점 한 점을 살펴보고 있는데 어느새 다가온 이동호가 물었다.

"어때? 같은 그림이야?"

"같은 그림이긴 한데요."

"그렇다면 기사를 작성해."

"하지만 아직 진품이라는 확신이 없습니다."

"왜 없어? 고서화 감정전문가 양박사의 고미술 역사상 최고의 발견이라는 멘트까지 있잖아? 김기자가 본 느낌에 양민수 박사의 언급까지 넣어 기사를 쓰라구."

김민혜가 고개를 내저었다.

"아직은 쓰고 싶지 않아요. 지질이며 안료에 대한 감정을 관계기관에 맡겼다니까. 그 결과를 보고 기사를 쓸래요."

"뒷북을 치자는 말이야? 다른 곳에서 단물을 다 빼먹고 난 다음에 찌꺼기나 주워먹자는 것이냐구?"

이동호가 화를 벌컥 냈지만 김민혜는 꼼짝을 안 했다.

이미 두 가지 기사를 작성해 놓고 있었지만 그걸 내놓기도 싫었다.

김민혜의 표정에서 고집을 꺾지 않을 것이라는 걸 짐작한 이동호가 말했다.

"좋아. 내가 작성하지. 대신 나중에 낙종의 책임은 져야 할 거야."

이동호가 씩씩거리며 자기 자리로 돌아갔다.

20년 넘게 중앙일간지의 문화면 기사를 주로 썼던 이동호에게 열두 폭 초충도병풍 기사를 쓰는 일은 누워서 떡먹기보다 쉬운 일이었다. 더구나 김민혜가 작성해서 이메일로 넣어준 초충도병풍에 관한 자료를 참고하면 누구보다 실감나는 기사를 쓸 수 있었다.

30분 남짓 컴퓨터 키보드와 씨름하던 이동호가 말했다.

"김민혜 기자, 기사 올렸으니까 확인해 봐. 오류가 있는 부분이 발견되면 알려주고."

그것조차도 마다할 수가 없는 김민혜가 '로즈퀸'의 인터넷판에 올려진 기사를 검토했다.

역시 이동호는 기사작성의 선수였다. 이동호의 기사에는 독자의 호기심을 자극하는 묘한 긴장감 같은 것이 들어있었다.

그러나 김민혜가 판단하기에는 진품이라고 단정을 내린 열두 폭 초충도병풍 기사는 전체가 오류였다. 아직 열두 폭 초충도병풍은 진품도 위작도 아니었다. 조인호와 양민수가 무슨 수작을 부리고 있는지는 확인할 수 없지만 그런 식으로 세상에 내놓아서는 안될 작품이었다.

"어때? 잘못된 부분은 없어?"

어느새 다가온 이동호가 물었다.

"제가 잘못되었다고 해도 수정하지 않을 거잖아요. 이번 기사에 대해서는 전 상관하지 않을래요."

"그래, 상관하지 마. 가만히 있다가 떡이나 얻어먹든지."

평소 김민혜의 안목이나 기사문장에 호의를 보였던 이동호가 머쓱한 표정으로 물러갔다.

김민혜가 책상을 정리하며 퇴근준비를 하는데, 박광로에게서 전화가 왔다.

"저예요, 선생님."

"정영섭이 구속된 것은 알고 있어?"

박광로가 다급하게 물었다.

김민혜가 시치미를 떼고 되물었다.

"구속되었대요? 안 그래도 인사동 가게가 문이 닫혔길래 궁금했거든요. 왜 구속되었대요?"

"아직은 나도 몰라. 오늘 오전에 경찰에서 나와 체포해 갔다고 하더라구. 비밀방에 숨겨놓았던 고서화들도 압수를 당했고. 우선은 그렇게만 알고 있어."

"이상하네요. 제가 강형사와 점심을 먹었거든요. 절도범을 곧 검찰에 넘길 거라고만 했는데요. 정영섭 씨의 구속건은 아무 말이 없었거든요."

"숨겼겠지. 아니면 강형사가 다른 사건을 처리하는 사이에 파트너가 단독으로 체포를 했든지."

"그럴 수도 있겠네요. 저기 선생님, 지금 인터넷에 조인호 씨의 열두 폭 초충도병풍에 관한 기사가 떠돌아다니고 있는데, 보셨어요?"

"뭐야? 그건 안될 일이야. 감정도 제대로 안 끝났는데, 뒷감당을 어찌하려고 엉터리 수작을 부리지? 미친 놈들이군, 미친 놈들이야."

박광로가 버럭 화를 냈다.

"진정하세요, 선생님. 혈압도 높으시잖아요?"

"내가 화 안 내게 생겼어? 미꾸라지 한두 마리가 고미술계를 흙탕물로 만들고 있는데. 참, 김기자가 강일수 형사와 가깝다고 했던가?"

"많이 가깝지는 않아도 밥 한 끼는 마주앉아서 먹을 만큼은 되는데요."

"정영섭이 구속되었다니까, 문득 떠오르는 곳이 있더라구."

"어딘데요?"

"일테면 정영섭의 안가 같은 곳인데, 수상한 구석이 많은 집이야. 내가 주소를 문자로 넣어줄 거니까, 강형사더러 수색해 보라구 부탁해 봐."

"예, 그럴게요."

정영섭이 구속되었다는 박광로의 말을 듣는 순간 강일수를 만나야겠다고 작정했던 김민혜였다. 정영섭의 구속건을 들고 가면 최소한 무슨 일로 구속이 되었는지 정도는 알려줄 것이었다. 거기다 박광로가 말한 수상한 안가에 대한 얘기는 충분한 미끼가 될 판이었다.

아직도 뚱한 얼굴로 담배만 피우고 있는 이동호에게 말없이 고개를 숙여 퇴근인사를 한 김민혜가 그 길로 강일수를 찾아갔다. 특별한 일이 없다면 강일수도 퇴근시간이라 경찰서 가까운 찻집에서 전화를 했다.

"김민혜 기자가 또 웬일이죠? 지금쯤은 정영섭이 경찰에 구속된 것은 알고 있을 테니까, 나한테 궁금한 점도 없을 것이 아닙니까?"

강일수는 무슨 좋지 않은 일이라도 있는지 목소리에 가시가 박혀 있었다.

"이번에는 제가 강형사님께 정보를 드릴게요."

"정보요? 무슨?"

"정영섭 씨가 구속된 까닭이 청담동 이여사의 초충도와 관계가 있지요?"

"김기자가 그 일은 어떻게 알았소? 아니, 지금 어디요? 내가 나가겠습니다."

"다향에 있어요."

전통찻집 다향은 김민혜가 경찰서 취재를 나올 때 종종 이용하던 곳으로 강일수와도 몇 차례 차를 마신 적이 있었다.

강일수와 통화를 끝낸 김민혜가 물잔을 들어 한 모금 마시고 있는데, 사임당의 열두 폭 초충도병풍이 발견되었다는 소식이 텔레비전 종편채널에서 나오고 있었다. 그것도 무슨 사건이 나면 얼굴에 철판을 깔고 출연하는 몇몇 패널을 동원하여 노루뼈를 고으듯이 두고두고 울궈먹는 걸로 정평이 난 3류채널 방송이었다.

'저건 조인호가 입김을 불어 넣은 것이 틀림없어. 인터넷에 찌라시같은 기사가 뜨자마자 저런 자리가 마련되었다는 것은 이미 모든 준비를 마쳤다는 뜻이겠지.'

세 사람의 패널 중에는 양민수도 한 자리 차지하고 있었다. 그리고 나머지 두 사람은 모든 분야에 통달한 대단한 전문가였다. 세월호 때도 나왔고, 메르스 때도 나왔으며, 말 한마디를 꼬투리 잡아 야당대표를 묵사발을 만들 때도 출연하여 막말을 하던 사람이었다. 그들이 꼭 정치문제에만 아는 체를 하는 것은 아니었지만, 주로 사람들의 입살에 올라 화제가 될만한 야당 정치인의 말 한 마디를 놓고 마녀사냥식으로 곤죽을 만드는 재주가 있는 사람들이었다.

김민혜의 예상으로 열두 폭 초충도병풍은 전문가도 아닌 전문가들에게 갈기갈기 찢어져 너덜너덜해질 판이었다. 진품으로 결판이 나건 위작으로 결판이 나건 사임당의 초충도병풍이 유행가 가사처럼 변해버릴 판이었다.

어쩌면 반짝하고 나왔다가 순식간에 숨어버릴지도 몰랐다. 가격을 올리기 위하여 종편을 동원했다면 처음 의도한 만큼의 가격대가 형성되면 팔고 숨어버릴 것이다.

김민혜가 고개를 절레절레 내저을 때였다.

"이건 대한민국의 미술사적으로도 대단한 사건이지요?"

한때는 공영방송의 잘 나가던 아나운서였다가 거액을 받고 종편으로 옮겼다고 소문이 났던 사회자가 흥분된 목소리로 양민수에게 물었다.

"단군 이래 최고의 사건이라고 볼 수 있겠습니다. 지금까지는 사임당의 초충도병풍은 여덟 폭이 가장 대작인 걸로 알려졌거든요."

"그렇군요. 양박사님께서 발굴하게 된 경위를 말씀해 주시겠습니까?"

"소장자의 팔대조인가 구대조 할아버지가 강원도 관찰사를 지낸 후손이 오래된 집을 수리하다가 천장에서 발견한 것이라면서 은밀히 보여주어서 접하게 되었습니다."

"느낌이 어떻던가요?"

"처음 보는 순간 가슴이 덜컥 내려앉으면서 숨이 막혔지요. 고서화 감정을 오래 하다보니까, 진품 앞에서는 그런 반응을 보입

니다."

양민수의 말을 가만히 듣고 있던 패널이 나섰다.

"소장자의 선조가 강원도 관찰사를 했다면 진품일 가능성이 많지요? 양박사님."

"의심할 나위가 없지요. 지질이며 안료가 사임당의 다른 초충도에 사용한 것과 동일한 것입니다."

"그럼, 두 말할 필요도 없이 진품이군요."

이번에는 다른 패널이 거들고 나섰다.

'저것은 전 국민을 향해 사기를 치는 일이다.'

김민혜가 속으로 중얼거릴 때였다.

"다시 마녀사냥이 시작된 것인가요?"

강일수의 목소리가 머리 위에서 들렸다.

"오셨어요?"

김민혜가 엉거주춤 일어나며 고개를 까딱하자 강일수가 자리에 앉으며 말했다.

"저기 앉아있는 사람들, 사회자를 포함하여 막말의 대가들 아닙니까? 무슨 일만 생기면 자기들이 투사라도 된 듯이 입에 게거품을 물고 덤비는. 양민수 박사까지 앉혀놓았으니까, 사임당의 열두 폭 초충도병풍이 진품이건 위작이건 상관없이 국민들의 머리 위를 날아다니겠군요. 헌데, 정보라니, 무슨 정보지요?"

강일수가 물을 때였다.

김민혜의 휴대폰에 박광로가 보낸 문자가 도착했다.

"마침 도착했네요. 정영섭 씨의 안가가 있대요. 주소를 보니까, 팔당댐 부근인데요."

"정영섭의 안가라구요?"

"박선생님의 말씀이 거길 수색해 보면 무언가 나올 거라고 했어요."

"수색이오?"

"어려운 일인가요? 이건 제 예감인데, 거길 수색해 보면 초충도를 비롯한 조선시대 그림들의 모조품을 그려낸 단서가 나올지도 몰라요."

김민혜가 던진 떡밥을 강일수가 덥썩 물었다.

"까짓거, 일단 한번 가봅시다."

강일수가 먼저 자리를 털고 일어섰다.

차에 오른 김민혜가 네비게이션에 박광로가 보내온 주소를 찍었다.

기어를 조작하고 액셀레터를 밟아 차를 출발시키고 나자 강일수가 물었다.

"정영섭이 경찰에 구속된 것은 어떻게 알았어요? 나 말고 경찰에 다른 쏘스가 있어요?"

"제 감이었지요. 강형사님의 말에 분명 정영섭한테 무슨 일이 생겼구나, 싶어 인사동으로 갔지요. 가람의 문이 닫혀있더군요. 경찰에 구속된 사실은 박선생님이 전화를 해주셔서 알게 되었구요."

"그랬군요."

강일수가 짧게 대꾸하며 입에 하품을 물었다.

"강형사님, 너무하셨어요. 함께 남원추어탕을 먹으면서까지 저를 속이다니요?"

"나도 황당했어요. 내가 국과수에 가는 동안 파트너가 절도범의 여죄를 추궁했는데, 거기에서 정영섭의 이름이 나왔어요. 위작을 진품으로 팔아먹고, 그 위작을 절도범에게 훔치라고 시킨 정영섭의 악질적인 죄질이 드러난 것이지요. 거기다 휴대폰 배터리가 다 된 것을 모르고 있었어요."

"그랬군요. 미안해요. 제가 오해를 했어요."

가는 길에 늦은 저녁을 해결하는 바람에 정영섭의 안가에 도착했을 때는 밤 열 시가 넘어 있었다.

네비게이션에서 목적지 부근이라는 멘트가 나오자 강일수가 낮은 소리로 말했다.

"잠깐만요. 저기 차가 한 대 주차되어 있군요. 여긴 낚시꾼이 주차할 자리도 아니고, 별장을 이용하는 사람도 구태여 차를 주차할 곳이 아닌데요. 김기자, 조금만 더 가다가 가장자리에 차를 세웁시다. 혹시 차에 랜턴 있습니까?"

이미 조금 전의 차넘버를 수첩에 기록한 강일수가 내릴 준비를 하면서 물었다.

"없는데요."

"앞으론 비상용으로 랜턴 하나쯤은 차에 비치하세요."

"그래야겠네요. 저기 주차하면 될까요?"

김민혜가 돌아보며 묻자 강일수가 속호주머니에서 새끼손가락만한 손전등을 꺼내었다.

"그렇게 작은 것도 있네요?"

"이보다 더 작은 것도 있어요. 필요할 때 입에 물고 작업하기가 쉽지요."

두 사람은 차에서 내려 정영섭의 별장을 향해 조심조심 걸어갔다. 강일수는 소형 랜턴을 켜지 않고 있었다.

"왜 랜턴을 안 켜요?"

"잘 보이잖아요. 김기자는 안 보여요? 잠깐만요."

강일수가 걸음을 멈추었다.

"왜요?"

잔뜩 긴장한 김민혜가 낮은 소리로 물었다.

"방금 저 집안에서 불빛이 보였어요."

"저긴 정영섭의 별장이 아닌가요? 제 눈에는 그냥 불 꺼진 집인데요?"

"아니오. 분명히 불빛이 보였어요. 조용히 하세요."

살금살금 대문으로 다가간 강일수가 문을 밀쳐보다가 '잠겼네요' 하고 중얼거렸다.

그때였다. 찌이익, 철컥하고 현관문이 열렸다가 닫히는 소리가 들렸다.

"누군가 나왔어요."

김민혜가 속삭이자 강일수가 쉿, 하며 김민혜를 주저앉혔다.

강일수가 한쪽으로 비켜서서 현관문을 나온 사람이 대문 밖으로 나오기를 기다렸다. 그리고 숨을 두어 번 몰아쉬었을 때 철컥 하는 소리와 함께 대문이 열리고 의외로 왜소한 체구의 사내가 등산배낭을 등에 메고 반발 남짓한 길이의 종이 같은 것을 둘둘 말아 묶은 뭉치를 옆구리에 끼고 나왔다.

"잠깐만요."

강일수가 사내의 앞을 막아섰다.

"누, 누구세요?"

"그렇게 묻는 댁은 누구시오? 나는 강북경찰서 특수수사과에 근무하는 강일수 경사요. 신분증 좀 봅시다."

강일수가 작은 랜턴을 켜 사내의 얼굴을 비추며 손을 내밀었다.

사내가 모든 걸 체념한 듯 땅바닥에 털썩 주저앉았다.

그때 김민혜의 휴대폰에 문자메시지가 도착했다는 신호음이 울렸다.

문자는 갈홍근이 보내온 것이었다.

－내일 약속 잊지 않았지요?

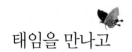

태임을 만나고

거룩하신 태임이 문왕의 어머니시니
시어머니 태강께 효도하시며 왕실의 안주인 노릇을 하셨는데
태사께서 또 아름다운 영예 이으시니 많은 아들 낳으셨다네

선왕들께 순종하시어 신령들의 원망 듣지 않으셨고
신령들께서 나무라지 아니 하시고 당신 처부터 바로 잡으시어
형제들께 이르심으로 나라를 다스리셨네

부드러운 모습으로 궁에 계시며 공경하는 모습으로 묘당에
계시며
밝게 나라에 임하시고 싫어하심 없이 백성을 보호하시네

커다란 병폐는 크게 징계하시어 아주 없애고
들은 것은 쓰시고 간하는 것은 받아들이셨네

어른들은 덕이 있고 아이들은 이루는 것이 있으니
임금께서는 싫어하심 없이 훌륭한 선비 등용하셨네.

인선이가 시경 가운데 '거룩하심(思齋)' 편을 낭송하고 뜻풀이를 마치자 외할아버지 이사온이 놀란 낯빛으로 외손녀를 바라보았다.

"네가 벌써 시경을 해석까지 하는구나. 이제 겨우 열두 살 밖에 안 된 네가 그 경지에까지 이르렀구나."

"아닙니다, 할아버지. 시경을 넘겨보다가 태임이 문왕의 어머니라는 대목이 나오길래 뜻풀이를 해보았을 뿐입니다."

인선이의 말에 곁에 앉아 차시중을 들던 연화가 불쑥 끼어들었다.

"인선 애기씨는 시경을 줄줄 외우십니다. 며칠 전에는 저한테도 가르쳐 주셨는걸요, 히히히."

말 끝에 연화가 우스워 못 견디겠다는 표정으로 히히히 웃었다.

"왜 그리 웃느냐?"

이사온의 물음에 연화가 웃음을 그치고 대답했다.

"시가 웃겨서요."

"웃겨? 시가? 어디, 연화 네가 읊고 뜻풀이를 해보겠느냐?"

이사온의 말에 연화가 눈을 스르르 감더니 시를 읊기 시작했다.

칡 캐는 저 처녀를 하루 안 보면 석 달이나 된 것 같아라

익모초 캐는 저 처녀를 하루를 안 보면 아홉 달이나 된 것 같아라

쑥 캐는 저 처녀를 하루를 안 보면 삼 년이나 흐른 것 같아라.

"연화가 웃는 까닭을 알겠구나. 그처럼 시경에는 성군이나 현모를 칭송하는 내용의 시 뿐만 아니라, 항간에서 불리던 백성들의 노래도 들어있단다. 그 중에는 방금 연화가 읽고 해석한 젊은 남녀 간의 정분에 관한 시도 있지만, 나라의 부역에 나가서, 혹은 병정에 나가서 부모형제를 그리워한 노래도 있고, 부역이나 병정에 나가 멀리 있는 자식이나 형제를 그리워하는 노래도 있단다. 인선아, 그런 시들을 찾아 읊고 해석해 보는 것도 좋은 공부가 될 것이니라. 오늘은 그만 하자꾸나. 어젯밤 꿈에 네 애비가 보이는 것이 오늘쯤에는 올 것도 같구나."

신명화가 소과에 합격했다는 소식을 가지고 칠복이가 다녀간 것이 열흘 전이었다. 오매불망 사위가 과거에 급제했다는 기쁜 소식을 기다리던 이사온에게 하루라도 빨리 알리고 싶은 신명화가 칠복이를 앞서 보낸 것이었다.

그러나 사실 신명화가 칠복이를 보낸 것은 인선이의 그림공부에 필요한 화지며 안료를 보내기 위해서였다. 그동안 숨긴다고 숨기면서 연화와 함께 글을 읽고 그림을 그렸는데, 지난 번에 신명화가 왔을 때 들켜버렸다.

그림 그리는데 열중하느라 신명화가 방으로 들어온 것을 몰랐던 것이 탈이었다.

"연화도 제법이구나. 내 눈으로 직접 보지 않았다면 인선이가 그렸다고 해도 믿겠구나."

신명화의 말에 연화가 얼른 무릎을 꿇고 앉았다.

"송구합니다, 주인 어르신. 전 다만 애기씨의 그림을 흉내 냈을 뿐입니다. 앞으로는 흉내도 내지 않겠습니다. 그림을 그리지 않겠습니다."

"아니다, 연화야. 난 네가 그림 그리는 걸 나무라는 것이 아니다. 네 재주를 칭찬하고 있는 것이다. 다음부터는 화지며 안료를 두 사람 분을 보내야겠구나."

일테면 칠복이를 먼저 보낸 것은 겉으로는 소과 합격의 소식을 전한다는 구실이었지만 속으로는 욕심 많은 두 어린 계집아이들이 누가 누가 더 많이 그리는가 시합을 하느라 화지며 안료를 다 써버렸을지도 모른다는 조급증 때문이었다.

아닌 게 아니라 칠복이가 화지며 안료를 한 짐 지고 왔을 때에는 안료가 떨어져 먹으로만 소나무며 꽃이며 포도를 그리고 있던 중이었다.

다행이 어머니 이씨부인도 계집종 연화가 인선이와 함께 그림을 그리고 글공부를 하는 것을 두고 별 말이 없었다.

신명화가 온 것은 경포호 너머로 해가 질 무렵이었다. 연화와 함께 아버지를 마중 나온 인선이가 경포호에 솟아오른 노을의 붉은 기둥을 바라보고 있는데, 뒤에서 아버지의 목소리가 들렸다.

"인선이가 여기에 있을 줄 알았구나."

"아버지, 오셨습니까? 먼 길에 고생이 많으셨지요?"

"아니다, 내 딸 인선이를 만날 생각에 힘든 줄도 모르고 달려왔구나."

신명화가 두 팔을 활짝 벌렸다.

그 품으로 뛰어들며 인선이가 얼굴을 붉혔다.

"연화는 주인 어르신께 문안을 여쭙지 않느냐?"

한양으로 돌아가다가 중간에서 만나 주인의 짐을 지고 되돌아왔을 칠복이가 연화를 향해 웃었다.

이제 나이 열다섯인 칠복이는 덩치가 어른만큼 컸다. 언젠가부터 인선이는 연화를 바라보는 칠복이의 눈이 예사롭지 않다는 걸 느끼고 있었다.

"어서 오십시오, 주인 어르신."

연화가 허리가 꺾어질 만큼 깊숙이 숙였다.

"오냐, 연화도 잘 있었느냐? 그만 집으로 돌아가자. 외조부께서 기다리시겠구나."

"어머니와 갓난이 인혜도 아버지를 기다릴 거예요."

"허허허, 그렇겠구나. 인선아, 오늘 밤에도 둥근달이 뜨겠지?"

신명화의 물음에 인선이의 가슴에서 뜨거운 불기둥이 솟아올랐다.

'아, 아버지께서는 잊지 않고 계셨어. 오늘이 보름인 것을 아시

고 보름에 맞춰 오신 거야.'

3년 전이던가. 보름달이 뜨는 밤의 경포호를 보여주겠다고 약
속한 신명화는 강릉에 내려올 때면 보름에 맞추어 날짜를 잡았
다. 그리고 눈비만 내리지 않으면 꼭 인선이를 데리고 경포호로
나갔다. 그러나 경포호에 나갈 때마다 달빛기둥을 볼 수 있는 것
은 아니었다. 칠흑 같은 구름이 끼고 눈비가 내리고, 신명화가 1
년에 겨우 한두 번 다녀가는 통에 실상 보름달이 뜨는 밤의 경포
호는 세 번 밖에 못 보았다.

인선이는 이번의 강릉행도 아버지가 보름달이 뜨는 밤에 맞추
어 날짜를 잡았다는 것을 알고 있었다. 대문을 들어선 신명화가
이사온이 머물고 있는 큰 사랑으로 들어가고 나자 연화에게 부
탁했다.

"연화야, 네 엄니한테 말씀드려 술 한 병과 육포 같은 간단한
안주를 장만하여 싸달라고 이르거라."

"안 그래도 그러려고 마음 먹고 있었습니다."

"정말?"

"하늘에 구름이 없잖아요. 보름달이 뜰 거구요."

연화가 배시시 웃었다.

그런 연화가 인선이는 깨물어주고 싶도록 예뻤다. 지난 봄에
여동생이 하나 더 생겨 세 자매가 되었지만, 작년 가을에 시집을
간 이후 아직 얼굴 한 번 보여주지 않는 인화 언니나 갓난아기인
동생보다 연화가 더 믿음직스러웠다.

아버지는 외할아버지와 드시라고 큰 사랑으로 저녁상을 내다 드리고, 어머니와 인선이 둘이서 저녁을 먹을 때였다.

이씨부인이 인선이에게 말했다.

"인선아, 너무 늦도록 아버지를 붙잡고 있지 말거라. 술도 딱 석 잔만 드리거라."

"예, 어머니. 두어 식경만 아버지와 놀고 어머니께 돌려드리겠 습니다."

인선이가 웃으면서 대꾸했다.

"뭐야? 너 못하는 소리가 없구나."

이씨부인이 딸 앞에서 얼굴을 붉혔다. 그런 어머니의 모습이 재미있어 인선이는 자꾸만 웃음이 나왔다.

인선이는 어머니가 아버지를 많이 그리워하고 있음을 알고 있었다.

어쩌면 그리움보다 시댁에 대한 미안한 마음이 더 컸던 어머니였다. 한 집안의 며느리라면 시부모께 효도하고, 시형제들과는 우애있게 지내며, 조상님들의 기제사를 모시고, 아들을 낳아 대를 이어주는 것이 도리인데, 친정집에 머물면서 도리를 다하지 못하고 있는 자신이 남편보기가 송구스러우면서도 미안한 만큼 그리움도 커지고 있다는 것을 인선이는 눈치 채고 있었다.

그만큼 인선이는 감성이 풍부한 처녀로 자라가고 있는 중이었다.

저녁을 먹고 제 방으로 돌아오자 연화가 술병과 안주를 싼 보자기를 들고 기다리고 있었다.

"오늘도 애기씨만 가실 거지요?"

연화가 조금은 뾰루퉁한 목소리로 물었다.

다른 일에는 늘 한 몸처럼 움직이던 인선이가 보름날 밤에 경포대 행차에는 끼워주지를 않았다.

"연화야, 너는 칠복이와 노는 것을 좋아하잖니?"

"아니에요. 전 애기씨와 있는 것이 더 좋다구요."

"그래도 안 돼. 일 년에 겨우 한두 번 뵐까 말까한 아버지셔. 나 혼자 온전히 차지하고 싶어. 그러니 네가 참아."

"알겠습니다. 보름달 아래에서 애기씨 혼자 실컷 보세요."

연화가 혀를 낼름 내밀다가 돌아갔다. 폴짝거리는 발소리가 대문 쪽 행랑채에서 들리는 걸로 보아 칠복이를 찾아가고 있는 것이 분명했다.

인선이가 술병과 안주를 싼 보자기를 옆구리에 끼고 큰 사랑 앞으로 가자 신명화가 나오고 있었다.

"달맞이 준비는 마쳤느냐?"

"예, 아버지."

"가자. 사실은 아버지도 경포호를 노랗게 물들이며 솟구치는 달빛기둥이 보고 싶었느니라."

신명화가 앞장을 섰다. 인선이가 한 걸음 떨어져서 뒤를 따랐다.

그런 딸을 돌아보던 아버지가 슬며시 손을 잡아끌었다. 따뜻한 아버지의 손을 잡자 인선이의 얼굴이 후끈 달아올랐다.

보름달이 동쪽 산날망을 한 뼘쯤 벗어날 때 경포대에 도착했다.

"언제 봐도 경포호수며 경포대는 가슴이 설레일 만큼 좋구나."

신명화가 자리를 잡고 앉으며 딸을 올려다보았다. 달빛을 받은 신명화의 얼굴에 웃음꽃이 피어나고 있었다.

"아버지의 눈동자 속에 달이 떠 있어요. 왼쪽에 하나, 오른쪽에 하나, 두 개가 떠 있어요."

인선이의 말에 신명화가 허허허 기분 좋게 웃으며 술잔을 내밀었다.

"한 잔 따라보겠느냐?"

신명화 앞에 무릎을 꿇고 앉은 인선이가 공손히 술병을 기울였다.

그 잔을 입으로 가져가던 신명화가 말했다.

"무릎을 꿇을 것은 없다. 편히 앉거라. 아버지는 내 딸 인선이가 누구 앞에서도 무릎은 꿇지 않았으면 좋겠구나. 당당하게 살았으면 좋겠구나."

신명화의 말에 인선이가 편한 자세로 앉았다.

그런 딸을 잠시 바라보던 신명화가 술잔을 입으로 가져가려다가 말했다.

"보거라, 인선아. 술잔 속에도 달이 떠 있구나."

"달이 다섯 개나 떴어요."

"다섯 개나?"

"하늘에 뜬 달, 호수에 뜬 달, 아버지 눈에 뜬 달 두 개, 그리고 술잔 속에 하나, 합해서 다섯 개가 떴어요."

"허허허, 그렇구나. 경포대에 앉아 술잔을 기울이다 보면 다섯 개의 달이 뜨는구나. 연화랑 나와 경포호수에 뜬 달을 본 적이 있느냐?"

"아니오. 어머니께서 밤에는 나들이를 삼가라고 하셨어요."

"그건 네 어머니의 말씀이 옳으시다. 네가 여자라서가 아니라 남자도 꼭 필요할 때가 아니면 밤나들이는 안 하는 것이 좋느라."

"집에 앉아서도 저는 보름달을 볼 수 있어요."

"그야 물론 집에도 보름달이 뜨니까."

"보름달이 안 뜨는 밤에도 눈을 감으면 보름달이 보여요. 눈을 감고 보면 다 보여요. 보름달도 보이고, 꽃도 보이고, 풀섶에 숨은 여치며, 개구리도 보여요."

인선이의 말에 신명화가 놀란 눈빛으로 딸을 바라보았다.

"그렇구나. 내 딸 인선이는 눈을 감으면 다 볼 수 있구나."

"눈을 감으면 아버지 얼굴도 아주 잘 보여요."

"인선이가 아버지보다 낫구나. 아버지는 딸이 보고 싶으면 대관령을 넘어와야 하는데, 인선이는 보고 싶으면 언제든지 아버지를 볼 수 있구나. 한 잔 더 따르겠느냐?"

신명화가 잔을 내밀었다.

빈 잔에 술과 함께 달빛을 가득 채우며 인선이가 말했다.

"보고 싶을 때 아버지를 볼 수 있지만, 그리움은 가시질 않았어요. 저는 늘 아버지가 그리워요. 그림을 그릴 때도 그립고, 밥상 앞에서도 그리워요. 밤에 잠이 들기 전에도 그립고, 잠에서 깨어나는 아침에도 아버지가 그리워요."

"아버지도 늘 내 딸 인선이가 그립다. 인선아, 아버지랑 함께 한양으로 가겠느냐? 한양에서 살겠느냐?"

"저도 그러고 싶지만, 한양에서 살게 되면 어머니가 그리워 못 견딜 거예요. 또한 저는 강릉이 좋아요. 후원의 검은 대나무도 좋구요, 경포호수며 그 위에 뜬 달도 좋아요. 한양에서 살게 되면 그리운 것들이 너무 많아지잖아요."

"그렇겠구나. 아버지가 욕심을 부렸구나."

신명화가 잔을 비우고 내려놓았다.

그 잔을 채우며 인선이가 말했다.

"아버지와 경포대에 앉아 달을 보고 있으니까, 꼭 꿈을 꾸고 있는 것 같아요. 잠자리에서 일어나면 멀리 사라져버릴 꿈을 꾸고 있는 것 같아요."

"꿈은 아니니까, 걱정하지 말거라. 내일 아침에 네가 잠에서 깨어났을 때도 아버지는 네 곁에 있을 것이다."

"알아요, 저도. 아버지는 늘 제 곁에 계시는 걸요. 그 잔만 드세요. 어머니께서 술은 석 잔 이상 드리지 말라고 당부하셨어요. 어머니께서 아버지를 기다리실 거예요."

"오냐, 그만 돌아가자꾸나. 내 딸과 마주앉아 다섯 개의 달을 보았으니, 대관령을 넘어온 보람이 있구나."

신명화가 술잔을 비우고 몸을 일으켰다. 자리를 추스린 인선이가 다소곳이 따라나서자 아버지가 딸의 손을 잡았다.

"요즘은 외조부께 무엇을 배우고 있느냐?"

"시경을 읽고 있어요. 오늘은 외할아버지 앞에서 문왕과 태임의 이야기를 쓴 시를 읊고 뜻풀이를 했어요."

"그랬느냐? 장하구나, 내 딸. 헌데, 너는 태임이 그리도 좋으냐?"

"제가 감히 좋다고 말할 수 있나요? 존경하고 사모할 따름이지요."

"태임을 존경하고 사모한다구?"

"태임 같은 여자가 되고 싶어요."

"인선아, 네 심성이며 행동은 이미 태임이 되어 있니라. 네가 바라보는 달 속에도 태임이 있고, 네가 바라보는 꽃이며 나비며 벌, 개구리며 여치한테도 태임은 들어 있니라. 삼 년 전이던가, 네가 어머니한테 태임의 얘기를 듣고 난 이후 너는 태임을 네 안에 모셔두고 본받겠다고 다짐하지 않았더냐? 네가 그랬었지? 꽃의 마음으로 꽃을 보고, 매미의 마음으로 매미소리를 듣는다고 했지? 그것은 네가 꽃과 하나가 되는 일이고, 네가 매미와 하나가 되는 일이니라. 하나가 된다는 것이 무엇이냐? 꽃이 되고 매미가 된다는 뜻이 아니더냐? 그래서 넌 이미 태임이 되어 있다는 뜻이니라."

"아버지의 말씀을 전 모르겠어요."

인선이가 설레이는 가슴을 누르며 얼굴을 붉혔다.

"아니, 넌 이미 오래 전부터 알고 있었다. 네가 알고 있다는 걸 네가 모르고 있었을 뿐이지. 아버지가 이번에 한양으로 돌아가면 네 짝을 찾아보아야겠구나."

"짝이요?"

인선이가 떨리는 목소리로 물었다.

"그래, 태임을 닮으려는 네 심성을 아낄 줄 아는 사내, 네가 그리는 그림을 이해하고 뒷바라지를 할 수 있는 짝을 찾아야겠구나."

"싫어요. 저는 시집 같은 것 안 가고 오래오래 아버지와 어머니랑 살 거예요. 외할아버지께서 그러셨어요. 그림을 그리는 저를 보시고 그림이나 그리는 너같은 계집아이를 장차 누가 데려갈거나, 하고 한탄을 하셨어요. 반가의 여자가 그림같은 잡기에 빠진 것은 스스로를 낮추는 일이라고 하셨어요."

"외조부께서 네가 그림 그리는 걸 못마땅해 하시는 걸 나도 알고 있니라. 아니, 우리 조선에서는 남자도 반가 출신은 그림을 그리지 않는다. 도화서의 뛰어난 화공들도 거의가 중인 출신이다. 양반이라는 사람들은 화원들의 그림은 소중하게 여기면서도 정작 사람인 화원은 귀히 취급하지 않는다. 그런 모순이 어디 있느냐? 좋은 그림은 좋은 사람의 아름다운 심성에서 나오는 것을. 아버지는 그런 편견을 찬성하지 않는다. 내 딸 인선이가 그림을 그리는 것을 자랑스레 여긴다. 그래서 그걸 이해하고 아껴줄 배 필을 찾아주겠다는 것이다."

석 잔의 술 때문일까.

신명화는 딸 앞에서 말이 많았다.

인선이는 아버지의 손을 잡고 걷는 달빛 속의 길이 꼭 꿈속의 길처럼 아득했다.

신명화가 이씨부인을 찾아 안방으로 들어가고 제 방으로 돌아온 인선이는 촛불 두 개를 켜놓고 그림을 그리기 시작했다.

경포호수와 그 위에 뜬 달과 경포대에 마주 앉아있는 아버지와 딸을 그린 그림이었다.

호수 위에 노란 달빛 기둥을 그리는데 코끝으로 문득 치자향이 스쳐갔다.

다음날이었다.

인선이가 신명화와 연못가 돌팍 위에 앉아 있는데, 외할아버지 이사온이 큼, 기침을 하며 다가왔다.

인선이가 몸을 일으키자 이사온이 신명화에게 말했다.

"자네가 소과에 합격한 것은 참으로 잘한 일일세. 이젠 대과를 준비해야지?"

"반반입니다, 장인 어르신."

"무슨 소린가? 반반이라니?"

"그동안 제가 과거를 외면하였던 것은 조정 돌아가는 꼴이 너무 한심해서였습니다. 폭군 연산을 몰아내고 반정에는 성공하였다고 하지만, 반정공신들 역시 그 밥에 그 나물이었습니다. 백성들은 나 몰라라 하고 저마다 자기 딸을 후궁으로 들여앉혀 새 임금을 허수아비로 만들어 버렸지요. 하루가 멀다 하고 궁중에서는 경빈 박씨네, 창빈 안씨네 하는 후궁들의 암투가 벌어지고, 벼슬아치들은 벼슬아치들끼리 서로 못 잡아먹어서 안달을 내는 꼴이 가관이었습니다."

"자네의 올곧은 성품을 모르는 바는 아니지만, 조정에 이전투구하는 반정공신들만 있는 것은 아니지 않은가? 조광조 같은 사람도 있잖은가? 촌부가 무엇을 알겠는가만, 내 귀에도 들려오는 한양의 소식 가운데는 조정암이 반정공신들이 해내지 못한 개혁을 하느라 노심초사하고 있다는 것쯤은 알고 있다네."

"그나마 조정암 같은 분이 있어 제가 소과를 치룰 결심을 한 것이지요. 상감의 신임을 받고 몇 가지 개혁을 추진하고 있지만, 정암의 힘만으로는 힘드니, 정암에게 힘을 보태주자고 하여 그동안 과거를 외면했던 의기있는 젊은 선비들이 소과를 치루었지요."

"젊은 선비들?"

"예, 조정암을 따르는 의기있는 젊은이들이지요."

"그렇다면 더더구나 학문에 매진해야할 것이 아닌가? 조정암에게 힘을 보태려면 어차피 출사를 해야 하는데, 출사를 하려면 대과에 합격을 해야 할 것이 아닌가?"

"과거와는 상관없이 글 읽는 데는 게으르지 않으니, 너무 심려 마십시오, 장인 어르신."

그렇게 대꾸하는 신명화의 얼굴이 인선이의 눈에는 어둡게 보였다.

"반가의 사내라면 무릇 과거를 보아 출사를 하고, 나라를 위해 제 한 몸을 바친다는 각오쯤은 있어야지. 나는 자네를 믿네."

이사온이 자신을 빤히 바라보고 있는 외손녀의 눈길을 눈치 채고 인선이에게 한 마디했다.

"인선아, 연화라는 계집종과 너무 허물없이 지내지 말거라. 아무리 또래이고 가깝게 지낸다고 하드래도 반상의 구별을 허물 수는 없는 것이니라."

그런 말을 남기고 이사온이 돌아간 다음이었다.

신명화가 말했다.

"아버지는 외조부의 뜻과는 다르다. 내가 비록 양반이기는 하지만, 사람은 다 똑같은 사람이라고 생각한다. 연화라는 아이가 관음사에서 너를 해치려는 정난정이라는 계집아이를 막아주었다는 말을 듣고 너에 대한 그 아이의 충심을 읽었단다. 그래서 아버지가 그 아이 몫까지 화지며 안료를 사 보내는 것이 아니겠느냐?"

"연화는 제 동무예요. 앞으로도 쭉 그럴 것이구요."

"잘 생각했구나. 네 마음이 동해만큼 넓고 크구나."

신명화의 말에 인선이가 얼굴을 붉힐 때였다.

칠복이가 빠른 걸음으로 다가와 허리를 굽히고 말했다.

"주인어른, 관음사에서 법화스님을 모시고 왔습니다."

"오, 그래? 인선아, 내가 법화스님을 오시라고 청했구나. 네가 차를 준비해 주겠느냐?"

"예, 아버지."

법화스님이라면 조선의 스님들 중에 가장 뛰어난 단청스님이 라고 했다. 아홉 살 때던가, 아버지를 따라간 관음사에서 대웅전 벽에 단청하는 모습을 구경하며 가슴을 설레이던 기억은 그림을 그리다 보면 종종 떠올랐다.

칠복이가 찻물을 데울 화로에 숯불을 피워 들고 인선이가 연화 와 함께 차를 낼 준비를 해가지고 작은 사랑으로 들어가자 법화 스님이 올려다보며 물었다.

"인선이는 요즘도 그림을 열심히 그리고 있느냐?"

인선이가 얼굴을 붉히며 대답을 못하자 연화가 나섰다.

"우리 애기씨는 날마다 그림을 그립니다."

"그렇느냐? 내가 네 그림을 구경할 수 있겠느냐? 찻물이 끓으 려면 시간이 필요하니 그동안 네 그림을 보고 싶구나. 그림을 가 져오겠느냐?"

"나중에 보여드릴게요."

인선이가 부끄러워하자 다시 연화가 쓱벅 나섰다.

"제가 가지고 올게요."

인선이가 말릴 사이도 없이 연화가 뽀르르 작은 사랑을 나갔다. 그런 연화의 뒷모습을 쫓던 법화스님이 눈길을 인선이에게 돌리며 물었다.

"그래, 요즘은 어떤 자화상을 주로 그리느냐?"

"저는 자화상을 그리지 않습니다."

한 번도 자신의 얼굴을 그린 적이 없는 인선이었다. 언젠가 딸을 보고 싶어하는 아버지를 위하여 제 얼굴을 그려드릴까 하다가 부끄러워 그만두었다.

"아니, 인선이 너는 나를 처음 만나던 아홉 살 때부터 이미 자화상을 그리고 있었다."

"무슨 말씀이신지요? 저도 인선이가 제 얼굴을 그리는 건 못 보았습니다."

"인선아, 내가 너한테 했던 말을 기억하느냐? 내가 문수보살님의 마음으로 그분을 그렸다고 했던."

"예, 스님"

"문수보살님을 그릴 때 내가 문수보살님의 마음이 된다는 건 내가 문수보살이라는 뜻이 아니겠느냐? 즉 문수보살님이 내 자화상이 되는 것이지."

그제서야 인선이는 법화스님의 말뜻을 이해할 수 있었다.

꽃을 그릴 때 꽃의 마음이 된다는 것은 자신이 꽃이 되어 꽃을 그리는 것이니, 꽃이 즉 자화상이라는 뜻이었다.

인선이가 얼굴을 붉히자 법화스님이 말했다.

"네가 그린 모든 그림들은 네 자화상이나 마찬가지니라. 봉숭아꽃을 그리면 봉숭아꽃이 네 자화상이고, 맨드라미꽃을 그리면 맨드라미꽃이 네 자화상이니라. 또한 개구리를 그리면 개구리가 네 자화상이고, 여치를 그리면 여치가 네 자화상이니라."

그때 연화가 그림을 한 뭉치 들고 돌아왔다.

"어디 한번 보자꾸나."

법화스님이 눈을 가늘게 뜨고 그림을 한 점 한 점 넘겨보았다. 그동안 그려놓은 딸의 그림이 궁금한 신명화도 함께 눈길을 주었다.

그림은 주로 집안 후원의 꽃이며 풀벌레들을 그린 것이었다.

"이것은 전혀 다른 그림이구나."

법화스님이 중간에서 색다른 그림 한 점을 뽑아냈다. 그것은 어젯밤에 경포대에서 아버지와 함께 달빛을 감상하는 모습을 그린 그림이었다.

인선이 얼굴만 붉히고 있자 신명화가 말했다.

"이건 또 언제 그렸느냐?"

대답은 연화가 했다.

"애기씨가 어젯밤에 그렸어요."

"그렇구나. 어젯밤의 일을 그린 것이구나."

"신처사님께서 따님과 함께 행복한 꿈을 꾸셨군요. 부녀간의 애잔한 모습이 화폭 전체에 녹아 있습니다. 딸은 아버지를 그리워하고, 아버지는 딸을 애처로워하는. 제목을 그리움이라 붙이면 딱 맞겠습니다."

"사실이 그렇습니다, 스님. 일 년 동안의 그리움을 단 며칠만에

다 풀기는 어렵지요. 인선아, 이 그림은 나를 주겠느냐? 내 딸이
그리울 때마다 펼쳐놓고 보고 싶구나."

신명화가 간절한 눈빛으로 딸을 바라보았다.

"드릴게요, 아버지."

인선이가 고개를 조금 숙이면서 대답하는데 화로 위의 주전자
에서 물이 끓기 시작했다.

무릎걸음으로 조촘조촘 화로 가까이 다가간 인선이가 주전자
의 물을 다관에 부어 다관을 데우고, 그 물을 숙우에 부어 숙우를
덥히고, 그 물을 찻잔에 부어 찻잔을 덥힌 다음에 찻잔의 물을 퇴
수그릇에 버렸다. 그런 다음에 주전자의 물을 숙우에 따루어 놓
고 차주전자에 두 잔 분량의 찻잎을 차시로 덜어 넣었다.

강릉에 올 때면 신명화가 잊지 않고 봇짐에 넣어오는 것이 한
가지 더 있었다.

차였다. 주로 명나라에서 들여온 차를 가지고 왔지만 드물게는
하동녹차를 가지고 오기도 했다. 중국차는 투박하고 맛이 진했지
만, 하동녹차는 부드러우면서도 향은 입안에 오래 머물렀다.

"이건 소승이 하동 쌍계사에 단청을 갔을 때 주지스님이 내어
주셔서 마셔본 차와 맛이 같습니다."

차를 한 모금 마신 법화스님이 고개를 끄덕였다.

"한양 본가에 종종 들르는 보부상에게 부탁하여 구한 하동녹차
입니다."

"따님의 차 내는 솜씨가 탁월합니다. 좋은 차라고 해서 다 좋은

맛을 내는 것은 아니지요. 찻물의 온도가 맞아야 하고, 우려내는 시간이 적당해야 하며 무엇보다 차의 양을 제대로 조절할 줄 알아야겠지요. 따님은 그 중 어느 하나도 어긋남이 없었습니다."

"손끝이 섬세하여 한번 익힌 것은 여간해선 잊지 않고 기억하고 있습니다."

"그러니 이런 그림도 그려낼 수 있겠지요."

석 잔의 차를 마신 법화스님이 눈길을 다시 인선이의 그림으로 옮겼다.

한 줄기 강아지풀 위에 앉아있는 귀뚜라미 그림을 들고 법화스님이 물었다.

"이 귀뚜라미는 슬퍼 보이는구나. 너한테 슬픈 일이 있었느냐?"

인선이가 눈을 내리깔아 그림 속의 귀뚜라미를 보며 대답했다.

"낮에 닭이 강아지풀 위에 있던 제 동무를 쪼아 먹었어요. 그날 밤에 슬피 우는 귀뚜라미 울음소리를 들었습니다."

딸의 말에 신명화가 놀란 눈빛으로 말했다.

"아니, 스님. 그림 속의 귀뚜라미가 슬퍼하는 것까지 보이십니까?"

"허허허, 따님이 그림 속에 울음소리까지 그려 넣었으니까, 소승이 들을 수 있는 것이지요. 따님의 그림이 그만큼 경지에 이르렀다는 말씀입니다."

"설마요. 스님께서 과찬을 하십니다. 이제 겨우 열세 살인 걸요."

"열세 살이면 어린 나이가 아닙니다. 일가를 이루고 자식을 낳아 기를 나이지요."

"스님도 참, 어린 아이를 두고 별 말씀을 다하시는군요."

"신처사님은 따님을 시집보내기가 싫으신 모양입니다."

"그럴 리가 있습니까? 저는 순리를 중히 여기는 사람입니다."

"압니다, 알아요. 농으로 드린 말씀입니다. 헌데, 인선아. 이 그림은 좀 이상하구나."

법화스님이 그림 한 점을 들고 인선이를 바라보았다.

원추리 한 포기를 가운데 배치하고 그 주변에 나비와 잠자리, 그리고 메뚜기와 원추리꽃 위를 나폴나폴 날아가는 나비를 그린 그림이었다.

원추리잎 그늘에 개구리 한 마리가 금방이라도 뛰어오를 듯한 자세로 앉아 있었다.

인선이는 침묵을 지키고 신명화가 대신 물었다.

"무엇이 이상합니까? 스님."

"개구리의 눈을 보십시오. 아까 보았던 오이와 여치를 그린 그림 속의 개구리는 눈길이 하늘로 향해 있었습니다. 그것은 개구리에 빗대어 높은 권력을 갖기를 소망하는 인간의 욕망을 그린 것이지요. 물론 그것은 호사가들의 말놀음일수도 있겠지요. 사실 개구리의 눈길이 머문 곳은 하늘이 아니라 여치지요. 여치를 잡아먹기 위해 꼬누고 있는 개구리를 그린 것이라고 보아야겠지요."

법화스님이 두 장의 그림을 나란히 펼쳐놓고 손가락으로 가리키며 말했다.

법화스님의 손길을 따라 인선이의 눈길이 움직였다.

이상한 일이었다.

그림의 구도며 색깔이며 선이 자신의 솜씨가 분명한데도 자신의 그림은 분명 아니었다.

"또한 이 그림에서는 따님의 마음이 느껴지지가 않습니다. 원추리꽃에는 향기가 없으며 나비며 잠자리, 메뚜기같은 벌레들도 죽어있습니다."

법화스님의 말에 신명화가 어찌된 일이냐는 눈빛으로 딸을 바라보았다.

인선이는 '그것은 제가 그린 그림이 아닙니다. 연화가 제 그림을 흉내 낸 것을 잘못 가지고 온 것입니다' 하고 털어놓고 싶었지만 그러면 연화가 곤란해질지 모를 일이었다.

법화스님이 인선이의 눈빛을 보고 고개를 끄덕였다.

"네 눈빛을 보니 알겠다. 이 그림에는 네 혼이 들어있지 않구나. 그린 사람의 혼이 들어있지 않은 그림은 그림이 아니다. 네가 안견의 화첩을 보았다고 했느냐? 그 그림에서 감동이 느껴지더냐? 아무런 감흥도 없었을 것이니라. 왜 그런 줄 아느냐?"

"모사본이기 때문입니다. 모사본에는 모양이나 기법은 보이지만 그린이의 마음은 들어있지 않기 때문입니다."

"네가 잘 알고 있구나. 모사본은 다만 흉내를 낼 뿐이기에 화공의 혼이 들어있지 않은 것이니라. 네가 본 안견의 화첩은 아마도 진본을 모사한 것이 아닐지도 모른다. 모사본을 보고 모사한 모사본이겠지. 어차피 안견의 진품 그림이 시중에 떠돌아다니지는 않을 거니까. 어쩌면 원형에서 많이 변질되었을 것이다만 안견 같은 대단한 화공의 그림이라면 모사본의 모사본이라도 배울점은 있었을 것이다."

"그분이 그렇게 대단한 분이십니까?"

인선이 물었다.

"암, 대단하구말구. 조선 개국 이래 안견만한 화원은 없다고 보아야겠지. 안견은 세종 때부터 세조 때까지 활동한 화원인데, 특히 세종의 셋째 아들인 안평대군과 가까웠구나. 하루는 안평대군이 안견에게 '내가 어젯밤에 박팽년과 함께 복숭아밭에서 노는데, 꽃의 자태며 향기가 인간세상의 것이 아니었다네. 꿈속에서도 황홀했지만 꿈을 깨고 나서도 한참 동안을 복숭아꽃 꿈처럼 황홀했다네' 하고 말했단다. 그 얘기를 들은 안견이 영감을 얻어 사흘 밤낮을 붓을 놀려 그림 한 점을 완성하였는데, 그것이 바로 '몽유도원도'란다."

"몽유도원도요?"

"그래. 꿈에 복숭아밭에서 놀았다는 뜻이지. 그러나 실상 제목만 전할 뿐 몽유도원도를 눈으로 본 사람은 극히 일부에 불과하구나. 안평대군과 가까운 몇 사람만 보았겠지. 지금껏 안견의 몽유도원도만큼 유명인의 찬문들이 붙은 그림은 없었다."

"찬문이요?"

"그림을 본 사람들의 감상문인 셈인데, 모두가 칭찬일색이지."

"주로 어떤 분들이 찬문을 붙였지요?"

신명화가 관심을 보이며 물었다.

"신숙주, 이개, 정인지, 김종서, 최항, 성삼문은 물론 안평대군이 꿈속에서 함께 놀았다는 박팽년의 찬문이 붙어 있지요."

"수양대군에 반대했던 사람들이 많군요?"

"안평대군을 따르던 사람들은 자연히 수양대군의 반대편 사람들이지요. 인선아, 너는 안견의 화첩을 보며 어떻게 공부를 했느냐? 죽자살자 모사를 했느냐?"

"저는 모사는 하지 않았습니다. 그냥 바라보기만 했습니다. 아버지께서 명나라의 화첩도 몇 권 사다주셨지만, 보고 그리지는 않았습니다. 사물의 배치며 색감의 농도를 감상하였을 뿐입니다."

"잘했구나. 어떤 사람은 시중에 나도는 안견의 화첩에 진짜 안견의 그림은 몇 점 되지 않는다고도 말하더구나."

"그것은 또 무슨 말씀이십니까?"

신명화가 물었다.

"사실 몽유도원도가 워낙 유명하여 사람들이 안견이라는 이름을 기억하고 있지, 안견의 그림은 화방에는 잘 나오지 않습니다. 세종의 총애를 받아 도화원에 있을 때 종육품에서 종사품으로 파격적인 승차도 있었지만, 도화원 화원으로 궁중의 의전절차 등

의례적인 그림을 그린 것 말고는 특별히 내세울만한 그림이 없는 것도 사실이지요. 어쩌면 어찌어찌 세상에 나온 안견의 그림 두어 점을 가지고 모사에 능한 화공들이 가공하여 그려낸 모조그림들이 안견의 화첩을 채우고 있을지도 모르지요."

"그래도 한양 화방에서는 안견의 화첩은 몇 달 전에 선금을 주어야 겨우 구할 수 있을 정도로 귀했습니다."

"몽유도원도를 그린 안견이라는 이름값 때문이지요. 그것은 명나라의 화첩도 마찬가지일 것입니다."

"스님의 말씀대로라면 제가 쓸데없이 화첩을 구하겠다고 노심초사한 것이 아닙니까? 그것도 모르고 저는 명나라에 가는 지인들한테 새로 나온 화첩을 구해다 달라고 신신당부를 했습니다, 그려."

신명화의 말에 인선이가 고개를 내저었다.

"아닙니다, 아버지. 화첩은 제게 큰 도움이 되었습니다. 본따 그리지만 않을 뿐이지, 화첩은 제 공부에 많은 도움이 됩니다."

"그것은 인선이 네 말이 맞다. 선비들이 왜 글을 읽는 줄 아느냐? 글을 읽어 글 속의 모든 내용을 자기 걸로 만들기 위해서란다. 좋은 시를 많이 읽은 사람이 좋은 시를 쓰기 마련이니라. 그것은 남의 시를 읽어 시의 운율이며 시의 정서며 시의 사상을 익히고 결국에는 그것을 뛰어넘어 자기 목소리를 내게 되지. 자신의 사상, 자신의 정서를 노래하게 된다는 말이니라. 소위 명필이라고 이름이 자자한 사람들도 처음에는 왕희지체네, 구양순체네

하는 필법을 보고 그대로 흉내를 내면서 글씨연습을 한단다. 왕
희지나 구양순의 필법에 통달하고 그 위에 자신의 서법을 더하고
자신만의 정신을 담게 되면 비로소 명필이라는 소리를 듣게 되겠
지. 그것은 그림도 마찬가지니라. 안견의 화첩이며 명나라의 화
첩을 눈으로 보고 손으로 모사를 하면서 그림이란 이런 것이구
나, 알게 되고 자기만의 화법으로 자신의 혼을 담아 자기 그림을
그리게 되는 것이란다. 내가 보기에 인선이 너는 이미 네 그림을
그리고 있더구나. 안견이나 명나라 화가들과는 다른 풍경, 다른
이야기들을 그림에 담고 있더구나."

　이날 법화스님은 작정하고 온 듯 인선이에게 그림을 얘기해
주었다.

　"지금까지 네가 그린 그림도 그렇지만, 앞으로 네가 그릴 그림
도 결국은 네 얼굴이니라. 자기 얼굴을 함부로 그리는 사람은 없
을 것이니라. 네 얼굴이라는 마음으로 사물을 대하거라. 네 얼굴
을 그린다는 마음으로 그림을 그리거라."

　법화스님이 끝으로 당부했다.

　"애기씨, 제가 잘못했습니다."

　인선이가 제 방으로 돌아왔을 때 뒤따라 온 연화가 무릎을 꿇
고 납작 엎드리며 울먹였다.

　"네가 나한테 무엇을 잘못했느냐?"

　"애기씨의 그림 속에 제 그림 한 점을 섞어 가지고 갔습니다."

"실수가 아니라 일부러 가지고 왔다고?"

"죽을 죄를 지었습니다, 애기씨. 주인 어르신이나 스님께서 제 그림을 보시고 하시는 말씀을 듣고 싶었습니다."

연화가 눈물을 주르륵 흘렸다.

진즉부터 인선이는 연화가 욕심이 많은 아이라는 것을 알고 있었다. 글을 읽고 뜻풀이를 할 때에는 따라올 수 없었지만, 그림을 그릴 때에는 인선이보다 한 점이라도 더 그리려고 애를 썼다. 겉으로 보기에는 인선이를 흉내 내는 것처럼 보이는 그림에도 꽃이나 나비, 벌이나 여치 등을 그릴 때에도 꼭 꽃 한 송이라도, 여치한 마리라도 더 그려 넣었다. 얼핏 보기에는 인선이의 그림을 닮아 있었지만, 자세히 보면 달랐다.

'이 아이에게 앞으로도 계속 그림을 그리게 해야 할까? 나를 뛰어넘겠다고 기를 쓰고 있는 연화에게 앞으로도 계속 붓을 쥐어주어야 할까? 안료를 나누어 써야 할까?'

인선이가 그런 생각을 하는데, 연화가 눈물 그렁한 눈을 들어 바라보며 물었다.

"애기씨, 전 이제 그림을 그릴 수 없겠지요?"

"아니다. 연화 너는 내 동무다. 동무끼리는 모든 것을 나누어 써야 한다."

인선이의 대답에 연화의 눈이 반짝 빛을 냈다.

"정말이지요? 애기씨. 저한테 계속 종이와 안료를 나누어 주실 것이죠?"

"그럼, 걱정하지 말거라. 다만 내 흉내를 내지 말고 네 그림을 그리거라."

"그럴게요. 그럴게요, 애기씨."

연화가 눈물을 뚝뚝 떨어뜨렸다.

그때였다. 문 밖에서 칠복이의 목소리가 들렸다.

"인선 애기씨, 주인 어르신께서 부르십니다."

"알겠어. 금방 갈게."

인선이가 몸을 일으키자 연화가 빤히 올려다보았다.

"너는 네 방에 가 있거라."

"예, 애기씨."

연화가 부스스 몸을 일으키는 것을 보며 인선이는 작은 사랑으로 내려갔다. 법화스님은 돌아갔는지, 신명화가 차를 낼 준비를 마쳐놓고 부드러운 낯빛으로 딸을 올려다보았다.

"오늘 차를 내는 걸 보니, 내 딸 인선이가 처녀가 다 되었더구나."

"그림을 그릴 때의 마음으로 차를 냈습니다."

"그랬느냐? 너하고 차 한 잔 더 마시고 싶어서 불렀다."

"저도 아버지께서 부르실 걸 알고 있었습니다."

"이심전심이었구나. 인선아, 차라는 것이 사람을 닮아 있느니라."

"사람을요?"

"정확하게 말하면 사람의 마음을 닮았다고 해야겠지? 너는 그림을 그리는 마음으로 차를 냈다고 했느니라. 아마 너는 그랬을 것이다. 뜨거운 물로 다기를 씻을 때도, 차시로 차를 덜어 다관에 넣을 때도, 물이 식기를 기다리는 시간에도, 차가 우러나기를 기다릴 때도 정성을 다했을 것이다. 그 마음이 고스란히 네가 낸 차에 녹아들었을 것이다. 그러나 정작 중요한 것은 함께 차를 마시는 사람이다. 아무리 좋은 차도 함께 마시는 사람이 미운 사람이라면 맛이 없고, 값이 싸고 거친 명나라 차라도 함께 마시는 사람이 정인이거나 만나면 언제나 반가운 벗이라면 세상에서 가장 맛있는 차가 될 것이다."

"아버지께 법화스님이 그런 분이라는 말씀이지요?"

"네가 잘 알고 있구나. 오늘 법화스님을 초청한 것은 참으로 잘한 일 같구나. 내가 새삼 되풀이 얘기하지 않아도 내 딸은 법화스님의 말씀을 다 이해했으리라 믿는다. 헌데, 인선아."

"예, 아버지."

아주 잠깐 굳어지는 신명화의 얼굴에서 법화스님이 지적한 연화의 그림에 대해서 말씀하실 것이라고 짐작한 인선이의 목소리도 떨렸다.

"혼이 들어있지 않다고 말씀하신 그 그림은 연화가 그린 것이지?"

"예, 연화가 실수로 가져온 것이라고 했어요."

"아니다. 연화는 실수로 가져온 것이 아니었다. 네 그림과 함께 제 그림도 평가를 받아보고 싶었겠지. 법화스님이 제 그림을 보고 계실 때에 그 아이의 눈빛이 유난히 빛나는 것을 아버지는 보았니라."

"예, 연화가 그랬다고 제게 말했어요."

"계속 그 아이한테 붓을 쥐게 할 테냐?"

신명화의 물음에 인선이가 침묵을 지켰다.

연화에게 이미 앞으로도 함께 그림을 그리자고 약속을 했는데, 그 약속을 깨겠다고 아버지한테 거짓말을 할 수는 없었다.

"사람은 때로 모질어져야 할 때도 있는 법이니라."

"연화는 제 좋은 동무입니다."

인선이의 말에 신명화가 딸의 얼굴을 잠시 바라보다가 고개를 끄덕였다.

"네 뜻대로 하거라. 아버지는 내 딸을 믿는다."

신명화는 강릉에서 한 달을 머물고 한양으로 돌아갔다.

떠나기 전 보름날 밤, 아버지와 딸이 보름달을 간절히 기다렸지만 달은 뜨지 않고 칠흙같은 구름이 하늘을 뒤덮고 있었다. 잔뜩 기대했다가 실망한 딸을 작은 사랑으로 불러 신명화가 손수 차를 내어 함께 마셨다.

다음 날 집을 나서는 신명화에게 이사온이 말했다.

"여긴 걱정하지 말고 자네는 대과 준비에 만전을 기하게."

"연화가 꽃 속에다 별을 숨겨놓았어요."

갈홍근을 길라잡이 삼아 다녀온 전생여행 속의 인선이가 조금은 상기된 목소리로 말했다.

"하늘의 별을 그림 속의 꽃 속에 숨겼다는 말입니까? 그것이 언제부터였지요?"

갈홍근이 물었다.

"모르겠어요. 어느 날 문득 연화의 그림 속에 별이 나타나기 시작했어요. 연화가 얘기하지 않았는데도 그림 속의 별이 제 눈에 아주 또렷이 보였어요. 아니, 연화가 제 그림에 별을 그렸다고 얘기한 것 같아요."

"당신은 그림의 꽃 속에 별을 그리지 않았습니까?"

"예, 저는 별을 그리지 않았어요."

"그랬군요. 당신은 꽃 속에 별을 그리지 않았군요. 연화라는 계집종 아이가 별을 그렸군요. 아마, 인선이의 그림과 구별을 하려고 별을 그렸을지도 모르겠군요. 좋습니다. 오늘은 이만합시다. 내가 셋을 세면 당신은 현실로 돌아옵니다. 하나, 둘, 셋."

녹음기의 스톱버튼을 누르면서 김민혜가 자신도 모르게 한숨을 내쉬었다.

'이게 정말일까? 전생여행 중에 만난 연화라는 계집종은 실존했던 인물일까? 그 아이가 그림 속의 꽃에다 별을 숨겨놓은 것일까? 그렇다면 청담동 이여사의 초충도나 정영섭의 고서화점에서 보았던 별이 그려진 초충도는 오백 년 전쯤의 연화라는 아이가 그린 그림일까?'

김민혜가 혼돈 속으로 빠져들어가는데, 휴대폰의 신호음이 들렸다.

오죽헌에서 만난 인연들

"정영섭은 절도범보다 더 나쁜 놈이었어."

박광로가 다짜고짜 흥분한 목소리를 쏟아놓았다.

"예?"

"내가 진품이라고 감정했던 초충도 중에도 정영섭이 그린 위작이 있었어."

"설마요? 선생님께서 감정하신 그림들은 지질이며 안료가 조선시대의 것이 틀림없었잖아요?"

"정영섭이 고서화점을 처음 시작할 무렵에 우연히 조선시대의 화지를 몇 뭉치 구한 모양이더라구. 천연안료야 방법만 알면 얼마든지 만들어 쓸 수 있는 것이구. 김기자도 정영섭이 한국화로 국전에 입상경력이 있는 것은 알고 있지?"

"그래요? 전 금시초문인걸요."

"삼십 년 전쯤에 입선했어. 그리고 얼마 후에 인사동에 고서화점을 차려놓고는 유명화가들의 작품을 모사하는데 힘을 기울였더라구. 내가 진품이라고 감정했던 맨드라미와 도마뱀도 정영섭이 모사한 것이라고 자백했어. 담당검사가 참고인으로 몇 가지 확인해 줄 것이 있다고 해서 갔더니, 정영섭의 심문조서를 보여주는데, 놀라서 뒤로 넘어질 뻔 했다니까."

"정말 많이 놀라시고 충격이 크셨겠어요. 가짜 초충도를 팔아먹고, 그 가짜를 절도범에게 훔쳐내라고 시키고, 도대체 뭘 어쩌자는 수작이었을까요?"

"내가 진품이라고 감정해 준 것이 용기를 주었겠지. 이제 난 고서화감정에서 손을 뗄 거야."

"선생님께서 그러시면 양민수 박사 같은 분이 판을 칠 거잖아요. 오늘도 종편채널에 나와 이번에 발견된 사임당의 열두 폭 초충도병풍이 일백억 원은 호가할 것이라고 잔뜩 흥분하여 떠들던데요. 더구나 국과수에서 화지의 지질이 오백 년 전의 것이 맞다는 감정결과를 내놓았다면서요? 사용된 물감도 천연안료가 맞구요."

"하지만 눈빨내기를 해도 그건 결단코 진품이 아니야."

박광로가 분개한 목소리로 단언했다.

'제 느낌도 그래요. 열두 폭 초충도병풍 앞에서 아무런 감흥도 없었어요. 그냥 인쇄된 그림을 보고 있는 듯 담담했어요.'

그런 말을 해주고 싶은 걸 김민혜가 입술을 꾹 눌러 참았다.

"강형사한테서는 아무 연락이 없는가? 난 분명 정영섭의 안가에서 큰 물건이 나올 걸로 믿었는데."

"그날밤 절도범을 체포하여 간 뒤로는 만날 수가 없어요. 전화를 해도 받지 않고, 찾아가도 만나주지 않아요. 꽁꽁 숨기고 있어요. 아, 다음날 안가의 수색영장이 떨어졌다는 전화는 받았어요. 함께 가겠다고 했더니, 절대 안 된다구, 그리되면 앞으로는 기사거리를 줄 수 없다고 하더라구요."

"그래서 닭 쫓던 개 지붕만 쳐다보는 식이 된 건가?"

"제가 정영섭의 안가를 먼저 가서 지키고 있었지만, 형사 하나가 제 접근을 원천적으로 막고 나서더군요. 그냥 대문 밖에 서서 수색이 끝나고 나오기를 기다릴 수밖에 없었어요. 강형사가 저한테는 눈길 한번 안 주고 휑하니 가버리더군요."

"강형사 입장에서는 그럴 수밖에 없었을 수도 있겠지. 그 안에서 무엇이 나올지 모르는데 기자를 데리고 들어갈 수는 없었을 거야."

"담이라도 넘어 들어가고 싶었지만 꾹 참았지요."

"잘 했어. 이번 수색으로 어쩌면 그동안 나돌았던 사임당의 초충도나 고서화 위작들의 실체가 드러날지도 몰라. 안가의 절도범은 검찰도 모르고 있는 모양이더라구. 정영섭의 진술조서에 안가 얘기는 없었어. 고서화 감정의 전문가라는 내가, 사임당 그림의 일인자라는 내가 정영섭같은 놈의 허수아비 노릇을 했다는 것이 화가 나서 못 견디겠어."

"그러지 마세요. 누가 뭐래도 선생님은 고서화 감정의 바른 길을 걸어오셨어요."

"흐흐, 김기자가 나를 놀리는군."

박광로가 자조적인 웃음을 흘리며 전화를 끊었다.

문득 깊이를 알 수 없는 적막감이 오피스텔을 가득 채웠다. 아니, 벌레가 기어가는 듯한 이웃의 소음들이 문틈으로, 벽으로, 천정으로 스며들어와 김민혜의 의식을 갉작거렸다. 그것은 견딜 수 없는 가려움이 되어 그녀의 사지를 꽁꽁 묶었다.

그럴 때는 뜨거운 물을 가득 채운 욕조에 몸을 담그는 것이 최선이었다. 살갗이 벌겋게 닳아오를 만큼 뜨거운 물에 몸을 담그면 땀구멍마다 스멀스멀 기어나오던 가려움도 사라질 것이었다.

김민혜는 반 시간쯤 욕조에 몸을 담그었다가 나와 인터넷의 열두 폭 초충도병풍 기사를 훑어보았다.

중앙일간지는 물론 지상파 방송과 종편채널마다 열두 폭 초충도병풍을 떠들고 있었지만, 그 많은 기사들 가운데 위작으로 의심하는 기사는 한 건도 없었다.

'이건 아니야. 입이라도 맞춘 듯이 진품으로 몰아갈 수는 없어. 이럴 때 박광로 선생님이라도 위작의 가능성을 주장해야 하는 것이 아닐까? 박선생님께 내가 열두 폭 초충도병풍 앞에서는 아무런 감흥도 없었다고 말씀드리는 것이 옳지 않을까?'

하지만 그것도 안 될 일이었다. 자칫 함부로 자신의 느낌을 털어놓았다가 열두 폭 초충도병풍이 정말 진품이라면 사임당에게 큰 실례를 범하는 일이었다.

또한 박광로가 위작의 가능성을 주장하고 나섰을 때, 이미 진품이라고 세상에 나팔을 불어 포장을 단단히 해놓은 앵무새같은 매스컴에 집중적으로 난타당할 가능성도 있었다.

조인호가 내놓고, 양민수가 진품이라고 주장한 열두 폭 초충도 병풍은 이미 거대한 물줄기가 되어 세상에 범람하고 있었다. 그 물줄기를 가로막고 나설 사람은 없을 것이다.

이동호는 3주간 연속으로 열두 폭 초충도병풍 기사를 특집으로 내놓고 있었다.

그동안 '로즈퀸'에 실렸던 김민혜의 기사를 짜깁기하여 사임당의 일생까지 다루고 있는 중이었다.

그것이 미안했던지 유명인 기사가 아니면 거들떠도 안 보던 이동호가 인화연의 전시회 기사는 두 말 없이 실어주었다.

"추상으로 덧칠한 꽃그림 속에 별을 숨긴 여류화가라? 기사거리가 되겠군. 그런데 정말 그림 속에 별이 숨어 있는 거야? 지난번에 내가 도록을 보았을 때 별 같은 것은 없었는데."

"덧칠 속에 꽃이 있고, 꽃 속에 별이 있지요."

"그런가? 김기자는 시력이 특별한가 보군. 다른 사람의 눈에는 안 보이는 것들도 막 보이고."

그러나 인화연의 '꽃그림전시회' 기사는 다른 매스컴의 주목을 받지 못했다. 혹시나 싶어 인터넷을 검색해 보았으나 단 한 줄의 기사도 뜨지 않았다. 아니, 인화연의 전시회 기사뿐만이 아니라, 미술분야는 물론 다른 장르의 예술분야 기사도 눈을 씻고 보아도 찾을 수가 없었다. 모든 신문의 문화면은 사임당과 열두 폭 초충도병풍에 관한 기사로 도배가 되어 있었다.

로즈퀸에 2면을 할애하여 특집으로 꽃그림전시회 기사를 실었는데도 인화연한테서는 전화가 없었다. 그렇다고 내가 당신 전시회 기사를 실었다고 먼저 전화를 하기도 낯부끄러운 일이었다. 자칫 무얼 바라고 기사를 실어준 걸로 오해를 살 염려가 있었다.

인화연의 기사가 실린 '로즈퀸'이 발행된 지 이제 겨우 3일이 지났으니까 아직 못 보았을 수도 있었다. 전시회장에서 처음 만난 날 앞으로 좋은 인연이 될 것 같다고 한 말은 스쳐지나갈 가벼운 말은 아니었다.

인화연을 떠올리자 느닷없이 꽃사진작가 이화정이 생각났다.

'오죽헌에서의 인연을 운명처럼 받아들였다는 그 남자는 왜 아무런 연락이 없는 것일까? 설마 마음에도 없는 빈 말을 슬쩍 던져놓고 내 반응을 기다리고 있는 것은 아닐까?'

김민혜가 다음 달 '우먼앤플라워'에 실을 '초충도를 찾아서'를 쓰기 위하여 원두커피 세 스푼을 갈아 진하게 내려놓고 컴퓨터 앞에 앉는데, 휴대폰의 신호음이 울렸다.

발신자를 확인해보니, 인화연의 이름이 떠 있었다.

"인화연 작가님, 김민혜입니다."

김민혜가 차분하게 대꾸하자 인화연이 말했다.

"고마워요, 김기자님. 방금에야 내 전시회 기사가 실린 로즈퀸을 보았어요."

"그러셨군요? 충분히 대중이나 매스컴의 주목을 받을만한 전

166

시회였는데, 열두 폭 초충도병풍 때문에 묻혀버렸어요."

"상관없어요. 김기자님께서도 기사를 써주시리라고 기대를 안 했으니까요. 사실은 지금 일본에서 돌아오는 길이에요."

"국내에 안 계셨군요."

"전시회 관계로 일본에 간 김에 심수관요를 방문하느라 일정이 늦어졌거든요."

"심수관이라면 정유재란 때 일본으로 끌려간 남원도공의 후손을 말하는 것인가요?"

"맞아요. 역시 김기자님은 그 분야에도 해박하시군요."

"대학에 다닐 때 심수관의 흔적을 찾아서 남원에 간 일이 있어요. 어쩌다 보니까 초충도 전문기자라는 소리를 듣고 있지만, 조선 도공이나 도자기에도 관심이 많거든요."

그것은 사실이었다. 소설가가 꿈인 김민혜가 심수관에 대해 관심을 갖게 된 것은 4대째 심수관이라는 한 가지 이름을 세습해 오고 있다는 특이성 때문이었다. 그래서 심수관만 그런가, 아니면 이름의 세습이 일본만의 관습인가 싶어 자료를 조사해 보니, 일본에서는 이름난 장인들은 종종 그런 경우가 있다는 것이었다. 가령 몇백 년째 이어지고 있는 유명한 우동집에서는 할아버지의 할아버지가 쓰던 이름을 그대로 세습하여 쓰고 있다고 했다.

가고시마의 사츠마에서 세계적인 도자기를 굽고 있는 심수관가라면 충분히 그럴 수도 있겠다는 생각을 하자 김민혜는 그의 조상이 살았다는 남원이라는 도시가 궁금했다.

그때까지만 해도 김민혜의 뇌리에 박혀있는 남원하면 떠오르는 인물은 오직 성춘향과 이몽룡 밖에 없었다.

"남원은 고전소설의 고장이지요."

남원시청 문화관광과 직원의 소개를 받고 만난 남원 소설가의 첫마디가 그랬다.

"춘향전 때문인가요?"

"매월당 김시습의 만복사저포기는 물론 흥부전도 남원이 배경이고, 홍도전과 최척전이라는 소설도 남원을 배경으로 하고 있지요. 춘향전을 포함하여 남원의 5대 고전소설이라고 하지요. 김민혜 학생이 관심이 있다니까, 한번 조사를 해봐요. 한 고을이 다섯 편이나 되는 고전소설의 배경이 된 지역이 있는지 말이오."

남원의 소설가는 대단한 자부심을 가지고 말했지만, 그때 김민혜의 관심은 오직 심수관뿐이었다.

"일본의 도자기를 지금처럼 세계적인 도자기로 발전시킨 심수관이라는 분의 선조가 남원 출신이라면서요?"

"그렇지요. 정유재란 때 도진의홍에게 끌려갔지요."

"도진의홍이오?"

"일본식으로는 시마즈요시히로라고 부르는 사람인데, 일본에서 출정할 때부터 아예 조선 도공의 납치가 목표였다고 하지요. 어떤 역사학자는 정유재란을 가리켜 도자기전쟁이라고 부를 정도로 말이오. 심수관의 선조인 심당길이 끌려갈 때에 남원의 흙과 유약은 물론 조선의 서책을 몰래 가져갔다고 하더군요."

"대단한 분이시네요. 왜병에게 끌려가는 긴박한 순간에도 그런 것을 챙긴 것을 보면요."

"한번 일본으로 끌려가면 다시는 조선땅으로 돌아오지 못할 것을 알았던 거지요. 일본의 가고시마 사츠마에 있는 심수관요의 박물관에는 그때 조선에서 가져간 흙과 유약으로 빚은 도자기가 전시되어 있어요."

"언젠가 저도 꼭 한번 가보고 싶네요. 헌데, 심당길이라는 분은 원래가 남원 출신이던가요?"

"본관은 청송인데, 몇 대조 위의 조상이 동래에서 도공으로 있었지요. 이름은 자료가 없어 알 수 없지만, 심당길의 조상을 남원으로 데리고 온 사람이 유자광이지요."

"유자광이라면 희대의 간신으로 이름이 자자한 그 유자광을 말하는 것인가요?"

"그 유자광이 맞기는 하오만, 김민혜 학생은 유자광을 왜 간신으로 알고 있지요?"

"그 시대를 다룬 영화나 드라마에서 그렇게 그려지고 있잖아요?"

"김민혜 학생은 영화나 드라마를 진실이라고 믿나요?"

"진실은 아니지요. 하지만 역사적인 인물을 다룰 때에는 어느 정도 사실을 바탕으로 그리는 걸로 알고 있는데요?"

"내가 유자광이 간신이 아니라고 아무리 말해도 학생의 뇌리에 박힌 유자광은 간신이다, 라는 생각은 변하지 않겠지요. 소설가가 꿈이고, 역사 속의 인물에 관심이 많다니까, 기회가 닿으면 조선실록을 읽어보세요. 세조부터 중종까지 오대의 왕조를 살아낸 유자광이 간신이라는 오명을 뒤집어 쓸 내용이 나오는가 꼼꼼이 확인해 보세요."

그때 남원의 소설가는 유자광이 간신이라는 김민혜의 말에 분개한 기색을 노골적으로 드러냈다.

"죄송합니다. 선생님 말씀대로 조선실록은 꼭 읽어볼게요."

"워낙 방대하니까, 다는 말고 세조부터 중종 때까지만이라도 우선 읽어보세요. 하면 유자광을 간신이라고 한 시나리오나 드라마작가들의 시각이 얼마나 편협하고 옹졸하며 자료조사에 게을렀는가를 알 수 있을 것이오. 작가들이 조선실록을 한번이라도 훑어보았다면 유자광을 간신으로 그리지는 않았을 것이오."

"선생님 말씀을 명심할게요."

"유자광이 성종 때에 동래로 귀양을 갔는데, 유배지 근방에 도요가 있었던 모양이오. 유자광이 도공들에게 언문을 가르칠 만큼 가까이 지냈는데, 유배지를 남원으로 옮길 때에 도공들이 함께 따라왔다고 해요. 심당길의 선조들도 그때 함께 왔겠지요. 그 전에는 남원에 도요지가 있었다는 기록이 없으니까, 아마 확실할 거요. 동래의 도공들을 데려온 유자광은 자신의 탯자리가 있는 누른대마을 근처에 가마를 짓고 도공들을 안착시켰어요. 또한 유자광은 남원백성들의 생계를 위하여 곳곳에 가마를 짓고 도자기를 굽게 하였지요. 당시 남원에는 서른 개에 가까운 도요지가 있었지요."

"그렇게나 많이요? 한 고을에 서른 개 가까운 도요지가 있었다는 말은 처음 듣는데요? 저는 지금 남원에 도요가 한 곳도 없는 걸로 아는데요?"

"두어 군데 남아 명맥을 유지하고 있어요. 정유재란 때 남원에서 끌려간 도공이 수백 명이에요. 가고시마 사츠마에 남원촌을 형성할 정도로 많았어요. 남원도요지가 쇠퇴한 것은 정유재란 때 도공들이 거즌 다 끌려갔기 때문이기도 하고, 그런 모습을 본 남원 사람들이 도자기를 굽다보면 또 언젠가 일본으로 끌려갈지도 모른다는 두려움 때문에 생업으로 삼기가 어려웠을 겁니다."

남원 소설가를 만나고 온 이후 김민혜는 인터넷을 뒤져 유자광을 검색하여 보았다. 비록 얼자 출신이기는 했지만, 유자광은 자신을 소개하는 상소문을 작성하여 세조에게 올려 발탁이 되어 이시애의 난을 평정하는데 공을 세웠으며, 유자광을 간신으로 만든 첫 번째 사건인 남이의 역모에 가까이 다가갈 수 있었는데, 그 부분을 기록한 실록의 어디에도 유자광이 남이를 무고하였다는 대목은 보이지 않았다. 세조의 총애에 기고만장해진 남이가 어린 예종의 등극을 기회로 조정을 갈아엎고 자신이 실권을 잡으려고 한 기록이 실록의 곳곳에 남아 있었다. 실록의 내용만으로도 남이는 역적이 분명했다.

유자광은 조선 역사상 토사구팽을 가장 많이 당한 인물이었다.

일을 도모할 때에는 유자광의 뛰어난 지혜를 빌리지만, 거사가 끝나고 나면 어김없이 버리는 것이 반정공신이나 훈구세력들이었다. 그때마다 유자광은 자신의 능력으로 위기를 헤치고 살아남았다.

한때 김민혜의 뇌리에는 심수관과 그의 선조를 남원으로 데리고 왔다는 유자광이 가득 들어차 있었다. 언젠가는 소설로 쓸 예정으로 틈만 나면 자료조사를 하여 차곡차곡 정리하고 있는 중이었다. 유자광의 이름이 유난히 많이 등장하는 '연산군 일기'는 세 번이나 읽었다. 그러던 중에 대학을 졸업하고 로즈퀸에 입사하면서 초충도를 만나자 거기에 푹 빠져 심수관이네 유자광이네 하는 인물들을 까맣게 잊고 있었는데, 인화연이 그 이름들을 뇌리에서 끄집어내 준 셈이었다.

"김기자님은 참으로 철두철미하시군요. 내 전시회 기사에서도 그것을 느꼈어요. 처음 본 작품인데도 늘상 대해온 것처럼 분석을 해놓으셨더군요."

"인작가의 작품에 누를 끼친 것은 아닌지 모르겠네요."

"아니에요. 마치 내 마음을 꿰뚫고 있는 것 같았어요."

"그렇다면 다행이구요."

"한번 뵐 수 없을까요?"

"기회가 닿으면요."

"심수관요를 돌아보고 나오면서 문득 그런 생각을 했어요. 김민혜 기자님과 한번 와 보고 싶다구요. 사람들은 흔히 그러잖아요. 좋은 경치, 좋은 음식을 앞에 놓고 가까운 사람, 함께 오고 싶고, 함께 먹고 싶은 사람을 떠올리잖아요."

"그렇게 생각해 주신다니, 고마워요."

"내일 뵐 수 없을까요?"

인화연이 잔뜩 기대하는 목소리로 물었다.

"아니에요. 내일은 어디 갈 곳이 있어요. 어쩌면 하룻밤 자고 와야 될지도 모르구요."

조금 전 욕조에 몸을 담그고 앉아 어수선한 머리를 식힐 곳은 강릉 오죽헌 밖에 없다는 생각을 했던 김민혜였다.

"내가 동행하겠다고 하면 버릇없는 짓이겠지요?"

"거긴 나 혼자 가야 하는 곳이에요."

"김기자님께는 아주 특별한 곳인 모양이지요?"

"맞아요. 누구와도 나눌 수 없는 나만의 특별한 곳이에요."

"내게도 그런 곳이 있답니다. 나 같으면 김기자님이 동행하시겠다고 하면 두 손을 들고 환영할 것 같아요."

"고마워요. 우린 언제든 마음만 먹으면 만날 수 있잖아요."

인화연과 전화를 끊은 김민혜의 뇌리로 '인작가가 자신을 너무 쉽게 드러내는 사람이 아닐까? 꽃은 덧칠로 숨기면서 정작 자신은 누구한테나 가볍게 드러내는 사람이 아닐까?' 하는 생각이 스쳐갔다.

그러나 사람이 사람을 함부로 판단할 일은 아니었다.

그녀의 꽃그림은 가볍지가 않았었다. 꽃그림 속에서 작가인 인화연의 혼이 느껴지지는 않았지만, 오히려 덧칠한 추상 속에서 마음의 편린은 읽을 수가 있었다. 그렇다고 경박하다고 함부로 말할 수 있는 그림은 아니었다.

밤 늦도록 '초충도를 찾아서' 1회분을 완성하여 '우먼앤플라워'로 송고한 김민혜는 전생여행의 첫 번째 녹음테잎을 틀어놓고 신인선의 생애 속으로 들어갔다. 처음에는 평전으로 쓸까 궁리를 했지만, 이율곡의 사임당행장기나 율곡의 제자들이 언급한 내용이 인터넷에 근거도 없이 떠돌아다니는 단편적인 일화에 익숙한 사람들에게는 자칫 비난의 대상이 될 수도 있었다. 평전은 그 대상을 가장 잘 알고 이해하는 사람이 써야할 것이었다. 비록 갈홍근을 통한 전생여행에서 자신의 전생이 사임당이었다고는 하지만, 그 사실을 세상에 드러낼 수도 없었고, 설령 드러낸다고 하더라도 그걸 믿어줄 대중은 없을 것이었다.

그러나 어차피 정리는 해야 했다.

방법은 소설의 형식을 빌리는 수밖에 없었다.

이날밤 김민혜는 소설의 첫 줄을 쉰 번쯤 썼다가 지웠다.

늦잠을 잔 김민혜는 휴대폰 벨소리에 잠이 깨었다.

발신자는 이동호였다.

"김민혜 기자, 열두 폭 초충도병풍을 취재해 놓은 것 없어?"

"없는데요. 거기에 대해서는 국장님께서 더 잘 아시잖아요. 날마다 종편에 출연하여 열두 폭 초충도병풍 노래를 부르는 양민수 박사가 국장님의 친구시잖아요? 그분께 여쭤시면 더 확실한 기사거리를 얻을 수 있을 걸요."

"진품이 확실하긴 한 거야? 박광로 선생은 아예 언급조차 없으시던데, 박선생께 들은 말 없어?"

"박선생님은 고서화 감정계를 떠난다고 하셨어요."

"아니, 왜?"

"제가 그분 마음을 알 수 있나요?"

"강일수 형사는 뭐라고 하던가?"

"얼굴 못 본 지가 한참 되었어요."

"미인계라도 써보라구. 지금 믿을 사람은 강형사밖에 없잖아."

"미인계를 쓰라구요?"

"김기자 정도면 사내들한테 충분히 통할 얼굴이라구."

이동호가 느물거렸다.

김민혜가 입술을 지긋이 깨물면서 말했다.

"저를 미인으로 봐주시는 건 고맙지만, 국장님께서 지금 대단히 위험한 발언을 하고 계시다는 것은 아세요?"

"아, 미안. 아무튼 검찰로 넘어가기 전에 강형사한테 빼내올 것이 있으면 아끼지 말고 빼내. 열두 폭 초충도병풍에 관한 새로운 사실이 있으면 나한테 즉각 알려달라구."

이동호가 매달렸다.

방송이나 일간 신문보다 심층취재로 기사를 다룬 '로즈퀸'은 매주 판매부수가 늘어나고 있는 중이었다.

"오늘 강릉에 다녀올게요, 국장님."

"거긴 왜?"

"출장처리 해주실 거죠?"

"김기자가 해달라면 해주어야지. 요즘 우리 신문의 일등공신인
데."

"일등공신은 국장님이시죠. 덕분에 신문 판매부수가 매주 몇천
부씩 늘어나고 있잖아요."

"너무 빈정대지 마. 내가 건사하게 밥 한 끼 살게."

이동호와 통화를 끝낸 김민혜는 다른 날보다 더욱 정성스레 몸
을 씻었다.

강릉행의 날에는 스스로 의식하지 않아도 마음이 경건해졌다.

사실인지, 아니면 사임당을 사모하는 자신의 잠재의식이 그런
식으로 표출된 것인지는 알 수 없지만 녹음테잎에서 자신의 전생
이 사임당이라는 것을 알고 난 이후에는 강릉행이 두려워졌다.
열두 폭 초충도병풍 건으로 바쁘기도 했지만, 한 달 가까이 강릉
행을 미룬 것은 무엇을 마주칠지 모를 두려움 때문이었다.

다른 어느 날보다 가슴은 설레었지만 그럴수록 김민혜는 안전
운전에 심혈을 기울였다.

열두 폭 초충도병풍으로 세상이 떠들썩하기 때문일까?

대관령휴게소에는 강릉으로 가는 승용차들로 넘쳐나고 있었다.

입구에서 20분 남짓 기다리다가 겨우 휴게소로 들어서 구석 자리에 차를 주차시켜놓고 김민혜가 대관령휴게소에 들를 때마다 찾아간 자리로 가니, 젊은 여자가 늘상 자신이 서 있던 그 자리에 서서 강릉 쪽을 내려다보고 있었다.

그동안은 한 번도 그런 일이 없었다.

휴게소에 들른 사람들이 저마다 볼 일을 보고 떠나기에 바빴지 강릉을 내려다보기 위하여 그 자리까지 찾아온 사람은 없었다. 더구나 젊은 여자가 서 있는 그 자리에는 나무그늘도 없었고 앉아서 쉴만한 의자도 없었다.

김민혜가 자신의 자리를 낯선 여자에게 양보하고 서너 걸음 떨어진 곳에 서서 강릉 쪽을 바라볼 때였다.

젊은 여자가 고개를 돌리며 아는 체를 했다.

"역시 김기자님이 오시는군요."

"예?"

깜짝 놀라 돌아보니, 젊은 여자는 인화연이었다.

"아니, 인작가님. 이게 우연인가요? 아니면 필연인가요? 도대체 어떻게 된 일이죠?"

김민혜의 물음에 인화연이 싱긋 웃었다.

"김기자님께는 우연이고, 나한테는 필연이지요."

"이해할 수가 없군요."

"어젯밤에 힌트를 주셨잖아요. 누구와도 나눌 수 없는 김기자님만의 특별한 장소에 가신다고요. 그곳이 어딜까 곰곰이 따져보았더니 강릉이더란 말입니다. 그래서 무작정 출발을 했지요. 사실 이 자리는 긴가민가했어요. 강릉이 가장 잘 보이는 자리가 어딜까, 찾아보았더니 걸음이 저절로 이쪽으로 오더라구요. 여기서 못 만나면 다음에는 오죽헌으로 가려고 했지요. 오죽헌에서도 못 만나면 경포대로 가려고 했구요."

"인작가, 정말 못 말릴 분이네요?"

"사실은 김기자님을 놓고 내 운명을 한번 걸어보았어요."

"운명을?"

"처음 만났는데도 처음이 아닌 것처럼 느껴지는 사람, 처음 본 곳인데도 처음이 아닌 것처럼 느껴지는 장소 같은 것 말예요. 사실은 이 자리도 그래요. 분명 오늘 처음인데도 어제나 그제, 혹은 일 년 전이나 십 년 전에도 서 있었던 자리처럼 익숙하지 뭐예요. 방금 내가 무슨 생각을 한 줄 아세요?"

"무슨 생각을 했는데요?"

"김기자님이 오신다는 쪽으로 나를 걸었어요."

"어떻게요?"

"만약 오신다면 우린 특별한 인연으로 맺어진 사이일 것이다. 현생이 아니면 전생에서라도 무슨 관계가 있었을 것이다, 하는 생각을 했어요."

말 끝에 인화연이 얼굴을 붉혔다.

김민혜가 물었다.

"인작가님은 전생을 믿어요?"

"맹신하지는 않지만, 있을 수도 있다는, 내 전생은 어떤 모습이었을까, 그런 궁금증은 있어요."

"요즘엔 전생을 찾는 방법도 있다고 하던데요. 한번 찾아보지 그러세요?"

"종편채널에서 최면을 걸어놓고 전생여행을 시키는 걸 본 적이 있어요."

"나도 그 방송을 보았어요. 어쩌면 우린 같은 시간에 같은 종편채널을 보고 있었는지도 모르겠네요."

"난 재방 때 주로 시청해요. 전생여행편도 그랬을 거예요. 이리 저리 채널을 돌리다가 최면으로 전생여행이 가능하다는 말에 호기심을 가지고 들여다보았을 거예요."

"그것도 나하고 같네요. 그 방송을 보면서 인작가님의 전생이 궁금하지 않았나요?"

"궁금했지만, 두려웠어요."

"뭐가요?"

"내 전생의 모습이오. 김기자님은 자신의 전생을 알고 싶지 않으신가요?"

"글쎄요."

김민혜의 애매모호한 대구에 인화연이 찬찬히 바라보았다. 그런 인화연에게 갈홍근을 만나보라고 권하고 싶었다. 사실은 내가 갈홍근 박사를 통하여 전생여행을 하고 있는 중인데, 인작가도 한번 경험해 보라고 권하고 싶었다.

그러나 인화연이 어떻게 받아들일지가 문제였다. 자칫 이상한 여자로 오해를 살 염려도 있었다.

"김기자님, 강릉에 나를 데리고 가주실 거죠?"

"필연이건 우연이건 어차피 인작가님과 오늘의 동행이 예정되어 있었다면 할 수 없잖아요. 그만 가보실까요? 아무래도 강릉길은 내가 더 익숙할 테니까, 나를 따라오세요."

김민혜가 먼저 돌아섰다.

"어머, 나도 강릉길은 환하답니다. 아무튼 앞장서세요."

차를 주차해 놓은 곳이 달라 출발도 각자 알아서 했다. 가다가 백밀러를 확인해 보았지만 인화연의 차가 따라오는지, 아니면 앞서 갔는지 알 수가 없었다.

'이럴 줄 알았으면 오죽헌에 먼저 들르자고 할 걸. 어차피 오죽헌이나 경포대에서 만나지겠지.'

김민혜는 마음을 편하게 가졌다.

인화연의 말대로 오늘의 만남이 필연이라면 약속이 없어도 결국 만나게 될 것이다.

그런 김민혜의 예감대로 인화연은 오죽헌에 먼저 도착하여 정문에서 기다리고 있었다.

"오죽헌으로 오실 걸로 믿고 있었어요."

"내가 경포대부터 들렀으면 어쩌시려구요?"

"거긴 밤에 달이 뜨면 갈 거잖아요."

"달?"

"오늘이 열사흘이에요. 김기자님이 가장 좋아하는 달이 뜨는 밤이오."

"별 걸 다 기억하고 있었네요."

"전시회장에서 김기자님을 만나고 나서 다시 한번 '초충도를 찾아서'와 다른 기사들을 검색하여 읽어보았어요."

둘이 도란도란 얘기를 나누며 오죽헌으로 걸어갈 때였다.

김민혜는 문득 머리끝이 쭈볏쭈볏 일어서는 느낌과 함께 누군가에게 감시를 당하는 듯 온 몸에 소름이 솟구치는 걸 깨달았다.

주위를 두리번거렸으나, 낯익은 얼굴은 보이지 않았다.

오죽헌과 몽룡실이 저만큼 보일 때 인화연이 초충도 속의 꽃들이 피어있는 화단 앞에서 멈추어서며 말했다.

"김기자님, 난 여기서 꽃이나 보고 있을래요. 사임당님과 율곡 선생님은 김기자님 혼자서 친견하고 오세요."

"그럴래요? 잠시만 둘러보고 올게요."

김민혜가 오죽헌 토방 아래 서서 사임당의 영정을 올려다 볼 때였다.

"김민혜 씨, 이쪽으로 고개를 돌려보세요?"

어디서 나타났는지, 이화정이 카메라 렌즈를 조작하며 청했다.

김민혜가 아무런 준비도 없이 고개를 돌리자 이화정이 셔터를 찰칵, 찰칵, 찰칵 세 번 눌렀다.

"뭐 하시는 거예요? 이건 엄연히 초상권침해예요."

김민혜가 짐짓 화난 체 했다.

"우린 역시 뗄래야 뗄 수 없는 인연으로 맺어진 사이가 틀림없군요."

이화정이 방금 찍은 사진을 들여다보며 다가왔다.

"나를 기다리고 있었나요?"

"알긴 아는군요. 먼저 전화를 하리라곤 기대도 안 했지만, 문자에 대한 답신은 해주는 것이 도리가 아닐까요?"

"우리가 도리를 지켜야할 만큼 가까운 사이던가요?"

앙탈을 부리듯 그렇게 말해 놓고 보니까, 김민혜는 자신이 이화정에게 말꼬투리를 잡힐 실언을 한 것을 깨달았다. 도리라는 것은 모르는 사람끼리도 지켜야하는 것이 아닌가?

그러나 이화정은 말꼬투리를 붙잡고 늘어지지는 않았다.

"사실은 풍란을 찍으러 제주도 한라산에 있었어요."

"한 달간이나요?"

"내가 원래 그렇습니다. 지리산 야생화를 찍으러 지리산에 들어가면 최소한 보름 이상, 길면 두어 달을 머무르기도 하지요. 가령 지리산 세석평전의 철쭉꽃도 아침의 모습과 한낮의 모습과 해질녘의 모습이 다르고, 햇볕이 쨍쨍한 날과 구름이 낀 날과 비오는 날의 모습이 다르거든요. 그 모습을 다 찍으려면 시간은 언제나 모자라지요. 지리산에 오죽 많은 야생화가 피어납니까? 노고단의 원추리꽃을 다 찍으려면 최소한 일주일은 노고단에서 살아야 합니다. 그것은 한라산 풍란도 마찬가지구요. 한 달 머무르면서 한라산의 꽃들을 이십여 종 찍어왔지요."

"이작가님의 꽃사진이 유명해진 까닭을 알겠어요. 프로는 프로 다워야 아름답지요."

"김민혜 씨, 지금 나를 칭찬하는 거 맞지요?"

"내가 이작가님을 칭찬할 자격이 있나요?"

"거 작가님, 작가님, 하지 말고 다른 호칭을 쓸 수는 없어요?"

"어떻게요?"

"오빠라든지, 아니면 그냥 화정 씨라든지, 듣기 좋은 호칭이 많 잖아요."

"난 피를 나눈 오빠가 아닌 사람한테는 오빠라고 부르지 않는 답니다. 이작가님은 나보다 세 살이 많으니까, 화정 씨라고 부르 기도 쑥스럽고요. 이작가님이 편해요."

"오빠라고 부르기 싫으면 이름을 불러주세요. 내가 나이를 세 살 줄이면 되지요. 내 전화 안 기다렸어요?"

"아니오. 엄청 혼란스러운 시간을 보내고 있었거든요."

"열두 폭 초충도병풍 때문에요?"

"잘 아시네요."

"초충도 전문기자인 민혜 씨가 보기에는 어때요? 진품 같아 요? 정말 저 분이 그린 것 맞아요?"

이화정이 눈짓으로 사임당의 영정을 가리켰다.

사임당은 언제나처럼 단아한 그 모습으로 김민혜를 내려다보 고 있었다.

'내 전생이 정말 저이였을까? 검은 대나무가 자라는 오죽헌의

이 집에서 인선이라는 이름으로 살았을까?'

그러나 사임당은 아무 말이 없었다. 오죽헌에 올 때마다 들렸던 '너 왔니?' 하는 환청같은 목소리도 들리지 않았다.

'내가 정말 당신인가요? 지금 세상을 떠들썩하게 만들고 있는 열두 폭 초충도병풍이 정말 당신이 그린 것인가요?'

김민혜가 사임당의 초상화를 올려다보며 속으로 중얼거릴 때였다.

이화정이 몽룡실로 걸음을 옮기며 지나가는 소리로 말했다.

"이상하지요? 많은 사람들이 저 분을 가리켜 현모양처네 어쩌네 떠드는데 나는 이상하게 저 분만 대하면 마음이 불편해져요. 오히려 대학자라는 율곡이 태어났다는 몽룡실 앞에서는 아무렇지도 않은데 말이오."

"혹시 전생에 사임당께 못할 짓을 저지른 것은 아닐까요?"

"내가요? 기억이 안 나는데요."

"전생을 기억하고 사는 사람이 어딨어요?"

"농담입니다, 농담. 헌데 김기자님은 전생을 믿어요? 불교신자인가요? 불교에서는 그러잖아요? 살아있는 모든 것들은 윤회를 한다구요. 꽃이었다가 사람도 되고, 사람이었다가 짐승도 되고 말예요."

"꽃사진만 찍는 걸 보면 이작가님은 전생에 꽃이었을지도 모르겠네요."

"그렇다면 실패한 윤회였네요. 그냥 꽃으로 다시 태어났으면 좋았을 걸."

"왜요? 꽃사진도 찍고 좋잖아요. 이작가님, 꽃 속에서 별을 본 적이 있어요?"

"보았지요. 모든 꽃에는 별이 들어있는 걸요."

"꽃 속의 별은 카메라에는 잡히지 않는 모양이지요. 이작가님 의 꽃사진 속에서 별을 본 적이 없거든요."

"안 보이던가요? 내 눈에는 아주 잘 보이는데. 오죽숲에 안 가 실래요?"

"오늘은 여기까지요. 기다리는 사람이 있어요."

김민혜가 몽룡실 앞에서 잠시 머물렀다가 돌아섰다.

이화정이 따라오며 물었다.

"남자친구랑 왔습니까?"

"글쎄요. 특별한 인연이 있는 사람과 동행했어요."

"김기자님께 나 말고 또 특별한 사람이 있습니까?"

"어이없는 문자 몇 줄 보내놓고 한 달 가까이 전화 한 통 없는 이작가님이 나하고 특별한 인연이라구요?"

"우린 모르는 사이에 줄다리기를 하고 있었던가요?"

"나는 줄을 당긴 적이 없어요. 그렇다고 끌려간 적도 없구요."

"사실은 김민혜 씨한테 무지무지 전화를 하고 싶었어요. 헌데 막상 전화를 하고 목소리를 듣게 되면 민혜 씨가 있는 서울로 돌 아와버릴 것 같은 두려움에 전화를 안 했어요."

"후후, 그런 핑계가 어딨어요? 그리 간절하면 돌아오면 되잖아요. 꽃사진은 다음에 찍으면 되구요."

"꽃의 아름다움처럼 순간적인 것도 없어요. 가장 아름답다고 느끼는 순간에 찍지 않으면 영원히 놓치고 말아요. 저기 초충도 화단 앞에 서 있는 여자인가요?"

인화연에게 눈길을 주며 이화정이 물었다.

"어떻게 아셨어요?"

김민혜가 놀란 체 물었다.

"보는 순간 느낌이 낯설지가 않았어요. 난 그러거든요. 사람의 첫인상을 중히 여겨요. 첫인상이 낯설지 않으면 인연이 이어지고, 첫인상이 낯설면 거기서 끝이에요."

"인화연 작가는 낯설지가 않았다구요?"

"오랫동안 보아온 것처럼요."

"별 일이군요. 이작가님은 마음이 헤픈 것 아니에요? 아무 여자나 가깝게 느껴지는 바람둥이요."

"꽃사진은 가리지 않고 찍지만, 사랑 앞에서는 순결하답니다."

"후후, 정말 그럴까요?"

두 사람이 그런 얘기를 나누며 다가가자 지켜보고 있던 인화연이 몇 걸음 다가오다가 우뚝 멈추어 섰다.

그런데 인화연의 눈길이 이화정에게 머물러 있었다.

마치 잘 아는 사람을 낯선 도시에서 우연히 만난 듯한 그런 표정이었다.

"꽃구경 잘 했어요? 그림 소재를 많이 찾았겠군요. 아, 서로 인사하세요. 이쪽은 사진작가 이화정 씨구요."

김민혜가 소개하고 있는데, 나머지는 이화정이 가로채 갔다.

"화가 인화연 씨지요? 가까이 와서 보니까, 알겠네요. 왜 눈에 익는가 했더니, 로즈퀸에서 김민혜 씨의 기사에 실린 사진을 보았어요."

"저도 이선생님의 꽃사진을 많이 보았네요. 때로는 이선생님의 꽃사진이 제 그림의 소재가 되기도 했는 걸요."

순간 김민혜의 가슴으로 싸한 기운이 스쳐갔다. 사진을 그림의 소재로 삼는다는 것은 모사가 아니고 무엇인가?

이화정이 물었다.

"설마 내가 찍은 꽃사진을 그대로 모사한 것은 아니지요? 그것은 표절입니다."

"그럴 리가요? 정말 그런다면 그건 화가의 영혼이 들어있지 않은 사막같은 그림이 될 거예요. 이선생님의 꽃사진에는 꽃의 혼 같은 것이 들어있는가요?"

표절이라는 말에 불쾌했던지 인화연이 뼈 있는 소리를 했다.

"사진 한 컷 한 컷에 생명을 걸다시피 찍지요. 내가 찍은 꽃사진들은 내 분신이나 마찬가집니다."

"예술을 한다는 사람들은 누구나 자기 창작품을 그런 마음으로 대할 거예요."

인화연의 말에 이화정이 고개를 내저었다.

"안 그런 사람들도 많더군요. 내 친구 중에 풍경화를 주로 그리는 화가가 있는데, 가끔 나한테 부탁을 하지요. 꽃사진을 찍으러 가서 좋은 풍광이 있으면 찍어오라구요. 그래서 몇 컷 찍어다 주었는데, 나중에 전시회 때 보니까 내가 찍어다 준 사진을 보고 그대로 그렸더라구요. 그건 창작이 아니고 모사지 뭡니까? 사진도 분명히 예술작품인데, 남의 예술작품을 그대로 베낀다는 것은 표절이지요. 그때부터 난 화가들이 그린 풍경화를 보면 의심을 하게 돼요."

"모든 화가들이 다 그러지는 않을 거예요. 화정 씨, 점심은 뭘 먹을까요?"

언제부터 호칭을 자연스레 '화정씨'로 바꿀까 꼬누고 있던 김민혜가 눈을 질끈 감고 물었다.

"두 숙녀분께서 정하시지요. 나는 잡식성이라 아무 것이나 잘 먹습니다."

이화정의 말에 인화연이 얼른 나섰다.

"초가마당이라고 해물순두부와 편육보쌈을 잘하는 집을 제가 알고 있는데요."

김민혜도 몇 번 가본 집이었다.

아니, 몇 번이 아니었다. 강릉시내의 맛집은 물론 오죽헌 부근의 식당은 열 차례 이상 들렀다고 보면 될 것이다. 따라서 식당 사장들은 김민혜가 들어서면 눈짓으로라도 아는 체를 했으며, 틈틈이 살피다가 빈 접시가 생기면 얼른 채워주었다.

어머니의 손맛을 추구한다는 초가마당도 그런 집 가운데 하나였다.

"화정 씨만 좋다면 나는 상관없어요. 그 집 반찬들이 깔끔하지요. 화학조미료는 일체 쓰지 않고 천연양념을 쓰는 집이지요. 한마디로 슈퍼나 가게가 드물던 시절에 느닷없이 손님을 맞이한 어머니가 찬간 곳곳에 보관해 놓았던 재료들을 꺼내어 뚝딱 차려내던 밥상같은 정겨움이 느껴지는 집이구요."

김민혜의 말에 이화정이 덧붙였다.

"다섯 가지 색의 두부가 나오는데, 꽃을 보고 있는 것 같지요. 명이나물장아찌도 맛있구요."

"두 분 다 초가마당에 자주 들르셨나 봐요."

"초가마당 뿐만이 아니라 오죽헌 근방의 식당들은 다 꿰고 있어요. 음식 맛뿐만이 아니라, 나오는 반찬가짓수까지 알아요."

이화정이 말 끝에 김민혜를 향해 어깨를 으쓱했다.

"그럼, 초가마당으로 가요. 김기자님께 원고료 대신으로 오늘 점심은 내가 살게요."

인화연이 주차장을 향해 걸어갔다.

김민혜는 이화정도 응당 차를 가지고 왔으려니, 했는데 뒤를 졸래졸래 따라왔다.

인화연의 차가 출발하는 것을 보며 김민혜가 '차 어딨어요?' 하는 눈빛으로 돌아보았다.

"민혜 씨, 함께 타도 되죠?"

이화정이 물었다.

"차 안 가져왔어요?"

"면허도 없는 걸요."

"팔도강산을 두루 누비고 다니는 분이 어찌 차가 없어요?"

"내가 다섯 살 때인가, 어머니가 점을 보았는데, 점쟁이가 그러더랍니다. 자동차 운전을 하면 큰일 나니까, 명대로 살게 하려면 절대로 운전대는 못 잡게 하라고. 제법 용하다고 소문이 자자했던 점쟁이였는데, 그 말을 철썩같이 믿은 어머니가 돌아가시면서까지 유언을 하십디다. 화정아, 절대로 운전은 하지 말거라, 하고 말이오. 꼭 점쟁이의 말이나 어머니의 유언 때문은 아니지만 운전은 배우지 않았어요."

"후후, 핑계 한번 거창하네요."

"사실은 자가용의 필요성을 느끼지 못했어요. 촬영을 나갈 때 말고는 스튜디오에 틀어박혀 사니까요."

"하긴, 그렇겠네요."

김민혜가 고개를 끄덕이며 액셀레터를 밟았다.

초가마당의 주차장에 차를 주차하고 나오는데, 인화연이 입구에 서 있었다. 그 모습을 흘끔 바라본 이화정이 속삭였다.

"이상하군요? 왜 저 친구의 얼굴이 오랫동안 보아온 듯 낯이 익을까요?"

"인작가의 얼굴이 보통의 두루뭉실한 형은 아닌데요."

"그러게 말입니다."

그런데 낯이 익는다는 느낌은 인화연도 마찬가지였던 모양이었다.

초가마당의 별채 바다가 보이는 창 쪽으로 자리를 잡고 앉자 인화연이 말했다.

"이선생님은 오늘 처음 뵌 분 같지가 않아요. 마치 오랫동안 안 만났던 사촌 오빠같은 느낌이라고나 할까요? 그렇잖아요? 사촌은 피를 나눈 사이니까, 어디가 닮아도 닮아 있잖아요?"

인화연의 말에 김민혜가 나섰다.

"어쩌 두 분이 하시는 말씀이 같네요. 아까는 화정 씨가 그런 말을 하더니. 아무래도 두 분의 만남이 보통 인연이 아닌가 봐요."

"이선생님도 내가 낯이 익다고 하셨어요?"

인화연이 반색을 하고 나섰다.

"그냥 해본 소리였어요. 살다보면 그런 경우가 있잖아요. 처음 만났는데, 언젠가 보았던 것 같은 느낌 말예요. 특별한 의미를 둘 필요는 없어요. 민혜 씨, 오죽헌에서 찍은 사진 보고 싶지 않아요?"

"아침마다 거울 속에서 보는 얼굴인데, 보고 싶긴요."

"그래도 한번 보세요. 지금 전송할게요."

이화정이 언제 카메라에 담긴 사진을 자기 휴대폰으로 옮겨 놓았는지, 휴대폰을 꺼내어 손끝으로 몇 번 액정화면을 두드리자 김민혜의 휴대폰에서 메시지가 들어왔다는 신호음이 들렸다.

김민혜가 시치미를 뚝 떼고 가만히 있자 인화연이 안달을 했다.

"어머, 김기자님, 사진이 온 모양이에요. 얼른 봐요. 나도 보고 싶어요."

그 모습이 상당히 적극적이었다. 확인하지 않으면 확인할 때까지 귀찮게 할 것이 틀림없었다.

김민혜가 휴대폰을 켜고 메시지를 열어 사진을 불러냈다.

오죽헌 문 앞에서 힐끗 돌아보는 자신의 모습이 거기에 담겨 있었다. 그 뒷쪽으로 사임당의 영정사진이 보였다.

함께 사진을 들여다 본 인화연이 호들갑을 떨었다.

"김기자님, 누군가를 닮아 있다는 생각이 안 드세요?"

"누구를요?"

김민혜가 다시 사진을 찬찬히 들여다보았다.

그러나 자신과 닮은 누군가의 얼굴은 떠오르지 않았다.

"사임당요."

"예?"

김민혜가 깜짝 놀라며 사진을 꼼꼼이 살펴보았다.

사진 속의 사임당은 여전히 낯선 얼굴이었다.

"눈매며 콧날, 그리고 목선이 똑같아요."

"인작가님, 영정은 다만 영정일 뿐이에요. 더구나 오죽헌의 사임당 영정은 몇백 년이 지난 후에 김은호라는 화가가 그린 것이구요."

"그래도 오죽헌의 영정은 불에 타 없어진 애초에 그린 영정을 본따서 그린 것이라고 했어요. 이선생님, 안 그래요?"

"영정을 그린 화가는 잘 모르겠지만, 영정 속의 사임당과 김민혜 씨가 닮아있는 것은 틀림없습니다."

"후후, 두 분 장단에 내가 춤을 추어야할지 말아야할지 갈피를 잡을 수가 없네요."

겉으로는 농담처럼 얼버무렸지만, 순간 김민혜의 가슴에서 뜨거운 기운이 확 솟구쳐 올라왔다.

'내 전생이 정녕 사임당이었을까? 사백몇십 년 후에 다시 태어난 사임당의 후생이라서 내 얼굴이 그이를 닮은 것일까?'

그러나 그걸 두 사람 앞에 내색할 수는 없었다.

그때 이화정이 인화연을 향해 물었다.

"인작가님은 강릉엘 자주 오십니까?"

"자주는 아니고, 두 달이나 석 달만에 한 번씩은 다녀갑니다."

"그 정도면 자주 오는 것이지요. 헌데 내가 궁금한 것이 한 가지 있어요. 아까 오죽헌에서 말입니다. 대부분 오죽헌을 찾은 사람들은 무조건 사임당의 영정은 들여다보는데, 그래야 오죽헌에 와서 사임당을 만나는 것이 되니까 말입니다. 헌데, 인화연 씨는 초충도 꽃화단만 보고 나왔지요?"

"어떻게 아셨어요?'

"사실은 두 분이 들어오는 모습을 보았거든요. 초충도 화단 앞에서 헤어진 두 분 중에 민혜 씨만 오죽헌으로 오더란 말입니다."

이화정의 말에 김민혜가 크흑 실소를 터뜨렸다.

'흐, 다 보고 있었으면서 낯이 익네 어쩌네 의뭉을 떨었단 말

이지?'

인화연이 말했다.

"이상하게도 나는 사임당님의 영정 앞에는 서고 싶지가 않아요. 그런데도 두어 달에 한 번씩 오죽헌을 들르고, 초충도 화단이며 오죽숲에 한참을 머물다 돌아가요."

"그럴 수도 있겠지요. 절을 좋아하여 자주 찾는 사람이 막상 절에 가서는 부처님은 안 보고 다른 것만 보고 오는 경우도 있잖아요. 아무튼 약속도 없이 우리 셋이 만난 것도 인연이니, 앞으로 종종 만납시다."

이화정의 말에 인화연이 손뼉을 짝짝 쳤다.

"나는 언제든지 두 분을 만나는 것을 환영해요. 참, 두 분은 일본에 가보셨나요?"

"우리나라 삼천리 강산의 꽃도 다 못 찍었는데 일본까지 눈길을 돌릴 틈이 있겠습니까?"

이화정이 고개를 절레절레 흔들었다.

"난 대마도까지는 가봤어요. 거기 우리나라에서 약탈해 간 국보들을 전시해 놓은 박물관을 보고 화가 나서 견딜 수가 없었어요."

김민혜가 말했다.

"일본에 있는 우리 문화재들의 대부분은 눈 번히 뜨고 강탈당한 것이거나, 일제 때에 왜놈들이 도굴꾼을 동원하여 왕릉이며 고관대작들의 무덤을 파헤치고 훔쳐간 것들이지요. 그 유명한 안견의 몽유도원도도 일본의 덴리대학 중앙도서관에 있다고 하잖아요. 겉으로 드러난 것 말고 아직도 일본 곳곳에 숨어있는 우리 문화재가 수십만 점이라고 하더군요. 사실 두 분께 일본얘기를 꺼낸 것은 다음 달에 내 전시회가 일본에서 열리거든요."

"아, 그래요? 일본까지 진출하시는 겁니까?"

이화정이 호기심을 가지고 물었다.

"프랑스 유학 때에 만난 일본인 지인이 있어요. 이번에 전시회를 갖게 되었다면서 한일 이인전을 하면 어떻겠느냐고 제안을 하더라구요. 이번에 가서 구체적인 얘기를 들어보니까, 조건도 괜찮더군요."

인화연은 자랑스레 말했지만 김민혜는 축하한다는 말은 해주고 싶지 않았다. 인화연이 무안해 할까 싶어 다른 쪽으로 말머리를 돌렸다.

"바쁜 여정에 심수관요는 찾을 시간이 있었네요?"

김민혜의 물음에 인화연이 대답했다.

"사실은 심수관이라는 이름을 안 것도 프랑스 유학 때였어요. 파리의 한 백화점에 갔는데, 생활자기인데도 심수관요에서 생산한 자기들이 아주 비싼 값에 팔리고 있더라구요. 그래서 인터넷을 검색해 보았더니, 파란만장한 생을 살았던 남원 출신의 도공이더군요. 한국으로 돌아와 그림을 그리면서도 기회가 닿아 일본에 가게 되면 심수관요에 들러야겠다고 작정하고 있었거든요. 내 성격이 그래요. 한번 마음에 새긴 일은 꼭 해내고야 마는."

"예술가의 아름다운 고집이죠."

그런 얘기를 나누는 틈틈이 주문한 음식이 나왔다.

해물순두부는 몫몫이 나왔고, 편육보쌈은 3인분이 한 접시에 담겨 나왔다. 명이나물장아찌를 비롯한 밑반찬은 물론 순두부며 편육보쌈도 여전히 맛이 있었다.

편육을 상추에 싸다말고 인화연이 이화정을 향해 물었다.

"소주 한잔 안하실래요?"

이화정이 어떻게 할까요? 하는 눈빛으로 김민혜를 바라보았다.

"왜 나를 보세요? 운전할 일도 없으시니, 드시고 싶으면 드세요. 안주가 좋잖아요."

김민혜의 말에 인화연이 여종업원을 부르는 벨을 눌러 소주 한 병을 주문했다.

그것이 시작이었다.

시내 어지간한 곳은 대리운전비 만원이라는 여종업원의 말에 편육보쌈과 해물순두부가 바닥을 드러낼 때까지 소주를 마셨다. 그렇다고 강릉에서 1박을 하자는 약속을 한 것도 아니었다. 김민혜는 술을 즐기지도 않았고, 자주 마시지도 않았지만, 한번 마시기 시작하면 끝장을 보아야만 직성이 풀리는 술버릇이 있었다.

나중에는 김민혜가 주도적으로 술판을 끌어갔다.

편육보쌈 큰 접시 하나를 더 시켜 소주 일곱 병을 비우고 났을 때까지도 김민혜의 정신은 청명했다. 2홉들이 소주 세 병이 김민혜의 주량이었다. 거기에서 한두 잔을 더 마시면 누군가에게 업혀야만 집에 돌아갈 수 있었다.

"민혜 씨, 꽃이 왜 아름다운지 알아요? 흐흐흐, 꽃이라는 이름 때문이지요. 난 날마다 꽃 속에서 살아요. 민혜 씨보다 예쁜 꽃 속에서 살아요."

이화정이 횡설수설하고, 눈동자가 풀린 듯한 인화연이 손을 붙들고 하소연을 늘어놓았다.

"김기자님, 내가 왜 꽃그림 위에 덧칠을 하는 줄 아세요? 부끄러워서 그래요. 꽃을 그려놓고 보면 꽃 앞에서 내가 한없이 작아지면서 부끄러워진다구요. 그래서 덧칠을 해요. 덧칠을 해놓아도 내 눈에는 훤히 잘 보이니까. 다른 사람은 몰라보도록 덧칠을 해요. 헌데, 김기자님은 단숨에 찾아냈지요? 난 소름이 끼쳤어요. 도둑질하다 들킨 것처럼 가슴이 오그라들어 죽을 뻔했다니까요."

인화연이 끅끅 울음을 터트리는데, 여종업원에게 부탁했던 대리기사가 왔다.

점심을 사겠다던 인화연이 취하는 통에 점심값이며 대리기사비, 그리고 방 세 개 값까지 김민혜가 계산했다.

인화연과 이화정을 제각기의 방으로 들여보내고 제 방으로 온 김민혜가 욕조에 뜨거운 물을 받아놓고 몸을 담갔다. 30분쯤 땀을 흘리고 나면 알콜 기운도 빠져나갈 것이었다. 그것이 김민혜의 숙취해소 방법이었다.

그런데 이날은 아무래도 소주 세 병이 과했던 모양이었다.

뜨거운 욕조 속에서 얼핏 잠이 들었다.

"왔니? 인선이 왔니?"

신명화가 머리를 쓰다듬으며 가만가만 불렀다.

"아, 아버지. 한양에서 언제 오셨어요?"

"방금, 방금 왔단다. 내 딸이 보고 싶어서 한 달음에 달려왔단다."

꿈은 뒤죽박죽이었다.

천년이 가도 만년이 가도 변할 것 같지 않은 영정 속의 사임당이 걸어나오는가 하면, 그 사임당을 피해 저만큼 달아나는 인화연의 모습이 보이기도 했다.

"애기씨, 저도 그림을 그리면 안 될까요?"

연화가 눈물 그렁한 눈으로 애원을 하고 있었다. 그런데 다시 보니까 연화가 화연이었고, 화연이가 연화였다.

그러나 꿈은 길지가 않았다.

김민혜가 연화야, 연화야, 부르다가 눈을 번쩍 떴다.

'내가 무슨 꿈을 꾼 거야? 연화가 화연이라니.'

온수를 조금도 섞지 않은 찬물을 흠씬 뒤집어쓰자 정신이 추슬러졌다. 제각기의 방에 잠들어 있을 이화정과 인화연을 깨울까, 하다가 김민혜는 그냥 숙소를 나왔다. 경포대까지는 걸어가도 20분 거리였다.

다행이 하늘에는 구름 한 점 없었다.

어쩌면 경포호의 일몰을 제대로 볼 수 있을 것 같았.

그것은 밤의 달빛기둥도 볼 수 있다는 뜻이었다.

어둠이 내려도 경포호에는 별이 뜨지 않았다. 주변 식당가며 숙박시설의 간판을 밝히는 불빛들이 호수에 빠져 반짝이고 있었다. 어쩌면 달이 뜨지 않을지도 몰랐다. 달이 떠야할 자리를, 달빛이 내려앉아야할 자리를 주변의 불빛들이 다 차지해버릴 것이다.

그래도 김민혜는 경포대를 떠날 수가 없었다.

고등학교 수학여행 이후 해마다 몇 차례씩 경포호를 찾은 김민혜는 관광객들이 많아지고 식당이며 숙박시설이 늘어날수록 경포호에서 별이 사라지고 달빛 기둥이 사라지는 것을 알고 있었다.

이제 경포대에 님과 마주 앉아 술잔을 나누다 보면 다섯 개의 달이 뜬다는 말은 전설이 된 지 오래였다.

그래도 김민혜는 마음만 먹으면 경포대에 뜬 다섯 개의 달을 볼 수 있었다.

눈을 감으면 사람들이 만든 휘황찬란한 불빛을 제치고 고고한 모습으로 뜨는 달이며, 호수에 빠졌다가 하늘로 솟구치는 달빛기둥을 볼 수 있었다.

사실은 서울의 오피스텔에서도 강릉이며 오죽헌을 언제든지 만날 수 있는 김민혜였다.

눈을 감으면 다 보였다.

김민혜가 경포호를 바라보며 눈을 지긋이 감을 때였다.

"역시 여기에 있을 줄 알았습니다."

어느새 다가온 이화정이 누각으로 올라 김민혜 곁에 양반자세로 앉으며 아는 체를 했다.

"술은 다 깼어요?"

김민혜가 돌아보았다.

샤워를 하고 나왔는지, 이화정의 몸에서는 은은한 장미향이 풍겼다.

"민혜 씨한테 실수하지 않을 만큼은요."

"술 취하면 실수를 하는 술버릇인가요?"

"세상의 모든 여자들이 꽃으로 보여요. 내가 꺾고 싶다는 눈빛만 보내도 쉽게 꺾어줄 것 같은 꽃으로 말입니다."

"대단한 자신감이네요. 아까도 그랬나요?"

"그 정도까진 안 갔어요. 이상하죠? 강릉이며 오죽헌이며 경포호수가 올 때마다 늘 새로우면서도 익숙하게 느껴져요. 마치 오래 전에 살았던 곳처럼 말예요."

이화정의 말에 김민혜의 뇌리로 '이 남자는 전생에 강릉과 어떤 인연이 있었던 것일까?' 하는 생각이 흘러갔다.

김민혜가 물었다.

"오래 전이라면 얼마 만큼이나 오래 전에요?"

"강릉에 처음 온 것이 중학교 수학여행 때였으니까, 그리 오래 전도 아니지요. 사실은 중학교 이학년 수학여행으로 처음 왔을 때부터 강릉이 눈에 익었어요. 지금은 이름도 잊었습니다만, 어떤 절에 갔는데 일주문을 들어서는 순간 법당 뒤에 큰 바위가 있고, 바위에는 작은 동굴이 있는데, 그 동굴 속에 돌로 깎은 어른 머리통만한 부처님을 모셔놓고 촛불을 켜놓았을 것이다, 하는 그림이 머릿속에 그려지더란 말입니다."

"그래서 법당 뒤로 돌아갔더니, 바위가 있었고, 동굴이 있었으며, 어른의 머리통만한 부처님 앞에 촛불이 켜져 있던가요?"

"어? 민혜 씨가 어떻게 알아요?"

"문수사잖아요. 바위 동굴 속의 작은 부처님께 이레 동안 빌면 소원이 이루어진다는 신통력 때문에 신도들의 발길이 끊이질 않잖아요. 아들을 원하는 젊은 부부도 다녀가고, 자식이 좋은 대학에 합격하기를 바라는 어머니도 다녀가고, 입사시험을 앞둔 젊은이도 다녀가는, 오히려 대웅전 부처님보다 더 대접을 받는 작은 부처님을 모신 곳이잖아요. 그런데 그 전에 본 적도 없는 동굴 속의 부처님이 일주문을 들어서는 순간 머리에 그려지더란 말이지요?"

김민혜의 물음에 이화정이 망설이지 않고 대답했다.

"얼마나 놀랐던지, 오죽헌이며, 허난설헌의 생가며, 경포호를 둘러보는 내내 가슴이 떨려 혼났어요."

"다른 곳은 익숙하지 않던가요? 오죽헌의 사임당이며 몽룡실의 율곡이며, 오죽숲은 안 그러던가요?"

"문수사에서 너무 놀란 나머지 다른 곳은 제대로 살필 여유가 없었어요."

"혹시 아주 오래 전에 화정 씨가 문수사와 관련이 있었던 것은 아닐까요?"

"무슨 관련이오?"

"가령 문수사에서 스님으로 있었다든지, 하다못해 불목하니 노릇이라도 했던 것이 아닐까요? 아니면 요사채의 방 한 칸을 빌려 과거공부를 했다든지요. 처음 대하는 낯선 풍경이 눈에 익는다는 것은 분명 어떤 인연이 있기 때문일 거예요. 사람과 사람이 만나는데도 인연이 있어야 만나진다고 하잖아요. 모든 만남은 인연으로 이루어진다고 했어요. 화정 씨와 문수사도 알 수 없는 인연이 있었을 거예요. 전생에라도 말예요."

"전생이오?"

"화정 씨는 전생을 믿지 않나요?"

"글쎄요. 윤회는 긴가민가하지만, 전생은 구체적으로 생각해 본 적이 없어요."

"나는 옷깃을 스치는 인연도 전생에 억겁의 연을 쌓아야 맺어진다는 말을 믿어요. 화정 씨와 나의 만남도 분명 어떤 인연의 실타래에 의해 이루어졌을 거예요. 인화연 작가와도 그렇구요. 아까 무척 낮이 익었다는 말이 진심이라면 말예요."

"그것은 사실입니다. 마치 이웃에 살던 동생뻘의 아가씨를 낯선 도시에서 오랜만에 만난 것 같았어요."

"하긴, 인작가도 화정 씨가 초면이 아닌 것 같다고 했잖아요.

둘이 동시에 그걸 느낀다는 것은 만나는 순간부터 썸을 타는 것일 수도 있고, 아니면 전생에 맺은 인연 때문일 수도 있을 거예요."

김민혜의 말에 이화정이 흐흐 웃었다.

"왜 웃어요? 내 말이 황당한가요?"

"황당까지는 아니지만, 젊은 여자의 입에서 나온 말이라는 것이 믿기지 않아요."

"바위 하나, 꽃 한 송이, 나무 한 그루가 그 자리에 있는 것도 우연히 그리 된 것은 없다고 했어요. 화정 씨가 카메라에 담은 수만 컷의 꽃들도 알 수 없는 인연으로 만나지게 된 것일 거예요."

"그래요? 난 가다가 꽃이 거기에 있어 찍는데요. 그러니까 나하고 인연 있는 꽃을 만날 수 있는 것은 내 렌즈 속으로 들어온 꽃이 나하고 인연이 있었기 때문이라는 말이지요?"

"쉽게 생각하세요. 그냥 우연히 만나지는 것은 없다구요. 인연이 있어야 만나진다구요. 전생에 선한 인연을 쌓았으면 현생에서도 좋은 인연으로 만나고, 전생에 악한 인연을 쌓았으면 추한 인연으로 만나게 된다구요. 어떤 경우에는 전생과는 형편이 바뀌어 인연을 맺기도 한다더군요."

"반대의 모습으로요?"

"그래요. 어떤 부부가 있었는데, 남편이 아내를 온갖 핑계를 대고 폭력을 행사했대요. 도저히 참을 수 없었던 아내가 용하다는 점쟁이에게 하소연을 했다던가요? 점쟁이가 점괘를 뽑아보더니,

전생에 남편은 말이었고, 아내는 마부였는데, 후생에 부부로 맺어져 전생의 업보를 갚고 있는 중이라구요. 즉 마부였던 아내가 말이었던 남편을 때렸던 것 만큼 맞기 전에는 남편의 매질은 끝나지 않을 것이라구요."

"재밌네요. 그래서요? 못 살고 헤어졌나요?"

"그렇게 맺어진 인연은 업보를 다 갚기 전에는 헤어질 수도 없대요. 그래서 아내가 물었대요. 남편한테 맞지 않을 방법이 없느냐구."

"부적을 사라고 했겠지요."

"아니오. 점쟁이가 그랬대요. 남편의 손길이 닿는 곳에 맷감이 될만한 다른 것은 다 치우고 돗자리만 하나 놓아두라구요. 점쟁이가 시키는대로 했더니, 어느 날 술이 취한 남편이 돗자리로 아내를 몇 차례 후려치더니, 그대로 쓰러져 잠이 들더라나요. 잠에서 깨어난 남편은 그렇게 순한 사람이 되더래요. 물론 다시는 아내한테 폭력을 행사하지도 않았지요. 아내가 점쟁이한테 찾아가 남편의 폭력이 사라졌다고 했더니, 돗자리의 한 올 한 올이 매 한 대 한 대가 되어 전생의 마부가 말의 엉덩이를 후려친 숫자와 같아져서 결국 보갚음을 다한 셈이 되어 남편의 폭력이 사라진 것이라고 하더래요. 전생에 좋은 인연이었으면 후생에서도 좋은 인연으로 만나고, 전생에 안 좋은 인연이었다면 후생에는 입장이 바뀐 인연으로 만나게 된다고 하더래요."

"민혜 씨의 말이 사실이라면 우린 전생에 좋은 인연이었겠네요."

"왜요?"

"두 번째 만남이지만, 낯설지 않고, 서로에게 좋은 감정을 가지고 있잖아요."

이화정이 그런 말을 할 때였다.

김민혜는 저만큼 서 있는 나무그늘 밑에서 누군가가 경포대 위를 뚫어져라 바라보고 있는 것을 느꼈다.

김민혜가 마주 바라보자 그늘 속의 그림자가 나무 뒤로 숨어버렸다.

'인작가의 손가방이 무슨 색이었더라?'

김민혜의 뇌리로 그런 생각이 스쳐가는데, 이화정이 말했다.

"민혜 씨가 전생, 전생 하니까, 나도 진짜 내 전생을 알고 싶군요."

"정말이세요?"

"난 거짓말은 안 하는 사람입니다."

"방법이 전혀 없는 것은 아니에요. 종편채널에서 정신과 의사가 최면으로 게스트한테 전생여행을 시키는 걸 본 적이 있어요. 몇백 년 전의 과거로까지 돌아갈 수 있더군요."

"에이, 짜고 치는 고스톱이겠지요. 타임머신도 아니고, 아무리 무의식이라고는 하지만, 사람이 어찌 몇백 년 전의 과거로 돌아갑니까?"

"세상에는 과학이나 정상적인 사고로는 이해할 수 없는 일도 일어나지 않아요. 그만 일어나죠. 인작가가 기다리고 있군요."

김민혜가 먼저 자리를 털고 일어섰다.

"저 친구는 이쪽으로 올라오면 될 걸 새삼 웬 낯가림을 하죠?"

이화정도 인화연을 보았던지 혼잣말처럼 중얼거렸다.

"아버지가 제 짝을 찾았다고 하셨어요."

녹음테잎 속의 김민혜가 잠꼬대처럼 중얼거렸다.

"그 남자의 이름이 무엇입니까?"

갈홍근이 낮은 소리로 속삭이듯 물었다.

"한양에 사는 이원수라는 사람이에요. 아버지가 저한테 그 남자의 배필이 되래요. 헌데 저한테는 마음에 심은 정인이 있어요."

"정인이라구요? 어디에 사는 누구입니까?"

"문수사에서 과거공부를 하고 있어요. 소과는 합격하고 대과를 준비하는, 이조판서로 있다가 낙향한 강판서 대감의 손자 강도련님이 제 마음 속에 있어요. 그 남자를 두고는 이씨 성을 가진 그 남자한테 시집을 갈 수 없어요."

김민혜가 한숨을 내쉬었다.

"예, 좋습니다. 우선 강도령의 얘기부터 털어놓아 보실까요?"

갈홍근이 아이를 달래듯 다정한 목소리로 말했다.

"그 해 오월 단오날 문수사에서 강도련님을 만났어요. 하늘빛, 산빛, 바닷빛이 다 푸른 날이었어요."

김민혜의 전생여행은 그렇게 시작되고 있었다.

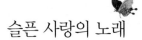

슬픈 사랑의 노래

꽃바람이 불고 있었다.

열네 살 인선이의 가슴에서 꽃바람이 불고 있었다.

붓을 들고 꽃잎을 그리다가도, 금방이라도 뛰어오를 것 같은 개구리의 눈동자를 그리다가도 문득 떠오르는 사내 때문에 안달이 났다.

붓을 든 채 멍하니 앉아 있으면 연화가 놀렸다.

"아가씨, 또 강도련님 생각하신 거죠?"

"누가 누굴 생각했다고 그러니?"

"저는 눈빛만 보면 아가씨의 속을 다 알 수 있어요."

연화가 혀를 낼름 내밀었다.

"너 자꾸 놀리면 함께 놀지도 않고, 안료도 나누어 주지 않을 것이다."

인선이가 짐짓 엄한 표정을 지으면 연화가 얼른 무릎을 꿇었다.

"잘못했습니다, 아가씨. 다시는 안 그럴 테니, 함께 안 논다는 말씀은 말아주세요."

"알겠다. 그만 편히 앉거라."

"예, 아가씨. 헌데 문수사 뒷골에 곰취가 한창이겠습니다."

"곰취를 뜯으러 가고 싶으냐?"

사실은 자신이 더 가고 싶으면서 인선이가 물었다.

"한양에 계신 주인 어르신께서 곰취나물을 좋아하시지 않습니까? 곤드레밥도 잘 잡수시구요. 곰취나 곤드레는 문수사 뒷골의 것이 제일 연하고 맛이 있습니다."

"언제 날을 받아서 한번 가자꾸나."

"따로 날을 받을 것이 있습니까? 점심 먹고 당장에 가지요."

"그럴까? 그럼."

인선이의 가슴이 사정없이 쿵덕거리면서 얼굴이 후끈거렸다.

그런 인선이를 보며 연화가 킬킬댔다.

지난 사월초파일 밤에 인선이는 문수사에 있었다.

외조부 이사온은 딸이 절에 가는 것을 싫어했지만, 인선의 어머니 이씨부인은 초하루 보름이랄지, 사월초파일이나 칠월칠석 같은 날이 돌아오면 머슴을 시켜 쌀말이라도 문수사에 보냈다.

또한 인선이가 나물을 캔다는 핑계로 문수사를 드나들어도 모른 체 눈감아 주고 있었다.

사월초파일에는 절마다 등불을 밝혀 화려한 밤을 만들었다.

제작기 소원을 적은 오색등 수백 개가 대웅전이며 삼신각이며 칠성각 주변을 휘황찬란하게 밝히고 있었다.

인근에서 모여든 아낙이며 젊은 처녀총각들이 합장을 한 채 탑돌이를 하고 있었다.

연화는 인선이의 귀에 들릴 만큼 큰소리로 '칠복이 오라버니와 혼인할 수 있게 해달라'고 빌었고, 인선이는 외조부를 비롯한 식구들의 무병장수를 마음으로 빌었다.

그렇게 몇 바퀴나 탑을 돌았을까?

인선이는 불빛 그늘 어딘가에서 누군가가 자신을 엿보고 있다는 느낌이 들면서 등골에 소름이 돋았다.

'누굴까? 누가 나를 엿보고 있을까?'

인선이가 탑돌이를 끝내면서 슬쩍 주위를 둘러보았다.

그러나 그럴만한 사람은 눈에 띄지 않았다.

누군가 자신을 엿보고 있다는 이상한 느낌은 집으로 돌아온 다음에도 계속되었다.

"연화야, 문수사에서 탑돌이를 할 때, 누군가 우릴 보고 있지 않았니?"

"누가 우릴 엿보았어요?"

"꼭 그렇다는 것이 아니라, 기분이 이상해서 말야."

"사월초파일 밤에는 인근의 처녀총각들이 다 문수사로 모이잖아요. 어떤 총각이 아가씨를 흘끔거렸는지도 모르지요. 어느 대가댁 도련님이었을까요?"

"아니다, 아니야. 내 착각이었을 것이다."

연화한테는 그렇게 얼버무리고 말았지만, 그 이상한 느낌은 계속 인선이의 주위를 맴돌았다.

그 의문점이 풀린 것은 오월 단오날이었다.

그날 인선이가 창포 삶은 물로 머리를 감고, 그동안 정성껏 준비한 부채를 외조부모와 어머니께 단오선물로 드리고, 연화를 데리고 문수사에 갔을 때였다. 연화는 곰취며 곤드레 나물을 뜯는다고 대웅전 뒤 숲 속으로 들어가고 인선이가 바위 동굴 속 부처님께 삼 배를 올리고 돌아서는데, 회색빛 옷은 입었지만 머리는 깎지 않은 젊은 사내가 서 있다가 합장을 했다.

인선이가 엉겁결에 합장으로 답례를 했다.

사내가 말했다

"북평촌에 사시는 인선아가씨지요?"

"저를 아시나요?"

이상한 일이었다. 낯선 사내들이 말을 걸어오면 고개를 숙이고 빠른 걸음으로 지나쳐 버리기 일쑤였는데, 서슴없이 제 이름을 불러주는 그 사내 앞에서는 돌아설 수가 없었다.

"알고 말고요. 지난 기묘년에 조정암을 죽여서는 안 된다고 젊은 선비들이 상감께 주청을 올릴 때에 동참하셨다가 사흘 간 옥살이를 하신 신명화 공의 따님이 아니십니까?"

"제 아버지도 아세요?"

인선이가 얼굴을 붉히며 물었다.

그런 일이 있었다.

반정공신들의 횡포에 가까운 전횡을 견디지 못한 임금이 조광조를 비롯한 신진세력을 등용하여 개혁을 단행하려 했지만, 임금을 갈아치운 반정공신들의 교활한 술수를 이길 수는 없었다. 더구나 반정공신들이 심어놓은 후궁들이 내명부를 장악하고 있었다.

임금의 조광조에 대한 총애가 깊어지고, 조광조의 개혁이 자신들의 목을 조여온다고 믿은 반정공신들과 훈구세력들은 조광조를 무너뜨리려고 혈안이 되어 있었다.

희빈 홍씨는 반정공신 홍경주의 딸이었다.

자칫 조광조를 그대로 두면 친정아버지인 홍경주가 위험하게 될지도 모른다고 여긴 희빈홍씨가 수족처럼 부리는 나인들에게 후원의 나뭇잎에 꿀로 주초위왕(走肖爲王)이라는 네 글자를 쓰도록 하였다. 주초위왕은 '조씨가 왕이 된다'라는 뜻을 가진 글자로 장차 '조광조가 역모를 도모한다'로 풀이 될 수도 있었다.

희빈홍씨의 예상대로 벌레들이 꿀을 바른 주초위왕을 갉아먹었고, 조씨가 왕이 된다는 글자가 새겨진 나뭇잎은 곧바로 임금에게 전달되었다.

안 그래도 조광조의 급진적인 개혁정책에 부담을 느끼던 임금이었다. 후궁들의 베갯머리 송사나 반정공신들의 반발을 견딜 재간도 없었다. 폭군 연산을 몰아내고 자신을 임금의 자리에 앉힌 반정공신들이었다. 언제든 뜻만 모으면 다시 반정을 도모하지 말란 법도 없었다. 나약한 임금은 그것이 두려웠다.

결국 조정암을 비롯한 개혁파들을 한밤중에 궐로 불러들여 일망타진하다시피 옥에 가두었다. 그리고 정식 추국절차도 없이 뿔뿔이 쪼개어 유배를 보냈다.

신명화가 동참했던 대궐 앞에서 벌인 젊은 선비들의 주청은 조광조를 살리기 위한 행동이었지만, 넉 달만에 임금은 조광조를 사사하고 말았다.

얼마 후 강릉에 내려온 신명화가 인선이에게 말했다.

"정암을 사사하는 조선 땅에 희망은 없구나. 반정공신이나 훈구대신들은 자기들만 잘 먹고 살자고 눈에 핏발을 세우고, 무능한 임금은 그런 대신들에게 휘둘리고 있으니, 참으로 조선이 큰일이 아니더냐? 아버지는 이제 과거는 안 볼란다."

이사온이 사위를 불러 앉혀놓고 대장부 사내가 가야할 길을 역설하였지만 신명화는 고집을 꺾지 않았다. 이사온이 틈만 나면 불러들여 과거 보기를 종용하자 아예 도망치다시피 한양으로 떠나버렸다.

"신명화 공은 젊은 유생들이 의기있는 분으로 꼽고 있는 선비지요. 임금이며 대신들이 이미 죽이기로 작정한 조정암을 살려달라고 주청드리는 것이 쉬운 일은 아니었지요. 자칫 역모로 몰릴 수도 있는 조정암의 편을 든다는 것은 자신도 역모로 몰려 죽을 수도 있는 일이었으니까요."

"아버지께서 소과에 합격하시고 난 얼마 후에 그런 말씀을 하신 적이 있어요. 조정암이라는 분께 힘을 보태기 위해서라도 젊은 선비들이 과거를 보기로 했다구요. 헌데 도련님은 누구세요?"

"이조판서로 계시다가 조정암을 사사하는 것을 보시고 낙향하신 강 정자 찬자를 쓰시는 어르신이 내 조부십니다."

강정찬이라면 인선이도 아버지한테 들은 적이 있었다.

"강릉 출신으로 이조판서로 계시는 강정찬이라는 분이 계셨니라. 성품이 대쪽같아 임금에게도 바른 말을 서슴치 않았던 올곧은 청백리였는데, 여우같은 훈구대신들의 등쌀에 조정암을 귀양 보내자 '조정의 벼슬아치들 백 명 천 명이 있는 것보다 조정암 한 사람이 조선을 위해서 낫다'는 상소를 올렸으나, 조정암이 끝내 귀양을 가고 결국 사사를 당하자 모든 것 훌훌 털고 낙향을 하셨니라."

"아버지께서 만나신 적이 있으세요?"

"이번에 한양 가는 길에 뵙고 갈 참이니라. 출사를 하지 않은 내가 사사로이 만나뵐 수 있는 분이 아니었니라. 그분은 조정암과 더불어 젊은 선비들의 우상이셨니라."

그때 인선이의 뇌리에 들어와 박힌 강정찬이라는 이름을 낯선 도련님의 입을 통하여 듣게 된 것이었다.

인선이가 말했다.

"아버지께 함자를 들었어요. 올곧은 청백리셨다구요. 강릉의 자랑이라고 하셨어요. 헌데 도련님은 어찌 여기에 계세요?"

"불목하니로 있습니다."

"설마요? 대가댁 도련님이 불목하니라니요?"

"내가 여기 처음 오던 날 주지스님께서 그러시더군요. 쌀을 지고 왔으니, 하루 세끼 공양은 주겠지만, 내가 머물 방의 군불은 내 손으로 나무를 해다 때야 하고, 새벽예불에는 꼭 참석을 해야 된다구요. 절에서 나무하고 불 때는 사람을 불목하니라고 부르지 않습니까? 참, 내 이름은 강민교라고 합니다."

강민교가 자기 이름을 또박또박 불러주었다.

'아, 민교 도련님이시구나.'

인선이가 난생 처음으로 낯선 사내의 이름을 뇌리에 새겼다.

"과거준비를 하시는 모양이지요?"

인선이가 묻자 강민교가 허망한 웃음을 풀풀 날리다가 대꾸했다.

"그냥 허송세월을 하고 있는 것이지요. 소과에 합격은 했지만, 대과는 치룰까 말까 망설이고 있습니다."

"왜요?"

"아마 인선아가씨의 춘부장님과 같은 마음일 것입니다. 과거를 치루고 출사를 하면 결국 교활한 대신들의 주구노릇 밖에 못할 텐데, 그런 치욕을 견디면서 벼슬살이를 해야 하는가 회의가 들거든요."

그런 강민교한테 과거를 보라고도 할 수 없고 포기하라고도 할 수 없는 인선이가 침묵을 지켰다.

강민교가 말했다.

"인선아가씨는 나를 처음 보시겠지만, 나는 인선아가씨를 여러 번 보았습니다."

"예? 언제요?"

"우선은 지난 사월초파일 밤에 탑돌이 하는 인선아가씨를 보았고, 그 전에는 경포호수에서도 몇 번 보았지요. 춘부장님의 손을 잡고 가는 어린 인선아가씨도 여러 번 보았어요."

강민교의 말에 인선이는 머리를 짓누르던 의문 하나가 풀린 느낌이었다.

사월초파일 밤에 누군가 지켜보고 있다는 느낌은 괜한 오해가 아니었다.

"요사채 마루에 서서 탑돌이하는 인선아가씨를 서너 식경이나 지켜보았지요. 나중에는 그걸 눈치 챘는지 인선아가씨가 누군가를 찾느라 두리번거렸지요."

"그랬었군요. 강도련님이 저를 보고 있었군요."

인선이가 고개를 끄덕였다.

"그림을 그리 잘 그린다면서요?"

"그냥 흉내만 낼 뿐이지요."

"흉내만 낸 그림 속의 여치를 닭이 쪼아먹습니까?"

"어쩌다 그런 것이지요. 소문은 언제나 부풀려지기 마련이잖아요."

"오죽나무집 인선아가씨가 그림을 잘 그린다는 소문으로 강릉이 떠들썩하답니다. 그 소문이 돈 후로 아가씨를 만나면 더욱 유심히 바라보게 되었지요. 과연 그림을 잘 그린다는 아가씨다웠어요. 길가에 피어있는 꽃 한 송이, 풀벌레 한 마리도 그냥 지나치는 법이 없더군요. 눈길을 주고, 쪼그리고 앉아 '네가 여기에 피어있었구나. 반갑다, 토끼풀꽃아' 하고 다정한 목소리를 들려주고 가더라구요."

"도련님은 그림을 그리는 제가 아무렇지도 않나요?"

"그럼요. 다소곳이 앉아 그림을 그릴 인선아가씨를 떠올리면 가슴이 뜨거워지는 걸요. 언제 나한테 그림 한 점 주시지 않겠습니까?"

강민교가 간절한 눈빛으로 말했다.

"부끄러워요. 아직까지 아버지께 말고는 그림을 준 적이 없어요."

"인선아가씨의 그림을 소장할 수 있는 기회를 주십시오. 지난 사월초파일 밤에 아가씨를 훔쳐보기 전부터 아가씨는 내 마음 속에 있었습니다. 몇 번이나 아가씨 댁 근처까지 간 적도 있었지요. 대문 밖 멀리에서, 혹은 뒷동산 소나무 아래에서 아가씨 댁을 몇 식경이나 내려다보다가 돌아왔지요. 멀리서나마 얼굴을 본 것은 겨우 두어 차례 밖에 안 됩니다만."

"초파일 이후에도 저희 집 가까이 오신 적이 있었나요?"

"예, 세 번 갔었습니다. 닫혀있는 대문 밖에서 한참을 서 있다가 돌아올 때면 내가 미워서 견딜 수가 없었지요."

"왜 도련님이 밉지요?"

"문수사에서 북평촌까지 달려내려갈 때에는 이사온 어르신을 뵙고 인선아가씨를 연모하고 있다고 말씀드리겠다고 단단히 작정을 하는데, 막상 아가씨 댁에 도착하면 대문을 두드리며 '이리 오너라' 하고 외칠 용기가 안 나더란 말입니다."

"용기를 안 내시길 잘하셨어요. 자칫 저한테 외출금지령이 내릴지도 모르니까요."

인선이가 후끈거리는 가슴을 가만히 쓸어내릴 때였다.

곰취나물이며 곤드레나물로 소쿠리를 채운 연화가 대웅전 뒤 숲에서 내려왔다.

"아가씨, 이것 좀 보세요. 나물들이 너무 연하고 신선해요."

연화의 말에 인선이가 얼른 몸을 일으켜 강민교 곁에서 멀어지며 대꾸했다.

"애썼구나. 나도 함께 뜯었으면 좋았을 걸."

"저 혼자 뜯어도 충분해요. 산에 나물들이 지천인 걸요. 어머, 아가씨. 이 도련님을 제가 몇 번 뵌 적이 있어요."

연화가 호들갑을 떨었다.

"네가 어떻게 강도련님을 뵐 수 있니?"

"아뇨. 집 근방에서 분명히 뵈었어요. 저는 이웃에 사는 도련님인 줄 알았어요."

"이분은 강판서 대감댁의 민교도련님이시다. 여기 문수사에서 과거를 준비하고 계시다는구나."

"아, 예. 아까 얼핏 보았지만, 두 분이 아주 잘 어울려 보였어요. 정인처럼요."

"너 못하는 소리가 없구나. 그만 가자꾸나."

인선이 짐짓 눈살을 찌푸리며 강민교에게서 돌아섰다.

서너 걸음 걸었을 때 강민교가 말했다.

"잘 가세요, 인선아가씨."

인선이는 대답하지 않았다.

강민교에게 좋은 감정을 느낀 것은 사실이었지만, 연화 앞에서 아무 말도 할 수가 없었다. 가랑잎처럼 입이 가벼운 연화가 무슨 소리를 하고 다닐지 몰랐다.

일주문을 나왔을 때 연화가 말했다.

"어쩜 그리 잘 생기셨어요? 제가 지금껏 본 사내 중에 으뜸이었어요. 그런들 저한테는 그림의 떡이지만요."

"사람을 어찌 겉만 보고 판단한다더냐? 속을 보아야지."

"후후, 아가씨는 벌써 강도련님을 겉도 속도 다 좋아하고 계시던걸요."

"뭐라구?"

"강도련님을 바라보시는 아가씨의 눈에 정이 듬뿍 담겨 있었어요."

"너 못하는 소리가 없구나."

짐짓 화를 내는 체 했지만, 인선이는 연화가 밉지 않았다.

그런 식으로라도 강민교의 얘기를 함께 나눌 수 있는 연화가 있는 것이 좋았다.

인선이의 마음을 꿰뚫고 있는 연화가 틈만 나면 문수사 뒷산으로 나물을 뜯으러 가자며 부추겼다. 연화의 말대로 문수사로 나물을 뜯으러 가고 싶은 마음은 간절했지만 그때마다 인선이는 고개를 내저었다. 강민교가 어찌 여길까 두려웠다. 자칫 가벼운 여자로 보일지도 모를 일이었다.

　제가 먼저 나물을 뜯으러 가자고 해놓고 막상 그럴까? 하고 나서자 킬킬대는 연화의 모습에 정신이 번쩍 든 인선이가 노여움이 담긴 눈으로 말했다.

　"아니다. 지난 번에 뜯어온 나물이 아직 다 마르기도 전이잖니?"

　"또 말려놓으면 되잖아요. 제 철에 많이 뜯어다 말려놓았다가 일 년 내내 두고두고 먹으면 되지요. 가세요, 아가씨. 강도련님이 눈이 빠지게 기다리고 있을 거예요."

　연화가 손목이라도 잡아끌 듯이 서두르고 나왔다.

　인선이가 매정한 목소리로 말했다.

　"아니다. 정 나물을 뜯으러 가고 싶거든 너 혼자 다녀오너라."

　"강도련님이 기다리실 텐데, 할 수 없이 저라도 다녀와야겠네요. 혹시 심부름 시키실 일 없으세요?"

　"너한테 심부름 시킬 일이 뭐가 있겠느냐?"

　"왜 없어요? 서찰 심부름이라도 시키면 되지요."

　"서찰?"

　"서로 연모하는 정인끼리는 서찰로 그리움을 달래기도 한다잖아요. 필요하면 언제든지 저한테 심부름을 시키세요."

"아마 그럴 일은 없을 것이다."

연화한테는 잘라 말했지만, 막상 나물을 뜯어오겠다면서 기어코 문수사 뒷산을 찾아가는 연화가 강민교의 서찰이라도 받아왔으면 하는 마음에 인선이는 한나절 내내 안달이 났다.

'이럴 줄 알았으면 연화랑 나물이나 뜯으러 갈 걸.'

문수사에 다녀온 연화가 뾰루퉁한 낯빛으로 말했다.

"저 혼자 온 걸 알았는지 강도령님이 얼굴도 안 비치던 걸요."

"학문을 닦느라 바쁘셨겠지."

인선이가 아무렇지도 않은 듯 연화를 달랬다.

내심 강민교의 소식을 물어오기를 은근히 기다렸던, 아니 연화제 말마따나 강민교의 서찰이라도 한 통 받아오기를 바랐던 인선이었다.

자칫 섭섭한 속내를 들킬까봐 부드러운 낯색으로 말했다.

다음날이었다. 오전에는 그림을 그린다고 화지와 안료를 축내던 연화가 오후에는 그림자도 비치지 않더니, 해가 질 무렵에 봉인된 서찰 한 통과 진달래꽃을 한 아름 안고 배시시 웃으며 나타났다.

"아가씨, 여기요."

연화가 내미는 서찰을 보는 순간 인선이는 그것이 강민교가 보낸 것임을 눈치 챌 수 있었다.

"무어냐? 그게."

"강도련님께서 보내신 연서예요."

"연서? 너 문수사에 다녀온 것이니? 아니면……."

"강도련님이 대문 밖에 오셨었냐고요? 제가 나물 캔다는 핑계로 문수사에 갔었어요. 오늘은 저를 알아보시고 반가워하시더군요. 제가 그랬지요. 아가씨께 전달해 드릴 테니까 나물을 캘 동안서찰을 써놓으시라고요."

"너, 너, 정말 못 말릴 아이로구나. 나한테 일언반구도 없이, 네마음대로 이런 엄청난 일을 만들어?"

"싫으세요? 싫으시면 서찰을 도로 주세요. 내일 나물 캐러 가서 돌려드리면 되지요, 뭐. 우리 인선 아가씨가 다시는 이런 서찰같은 것 쓰지 말라고 했다면서요."

연화가 장난스레 웃으며 손을 내밀었다.

"네가 아주 나를 가지고 노는구나."

인선이의 얼굴에서 차가운 기운을 느낀 것일까?

연화가 얼른 사죄를 했다.

"죄스럽구만요, 아가씨. 제가 또 버릇없게 굴었구만요. 용서해주세요, 아가씨. 진달래꽃도 강도련님이 손수 꺾어 주신 거예요."

"꽃도?"

"강도련님이 아끼던 꽃이래요. 아가씨한테는 특별히 선물로 주고 싶었대요. 강도련님은 아가씨가 꽃처럼 예쁜가 봐요."

"연화야, 너하고 나하고 아무리 친구처럼 지내는 사이라도 최소한의 도리는 지키면서 살았으면 좋겠구나."

"알겠어요."

낯빛에 노한 기색을 슬쩍 드러내기는 했지만, 인선이는 연화에게 다시는 강민교의 서찰을 받아오지 말라는 말은 하지 않았다. 사실은 어젯밤 늦도록 그 사내의 얼굴이 아른거려 잠이 들지 못했던 인선이었다. 오늘 연화가 강민교의 서찰을 받아오지 않았다면 어쩌면 자신이 먼저 서찰을 썼을지도 몰랐다.

강민교라는 사내가 열다섯 살 인선이의 가슴에 불을 지른 셈이었다.

나물을 뜯느라 산을 헤매고 다닌 연화가 초저녁부터 하품을 하더니, 제 방으로 일찍 돌아가고 난 다음에 인선이는 강민교의 서찰을 열었다.

인선아가씨

진즉부터 아가씨의 이름을 마음에 새겼고, 아가씨야말로 내가 평생을 함께 해도 좋을 배필감인 것을 알고 있었으면서도, 용기가 없어 차일피일 미루기만 했더니, 문수사 부처님의 가호로 아가씨를 만났고, 이제야 확신이 생겼습니다. 수일 내로 내 어머니께 말씀드리고 혼사를 추진하고자 합니다. 인선아가씨의 눈빛에서 우리 둘은 한 마음이라는 걸 알았습니다. 인선아가씨가 나와 함께 해주신다면 내가 하는 모든 일이 잘 풀릴 것 같습니다. 인선아가씨의 바람이라면 성심으로 학문을 닦아 과거시험도 치루겠습니다.

아가씨를 연모하는 강민교 드림

인선이는 문득 눈앞에서 오색찬란한 꽃구름이 피어나는 것을
보았다.

강판서 대감의 손자라면 외조부나 아버지는 물론 어머니도 반
대하지는 않을 것이다. 더구나 아버지는 강정찬 대감을 아주 높
게 평가하고 있었다. 그런 집안으로 딸이 시집가는 것을 마다할
이유가 없었다.

그러나 강민교가 혼사를 추진하겠다고 해서 '예, 저도 좋으니,
도련님의 뜻에 따르겠습니다' 할 수는 없었다.

경박하게 보이지 않으면서도 자신의 뜻을 잘 전달할 수 있는
방법이 없을까 궁리하다가 맨드라미꽃 두 송이 밑에 하늘을 올려
다보는 개구리 한 마리를 그린 그림 한 켠에 시경의 '정풍' 편에서
시 한 편을 골라 적었다.

들판의 덩굴풀에 이슬이 방울방울 맺혀 있네
아름다운 한 사람의 맑은 눈에 넓은 이마가 예쁘기도 하네
뜻밖에 서로 만나니 내 소원이 이루어졌네.

들판의 덩굴풀에 이슬이 흥건히 내려앉았네
아름다운 한 사람의 맑은 눈과 넓은 이마가 의젓하네
뜻밖에 서로 만나니 그대나 나나 다 좋게 된 것이네.

원래는 남자가 여자를 향해 부르는 노래였지만, 시의 내용이 강민교와 자신의 마음을 읊고 있는 것 같아 '들판의 덩굴풀'이라는 시를 적어놓고 보니, 화재(畵材)로도 그럴 듯했다.

다음날 연화에게 서찰을 들려 보낸 인선이는 하루내 갈피를 잡을 수가 없었다.

사내의 서찰 한 통에 바로 반응을 보인 자신의 처신이 너무 가벼운 것은 아닌가, 하는 생각에 오금이 다 저릴 정도였다.

한나절을 한 달처럼 조바심치며 안달을 하고 있는데, 연화가 강민교의 서찰을 받아 가지고 돌아왔다.

"강도련님이 오늘 본가에 들르신다고 저랑 함께 내려오셨어요."

연화의 말에 인선이의 가슴이 철렁 내려앉았다. 강민교가 집에 들른다는 것은 혼담을 본격적으로 추진하겠다는 뜻이었다.

"본가에?"

"예, 기분이 좋으신지 휘파람을 불며 내려오셨어요. 아가씨가 강도련님과 혼인을 하시면 저는 어떻게 되는 거예요?"

"네가 어떻게 되다니?"

"저는 아가씨와 헤어지기 싫어요. 저도 데리고 가세요."

"칠복이는 어떡허고? 너는 칠복이와 혼인한다고 하지 않았느냐?"

인선이의 말에 연화가 울상을 지었다. 연화는 외조부댁 여종이었지만, 칠복이는 한양 아버지댁의 노비였다. 외할아버지가 연화를 한양 본가로 보내든지, 친할아버지가 칠복이를 외조부댁으로 보내야만 혼인을 할 수 있는 사이였다.

"저는 칠복이 오라버니와 혼인할 수 없는 거예요?"

연화가 눈물을 주르르 흘렸다.

그 모습이 안쓰러운 인선이가 말했다.

"찾아보면 방법이 있을 거야. 너와 칠복이가 간절하게 원한다면 소원이 이루어질 거야."

"전 아가씨 없으면 못 살아요. 칠복이 오라버니보다 아가씨가 좋아요. 평생 혼자 살아도 좋으니까, 전 아가씨를 따라갈래요."

인선이의 생각도 그랬다.

어려서부터 동무처럼 가까이 지내온 연화였다.

비록 손발처럼 시중을 들어주었지만, 단 한 번도 연화를 종이라고 업신여긴 적은 없었다.

"조급하게 생각하지 말거라. 내가 강도련님 댁으로 시집을 간다고 결정이 난 것도 아니잖느냐? 연화야, 강도련님 얘기는 누구한테도 해서는 안 된다. 알겠지?"

"저도 그런 눈치는 있어요. 제 엄니한테도 말 안 했어요."

"잘 했다. 혼담이 성사되기도 전에 소문부터 나면 자칫 일이 어긋날 수도 있다."

그렇게 연화의 입단속을 시킨 며칠 후였다.

여자들의 일상용품을 팔고 다니는 방물장수를 연화가 안채로 데리고 들어왔다.

"아가씨, 얼레빗이 이가 나갔다고 하셨지요. 이 아줌니가 빗이
며 분을 팔고 다닌대요. 수를 놓는 색실도 여러 가지가 있대요."

"아가씨가 행실 바르고 사서삼경도 어지간한 선비들보다 낫다
고 소문이 자자한 인선아가씨군요? 얼레빗, 참빗, 면빗, 상투빗도
있구요. 분꽃씨가루에 조개껍질을 태워 빻아 섞은 분도 있구요.
홍화꽃을 말리고 빻아 참기름에 갠 연지도 있구만요. 한 마디로
사대부 아녀자들한테 필요한 것은 없는 것만 빼놓고 다 있습니다
요. 쇤네는 방물장수에 매분구 노릇도 하는 섭섭이입니다요."

한바탕 너스레를 떤 방물장수 섭섭이가 방안을 한 번 훑어
보았다.

"깔끔하기도 하셔라. 저기 벽에 걸린 옷장보에 놓은 맨드라미
꽃 자수는 아가씨의 솜씨인가요?"

섭섭이의 물음에 연화가 대꾸했다.

"예, 우리 아가씨의 솜씨가 맞답니다. 우리 아가씨는 꽃이란 꽃
은 다 수로 놓을 줄 아시구요, 풀벌레도 다 수로 놓으시구요, 호
랑이면 호랑이, 사슴이면 사슴, 다 수를 놓을 줄 아신답니다."

"한 눈에 보기에도 아가씨의 자수 솜씨는 신묘하기 이를 데 없
군요. 헌데, 사군자도 치시는 모양이지요?"

섭섭이가 방윗목에 자리하고 있는 문방사우를 보고 묻자 다시
연화가 나섰다.

"우리 아가씨는 사군자도 치시지만, 초충을 주로 그리신답니
다."

"초충이라면?"

"여러 가지 풀꽃과 여러 가지 풀벌레들을 그린답니다."

"그렇군요. 오죽나무집 인선아가씨가 여치를 그려 마루에 내놓았더니, 닭이 와서 살아있는 여치인 줄 알고 쪼았다는 소문이 사실이었군요."

섭섭이가 감탄하는 눈빛으로 고개를 끄덕였다.

인선이가 말했다.

"빗은 종류별로 두 개씩 내놓으시구요, 바늘 두 쌈하고 색실도 색깔별로 세 벌씩 주세요."

"하이구, 고맙습니다?"

섭섭이가 돌아간 다음이었다. 인선이가 참빗과 얼레빗 하나씩과 바늘 한 쌈, 그리고 색실을 나누어 주자 연화가 눈물까지 글썽이며 호들갑을 떨었다.

"고맙구만요, 고맙구만요, 아가씨."

"연화야, 앞으로는 다른 사람들 앞에서는 내 얘기를 하지 않았으면 좋겠구나."

"저는 아가씨를 막 자랑하고 싶은 걸요."

연화가 억울하다는 듯 말했다.

"네 마음은 안다만, 다른 사람의 입에 내 이름이 올려지는 것이 싫구나."

"알겠습니다, 아가씨."

"헌데, 아까 방물장수 아주머니는 어찌 네가 데리고 왔느냐?"

"대문 밖에서 안을 기웃거리길래 어찌 그러느냐고 물었더니, 여기가 인선이라는 아가씨가 사는 집이냐고 묻길래, 안으로 데리고 왔지요."

연화가 왜 그러냐는 눈빛으로 빤히 쳐다보았다.

인선이는 방물장수에게 이것 저것 몇 가지 물건을 사기는 했지만 어쩐지 마음이 께름칙했다. 방안을 샅샅이 훑어보던 눈빛도 분명 예사롭지가 않았다.

'혹시 민교 도련님 댁에서 보낸 염탐이 아니었을까?'

문득 그런 생각이 스쳐갔다.

사대부가의 혼사는 주로 아버지들이 앞장을 서서 사돈을 맺고 며느리를 들이고, 사위로 맞이하는 것이 보통이었지만, 그것은 서로가 서로의 사정을 환히 꿰뚫고 있을 때의 경우였고, 중매쟁이를 통하거나, 당사자들끼리 눈이 맞아 진행되는 혼사에는 남자 집에서는 여자 집으로, 여자 집에서는 남자 집으로 염탐을 보내 사는 형편이며 사람됨됨이며 이웃사람들의 평판을 미리 알아보게 했다. 다행이 모든 부분이 다 좋으면 혼사는 순탄하게 진행이 되었으나, 한 가지라도 아니다, 싶으면 혼담은 없었던 걸로 되기 십상이었다.

만약 강판서의 집에서 방물장수 아낙을 염탐으로 보냈다면 그만큼 깐깐한 집안일 것이고, 깐깐한 만큼 이것 저것 따질 일도 많을 것이다.

인선이는 그것이 불안했다. 더구나 강민교의 어머니는 청백리로 소문이 난 강판서의 며느리였다. 어머니 이씨부인에게 여자의 범절을 배웠고, 외조부 이사온에게 시경을 비롯한 학문을 익혔지만, 벌써 강릉사람들의 입살에 올라 세상을 떠돌아다니고 있는 그림을 잘 그리는 여자를 어찌 생각할까도 불안했다.

외조부까지도 '사대부가의 여자가 그림이나 그린대서야 장차 누가 너를 데려갈 끄나?' 하고 혀를 찼지 않았는가?

인선이의 이런 우려가 현실로 나타나기까지는 채 이레가 걸리지 않았다.

혼사를 추진하겠다는 강민교의 말을 믿고 하루를 열흘 맞잽이로 기다리고 있는데, 방물장수 아낙이 다녀간 닷새 후였다.

연화가 허겁지겁 달려왔다.

"아가씨, 강도련님 자당님께서 오셨습니다."

"뭐라구?"

인선이가 들고 있던 붓을 떨어뜨릴 만큼 깜짝 놀라 되물었다.

"제가 마침 대문간에 있었는데, 제 또래의 계집종을 데리고 가마를 타고 오신 기품이 있어 보이는 마님께서 아가씨 이름을 대면서 집이 맞느냐고 물으시길래, 어디서 오신 누구시냐고 여쭈었더니, 강판서 집에서 오셨다고, 마님께 안내하라고 하셔서 모셔다 드리고 오는 길입니다요."

"알겠다. 호들갑 떨지 말고 너는 어머니께 가보거라. 심부름을 시키실지 모르니까, 안방 토방 아래에서 기다리거라."

"예, 아가씨."

잔뜩 긴장한 낯빛으로 나간 연화가 금방 돌아와 고했다.

"아가씨, 마님께서 오라십니다."

"알겠다."

인선이가 경대에 비친 제 얼굴을 한번 들여다보고 조용히 일어나 안방으로 갔다. 강민교의 어머니가 인선이를 위에서 아래로 한 눈에 쓱 훑어내렸다. 오금이 저려 금방이라도 주저앉을 것 같은데, 어머니가 말했다.

"강판서댁에서 오셨다는구나. 우선 인사부터 여쭙거라."

인선이가 무릎을 꿇고 앉으며 반절을 나붓이 올린 후에 바로 앉았다.

"어찌된 일이냐? 인선이 네가 강도령을 만난 것이 사실이더냐?"

이씨부인이 물었다.

"예, 어머니. 문수사에 나물을 캐러갔다가 만났습니다."

"그래? 강도령이 너와 혼인을 시켜달라고 자당께 청을 넣었다는데, 너도 같은 뜻이더냐?"

인선이가 침묵으로 대답을 대신하자 강민교의 어머니가 입을 열었다.

"내가 한 눈에 보니, 네 품행이 방정한 것은 알겠구나. 내 아들 민교가 경박하게 행동할 아이가 아닌데, 절에서 공부를 하다말고 달려내려와 너하고 혼인을 하고 싶다고 졸라서 내가 황당했구나."

"송구스럽습니다, 마님."

"네가 송구스러울 일은 아니니라. 나는 내 아들 민교를 믿는다. 그 아이가 가벼운 마음으로 네게 다가가지는 않았을 것이다. 또한 젊은 혈기로 너와 혼인을 결심하지도 않았을 것이니라. 나는 내 아들의 뜻에 따르고자 한다. 그러기 전에 너한테 묻고 싶은 것이 있다. 네가 그림을 그리느냐?"

"예, 어려서부터 그림 그리는 걸 즐겼습니다. 처음에는 어머니께서 놓으시는 자수의 본으로 그리다가 나중에는 그림 그리는 것이 좋아 화지에 그리고 있습니다."

인선이가 낮으막하나 또렷한 목소리로 대답했다.

강민교의 어머니가 잠시 바라보다 물었다.

"만약에 말이다, 네가 민교와 혼인을 하게 되면 손에서 붓을 놓을 수가 있겠느냐?"

그것은 그림을 포기하라는 소리였다.

'그림이나 그리는 너를 누가 데려가겠느냐?' 했던 외조부의 우려가 현실로 나타난 것이었다.

인선이가 눈길을 조금 들어 바라보고 대답했다.

"손에 붓을 쥔 이후 한 번도 그걸 놓아야겠다고 생각한 적이 없습니다. 그림은 제 몸의 일부와 같습니다."

"그림은 계속 그리겠다는 소리겠지? 내 생각은 그렇구나. 여자는 혼인하면 서방님을 위해서 자신의 모든 것을 바쳐야 된다고 믿는다."

강민교 어머니의 말에 이씨부인이 나섰다.

"그야 물론이지요. 제 딸 인선이는 밥숟가락을 들기 전부터 귀가 닳도록 여자의 범절을 배운 아이입니다. 문왕을 길러낸 태임을 가슴에 새기고 본받기 위해 애를 쓰고 있지요."

"하지만, 반가의 사내들도 화원은 중인 취급을 받는 것이 조선의 현실이지요. 인선아, 네가 정녕 붓을 포기하지 못하겠느냐?"

강민교의 어머니가 엄한 눈빛으로 인선이를 주시했다.

순간 여러 가지 생각들이 인선이의 뇌리를 빠르게 스쳐갔다.

'그림을 안 그리고도 살 수 있을까? 그림을 그린다고 남편에게 잘못할 것이라는 단정은 편견이 아닌가? 그리고 싶은 그림을 그리면서도 얼마든지 남편한테 잘할 수 있을 것이다.'

강민교가 아무리 좋아도 그림을 포기하면서까지 그 남자의 지어미가 되기는 싫었다.

인선이가 강민교의 어머니와 눈을 잠깐 맞춘 다음에 눈길을 내리깔며 다소곳이 대꾸했다.

"저는 손에서 붓을 놓을 수 없습니다."

인선이의 대답에 강민교의 어머니가 곧 바로 몸을 일으켰다.

"네 뜻을 알겠구나. 대답 한번 시원해서 좋구나. 혹시 내 아들 민교가 너를 찾아와 무슨 소리를 하더라도 흔들리지 말거라. 네가 탐이 나기는 하다만, 환쟁이 며느리는 싫구나."

대문 밖까지 따라나가 손님을 전송하고 돌아오자 어머니가 말했다.

"괜찮겠느냐? 네가 마음을 주었다면 강도령이 사람은 쓸만한 모양이구나. 나는 내 딸을 믿는다. 네가 함부로 마음을 주지는 않았을 것이다."

"강도련님이 좋은 사람이라는 느낌은 있었지만, 혼사를 추진하겠다는 말에 토를 달지는 않았습니다만, 마음을 온전히 다 주지는 않았습니다. 저 내려가겠습니다. 걱정하지 마시어요, 어머니."

인선이가 제 방으로 내려와 마음을 다스리려고 수틀을 잡는데 연화가 들어왔다.

"어떻게 해요? 아가씨."

"무얼 말이냐?"

"강도련님과 혼사를 못하게 되었잖아요."

"인연이 아니면 할 수 없는 일이지."

"괜찮아요? 아가씨."

"아무렇지도 않다. 내가 지금은 혼자 있고 싶으니 나가주겠니?"

인선이의 말에 연화가 입을 비쭉 내밀었다.

"흐, 안 괜찮으시면서 괜찮은 체 하시기는."

연화가 나간 다음에 인선이는 강민교의 서찰을 꺼내어 다시 한번 읽어보았다. 그런데 처음 읽었을 때에는 구구절절이 가슴을 치는 것 같았는데, 다시 찬찬히 읽어보니, 절절한 감정이 느껴지지 않았다.

따지고 보면 강민교를 만난 것은 단 한번 뿐이었다. 강민교 쪽에서야 몇 차례 경포호에서도 보았고, 사월초파일 밤에도 보았으며, 몇 번이나 대문 앞까지 찾아와 얼굴 한번 볼까하여 맴돌았다고 했지만, 인선이는 그 사내의 얼굴을 채 뇌리에 그려넣기도 전이었다. 눈썰미가 있는 인선이로서도 강민교의 얼굴을 떠올리려면 한참이 걸릴 정도로 아슴아슴했다.

'내가 너무 경박했어. 아버지와 강판서 대감의 인연만 믿고, 아버지를 젊은 유생들의 우상으로 받들고 있다는 강도련님의 말에 혹하여 너무 쉽게 내 속내를 내보였어.'

그런 식으로 마음을 다스렸지만, 마음이라는 것이 다스린다고 쉽게 다스려지는 것이 아니었다. 수틀을 잡고 한 땀 한 땀 수를 놓아도, 붓을 들고 경포호수와 경포대와 달 밝은 밤의 달빛기둥을 그려보아도 머릿속에는 온통 강민교뿐이었다.

몇 번이나 바늘 끝으로 손가락을 찔렀다.

'내 마음이 벌써 강도련님께 가 있었던 것일까?'

인선이는 명치 끝이 바늘로 콕콕 쑤시는 것 같은 아픔을 느끼고는 수틀을 놓고 후원의 오죽숲을 찾아갔다. 사삭 사삭. 댓잎이 댓잎끼리 몸 부비는 소리가 귀를 막고 듣는 쓰르라미 소리처럼 귀청을 갉작였다.

'인선아, 이제는 오죽을 그릴 수 있느냐?'

인선이가 댓잎의 움직임을 찾아 눈길을 드는데, 오죽 사이에서 문득 아버지의 목소리가 들렸다.

'오죽은 그릴 수가 없어요. 대의 검우색을 표현하기가 어려워요.'

언젠가 아버지와 그런 얘기를 나눈 적이 있었다.

인선이가 막 그림을 그리기 시작할 무렵이었다.

부엌에서 쓰는 부지깽이로 마당에 쓱쓱 대나무를 그리고 있는데, 아버지가 물었다.

"무얼 그린 것이냐?"

"후원의 검은 대나무를 그렸어요, 아버지."

"아버지가 보기에는 그냥 대나무인데?"

대나무를 그릴 때마다 인선이는 늘 난관에 빠졌다. 먹으로 오죽을 그려놓고 보면 오죽인지 청죽인지 구별할 수가 없었다. 그렇다고 모양이 다르지도 않았다. 나중에 아버지가 안료를 사다주었을 때 주변의 풀이나 나무, 혹은 열매에는 제 색을 칠해주고 대나무는 검은색으로 그려 오죽을 표현해 보았지만, 썩 마음에 와닿지는 않았다.

그러다가 '오죽으로 대금을 만들면 소리가 청아하단다'고 하던 아버지의 말이 떠올라 먹으로 오죽을 그려넣고 거기에 시 한 수를 적어 넣었다.

오죽의 겉은 검으나 속은 희고(烏竹表黑裏猶白)
바람이 불면 맑은 소리를 낸다(吹管之音尤淸淨)

아버지가 그림을 보고 빙그레 웃으며 말했다.

"인선이가 오죽을 그렸구나. 이젠 누가 보더라도 이 대나무가 오죽인 줄을 알겠구나. 하지만 인선아, 정말 제대로 그린 오죽이라면 이런 화재가 없어도 사람들이 오죽으로 볼 수 있어야 한다."

"그건 힘들 거예요. 대나무가 복숭아나 포도처럼 열매가 달렸다면 먹으로만 그리건 안료로 색을 입혀주건 알아볼 수 있지만, 대나무는 청죽이건 오죽이건 생김새가 같아 알아보기 힘들어요."

"네 말이 맞구나. 아버지는 내 딸이 그린 대나무라면 오죽이라고 생각할 것이니, 청죽이네 오죽이네 따지지 말고 네 마음대로 그리거라."

인선이가 그린 그림 앞에서 아버지는 늘 행복한 웃음을 지었다.

강민교의 어머니가 '그림을 그리는 환쟁이 며느리는 들일 수 없다'는 매정한 말을 남기고 돌아간 이 날 인선이는 아버지가 못 견디게 그리웠다.

'아버지, 강릉에는 언제 오시나요?'

두 달 전에 칠복이가 화지와 안료를 한 짐 져다 주고 돌아갔으니까, 어쩌면 설이나 쇠면 오실지도 몰랐다. 아니, 화지와 안료, 화첩만 칠복이 편에 보내면서 그림은 잘 그리고 있느냐? 시경의 시는 몇 편이나 외웠느냐? 는 서찰만 보내올 수도 있었다.

아버지가 보고 싶은 인선이가 볼 위를 타고 내려오는 눈물을 소매끝으로 닦는데, 연화가 아가씨, 아가씨, 부르며 오죽숲으로 들어왔다.

"무슨 일이냐? 내가 지금은 혼자 있고 싶으니까 나중에 올 수는 없느냐?"

인선이의 말에도 기어코 가까이 다가온 연화가 말했다.

"저도 그러고 싶은데요, 손님이 오셨습니다, 아가씨."

"손님?"

"강도련님이 오셨습니다. 지금 큰 사랑 앞에서 무릎을 꿇고 앉아있습니다."

"무릎을 꿇고 있다고?"

"예, 아가씨. 큰 사랑 어르신께 아가씨와 혼인하고 싶다고 사정하고 있습니다. 가보셔야지요?"

연화가 빤히 바라보았다.

인선이가 고개를 저었다.

"외조부님께서 나를 찾으시더냐?"

"아닙니다. 제가 자작으로 왔습니다."

"됐구나. 강도련님이 나를 찾아온 것이 아니라 외조부님을 찾아왔으면 두 분이서 하실 얘기가 있을 것이니라. 너는 그만 가보거라."

인선이는 당장에라도 강민교에게 달려가고 싶었지만, 이미 어그러진 혼사에 자신의 얼굴을 강민교에게 보여준다는 것도 이상한 일이었다. 외조부께서 잘 타일러 돌려보낼 것이다. 인선이는 그렇게 믿었다.

그런데 강민교의 고집도 보통이 아니었다.

오죽숲에 짙은 그늘이 내려앉고 참새들이 떼로 날아와 가지에 앉을 무렵이었다.

연화가 허겁지겁 달려왔다.

"아가씨, 큰 사랑 어르신께서 오시랍니다."

"외조부께서? 강도련님은 가셨느냐?"

"아직도 무릎을 꿇고 있습니다. 아가씨를 만나기 전에는 돌아가지 않겠다고 고집을 부리고 있습니다."

"알겠다. 내려가자꾸나."

인선이가 앞장을 섰다.

큰 사랑 토방 아래에 강민교 혼자서 무릎을 꿇고 앉아 있었다. 외조부도 어머니도 방에서 꼼짝을 않고 있는 모양이었다.

인선이가 다가가자 강민교가 번들거리는 눈빛으로 올려다보았다.

그 눈빛을 무시하고 인선이가 토방 위로 올라가 외조부께 고했다.

"할아버지, 제가 강도련님과 얘기를 나누고 오겠습니다."

방안에서 이사온이 흠, 하고 기침만 했다.

기침소리를 승낙으로 알아들은 인선이가 강민교에게 말했다.

"그만 일어나시지요. 저하고 얘기 좀 하시게요."

강민교가 몸을 일으키는 걸 보며 인선이가 대문을 나왔다.

발걸음이 저절로 경포호수 쪽으로 옮겨졌다. 따로 부탁하지 않아도 연화가 바람만바람만 멀리서 따라올 것이다.

인선이가 호수 너머로 사라지는 붉은기둥을 보며 경포대로 올라가자 강민교가 뒤따라 올라왔다.

난간에 서서 금방이라도 스러질 듯한 붉은기둥을 보고 있는데 곁에 나란히 선 강민교가 말했다.

"인선아가씨와 이런 날이 오기를 늘 소망했는데, 오늘에야 그 소원이 이루어지는군요."

인선이가 말했다.

"저는 강도련님의 소원을 이루어 드리려고 이곳에 오지 않았습니다. 우리의 인연이 여기까지라는 말씀을 드리려고 왔습니다."

"안 됩니다, 그것은. 나는 인선아가씨와 꼭 혼인하고 싶습니다."

"하지만 전 도련님과 혼인을 하기 위해서 붓을 놓을 수는 없습니다."

"그래서 내가 왔습니다. 그것은 어머니의 뜻이지 내 뜻이 아닙니다. 조부님께서도 반대하시지 않았습니다. 어머니는 내가 설득하겠습니다."

"아닙니다. 저는 이미 강도련님의 자당님께 며느리가 될 자격을 잃었습니다. 도련님과 혼인을 위해서는 붓을 놓아야 한다는 말씀에 조금의 망설임도 없이 붓을 놓을 수 없다고 말씀드리는 결례를 저질렀습니다. 만약 제가 도련님과 혼인을 하면 두고두고 그 일이 저를 괴롭히겠지요. 자당님께서도 당돌했던 저를 잊지 않으실 테구요. 그처럼 불편한 관계가 어딨겠습니까?"

"내가 중간에서 잘 하겠소. 인선아가씨가 나와 혼인만 해준다면 공부에 더욱 매진하여 꼭 과거에 급제를 하겠습니다. 인선아가씨가 더욱 좋은 그림을 그릴 수 있도록 뒷바라지도 할 수 있습

니다."

"이미 제 마음속에 선을 그었습니다. 도련님은 도련님의 길을 가십시오. 저는 제 길을 가겠습니다. 자당님께서 붓을 놓을 수 있느냐고 물으셨을 때, 제가 붓을 놓을 수 없다고 말씀 드렸을 때, 도련님과 제 인연은 끝났습니다. 봄날의 꿈이었다고 믿지요. 이제 그 꿈에서 깨어났다고 믿겠습니다."

뭐라고 한 마디 더 사정을 늘어놓으려는 강민교를 남겨놓고 인선이 빠른 걸음으로 누각을 내려왔다.

기둥 뒤에 숨어 있던 연화가 배시시 웃으며 몸을 드러냈다.

"가자."

"예, 아가씨. 괜찮으세요?"

"괜찮구나."

"아까 오죽숲에서 울고 계셨잖아요."

"울긴, 누가. 쓸데없는 소리 말고, 내 말 잘 들거라. 혹여 강도련님이 계집종을 시켜 서찰을 보내올지도 모른다. 절대로 그걸 받아서는 안 된다. 알겠느냐?"

"예, 아가씨. 강도련님의 서찰은 죽어도 받지 않겠습니다."

강민교가 서찰을 보내올 것이라는 인선이의 예상은 틀림없었다. 다음날 제 방에서 연화와 함께 난을 치고 있는데, 연화 어미가 서찰을 가져왔다.

"뒤뜰 남새밭에서 상추를 뜯어가지고 오는데, 웬 계집애가 아가씨 가져다 드리라고 주지 뭡니까요?"

"그걸 받은 지 얼마나 됐어?"

"내가 곧장 여기로 왔으니까, 지금쯤은 아마 담모퉁이를 돌아가고 있을 것입니다요."

"알았어. 연화 에미도 다시는 이런 서찰은 받지 마. 연화야, 네가 돌려주고 오너라. 이걸 가져온 그 아이한테 단단히 이르거라. 강도련님께 이런 서찰 백 번을 보내면 백 번을 돌려보낼 것이고, 천 번을 보내면 천 번을 돌려보낼 것이니, 단 한 줄도 읽지 않을 이런 서찰을 다시는 보내지 말라고 전하라고 이르거라."

"예, 아가씨. 얼른 돌려주고 아가씨의 말씀도 잘 전하고 오겠습니다."

연화가 뽀르르 방을 나갔다.

인선이는 그걸로 강민교와의 인연은 끝이라고 생각했다. 줏대가 있는 사내라면 다시는 대문 밖에서 얼씬거리지도 않을 것이며 서찰같은 것도 보내오지 않으리라고 믿었다.

인선이의 예상대로 강민교에게서는 아무런 기척도 없었다.

그걸로 끝인가 싶었다.

새벽에 눈을 뜰 때랄지, 늦은 밤 잠자리에 들 때면 강민교의 얼굴이 떠오르면서 명치끝이 아프고, 가슴이 쿵 내려앉기는 했지만, 문수사 뒷골짜기로 취나물을 뜯으러 갔다가 만난 그 사내와는 다시 엮일 일은 없다고 여겼다.

인선이의 일상이 다시 평온을 찾아갈 무렵이었다.

유월 보름이 다가오고 있었다.

보름이 가까이 오면 인선이는 연화와 함께 경포대로 나갔다. 혹시 아버지가 오시지 않을까, 해서였다. 강릉에 오실 때면 노을의 붉은 기둥이 스러지기 전에 '내 딸 인선이가 여기에 있을 줄 알았구나' 하고 나타나던 아버지였다.

노을빛이 스러지고 호수 위로 어둠이 슬금슬금 내려앉으면 연화의 손을 잡고 집으로 돌아왔다.

유월 열나흘 날이었다.

강민교의 어머니가 찾아왔다.

헐레벌떡 달려온 연화가 강도련님의 어머니가 오셨다면서, 안방마님이 찾으신다고 호들갑을 떨었다.

"오셨어요?"

인선이가 반절로 인사를 하고 무릎을 꿇고 앉는데, 어머니가 말했다.

"강도령의 자당께서 너와의 혼사를 추진하자고 오셨구나. 너한테 하실 말씀이 있으시다니, 들어보려무나."

인선이가 고개를 돌려 강민교의 어머니와 눈을 맞추고 이마를 살짝 숙였다.

"지난 번에는 내가 너무 성급했었구나. 네가 그림 그리는 걸 가지고 뭐라 하지 않으마. 민교와 혼인을 하겠느냐?"

인선이가 망설이지 않고 대답했다.

"전 그럴 수 없습니다."

"아니, 왜?"

강민교의 어머니가 놀란 낯빛으로 물었다.

"제 마음을 이미 강도련님께 전했기 때문입니다. 지난 번에 오셨을 때 자당님의 마음을 알았기 때문입니다. 그때 이미 강도련님과 저는 서로가 서로에게 상처를 입혔지요. 그것은 가족이 되어도 쉽게 나을 수 있는 상처가 아니었지요. 손에서 붓을 놓을 수 없다는 대답이 제 입에서 나오는 순간 저는 자당님의 며느리 자격을 잃었다고 보아야겠지요."

"내가 너를 이해한다고 했는데도?"

"환쟁이 며느리는 싫으시다던 자당님의 마음은 변하지 않을 것입니다. 저는 그런 며느리는 되기 싫습니다."

"인선아, 내 아들 좀 살려다오. 내가 잘못했으니, 제발 내 아들을 만나다오."

"예? 그것이 무슨 말씀이세요?"

"민교가 지금 식음을 전폐하고 있구나. 날더러 너한테 사과하고 너와의 혼인을 승낙하지 않으면 굶어죽겠다고 방안에 틀어박혀 꿈쩍을 않고 있구나. 대감께서 지리산을 유람하시느라 집에 안 계시길래 망정이지 자칫 민교가 파문을 당할 처지가 되었구나. 대쪽같은 대감의 성품에 손자가 여자 때문에 식음을 전폐한 줄 아시면 당장에 파문을 하겠다고 하실 것이니라. 내가 다 이해하고 양보할 것이니, 제발 내 며느리가 되어다오."

강민교의 어머니가 애원하는 눈빛으로 눈물까지 글썽였다.

그럴수록 인선이의 마음은 더욱 평정심을 유지하고 있었다.

"강도련님은 머지않아 제 자리로 돌아올 것입니다. 그런 일로 생을 마감할 팔자가 아니라면 곧 훌훌 털고 일어설 것입니다."

"정 아니 되겠느냐? 네가 그림 그리는 걸 내가 이해한대도? 간섭하지 않는대도?"

"그런다고 제가 그림을 그릴 수 있겠습니까? 설령 그림을 그린다고 해도 마음이 편하겠습니까? 좋은 그림을 그릴 수 있겠습니까? 붓을 손에 쥐자마자 환쟁이 며느리는 싫다고 하신 자당님의 말씀이 먼저 떠오를 텐데요."

"오늘 보니, 네가 참 독하구나."

강민교의 어머니가 서슬이 퍼렇게 일어 벌떡 몸을 일으켰다. 이번에는 배웅을 하지 않았다. 어머니가 마루 끝에서 조심해서 가시라고 전송을 했다.

방으로 들어온 어머니가 말했다.

"네 마음을 모르는 것은 아니다만, 너무 매정하게 자른 것은 아닌지 모르겠구나."

"제가 흔들리면 물에 빠진 사람이 지푸라기라도 잡는다는 식으로 매달릴 걸요."

"넌 괜찮으냐? 오죽숲에서 혼자 울고 있었던 것은 아니더냐?"

"이젠 그 전의 인선이로 돌아왔으니까 심려하지 마세요, 어머니."

"그나저나 네 아버지가 오실 때가 되었구나."

"아버지께서요?"

"유두에 맞춰 오셔서 유월 보름달을 보시고, 칠월 백중 보름달을 보시고는 한가위는 집안 어르신들과 함께 모시려고 한양으로 돌아가시지 않았느냐?"

"오늘이 유월 열나흗날입니다."

"내일이 보름이구나."

내일이 보름이라는 어머니의 말에 인선이는 가슴이 설레었다. 어쩐지 꼭 아버지가 오실 것 같은 예감이 들었다. 칠복이한테 화지며 안료며 문방사우를 한 짐 가득 지워가지고 오실 것만 같았다. 그렇게 아버지가 다녀가시고 나면 강민교 때문에 입은 가슴의 상처도 씻은 듯이 나으리라는 생각이었다.

그러나 아버지는 다음날 해가 기울 때까지도 오지 않았다. 해가 아직 중천에 있을 때 인선이는 연화를 데리고 경포호수로 나갔다. 마중도 나가지 않았는데 아버지가 대문 안으로 들어서실 것 같은 조급증을 견딜 수가 없었다.

호숫가에 서서 호수를 바라보다가, 경포대로 올라가 누각에 기대어 바다를 바라보다가, 바닷가 모래밭으로 나가 발로 시경의 한 구절을 새겨보다가, 파도가 되어 달려오는 바닷물에 신발 끝을 살짝 담가도 보면서 아버지를 기다렸다.

한나절이 열흘 맞잽이로 길다고 해도 어차피 해는 서쪽을 향해 움직이고 있었다. 해가 서쪽 산날망에 설핏 기울었을 때 인선이는 경포대로 올라갔다. 거기 난간에 서면 호수에 빠졌다가 하늘로 솟구치는 붉은 기둥이 제대로 보였다.

"아가씨, 나리께서 오실까요?"

지루함을 견디지 못한 연화가 물었다.

"암, 오신다. 아버지께서는 꼭 오시고 말고."

연화한테 한 소리였지만 그것은 자신을 향한 다짐이기도 했다.

"주인 나리께서 오시지 않는다고 해도 달뜨는 모습은 보고 들어가실 거지요?"

"보름달이잖니?"

"아가씨, 주인나리께서 오실려면 아직 멀었어요. 달도 뜨려면 한참을 기다려야 하구요."

"어쩔 수 없잖느냐? 정 지루하면 너 먼저 집으로 돌아가던지."

"후훗, 제가 혼자 가지 않으리라는 걸 잘 아시면서 그냥 해본 말씀이지요? 아가씨, 둘째 도련님이라는 시 좀 읽어 주세요."

"둘째 도련님?"

인선이가 되물었다.

"예, 아가씨. 저는 그 시가 제일 재미있었어요. 저도 외우고 있는 걸요."

"네가 외우고 있다고?"

"예, 외우고 있어요. 다른 시들은 들으면 바로 잊어먹는데, 둘째 도련님은 안 그랬어요."

"한번 외워보겠느냐?"

"아가씨께서 청하시니까, 부끄럽지만 외워볼게요."

연화가 흠하고 헛기침을 내뱉고 시를 읊조리기 시작했다.

연화의 어깨 너머에서 막 해가 지고 있었다.

둘째 도련님, 우리 마을을 넘나들며 우리 집 버들을 꺾지 마세요.

그것이 아까워서겠어요? 우리 부모님이 두려워요.

도련님도 그립지만 부모님의 말씀이 또 두려운 걸요.

둘째, 도련님. 우리 집 담장을 넘나들며 우리 집 뽕나무를 꺾지 마세요.

그것이 아까워서겠어요?

손윗 형님들이 두려워요.

도련님도 그립지만 형님들의 말씀이 또 두려운 걸요.

둘째 도련님, 우리 집 뜰을 넘나들며 우리 집 박달나무를 꺾지 마세요.

그것이 아까워서겠어요?

다른 사람들의 말 많음이 두려워요.

도련님도 그립지만 사람들의 말 많음이 또 두려운 걸요.

시 읊기를 마친 연화의 얼굴이 붉게 물들어 있었다.

"연화가 제법이구나. 헌데 너 그 시가 무슨 뜻을 가지고 있는지 알겠느냐?"

"호호호, 칠복이 오라버니가 그립지만, 그것이 소문이 날까 두렵다는 뜻이잖아요. 아가씨, 이번에도 칠복이 오라버니가 함께 오겠지요?"

"늘 그랬으니, 아마도 그렇겠지?"

인선이의 예상대로 아버지는 이번에도 칠복이를 지게꾼으로 데리고 왔다. 그런데 동행이 한 사람 더 있었다.

노을이 만든 붉은 기둥도 사라지고 땅거미가 슬슬 내려앉았다가 조금씩 물러나는가 싶더니, 동쪽 산날망을 노랗게 물들이며 달이 올라오기 시작했다.

진즉부터 인선이는 속으로 혼자 주문을 외우고 있었다.

노을의 붉은 기둥 앞에서는 그 기둥을 향해 '저 붉은 빛이 사라지기 전에 아버지께서 오시기를' 하고 중얼거렸고, 달이 떠오르느라 산날망이 노랗게 물들 때에는 '달이 완전히 떠오르기 전에 아버지께서 오시기를' 하고 주문을 외웠다.

이제 인선이가 '달이 중천에 오기 전에 아버지께서 오시기를' 하고 주문을 외울 차례였다.

저만큼 아래 쪽에서 누군가 걸어오는 발소리가 들렸다.

"아가씨, 누가 오고 있어요? 불한당일지도 몰라요. 얼른 숨어요."

연화가 인선이의 치맛자락을 잡아당기며 제가 먼저 바닥에 쭈그리고 앉았다.

인선이가 발소리가 들리는 곳으로 눈길을 주었다.

이제 막 떠오른 달빛을 밟으며 걸어오는 사람은 셋이었다.

'아, 아버지께서 오시는구나. 헌데, 왼쪽은 칠복이가 분명한데,

오른쪽은 누구지?'

비록 달빛 속이었지만, 오른쪽의 사내는 그 차림새가 양반집 도령이 분명해 보였다.

그러나 아직 얼굴을 확인한 건 아니었다. 갓그림자에 가린 얼굴이나, 성큼성큼 걷는 걸음걸이로 보아 아버지가 분명했지만, 좀 더 두고 볼 요량으로 인선이가 숨을 흑 들이쉬는데, 그림자 세 개가 멈추고 가운데 남자가 말했다.

"이생, 보게나. 내 딸 인선이가 마중을 나와 있지? 인선아, 오랜만에 아버지가 왔는데, 구경만 하고 있을 셈이더냐?"

"예, 아버지. 내려갈게요."

인선이가 한 달음에 달려 내려가 고개를 깊숙이 숙였다.

"아버지, 오셨어요?"

"오냐, 네 짝을 데리고 왔다. 서로 인사를 하거라. 이보게, 이생. 어떤가 내 딸 인선일세. 월궁항아가 따로 없지?"

"유월 보름달이 뜨는 밤에 아버지께서 데리고 온 사람이 이원수 도련님이었어요."

김민혜의 목소리가 수줍음으로 가늘게 떨렸다.

"그 사람이 나중에 당신의 남편이 되었는가요?"

갈홍근이 낮은 목소리로 물었다.

"맞아요. 그 도련님이 제 서방님이 되었어요. 우린 일 년 후에 결혼을 했어요."

허수아비의 춤

"남원추어탕 한 그릇 어때요?"

강일수 형사에게 문자가 온 것은 이동호가 검찰에 출두한 그날 점심 무렵이었다.

이동호는 김민혜가 출근하자마자 '조의원의 초충도병풍, 그거 진품이 맞아?' 하고 불안한 기색을 숨기지 않고 물었다.

"진품으로 완전히 굳어졌잖아요? 벌써 한성그룹의 한성미술관에서 구입했다는 소문이던데요?"

김민혜가 시큰둥하게 대꾸했다.

한 달 이상을 열두 폭 초충도병풍을 놓고 입나발을 불어대던 매스컴들이 약속이라도 한 듯이 시치미를 뚝 떼고 열흘이 지났는데도 이동호는 여전히 안절부절못하며 틈만 나면 김민혜의 눈치를 살피며 열두 폭 초충도병풍의 진위를 물었다.

"제가 그걸 어떻게 알겠어요?"

온갖 미사여구를 동원하여 '로즈퀸'에 4주 연속 특집기사를 썼던 이동호가 못마땅했던 김민혜의 말투가 곱지 않았다.

"김기자, 검찰에서 참고인으로 출두하라는 연락이 왔던데, 강일수 형사를 통하여 무슨 일인가 알아볼 수 없을까?"

"저도 못 만난 지가 한 달이 넘었어요. 요즘은 제 전화는 아예 받지도 않는답니다."

"검찰수사도 끝나간다고 하던데?"

"강형사가 검찰에 파견나간 것은 사실인가요?"

김민혜의 물음에 이동호가 애매한 표정으로 대꾸했다.

"확실한 건 나도 몰라. 지인한테 지나가는 얘기로 들었으니까."

"검찰수사가 마무리 단계라면 강형사님을 수일 내로 만날 수도 있겠네요. 검찰청보다는 경찰서 출입이 그나마 나으니까요. 검찰에는 언제 출두하세요?"

"오늘. 지금 가야 해."

"별 일이야 있겠어요? 국장님께서 잘못한 일은 없지 않아요?"

김민혜는 이동호의 검찰출두를 대수롭지 않게 여겼다.

그런데 그것이 아니었다.

남원추어탕 집에서 만나자마자 강일수가 물었다.

"이동호 국장이 오늘 검찰에 출두했지요?"

"무슨 일이에요? 이국장님은 초충도 기사 밖에 쓴 것이 없는데요."

"그 사람, 어떤 사람인가요?"

"어떤 점이오? 오랫동안 중앙일간지에서 근무한 노련한 언론인인데요."

"노련하다? 그 사람이 평소에 쓴 기사는 독자들한테 신뢰를 받고 있는가요?"

"글쎄요. 이번 초충도 기사 말고는 로즈퀸에서는 기사도 별로 쓰지 않았어요."

김민혜는 문득 이상한 느낌이 들었다.

현재 대표이사직을 맡고 있는 사람과 반반씩 투자하여 로즈퀸을 창간한 이동호였지만, 기사작성은 기자들한테 맡기고 자신은 데스크에 앉아 인터넷 고스톱을 치거나 출근하지 않는 대표를 대신하여 대표실에 죽치고 있는 것이 일이었다.

그런 이동호가 열두 폭 초충도 기사에 매달리는 것이 좀은 이상하다는 생각이 들기는 했었다.

아무리 그렇더라도 이동호가 어떤 사람이냐고 묻는 강일수의 말은 이해할 수가 없었다.

"이동호 국장님이 무슨 잘못이라도 저질렀는가요?"

"수사중인 사안이라 구체적으로 얘기할 수는 없지만, 한 가지 물읍시다. 사임당의 초충도 중에는 진품이 드물다고 하던데, 정말입니까?"

"전 사실 아는 게 별로 없어요. 고서화 감정의 전문가들이 진품으로 감정하면 진품으로 믿고, 위작으로 감정하면 위작으로 믿을 뿐이지요. 다만 전문가들조차도 이력이 정확히 밝혀진 몇 점을 빼놓고는 확실한 감정결과를 내놓지는 않지요. 진품일 가능성이 많다, 정도로 판정을 내려요. 그래서 대부분의 사임당 그림에는 '전' 자를 붙이잖아요."

김민혜는 박광로가 진품이라고 감정한 초충도 중에도 위작이 있다는 것을 털어놓을까, 하다가 입을 다물었다.

강일수가 말했다.

"박광로 선생은 김민혜 기자의 감을 철썩같이 믿고 있던데요? 무슨 까닭인지는 몰라도 현재 초충도를 가장 잘 감정할 수 있는 사람은 김민혜 기자가 유일하다구요."

"그럴 리가요. 전 대학에서 미술을 전공하지도 않았고, 또 강릉과 인연을 맺기 전에는 초충도에 관심도 없었는 걸요."

"아니오. 박광로 선생이 그런 말을 한데는 이유가 있을 겁니다. 평창동 김회장한테 소개했던 '가지와 벌'을 비롯한 석 점의 초충도가 정영섭이 그린 위작이라는 걸 알려주었을 때 박광로 선생이 그러더군요. 김기자의 판단이 옳았다구요."

그런 일이 있었다.

김민혜가 초충도에서 개구리 울음소리를 듣고, 꽃의 향기를 맡는 이상한 증세를 보인다는 것을 안 박광로가 고서화점 '가람'으로 불렀다. 박광로를 만난 지 얼마 안 되었을 때였다.

"초충도가 한꺼번에 석 점이나 발견 되어서 김기자를 불렀어."

"감사합니다, 선생님. 초충도를 친견할 기회를 주셔서요."

김민혜가 고개까지 숙여 고마움을 표하는데, 정영섭이 말했다.

"상부상조하는 것이지요."

그것은 김민혜에게는 기사거리를 제공해 주고, 정영섭으로서는 새로 발굴된 초충도는 물론 고서화점 '가람'을 매스컴에 홍보할 기회를 얻는다는 뜻이었다.

김민혜가 눈길을 펼쳐놓은 석 점의 그림으로 옮기는데, 정영섭이 화장실에라도 가는 듯 잠시 자리를 비웠다.

"김기자, 이 그림에서 벌 소리가 들려?"

박광로가 펼쳐놓은 그림 세 점 가운데 세 개의 열매가 달려있는 가지와 개미와 나비, 벌을 그린 것을 가리키며 김민혜의 눈치를 살폈다.

노감정가는 잔뜩 기대하는 눈빛을 김민혜에게 보내왔지만, 김민혜는 '가지와 벌'은 물론 금방이라도 수박을 파먹을 듯이 달려드는 들쥐를 그린 그림이나, 맨드라미꽃 아래로 둥글게 뭉친 쇠똥을 굴리는 쇠똥벌레를 그린 그림에서 아무런 감흥도 느낄 수가 없었다.

인사동 거리를 지나가다가 느닷없이 들리는 개구리 울음소리에 이끌려 들어가던 날의 감동이랄지, 가슴 설레임 같은 것도 없이 덤덤했다.

"잘 모르겠어요. 그림 속의 벌이 소리를 낼 리는 없잖아요. 그때는 환청이었지요."

잔뜩 기대를 가지고 바라보는 박광로에게 그 말 밖에 해줄 수가 없었다.

"김기자의 환청에 내가 너무 큰 기대를 한 것일까?"

박광로가 입맛을 쩝 다셨다.

화장실에서 돌아온 정영섭이 말했다.

"이제 그만 살펴보시고 진품이라는 감정서를 써주시지요. 김회장이 장차 미술관을 만들려고 요즘 무더기로 그림을 사들이고 있습니다. 감정료는 섭섭치 않게 드릴게요."

"지질을 비롯한 모든 것이 완벽하게 맞아떨어지기는 하는데……."

박광로가 여전히 망설이는 기색을 보이자 정영섭이 서두르고 나왔다.

"김회장님과 약속을 했습니다. 양민수 박사의 진품이라는 감정서가 있기는 하지만, 김회장님이 박선생님의 감정서를 받아달라고 해서 이렇게 부탁말씀을 드리고 있습니다."

정영섭이 비굴하다고 느낄 만큼 사정을 하고 나왔다.

"알겠소. 화지의 지질이나 그림의 색이 바랜 정도로 보아 진품일 확률이 높소."

박광로가 결단을 내리는 걸 보며 김민혜의 뇌리로 '저건 아니다'는 느낌이 스쳐갔지만, 자신이 나설 자리는 아니었다.

박광로가 확인한 진품이라는 감정서를 받고 난 정영섭이 김민혜에게 말했다.

"김기자, 새로운 초충도가 발견되었다고 기사를 써 줄 수 있지요? 로즈퀸에 특종을 주겠소. 박광로 선생님께서 진품으로 확인하시는 것까지 곁에서 지켜보았으니까, 기사를 잘 쓸 수 있을 것이 아니오? 김기자가 기사를 쓴다면 다른 신문에는 비밀로 해주겠소."

"기사의 채택은 데스크에서 하는 일이라서요. 제가 뭐라 드릴 말씀이 없네요."

김민혜는 김회장이라는 사람이 구입한 초충도 기사를 쓸 마음이 없었다.

며칠 후였다.

이동호가 얼굴이 벌겋게 달아올라가지고 김민혜를 다그쳤다.

"김기자, 초충도 기사 왜 안 썼어? 박광로 선생이 감정하는 자리에 함께 있었다면서?"

"그걸 어떻게 아셨어요?"

"가람의 정사장이 내가 그 전부터 알던 사이라구. 김기자한테만 특별히 알려주었는데, 이번주판 로즈퀸에 기사가 안 실렸다면서 여기에 특종을 주었다잖아."

이동호가 초충도 기사가 실린 일간지를 김민혜 앞에 내던졌다.

거기에는 새로 초충도 석 점이 발견되었다는 기사가 문화면 전면을 채우고 있었다. 마침 5만원권 위조지폐가 적발된 사건으로 매스컴이 떠들썩하던 무렵이었다.

김민혜는 5만원권 지폐에 그려진 사임당의 얼굴을 좋은 느낌으로 받아들일 수가 없었다. 그것은 현모양처로 굳어진 사임당을 모독하는 일일 수도 있었다.

그런데 김회장이 구입했던 초충도를 정영섭이 위조한 위작이라는 사실이 이번에 밝혀진 모양이었다.

　김민혜는 '박광로 선생님의 실망이 크시겠구나' 하는 생각에 마음이 아팠다.

　강일수 형사가 말했다.

　"김기자에 대한 박광로 선생의 신뢰가 대단하던데요. 대한민국에서 초충도의 진위를 가려낼 수 있는 사람은 김기자뿐이라구요. 그림을 감정하듯이 김기자를 살피면 그림의 진위가 보인다구요."

　"박선생님께 초충도에 대한 제 느낌을 말씀드린 적이 없어요. 총기가 흐려지셨는지, 제 느낌을 자꾸 물으시는데, 그걸 어떻게 말씀드리겠어요?"

　"김기자는 박광로 선생님을 얼마나 믿고 있습니까?"

　"무슨 말씀이세요?"

　"이번에 수사를 하다보니까, 전문감정가라는 사람들도 꼭 정직하지만은 않더군요."

　"정직하지 않은 사람이 어찌 고서화같은 예술품의 진위를 구별할 수 있겠어요."

　"그러게 말입니다. 정영섭의 말이 평창동 김회장한테 팔아먹은 위작 초충도 석 점을 진품으로 감정서를 받아내느라 점 당 천만원씩 삼천만원을 박광로 선생에게 지불했다고 하더라구요."

　"예? 박선생님이 그러실 분이 아니세요. 정영섭 씨가 거짓말을 하고 있을 거예요."

　"아니오. 그것은 사실이었소. 박선생한테 확인을 했어요."

"정말요?"

"김기자한테 내가 무엇 때문에 거짓말을 하겠소? 더구나 수사 중인 사건을 기자한테 발설하는 위험까지 감수하면서 말이오."

"박선생님은 어떻게 되는 것이죠?"

"검찰에서 정영섭이 진술하는 내용에 따라 결정이 되겠지요."

"만약 박선생님이 피의자가 된다면 고서화 감정계의 여러 전문가가 다칠 거예요."

"다른 전문가들도 위작을 진품으로 거짓 감정을 했다는 말씀인가요?"

"그거야 제가 알 수 없지요."

"정영섭의 가람에서 매매가 이루어진 고서화의 대부분을 양민수 박사가 진품이라는 감정서를 써주었더군요. 평창동 김회장이 구입한 초충도 석 점도 양박사가 먼저 진품임을 확인하는 감정서를 내주었고, 정영섭이 김회장에게 확실한 믿음을 주기 위하여 박광로 선생까지 동원했더라구요. 감정비도 양박사에게는 억대를 지불했더군요."

"아닐 거예요. 박광로 선생님은 위작을 진품으로 둔갑시켜 감정결과를 내놓으실 분이 아니에요."

"김기자의 믿음대로 아니었으면 좋겠소."

"참, 정영섭 씨 건은 어떻게 되었어요. 그 사람의 안가를 수색하고 도둑을 체포하는데 저도 큰 몫을 하지 않았는가요? 뭐 나온게 있는가요?"

김민혜가 뚫어질 듯 바라보자 강일수가 얼핏 당황한 표정을 지었다.

　"정영섭의 안가를 수색한 일은 아직 검찰에도 알리지 않았어요. 무슨 까닭인지 정영섭도 검찰에 안가 얘기는 않고 있더라구요."

　"하지만 정영섭이 자신이 판매한 초충도며 고서화 가운데 위작이 있었다고 자백을 했다면서요?"

　"이미 수십 점의 고서화를 압수당했으니까, 다 부인하기는 힘들었겠지요. 떡밥을 던져주듯 극히 일부만 털어놓았겠지요. 가람에서 압수된 것으로만 골라서 말이오. 사실 정영섭은 아직 안가가 털린 것을 모르고 있어요. 알고 보니까, 안가를 털었던 오칠복은 십몇 년 전까지 가람의 종업원으로 있던 사람이더군요."

　"그래요?"

　칠복이라는 이름이 귀에 익는다는 생각을 하며 김민혜가 물었다.

　"지금은 가람의 맞은편에서 중국에서 들여온 청나라 시대의 물품들을 취급하는 가게를 운영하고 있는데, 정영섭이 잡혀가는 것을 보고 안가를 털고 나오다가 우리한테 딱 걸린 것이지요."

　"강형사님, 분명 우리라고 하셨지요?"

　"왜요? 우리라고 하면 안 됩니까?"

　"우리는 공동체잖아요. 정보를 함께 공유할 수 있는."

　"자꾸 그쪽으로 몰아가지 말아요. 누구 모가지 뗄 일 있습니

까? 헌데 김기자의 감으로 열두 폭 초충도병풍은 어때요? 진품
이 맞는가요?"

"모르겠어요. 그거 한성미술관에서 구입했다던데, 사실인가
요?"

"육십억 얘기가 나온 것이 맞긴 한데, 매매가 이루어졌는지는
확인할 수 없었어요. 워낙 극비에 진행된 일이라서요."

그런 얘기를 나누는 사이에 뚝배기 안에서 부글부글 끓고 있는
남원추어탕이 나왔다.

초피가루를 듬뿍 넣고 휘휘 저으며 강일수가 말했다.

"그림도 추어탕처럼 냄새만으로도 진위를 가릴 수 있었으면 좋
겠어요."

"강형사님이야말로 어지간한 전문가들보다 고미술 쪽에 안목
이 있으시잖아요. 열두 폭 초충도병풍은 어떻게 생각하세요?"

"모든 매스컴에서 진품으로 몰아가고 있잖소? 이번의 열두 폭
초충도병풍을 다루는 매스컴에서 부도덕한 시대의 부도덕한 사
람들이 벌이는 마녀사냥의 한 단면을 보고 있는 느낌이었어요."

"위작으로 보고 계시는군요."

"적어도 매스컴의 작태를 보면 진품은 아닐 것입니다. 정말 진
품이라면 나팔수들까지 동원할 필요는 없었을 테니까요. 어쩌면
거대한 음모가 있을지 몰라요."

"음모라구요?"

"적어도 조인호를 뛰어넘는 윗선이 개입하고 있을지도 모르고

요. 입에 착착 앵겨붙는 맛이 역시 남원추어탕이군요. 지난 번에 김기자가 샀으니까, 이번에는 내가 사지요. 내가 원래 빚을 지고 는 못 견디는 성미라서요."

강일수가 국물까지 한 방울 남김없이 비운 그릇을 보며 웃었다.

"정영섭 씨 건은 말해 주지 않으실래요? 전 저도 알아야 될 권리가 있다고 생각하는데요."

"분명 김기자한테도 지분은 있지요. 헌데, 그걸 잘못 터뜨렸다가는 내 목이 남아나지를 않아요."

"취재원을 숨기면 되잖아요. 전 강형사님을 집안의 큰오라버니처럼 가깝게 느끼는데, 강형사님은 아닌 모양이지요?"

김민혜의 말에 강일수가 흠칫 놀라는 표정을 지었다.

"큰오라버니요?"

"처음 뵈었을 때부터 그랬어요. 그때 미인도 위작사건이 있었잖아요. 막 로즈퀸에 입사한 제가 그걸 취재하겠다고 경찰서에 들러 강형사님을 뵈었을 때 처음 만나는 분 같지 않게 아주 가깝게 느꼈어요."

"맛있는 남원추어탕도 다 먹었으니, 그만 일어납시다."

큰오라버니 같았다는 김민혜의 말에 부담이 되었던지 강일수가 서둘러 몸을 일으키며 호주머니에서 지갑을 꺼냈다. 그때 지갑에 딸려나온 USB가 탁자 밑으로 툭 떨어졌다.

USB가 떨어진 것도 모르고 계산대를 향해 빠른 걸음으로 걸어가는 강일수를 향해 김민혜가 소리를 질렀다.

"계산은 제가 할게요."

강일수가 흘끔 돌아보며 손을 잠깐 들었다 내렸다.

'이게 뭐지.'

김민혜가 USB를 주워들고 들여다보았다. 그걸 잃어버리지 않기 위하여 대추나무로 깎은 앙징맞은 목탁을 달아놓은 줄에 정영섭의 이름이 쓰인 띠지가 붙어 있었다.

'혹시 정영섭의 사건을 수사한 내용을 담아놓은 파일이 아닐까'

그런 생각을 한 김민혜가 서둘러 USB를 손가방에 넣었다.

'그래, 어쩌면 내가 전생에 김기자의 큰오라버니였는지도 모르지.'

고개를 돌려 바라보며 오른손을 잠깐 들었다 내리고 차안으로 들어가는 김민혜의 뒤태를 향해 강일수가 중얼거렸다.

처음 만나던 날부터 큰오라버니처럼 가깝게 느꼈다는 김민혜의 말이 정영섭 사건의 수사자료를 빼내기 위해 꾸민 입에 발린 소리가 아님을 강일수도 알고 있었다.

오누이 같았다는 김민혜의 감정은 강일수도 느끼고 있는 중이었다.

취재원과 기자라는 특수관계 때문에 겉으로 살갑게 대할 수는 없지만 취재를 하겠다고 김민혜가 경찰서에 나타나면 강일수는 반가움이 앞서면서 가슴이 따뜻해졌다. 그래서 슬쩍슬쩍 기사감을 흘려주기도 했었다.

'설마 파일 내용을 바로 기사로 작성하여 터뜨리지는 않겠지?'

그것이 걱정이 되면서도 일부러 USB를 떨어뜨려준 강일수였다.

김민혜에게 도움이 되는 일이라면 무엇이든 다 해주고 싶었다.

인사동에서 '중화골동'이라는 청나라 때의 구닥다리 물건을 팔고 있는 오칠복은 겉으로는 순박해 보이는데 속은 능구렁이 몇 마리가 들어있는 영악한 녀석이었다. 김칠복이 하필이면 정영섭의 '가람' 맞은편에 가게를 낸 것도 '가람'을 염탐하기 위해서였다.

그렇게 기회를 엿보고 있다가 정영섭이 경찰에 체포되어가는 것을 보고 안가를 털어가지고 나오다가 현장에서 체포된 것이었다.

오칠복이 정영섭의 안가에서 훔친 물품은 초충도를 비롯한 신윤복의 미인도와 김홍도의 풍속화는 물론 대원군의 석파란까지 백여 점이 넘었다.

"이것이 모두 정영섭이 그린 위작이라는 말이지?"

강일수는 위작의 엄청난 양에 뒤로 넘어질 지경이었다.

그 뿐만이 아니었다. 그동안 고미술품의 도난사건이나 위작사건을 수사하면서 보았던 유명화가들의 그림에 뒤지지 않을 만큼 진품의 얼굴을 하고 있었다.

작품들마다 몇백 년 세월의 흔적이 고스란히 남아 있었다.

오칠복이 그림을 한 점씩 넘기며 말했다.

"예, 제가 종업원으로 있을 때에 곁에서 먹을 갈아주었으니까요. 지금은 뿔뿔이 흩어졌지만, 제가 있을 때에는 미술대학에서 한국화를 전공하는 대학생들을 고용하여 대량으로 그려낸 일도 있었습니다."

"대학생들을 동원할 정도라면 이것보다 훨씬 많은 위작이 있었을 것이 아닌가? 다 어디로 갔지?"

"팔았겠지요."

"그 많은 위작을 다 팔았다구?"

"예, 그랬을 겁니다. 요즘에는 어떤 식으로 팔았는지 모르겠지만, 한때 정사장님은 교도소를 통하여 팔기도 했습니다."

"교도소를 통하여?"

"돈 많은 회사의 회장님이나 국회의원들이 교도소에 수감되면 브로커를 시켜 그림을 팔아먹고 교도관을 매수하여 편리를 봐주는 식이었지요."

"그걸 당신이 어떻게 알았지?"

"제가 그림 심부름을 했거든요. 그렇게 팔아먹은 그림만 해도 백 점은 넘을 걸요."

"초충도는 몇 점이나 그렸지?"

강일수의 물음에 오칠복이 씩 웃으며 대꾸했다.

"정사장님의 말이 초충도처럼 쉬운 그림이 없다고 했습니다. 형태는 같지만 내용은 다르게 그리기만 하면 된다고 했지요."

"내용은 다르게?"

"가령 이런 식이지요. 맨드라미 두 송이를 그리고, 그걸 올려다보는 개구리를 그린 그림이 있다면, 위작에서는 맨드라미를 세 송이 그려넣고, 개구리는 양쪽에서 마주보는 식으로 그린다는 것이죠. 초충도를 보면 비슷한 듯하면서도 다른 그림들이 많잖아요?"

"당신 말이 맞다고 치자구. 초충도를 비롯한 고서화는 가격이 엄청난 고가인데, 구매자들이 감정서를 요구했을 텐데, 바보가 아닌 이상 진품이라는 감정서도 없는 그림을 고가에 구입할 리가 없지 않은가?"

"정사장은 진품이라는 감정서 용지와 고서화 전문감정가들의 도장을 비치해 놓고 필요할 때마다 진품감정서를 만들어서 첨부하였지요. 천만원 대의 고서화는 대개가 그렇게 팔렸구요, 억대가 넘는 것은 양민수 박사님의 감정서를 첨부했어요."

"위작에다 그랬다는 말이지?"

"진품도 있었겠지만, 위작이 대부분이었을 걸요. 강형사님, 절곧 검찰로 넘기겠지요?"

"넘겨야지. 헌데 그건 왜 묻지?"

"안 넘기면 안 될까요? 초범이잖아요. 강형사님의 질문에 대답도 잘해 드렸구요."

"설령 검찰에 넘어간다고 해도 큰 벌은 받지 않을 것이오. 당신이 정영섭의 안가에 고미술품을 훔치러 들어간 것이 아니라, 다만 불이 꺼진 집이길래 들어갔다가 빈 손으로 나왔다고 진술하면 기소유예로 풀려날 수도 있겠지."

"정말이세요?"

"내가 당신한테 거짓말을 할 까닭이 없지 않는가? 내가 심문조서를 그렇게 작성하겠소."

"좋아요. 대신 제가 정보 하나를 알려드릴게요."

"정보? 무슨?"

"정사장님의 안가에는 숨겨진 방이 하나 있어요. 이층 거실의 벽에 딱 붙은 응접소파 뒤에 비밀의 문이 있어요. 겉으로 보면 감쪽같지만, 문을 열고 안으로 들어가면 다락방 같은 방이 있는데, 거기에는 특별한 물품들을 숨겨 놓은 모양이었어요."

"당신이 그 안에 숨겨진 것들을 본 적이 있소?"

"아니오. 못 보았어요. 저도 우연히 거기에 숨겨진 방이 있다는 것을 알았어요. 거기는 다음날 털려고 했는데, 강형사님께 잡혀 왔지 뭐예요."

오칠복의 말에 강일수가 정영섭의 안가를 수색할 때의 기억을 되돌려 보았다. 1층은 물론 2층까지 샅샅이 수색했었다. 소파 뒤와 소파 속을 일일이 확인했었다. 그때 2층 거실의 소파 뒤 벽에서 수상한 점은 보이지 않았다.

다음날 강일수는 정영섭의 안가를 찾아갔다. 제대로 하자면 수색영장을 다시 발부받아야 하겠지만, 절차는 생략한 채 혼자서 갔다.

과연 오칠복의 말대로 이층 거실 벽 소파 뒤에는 숨겨진 방이 있었다.

그리고 그 안에서 강일수는 만들다만 병풍을 여러 점 발견했다.

그 가운데는 6폭 초충도병풍과 남농의 2폭 산수화침병 등 완성된 병풍 다섯 점과 열 점 이상의 병풍을 만들만한 그림과 자재들이 널브러져 있었다.

'혹시 세상을 발칵 뒤집어 놓은 열두 폭 초충도병풍도 여기서 만든 것은 아닐까?'

문득 강일수 형사의 뇌리로 그런 생각이 흘러갔다.

그 순간 김민혜의 얼굴이 떠오른 것은 또 이상한 일이었다.

"오칠복이라는 사람은 검찰로 송치했는가요?"

다음날 강일수를 만난 김민혜가 다짜고짜 물었다.

"아니오. 그냥 풀어주었습니다."

"예? 그냥 풀어주었다구요?"

김민혜가 강일수의 속셈을 몰라 되물었다.

"괜히 검찰로 넘겼다간 검사한테만 좋은 일을 시키겠더라구요. 다른 진술은 하지 말라고 당부를 해도 오칠복이 미주알고주알 털어놓을 가능성도 있고, 기왕이면 내 손에서 철저히 수사를 마친 다음에 검찰로 넘기려구요."

"오칠복이 도주를 하면요? 정영섭 씨가 오칠복의 존재를 검찰에서 진술할지도 모르잖아요."

"그럴 일은 없을 것입니다. 안가가 털린 일은 정영섭이 모르고 있으니까요. 또한 오칠복의 말이 진실이라는 것을 몇 가지 확인했어요. 오칠복의 진술에 의하면 교도소에 수감된 돈 많은 회장님들이나 뇌물수수혐의로 구속되어 수감된 정치인들에게 정영섭이 고가의 병풍을 비롯한 고서화들을 팔았다고 했어요. 그 가운데 몇 명을 내가 만나보았거든요. 브로커를 내세워 그림을 판매한 사람이 정영섭이라는 것은 모르면서도 그림을 샀던 점은 수긍을 하더군요. 태양전자의 김회장은 출감하자마자 감정을 받았는데, 위작이라는 말에 쓰레기통에 버렸다고 하더군요. 오칠복은 믿을만한 사람이었어요. 진술에 조금의 거짓도 없었으니까요."

김민혜는 강일수 형사가 앞으로도 계속 오칠복을 정보원으로 이용할 것 같은 느낌을 받았다.

"정영섭의 안가 이층에서는요? 무엇이 나오던가요?"

"허허, 김기자가 이제 귀신이 다 되었네요. 내가 정영섭의 안가 이층을 비밀리에 수색한 것도 눈치 챈 걸 보면."

"그 정도는 누구라도 추리해낼 수 있어요."

"완성된 병풍 다섯 점과 십여 점의 병풍을 만들 그림과 자재들이 숨겨져 있더군요. 한결같이 최소 백 년에서 사백 년 이상된 고서화의 모습을 닮아있더군요. 모두 단단히 포장하여 아무도 모를 곳에 보관해 놓았습니다."

"저한테 보여주시면 안 돼요?"

"안 됩니다. 수사가 끝나고 검찰로 송치하기 전에 기사자료를 줄게요."

"거기에 초충도병풍도 있다고 했지요?"

"초충도병풍은 여섯 폭짜리 하나만 있었어요."

"다른 초충도는 없던가요?"

"오칠복한테 압수한 것 가운데 이십여 점의 초충도가 있었지만, 그건 병풍용이 아니었어요. 같은 소재를 그린 초충도들이 두세 점씩 겹쳐 있었으니까요."

"강형사님, 박광로 선생님께서 절더러 초충도의 진위를 구별할 수 있는 유일한 사람이라고 하셨다고 했죠?"

"그래요. 그러셨어요."

"왜 그런 줄 아세요?"

"김기자의 감을 믿는다고 했어요."

"그것도 있지만, 사실은 제 감정이 흔들렸던 작품들을 박광로 선생님께서 진품이라는 판정을 내리셨어요."

"어떻게요?"

"진품에서는 마치 오랫동안 떨어져 있던 육친을 만난 듯한 따뜻함을 느꼈어요. 또한 진품의 초충도에서는 꽃향기가 풍기고, 개구리 울음소리며 여치 울음소리가 들렸어요."

"에이, 여보슈. 날 가지고 노는 것이오?"

"그럴 리가요? 제가 박광로 선생님을 정영섭 씨의 가람에서 처음 만나던 날도 개구리 울음소리를 듣고 우연히 들어갔다가 진품 초충도를 보게 되었어요. 제가 개구리 울음소리에 홀려 들어온 것을 안 박광로 선생님이 다음부터는 초충도를 감정하실 때면 제

감을 물어보셨지요. 정영섭의 안가에서 나온 초충도를 보고 싶어요."

"보나마나 거의가 위작일 겁니다. 안가는 위작의 산실이었으니까요."

"물론 저도 그렇게 믿어요. 하지만 정영섭이 고서화의 위작만 취급한 것은 아니었거든요. 이번에 압수해 간 초충도 가운데도 박광로 선생님의 감정과 제 감이 들어맞은 작품이 있었어요. 물론 개구리나 여치의 환청 같은 울음소리도 들렸구요."

"별은 무엇이죠?"

"별이오?"

"아, 청담동 이여사의 초충도에 별이 숨어있다고 했잖소?"

"박광로 선생님과 제 의견이 일치한 초충도에는 별이 없었어요."

"위작이라는 말이군요."

"꼭 단정적으로 말할 수 없는 것이 꽃향기도 없고, 개구리나 여치의 울음소리는 들리지 않아도 가슴이 싸하니 아픈 느낌은 있었어요. 그래서 위작이라고 확신할 수 없는 거예요."

강일수에게 그런 말을 하고 있는데, 꽃그림전을 가졌던 화가 인화연이 번개처럼 뇌리를 스쳐갔다. 강릉에서 돌아온 다음날이던가? 인화연이 그림 한 점을 택배로 보내왔다. 수십 송이의 해바라기꽃 위에 보라색과 회색으로 덧칠을 한 그림이었다.

해바라기꽃 그림에는 북두칠성과 북극성이 숨어 있었다.

김민혜가 전화를 걸자 인화연이 기다리고 있었다는 듯이 곧바로 받았다.

"내가 소장하기에는 너무 큰 그림이에요. 돌려드릴게요."

자질구레한 인사도 생략한 채 다짜고짜 말하자 인화연이 잠시 침묵을 지키다가 '별 때문인가요?' 하고 물었다.

"별도 별이지만, 내가 인작가님의 그림을 받을 이유가 없어요."

"특별한 의미는 두지 마세요. 그냥 드리고 싶었어요. 초등학교 때부터 이십 년이 넘게 그림을 그렸지만, 내 그림을 누군가에게 주고 싶다는 생각은 김민혜 씨가 처음이에요."

기어코 돌려준다면 울음이라도 터뜨릴 것 같은 인화연의 목소리에 김민혜는 더 이상 고집을 부릴 수가 없었다.

"고마워요. 소중하게 간직할게요."

"내 그림을 받아주어서 내가 고마워요. 다음 주에 일본에 다녀와야 해요."

"작품을 가지고 가는 모양이죠?"

"우선 열 점만 가져가고, 나머지 열 점은 항공화물로 부치려구요. 다녀와서 밥 한끼 해요. 강릉에서의 신세도 갚을 겸요."

"좋아요. 귀국하면 전화주세요. 밥은 내가 살게요."

"누가 사면 어때요? 이화정 작가님도 함께 만나면 어떨까요?"

인화연의 목소리가 은근했다.

'인작가가 혹시 이화정 씨를 좋아하고 있는 것은 아닐까?'

문득 그런 생각이 스쳐갔으나, 그걸 물어볼 수는 없었다.

"알겠어요. 이작가님께도 연락해 볼게요. 한번 촬영을 떠나면 한두 달은 머물고 오는 사람이라 어떨지 모르겠지만요."

인화연과 통화를 마치고 이화정에게 전화를 걸자 '지금 백두산에 있어요. 나중에 내가 걸게요' 하고는 이쪽에서 미쳐 뭐라고 말하기도 전에 전화를 끊어버렸다.

'참, 싱거운 사람이네. 이 사람이 나한테 썸을 타고 있는 것은 맞는 걸까? 흥, 전화를 한다구? 내가 그 전화를 받는가 봐라.'

입을 비쭉 내밀면서 투덜거리다가 인화연에게 전화를 걸어 '이화정이 백두산에서 야생화를 찍고 있다'고 알려주었다.

"백두산에 계시대요? 강릉팀이 한번 뭉치려고 했는데, 할 수 없네요. 이선생님이 귀국하시면 만나기로 해요. 나중에 다시 전화할게요."

인화연의 목소리가 어쩐지 잔뜩 흥분해 있는 것처럼 들렸다.

며칠 간을 김민혜는 이화정의 전화를 기다렸다. 그러나 일본에서 돌아오는대로 전화를 하겠다던 인화연도, 나중에 전화를 하겠다던 이화정도 감감무소식이었다.

그렇다고 이쪽에서 먼저 전화를 걸기도 부담스러웠다.

이제나 저제나 두 사람의 전화를 기다리고 있는 참인데, 초충도 속의 별 이야기를 하다가 느닷없이 인화연이 떠오른 것이었다.

"무슨 생각을 그리 골똘히 해요?"

"꽃 속에 별을 숨긴 화가를 생각했어요."

"여류겠군요?"

"어떻게 아셨어요?"

"남자가 꽃 속에 별을 숨기지는 않을 테니까요. 인화연이라는 화가인가요?"

"어떻게 아셨어요?"

"꽃 속에 별을 숨긴 여류화가의 이야기를 로즈퀸에서 보았어요."

"아, 그랬군요."

김민혜가 고개를 끄덕였다.

강일수 형사가 눈을 가늘게 뜨고 뚫어질 듯 바라보며 물었다.

"김기자가 초충도 앞에서 예민한 반응을 보이는 것은 무슨 까닭일까요? 대개의 사람들은 그림 앞에서 좋다는 감정이나 집에 걸어놓고 보았으면 좋겠다는 느낌 정도일 뿐, 가슴이 아프지는 않잖아요. 더구나 그림 속 개구리의 울음소리를 듣다니요? 그런 얘기 함부로 하지 말아요. 미친 사람 취급만 당할 테니까요?"

"제 얘기를 안 믿는군요. 강형사님은 그런 경험이 없으신가요? 어떤 사건의 범인을 잡아놓고 보니까, 어디선가 보았던 느낌이 있는가 하면, 사건을 쫓아 낯선 도시를 갔는데, 처음 대하는 골목이 눈에 익어 그 느낌대로 범인을 쫓았더니, 막다른 골목이 나와 체포할 수 있었다든지, 하는 경험 말이에요."

"그거야 노련한 형사로서의 감이었지요. 범인의 얼굴이 눈에 익은 건 용의자 파일에 있는 사진을 미리 보았기 때문이고요."

강일수가 어이없다는 듯 웃었다.

"아니오. 아닐 겁니다. 제가 강형사님께 큰오라버니를 만난 것 같았다고 드린 말씀은 듣기 좋으라고 해본 말이 아니었어요. 정말 큰오라버니인 듯 가깝게 느꼈다니까요. 그래서 처음부터 어리광을 피우듯 대했는지도 몰라요."

"하긴, 김기자한테 나도 그런 느낌이었던 것은 사실이오."

강일수의 말에 김민혜가 용기를 내어 말했다.

"강형사님과 전 어쩌면 전생부터 어떤 인연을 맺고 있었는지도 몰라요."

"전생이오? 김기자는 전생을 믿어요?"

"전에는 긴가민가했었는데, 초충도에 빠져들면서 전생을 믿기로 했어요."

"초충도 앞에서 보이는 알 수 없는 반응 때문인가요?"

강일수의 물음에 순간 김민혜는 어떤 충동을 느꼈다.

강릉이며 오죽헌에 특이한 반응을 보이는 자신의 전생이 궁금하여 최면으로 전생여행을 시키는 갈홍근 박사에게 자신의 전생을 들여다본 사실을 숨김없이 털어놓고 싶었다.

"맞아요. 초충도에서 느끼는 감정은 오죽헌과 경포대에서도 경험했어요. 남자의 다정한 목소리가 '너, 왔느냐?' 하고 묻기도 했구요."

"김기자의 말이 사실이라면 정말 전생여행이라도 해봐야겠는데요?"

강일수가 웃지도 않고 말했다.

순간 김민혜는 가슴이 탁 트이는 느낌을 받았다. 어떤 식으로든 강일수도 전생여행이라는 것을 알고 있었다. 자연스레, 지나가는 말로 농담처럼 '강형사님도 전생여행을 한번 해보시지요' 하고 권해 볼 수도 있겠다는 생각이 스쳐갔다.

김민혜가 웃으며 말했다.

"궁금하기는 해도 모험을 할 만큼 절실하지는 않아요. 강형사님이야말로 전생여행을 해보세요. 전생에 포도대장쯤 하지 않았을까요?"

"그랬을지도 모르지요. 사실은 전생까지는 아니더라도 시간을 거슬러 본 적은 있어요. 경찰에 막 입문하였을 때인데, 살인용의자를 체포하고 보니, 용의자가 혐의를 부인하는 거였소. 모든 정황이 틀림없는 살인범인데 결정적인 증거를 찾을 수가 없었어요. 그때 퍼뜩 떠오른 것이 고등학교 때의 친구였지요. 녀석은 어디서 최면술을 배웠는지 황금빛 쇠추를 들고 다니면서 친구들한테 장난삼아 최면을 걸었소."

"최면이 걸리던가요?"

"걸린 친구도 있었고, 끝까지 걸리지 않는 친구도 있었소. 그 친구는 의대에서 정신과를 전공하고 있었는데, 레지던트로 근무하면서 박사논문을 준비하고 있었지요. 그 친구를 만나 최면을 걸면 과거로 돌아갈 수 있느냐고 물었더니, 십 년 이십 년쯤은 얼마든지 과거로 되돌릴 수 있다고 장담을 하는 거예요."

"그래서 친구를 불러 용의자에게 최면을 걸었나요?"

"동료들이 모두 퇴근하고 난 깊은 밤에 최면술사 친구를 불러 용의자에게 최면을 걸어놓고 범행시점으로 시간을 되돌렸지요. 그리고 용의자가 범인일 수밖에 없는 정황들을 하나 하나 질문하여 자백을 끌어냈지요."

"그것이 증거로 채택이 될 수 있어요?"

"그걸 그대로 증거로 쓸 수는 없지요. 거짓말탐지기의 결과도 법정에서는 증거로 채택이 안 되잖아요."

"그럼 헛수고를 한 셈이었네요."

"아니지요. 용의자가 최면중에 자백한 내용들을 다시 심문하면 꼼짝 못하고 실토를 하게 되어 있어요. 더구나 용의자의 입으로 말한 결정적인 물증도 쉽게 찾아낼 수 있었으니까요."

"어떻게요?"

"가령 최면중에 '범행에 사용한 칼은 어디에 버렸지?' 하고 물으면 버린 장소를 아주 쉽게 털어놓거든요."

"범행을 인정하지 않는 범인들한테 최면수사도 괜찮겠네요."

"하지만 공식적으로는 허용이 안 됩니다. 거짓말탐지기도 궁여지책으로 동원할 뿐, 정상적인 수사방법은 아니지요. 그때 딱 한 번 상관이 모르게 친구하고 둘이서만 아는 비밀로 시도해 보았지요. 친구의 말이 최면을 걸어놓고 시간을 거슬러 올라가다 보면 전생까지도 들어갈 수 있다고 하던데요?"

"그래요?"

김민혜가 시치미를 뚝 떼고 반문했다.

"얼마 전에 종편채널에 출연한 친구가 어떤 남자에게 최면을 걸어놓고 시간을 거슬러 전생까지 들어가는 시도를 하고 있더라구요."

"그 친구의 이름이 갈 뭐더라? 하는 정신과 의사분이 아니세요?"

"김기자도 그 방송을 본 모양이군요. 그래요. 갈홍근 박사예요. 최면술에 미치도록 빠져있더니, 결국에는 그 길로 가더군요."

"우물을 파려면 한 우물을 파라고 했잖아요. 강형사님은 어때요? 전생여행을 해보고 싶지 않으세요?"

"김기자야말로 시도해 보시구려. 오죽헌이나 경포대, 초충도 앞에서 특이 반응을 보이는 까닭이 있는지 알아보시오. 원한다면 내가 갈홍근 박사와 연결시켜줄 수도 있어요."

"사양할래요. 타인 앞에서 제 전생을 까발긴다는 것이 두려워요."

말 끝에 김민혜가 손가방에서 USB를 꺼내어 강일수 앞으로 내밀었다.

"어? 내내 찾아도 없더니, 김기자의 손에 있었네요? 설마 내용을 열어 본 것은 아니지요?"

"안 열어보았으니까, 안심하세요."

오칠복의 진술 내용에 의지하여 기사를 쓰지 않겠다는 뜻을 그런 식으로 전달했다. 자칫 특종이네 뭐네 하고 욕심을 내다가는 강일수 형사를 곤란에 빠뜨릴 뿐만 아니라, 진실을 파헤치는데도 아무런 도움이 되지 않을 것이었다.

어쩌면 그걸 알기 때문에 강일수가 USB를 일부러 흘려준 것일 수도 있었다.

"김기자, 내일 아침 일찍 시간 낼 수 있어요?"

"시간이오?"

"정영섭의 안가에서 나온 물품들이 궁금하다고 했잖소?"

"보여주실 거예요?"

"김기자한테도 지분이 있으니까. 허나 별 도움은 되지 않을 거요. 가령 가슴이 설레인다든지 하는 진품은 없을 거란 말이오."

"그래도 보고 싶어요. 위작들을 보고 나면 진품을 가려내는데 훨씬 도움이 될 거예요. 아, 참. 정영섭이 조선시대의 화선지를 많이 가지고 있다고 했는데, 거기에 그건 없던가요?"

"화선지도 백 장 뭉치로 다섯 개를 확보했소."

"정영섭이 위작 제작에 본격적으로 뛰어든 것이 바로 우연히 조선시대 화선지를 확보했기 때문이었어요. 박광로 선생님의 말씀에 의하면 처음 위작을 그릴 때에는 근래에 나온 화선지에 그림을 그리고 그걸 겹겹이 싸서 거름자리 속에 파묻는다든지 하는 수법으로 때를 입혀 구매자를 속였다고 하더라구요."

"교활한 놈들이지요. 그림이 되었건, 도자기가 되었건 위작을 만드는 놈들처럼 교활한 놈들은 없을 겁니다. 뻔뻔스럽기가 절도나 강도, 사기꾼보다 더하다니까요. 사임당의 초충도가 얼마나 좋습니까? 헌데 위작이 판을 치다보면 진품까지 위작으로 몰릴 가능성도 있잖아요? 그러다 보면 사임당 그림의 품격도 떨어지고요."

강일수가 분개하여 말했다.

다음날 아침 강일수와 만나 정영섭의 안가에서 나온 위작들을 훑어보는 중인데, 이동호한테서 전화가 왔다.

"정영섭이 놈 아주 나쁜 놈이야."

"무슨 말씀이세요? 그 사람이 나쁜 것은 그쪽 계통의 사람들은 다 아는 사실이 아니던가요?"

"혹시 김기자는 정영섭이한테 촌지 받은 것 없어?"

이동호가 은근한 목소리로 물었다.

"아니요. 없는데요."

그렇게 대꾸하다 보니까, 정영섭이 박광로 선생을 물고 들어갔다는 강일수의 말이 떠올랐다.

'혹시 이국장님도 정영섭에게 촌지를 받은 것은 아닐까? 그걸 정영섭이 모조리 까발긴 것은 아닐까?'

어쩐지 그럴 것만 같았다.

언젠가 회식자리에서 이동호가 횡설수설한 적이 있었다.

"옛날에는 촌지 들어온 것이 월급보다 많았지. 정치면은 물론 경제면이건 문화면이건 기사를 써주면 응당 촌지를 줘야하는 걸로 알고 있었으니까. 범죄사건을 주로 다루는 사회면은 국물도 없었지만, 다른 면은 기사의 크기에 따라 광고료 만큼의 촌지를 주었다니까. 그때는 참 기자노릇도 할만 했었지."

그때 김민혜는 '왜 누워서 침 뱉기를 할까' 하고 고개만 내저었었다.

물론 자신도 촌지의 유혹을 몇 번인가 받았었다. 전시회 기사를 쓸 때에 특히 그랬다. 가끔 그런 사람이 있었다. 전시회 도록이나 팜플렛을 가지고 오면 국장이나 부장을 만나 홍보물과 함께 봉투 하나를 슬쩍 놓고 갔다. 그러면 국장이나 부장이 봉투는 챙기고 담당기자를 불러 기사를 쓰게 한다든지, 아니면 큰 선심이나 쓰는 듯이 촌지봉투를 회식비로 내놓았다.

김민혜에게도 촌지봉투가 몇 번 들어온 적이 있었지만 웃는 낯으로 거절했었다.

그 모습을 본 동료가 '이미 실린 기사에 대한 고마움으로 주는 것인데 어때? 받아서 회식비로 내도 되잖아?' 했지만, 그걸 받으면 며칠 간은 잠을 못 이룰 것 같아 거절했다.

이동호가 말했다.

"우리 신문에 김기자가 작성한 기사를 내 이름으로 실은 적이 몇 번 있었잖아. 그때마다 정영섭이 고맙다면서 촌지봉투를 주었었거든. 나야 물론 그걸 모두 회식비로 내놓았지만 말야. 김기자, 오해하지 마. 그렇게 들어온 촌지봉투는 내용도 확인하지 않고 바로 친목회 간사한테 회식비로 쾌척했으니까."

"저도 알아요. 헌데 왜 정영섭 씨가 나쁘다는 거예요?"

"그 나쁜 놈이 나한테 주었던 촌지봉투까지 다 불었지 뭐야. 담당검사가 그러더라구. 로즈퀸은 기사를 실어주면 기사값을 받습니까? 하고 말야. 우리 신문을 부도덕한 매체로 낙인을 찍어버리더라니까. 그러니 내가 화 안 나게 생겼어?"

"국장님께서만 떳떳하시다면 모기한테 물린 셈 잡으면 되지요. 화내시면 스트레스 쌓여요. 기사를 실어주겠다고 촌지를 요구했다거나, 기사를 실어주기로 약속하고 촌지를 받았다면 모를까, 기사를 싣고 난 다음에 고맙다고 가져온 촌지를 가지고는 검찰에서도 문제를 삼지 않을 거예요."

"난 우리 로즈퀸이 부도덕한 신문이 되는 것이 화가 나."

"다른 문제는 없었구요?"

김민혜가 물었다.

잠시 후에 회사에 출근하면 해도 될 얘기를 전화로 떠드는 것을 보면 다른 목적이 있는 것이 분명했다. 이동호의 전화습관이 그랬다. 별로 중요하지도 않은 얘기를 실컷 떠들다가 정작 본론은 지나가는 식으로 슬쩍 꺼내기 일쑤였다.

"열두 폭 초충도병풍에 대하여 뭐 알아낸 것 없어?"

"한성미술관에 육십억에 팔렸다는 소문이 돈다는 것 말고는 없어요."

"나도 그 얘기는 들었어. 진품이 아니라는 얘기는 없던가?"

"아니오. 모든 매스컴이 총 동원되어 진품이라고 떠들었는데, 누가 위작의 가능성을 들고 나오겠어요. 자칫 사임당을 모독하는 행위라고 매도당하기 십상이지요."

"아무튼 새로운 소식이 있으면 나한테 우선 알려달라구."

이동호가 먼저 전화를 끊었다.

'이국장님은 도대체 무엇이 불안한 것일까?'

김민혜가 고개를 갸웃거리는데, 강일수가 물었다.

"진품 가능성이 있는 그림이 있는가요?"

"없어요. 인쇄된 화집을 보고 있는 느낌이에요."

"수사를 더 해봐야 알겠지만, 정영섭이 고서화만 위조해서 팔아가지고 백억대의 축재를 했다고 하더라구요. 주변에 탐문을 해보니까, 인사동에 고서화점 '가람'을 낼 때만 해도 집 한 칸도 없이 가게에서 먹고 자고 했다는데, 백억대의 재산을 가지고 있다면 놀라 뒤로 자빠질 일이지요."

"방금 제가 본 위작만 해도 몇십억 어치는 되겠네요. 그것들이 모두 진품이라고 치면 말예요. 헌데 양민수 박사한테서는 뭐 나온 거 없어요?"

"없어요. 감정료를 억대나 받아 챙겼다니까, 검찰소환을 피할 수는 없을 겁니다. 위작을 진품으로 감정해 주고 진품이라는 감정서까지 발행해 주었다면 법의 단죄를 받아야할 것이고요."

"박광로 선생님은 괜찮겠지요?"

"위작인 줄 알면서 진품이라고 거짓 감정을 한 것이 아니라면, 별 탈은 안 생길 걸요. 감정의 실수를 가지고 죄를 물을 수는 없잖아요."

"그래도 박선생님께는 큰 상처가 될 거예요."

"어쩔 수 없지요. 어제 오늘 나눈 얘기들은 모두 엠바고인 거 알지요?"

"큰오라버니께 해를 끼칠 동생은 아니니까 안심하세요."

김민혜가 농담처럼 말했다.

"정말 우리 오빠 동생 할까?"

"오빠가 아니고 오라버니요. 경찰서로 들어가셔야지요? 전 박광로 선생님을 뵈어야겠어요."

"코가 석 자는 빠져있을 거요. 어쩌다 정영섭이 같은 놈과 얽혀가지고 늙으막에 구설수에 올랐는지."

그런 말을 남기고 강일수 형사가 먼저 돌아갔다.

김민혜가 점심이나 먹자는 핑계로 박광로를 만나려고 전화를 했지만 '지금은 전화를 받을 수 없으니, 메시지를 남겨 달라'는 여자의 목소리만 흘러나왔다.

'무슨 일이시지? 혹시 검찰에 불려가신 것은 아닐까?'

김민혜는 박광로를 믿었다.

정영섭에게 3천만원의 감정료를 받기는 했지만, 위작을 진품으로 둔갑시킨 대가는 분명 아닐 것이다. 김민혜는 그때 박광로에게 자신의 느낌을 솔직하게 털어놓지 않은 것이 후회가 되었다.

가슴이 짠하지도 않고, 개구리 울음소리도 들리지 않으며, 잘 인쇄된 화집을 보고 있는 느낌이라고 말해 주었다면 박광로는 결코 진품감정서를 써주지 않았을 것이다.

김민혜는 그렇게 믿었다.

그런데도 불안감은 여전히 뇌리를 짓눌렀다.

'회사로 들어갈까? 아니면 박광로 선생님을 댁으로 찾아뵐까?'

차에 올라 액셀레터를 밟으며 김민혜가 잠깐 궁리에 잠겼다. 그때 옥상에 설치해 놓은 태양전자의 홍보판이 눈에 들어왔다.

'저 회사의 사장이 억대의 가짜 병풍을 샀다가 쓰레기통에 버렸다는 말이지?'

문득 뇌리를 스치는 생각에 김민혜가 쓴 웃음을 흘리는데 휴대폰에서 문자메시지의 도착을 알리는 신호음이 들렸다.

문자는 이동호로부터 온 것이었다.

-박광로 선생을 만나고 올 것.

안 그래도 그럴 참이었다. 박광로를 만나 열두 폭 초충도병풍에서 느낀 점을 솔직하게 털어놓을 판이었다. 이동호가 알고 싶은 것도 진실이었다. 아니, 박광로 선생의 의견을 듣고 싶을 것이다. 고서화 감정계의 양대 산맥이라고 할 수 있는 양민수와 박광로 가운데 양민수는 진품이라는 감정결과를 내놓았으니까, 박광로의 진품이라는 결과를 곁들인다면 열두 폭 초충도병풍은 완벽하게 진품이 될 수 있을 것이라고 이동호는 생각하고 있을 것이다.

그러나 박광로는 집에 없었다.

박광로의 늙은 부인이 열다섯 평 아파트의 문을 거우 일굴을 내밀 정도만 열고 말했다.

"그 양반 머리 좀 식히고 오겠다면서 나간 지가 며칠 됐어요. 검찰에서 출두하라는 통지서가 나왔는데 통화도 안 돼요."

"어디로 가신다는 말씀은 안 계셨어요?"

"아니오. 몹쓸 마음을 먹은 건 아닌지, 원."

행선지도 밝히지 않고 종적을 감춘 남편에게 불만이라도 있는지 늙은 부인의 얼굴이 일그러졌다. 어쩌면 남편에 대한 불안감을 그런 식으로 표현했을 것이라고 김민혜는 믿었다.

사무실로 돌아온 김민혜가 박광로 선생이 집을 비웠더라고 말하자 이동호가 실망한 낯빛을 감추지 않았다.

"박광로 선생이 집에 없더라구?"

"사모님만 계셨어요."

"며칠이나 되었대?"

"그건 안 물어봤어요."

"혹시 이 양반 엉뚱한 생각을 품고 있지는 않겠지?"

이동호도 박광로의 부인과 같은 생각을 하고 있는 것이 분명했다.

가슴이 덜컥 내려앉은 김민혜가 물었다.

"엉뚱한 생각이라니, 무슨 말씀이세요?"

"세상에 낯 내놓고 살기 부끄러운 사람들이 종종 저지르는 짓 있잖아?"

"설마요. 그런 말씀 마세요. 박선생님은 절대로 그러실 분이 아니세요."

김민혜가 마치 아버지가 모욕을 당하는 딸처럼 화를 냈다.

"이번에 보니까, 박광로 선생이 겁쟁이지 뭐야? 기면 기다, 아니면 아니다, 정확하게 자기 의견을 내놓아야할 것이 아니냐구? 사람 헷갈리게……."

김민혜의 눈에는 이동호가 세상에 진품으로 각인을 시켜놓은 열두 폭 초충도병풍이 위작으로 바뀌는 것을 두려워하고 있는 것처럼 보였다.

"국장님께서 헷갈릴 까닭은 없잖아요. 이미 진품이라는 딱지로 도배가 되었는데요."

"김기자, 박선생께 들은 말은 없어? 가까운 사이니까 무슨 얘기든 했을 것이 아닌가?"

"이미 진품이라는 꼬리표를 달고 등장한 판에 뭐라고 하겠어요. 오히려 침묵이 상책 아닐까요?"

"책임회피일 뿐이야. 적어도 전문가라면 자기 분야에 대한 의견은 망설이지 말고 제시할 수 있어야지?"

이동호가 여전히 불안한 낯빛으로 투덜거렸다.

그때 휴대폰에서 문자메시가 도착했다는 신호음이 들렸다.

-오늘 19시에 약속 있습니다

문자는 갈홍근에게서 온 것이었다.

"혼란스러워요."

갈홍근과 마주 앉자마자 김민혜가 말했다.

"뭐가요?"

갈홍근이 물었다.

"제가 정말 사임당의 후생인지, 제 전생이 사임당이었는지, 그걸 믿어야하는 것인지, 갈피를 잡을 수가 없어요."

"왜 그런 생각을 하게 되었지요?"

"제가 여고 이학년 때 강릉으로 수학여행을 다녀온 이후로 강릉과 오죽헌, 그리고 경포호와 경포대에 애착을 가진 것은 사실이지만, 최면중에 한 전생여행에서 제가 했던 말들이 진실이라는 자신이 없어요."

"왜요?"

"초충도 기사를 쓰면서부터 사임당과 이율곡에 대한 자료조사를 철저히 했거든요. 그 과정에서 사임당의 이름은 수백 번을 만났으며, 신인선이나 신명화, 이원수라는 이름도 수십 번씩은 만났을 거예요."

"그랬겠지요. 몇 차례 만나다 보니까 김기자는 모든 면에서 철두철미하더군요. 전생여행 중의 사임당처럼요. 김기자의 얘기가 맞을지도 몰라요. 자료조사과정에서 뇌리에 박힌 이름들이 최면중에 불리워진 것일 수도 있어요. 신인선의 삶에 대한 최면중의 진술은 인터넷에 뜬 퍼즐조각 같은 그녀의 생애를 짜깁기한 것일 수도 있구요."

"그걸 확인할 방법은 없을까요?"

"있지요."

"있어요?"

"내가 외국의 어떤 책에서 읽은 내용인데, 한 소녀의 사백 년 전의 전생여행에서 나온 얘기들을 확인해 보았더니, 소녀가 살았던 마을, 소녀의 부모, 소녀의 친구들의 이름이 딱 맞아 떨어지더라는 겁니다."

"저도 확인해 보고 싶어요. 잠재의식의 표출인지, 아니면 제 전생의 삶인지 말예요."

"방법은 있어요. 김기자가 전생여행에서 만난 인물들을 현생에서 찾는 거예요. 가령 가장 가까이 지냈던 연화라는 계집종의 후생을 살고 있는 인물을 찾아 전생여행을 시켜보는 겁니다."

"저와 연화의 진술을 비교해 보면 진위를 알 수 있겠네요? 헌데 그 연화의 후생을 살고 있는 사람을 어떻게 찾지요?"

"그거야 나도 모르지요. 김민혜 씨가 나하고의 전생여행을 못 믿겠다니까 답답해서 해본 소립니다."

갈홍근이 고개를 절레절레 내저었다.

김민혜의 뇌리로 문득 인화연과 이화정의 얼굴이 스쳐갔다. 두 사람 다 강릉이며 오죽헌에 특별한 애착을 가지고 있었다. 지난 번 강릉에서 만났을 때 둘에게 전생여행을 권하는 밑바탕은 깔아 두었었다. 물론 이화정이나 인화연이 전생에 강릉과 인연을 맺었다고 하더라도 동시대를 살았다는 보장도 없고, 신인선과 관계가 있다고 전적으로 믿을 수도 없었다.

"가령 제가 특별한 느낌의 인물을 데리고 오면 전생여행을 통하여 진실을 알아낼 수가 있는가요?"

김민혜의 물음에 갈홍근이 빤히 바라보다가 대답했다.

"물론이지요. 허나 그런 인물이 찾아지겠어요? 자, 안으로 들어가 봅시다. 오백 년 전의 생을 여행해 볼까요?"

사모하고 사모하다 사임당이 되다

"이원수 도련님은 덕수 이씨인데 여섯 살에 부친을 잃고 홀어머니 밑에서 자랐다고 했어요. 아버지의 말씀이 집안 형편이 과거를 준비할 여력이 없어 학문에는 깊이 들어가지 못했지만, 사람이 착하고 또한 제가 시댁이 있는 한양으로 가지 않아도 된다는 약조를 받아냈다고 하셨어요. 인선이도 어머니처럼 친정에서 살게 되었어요."

녹음기 속의 신인선이 그렇게 얘기를 시작하고 있었다.

"남편과의 사이는 어땠나요?"

"특별히 좋지도 않고, 그렇다고 나쁘지도 않았어요. 아, 아버지께서 위독하셔요. 칠복이가… 칠복이가 아버지가 위독하시다는 소식을 가지고 왔어요."

갑자기 김민혜가 흑흑흑 흐느껴 울기 시작했다.

혼례를 치루고 넉 달이 가까워지는데도 이원수는 한양으로 돌아갈 생각을 안했다.

날마다 경포호수에 낚시를 담가놓고 하염없이 앉아 있다가 해가 설핏 기울 무렵 돌아왔다. 그렇다고 부부가 밤을 함께 보내는 것도 아니었다.

딸의 혼례를 주관한 신명화는 강릉에서 한 달 남짓 머물렀다가 한양으로 돌아갔다.

한양으로 떠나기 하루 전 신명화가 사위와 딸을 작은 사랑으로 불러 앉혀놓고 당부를 했다.

"이서방, 내 딸을 잘 부탁하네. 나하고 약조한대로 자네는 한양에서 자당님을 모시고, 인선이는 강릉에서 친정어머니를 모시도록 하게. 자네도 알겠지만 인선이의 그림은 신묘하기까지 하다네. 나를 아는 사람들이 자네집의 가세가 내 집 사위가 되기에는 턱없이 부족하다고 뒷말을 하는데도 내가 자네를 사위로 택한 것은 자네가 다른 누구보다도 내 딸이 그림을 그리는데 도움을 줄 것 같아서였네."

"저도 잘 알고 있습니다, 장인 어르신."

"한 가지 더 당부할 것이 있네. 과거준비를 하게. 나는 소과 밖에 못 했네만 사내대장부가 과거에 급제하고 기울어진 가세를 일으켜 세우는 것도 보람있는 일일 걸세."

"장인 어르신의 말씀 명심하겠습니다. 한양으로 돌아가면 어머니와 상의하여 조용한 절이라도 찾아 과거공부에 매진하겠습니다."

"나는 자네를 믿네. 또 한 가지, 인선이가 혼례를 치루었으니 당호를 가져야할 것이 아닌가?"

"당호요?"

인선이가 물었다.

"일반 백성의 아낙이야 감히 당호를 가질 수 없어 태어난 마을의 이름을 붙여 가말댁이네 웃점댁이네 하고 불리지만, 심지어는 집안에 있는 나무 이름을 붙여 큰감나무댁이네 은행나무댁이네 하고 불리기도 하지만, 양반가의 아낙은 그렇게 불리지 않고 당호를 지어 부른단다."

신명화의 말에 이원수가 한 마디했다.

"집안에 오죽이 있으니까, 오죽과 관계가 있는 당호를 지으면 어떻겠습니까? 제 내자가 사내같은 기개도 있고, 마음이 굳은 것이 대나무를 닮아 있습니다."

"자네 말에도 일리는 있네만, 그렇다고 오죽당이라고 할 수는 없지 않은가? 인선아, 네가 문왕의 어머니 태임을 사모한다고 했지?"

"예, 아버지. 하루도 그분을 잊은 적이 없습니다. 사모하고 또 사모합니다. 혼례를 하고 자식을 나으면 그분처럼 자식을 기르겠다고 다짐하고 또 다짐했습니다."

"하면 네 당호를 사임당이라고 지으면 어떻겠느냐? 말 그대로 태임을 사모한다는 뜻을 가지고 있느니라."

"아버지의 말씀에 따르겠습니다."

사임당이 허리를 깊숙이 숙여 감사함을 표시했다.

"사임당아, 남자가 호를 얻으면 벗들에게 호택이라고 하여 술을 샀단다. 너도 당호택을 내야지?"

"예, 아버지. 지난번에 아버지께서 가져오신 하동녹차잎으로 차를 내겠습니다."

"차 좋지. 이보게 사위, 사임당이 차내는 솜씨도 기가 막히게 좋다네."

신명화는 사임당의 모든 것이 사랑스러운지 웃음을 감추지 못했다.

딸이 사임당이라는 당호를 가졌다는 말에 어머니 이씨부인도 기뻐했다.

노복들도 사임당 아씨라고 깍듯이 불렀다.

"사임당아, 네 얼굴을 한 점 그려주지 않겠느냐? 그동안에는 네 그림을 너인 듯이 보았다만, 어쩐지 이번에는 네 얼굴 그림을 갖고 싶구나."

"그려 드릴게요, 아버지."

비록 친정에서 어머니와 함께 살게 되었지만, 딸을 시집보낸 아버지의 마음은 섭섭하고 쓸쓸한 것을 사임당도 짐작하고 있었다.

그날 밤 사임당은 경대를 앞에 놓고 들여다보며 자신의 자화상을 그렸다.

완성된 그림을 보며 연화가 탄성을 내질렀다.

"너무 똑같아요, 사임당 아씨."

"정말?"

"전 사임당 아씨한테 거짓말은 안 해요."

"네 얼굴 그림은 칠복이를 주겠느냐?"

사임당이 자화상을 그리는 옆에서 연화는 제 얼굴을 그렸다.

"예, 사임당 아씨. 보고 싶을 때 보라고 줄려구요."

"칠복이는 좋겠구나. 내가 기회를 봐서 너희 둘의 혼례를 아버지께 여쭤마."

"고마워요, 사임당 아씨."

연화가 얼굴을 발그레 물들이며 기뻐했다.

다음날 신명화는 한양으로 떠났다. 사임당이 서방님과 함께 경포대까지 마중을 나갔다. 경포대에 올라 아버지가 멀리 모습을 감출 때까지 눈으로 마중한 사임당의 눈에 눈물이 고였다.

이상한 일이었다. 그동안 일 년이면 몇 차례씩 경포호숫가에서 아버지를 마중하고 전송하였지만 눈에 눈물이 고인 적은 없었다. 그런데 혼례를 치루고 서방님과 함께 나온 전송길에 느닷없이 눈물이 볼을 타고 흘러내렸다.

"사임당, 장인어른께서 다녀가실 때마다 눈물을 흘리셨소? 그 눈물 다 모았으면 몇 동이는 되겠소."

이원수가 애틋한 눈빛으로 돌아보았다.

"아니오. 눈물은 처음이에요."

"그랬으리라고 믿소. 내가 보기에도 사임당은 강단이 있는 여자였소. 눈물을 보여 아버지의 가슴을 아프게 할 딸의 모습은 아니었소."

"서방님께서도 한양으로 가셔야지요. 이번에 아버지와 동행하셨으면 좋았을 걸."

"그러려고 했었지요. 장인어른께서 둘 다 떠나면 사임당이 너무 쓸쓸하다며 말렸지 않소? 며칠만 더 머물다 가겠소."

"가시면 바로 과거준비에 들어가세요?"

"사임당이 그리운 마음에 글이나 제대로 읽힐지 모르겠소."

"농은 싫습니다."

"농이 아니오. 한 울 안에 있으면서도 밤마다 나는 사임당이 그립소."

말 끝에 이원수가 사임당의 손을 잡았다.

그 손을 살며시 빼내며 사임당이 속으로 웃었다.

며칠만 더 머물다가 한양으로 가겠다던 이원수는 넉 달이 다 되어가는 데도 떠날 생각을 안 했다.

"서방님, 어머님께서 학수고대로 기다리시겠습니다. 내일은 한양으로 떠나시지요."

"알겠소."

다음날이었다.

이원수가 집안 어른들께 작별인사를 하고 사임당의 전송을 받으며 한양으로 떠났다. 이씨부인이 머슴 만복이에게 짐을 지워 딸려 보냈다.

경포대 아래 경포호숫가에서 사임당이 작별의 말을 건넸다.

"저도 늘 서방님이 그리울 거예요. 하지만 그리움을 키웠다가 만난다면 기쁨이 두 배가 되겠지요. 건강에 각별히 조심하세요."

"고맙소. 어서 들어가시오."

이원수가 손을 잠깐 흔들어 작별을 고하고 한양길로 들어섰다.

사임당이 경포대에 올라 멀어져 가는 서방님을 한참 동안 바라보다가 모퉁이 길로 사라진 다음에야 집으로 돌아왔다.

이날밤이었다.

연화도 제 방으로 자러 가고 사임당이 혼자 이불보에 사슴 두 마리가 한가롭게 노니는 모습의 수를 놓고 있는데, 밖에서 '사임당, 사임당' 하고 부르는 소리가 들렸다.

'아니, 서방님이……'

사임당이 얼른 일어나 문을 열었다.

거기 토방 아래에 이원수가 멋쩍은 웃음을 흘리며 서 있었다.

"하룻밤만 더 부인 곁에 머물게 해주시오."

"어서 들어오세요. 어머니께서 깨십니다."

"고맙소. 문전박대를 당하지 않을까, 걱정이 컸소."

성큼 방으로 들어와 아랫목에 앉으며 이원수가 너스레를 떨었다.

"저녁은 어떻게 하셨어요?"

"주막에서 장국밥을 한 그릇 먹고 왔소."

"대관령 고개도 넘지 않으셨군요?"

"넘을 수가 없었소. 내일은 꼭 넘어갈 것이니, 오늘만 봐주시오."

"내일 날이 새기 전에 떠나세요. 어머니께서 아시면 서방님을 얼마나 우습게 보시겠어요."

"알았소. 날이 새기 전에 장모님께 들키지 않고 나가면 되지 않소."

다음날 새벽이었다.

방안에서 조용조용 서방님을 전송한 사임당은 하루내 낯이 뜨거웠다. 어머니나 노복들이 어젯밤 서방님의 일을 알까 싶어서였다.

다행이 밤늦게 이원수가 다녀간 얘기는 누구의 입에서도 나오지 않았다. 심지어는 연화조차도 눈치를 못 채고 있었다.

"한양서방님께서는 대관령을 잘 넘어가셨겠지요? 지금쯤은 어디까지 가셨을까요?"

수틀을 가지고 사임당의 방으로 건너온 연화가 생글거리며 물었다.

"글쎄다. 거기 만큼은 가셨겠지."

잠귀가 유난히 밝은 연화조차도 몰랐다면 집안의 누구도 서방님의 일을 모를 것이라고 믿은 사임당이 무심히 대꾸했다.

그날 밤이 늦어서였다.

사임당이 포도 몇 송이를 수묵으로 그려놓고 잠자리에 드느라 촛불을 끄려는데, 밖에서 인기척이 들렸다.

'서방님이 또 돌아오셨구나. 이 일을 어쩐다? 이러쿵저러쿵 말이 길어지다 보면 어머니께서 깨실 텐데.'

사임당이 문을 열자 이원수가 후즐그레 지친 모습으로 토방 아래에 서 있었다.

"얼른 들어오세요."

사임당이 어머니의 방 쪽을 흘끔 보며 낮은 목소리로 말했다.

"고맙소."

이원수가 방으로 들어왔다.

"이게 무슨 짓이에요? 서방님은 이처럼 심기가 나약한 분이셨습니까?"

"대관령을 넘어 아침을 먹고 부지런히 한양길을 걸어가는데, 뒤에서 자꾸만 날 부르는 부인의 목소리가 들리지 뭐겠소. 오늘밤만 재워주시오."

"정말 오늘밤만입니다."

다음날이었다.

사임당은 첫닭이 울기 전에 이원수를 대문 밖으로 내보냈다. 날이 밝아 사임당이 세수를 마치고 어머니께 아침 문후를 여쭐 때도 이상한 눈치는 보이지 않았다.

'오늘은 설마 되돌아오시지 않겠지?'

사임당은 그렇게 믿었다.

새벽에 작별을 할 때에 사임당이 매정한 목소리로 말했었다.

"그러시지 않겠지만, 다시 서방님께서 돌아오시면 방문을 열어

드리지 않겠습니다. 그리 되면 어머니는 물론 노복들이 잠을 깰 것이고, 그 와중에 서방님의 체면이 뭐가 되겠습니까?"

"알겠소. 돌아오지 않겠소. 과거공부에 매진하다 반년 후에 오 겠소."

"전 서방님을 믿습니다."

이틀 밤이나 가다가 되돌아온 서방님의 사랑이 가슴을 찡 울렸 지만, 사임당은 다시 이원수가 되돌아오는 일은 없을 것이라고 철썩같이 믿었다.

밤이 깊어도 이원수가 돌아온 기척은 없었다.

"사임당 아씨, 다음에 한양 주인어르신께서 오시면 칠복오라버 니와 혼사 말씀을 해주실 거지요?"

연화가 안달을 하다가 제 어미의 방으로 건너간 다음이었다.

사임당이 밤이 깊은 줄도 모르고 시경을 읽다가 책장을 덮고 서탁을 웃목으로 밀어내는데 문 밖에서 고양이가 지나가는 듯한 아주 작은 기척이 들렸다.

순간 사임당의 가슴이 철렁 내려앉았다.

'서방님이 또 오셨구나. 저리 의지가 약한 서방님을 어이해야 할꼬?'

사임당이 한숨을 내쉬다가 입술을 굳게 다물고 조용히 방문을 열었다.

어젯밤보다 더 지친 모습으로 이원수가 토방 위에 서 있었다.

"들어오세요, 서방님."

"오늘은 돌아오지 않으려고 나름대로 애를 썼소만, 해가 지고 날이 어두워지자 부인이 보고 싶어 견딜 수가 없었소."

이원수가 방으로 들어와 아랫목에 앉으며 나즈막히 말했다.

"저라고 어찌 서방님을 한양으로 보내고 싶겠습니까? 서방님께서 한양길을 떠나실 때마다 '가지 마시어요, 가지 마시어요' 하는 애원의 말이 열 번 스무 번도 더 나온답니다. 허나 사람의 삶이 어디 그렇습니까? 저는 의지가 약한 서방님은 싫습니다. 어떤 작정을 했다가도 무슨 핑계를 대건 결심을 파기할 분이 아니십니까? 서방님께서 그러신다면 좋습니다."

사임당이 반짇고리에서 가위를 꺼내어 들었다.

"왜 그러시오? 이 늦은 밤에 무엇 때문에 가위를 드는 것이오?"

"단발을 하겠습니다. 나약한 서방님께 저를 의지하느니, 차라리 절에라도 들어가 부처님께 이 한 몸을 의지하여 살겠습니다. 서방님께서 제 머리카락을 잘라주십시오."

사임당의 낮으막하나 단호한 목소리에 이원수가 당황한 표정을 지었다.

"부인, 내가 아무리 잘못했기로서니, 그리 무서운 말씀을 하신단 말이오?"

"머리카락은 여자의 생명이나 마찬가지인 것을 서방님께서도 아시겠지요? 저는 지금 제 목숨을 버리려고 합니다."

"알겠소. 지금 당장 떠나리다. 무서운 짓일랑은 하지 마시오."

이원수가 서둘러 일어나 방을 나갔다.

사임당은 방안에 앉은 채로 잘 가시라는 인사말도 건네지 않았다.

그렇게 서방님을 보낸 사임당의 마음도 편치는 않았다. 가만가만 따라나가 경포호수 쯤에서, 아니 대문 밖에서라도 잘 가시라고 배웅을 하고 싶었다. 그것이 부부간의 정임을 알면서도 사임당은 그럴 수가 없었다.

'잘 가시어요, 서방님.'

사임당이 나즉히 중얼거리며 촛불을 끄려할 때였다.

"사임당아, 어미가 들어가도 되겠느냐?"

"예, 어머니. 들어오세요."

서방님이 다녀간 사실을 어머니가 기어코 아신 모양이라고 짐작하며 사임당이 문을 열었다.

"기왕 온 사람을 재워 보내지 그랬느냐?"

"죄송해요, 어머니."

"죄송할 것 없다. 부부간에 그런 정도 없으면 어찌 살겠느냐?"

"아버지는 한 번도 되돌아오신 적이 없잖아요?"

"네 아버지께서도 젊으셨을 때는 한양길을 떠나셨다가 되돌아오신 적도 많으셨니라."

"정말요?"

"그럼, 정말이고 말고."

"한번 떠나신 아버지의 얼굴을 집에서 다시 본 적은 없는데요.

한참 후에 오셨을 때 뵈었었지요."

"이서방처럼 그렇게 조용히 다녀가신 것이지."

"아셨어요? 어머니."

"딸의 방에서 일어난 일을 어미가 모를 리가 있느냐? 어젯밤의 일도, 그젯밤의 일도 다 알고 있었느라. 이상하구나. 오늘따라 네 아버지가 몹시도 그립구나. 아까 얼핏 든 풋잠 속을 잠깐 다녀가시드니, 그래서 그런가? 곧 날이 새겠구나. 잠깐이라도 눈을 붙이거라."

혹시나 했지만 서방님은 다시 돌아오지 않았다.

머리를 자르고 절로 들어가겠다는 말에 충격을 받았음이 분명해 보였다. 가끔 서방님의 얼굴이 떠오르고, 밤에 잠자리에 들기 전이나 새벽에 잠이 깨었을 때 문득 그리움이 가슴에 사무쳤지만 사임당은 잘 견뎌냈다.

그렇게 두 달쯤 지났을 때였다.

사임당은 두 달 동안이나 달거리가 없었음을 깨달았다.

"어머니, 지난 달에 달거리가 없었습니다."

"그랬느냐? 네가 아이를 가진 모양이구나."

어머니 이씨부인이 바로 만복이를 보내 의원을 모셔왔다.

진맥을 마친 의원이 말했다.

"수태입니다. 두 달이 조금 넘었군요. 경하드립니다."

의원이 돌아간 다음 어머니가 사임당의 손을 잡았다.

"내 딸이 드디어 어머니가 되는구나. 아이는 뱃속에 있을 때부터 어미를 닮는단다. 어미의 정신을 닮고, 어미의 육신을 물려받는단다."

어머니가 사랑이 듬뿍 담긴 눈으로 딸의 얼굴을 가만히 바라보았다.

"제 나이 세 살 때부터 어머니께 들은 말씀입니다. 잠시도 마음가짐을 소홀히 하지 않겠습니다. 항상 문왕의 어머니 태임을 사모하겠습니다."

"그래야지. 그러거라. 한양에도 소식을 전해야겠구나. 네 아버지께 서찰은 내가 쓰마. 이서방한테는 네가 쓰거라. 내일 만복이를 보내자꾸나."

이날 밤 사임당이 정갈하게 몸을 씻고 서방님께 보낼 서찰을 쓰고 있을 때였다.

대문을 쾅쾅 두드리는 소리가 들리더니, 칠복이가 하얗게 질린 얼굴로 나타났다.

"진사나리께서 위독하십니다."

칠복이가 마당에 퍼질러 앉아 울음을 터뜨렸다.

"무슨 소리냐?"

"대관령 너머 주막에서 점심을 먹고 막 출발하려는데, 몇 걸음 걷다 말고 쓰러지셨습니다. 부랴부랴 의원을 불러 진맥을 받았는데, 급성곽란이랍니다. 아씨, 어서 가보셔야지요."

칠복이가 서둘렀다.

"아버지께는 제가 가겠습니다. 어머니는 집에서 기다리시지요."

사임당이 노복들과 함께 대관령을 넘었을 때 신명화는 겨우 숨을 쉬고 있을 정도였다.

"아버지, 제가 왔습니다. 인선이가 왔어요."

사임당이 손을 꽉 움켜잡고 부르짖자 신명화가 겨우 눈을 뜨고 딸의 얼굴을 한번 바라보다가 눈을 감았다.

"아버지, 눈을 뜨세요. 정신을 차리세요."

사임당이 눈물을 안으로 삼키며 부르짖다가 허리춤에 찬 은장도를 꺼내어 중지 끝의 살점을 떼어내고 뚝뚝 떨어지는 핏방울을 아버지의 입에 흘려넣었다.

신명화가 가늘게 눈을 뜨고 사임당의 얼굴을 올려다보았다.

"네 곁에 오래 머물러 주려고 했는데, 너와 나의 인연은 여기까지인 모양이구나. 네 어머니를 기쁘게 해드리거라. 내가 칠복이한테 연화와의 혼례를 약조했구나. 그 약조는 네가 지켜주거라."

"그럴게요. 그러겠습니다, 아버지. 아무 염려 마세요."

사임당이 울음을 삼키며 겨우 대답할 때였다.

딸의 손을 잡았던 신명화의 손이 스르르 풀리면서 동공에서 빛이 스러지고 있었다.

'늘 평안하세요, 아버지.'

사임당이 나즉이 중얼거렸다.

아버지의 3년상을 치루는 동안 사임당은 큰 아들 선을 낳았다.

그리고 연화와 칠복이를 짝으로 맺어주었다.

이원수는 장인어른의 상을 치룬다는 핑계로 강릉 북평촌에서 만 살았다. 한양 본가에는 아들이 보고 싶다는 어머니의 심부름 을 가지고 머슴 억쇠가 찾아오면 마지못해 다녀올 정도였다. 사임당은 늘 그것이 마음에 걸렸다. 남녀가 만나 혼인을 하면 남자가 처가살이를 하는 관습이 그렇고, 딸을 친정에서 살게 한다는 장인과 사위 간의 약조는 있었다고 하지만, 사임당의 입장에서는 시어머니를 홀로 계시게 한다는 것이 며느리의 도리를 다 못하는 일이라 여겨 마음 한 구석에 가시가 박혀 있었다.

신명화의 3년상을 마친 지 며칠 지나서였다.

이씨부인이 딸과 사위를 불러 앉혀놓고 말했다.

"이서방, 사임당을 데리고 한양으로 가게."

"무슨 말씀이십니까? 장모님. 사임당을 북평촌에 살게 하겠다는 약조는 제가 장인어른께 드렸습니다. 저는 그 약조를 깰 수가 없습니다."

"허나 여자에게는 지켜야할 도리가 있네. 그 가운데는 시부모를 지극히 공경하며 섬기는 일도 들어있네. 나는 괜찮으니까, 식솔들을 데리고 한양으로 가게."

이씨부인의 뜻은 완고했다.

사임당은 어머니가 고집을 꺾지 않을 것임을 잘 알고 있었다. 항상 아버지께 순종하는 듯이 보였지만, 옳다고 여긴 자신의 뜻을 중간에 꺾은 일은 없었다.

'어머니의 말씀대로 한양으로 가게 되면 어머니 뵙고 싶을 때 그 먼 길을 오고 가자면 길에다 버리는 시간이 너무 아깝지 않은가?'

어머니가 이원수에게 물었다.

"이서방, 자네 과거는 영 포기하고 말텐가?"

"책을 아무리 읽어도 그 내용이 머리에 들어오지 않습니다. 비록 과거는 포기했지만 제가 마음만 먹으면 언제든지 관직에 나갈 수는 있습니다."

"그것이 무슨 소린가? 과거를 치루지 않고 어찌 관직에 나갈 수 있다는 말인가? 설마 재물을 가져다 바치고 벼슬자리를 얻겠다는 말은 아니겠지?"

"그럴 리가 있습니까? 그만한 재물도 없지만, 설령 재물이 있다고 해도 돈으로 벼슬자리를 사지는 않겠습니다."

"하면 무슨 수로 과거도 안 보고 벼슬길에 나선단 말인가?"

"제 숙부님들께서 조정의 높은 벼슬자리에 계십니다. 설마 하나 밖에 없는 조카의 벼슬자리쯤 못 만들어 주시겠습니까?"

이원수가 자신있게 말했다.

"그것은 아니 될 말이네. 옳은 길이 아니면 가지를 말게."

이씨부인이 정색을 하고 말하자 이원수가 얼굴만 붉혔다.

그날 밤이었다.

촛불 아래 마주앉아 사임당이 이원수에게 간곡하게 말했다.

"서방님, 저도 어머니의 말씀이 옳다고 여깁니다. 숙부님의 도움으로 벼슬자리에 나가는 것은 바른길이 아니지요. 부정한 방법으로 벼슬자리에 나간 사람이 어찌 올바른 관리노릇을 하겠습니까?"

"허나 나한테는 공부재주가 없소."

"아닙니다. 아니에요. 서방님은 분명 머리가 좋으십니다. 이렇게 하면 어떨까요?"

"어떻게 말이오?"

이원수의 물음에 사임당이 잠시 뜸을 들이다가 대답했다.

"서방님께서 과거를 포기하고 공부에 게을러진 것은 아버지께서 작고하셨기 때문입니다. 삼년상을 치르느라 분주하셨기 때문이기도 하고, 아마도 숙부님께 부탁하면 말단 벼슬자리 정도는 쉽게 얻을 수 있다고 믿었기 때문이겠지요. 허나 부정한 방법으로 벼슬길에 오른 서방님을 제가 존경하고 따를 수가 없습니다."

"그래서 날더러 어찌하란 말이오?"

"서방님, 우리 딱 십 년만 떨어져 사는 것이 어떻겠습니까?"

"십 년 간을?"

"한양 어머님과 강릉 어머님을 제가 번갈아 가며 모실 것이니, 서방님은 십 년 동안 과거공부만 하시는 것입니다. 십 년 동안 성심을 다해도 급제하지 못한다면 저도 더 이상 서방님께 과거공부를 권하지 않겠습니다."

"사임당, 나도 사내로 어지간하면 부인의 부탁을 들어주고 싶소. 허나 어차피 지키지 못할 약조는 해서 뭣하겠소. 나는 부인과 떨어져서는 단 일 년도 살 수가 없소."

이원수의 말투가 단호했다.

"서방님은 기어코 숙부님의 신세를 져야 되겠습니까?"

"부인이 반대한다면 숙부님의 신세는 지지 않겠소. 큰 부자는 아니라도 나라의 녹을 먹지 않고도 끼니를 굶지 않을 만큼은 되니까 말이오. 내가 부인한테 하고 싶은 말이 있소."

"말씀하세요."

"내가 한양과 강릉을 오가다 보니까, 너무 먼 길이오. 차라리 중간 지점인 평창쯤에 집을 한 칸 마련하여 머물렀으면 어떨까 싶소. 부인이 그렇게만 해준다면 부인 곁에서 나도 과거공부를 해보리다."

이원수의 말투가 진지했다. 더구나 과거공부까지 하겠다는 말에는 사임당도 솔깃했다.

"저도 그런 생각을 했었어요. 한양으로 가라는 어머니의 말씀을 거역할 수도 없고, 또한 어머니를 남겨놓고 한양으로 갈 수도 없으며, 한양 어머님을 언제까지 혼자 계시게 할 수도 없잖아요."

"그래서 내가 중간에 거처를 마련하자는 것이오."

평창에 머물면서 한양과 강릉을 번갈아 다니겠다는 사임당 부부의 말에 이씨부인도 반색을 했다.

"그게 좋겠구나. 사임당아, 네가 평창에 살면서 한양과 강릉을 번갈아 다닌다면 한양 노사돈께 내가 덜 죄송스러울 것 같구나."

이씨부인이 흡족한 표정을 지었다.

사임당이 강릉을 떠난다는 것을 알고 연화가 함께 가고 싶어 안달을 했다.

　"사임당 아씨, 저도 데리고 가실 것이지요?"

　"언련이 아비는 어떡허고?"

　사임당도 연화를 데려가고 싶은 마음은 있었지만, 그러면 어머니가 너무 적적하실 것이었다. 궁여지책으로 칠복이 핑계를 댔는데, 연화가 망설이지 않고 결론을 내렸다.

　"떨어져서 살면 되지요. 언련이 아부지는 강릉에 살고, 쇤네는 평창에 살다가 사임당 아씨께서 강릉에 오실 때면 모시고 와서 만나면 되지요. 또한 큰마님께서 심부름을 시키실 일이 있으면 언련이 애비만큼 부리기 쉬운 사람도 없을 거구만요."

　"그러자꾸나. 강릉에는 네 어미가 있으니까, 널랑은 나랑 함께 가자꾸나."

　사임당이 고개를 끄덕이자 연화가 펄쩍 뛸 만큼 좋아했다.

　그런데 칠복이를 데리고 한양에 다녀온 이원수가 엉뚱한 소리를 했다.

　"어머니께 평창쯤에 거처를 마련하겠다고 말씀드렸더니, 파주 율곡리에 집이 있는데, 따로 평창에 거처를 마련할 것이 뭐냐고 하십디다. 파주가 비록 한양과 강릉을 오가는데 길이 멀고 불편할망정 내 탯자리니까, 일단은 한번 살아보는 것이 어떻겠소?"

　"어머님께서 그리 말씀하셨다면 따르는 것이 도리지요. 어찌 다른 의견이 있겠습니까?"

사임당이 별 말 없이 수긍해 주자 이원수가 기쁜 낯빛을 지었다.

율곡리로의 이사는 빠르게 진행되었다.

기왕에 옮기기로 했으면 하루라도 빨리 옮기는 것이 좋다면서 이씨부인이 먼저 서둘렀다. 연화와 칠복이의 문제도 사임당이 말씀드리기 전에 가르마를 타 주었다.

"아무래도 사내가 하나쯤은 더 있어야겠구나. 언련이 애비는 여기에 남고 연화가 사임당을 따라가거라."

그러나 파주에서는 오래 머물지 않았다.

우선은 한양과 강릉을 오고 가는데 넘어야할 고갯길이 많고 험했다. 또한 율곡리는 덕수이씨 친척들이 많이 살고 있었다. 그만큼 모셔야할 어른들이 많다는 뜻이었다.

집안의 어른들이 대제학 윤회의 사위로 군수를 지낸 증조부 이추나 세종 때 한글창제에 앞장서서 반대했던 최만리의 사위로 현감을 지낸 이의석을 입에 올리면서 윗대와 이원수 본인이 과거에 급제하지 못하고 벼슬길에 나가지 못한다면 집안이 몰락하는 것이 아니냐고 노골적으로 드러내는 질시를 이원수가 견디지 못했다.

또한 이원수가 사람 사귀는 것을 좋아하여 젊은 유생들이 하루가 멀다고 찾아왔다. 앞뒤 좌우로 얽으면 모두가 숙부 조카 사이거나 형제 항렬의 친척관계였지만, 사랑에서 글읽는 소리는 들리지 않고 떼로 몰려다니며 음풍농월하는 것을 어른들이 좋아하지 않았다.

하루는 이원수가 사랑에서 중용을 시늉으로만 읽고 있는데, 밖이 떠들썩하더니, 평소 술을 좋아하여 기방출입이 잦다고 소문이 자자한 벗 다섯 명이 찾아왔다.

그 중에 오광만이라는 벗이 작년 가을에 담근 국화주 한 동이를 머슴의 지게에 지워가지고 왔다.

"국화주가 익어갈수록 벗들 생각이 더욱 간절하지 뭔가? 오늘은 국화주에 실컷 취해 보세."

국화주를 가져온 유생 오광만의 말에 다른 유생이 맞장구를 두드렸다.

"흐흐 참, 사람도. 향기로운 국화주를 답답한 사랑에서 마신대서야 무슨 흥인가? 마당바위 계곡으로 옮겨 기녀라도 불러놓고 즐기는 것이 어떻겠는가?"

"벗들의 뜻이 그렇다면 나도 좋네. 경비는 내가 부담할 것이니, 가세."

오광만이 하루 천렵 비용을 부담하겠다고 나서자 이원수가 혀를 끌끌 찼다.

"흐 참, 사람들 하고는. 내 집 사랑까지 찾아와서는 중간에 행선지를 바꾸는 심사는 또 뭣인가? 오늘은 기왕에 왔으니, 내 집에서 마시세. 나중에 흥이 오르면 사임당의 그림을 친견할 기쁨을 나누어 주겠네."

이원수의 말에 몇 번인가 사임당의 그림을 보고 싶다고 졸랐던 오광만이 반색을 했다.

"정말이지?"

"암, 정말이고 말고. 선비가 어찌 한 입 가지고 두 말을 하겠는가?"

이원수가 자신있게 말했다.

사임당이 그림을 잘 그린다는 소문은 파주에 온 지 채 보름도 되기 전에 율곡리는 물론 주변 마을까지 파다하게 퍼져나갔다.

연화가 이원수의 친척집에 심부름을 갔다가 '네 아씨가 수를 그리 잘 놓는다면서?' 하는 안채 주인의 물음에 '수만 잘 놓으시는 것이 아니라 그림은 또 얼마나 잘 그리신다구요?' 하고 대꾸한 것이 동네방네 소문으로 떠돌았다.

"네 아씨가 그림을 그린다구?"

"예, 사임당 아씨가 한번은 여치를 그렸는데, 닭이 살아있는 여치인 줄 알고 쪼아 그림을 망쳤지 뭐예요?"

"양반가의 부녀자가 중인들이나 그리는 그림을 그린다고? 원수, 그 사람이 정신머리가 어떻게 되었구먼."

이원수의 당숙모뻘 되는 노파가 혀를 끌끌 찼다.

그날 이후 그림 속의 여치를 닭이 쪼아먹을 만큼 그림을 잘 그리는 사임당의 얘기가 떠돌아다녔다. 반응은 두 가지였다. 여자가 무슨 그림을 그려? 하고 무시하는 축이 있는가 하면, 몇 점 얻어가지고 딸 시집 가는데 병풍이나 만들어 보낼까? 하는 축이 있었다.

이날 국화주를 가져와 술판을 벌인 오광만이라는 벗 역시 사임당의 그림에 호감을 가지고 있었다.

사실은 사임당의 그림을 감상도 하고, 그럴 수만 있다면 어떻게든 한 점 구입하려고 기회를 엿보고 있던 중이었다.

사임당의 그림을 감상할 기회를 주겠다는 이원수의 말에 오광만이 눈을 빛내며 청했다.

"이보게 북평, 내가 부인의 그림을 몇 점 사고 싶은데, 다리를 놓아줄 수 없겠는가?"

북평은 아직 호를 갖지 못한 이원수를 벗들이 북평촌에서 북평만 빌려와 호 대신으로 부르고 있는 호칭이었다.

"광만이, 그것은 안 될 말일세. 사임당은 지금껏 그림을 판 적이 없다네."

이원수가 고개를 내젓자 나이는 동갑이지만 항렬로 숙부뻘이 되는 친척 겸 벗이 물었다.

"사임당이라니?"

"내 내자의 당호일세. 문왕을 길러낸 태임을 사모한다는 뜻을 가지고 있지."

"태임은 모르겠고, 북평의 부인이 당호를 가지고 있다는 것이 좀 거슬리는군. 하늘같은 서방님은 아직 호가 없는데, 내자가 먼저 당호를 갖다니, 주제넘은 짓 아닌가?"

그동안 못했던 숙부노릇이라도 할 심산인지 제법 얼굴까지 붉히며 이원수를 나무라는 투로 말하자 오광만이 나섰다.

"고루하기는. 북평의 처가가 그만큼 트인 집이라는 뜻이 아닌 가? 딸에게 그림을 그리도록 허용한 것이나, 혼례를 치루자마자 당호를 내려준 것이나 보통 집안에서 할 수 있는 일인가 말일세. 얼마나 좋은가? 태임을 사모하는 사임당이라는 당호가."

"태임이 그리도 유명한 사람인가?"

"동호, 자네는 시경도 읽지 않았는가? 시경에 보면 주나라 문 왕과 태임을 칭송하는 시가 여러 편 있네. 나는 사임당이라는 당 호도 좋고, 사임당이 그린 그림이라면 한양 도화서의 화원들이 그린 그림보다 좋을 것 같은 느낌이 들지 뭔가."

"나도 몇 번 못 보았지만, 아닌 게 아니라 사임당의 그림은 특 별하다네. 개구리는 금방이라도 하늘로 뛰어오를 것 같고, 감나 무 가지에 앉은 매미는 맴맴맴 울 것만 같다네."

이원수가 눈까지 스르르 감고 사임당의 그림을 칭찬하고 나 섰다.

그 모습에 오광만이 안달을 했다.

"북평, 우선은 사임당의 그림부터 친견할 영광을 베풀어주지 않으려나?"

오광만이 조를 때였다.

찬모가 따로 있었지만, 손님이 오면 안주 한두 가지는 손수 만 들었던 사임당이 이 날도 고추장을 발라 구운 더덕구이와 북어찜 을 올린 술상을 연화를 시켜 내보냈다.

"사임당 아씨께서 술안주를 내주셨습니다."

"네가 때 맞추어 잘 왔구나. 너 가서 아씨께 말씀드리고 그림을 몇 점 내어 달래서 가지고 오너라."

이원수의 말에 연화가 대꾸했다.

"사임당 아씨는 지금껏 남에게 그림을 보여주신 적이 없는 걸요."

"어허, 네가 치도곤을 맞아봐야 정신을 차리겠느냐? 서방님의 청이라고 말씀드리고 그림을 받아오너라. 만약 받아오지 못하면 네가 아씨 대신에 치도곤을 맞으리라."

이원수가 이날 따라 호기를 부렸다.

사랑에 안주상을 가져다주고 온 연화가 망설이다가 겨우 입을 열었다.

"사임당 아씨, 주인어른께서 그림을 내주시랍니다."

"그림을?"

"예, 손님들께 자랑을 하시고 싶은 모양입니다."

"국화주 몇 잔에 벌써 취하신 모양이구나. 가서 내어드릴 그림이 없다고 전하거라."

"예, 사임당 아씨."

그럴 줄 알았다는 얼굴을 하고 연화가 사랑으로 나가 고했다.

"사임당 아씨께서 그림이 없다고 전하시랍니다."

연화의 말에 이원수가 화를 버럭 냈다.

"뭐야? 내가 날마다 그림 그리는 걸 보았는데, 그림이 없다고? 네가 내 말을 제대로 전하지 않은 모양이구나. 다시 가서 이르거

라. 만약 그림을 가져오지 않으면 네가 매질을 당할 것이니라."

손님들 앞에서 체면이 구겨졌다고 여겼는지 이원수가 고집을
부렸다.

그렇다고 그림을 호락호락 내어줄 사임당이 아니었다. 더구나
술자리의 여흥거리나 삼으라고 그림을 내어줄 수는 없었다.

"안 된다고 여쭈어라."

사임당의 낯빛에서 그림을 받아낼 수 없음을 깨달은 연화가 안
방에서 나오면서 곰곰이 생각에 잠기다가 무릎을 탁 쳤다.

'옳지. 그렇게 하면 되겠구나.'

혼자 생긋 웃은 연화가 제 방으로 가서 제가 그린 그림 석 점을
챙겨가지고 사랑으로 나갔다. 사랑채 주인은 연화가 그림 그리는
걸 본 적이 없었다. 사임당의 그림인지, 연화의 그림인지 알 수가
없었다.

어차피 사임당도 인정한 연화의 그림이었다.

"똑같구나, 똑같애. 내가 봐도 내 그림 같구나."

연화한테 '내 그림을 흉내 내지 말고 네 그림을 그리라'고 입이
닳도록 말했지만 연화는 제 그림을 그리지 못했다.

"사임당 아씨 말씀대로 제 자작으로 그림을 그리려고 해도 안
그려집니다. 저는 그냥 사임당 아씨의 그림을 흉내만 낼래요. 대
신 제 그림에는 별을 하나씩 넣을게요."

"별을?"

"예, 사임당 아씨. 다른 사람이 보고 별이 없는 그림은 아씨의

그림이고, 별이 있는 그림은 연화의 그림이라고 구별할 수 있게 별을 넣겠습니다."

"도저히 못 말리겠구나. 네 마음대로 하거라."

사임당도 연화의 그림을 가지고 더 이상 뭐라 하지 않았다.

그림을 내가지 않으면 자칫 친구들 앞에서 체면을 구겼다고 여긴 이원수한테 무슨 벼락을 맞을지 몰랐다. 술판의 손님들을 잠시만 속이면 될 일이라고 연화는 편하게 생각했다.

"그림을 가져왔습니다요, 주인어른."

연화가 공손한 자세로 그림을 올렸다.

그걸 받아든 이원수가 한 장 한 장 펼치며 벗들에게 설명을 했다.

"보시게나. 이것이 사임당의 그림일세. 이건 산수화고, 이건 초충도일세. 먹으로만 그린 이 포도를 보게. 얼마나 먹음직스러운가."

이원수의 말에 친구들이 눈을 반짝이며 그림을 뚫어질 듯 들여다보면서 탄성을 내질렀다.

"그림 속의 여치를 살아있는 줄 알고 닭이 쪼았다는 말이 사실인 걸 알겠네. 이 사마귀를 보게. 금방이라도 암사마귀가 숫사마귀를 잡아먹을 듯 긴장감이 돌지 않는가?"

오광만의 탄성에 동호라는 친구가 맞장구를 쳤다.

"허허, 어디 그 뿐인가? 포도가 참 먹음직스럽군. 몇 알 따먹고 싶어지는군."

"여기 산수화의 마당 바위에 자리를 깔고 앉으면 시조 한 수가 저절로 나올 것 같아. 고맙네. 고맙네. 북평."

석 점의 그림을 벗들에게 구경시킨 이원수가 말했다.

"이젠 속이 후련한가? 방금 본 그림들이 자네들이 궁금하게 여겼던 사임당 그림의 실체일세. 연화야, 사임당아씨께 고맙다는 말씀을 꼭 전해드리거라."

이원수가 말 끝에 그림을 둘둘 말 때였다.

오광만이 말했다.

"북평, 내가 그 그림들을 사겠네. 학같이 고고하신 사임당께는 송구스러운 일이지만 내게 이 그림들을 소장할 수 있는 기회를 주시라고 북평이 다리를 놓아주시게. 값은 천금이라도 치루겠네."

"허허, 광만이 자네가 국화주 몇 잔에 취했구먼. 날더러 내자의 그림이나 팔아주는 거간꾼이 되라는 소린가?"

"불쾌했다면 미안하네. 하지만 화원이 그림을 그리는 까닭이 무엇인가? 혼자 즐기기 위해서 그리는 것은 아니지 않은가? 나 같은 사람에게 소장의 기쁨을 누리게 해주는 것도 보람이 아닌가? 한양 화방에 가면 난다긴다하는 화원들의 그림도 부지기수로 나와 있네."

오광만의 말에 이원수가 좀은 불쾌하다는 기색으로 말했다.

"이보게, 광만이. 내가 비록 가세는 기울었다고 하지만, 내자의 그림을 팔아 호구를 할 만큼 비참하지는 않다네. 자네가 만석지기 재물을 가지고 있다고 하더라도 그리 위세를 떨 일은 아닐세."

"허허허, 북평이 단단히 오해를 하고 있구먼. 사임당의 그림이 좋아서 한 소리를 가지고 그리 화를 내면 내 체면은 뭐가 되는가?"

"다시는 내 앞에서 사임당의 그림을 사겠다는 말은 하지 말게."

"아닐세. 난 꼭 사임당의 그림을 소장하고 말걸세."

오광만의 고집도 여간 아니었다.

이원수가 그림 뭉치를 건네주며 말했다.

"사임당 아씨한테 감사하다는 말씀을 꼭 전해 드리거라."

"예, 주인어른."

그림을 받아들고 물러나오면서 연화는 꼭 구름 위를 걷는 기분이었다.

제가 그린 그림을 놓고 주인어른이나 친구들은 한결같이 벌린 입을 다물지 못하고 있었다. 오광만이라고 불린 친구는 천금을 주고라도 사고 싶다고 안달이 났지 않은가?

'내 그림을 그분한테 팔면 어떨까? 사임당 아씨의 그림이라고 속이고 팔 수만 있다면 칠복이와 함께 몸값을 치루고 면천을 받을 수도 있을 것이 아닌가?'

그런 생각으로 며칠 간을 연화는 잠을 제대로 이룰 수가 없었다.

"연화가⋯ 연화가 사라졌어요."

녹음테잎 속의 사임당이 기어들어가는 목소리로 말했다.

갈홍근이 물었다.

"어디로 사라졌습니까?"

"모르겠어요. 강릉에서 어머니의 심부름을 왔던 칠복이와 함께 사라졌어요."

사임당의 대꾸에 갈홍근이 다시 물었다.

"추노꾼을 동원하지 않았나요?"

"어머니께서 말리셨어요. 잡아봐야 죽일 수도 없고, 살려서 데리고 살 수도 없으니, 내버려 두자고 하셨어요. 연화한테 그림을 샀던 사람들이 몰려와 서방님께 화를 냈어요. 계집종과 머슴을 시켜 사기를 친 것이 아니냐고 행패를 부렸어요. 결국 제 그림을 대신 주고 무마했어요. 그러나 율곡리에서는 더 이상 살 수가 없었어요. 평창고을 봉평현 백옥포리로 옮겼어요."

녹음기 속의 사임당은 많이 지쳐 있었다.

갈홍근이 말했다.

"그랬군요. 자, 오늘은 여기까지만 합시다. 내가 셋을 세면 당신은 깨어납니다. 하나, 둘, 셋."

위작은 또 위작을 낳고

–열두 폭 초충도병풍에 대해 긴히 드릴 말씀이 있어요. 문자 확인하시는대로 전화주세요. 어디에 계시건 달려갈게요. 김민혜

그런 문자를 보내놓고 하루내 기다렸지만 박광로의 행방은 여전히 오리무중이었다.

무슨 일 때문인지 이동호는 오줌 마려운 강아지처럼 안절부절 못했다.

"박광로 선생은 아직도야?"

틈만 나면 다가와 물었다.

"예, 아직도예요."

김민혜가 성의 없이 대꾸했다.

이번 열두 폭 초충도병풍 기사를 보면서 김민혜는 이동호한테 질린 상태였다. 정상적인 사고를 가진 사람이라면, 더구나 한때 능력을 인정받던 문화부 기자노릇을 했던 사람이라면 그런 기사는 작성할 수가 없었다. 그것도 부하 직원이 조사해 놓은 자료며

기사를 짜깁기하여 써서는 안 되는 일이었다.

"박광로 선생한테서 아무 연락도 없어?"

자기 자리로 돌아간 지 한 시간도 못 되어 다시 다가와 묻는 이동호한테 김민혜가 되물었다.

"국장님, 박선생님의 안부가 궁금하신 거예요? 아니면 다른 까닭이 있는 거예요?"

김민혜가 의심의 눈초리를 보내자 이동호가 사무실을 슬쩍 둘러보고는 작은 소리로 말했다.

"김기자, 대표실에서 얘기 좀 할까?"

"알겠습니다. 먼저 가 계세요. 바로 들어가겠습니다."

김민혜가 작성하던 기사를 저장해 놓고 대표실로 들어갔다.

명색이 대표실이었지만, 절반의 투자를 했다는 이름만의 대표는 사무실에 출근한 적이 없는 유령이나 마찬가지였다.

따라서 이동호가 주로 그 자리를 지켰다.

대표실로 이동호를 찾아가기 전에 김민혜는 소형 녹음기의 녹음버튼을 눌러 호주머니에 넣었다.

맞은편 자리에 앉자마자 이동호가 손을 내밀었다.

"김기자, 휴대폰 좀 볼까?"

그 속내를 뻔히 짐작하면서도 김민혜가 물었다.

"왜요?"

"다른 기자들도 나하고 단독 면담을 할 때는 다 그랬으니까, 줘 보라구."

"설마 제가 국장님과의 대화내용을 녹음이라도 할까봐 그러시는 거예요?"

김민혜가 배 쪽을 향해 있던 액정화면을 드러내며 휴대폰을 이동호한테 넘겼다. 전원을 켰다 끈 휴대폰을 돌려준 이동호가 입을 열었다.

"지금부터 나하고 나눈 대화는 김기자만 알고 있어. 다른 기자들한테도 비밀로 해야 돼. 그럴 수 있겠지?"

"그럴게요. 엠바고는 철저히 지키는 기자랍니다, 저는."

김민혜가 빤히 바라보았다.

"사실은 이번 열두 폭 초충도 병풍 건을 다루는 매스컴의 행태에서 거대한 음모를 본 느낌이었어."

"거대한 음모라니요?"

"보이지 않는 큰 손이 있어, 핸들을 조작하는 것 같은."

"국장님께서도 이번 조인호 씨의 초충도 병풍이 진품이 아니라고 생각하시는군요?"

"그건 김기자도 마찬가지잖아? 박광로 선생도 그렇고."

"헌데 왜 줄창 진품으로 몰아부쳤지요?"

"압력이 들어왔어. 일테면 보도지침 같은 것이었지."

"보도지침이요? 오공 때의 그 악명 높았던 보도지침 같은 것인가요?"

"말 조심해, 누가 들어. 언론쯤은 주무를 수 있는 힘이 막강한 곳이었어. 알고 보니까, 처음 열두 폭 초충도병풍이 진품이라고 앵무새 같은 나팔수들을 동원하여 떠들었던 종편채널에 조인호의 지분이 상당하더라구. 우호지분을 모으면 대표이사 사장도 바꿀 수 있는."

"그렇다고 하더라도 모든 매스컴에서 아무런 의심도 없이 한꺼번에 진품으로 몰아갈 수는 없잖아요."

"보이지 않은 손이 움직였겠지. 조인호 씨가 한때 정보처의 막강한 자리에 있었던 것은 김기자도 알잖아."

"얼핏 얘기만 들었을 뿐이지요. 그 사람이 무슨 일을 했는지는 몰라요."

"그쪽에도 조인호의 입김이 들어간 것 같더라구."

"하지만 국장님은 누구보다 심층적으로 기사를 쓰셨어요. 지상파방송이며 중앙일간지에서 미쳐 다루기도 전에 사면 통기사를 실었지 않아요?"

김민혜의 말에 이동호가 잠시 침묵을 지키다가 말했다.

"사실 내가 작성한 기사는 모두 유료기사였어."

"예?"

김민혜가 깜짝 놀라 이동호를 바라보았다.

그런 일이 종종 있었다.

일테면 광고주들이 광고면에 광고를 내는 대신 그 크기 만큼의 유료기사를 실었다. 지방자치단체에서 단체장의 성과를 홍보하고 싶을 때랄지, 중소기업에서 제품의 홍보를 광고 대신에 독자들이 좀 더 신뢰하는 기사로 싣고 싶을 때 광고비를 기사값으로 지불하는 식이었다.

김민혜가 로즈퀸에 처음 입사했을 때도 유료기사는 있었다. 자신의 판단으로는 도저히 기사거리도 안 되고, 더구나 한 면 전체를 차지할 만큼의 무게 있는 내용도 아닌데, 그런 기사만 주로 쓰는 베테랑 기자가 있었다. 일테면 유료기사 전문 기자인 셈이었다.

"양민수 박사가 내 친구라고 했잖아? 처음에는 양박사의 권유로 기사를 썼지. 그런데 예상 외의 엄청남 금액이 내 계좌로 입금이 되더라구."

"얼마나요?"

"삼자 뒤에 공이 일곱 개가 붙는. 두 번째부터는 공 일곱 개는 맞는데 일자가 붙더군."

"삼자가 붙건 일자가 붙건 광고료라고 해도 너무 과했어요. 그것은 위작을 진품으로 포장해 기사를 써준 대가였을 거예요."

"기분이 묘하더군. 진품이라면 그렇게 무리할 필요가 없잖아. 그래서 안 쓸려고 했는데 이상한 데서 전화가 오더라구."

"이상한 데라면? 어디요?"

"알려고 하지 마. 마음만 먹으면 매스컴을 동원하여 국민들의 눈과 귀와 입을 한 곳으로 몰아갈 수 있는 무시무시한 곳이니까. 처음에는 양민수 박사가 자신만만하게 진품이라고 주장하는 바람에 썼고, 유료기사에 의심을 품고 발을 빼려는데, 무서운 곳에서 전화가 온 거야. 어떻게 알았는지, 몇 년 전에 내가 기사를 써

준 대가로 촌지를 받은 것을 가지고 협박을 했어. 당장에라도 잡아넣을 기세였어."

"그래서 어떡하실 거예요. 아니, 그 말씀을 왜 저한테 하시는 거죠?"

"그냥 소소한 일이라면 무시해 버리고 말겠어. 헌데 이건 사임당의 추충도에 관한 일이야. 안 그래도 율곡을 추앙하던 송시열이라는 사람이 자신들의 득세를 위하여 율곡의 어머니라는 이유만으로 사임당을 미화를 시켰다느니, 세상에 떠도는 사임당 그림의 대부분은 진품이 아니라느니, 하는 얘기들이 인터넷을 도배하는 판에 나도 거기에 한몫 했잖아. 진품이라는 확신도 없이 말야. 박광로 선생이 확실한 근거에 의해서 열두 폭 초충도병풍이 진품이 아니라 위작이라고 주장한다면 내가 정정 기사를 쓰겠어."

"박광로 선생님은 연락이 안 돼요. 사실은 박선생님이 진품으로 결론을 내린 고서화 몇 점이 위작으로 밝혀졌거든요. 자괴감을 견디지 못하고 숨어버린 것 같아요. 헌데 무서운 곳에서 초충도 병풍을 진품으로 몰아간 까닭이 뭘까요?"

"국민들의 눈과 귀를 막아야할 일이 있었겠지. 지나고 나면 아, 그래서 그랬구나, 하고 고개를 끄덕일 일이 분명 있을 거야. 세상이 얼마나 어수선했냐구? 해방된 지 칠십 년이 되었는데도 여전히 친일파의 후손들이 득세를 하고, 심지어는 일본천왕을 가리켜 천황폐하라고 극존칭의 호칭을 쓰는 정신 나간 계집까지 생겨나는 판이니까. 다시 친일파 논쟁이 벌어진다면 안 되는 세월이잖

아. 그걸 덮기 위해서 더욱 극성을 부렸는지도 모르지."

"국장님은 어떻게 하실 거예요?"

"내가 어찌하면 좋을까? 방법이 있으면 알려줘. 김기자는 사임당과 초충도라면 전문가 이상이잖아."

"양심선언을 하세요."

"뭐라구?"

"로즈퀸의 기사가 사실은 유료기사였다. 조인호 씨의 열두 폭 초충도병풍이 진품이라는 확실한 근거는 없다. 두 번째부터의 기사는 지침이 내려와 마지못해 쓴 것이었다, 하고 말예요."

"정말 그렇게라도 하고 싶어. 언론계에서 그럭저럭 삼십 년 가까이 밥을 먹고 살았지만, 이번처럼 목구멍에 가래라도 걸린 듯이 답답하고 불쾌한 적이 없어."

이동호가 한숨을 내쉬었다.

그때 김민혜의 휴대폰에서 문자메시지가 도착했다는 신호음이 들렸다.

─지금 통화 가능해?

문자는 박광로에게서 온 것이었다.

"저 나가봐도 되죠?"

"나가 봐. 박선생한테 연락이 오면 나한테도 알려줘."

이동호가 초조한 낯빛으로 올려다보았다.

사무실 복도로 나온 김민혜가 박광로의 휴대폰으로 전화를 걸었다.

기다리고나 있었다는 듯이 박광로의 목소리가 흘러나왔다.

"김기자, 나한테 하고 싶다는 얘기가 뭔가?"

"지금 어디세요?"

"지리산이야. 장터목 산장에서 지내다가 오늘 뱀사골로 내려왔어."

"세상은 발칵 뒤집어졌는데, 선생님은 신선놀음을 하셨네요."

"미친 바람도 그치고 잠잠해졌잖아. 나한테 하고 싶은 얘기를 해 봐. 안부가 궁금해서 열 번이 넘게 문자를 넣지는 않았을 거 아냐?"

"선생님께서 위작이라는 감정결과를 내놓으시면 이동호 국장님이 정정기사를 쓰시겠대요."

"이동호가? 누구보다 제일 앞장서서 진품으로 밀어부쳤던 사람이 정정기사를 쓰겠다고?"

"피치 못할 사정이 있었나 봐요. 지금 많이 힘들어하고 있어요."

"김기자는 어떻게 생각해? 조인호가 내놓은 병풍은 진품이야? 위작이야?"

"제 느낌으로 진품은 아니에요. 잘 인쇄된 화집을 보는 느낌 이상도 이하도 아니었어요. 참, 정영섭의 안가에서 여섯 폭 초충도 병풍이 나왔어요."

"내가 알려줬던?"

"예, 거기는 위작 생산공장 같은 곳이었어요. 선생님, 서울로 돌아오세요. 검찰에서 소환장이 나온 것은 알고 계시죠?"

"집사람한테 들었어. 하지만 난 결코 위작을 진품으로 둔갑시켜준 적은 없어. 정영섭이 건네준 감정료가 과분하다는 생각은 했지만, 정영섭이 그런 꼼수를 부리고 있는 줄은 몰랐어."

"저도 선생님을 믿어요. 서울로 돌아오셔서 검찰에 당당하게 해명하세요. 그리고 열두 폭 초충도병풍의 진실을 밝혀보자구요."

"진실을 어떻게 밝히지? 이미 진품으로 낙인이 찍혀버렸는데."

"강일수 형사님도 도와주실 거예요. 일단은 정영섭 주변부터 파헤쳐 보는 것이 어때요?"

"알았어. 남원역에서 KTX를 타면 오후 서너 시쯤에는 서울에 도착할 거야."

"마중을 나갈까요?"

"아직은 내 길눈도 괜찮아. 도착하여 자리잡으면 전화할게."

박광로와 통화를 끝낸 김민혜가 대표실로 들어가자 누군가와 통화를 마친 이동호가 잔뜩 찡그린 얼굴로 올려다보았다.

"김기자, 정영섭이 풀려났다는데?"

"어찌 그럴 수가 있죠?"

"좀도둑이 거짓진술을 했다고 자백했다는구먼. 제 놈이 청담동 이여사의 초충도를 훔친 것은 정영섭과는 상관이 없는 일이었다고 진술했다는 거야. 오직 좀도둑의 진술에 의하여 정영섭을 입건했는데, 유일한 증거가 사라진 꼴이 되잖아?"

"그럴 리가 없어요. 정영섭은 교활한 놈이에요. 고서화 위작의 대표선수같은 놈이라구요."

김민혜는 강일수 형사와 정영섭의 뒤를 캤던 일을 모두 털어놓고 싶었다.

그러나 이동호는 믿을 수 없는 사람이었다. 자칫 잘못 털어놓았다가는 강일수 형사가 안가를 뒤진 일이며 거기서 확보한 증거들을 모두 검찰에 넘겨야할 일이 생길지도 몰랐다.

"찜찜해. 누군가 뒤에서 움직이고 있는 느낌이야."

"누가요?"

"모르겠어. 친구의 말이 더 이상 알려고 하지 말래. 초충도에 관한 기사도 그만 쓰는 것이 좋을 거라는데?"

"그건 또 왜요?"

"그놈의 속을 낸들 알 수 있나? 박광로 선생은 뭐래? 올라온대?"

"그것이 박광로 선생님의 문자라는 것은 어떻게 아셨어요?"

"이 바닥에서 삼십 년을 굴러먹다 보면 반 귀신은 된다구. 어디로 숨었던 거야?"

"지리산에요. 헌데 국장님은 왜 박광로 선생님을 뵈려구요?"

"사실을 알려구."

"오늘 함께 뵐까요?"

"아니. 우선은 김기자가 먼저 만나 얘기를 나누어 보라구. 위작의 근거를 댈 수 있는지를 말야."

"알겠습니다. 국장님은 검찰청 친구분께 정영섭이 풀려난 까닭을 좀 더 구체적으로 알아봐 주세요. 어쩌면 국장님께 내려진 보도지침과도 상관이 있을지 몰라요."

"무슨 근거로?"

"긁어부스럼을 만들지 말자는 뜻일 수도 있구요. 초충도병풍의 광풍이 필요없게 되었다는 뜻일 수도 있겠지요."

"김기자도 그런 생각을 했어?"

이동호가 묘한 표정으로 김민혜를 찬찬히 살폈다.

강일수 형사의 휴대폰은 한나절 내내 열리지 않았다.

김민혜가 '초충도를 찾아서'를 쓰다가 강일수 형사한테 전화를 걸면 '전화를 받을 수 없다'는 여자의 목소리가 흘러나왔다. 처음 세 번은 그냥 종료버튼을 눌렀고, 나머지 두 번은 '김민혜입니다. 전화주세요' 하는 음성을 남겼지만 점심시간이 가까운데도 강일수의 전화는 없었다.

"연재물을 쓰고 있군."

언제 다가와 들여다보았는지 이동호가 아는 체를 했다.

"다음 달치 '우먼앤플라워'에 실을 기사예요."

"열두 폭 초충도병풍에 관한 얘기도 할 것인가? 김기자는 감정 현장에 있었으니까, 누구보다 실감나게 쓸 수 있잖아."

"제 느낌을 그대로 쓸 거예요. 에세이 형식으로요."

"아예 열두 폭 초충도병풍은 위작이라고 못을 박아버리면 어떨까?"

"그 내용도 다음에 쓰게 되겠죠. 세상을 휩쓴 광풍에 대한 소감도 함께요."

"김기자는 감성이 풍부해. 그래서 독자의 심금을 울리는 기사를 쓸 수 있겠지만."

이동호가 자기 자리로 돌아간 다음에 김민혜는 사무실을 나왔다. 무거운 머리도 식힐 겸 인사동거리나 걸어 볼 예정이었다. 어쩌면 '가람'에서 정영섭을 만날 수도 있을 것이고, 청나라 때의 고물품을 판다는 '중화골동'의 오칠복을 만날 수도 있을 것이다.

김민혜가 막 차에 오르려는데 휴대폰이 울었다.

발신자를 확인해 보니 강일수였다.

"숨 넘어갈 뻔했어요."

김민혜가 투정을 부리듯 말했다.

"사건현장에 있었어요. 휴대폰 충전하는 걸 깜빡했지 뭡니까? 발등에 불이 떨어진 까닭이 정영섭의 석방건 때문입니까?"

"알고 계셨어요?"

"차라리 잘 되었어요. 이제 검찰의 눈치를 안 보고 내 마음대로 수사할 수 있으니까요."

"정말 잘된 거예요?"

"그렇다니까요. 사실 정영섭의 안가를 수색한 사실을 검찰에 숨기고 있었던 것이 찜찜했거든요. 이미 검찰에 넘긴 정영섭을 수사할 수도 없었고. 헌데 무슨 일이 있는 거요?"

"박광로 선생님과 연락이 되었어요. 오후에 서울로 오신대요."

"그래요? 함께 만납시다. 김기자가 도착시간을 알아놔요. 마중을 나갑시다."

"확실히 오라버니하고는 잘 통한다니까요. 추어탕 한 그릇 어때요? 다른 할 얘기도 있어요."

"그럽시다. 남원추어탕집에서 봅시다. 난 택시 타고 갈 거니까, 차는 김기자가 가지고 와요."

"알았어요."

김민혜는 인사동행을 접고 남원추어탕 집으로 갔다.

맛있는 집이라는 소문 때문인지 남원추어탕집은 여전히 손님들로 북적이고 있었다. 김민혜가 자리를 찾느라 두리번거리는데 안쪽 구석에서 강일수가 손을 번쩍 들었다.

"겨우 자리 하나를 차지했어요."

"대중교통이 역시 빠르지요?"

"택시기사들은 샛길을 잘 아니까, 시간을 단축할 수 있지요. 할 얘기가 뭐요? 이동호 국장은 별 일 없지요?"

"정영섭 씨한테 촌지 받은 거 때문에 불려갔대요. 두어 시간 조사만 받고 풀려나왔어요. 헌데, 국장님이 좀 이상해요."

"뭐가요?"

"많이 불안해 했어요. 아무래도 양민수 박사와 관계가 있는 것 같았어요."

"정엽섭과 양민수도 관계가 있어요."

"뭘 좀 알아낸 것이 있어요?"

"그동안 정영섭과 양민수가 짜고 위작을 진품으로 둔갑시켜 팔아먹었어요."

"예?"

김민혜가 놀란 눈빛으로 반문하는데, 여종업원이 추어탕 두 그릇과 깍두기와 오징어젓갈, 그리고 청양고추를 잘게 다진 것을 가져다주었다.

초피가루와 다진 청양고추를 듬뿍 넣고 한 수저 맛을 본 강일수가 고개를 끄덕였다. 그런데 김민혜가 보기에 시래기가 지난번 왔을 때 하고 달랐다. 한 젓가락 입에 넣고 씹던 김민혜가 여종업원을 불렀다.

"시래기가 달라졌네요?"

김민혜의 말에 강일수가 내 입에는 같은 맛인데, 하고 시래기를 한 젓가락 입에 넣고 맛을 음미했다.

김민혜가 말했다.

"이번 시래기는 질긴 맛이 나요. 시래기에 밴 국물맛도 제 맛이 아니고요."

"그런가? 내 입에는 남원추어탕하면 무조건 맛있는데."

강일수의 말을 여종업원이 받았다.

"여자 손님 말씀이 옳아요. 시래기도 남원 지리산 청정지역에서 가꾼 것을 가져다 썼는데, 확보해 놓은 시래기가 떨어져 오늘치는 다른 지역에서 나온 것을 썼어요. 내일부터는 다시 지리산 시래기를 쓸 거니까 안심하고 오세요."

"사실 추어탕이나 매운탕의 맛은 시래기가 좌우한다고 봐도 무리는 아닐 거예요. 맛있다고 소문이 자자한 탕전문집에서 어느 날부터 맛이 떨어진다고 손님들이 느낄 때면 시래기가 바뀐 경우가 대부분이죠. 고춧가루나 들깨가루 같은 것은 중국산과 섞어 써도 잘 모르지만, 시래기는 입맛이 예민한 손님은 바로 알아봐요. 시래기가 바뀐 줄 알았으면 오늘 안 왔을 거예요."

김민혜의 말에 여종업원이 '죄송합니다. 오늘만 참아주세요' 하고는 주방으로 돌아갔다.

"김기자가 상당히 까다로운 사람이네요. 하긴, 김기자의 기사는 부드러운 것 같으면서도 날카로운 맛이 있어요."

"남원추어탕집을 위해서 사실대로 알려준 것 뿐예요. 손님들이 맛의 변화를 알려주지 않으면 계속 같은 맛으로 손님상에 내거든요. 시래기 바뀐 것을 손님들이 지적해 주어야 다음에는 좋은 시래기를 사용하지요."

둘이 나누는 그런 얘기를 여사장이 들었던 모양이었다.

시래기를 남기고 자리를 털고 일어선 김민혜가 계산을 하려고 카드를 꺼내는데 여사장이 말했다.

"오늘은 그냥 가세요. 시래기가 바뀐 것을 아실 정도면 평소에 추어탕을 즐기시는 모양인데, 실망을 드려서 죄송해요."

"아니에요. 시래기만 바뀌었을 뿐, 국물맛은 똑같았어요. 제가 좀 까다로운 편이라 그렇지, 맛있게 먹었어요."

"아닙니다. 그냥 가세요."

자칫 음식값을 내겠다느니, 안 받겠다느니, 하는 실갱이가 길어질 것 같아 김민혜가 강한 어투로 쐐기를 박았다.

"계산 안 해주시면 다음에는 안 올 거예요."

"할 수 없네요. 그럼 계산하겠습니다."

여사장이 어쩔 수 없다는 듯 카드를 받아 카드기에 넣고 드르륵 긁었다.

서명을 하고 카드를 돌려받고 남원추어탕집을 나오면서 강일수가 농담처럼 말했다.

"안 받겠다는데 기어코 계산을 하는 심사는 무엇일까? 그거 아꼈다가 다음에 또 사주면 될 텐데."

"오라버니가 원하신다면 언제든지 추어탕을 사드릴 수 있어요. 자칫 추어탕값 면제받자고 시비하는 꼴이 될 수도 있잖아요."

"여사장 얼굴을 보니까, 그런 오해나 할 사람으로는 안 보이던데."

"후후, 관상도 보세요? 오라버니."

"형사 생활 이십 년이면 반 관상쟁이는 되지."

"제 관상은 어때요?"

"고집쟁이 노처녀지 뭐."

강일수의 말에 김민혜가 뭐라구요? 하면서 눈을 흘기는데, 휴대폰에서 문자메시지의 도착을 알리는 신호음이 들렸다. 마침 신호대기 중이라 김민혜가 얼른 확인했다.

문자는 박광로가 보낸 것이었다.

-오늘은 검찰에 가야하니, 내일 봅시다.

강일수가 흘끔 돌아보고는 말했다.

"박광로 선생이지?"

"예, 오늘은 검찰에 출두해야 된다네요."

"어차피 가던 길이니까, 검찰청까지 모셔다 드리는 것이 좋겠지요?"

"후후후, 오라버니와 전 참 잘 통해요. 안 그래도 용산역으로 가야겠다고 작정하고 있었는걸요."

"마중 나와준 우리한테 감동하여 박광로 선생이 특별한 정보를 주실지도 모르지요."

"정영섭은 바로 소환을 할 건가요? 어쩌면 안가부터 들를지도 모르는데, 안가가 털린 것을 알고 숨어버리는 것은 아닐까요? 아니면 해외로 나갈지도 모르고요."

"그럴 일은 없을 겁니다. 정영섭이 풀려난다는 것을 알자마자 바로 사람을 붙였으니까요. 한 마디로 정영섭은 내 손바닥 안에 있다 이거지요."

"오칠복 씨도 도움이 되겠네요? 올가미를 단단히 걸어놓았으니까 꼼짝없이 협조할 거 아녜요."

김민혜의 말에 강일수가 빙그레 웃었다.

보름 남짓한 사이에 박광로의 얼굴은 반쪽이 되어 있었다.

"내가 살아온 세월이 참 허망하더군. 사임당 그림 하나만은 누구보다 잘 안다고 자부했었는데, 반평생을 공들여 쌓은 탑이 와르르 무너진 절망이었어."

김민혜의 차에 오른 박광로가 고해성사를 하듯 말했다.

"저는 박선생님이 양민수같은 사람과는 다르다고 봅니다. 실수야 누구나 하는 것이 아닙니까? 검찰에서 잘 해명하시면 별 문제는 없을 것입니다. 양박사도 검찰에 소환을 당했다고 하던데요."

강일수가 말했다.

"양민수도?"

박광로의 얼굴이 대번에 일그러졌다.

"어쩌면 대질심문을 당하실지도 모르겠습니다."

"대질심문까지?"

"아닐 가능성도 있구요. 돌아가는 낌새를 보니, 검찰에서도 사임당의 초충도 사건을 덮고 싶어하는 것 같더라구요. 만에 하나 박선생님을 구속이라도 시킨다면 그 사실만으로도 사임당의 초충도며 이번에 발견되었다고 대대적으로 홍보한 열두 폭 초충도 병풍건도 다시 사람들의 입살에 오르내릴 판인데, 매스컴에서 약속이라도 한 듯이 일제히 입을 닫아버리는 걸 보면 무슨 꿍꿍이가 있는 것이 분명해요."

"위작을 진품으로 둔갑시키는데 성공했다고 믿는다면 매스컴의 관심이 거추장스럽겠지요. 이제야 하는 얘기지만 그동안 나도 몇 차례나 유혹을 당했어요. 심지어는 재벌이 관리하는 내로라하는 미술관에서도 위작을 진품으로 감정해 달라는 청과 함께 거액을 제시하는가 하면, 진품인지 알고 구입했던 그림이 위작으로 밝혀지면 그걸 다시 진품으로 감정서를 써달라고 사정하는 졸부들도 있었지요. 참, 정영섭의 안가에서 나온 그림들은 어떻게 했소? 검찰에 넘겼소?"

박광로가 강일수를 돌아보았다.

대답은 김민혜가 했다.

"아니에요. 강형사님이 따로 보관하고 계세요."

"그걸 왜?"

"정영섭이 제작한 위작들을 일단 검찰에 넘겨버리면 강형사님은 수사할 명분이 사라지잖아요."

"나도 그걸 보고 싶소. 여섯 폭 병풍이 나왔다고 했소?"

"사임당의 산수화며 초충도뿐만 아니라 신윤복의 미인도며 김홍도의 풍속도까지 백 점 이상이 나왔어요. 내일이라도 보여드릴게요."

"고맙소."

"여섯 폭 병풍의 그림들은 이번에 나온 열두 폭 병풍의 그림과 똑같은 구성과 화재로 그린 그림이었어요."

김민혜의 말에 박광로가 강일수를 돌아보며 말했다.

"열두 폭 초충도병풍도 정영섭이 모사했을 가능성이 많아요. 조선시대 화선지를 대량으로 확보한 것이나 한국화로 국전에 입선한 것이 정영섭을 위작의 대가로 만든 셈이오."

박광로가 우울한 낯빛으로 말했다.

"선생님께서 도와주시면 정영섭을 다시는 고서화계에 발을 못 들이도록 만들 수도 있습니다."

"내가 도울 일이 있으면 힘껏 돕겠소."

박광로가 입술을 깨물었다.

김민혜가 말했다.

"선생님께서 처음부터 열두 폭 초충도병풍은 위작의 가능성이 있다고 하셨다면 미친바람이 불지 않았을지도 몰라요."

"김기자의 말이 맞아. 사실은 조인호가 내게 은밀한 제의를 해 왔었지."

"거금을 제시하던가요?"

김민혜의 말에 박광로가 눈을 빠히 뜨고 바라보았다.

"진품으로 감정해 주면 섭섭지 않게 사례를 하겠다고. 이건 아니구나, 싶더구면. 허나 처음부터 진품으로 몰아간 것은 로즈퀸이었어. 누구보다 초충도를 잘 알고 있는 김기자의 기사가 아닌 것이 이상했지만, 로즈퀸이야말로 광풍의 진원지가 아니냐구."

"그건 유료기사였어요. 광고 대신 실어주고 광고비 대신에 기사값을 받는."

"정말입니까? 김기자."

강일수가 물었다.

"이동호 국장님도 처음에는 몰랐대요. 기사가 나가자 거금이 입금되는 것을 보고 일이 이상하게 돌아간다는 것을 눈치 챘대요. 그 다음부터는 강압에 의해서 썼대요."

"조인호와 양민수가 짜고 벌인 일이 분명할 거야. 강형사님, 나도 도울 일이 있으면 최선을 다할 테니까, 철저히 수사를 해주시오."

"알겠습니다. 벌써 검찰청에 다 왔군요. 힘내십시오."

박광로를 내려주고 차를 출발시키면서 김민혜가 물었다.

"오라버닌 어디로 뫼실까요?"

"아까 오다보니까 갈홍근 박사의 병원이 보이던데, 그 앞에서 내려줘요."

"거긴 왜요?"

"김기자, 전생을 믿는다고 했지요? 요즘 내가 이상한 꿈을 자주 꿔요."

"어떤 꿈요?"

"조선시대의 관복을 입은 사내가 자꾸만 나타나요. 언젠가 갈박사한테 그런 얘기를 들은 적이 있거든요. 꿈에 같은 사람이 계속 나타나는 것도 전생과 관계가 있을지도 모른다고. 꿈에 나타난 사람이 전생의 나였든지, 아니면 전생에 나와 관계가 있는 사람을 현생에서 만나고 있는 경우에 꿈으로 예시를 한다고 말이오."

"전생여행을 하실 건가요?"

"아니, 오늘은 상담만 받아 볼 거요. 갈박사의 최면에 의한 전생여행이라는 것을 백퍼센트 믿는 것은 아니니까요."

갈홍근의 병원 앞에서 강일수가 말했다.

"김기자도 함께 가면 어떨까요?"

"싫어요. 전 꿈도 안 꾸는 걸요. 기왕이면 전생여행도 한번 해보세요."

김민혜가 내일 갈홍근과 약속이 되어 있다는 걸 되새기며 말하자 강일수가 돌아보며 손을 흔들었다.

김민혜가 인사동 골목을 한 차례 왕복하고 차로 돌아가려던 참인데 박광로의 전화가 왔다. 마침 인화연이 꽃그림 전시회를 가졌던 화랑 앞이었다. 정영섭의 가람은 문이 닫혀 있었다.

"검찰에서 나왔어."

"벌써요?"

한번 검찰에 불려가면 자정이 넘어서야 풀려나오는 것을 보아온 김민혜가 물었다.

"어째 김기자는 내가 바로 풀려나온 것이 불만이라는 투로 말하네."

"그럴 리가요. 저는 내일 새벽에나 나오실 줄 알았어요."

"나도 그렇게 각오를 했는데, 정영섭에게 받은 감정료 삼천만원이 위작을 진품으로 조작해준 대가가 아니냐고 묻더군. 아니라고 했더니, 검사가 다시 묻는 거야. 조인호의 병풍은 위작이냐? 진품이냐 하고 말야."

"다시 정밀하게 감정을 해봐야겠지만, 첫느낌은 진품이 아니었다는 걸 말했더니, 진품이라는 양민수의 감정결과를 말하면서 날더러도 진품으로 감정결과를 내놓기를 은근히 종용하더라구."

"그래서요?"

"내 실력이 부족하여 감정에 오류를 범한다면 모를까, 학자의 양심을 걸고 그럴 수는 없다고 했더니, 됐다고 하더라구. 별 싱거운 꼴을 다 당했어, 오늘 내가."

"황당하셨겠네요."

"내보내 주면서 그러더라구. 정영섭에게 삼천만원 받은 것은 완전히 수사가 끝난 것이 아니라고. 그 말이 내 귀에는 조인호의 병풍을 진품으로 감정결과를 내놓지 않으면 다시 부르겠다는 소리로 들렸어."

"제 느낌도 그래요. 무슨 까닭인지는 몰라도 조인호의 초충도 병풍을 진품으로 만들지 못해 안달이 난 사람들 같아요. 댁으로 들어가셔야지요?"

"지금 어딘가?"

"인사동인데 '가람'은 문이 닫혀있네요. '중화골동'도 그렇구요."

"중화골동이라니?"

"정영섭의 안가를 털었던 도둑이 운영하는 가게예요. 강형사님께 협조하고 있대요."

박광로에게 그런 말을 하다보니까, 김민혜의 뇌리로 오칠복에게 전생여행을 시켜보는 것이 어떨까, 하는 생각이 스쳐갔다. 캄캄한 밤에 정영섭의 안가를 털고 나오는 모습을 잠깐 본 느낌으로는 오칠복의 인상을 떠올릴 수가 없었다.

어쩌면 전생여행에서 만났던 칠복이의 후생일지도 모른다는 생각이 들었지만, 그렇다고 무조건 '당신, 전생여행 한번 해봅시다' 하고 나설 수는 없었다.

"그 친구도 내가 만나보았으면 좋겠구먼."

박광로의 말에 '박선생님은 전생에 나와 무슨 관계였을까?' 하는 생각이 김민혜의 뇌리를 빠르게 스쳐갔다. 할 수만 있다면 이화정과 인화연, 강일수와 박광로 등 주변 인물들의 전생을 모조리 알고 싶었다.

"사람들의 인연이라는 것이 그냥 맺어지는 경우는 드뭅니다. 전생에 어떤 인연으로건 얽혀 있어야 현생에서도 인연을 맺게 되는 것이지요."

지난 번에 만났을 때 갈홍근이 그렇게 말했었다.

그러니까 어디선가 만난 것 같은 사람이나, 유난히 가깝게, 혹은 불쾌한 느낌으로 다가오는 사람이 있다면, 그런 사람들이야말로 전생에 인연을 맺고 있었던 것이 틀림없다면서 어떻게든 병원으로 데려오라고 했다.

김민혜도 그럴 수만 있다면 정말 그러고 싶었다.

우선은 이화정의 정체부터 파헤쳐 보고 싶었다.

오죽헌에서 만난 것도 그렇지만 한 번의 만남으로 운명을 들먹였던 그 남자는 야생화를 찍느라 백두산에 있다며 금방이라도 전화를 할 것처럼 굴더니, 며칠이 지났는데도 여전히 꿀 먹은 벙어리였다.

'인화연 작가는 돌아왔을까?'

일본에 간다면서 다녀오면 이화정과 함께 밥 한 끼 먹자던 인화연 역시 소식이 없기는 마찬가지였다.

오피스텔로 돌아온 김민혜는 인화연의 근황을 알고 싶어 블로그 '꽃이야기'를 방문하였다. 지난번 꽃그림전 기사를 쓰면서 화가에 대하여 좀 더 알고 싶다는 뜻으로 인화연에게 자료를 달라고 했더니, 자신의 블로그가 있다면서 알려주었다.

블로그 '꽃이야기'에는 인화연의 작품뿐만 아니라 수백 종의 꽃 사진과 작가의 근황을 일기형식으로 짧게 기록해 나가는 난이 있었다.

김민혜가 작품란을 건너뛰고 사진란으로 들어갔을 때였다.

며칠 전에는 보이지 않던 꽃사진 수십 점이 올려져 있었다. 그것도 '도깨비엉겅퀴'네 '구름패랭이꽃'이네 '금매화군락'이네 하는 주로 군락을 이루고 피어있는 꽃사진이었다. 그대로 모사를 한다고 해도 충분히 꽃그림으로 세상에 내놓을 수 있을 화재가 될만한 사진들이었다.

'나를 홀린 백두산의 꽃들'이라는 제목을 붙인 꽃사진은 촬영날짜가 이틀 전이었다.

그것은 인화연도 이틀 전에 백두산에 있었다는 뜻이었다.

'인작가가 언제 백두산에 갔지? 혹시 이화정 작가를 만나러 간 것이 아닐까?'

순간 김민혜의 가슴으로 싸아 하고 서늘한 기운이 흘러갔다.

인화연은 매사에 적극적인 여자였다. 자신의 작품에 대한 자부심도 대단하였으며, 일단 마음에 든다 싶으면 사람을 사귐에 있어서도 거침이 없었다. 그런 그녀가 이화정이 백두산에 있다는 것을 알고 부랴부랴 중국으로 날아갈 수도 있었다. 더구나 백두산은 야생화의 천국이라고 했지 않은가? 이화정과는 상관없이도 얼마든지 백두산을 오를 이유는 충분했다.

인화연의 블로그 '꽃이야기'에는 지리산이며 한라산, 설악산이며 소백산에 피어있는 야생화들을 제각기 산 이름을 붙여 관리하고 있었다. 노고단 원추리꽃은 인화연이 즐겨 그린 그림소재의 하나였다. 그만큼 사진도 여러 장을 보관하고 있었다.

김민혜는 인화연이나 이화정에게 전화를 해볼까, 하다가 그만두었다.

어떤 식으로든 두 사람이 만나 함께 백두산에 있다는 것을 알고 나면 자신이 비참해질 것 같아서였다.

불쾌한 일을 스스로 찾아서 만들 필요는 없었다.

어쩌면 둘은 함께 있지 않을 수도 있고, 인화연이 이화정과는 상관없이 단지 백두산 꽃사진을 찍기 위하여 백두산을 찾았을 수도 있었다. 인화연이 아무런 약속도 없이 백두산을 찾았다가 이화정을 만났다면 두 사람이야말로 전생에 뗄래야 뗄 수 없는 인연을 맺었을 수도 있었다.

"이것은 조인호의 열두 폭 초충도 그림과 여섯 점이 겹치지 않은가?"

다음날 정영섭의 안가에서 나온 여섯 폭 초충도병풍을 확인한 박광로가 조금도 망설이지 않고 단정을 내렸다.

"맞아요. 마치 그림 위에 올려놓고 본을 뜬 다음에 색칠만 한 것처럼 똑같아요."

"이젠 확신이 서는구먼. 조인호의 열두 폭 초충도병풍은 정영섭이 그린 위작이었어."

박광로가 불쾌하여 못 견디겠다는 표정으로 내뱉자 강일수가 물었다.

"저는 매스컴에 보도되는 그림만 대강 보아서 잘 모르겠습니다만, 그렇게 똑같은가요?"

"그렇소. 모사야 원래 똑같은 그림을 복제해 내는 것이지만, 그동안 사임당의 초충도는 모사가 아니라 위작이 많았소. 가령 같은 '가지와 개구리'라는 그림을 위조한다고 보았을 때 원작에는 가지가 두 개인 것을 위작에는 세 개를 그려 넣는다든지, 하는 식으로 말이오. 헌데 이번에 나온 초충도는 아예 본을 뜬 것처럼 똑같소."

"그렇다면 이 여섯 폭만 세상에 공개하면 열두 폭 초충도병풍은 위작이라는 걸 밝힐 수 있겠군요."

강일수의 말에 김민혜가 대답했다.

"그러기는 힘들 거예요. 이미 화선지가 조선시대의 것이라는 감정결과가 나왔고, 누가 봐도 사임당의 초충도 냄새를 풀풀 풍기는 그림이에요. 사임당이 똑같은 그림을 그렸다고 주장하고 나온다면 뒤집을 수 있는 방법이 없어요."

"결국은 조인호와 정영섭, 양민수가 어떤 음모를 꾸몄는지, 그걸 밝혀내야 진위를 뒤집을 수 있겠네요."

"그것은 오라버니 몫이에요."

김민혜의 말에 박광로가 '오라버니?' 하고 물었다.

"그러기로 했어요. 강형사님을 처음 뵈었을 때부터 남 같지 않은 따뜻한 감정이 느껴졌거든요. 마치 전생에 오누이나 사이좋은 부부로 살았던 것 같은 익숙한 느낌 말예요."

"살다보면 얼마든지 경험할 수 있는 일이지. 삼 년 전이던가? 정영섭의 가람에서 초충도를 감상하고 있는데, 거리를 걸어가다가 개구리 울음소리에 끌려 들어왔다는 김기자의 모습이 내겐 낯설지가 않았어. 아마 그런 느낌이 김기자가 말한 전생부터의 인연 때문이 아닐까, 하는 생각도 든다구."

"좋은 인연으로 살아갈 수 있다면 전생이 무슨 상관입니까?"

강일수의 말에 박광로가 고개를 끄덕였다.

"맞는 말이오. 김기자, 이 그림들의 자료정리는 다 마쳤지?"

"예, 열두 폭과 여섯 폭 초충도는 같은 그림끼리 대비를 해놓았어요. 정영섭의 위작과 조인호의 초충도를 비교해 보면 누구나 같은 그림을 모사해서 그린 것이라는 걸 바로 알 수 있을 거예요."

"일단은 나한테 그림사진을 대형으로 뽑아줘. 조인호의 초충도는 물론 정영섭의 안가에서 나온 초충도를 비롯한 그림들이 모두 위작이라는 감정결과를 발표해야 하니까. 헌데, 강형사. 정영섭은 언제 다시 잡아들일 것이오?"

"지금 밑작업 중입니다."

"밑작업이라면?"

"수사의 기밀은 말씀드릴 수가 없습니다. 대신, 새로운 사실이 밝혀지면 박선생님과 김기자한테 먼저 알려드리겠습니다. 정영섭이 안가에서 나온 그림도 진짜라고 우길지 모릅니다. 그때를 대비해서 위작의 근거를 댈 수 있는 자료를 저한테 미리 주시면 수사에 도움을 받을 수 있습니다."

"알았소. 김기자가 사진을 확대해 주면 바로 시작하겠소."

박광로가 대답할 때였다.

방금 도착한 휴대폰 문자를 확인한 강일수가 얼굴을 일그러뜨렸다.

"정영섭이 인천공항으로 가고 있다는데요?"

"해외도피가 아닐까요?"

김민혜의 물음에 강일수 형사가 짧게 대꾸했다.

"그래봐야 독안의 쥐새끼니까, 걱정할 것 없어요."

"출국금지조치인가요?"

"아니오. 내 팀원에게 미행을 시켰어요. 수상한 낌새가 보이면 바로 체포해 오라구요."

"미리 대비를 해놓으셨네요?"

"충분한 증거가 완벽한 대비인 셈이지요. 제가 박선생님께 점심을 대접하려고 했는데, 어쩌지요? 사무실로 들어가봐야 할 것 같은데요."

"한두 번 볼 사이도 아니고, 밥은 다음에 먹지요. 내가 필요하면 언제든지 연락 줘요."

"예, 그러겠습니다."

강일수가 돌아간 다음이었다.

김민혜가 박광로에게 말했다.

"선생님, 저랑 식사하시게요."

"아니, 친구와 약속이 있어. 아까 얘기한 그림 사진이나 빼줘. 될 수 있으면 크게 출력해 달라구."

"예, 오후에 출력하여 내일 드릴게요."

박광로와 헤어진 김민혜가 차에 오르는데, 갈홍근에게 문자가 왔다.

―오늘 약속시간을 앞당기는 것이 어때요?

현몽(現夢)과 현룡(現龍)

"닭이 메뚜기 그림을 쪼아버렸어요, 어머니."

다섯 살짜리 매창이 구멍이 뚫린 그림을 들고와 눈물을 글썽였다.

"닭이 네 그림한테 속은 것이로구나. 괜찮다, 매창아. 앞으로는 그림을 말린다고 마루에 내놓지 말거라."

사임당이 딸의 그림을 유심히 들여다보았다.

큰 아들 선과 둘째 아들 번이 글 읽기를 즐긴다면 맏딸 매창은 그림을 즐겨 그렸다. 나이 세 살 때부터 사임당의 자수를 흉내 내고, 사임당의 그림을 흉내 내더니, 제법 제나름대로의 그림을 그려내고 있었다.

"매창아, 너는 어떤 마음으로 그림을 그리느냐?"

사임당의 물음에 매창이 초롱한 눈빛으로 대답했다.

"꽃의 마음으로 꽃을 그리고, 나비의 마음으로 나비를 그려야 한다고 어머니께서 말씀하셨잖아요. 붓을 들면 그 말씀이 떠올라요."

"그래서 네가 꽃이 되고, 네가 나비가 되었느냐?"

"될려고 애는 쓰는데 잘 안돼요. 저는 언제나 저인 걸요?"

"그럴 것이다. 사람이 어찌 꽃이 되고 나비가 되겠느냐? 그것
들을 아끼는 마음만 있으면 된다."

사임당은 매창의 하는 짓이 꼭 자신의 어린시절을 닮은 것 같
아 대견스러웠다. 어떻게든 매창의 재능을 키워주고 싶었다.

어머니 이씨부인이 그랬듯이 매창이 말귀를 알아듣게 되었을
때부터 태임과 문왕 얘기를 들려주었다.

"매창아, 얼굴빛을 늘 온화하게 가지거라. 마음에 사악함이 담
겨 있으면 낯빛부터 어두워진단다. 네게 꽃의 마음을 가지라는
것이나 여치나 나비의 마음을 가지라는 것은 꽃이나 여치, 나비
한테는 사악함이 없기 때문이니라. 옛날 공자님께서는 시에는 사
악함이 없다고 하셨느니라. 그것은 시가 꽃과 닮아있기 때문이니
라. 여치나 나비같은 미물들을 닮아 있기 때문이니라."

사임당이 매창을 데리고 그런 얘기들을 하고 있으면 어느새 다
가온 이씨부인이 한 마디 했다.

"네가 매창만할 때 내가 너한테 했던 말을 네가 이제는 네 딸아
이한테 하고 있구나."

"어머니는 제게 태임이셨습니다."

"내겐 너무 과분하구나. 나는 다만 여자의 도리를 가르친 것뿐
이었구나. 이제는 네가 네 자식들의 태임이겠구나.""

"그럴려고 애를 쓸게요, 어머니."

"이서방이 기다리겠다. 아이들은 내가 데리고 있을 터이니, 널랑은 평창으로 돌아가거라."

"며칠만 더 머물다 갈게요."

"연화와 칠복이는 어디서 살고 있는지 모르겠구나. 지금 돌이켜 보면 연화년이 그림을 그린다고 할 때 말리지 못한 것이 한이로구나. 동무처럼 다정하게 지내는 것이 보기에 좋아서 버릇없이 굴고 주제넘은 짓을 해도 못 본 체 한 것이 그런 사단을 만들었구나."

"저는 다 잊었습니다. 어디서든 잘만 살고 있으면 되지요."

"그런 마음으로 살거라. 남을 미워하다 보면 자신이 먼저 다친단다."

"어머니 말씀을 명심하겠습니다."

가끔 연화가 생각이 났지만, 그리운 마음도, 미워하는 마음도 없이 그냥 담담했다. 어디서 살건 끼니 굶지 않고 잘 살기를 바라는 마음뿐이었다.

사임당이 잠깐 연화를 떠올리고 있는데, 연화 애미가 잔뜩 주눅이 든 얼굴로 낯선 계집아이 하나를 데리고 찾아왔다.

"사임당 아씨, 부사나리의 안방마님께서 계집종을 보내오셨습니다."

"그래? 무슨 일로 왔느냐?"

사임당의 물음에 계집아이가 대답했다.

"저희 아씨마님께서 사임당 아씨를 초청하셨습니다."

"나를 왜?"

"오늘이 저희 아씨마님의 생신이십니다. 꼭 모시고 오라고 저를 보내셨습니다."

"알겠다. 잠시만 기다리거라. 연화 애미, 만복이한테 가마를 준비하라 이르게."

사임당의 말에 연화 애미가 말했다.

"가마는 부사나리의 안방마님께서 보내오셨습니다."

"가마를 보내오셨다고?"

그런 일은 또 처음이었다. 꼭 참석해야할 자리에 초청을 받으면 사임당은 마을에서 혼례가 있을 때 공동으로 사용하는 가마를 빌려 움직였다.

사임당이 처음으로 초청을 받아 잔치집에 가려고 나서는데, 어머니가 말했다.

"사임당아, 걸어가지 말고 가마를 빌려 타고 가거라."

"한식경도 안 걸리는 가까운 거리인데요, 걸어가지요."

"아니다. 때로는 스스로를 높여야할 때도 있는 법이니라. 초청받은 부인들이 한둘이 아닐 텐데, 다들 가마를 타고 올 것이 아니더냐? 만복이를 시켜 가마를 준비할 터이니, 너는 나들이 채비를 하거라. 기왕이면 분도 바르고 입술연지도 칠하거라."

단 한 번도 어머니의 뜻을 거스른 적이 없는 사임당이었다.

그렇게 몇 번 마을의 가마를 이용했다.

"가마까지 보내주시다니, 고마우신 일이구나. 잠시만 기다리거라."

사임당이 계집종을 마당에 세워둔 채 방으로 들어가 옷을 갈아입고 그림을 한 점 챙겨 봉투에 넣었다. 그림을 사자는 사람은 많았지만, 아직까지 한 점의 그림도 돈을 받고 팔아 본 일이 없는 사임당이었다.

강릉 벼슬아치들의 부인들이나 행세깨나 한다는 집에서 회갑잔치네 생신잔치네 하면서 초청을 하면 돈이나 비단같은 물품을 대신하여 그림을 한 점씩 선물했다.

지난 봄에 강릉대도호부사가 갈리었으니, 안방마님이라고 불린 부사의 부인은 초면이었다. 첫인사치레로 그림선물이 제격이라는 생각도 들었다.

생신잔치는 객사에서 열리고 있었다.

사임당이 도착했을 때는 벌써 스무나믄 명의 부인들이 저마다 꽃단장을 하고 자리를 잡고 있었다. 몇 차례 얼굴을 익힌 부인들이 대부분이었지만, 처음 대면하는 얼굴도 서너 명이 보였다.

"마님, 사임당 부인이십니다."

몇 번 안면이 있는 김진사 부인이 소개를 하자 부사 부인이 반색을 했다.

"어서 오세요, 사임당. 안 그래도 만나고 싶었는데, 핑계거리가 있어야지요. 마침 내 생일이라는 핑계가 생겨 무례를 범했습니다."

"별말씀을 다하십니다. 가마까지 보내주셔서 감사했습니다. 생신을 축하드립니다."

사임당이 준비해온 그림을 꺼내어 부사 부인 앞에 내놓았다.

"아이구, 이 귀한 것을. 사임당의 그림이 천하제일이라는 소문만 들었더니, 오늘에야 친견을 하는군요. 지금 꺼내 봐도 되겠지요?"

"그러시지요."

사임당의 말에 부사 부인이 봉투 속에서 그림을 꺼내었다.

"수박과 여치를 그렸군요. 수박은 두드리면 잘 익어 맑은 소리를 낼 것 같고, 여치는 정말 닭이 쪼아먹을 듯 살아있는 모습이군요."

부사 부인이 탄성을 내질렀다.

"사임당이 어렸을 때 여치를 그렸는데, 살아있는 여치인 줄 알고 닭이 쪼았다는 얘기로 강릉이 떠들썩한 적도 있답니다."

김진사의 부인이 호들갑을 떨었다.

"정말 그랬을 것 같습니다. 이런 귀중한 그림을 소장할 수 있게 해주셔서 고맙습니다. 제가 얼마나 강릉에 머물게 될지는 모르겠지만 사임당과는 잘 지냈으면 좋겠습니다."

부사 부인이 진정으로 말했다.

그때 객사의 여종이 소반에 음식을 가지고 들어오다가 문앞에 앉은 부인의 치맛자락에 걸려 넘어져 버렸다.

여종이 당황하여 퍼질러 앉아 울상을 지었다. 쏟아진 음식을 뒤집어 쓴 낯선 부인이 당황한 낯빛으로 벌떡 몸을 일으켰다.

부사 부인이 여종을 꾸짖었다.

"조심하지 그랬느냐? 부인, 잠시 저를 따르시겠습니까? 제 옷을 내어줄 터이니 갈아입으시지요."

낯선 부인이 부사 부인을 따라 나간 다음이었다.

김진사의 부인이 여러 사람이 듣도록 큰소리로 말했다.

"자상하시기도 하셔라. 종사관 부인과는 초면인데도 서슴없이 옷을 내어주시겠다는군요. 그나저나 빌려 입고 온 옷일 텐데, 간장은 빨래를 해도 잘 안 지워질 텐데, 일이 난감하게 되었군요."

"명색이 종사관 부인이라면서 나들이 옷 한 벌도 없답니까?"

다른 부인의 물음에 또 다른 부인이 나섰다.

"우리 이웃이 친정인데, 선조 때부터 무관 집안으로 청렴하기가 이를 데 없답니다. 비단옷 한 벌 살 돈도 없어 어려운 나들이 때는 친정어머니가 최부자 안사람의 옷을 빌려다 주곤 했지요."

부인들이 그런 얘기를 나누는 사이에 부사 부인과 종사관 부인이 돌아왔다.

여종의 실수로 옷을 더럽히는 사고는 있었지만, 부사 부인이 활달하여 생신잔치는 그런대로 잘 마무리가 되었다.

다른 부인들이 다 돌아가고 난 다음에 사임당이 부사 부인에게 말했다.

"아까 버린 옷을 제게 잠깐 내주시겠습니까? 지필묵도 함께요."

사임당의 말에 부사 부인이 의아하다는 표정을 지었다.

"간장이 묻은 치마를 그대로 돌려줄 수는 없을 것입니다. 제가 티 나지 않게 그림을 그려드리겠습니다."

"그렇게 하면 되겠군요. 하면 저랑 안방으로 가시지요. 뜻하지 않게 사임당의 그림 그리는 모습을 볼 수 있겠군요."

부사 부인이 사임당과 종사관 부인을 안방으로 안내했다.

평소에 붓글씨 쓰기로 소일을 하는지, 부사 부인의 안방에는 지필묵이 제대로 갖추어져 있었다.

그 뿐만이 아니었다. 벼루에는 이미 먹물이 절반쯤 채워져 있었다.

부사 부인이 말했다.

"손님들이 오시기 전에 잠시 글씨를 쓰고 있었습니다. 아랫것을 시켜 먹을 좀 더 갈게 하겠습니다."

"아닙니다. 벼루에 남은 먹물만으로도 충분할 것 같습니다. 조금 전 간장이 묻은 치마나 주시지요."

사임당의 말에 부사 부인이 간장으로 얼룩진 치마를 방바닥에 펼쳤다.

치마 앞에서 잠시 눈을 감고 생각에 잠기던 사임당이 눈을 뜨고 붓을 들어 잘 익은 포도가 주렁주렁 열려있는 포도 넝쿨을 그렸다.

붓이 지나간 자리마다 간장 흔적은 지워지고 포도 몇 송이가 순식간에 채워지고 있었다.

숨을 죽이고 그 모습을 지켜보던 부사 부인이 사임당이 붓을 놓자 감탄을 했다.

"사임당의 그림 그리는 솜씨가 참으로 신묘하군요. 이 치마는 제가 소장하겠습니다. 대신 원래 치마 임자한테는 치마 세 벌값을 지불하겠습니다."

부사 부인의 말에 종사관 부인이 말없이 얼굴만 붉혔다.

사임당이 간장으로 얼룩진 비단 치마를 순식간에 포도그림을 그려주어 종사관 부인의 난처함을 모면케 해주었다는 소문이 강릉고을을 한 바퀴 돌 무렵이었다.

사임당이 내일은 평창으로 돌아가야겠구나, 작정한 밤이었다. 또 몇 달간은 떨어져 있어야할 어머니 곁에서 잠이 들었을 때였다.

경포호수 한가운데에서 거대한 용 한 마리가 하늘로 솟구치더니, 곧바로 북평촌으로 날아와 사임당의 품으로 들어왔다.

용을 부둥켜안고 몸부림을 치던 사임당이 눈을 번쩍 떴다.

"왜 그러느냐? 험한 꿈이라도 꾸었느냐?"

"아닙니다, 어머니. 저 지금 평창으로 가겠습니다. 만복이를 불러주십시오."

"아직 첫닭이 울기 전이다. 달이 밝다고 하지만 밤길을 어찌 가려느냐?"

"연유는 나중에 말씀드리겠습니다."

"알겠구나. 더 묻지 않으마."

이씨부인이 만복이를 불러 짐을 챙겨 주었다.

배가 불룩하다가 절반으로 이즈러진 달빛이 은은한 길을 걸어 대관령 고개를 밟고 섰을 때 멀리 마을에서 첫 닭이 울었다.

원래는 꼬박 이틀이 걸리던 길이었다.

그러나 사임당은 중간에서 쉴 수가 없었다.

'제발 서방님께서 평창에 와 계셔야할 텐데.'

오직 그 생각뿐이었다.

사임당이 강릉에 머물 때면 이원수는 한양에 머물렀다. 그러다가 평창으로 오면 억쇠를 강릉으로 보내 사임당을 불렀다.

이번에는 서방님이 평창에 없으면 억쇠를 보내서라도 불러와야 했다.

사임당은 경포호수에서 솟아오른 흑룡이 자신의 품안으로 날아든 것을 태몽이라고 믿었다. 더구나 용꿈은 큰 인물을 얻을 꿈이 분명했다.

꿈의 효력은 사흘을 간다고 했으니, 사흘 안에 서방님을 만나야 한다고 사임당은 서둘렀다.

"사임당 아씨, 그러시다가 병이 납니다. 쉬었다 가시지요."

중간의 주막에서 장국밥으로 요기를 하고 잠시도 쉬지 않고 죽고살기로 걷는 사임당을 만복이가 걱정했지만 그렇다고 걸음을 멈출 수는 없었다.

"아니다, 아니야. 내 걱정은 말고 넘어지지 않도록 너나 조심하거라."

사임당이 오히려 만복이를 재촉했다.

다행이 평창에는 이즈러진 달이 채 떠오르기 전에 도착할 수 있었다. 아직 자정이 넘지 않았을 시각이었다.

　'제발 서방님께서 와 계셔야 할 텐데. 안 계시면 억쇠를 한양으로 바로 보내야겠구나.'

　그러나 평창 집에 이원수는 와 있지 않았다.

　밤 늦게 들이닥친 사임당 아씨의 행차에 집을 지키던 머슴 억쇠 부부가 화들짝 놀라 뛰어나왔다.

　"서방님은 와 계시느냐?"

　"아닙니다, 사임당 아씨. 주인어른은 안 오셨습니다."

　"알겠다. 억쇠는 한양에 갈 차비를 하고 막례는 목간에 더운 물을 채우거라."

　사임당이 서둘렀다.

　이원수가 들이닥친 것은 사임당이 목욕을 마치고 하얀 잠자리 옷으로 갈아입고 서탁 앞에 앉아 시경에서 태임을 칭송한 시편을 찾아 읽고 있을 때였다. 대문 열리는 소리에 이어 억쇠가 토방 아래에서 아뢰었다.

　"사임당 아씨, 한양 주인어른께서 오셨습니다. 마을을 벗어나 채 한식경도 가기 전에 앞에서 주인어른께서 오시고 계셨습니다."

　"그래, 알았다. 막례한테 일러 목간의 물을 다시 채우거라."

　"예, 사임당 아씨."

　억쇠가 돌아서는데, 이원수가 이제 막 떠오르는 스무날의 달빛을 받으며 마당 가운데에 서 있었다.

"부인, 내가 들어가도 되겠소?"

이날처럼 서방님이 반가운 적이 없는 사임당이 나지막한 목소리로 대답했다.

"잠시만 기다리십시오. 억쇠네를 시켜 갈아입을 옷을 내어드리겠습니다. 목욕재계하신 후 옷을 갈아입고 들어오십시오."

"알겠소. 부인 말씀대로 하리다."

이원수가 눈이 부신 듯 사임당을 한번 더 바라보고 목간 쪽으로 돌아섰다.

"부인도 용꿈을 꾸었던 것이오?"

용꿈의 성스러운 기운이 날아갈까 염려되어 사흘 간 서로 간에 말을 아끼다가 나흘째 나던 날 낮에야 이원수가 먼저 용꿈 얘기를 꺼냈다.

"예, 서방님. 경포호에서 솟아오른 용이 곧바로 제 품으로 안겨들었습니다. 잠에서 깨어나자마자 채 자정이 되기도 전에 집을 나서 하룻만에 평창으로 왔습니다."

"그랬었구료. 부인과 나는 같은 날 같은 시각에 같은 꿈을 꾸었구료. 이건 나라의 동량재를 얻을 꿈이라 믿고 나도 바로 한양 집을 나서 평창으로 달려왔지요. 중간에 얼굴이 곱상한 주모가 바짓가랑이를 붙잡는 걸 뿌리치고 오직 부인만을 생각하며 한 달음에 달려왔소이다."

"뭐라구요? 서방님께서는 어찌 그리 경박한 말씀을 하십니까?"

"사내란 다 그렇소. 겉으로는 점잖은 체 해도 들여다보면 호색의 본능이 있단 말이오. 내가 성인군자도 아닌데, 나라고 다르겠소?"

"하면 서방님은 한양과 평창, 혹은 북평촌을 오고 가면서 주모의 유혹에 넘어간 적도 있다는 말씀이세요?"

사임당의 낯빛이 싸늘하게 굳어지자 이원수가 당황하여 손을 홰홰 내저었다.

"그럴 리가 있소? 농이오, 농. 오랜만에 부인을 만나 들뜬 기분에 나도 모르게 어린애가 된 모양이오."

"서방님께서 과거를 포기하신 것도 이해를 하였고, 서방님께서 지인들한테 선물하시겠다면서 달라시는 그림도 몇 점 내어드렸습니다만, 몸이건 마음이건 서방님의 것을 다른 여자한테 내어주시는 것은 못 참습니다."

"그런 일은 결단코 없을 것이오. 이번 평창행에서는 더구나 양귀비나 서시가 유혹한다고 해도 흔들리지 않았을 것이오."

"저는 서방님을 믿습니다. 세상에 많고 많은 부부가 있지만, 몇백 리 떨어진 곳에 각기 따로 살면서도 부부가 같은 날 같은 시각에 같은 용꿈을 꾸고, 그 길몽을 고스란히 담기 위하여 밤길을 나서 만난 부부는 흔치 않을 것입니다."

"부인 말이 옳소. 헌데 지금 어머니가 독한 고뿔을 앓고 계시오. 그 일이 마음에 걸리는구려."

"어머님이 편찮으시다면 바로 한양으로 돌아가셔야지요."

"부인도 함께 가시겠소?"

"응당 그래야지요. 지금 바로 출발하십시다."

시어머니 홍씨부인이 병환중이라는 말에 사임당이 먼저 서둘렀다.

오랜만에 아들과 며느리가 함께 들이닥치자 홍씨부인이 얼굴에 웃음빛을 띠우며 반겼다.

"선이 어미를 데려오려고 네가 밤길을 서둘러 떠났었구나. 내 그럴 줄 알았다. 며늘아가, 사부인은 강녕하시더냐?"

"예, 어머님. 강릉 어머니께서도 늘 어머님 걱정뿐이십니다."

"그러실 것 없다고 말씀드리거라. 네가 오니까 집안에 윤기가 흐르는구나. 빛이 나는구나."

"감사합니다. 어머님께서 제가 올 줄 아시고 노복들을 시켜 집안 곳곳을 쓸고 닦은 것을 알고 있습니다. 제가 잠시 시장에 나가 어머님께 달여드릴 약차거리를 준비해 오겠습니다."

"그런 일이야 아랫것을 시키면 되지."

"제 손으로 만져보고, 제 눈으로 확인하여 구해오고 싶습니다."

"네 뜻이 정 그렇다면 그러거라."

시어머니의 허락을 받은 사임당이 머슴과 계집종을 데리고 운종가로 장을 보러갔다.

운종가는 사임당이 한양에 올 때면 꼭 들르는 한양에서 가장 큰 시장이었다. 노량진이나 마포나루에서 생선장이나 새우젓 장이 열리기도 했지만, 운종가야말로 조선의 물산이 다 모이는 가장 큰 시장이었다.

그러나 사임당이 운종가를 즐겨 찾는 것은 운종가에 화선지를 살 수 있는 지전과 안료를 비롯하여 필묵을 살 수 있고, 화원들의 화첩이며 그림들을 구경하고 살 수 있는 화방이 있기 때문이었다.

운종가에 들르면 사임당이 가장 오래 머무는 곳이 화방이었다.

이날도 사임당은 약방에 들러 고뿔에 좋다는 약 세 첩과 평상시에도 즐겨 달여 먹으면 고뿔을 예방한다는 도라지와 생강을 여유있게 구입하여 머슴에게 지우고, 한양에 올 때마다 들러 이제는 주인과 얼굴을 익힌 화방으로 들어갔다.

"오셨습니까? 명나라에서 들어온 기가 막힌 산수화 화첩이 있는데 구경하시겠습니까?"

"조선 사람이 조선 화원의 그림을 보아야지요. 명나라 화첩은 모사에 모사를 거듭하여 비슷하기만 할 뿐, 정작 그림을 그린 화원의 혼은 느낄 수가 없지요."

사임당의 말에 화방 주인이 묘한 표정을 지었다.

들를 때마다 화첩을 펼쳐보고, 새로 들어온 그림을 찾는다거나, 붓을 크기에 따라 구입해 가는 것을 보면 붓글씨를 즐겨 쓰거나 그림을 그리는 화원이 분명한데 도무지 신분을 알 수가 없는 사임당이 궁금한 모양이었다.

"조선 화원의 걸로 새로 들어온 그림은 없습니까?"

사임당의 물음에 주인이 반색을 하며 얼른 그림 몇 점을 꺼내 놓았다.

"이 그림들을 좀 보십시오. 주로 초충도인데 한양의 내로라하는 화원들이 보고 감탄을 한 그림들입니다."

주인이 펼친 그림을 본 사임당의 얼굴이 핼쑥하게 질렸다.

그것은 한 눈에도 알아볼 수 있는 연화의 그림이었다.

"이 그림이 언제부터 화방에 나오기 시작했습니까?"

사임당이 겨우 떨리는 가슴을 진정시키고 물었다.

"두 달이 채 못 되었지요. 자주 들르던 어떤 선비가 초충도 한 점을 가지고 와서 그림의 진가를 알려달라고 하더군요. 제가 비록 화방이나 하고 있는 장사치지만, 서당개 삼 년이면 풍월을 읊는다고 한 눈에 보니까, 예사 그림이 아니더란 말입니다. 그때 마침 도화원에 계시는 어진화사께서 오셨는데, 보시고는 말씀하시더군요. 조선에서 초충도를 가장 잘 그리는 화원은 강릉의 사임당인데, 사임당의 그림과는 같은 듯 다르다고 하더라구요. 사임당의 초충도와 견줄 정도라면 대단한 그림이 아닙니까? 어쩌면 사임당의 그림일지도 모르지요. 소문에는 조선의 어떤 화방에도 사임당의 그림이 매물로 나온 적은 없다고 하더군요."

"이 그림을 그린 화원은 그럼 누굽니까?"

사임당이 물었다.

"부인이 보시기에도 역시 보통 그림은 아니지요?"

주인의 말에 사임당이 다시 한 번 그림을 찬찬히 훑어보았다.

연화의 초충도에는 꽃 한 송이를 골라 꽃잎 안에 별을 하나씩 숨겨놓고 있었다.

"흉내를 썩 잘 냈군요. 이 그림을 그린 화원을 만난 적이 있습니까? 이 그림은 어떻게 구하셨습니까?"

"매분구라고 불리는 방물장수가 가져왔습니다. 화원을 직접 본 적은 없지요."

"이 초충도가 잘 팔리기는 합니까? 한 점에 얼마씩 받습니까?"

"표구하여 벽에 걸어놓으면 볼만하지 않겠습니까? 그림마다 다산이며 무병장수며 하는 뜻도 좋구요. 열흘에 한두 점씩은 팔립니다. 한 점에 석 냥도 받고 닷 냥도 받지요. 한 점 사시렵니까? 골라보시지요."

사임당이 잠시 망설이다가 원추리 다섯 송이와 나비 세 마리를 그린 그림을 골라냈다.

"단골이시니까 석 냥만 내십시오."

주인에게 그림값을 지불하고 화방을 나오는 사임당의 다리가 후들후들 떨렸다.

'연화가 한양에 살고 있구나. 초충도를 그려 화방에 내놓고 있다니, 괘씸한 것 같으니라구. 뭐? 초충도를 가장 잘 그린다는 사임당의 그림과 견줄만 하다고?'

집으로 돌아온 사임당은 우선 정성으로 약을 달여 시어머니 홍씨부인에게 먹이고, 이원수 앞에 연화의 초충도를 펼쳐 놓았다.

"아니, 이것은 부인의 초충도가 아니오?"

"서방님의 눈에도 제 그림으로 보이십니까? 운종가 화방에서 사왔습니다."

"화방에서요? 하면 부인의 그림을 화방에 내놓았단 말이오?"

이원수가 믿을 수 없다는 눈빛으로 사임당을 바라보았다.

"아닙니다. 제가 지금껏 단 한 점의 그림도 팔지 않았다는 것은 서방님이 더 잘 아시지 않습니까?"

"그렇다면 이 그림은 무엇이오? 혹시 연화의 것이오?"

"맞아요. 연화의 그림이에요. 여기 이 꽃술 속의 별을 보세요."

사임당이 손가락으로 가리킨 곳을 본 이원수가 고개를 끄덕였다.

"과연 별이 있구려. 부인의 그림 속에는 없는 별이 있어요. 그림을 화방에 팔아먹을 정도면 연화라는 계집종이 여전히 그림을 그리고 있는 모양인데, 우리 그년을 잡읍시다."

"어떻게요?"

"추노꾼을 사던지, 포도청에 고발이라도 합시다."

이원수가 당장에라도 연화를 잡으러 나설 듯 설쳤다.

파주 율곡리에서 제 그림을 사임당의 그림인 양 팔아먹고 밤도망을 친 연화 때문에 친척들은 물론 벗들에게도 곤욕을 치룬 이원수였다.

"참으세요, 서방님. 자칫 우리가 저를 찾고 있다는 것을 알면 깊숙한 곳으로 숨어버릴지도 몰라요."

"영악한 계집이니까, 아마 그런 대비도 해놓았을 것이오. 어떻게 했으면 좋겠소? 만복이가 그 계집의 얼굴을 아니까, 내일부터라도 화방을 지키라고 할까요?"

"화방에는 매분구를 중간에 세워 그림을 공급하고 있는 것 같았어요. 사람들이 연화의 그림을 사임당의 그림으로 알고 구입하는 것이 싫고, 연화의 그림과 사임당의 그림이 비교되는 것이 불쾌해요."

"부인의 마음을 이해해요. 내가 내일 포도청에 정식으로 고발을 하겠소."

"그래 주세요. 그 아이가 그림만 그리지 않는다고 해도, 아니, 그림을 그리더라도 시중에 내놓고 팔지만 않아도 모른 체 하겠어요. 허나, 이건 아니잖아요."

사임당이 서슬이 퍼렇게 일어 말했다.

그런 사임당을 이원수가 신기한 듯 바라보았다.

혼례를 치루고 10년 남짓을 살았지만, 사임당이 드러나게 화를 내는 모습은 처음이었다.

다음날이었다. 좌포도청에 연화를 고발한다고 나갔던 이원수가 뜻밖의 사람을 하나 데리고 돌아왔다.

"사임당 아씨, 주인어른께서 잠시 사랑으로 나오시랍니다."

머슴 억쇠의 말에 사임당이 물었다.

"무슨 일이라시더냐?"

"무서운 옷을 입은 분과 함께 오셨습니다."

"무서운 옷?"

사임당은 이원수가 포졸이라도 데리고 온 걸로 짐작했다. 그런데 손님은 포졸이 아니라 포도청 종사관 복장을 하고 있었다. 사임당이 들어서자 종사관 복장의 사내가 벌떡 몸을 일으켰다.

"부인, 이분은 좌포청의 강종사관이시오. 연화 건을 말씀드렸더니, 꼭 부인을 뵈어야 한다기에 예가 아닌 줄은 알지만 모시고 왔소."

이원수의 말에 강종사관이 허리를 깊숙이 숙였다.

"강수일이라고 합니다. 얼마 전에 강릉대도호부사의 객사에서 생신잔치가 열렸을 때 제 내자가 사임당께 큰 신세를 졌다고 들었습니다."

강종사관의 말에 사임당은 간장으로 얼룩진 치마폭에 포도를 그려준 일을 얘기하는 것이라고 바로 눈치를 챘다.

"이렇게 인사를 받을 만큼 큰 일이 아니었습니다. 어서 자리에 앉으시지요."

"그럽시다. 예는 그만하면 되었습니다. 더구나 오늘은 우리가 강종사관의 도움을 받아야할 처지가 아닙니까?"

이원수가 말했다.

"하면 잠시 앉아서 얘기를 들어볼까요?"

강수일이 자리에 앉은 다음에 사임당도 이원수 옆에 자리를 잡고 앉았다. 종사관 서방님이 청렴하여 그 부인이 남의 옷을 빌려입을 만큼 가난하다는 말대로 강수일의 눈빛은 맑고 낯빛은 편안해 보였다.

사임당이 연화와의 인연과 연화가 자신의 그림을 흉내 내어 화방을 비롯하여 시중에 팔고 있음을 차근차근 들려주었다.

사임당의 얘기를 다 듣고 난 강수일이 말했다.

"대담한 계집이군요. 잡히면 죽는 줄을 알면서도 그림을 팔다니요? 제가 사임당의 그림을 볼 수 있을까요?"

"제 그림은 모두 강릉에 있어 보여드릴 수가 없지만, 어제 화방에서 사온 연화의 그림이 있습니다."

사임당이 연화의 그림을 문갑에서 꺼내어 보여주었다.

강수일이 눈을 빛내면서 한참을 들여다보았다.

"벌레와 풀꽃을 그린 초충도입니다. 연화는 초충도 밖에 그리지 않았으니까, 산수화나 화조도는 나오지 않을 것입니다. 직접 화방에 나오는 것이 아니라 매분구를 통하여 거래를 하는 것 같았습니다."

"잘 알겠습니다. 제 부하 가운데 매분구를 잘 아는 자가 있습니다. 그 자를 통하여 탐문을 하면 쉽게 찾을 수 있을 것입니다. 아무 걱정 마시고 며칠만 기다려 주십시오."

강수일이 자신감이 넘치는 말을 남기고 돌아간 다음이었다.

이원수가 물었다.

"종사관 부인이 사임당한테 신세를 지다니, 무슨 소리요?"

사임당이 빙긋 웃으며 대답했다.

"여종의 실수로 간장으로 얼룩진 종사관 부인이 입고 온 치마폭에 포도를 그려주었지요. 종사관 부인이 치마를 빌려 입고 왔다기에 그대로 보낼 수가 없었어요. 평생 다시 만날 일은 없을 줄 알았는데, 사람의 인연이라는 것이 참 무섭네요."

"강종사관과의 인연은 아름다울 것 같소. 연화의 일도 잘 풀릴 것 같구료."

"그랬으면 좋겠어요. 어떻게든 연화의 일이 마무리되어야 제가 강릉으로 돌아갈 수 있을 것 같아요."

"걱정하지 말구려. 더구나 당신한테 그런 은혜까지 입었으면 강종사관이 물불을 안 가리고 덤벼들 것이오. 수일 내로 부인이 연화의 얼굴을 보게 될 것이오."

이원수의 예상은 틀림이 없었다.

사흘 후였다. 막 점심상을 물리는데, 밥상을 들고 나갔던 계집종이 토방 아래에서 호들갑을 떨었다.

"사임당 아씨, 엊그제 왔던 그분이 또 오셨습니다. 주인어른께서 아씨를 사랑으로 나오시랍니다."

사임당이 서둘러 사랑으로 나갔다. 연화의 행방을 찾았구나, 싶어 가슴이 철렁 내려앉았다. 찾아야겠다는 생각만 했지, 막상 찾으면 어떻게 해야겠다는 작정은 안 서 있었다.

강수일이 말했다.

"연화라는 계집종이 사는 곳을 찾았습니다. 그림을 팔아 모은 돈으로 마련했는지, 서대문 밖의 그럴듯한 기와집에 살고 있었습니다."

"그랬을 것이오. 파주에서 제 그림을 사임당의 것인 양 속여 팔아먹은 그림값으로도 논 댓 마지기 값을 받아갔으니까 말이오."

이원수의 말에 강수일이 사임당을 향해 물었다.

"연화를 어찌 하시겠습니까? 포도청으로 잡아들일까요?"

"저를 그 아이가 살고 있는 곳으로 안내주실 수 있습니까?"

사임당이 차분한 목소리로 물었다.

"대문 밖에 기다리고 있는 제 부하가 안내해 줄 수 있습니다. 그림을 팔고 돌아가는 매분구의 뒤를 밟아 연화의 집을 알아낸 자입니다."

"그러시다면 지금 바로 연화를 만나게 해주시지요."

"그러십시오."

이원수가 함께 가겠다는 걸 계집종만 데리고 사임당이 연화의 집을 찾아갔다.

대문을 두드리자 문을 열어준 것은 칠복이었다.

눈을 동그랗게 뜨고 놀라 바라보는 칠복이에게 사임당이 말했다.

"들어가자. 연화는 안에 있으렷다?"

"예, 예. 사임당 아씨."

칠복이가 후닥닥 돌아서서 안으로 뛰어들어갔다.

"언년 어매, 언년 어매. 좀 나와 보소."

칠복이의 고함에 안방 문이 열리고 연화가 기웃이 얼굴을 내밀다가 사임당의 얼굴을 발견하고는 한 달음에 마당까지 달려나와 넙죽 엎드렸다. 그 곁에 칠복이가 함께 엎드렸다.

그 모습을 잠시 내려다보던 사임당이 말했다.

"일어나거라. 방으로 들어가자."

사임당의 말에 연화와 칠복이가 몸을 일으켜 안방 쪽으로 돌아섰다.

토방을 올라서는 칠복이의 다리가 후들거리고 있었다. 오히려 연화는 모든 것을 체념한 듯 담담한 모습이었다.

방으로 들어와 자리를 잡고 앉자 연화와 칠복이가 나란히 서서 예를 갖출 차비를 했다.

"절 받으십시오, 사임당 아씨."

"그냥 앉거라. 절 받을 마음은 없구나."

사임당이 사양했으나, 기어코 큰 절을 올린 두 사람이 방바닥에 코를 박은 채 일어날 줄을 몰랐다.

"뭐하는 짓이냐?"

"저희 세 식구를 죽여주십시오."

칠복이가 울음 섞인 목소리로 애원을 했다.

그 대답은 않고 사임당이 방안을 둘러보았다. 그런데 방안 풍경이 눈에 익었다. 그랬다. 그것은 강릉에 있는 사임당의 방을 닮아 있었다. 장롱이며 경대, 서탁이 놓인 자리며 지필묵의 배치 등이 강릉의 방과 비슷했다. 방웃목 구석에는 그리다만 초충도 한 점이 절반만 접힌 채 뒹굴고 있었다.

'이 아이는 여전히 내 흉내를 내며 살고 있었구나. 내 분신처럼

살고 있었구나.'

사임당의 뇌리로 그런 생각이 스쳐갔다.

사임당이 말했다.

"초충도를 그리고 있었구나. 이리 가져와 보려무나."

연화가 무릎걸음으로 그림을 가지고 왔다. 잘 익은 수박 곁에 쥐를 그려놓은 그림이었다. 수박은 탱글탱글했으며 수박을 노리는 쥐의 눈빛은 탐욕으로 번들거렸다.

"그림이 많이 늘었구나. 제법 네 마음을 담았구나. 허나 이건 네 그림이 아니다. 별도 안 그렸구나."

사임당의 말에 연화가 고개를 들고 대꾸했다.

"별을 그리려고 수박넝쿨 사이에 수박꽃 한 송이를 그려놓았습니다. 막 별을 넣으려는데 사임당 아씨께서 오셨습니다."

"됐다. 다시는 너를 찾지 않을 터이니, 수고롭게 도망다니며 살 것 없다."

사임당이 몸을 일으키자 연화와 칠복이가 놀란 눈빛으로 올려다보았다.

"저희들을 죽이지 않습니까?"

"죽이려고 온 것이 아니었다. 다만 화방에 그림을 내놓지 않았으면 좋겠구나. 연화 네가 너만의 그림을 그릴 수 있을 때 내놓거라. 네 그림을 내 그림으로 오해당하는 것은 싫구나. 아니면 별을 누구나 보면 한 눈에 알아볼 수 있도록 크게 그리거라. 사람들이 꽃그림이 아니라 별그림이라고 생각할 만큼 크게 그리거라."

사임당의 말에 연화의 대꾸는 없었다.

연화의 집을 나와 집으로 돌아오는 길에 사임당이 강수일의 부하에게 말했다.

"강종사관 나리께 연화네를 그대로 살게 두라고 말씀드리세요."

사임당은 다시는 연화를 만날 일은 없을 것이라고 믿었다.

"연화는 만났소?"

안방에서 나들이옷을 평상복으로 갈아입고 나자 이원수가 방으로 들어와 아랫목에 앉으며 물었다.

"잘 살고 있었습니다. 도망가지 말고 살던 대로 살라고 했습니다."

"그럴 줄 알았소. 부인의 마음이 부처님이구려. 죽인다고 해도 부인의 마음은 유황불 속을 헤맬 것이며, 포도청에 넘긴다한들 부인의 마음은 편치 않았을 것이오. 부인의 마음이 제일 편한 쪽으로 결정했구려. 내일이라도 내가 강종사관을 만나 그렇게 전하리다."

"제가 그림 한 점을 그려 드릴 터이니, 그분께 전해 드리세요."

"허허, 강종사관이 횡재했구려."

이원수도 연화를 그대로 둔 것에 대해 더 이상 말이 없었다.

시어머니 홍씨의 고뿔이 나으면 강릉으로 돌아가려고 했으나, 계절이 바뀌는 것을 타느라 그랬는지 홍씨의 고뿔은 쉽게 낫지 않았다. 오히려 더욱 심해져 밤에는 해소기침까지 콜록거렸다.

그럴 때면 사임당이 홍씨의 머리맡을 지키며 병간호를 했다.

그렇게 한 달을 머물렀을 때 첫눈이 내렸다.

'어머니께서는 강녕하시겠지?'

사임당이 내리는 눈발을 보면서 중얼거릴 때였다. 나들이를 했던 이원수가 어깨에 눈을 흠뻑 뒤집어 쓴 채 들어왔다.

"오늘도 시당숙 댁에 다녀오시는 거예요?"

사임당이 말하는 시당숙은 몇 년 전에 김안로에게 탄핵을 받아 전라도 강진으로 귀양을 갔던 이기(李芑)였다. 연산군 때 과거시험에서 병과에 급제하여 십 년이 넘게 함경도 병마절도사로 있다가 내직으로 들자마자 다음 해에는 정조사로 명나라에 다녀올 만큼 승승장구하였는데, 조정을 장악하고 있던 김안로의 미움을 산 것이 빌미가 되었다.

이기는 영악하고 교활한 사람이었다.

언젠가는 조정의 실권이 중전을 비롯한 윤원형 일파에게 돌아올 것임을 알고는 윤원형의 주구가 되기로 작정하고 중전이 권력을 잡을 수 있는 몇 가지 방책을 적은 서찰을 은밀히 보냈다.

초록은 동색이라고 했던가? 한 눈에 이기의 영악함을 간파한 윤원형이 중전에게 부탁하여 유배에서 풀려나자마자 예조참판의 자리에 앉혔다.

천리 밖 전라도 강진 땅에서 귀양살이를 할 때에는 당숙의 집이라고 해서 돌아보지도 않던 이원수가 이기가 유배에서 풀려나고, 한양으로 입성하자마자 예조참판이 되는 것을 보고는 거즌 매일 찾다시피 하고 있었다.

그런데 사임당의 눈에는 이기가 좋은 사람으로 보이지가 않았다. 유난히 눈을 자주 깜박거리는 것이나 상대방을 뚫어질 듯 살피는 눈초리에서는 사악함이 느껴질 정도였다. 그런 이기를 서방님이 가까이 한다는 것이 사임당은 마음에 걸렸다.

"내가 갈 곳이 어디 있겠소? 그나마 당숙댁 사랑에나 가야 조정 돌아가는 얘기를 듣지요."

"서방님께서 조정 돌아가는 것을 알아 뭐하시게요?"

"미리 알아두어야 나중에 출사를 하면 도움이 될 것 아니오?"

이원수가 의기양양하게 대꾸했다.

"서방님께서 과거라도 보시게요?"

"당숙이 예조참판에 조정의 실세인 윤원형 대감과 막역하신데, 꼭 과거를 보아야만 벼슬자리에 나가겠소? 당숙댁 사랑에 모인 사람들이 모두 과거를 보고 벼슬자리에 나갈 사람들이겠소?"

"그럴 마음을 가진 사람이라면 참판댁 사랑을 기웃거릴 필요가 없겠지요. 서방님, 당숙께서는 사람들의 입살에 너무 많이 오르내리더군요. 중전의 남동생이라던가? 윤 뭐라는 사람과 어울려 반대파 벼슬아치들을 많이 죽였다면서요? 지금 참판이라고 해서 평생 참판 노릇을 할 것도 아닐 것입니다. 윤 뭐라는 사람이 지금 중전의 남동생이라고 해서 그 권세가 영원하지도 않을 것입니다. 나중을 생각해서라도 당숙댁의 출입은 그만두어 주십시오. 저는 서방님과 오래오래 무탈하게 살고 싶습니다."

"알겠소. 부인 말씀에 따르리다. 헌데, 여태껏 아무 소식도 없소?"

이원수의 물음은 그러니까 같은 날 같은 시각에 같은 용꿈을 꾸었던 날의 결실이 없느냐는 뜻이었다.

사실 사임당은 자신의 뱃속에 그날 받은 씨앗이 자라고 있는 것을 알고 있었다.

지난 달에는 달거리도 없었다. 시어머니 홍씨와 서방님 이원수에게 언제 털어놓을까 궁리중에 있던 참이었다.

"사실은 저 회임했어요, 서방님."

"정말이오? 용꿈의 효험을 보았다는 말씀이지요?"

이원수가 세상을 다 얻은 듯이 좋아했다.

그 모습을 잠시 바라본 사임당이 안방으로 시어머니 홍씨를 찾아가 회임 사실을 알렸다.

"참으로 잘된 일이구나. 허면 날씨가 더 추워지기 전에 강릉으로 돌아가거라. 여자란 회임을 하면 몸과 마음이 다 편해야 한다. 여기서는 내 눈치를 보느라 마음이 편하겠느냐?"

"아닙니다, 어머님. 저는 조금도 불편하지 않습니다."

"밤마다 내 머리맡을 지키는 일도 고역이었을 것이니라. 장차 태어날 내 손자를 위해서라도 강릉으로 가거라."

"겨울은 한양에서 나겠습니다. 봄이 되면 강릉으로 가겠습니다."

사임당의 말에 홍씨가 '정 그렇다면 니가 알아서 하거라' 했다.

그런데 사임당이 한양에 더 머물러서는 안 될 일이 벌어졌다.

하루는 나들이를 나갔던 이원수가 헐레벌떡 달려왔다.

"부인, 어쩌면 수일 내로 부인이 궐에 들어가야 할 일이 생길지도 모르겠소."

"무슨 말씀이세요? 제가 궐에는 왜요?"

사임당이 물었다.

"윤원형 대감한테 정난정이라는 첩이 있는데 궐을 제 집 드나들 듯이 드나들며 중전과 가깝게 지낸다고 합디다."

"그거하고 저하고 무슨 상관이 있답니까?"

이원수한테 그렇게 묻다보니까, 사임당은 퍼뜩 떠오르는 얼굴이 있었다.

아홉 살 때였던가?

아버지를 따라 관음사에 갔다가 제 아버지가 오위도총부엔가 있다는 어린 계집아이를 맞닥뜨린 적이 있었다. 그때 그 계집아이의 이름이 정난정이었다.

그날 어린 인선이에게 행패를 부리려는 정난정을 연화가 가로막아 주었다. 그때부터 어린 인선이는 연화를 친동기간처럼 여겼다.

"정난정이 중전한테 부인 말씀을 했다고 합디다. 당숙 어른의 말씀이 궐에 병풍을 들여야겠는데, 도화서 화원들의 그림은 도무지 마음에 들지 않는다고 하는 중전의 말을 듣고는 강릉에 조선

제일의 화원이 있다고 했던 모양이오. 응당 그 사람이 누구냐고 물었을 것이 아니오."

"그만 들어도 될 것 같습니다, 서방님. 아무래도 제가 강릉으로 돌아가야할 것 같습니다. 봄이 되면, 배가 불러오기 전에 대관령을 넘으려고 했는데, 한양에 있다가는 무슨 꼴을 당할지 모르겠습니다."

"부인, 강릉에 있다가도 한양으로 와야 할 판에 강릉으로 돌아가다니요?"

"서방님, 저는 중전마마를 만나고 싶지 않습니다."

"왜 만나고 싶지 않은 거요? 중전이 부인을 만나려고 하는 것은 그림을 얻고자 함일 텐데, 부인의 그림이 교태전에 소장된다면 부인에게나 우리 가문으로나 크나큰 광영이 아니겠소."

"그래도 전 싫습니다. 내일 강릉으로 돌아가겠습니다. 제가 떠난 뒤에라도 궐에서 사람이 나와 찾거든, 강릉으로 돌아갔다고 하십시오."

"허허, 부인. 정 그래야 쓰겠소? 부인 덕에 벼슬 한 자리 하는 걸로 알고 나 혼자 들떠 있었구려."

이원수가 실망하는 낯빛을 숨기지 않고 드러냈다.

"제가 서방님을 도와드릴 일은 없을 것 같습니다."

사임당은 이원수가 벼슬자리에 연연하지 않고 대쪽 같은 선비의 삶을 살았으면 싶었다. 부인의 말대로 따르겠소, 했던 것이 엊그제인데, 벌써 딴 생각을 하고 있는 이원수가 걱정이 되었다.

다음날 사임당은 억쇠 내외와 함께 강릉으로 출발했다.

이원수는 끝내 얼굴도 비치지 않았으며 '먼 길 조심하라'는 말
도 없었다.

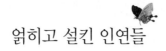

얽히고 설킨 인연들

인화연이 인천공항이라면서 전화를 해온 것은 '꽃이야기'에서 백두산 꽃사진을 본 열흘 후였다.

"인천공항이에요. 세 시쯤이면 뵐 수 있을 것 같은데, 어디서 만날까요?"

이쪽의 사정은 무시한 채 막무가내로 나오는 인화연의 당돌함이 마땅치 않았지만, 이화정의 소식을 듣기 위해서는 만날 수밖에 없다고 김민혜는 생각했다.

"인사동 '애다무사'에서 만날까요?"

'애다무사'는 화개에서 3대째 녹차를 만들고 있는 산골제다에서 직영하는 찻집으로 '차에는 사악함이 없다'는 정신의 녹차보급이 목적이었기 때문에 값이 저렴하면서도 맛에 품격이 있어 녹차 애호가들이 많이 찾는 찻집이었다.

"저 그 집 알아요. 전시회 때는 날마다 들렀는걸요."

"그럼 세 시에 거기서 봐요."

김민혜가 휴대폰을 끊는데 이동호가 '인사동에 가게?' 하고 물으며 다가왔다.

"예, 약속이 있어서요."

"조인호 씨 초충도 건 때문인가?"

오로지 관심이 거기 밖에 없다는 듯 이동호의 눈빛이 음흉하게 반짝였다.

"아니에요. 초충도 건은 저도 깜깜해요. 약속이라도 한 듯 모두들 입을 꾹 다물고 있어요."

김민혜가 이동호 앞에서 말을 아꼈다.

"김기자가 나한테는 숨기자고 아예 작정을 해버렸군."

이동호가 입맛을 쩝 다시면서 대표실로 들어가버렸다.

"절대로 검찰에 넘길 수 없어요. 내 목을 걸고 장담해요."

강일수도 이번에는 날을 세우고 있었다. 청담동 이여사의 초충도가 장물로 증거가 분명했고, 고서화점 '가람'의 비밀공간에서 압수한 위조된 조선시대의 그림들이 10여 점 나왔는데도 좀도둑의 말을 핑계 삼아 증거불충분이라며 정영섭을 풀어준 검찰을 강일수는 믿을 수가 없다면서 흥분했다.

"저도 오라버니가 옳다는 쪽에 한 표 던질게요. 박광로 선생님께서 방송이며 신문같은 언론사로 보도자료를 보내겠다고 하셨어요. 참, 정영섭의 안가에서 나온 증거들은 언제 터뜨릴 거예요?"

"정영섭은 아직도 안가가 노출된 것은 모르고 있어."

"그렇다면 수색영장을 받아가지고 정식으로 수색한 걸로 하면 어떨까요?"

"그 방법도 괜찮을 것 같은데? 역시 김기자는 머리가 잘 돌아간다니까. 박광로 선생의 보도자료가 매스컴에 대대적으로 보도되고 나면 국민들의 눈과 귀가 쏠릴 것이고, 힘깨나 쓴다고 하는 곳에서도 별 간섭을 못할 것이라구."

강일수가 말꼬리를 자르고 있었지만 김민혜는 무심히 넘겼다. 나이가 열 살 이상 많고, 기왕에 오라버니라는 호칭을 사용했으니까, 말을 놓아도 된다고 여겼다.

하지만 박광로가 매스컴에 뿌린 보도자료는 단 한 줄도 기사로 나오지 않았다.

조인호의 열두 폭 초충도병풍이 진품이 될 수 없는 까닭을 사진자료와 함께 열 가지를 제시하였는데도 매스컴들은 모두 침묵을 지켰다.

심지어는 '로즈퀸'조차도 김민혜의 기사를 외면해버렸다.

이동호가 안면을 몰수하고 나왔다. 박광로 선생이 근거를 대며 위작으로 주장한다면 앞장서서 정정기사를 쓰겠다고 하더니, 막상 근거를 제시하자 고개를 내저었다.

자신이 쓰지도 않을 뿐만 아니라 김민혜가 작성한 기사도 실을 수 없다고 버텼다.

"아직도 협박을 당하고 있는가요?"

"협박이라니? 누가 날 협박하지?"

이동호가 벌레라도 씹은 듯이 얼굴을 일그러뜨렸다.

"마음만 먹으면 국민들의 눈과 귀와 입을 한 곳으로 몰아갈 수 있는 곳 말예요. 기사를 실어준 댓가로 촌지를 받은 잘못 말고 또 다른 책잡힐 짓을 하셨나요?"

"어떻게 생각하든 상관없어. 하늘이 무너져도 초충도 기사는 실을 수 없으니까, 그리 알라구."

그때 김민혜는 이동호와의 대화를 녹음한 녹음내용을 공개할까 망설였다.

무서운 곳으로부터 협박 전화를 받았다는 내용과 보도지침이 내려왔다는 내용을 복사하여 국민들의 가려운 곳을 잘 긁어준다고 알려진 인터넷 신문과 시사주간지에 공개하고 싶었다.

그러나 그것은 비열한 짓이었다.

이동호 몰래 녹음을 한 것도 비열한 짓이었고, 그걸 가지고 무얼 얻겠다고 협박을 하는 것도 옳은 짓거리는 아니었다.

사임당을 사모하여 한 달이면 두어 차례 강릉을 찾아가고, 그런 느낌들을 에세이로 작성하여 여성지에 싣고 있는 예비작가가 할 짓은 아니었다. 김민혜는 작가는 정직해야 하며, 그것이 아무리 짧은 작품이라도 영혼을 바쳐야 한다고 믿고 있었다.

작가는 비열해서는 안 된다고 김민혜는 배웠다.

김민혜가 대학 문예창작과에 다닐 때 소설창작 연습을 가르친 강사는 작가의 혼은 맑아야 한다고 입에 거품을 물었다.

"혼이 맑다는 것은 정직하다는 뜻이지. 정직하지 않은 마음으로 글을 쓰면 정직하지 않은 글이 나올 수밖에 없지. 네가 읽은 책에서는 다만 형식을 배울 뿐, 내용을 가져오지는 말아라."

다른 교수들에 비해 학생들의 작품을 빠짐없이 읽어주었던 그 강사는 학생들의 글에서 자기 목소리가 아닌 타인의 목소리가 들리면 여지없이 나무랐다.

"학생, 요즘 오정희 작가의 소설을 주로 읽고 있는 모양이지? 이 소설에서 오정희 작가의 냄새가 나. 이 부분은 문장을 그대로 훔쳐왔군. 예술창작에서 남의 것을 훔친다는 것은 그 사람의 영혼을 훔치는 것이나 마찬가지야. 시가 되었건 소설이 되었건, 모든 시인과 작가는 작품을 한 편 완성하면 가장 먼저 해야 될 일이 무엇인 줄 알아? 바로 훔쳐온 부분을 걸러내는 일이야. 혹시 내가 읽었던 어떤 책의 내용을 무의식중에라도 가져오지는 않았는가, 어떤 시인의 어떤 시가 좋아 이미지라도 빌려온 것은 아닌가, 하고 철저히 검토하여 조금이라도 마음에 걸리는 부분이 있으면 가차없이 버려야 한다구. 그것이 진정한 창작인의 자세인 거지. 학생은 지금 이 세상에 몇 편의 시가 존재하고 있다고 생각해? 몇 편의 소설이 존재하고 있다고 생각해? 아마 수만, 수억 편이 넘을 걸. 그런데도 단 한 편도 같은 것이 없거든. 그것은 세상에 존재하는 시나 소설 들은 창작자의 영혼이 실려있기 때문이라구. 사람마다 제각기 다른 영혼을 그려내고 있기 때문인 거지. 단 한 행의 시라도, 단 하나의 시어라도 남의 것을 훔쳐온다는 것은 그 사람의 영혼의 일부분을 훔쳐오는 것이나 무엇이 다르겠어. 그것은 소설도 마찬가지야. 혹시 외국 작가의 것을 가져다 쓰면 들키지 않을 것이라는 안일한 생각은 하지 마. 진실하지 않은 것은 결국은 들통이 나게 되어 있으니까. 내가 아는 어떤 여류작가가 지역신문에 연재소설을 쓰고 있을 때인데, 딸이 미인대회에 일등한 기념으로 일본으로 가족여행을 갔었다나? 헌데 그 여류작가가 쓰고 있던 연재소설의 원고를 미처 신문사에 넘기지도 못했던 모양이야. 친구에게 대신 어떻게든 원고지만 메꾸어 보내 달라고 부탁하고는 여행을 떠난 거야. 여고시절에 문학소녀였고, 소설가를 꿈꾸었던 적도 있었지만, 날마다 친구가 쓰고 있는 연재소설을 읽고 있기는 했었지만, 흐름에 따라 제대로 이어갈 수 있겠어? 하루내 끙끙 앓다가 결국에는 일본소설을 등장인물들의 이름만 바꾸어 가지고 소설이랍시고 베껴서 신문사에 넘겼다지. 헌데, 그 지역신문의 독자 가운데 독서광이 있었던 모양이야. 어디서 많이 보았던 것 같은 장면이 나오자 '어디서 보았더라?' 생각하다 보니까, 고등학교 때 읽었던 일본작가의 소설이 떠오른 거야. 서고를 뒤져 확인해 보니까, 등장인물의 이름만 한국이름으로 바뀌었을 뿐, 지문이나 대화는 한 군데도 다른 곳이 없더란 말이지. 바로 신문사에 제보하여 난리를 냈지. 그 이후 그 여류작가는 소설을 쓰지 않았어. 신문사에서도 작가를 교체하여 새 소설을 연재하는 걸로 마무리를 지었고, 독서광 독자도 별다른 문제를 제기하지 않아 세상에 드러나지 않았지만, 작가로서는 목숨을 걸고 해서는 안 될 짓을 한 것이지. 표절은 자기 영혼을 헐값에 팔아먹고 남의 영혼을 훔쳐서 쓰는 일이야. 그 여류작가의 일은 표절이 아니라 복사였지만. 독자들은 거짓말을 하지 않아. 독자들이 표절이라면 표절인 거야. 온갖 미사여구를 동원하여 아니라고 항변을 한들 표절이 아닌 걸로 되지는 않아. 표절도 비열한 짓이지만, 표절해 놓고 표절하지 않았다고 발뺌하는 것은 더욱 비열한 짓이야. 잡아떼라고 부추기는 부류는 열 배로 비열한 놈들이고. 일본잔혹사에서 벗어난 지 칠십 년이 되어도 친일파가 득세하는 형편없는 세상에서 살고 있지만, 도둑을 도둑이 아니라고 변명해 주는 세상이 되어서는 희망이 없잖아. 조심하라구, 표절."

소설가의 꿈을 키우며 틈틈이 습작도 하는 김민혜는 가끔 표절은 비열한 짓이라고 입에 침을 튀겼던 그 강사의 말이 떠올랐다. 또한 자신이 작성한 기사도 두 번 세 번 검토하여 남의 기사를 그대로 옮긴 부분은 없는가 확인하는 것이 버릇이 되어 있었다.

그 해의 여름이 제법 잘 나가던 여류작가의 표절사건으로 뜨겁게 달구어지며 시작되었기 때문에 그런 생각도 해본 김민혜였다.

"백두산에서 꽃사진을 찍고 왔어요."

김민혜가 '애다무사'에서 30분쯤 기다리자 인화연이 작은 손가방만 들고 들어왔다. 어디에도 백두산에서 보름 동안 머물고 온 티가 나지 않았다.

"긴 여행에서 돌아온 것 같지 않네요."

"역시 기자의 눈이라 예리하시네요. 집에 잠깐 들렀다 나왔어요."

인화연이 반 시간 늦은 것에 대한 변명을 조금도 미안한 기색 없이 그렇게 넘겼다.

"안 그래도 소식이 없어 궁금했어요. 기다려도 전화가 없길래 '꽃이야기'에 들어갔더니, 백두산 얘기가 나오더라구요. 좋은 사진 많이 찍었어요?"

김민혜는 사실 제일 먼저 묻고 싶은 것이 따로 있었다.

일본에 있던 인화연이 갑자기 백두산에 간 이유는 무엇인지, 백두산에서 이화정은 만났는지, 지금은 한국에 돌아왔는지를 묻고 싶었다.

그러나 단도직입적으로 그런 걸 물을 수는 없었다.

이화정의 소식부터 묻는다면 눈치 빠른 인화연이 금방 속내를 눈치 챌 것이었다.

김민혜는 아직도 이화정을 향한 자신의 마음을 정확히 '이것이다' 하고 단정을 지을 수가 없는 상태였다. 이화정 쪽에서 운명이네, 뭐네, 하면서 너스레를 떠는 통에 관심이 갔을 뿐이지, 그립다거나 보고 싶은 감정은 없었다. 전혀 없는 것은 아니었고, 문득 '어찌 전화가 없지?' 하고 궁금해질 정도의 관계였다.

"언니, 사실은 이화정 작가의 소식이 궁금한 것이죠?"

인화연이 생글생글 웃으며 물었다.

"언니? 우린 출생년도가 같은데요?"

김민혜가 낯선 호칭에 얼굴을 붉히며 되물었다.

"생일이 석 달 빠르잖아요. 언니라고 부르고 싶어요."

"아니오. 그냥 친구처럼 지내요. 나중에 가까워지면 말도 놓기로 하고."

김민혜의 말에 인화연이 조금은 실망한 빛을 얼굴에 드러냈다.

"아직은 일정한 선을 긋고 지내자는 말처럼 들리네요?"

"그래요. 사실은 내가 낯가림이 심한 편이라서 그래요. 갑자기 백두산에는 왜 갔어요? 정말 사진을 찍기 위해서 간 것인가요?"

"진즉부터 가 보고 싶던 곳이기는 하지만, 나도 갑자기 가게 될 줄은 몰랐어요."

"이화정 작가를 찾아간 것인가요? 백두산에 있는 건 어떻게 알았어요?"

"김기자가 말해 주었잖아요. 내가 이작가와 함께 밥이나 한 끼 먹자고 하자, 잠시 후에 제게 전화로 이작가가 사진 찍으러 백두산에 갔다고 했잖아요."

"내가?"

그렇게 되묻다 보니까 김민혜는 인화연한테 그런 말을 한 기억이 어렴풋이 났다. 밥을 먹자는 인화연의 제의에 자신이 이화정한테 먼저 전화를 걸었고, 이화정의 '지금 백두산입니다' 하는 말을 듣고 인화연한테 전화로 알려주었었다.

"사실은 이화정 작가가 백두산에 있다기에 갔어요. 나도 이화정 작가만큼은 아니라도 사진을 제법 찍거든요."

"블러그에서 인작가가 찍은 꽃사진들을 봤어요, 많이 찍어 본 솜씨더군요."

김민혜가 가슴을 흐르는 서늘한 기운을 감추고 말했다.

"김기자님, 말투에 찬바람이 부는 거 알아요?"

인화연이 또 생글거렸다. 마치 자신을 놀리는 듯한 인화연의 태도에 김민혜가 불쾌한 표정을 지었다.

"어머, 화났나 봐요. 미안해요. 김기자님, 이화정 작가를 마음에 두고 있지요? 그래서 내가 백두산에서 그분을 만났는지, 안 만났는지, 궁금한 것이죠?"

김민혜가 말없이 눈길만 주자 인화연이 할 수 없다는 듯 털어놓았다.

"이화정 작가가 백두산에 있다는 말을 듣는 순간 백두산행을 결정해 버렸어요. 사실은 함께 전시회를 열기로 한 지인과 일본 전역을 한 바퀴 돌 예정이었거든요. 그런데 그분이 백두산에 있다는 말을 듣자 다른 생각은 다 떠나버리고 백두산만이 내 머리에 남는 거예요."

"그랬군요. 인작가가 이화정 씨한테 푹 빠져있었군요."

"나도 잘 모르고 있었어요. 이화정 작가가 내 안에 그리 깊숙이 들어와 있는 줄을요. 헌데 그분은 아니더군요."

"아니라구요?"

김민혜의 가슴속으로 갑자기 따뜻한 기운이 흘러갔다.

"그래요. 아니었어요. 이화정 작가한테는 인화연이 아무것도 아니었어요. 그냥 오다가다 만나 작은 인연을 맺은 스쳐가는 바람같은 것이었어요. 첫날밤을 백두산 북파휴게소에서 보내고 다음날 아침 일찍부터 숙소에서 나와 기다렸는데 이작가가 보이지 않더군요. 북파휴게소에는 한국에서 백두산 야생화를 찍으러 온 사진작가들로 북적이고 있었는데, 몇 사람을 붙잡고 물어보아도 이화정은 아는데, 백두산에서는 못 보았다는 거예요. 그러면서 그 사람이 야생화를 찍으러 백두산에 왔다면 서파휴게소 쪽에 있을 거라고 알려주더군요. 바로 서파휴게소로 옮겼지요."

"서파휴게소에서 만났나요?"

"만난 것은 아니고 얼굴만 본 셈이지요. 곁을 안 주더라구요. 사진을 찍는다는 것은 찍히는 사물과의 영혼교감인데, 다른 사람이 곁에 있으면 교감을 할 수 없다면서 최소한 이십 미터는 떨어지라고 하더라구요. 나도 자존심이 있지, 이십 미터나 떨어지라는 사람을 따라다니겠어요. 아침 저녁으로 밥을 먹을 때 먼 발치에서 얼굴만 봤어요. 아예 모른 체 해버렸지요. 말 한 마디 걸어오지 않더라구요. 이레를 그렇게 지내고 나자 서파에 더 있을 이유가 사라지더군요. 북파로 옮겨 서파 쪽에서 발견할 수 없는 야생화 몇 컷을 찍었지요. 이작가는 지금도 백두산에 있을 거예요. 누군가 그러더라구요. 백두산 야생화를 찍으려면 최소한 한 계절은 머물러야 한다구요. 언제 돌아올지는 몰라요. 이제야 김기자의 얼굴이 편안해 보이네요."

"그런가요?"

김민혜가 슬쩍 웃음을 보였다. 그 웃음에 마음이 풀렸는지 인화연이 뜻밖의 소리를 했다.

"김기자는 내 꿈 안 꾸었어요?"

"인작가의 꿈을요? 아닌데요."

"사실은 김기자를 전시회장에서 처음 만난 날부터 난 김기자의 꿈을 자주 꾸었어요. 대관령 휴게소에서 만난 날 있잖아요. 사실은 전날 밤에 대관령에서 강릉 쪽을 바라보고 서 있는 김기자를 꿈에 보았기 때문에 그 자리에 서서 기다릴 수 있었던 거예요."

"꿈은 어차피 꿈인 걸요."

"나도 꿈을 무시하고 살았는데, 김기자를 만나고부터는 다시 생각하게 되었어요. 날마다는 아닐지라도 종종 김기자를 꿈에 만나요. 경포호수를 바라보고 서 있는 모습도 보이고, 경포대 난간에 서서 바다를 하염없이 바라보는 모습도 보였구요. 또 한번은 먼 길을 나랑 함께 걸어가는 모습도 보였어요. 이번에 백두산 북파휴게소에서 첫날밤을 보낼 때에도 김기자 꿈을 꾸었어요. 무엇 때문인지는 몰라도 내가 김기자한테 쫓기고 있었어요."

"쫓겨요?"

"아무리 도망을 치려해도 발걸음이 떨어져야 말이지요. 오줌싸개들이 어렸을 때 흔히 꾸는 그런 꿈 있잖아요? 내가 오줌싸개 꿈을 꾸었다니까요."

"피곤했던 모양이지요?"

"그랬을지도 모르지요. 하지만 그 전에는 스물네 시간을 꼬박

작업을 하고 잠이 들어도 꿈같은 것 꾸지 않았거든요. 요즘 내가 꾸는 꿈은 아마 김기자와 관련이 있을 거예요. 궁금해요, 무척."

"뭐가요?"

"무엇 때문에 만나자마자 김기자를 혈육처럼 가까이 느끼게 되었는지, 꿈속에 자주 나타나는지 알고 싶어요. 꿈해몽가라도 만나 자문을 받아보고 싶어요."

인화연의 말에 김민혜는 또 그녀에게 갈홍근 박사를 소개해 주고 싶었다. 갈홍근 박사의 전생여행을 통해 실체를 밝혀보고 싶었다.

인화연이 전생여행에 등장하는 연화인지, 전생에 동무처럼 가깝게 지내던 여종 아이 연화가 인화연으로 환생했는지, 속시원히 알고 싶은 충동에 빠졌다.

김민혜가 이럴까 저럴까 갈등하고 있는데 인화연이 혼잣말처럼 중얼거렸다.

"정말 최면으로 전생여행을 시켜준다는 갈홍근 박사라도 만나야 할까 봐요."

갈홍근 박사의 이름을 들먹이는 걸로 보아 인화연도 전생여행에 상당히 깊은 관심을 가지고 있는 것을 알 수 있었다.

"갈박사의 전생여행을 믿을 수가 있을까요?"

김민혜가 침을 꿀꺽 삼키며 짐짓 물었다.

"내가 알 수 있나요? 김기자를 만나자마자 이상한 일들이 벌어지니까, 궁금해서 하는 얘기지요. 사실은 오늘도 그랬어요. 인천공항에 내려 입국게이트를 빠져나오는 순간, 김기자가 사무치게 그리워지는 거예요."

"설마요?"

"정말이에요. 사실은 백두산에서는 어쩌다 떠오르기는 했지만, 그립다는 정도는 아니었거든요. 그런데 인천공항에 내렸을 때는 당장에 만나지 않으면 미칠 만큼 간절히 보고 싶어지더라구요."

김민혜는 인화연의 말을 믿을 수도, 그렇다고 안 믿을 수도 없는 애매한 상황에 자신을 내맡겼다.

"고마워요, 인작가. 나도 인작가가 보고 싶기는 했지만, 간절하게 사무칠 정도는 아니었는데, 초충도병풍 건으로 요즘 내가 정신이 없었거든요. 꿈은 무의식의 의식화라고 했던가요? 같은 장소, 같은 인물의 꿈을 계속 꾼다면 알 수 없는 사연이 있을지도 몰라요. 정신과 전문의한테 상담을 받아 볼 필요는 있겠지요."

김민혜의 말에 인화연이 눈을 반짝이며 은근한 말투로 물었다.

"김기자님, 우리 함께 갈홍근 박사를 찾아볼까요?"

"나랑요?"

"내 꿈에 왜 강릉이며 김기자가 자주 나타나는지, 함께 가서 알아보자구요."

"싫은데요. 강릉이야 그렇다쳐도 인작가가 내 꿈에 나타난 적은 없었거든요."

"섭섭해요. 빈말로라도 김기자도 내 꿈을 꾸었다고 하면 듣는 내가 기분이 좋을 것 아녜요."

"기자가 빈말을 해서는 안 되지요."

"맞아요. 기자는 빈말을 해서는 안 되지요. 거짓말을 해서도 안 되구요? 밥이나 먹으러 갈까요? 산채비빔밥 어때요?"

인화연이 밥 먹으러 가자는 말 끝에 '산채 비빔밥 어때요?' 할 때에 김민혜도 합창하듯 '산채 비빔밥 어때요?' 하고 묻고 있었다.

두 사람은 뜻이 통했음에 기분이 좋아져 후후 웃으며 '애다무사'를 나왔다.

김민혜는 문득 이화정이 사무치게 그리웠다.

'화정 씨가 그리우니까, 백두산으로 와달라고, 못 보면 죽을 것 같다면서 백두산으로 와달라고 애원을 한다면 당장이라도 달려 갈 텐데.'

그리움 때문에 김민혜는 눈앞이 노랗게 변하면서 걸음이 흔들렸다.

인화연이 슬며시 팔짱을 끼어오며 속삭였다.

"김기자님, 이화정 작가를 사랑하죠? 내 눈에는 다 보여요."

좀처럼 틈을 주지 않던 강일수가 '남원추어탕 어때?' 하는 문자를 보내온 것은 인화연이 백두산에서 돌아와 일주일을 머물다가 다시 일본으로 출국한 후였다.

이날 김민혜는 박광로와 '애다무사'에서 화개녹차를 마시고 있었다.

심혈을 기울여 만든 보도자료가 매스컴으로부터 깡그리 무시를 당하자 박광로는 감당하지 못할 분노를 느끼고 있었다.

"김기자, 내가 한강다리에서 뛰어내리기라도 해야 내 말에 귀를 기울여 줄까? 광화문 네거리에서 분신이라도 해야 듣는 체라도 해줄까? 벽 앞에 서 있는 느낌이야. 뚫을래야 뚫을 수도 없고 넘을래야 넘을 수도 없는 벽 앞에 서 있는 것처럼 답답하고 화가 나서 못 견디겠어. 강형사는 뭐라고 그래? 벌써 보름이 지났는데 왜 아무런 말이 없어. 매스컴은 침묵을 지켜도 강형사는 뭔가 결과물을 내놓을 때가 된 것이 아니냐구?"

"걱정하지 마세요. 강형사님은 결코 선생님을 실망시키지 않을 거예요. 고집이 있는 분이잖아요."

"답답해서 그래. 문화예술 분야만 놓고 보면 대한민국은 여전히 후진국이야. 숭례문에 불을 지르는 국민을 만들어낸 것도, 그 숭례문을 복원한다면서 목재를 속여 팔아먹고 전통안료 대신 화학안료를 시치미 뚝 떼고 사용하게 만든 것도 다, 문화유산을 업신여긴 시대가 만들어낸 상황이 아니냐구? 해방 이후 이 나라를 다스린 자들 가운데 단 한 사람도 길게는 몇천 년, 짧게는 몇백 년의 숨결을 지닌 문화유산에 관심을 가지고 지켜온 자가 있었는 줄 알아? 아파트를 짓는 대형건설업체가 포크레인으로 땅을 파다가 이상한 도자기 조각이 나오면 숨기기에 급급했지. 괜히 당국에 신고를 했다가는 역학조사네 뭐네 하다가 자칫 아파트건설을 접어야할 일이 생길지도 모르기 때문이지. 현장소장이 그런다잖아. 포크레인 기사한테 도자기 조각같은 이상한 물건이 보이면 자근자근 눌러 흔적도 없이 부셔서 흙속에 묻어버리라구. 그것을 조장하는 것이 문화부의 넋떨어진 밥충이들이고, 문화재를 관리한다는 문화재청의 봉급벌레들이라고 건설업자가 입에 거품을 물더라니까. 김기자도 알잖아? 내가 한때 그쪽 계통의 자문위원을 삼 년간 했잖아? 그때 주워들은 얘기야."

박광로의 말에 김민혜의 뇌리로 남원에서 만났던 남원 소설가의 말이 떠올랐다.

─조선실록에 단 한 줄도 간신으로 몰아부칠 근거가 없는 유자광이 무엇 때문에 간신이 된 줄 아시오? 유자광이 소위 말하는 양반가의 적통이 아니었기 때문이었소. 심수관의 선조 심당길이 왜 일본으로 끌려간 줄 아시오? 나라가 그를 지켜주지 못했기 때문이었소. 해방 이후에도 심수관은 내방쳐져 있었소. 나라를 다스리는 지도층들은 국민을 바보로 만드는데 앞장을 섰지, 나라 밖에서 모국의 혼을 지키며 외롭게 살아가는 사람들의 아픔은 돌아볼 여력이 없었소. 소중한 문화유산이, 국보급의 문화재 수십만 점이 외국에서 통곡하고 있어도 모른 체 눈감아 온 것이 우리나라요. 골수 친일파의 후손들이 날마다 텔레비전에 나와 꽃처럼, 혹은 의기양양하게 웃고 있어도 박수를 치는 것이 우리나라요. 친일파 후손들이 영화를 누리고, 일본에 나라를 팔아먹은 친일파의 후손이 나라를 팔아먹은 대가로 선조가 받은 땅을 찾겠다고 난리를 부려도 아무 짓도 할 수 없는 것이 우리나라의 현실

이오.

심수관을 취재하러 갔다가 만난 남원의 소설가한테 무심코 '유자광이 간신이 아니냐?'고 했다가 김민혜는 남원의 소설가한테 한 시간이 넘게 훈계를 들어야 했다.

곰곰이 따지고 보면 박광로가 한 말이나 남원 소설가가 한 말이나 의미는 같은 것이었다.

김민혜가 말했다.

"강형사님이 꼭 진실을 밝혀낼 거예요. 너무 화내지 마세요. 기다려보자구요."

"언제까지? 내가 숨이 넘어갈 때까지?"

박광로가 화를 삭이지 못해 안달을 하던 참인데, 강일수가 보낸 '남원추어탕 어때?' 하는 문자가 온 것이었다.

"선생님, 추어탕 드시죠?"

"잘 먹지. 난 잡식성이야. 지난번 지리산에 갔을 때도 돌아오는 길에 남원추어탕거리를 들렀었어. 택시기사한테 맛있는 추어탕집으로 데려다 달라고 했더니, 남원의 추어탕 집은 다 맛있다면서 추어탕거리에 내려줄 테니까, 아무 집에나 들어가라고 하더군."

"요즘은 도시마다 음식거리가 있는 것이 참 좋아요. 자기 취향에 맞는 집을 골라 들어갈 수 있으니까요. 그래서 아무 집에나 들어가셨나요?"

"난 아무나랄지, 아무 곳이랄지, 하는 '아무'라는 말을 참 싫어해. 무책임하잖아. 내가 기사한테 물었지. 기사님이 지금 추어탕 집엘 가신다면 어느 집으로 가시겠느냐구 말야."

"기사가 가고 싶은 집이라면 틀림없이 맛있는 집일 테니까, 정확한 질문인 것 같은데요?"

"헌데 아니었어. 사람마다 입맛이 다르잖아. 기사가 나한테 묻더군. 손님은 매운맛을 좋아하십니까? 아니면 맵지 않은 맛을 즐기십니까?"

"중간쯤을 좋아한다고 했더니, 추어탕을 주문할 때 맵지 않은 맛으로 주문하고 고춧가루를 조금 타라고 일러주더라구. 한 곳에 내려주면서 기사가 글더군. 자기 입맛에도 딱 맞고, 손님들이 먹고 나오면서 행복하게 먹었다고 인사를 하며 나오는 집이라고 하더라구."

"정말 그렇던가요?"

"음식은 거짓말을 않잖아. 택시기사의 말대로 했더니, 정말 맛이 기가 막히더라구. 기분좋게 나오는데, 카운터 뒤에 '따뜻한 밥 기분좋은 집'이라는 현판이 붙어있더군. 나무판에 양각으로 전각을 한 것인데, 내 눈길이 머물자 주인이 글더라구. 단골로 다니는 화가가 맛있는 추어탕에 보답한다면서 만들어다 주었다고 하드라구. 그 마음들이 아름답잖아."

"가세요. 잠시 후에 드실 남원추어탕도 남원에서 드셨던 것 만큼 맛있을 거예요. 따뜻하고 기분 좋은 집일 거예요."

김민혜가 먼저 자리에서 일어나 카운터로 갔다.

박광로가 여전히 우중충한 얼굴로 따라나왔다.

남원추어탕집에는 강일수가 먼저 와 있었다.

박광로의 얼굴을 확인하고는 엉거주춤 몸을 일으켰다.

열흘이 넘게 집에도 못 들어갔다더니, 그 말이 사실인 모양이었다. 강일수는 초췌한 얼굴에 눈빛만 반짝이고 있었다.

"정영섭이 속을 엄청 썩이는 모양이지요?"

"아니, 무척 잘 협조하고 있어."

"그래요? 성과가 있었나요?"

"많았지. 이미 증거들을 확보해 놓았잖아. 아직 안가 건은 꺼내지도 않았어. 사실 정영섭은 구속되지 않았어."

강일수가 갑자기 목소리를 낮추었다.

"예? 인천공항에서 체포했다고 하셨잖아요."

"중간에서 차단하여 우리 팀에서 관리하고 있어."

"오라버니 팀이라면?"

"정상적인 방법으로는 진실을 밝힐 수 없는 사건을 수사하기 위하여 조직된 사설단체라고나 할까?"

"그런 곳이 있어요?"

"우리 문화재를 지키기 위하여 조직된 비밀단체라고 생각하면 돼. 다행이 준재벌쯤 되는 스폰서가 있어 자금도 부족하지 않고. 박선생님, 속이 많이 상하시지요? 애써 준비하신 보도자료가 묵살당해서요. 조금만 기다리세요. 문지모에서 나서면 단번에 뒤집을 수 있으니까요."

강일수의 말에 김민혜가 물었다.

"문지모라니요?"

"문화재를 지키는 모임쯤 되는데, 공식적으로 부르는 이름은 아니지만, 우리끼리는 그냥 문지모라고 부르고 있어."

"문지모에서 뭘 할 수 있다는 것이지요?"

박광로가 물었다.

"원래 하는 일은 외국에 있는 우리 문화재를 찾아내고 반환을 받는다든지, 아니면 사오는 일이지만 문화재나 고서화같은 예술 작품을 보호하는 일도 하고 있어요. 조인호처럼 기관을 동원하지는 않지만 매스컴과 사람을 동원할 수는 있지요. 종편채널 하나만 광고를 미끼로 뚫으면 나머지는 벌떼처럼 덤벼들 걸요. 패널들이야 형광불빛을 향해 날아드는 벌레같은 것들이니까 출연료 몇 푼 쥐어주면 감지덕지 덤빌 것이구요. 문지모에서 그러지 않는 까닭은 정상적인 방법으로도 충분히 이길 수 있기 때문이지요. 사실은 정영섭을 통하여 밝혀내야 할 것은 열두 폭 초충도병풍의 진실이에요."

"진실은 위작이잖소? 우리는 그 증거를 확보했고요. 더 이상 무슨 진실이 필요하다는 것이오?"

"위작이라는 건 진실이지만, 그 위작이 왜 진품으로 둔갑하여 세상에 나왔는지, 전문가들도 아닌 벌레만도 못한 패널들까지 동원하여 진품으로 몰아가는 광풍을 일으켰는지를 밝혀내야지요."

"그럴 수 있겠소?"

"해내야지요. 해낼 겁니다."

강일수가 자신있게 대답할 때였다. 김민혜의 휴대폰이 문자가 도착했다는 신호음을 냈다. 슬쩍 확인해 보니 이동호가 보낸 것이었다.

그때 추어탕이 나왔다. 김민혜가 초피가루를 듬뿍 넣자 강일수가 놀란 표정으로 바라보았다.

"누구 문자인데, 김기자가 화가 났지? 초피가루가 무슨 죄가 있다고."

"이동호 국장이에요. 요즘은 고서화와는 상관없는 기사를 쓰라고 난리잖아요. 그거 쓰라고 독촉하는 문자일 거예요."

"안 쓰면 잘릴 텐데?"

"상관없어요. 이래봬도 실력있는 기자랍니다. 오라는 곳도 있어요."

김민혜가 어깨를 으쓱했다.

먹으면 행복해지는 남원추어탕을 먹고 커피숍에서 원두커피를 마시면서 강일수가 말했다.

"김기자, 나하고 연락이 안 된다고 답답해 하지 마. 내가 하는 일에 있어서만은 프로니까. 참, 이동호가 괴롭히면 사표내고 소설만 집중적으로 써 봐."

"삼시 세끼는 어떡허구요? 오라버니가 먹여 살려주실래요?"

김민혜가 농담으로 묻자 강일수가 진담으로 대꾸했다.

"내가 아니라 문지모에서 먹여 살려 줄 수도 있지."

"문지모에서요?"

"우리 문화재를 지키는데 도움이 될 수 있는 소설을 쓸 수 있다면 충분히 가능해. 꼭 소설이 아니더라도 도움을 받을 수는 있을 걸. 가령 우리 문화재를 지켜내는데 일생을 바친 사람의 전기랄지, 도굴꾼을 동원하여 지하의 문화재들을 싸그리 쓸어갔던 일제 때의 서글픈 현실이랄지, 뭐, 여러 가지가 있잖아?"

강일수의 말에 김민혜의 뇌리로 정유재란 때 왜국으로 끌려간 심수관의 14대 선조 심당길의 이름이 떠올랐다.

'우선은 심당길과 그 후손들의 이야기를 르뽀형식으로 써 볼까?'

생각이 저절로 말이 되어 나왔다.

"일본도자기를 몇 단계나 끌어올려 오늘날 일본도자기를 세계적인 도자기로 만든 심수관이라는 도공 아세요?"

김민혜의 물음에 강일수가 심수관? 하고 되물었다. 대답은 박광로가 했다.

"정유재란 때 왜국으로 끌려간 남원 도공의 후손이 아닌가? 아마 삼대짼가 사대째 심수관이라는 이름을 세습하고 있을 걸. 헌데 김기자가 심수관은 어떻게 알아?"

"대학 다닐 때 우연히 사연을 알고 소설을 쓸까하고 자료취재차 남원까지 갔었거든요."

"방향을 제대로 잡았군. 심수관을 쓰려면 남원부터 시작해야겠지."

"그런데 심수관의 선조인 심당길은 원래 남원 출신이 아니었어요. 본은 청송인데 심당길의 조상 가운데 한 분이 동래에서 도공으로 있을 때 남원으로 데리고 온 사람이 유자광이었어요."

"유자광? 희대의 간신 말인가?"

강일수의 말에 김민혜는 머리가 하얗던 남원 소설가가 떠올랐다.

"오라버니는 유자광이 왜 간신이라고 생각하세요?"

"텔레비전에서 방영된 드라마나 영화에서 간신으로 나오잖아?"

"오라버니, 그런 시각으로 남원에 갔다가 무심코라도 유자광이 간신이었다고 말했다간 남원 사람들한테 혼납니다."

"혼이 난다구?"

"제가 심수관 취재차 남원에 갔을 때 남원 소설가를 만났는데, 방금 오라버니처럼 '희대의 간신'이라고 했다가 한 시간 넘게 훈계를 들었으니까요."

"남원 사람들 입장에서야 유자광의 이름에서 간신이라는 딱지를 떼어주고 싶었겠지."

강일수는 여전히 의문스럽다는 표정이었고, 박광로는 그냥 듣고만 있었다.

김민혜가 물었다.

"오라버니는 조선실록을 읽어본 적이 있으세요?"

"그거 읽을 시간이 어딨어?"

"그렇다면 지금부터라도 관심을 가지고 읽어보세요. 세조 때부터 중종 때까지의 실록에서 유자광을 검색하면 수백 번이 나올 거예요. 오라버니는 유자광을 간신으로 만든 결정적인 사건이 뭔지 아세요?"

강일수가 미쳐 대답을 못하자 박광로가 남이의 모반 사건이 아닌가? 하고 입을 열었다.

"백두산의 돌은 칼을 갈아 없애고, 두만강의 물은 말을 먹여 말리며, 남자 나이 스무 살에 나라를 평정하지 못하면 누가 후세에 대장부라 칭할까, 하는 시에서 '평'자를 '득'자로 바꾸어 남이가 역모를 꾸미고 있다고 고변하여 남이의 옥사를 일으켜 걸출한 장군 하나를 죽였다고 했잖아. 그 일로 간신이라는 낙인이 찍힌 것이고."

"남원 소설가한테 혼이 나고 서울로 돌아와 유자광 부분의 실록을 다 찾아 읽었거든요. 남이는 참 기고만장한 사람이었더군요. 세조가 어떤 신하를 편애한다면서 술이 취해 항의를 할 정도로 안하무인이었다고 보면 될까요? 세조가 죽고 어린 예종이 등극하자 자신이 실권을 잡을 요량으로 사람을 모으고 다니는 과정에서 유자광한테까지 손을 뻗혔고, 남이가 역모를 꾸미고 있는 것을 안 유자광이 고변을 한 것이었지요. 추국과정에서 남이의 역모사실이 적나라하게 드러났고요. 그 부분을 기록한 실록의 어디에서도 '평'자를 '득'자로 고쳤다는 얘기는 안 나오거든요. 남원의 소설가가 그러더군요. 드라마나 시나리오 작가들이 조선실록을 한 번이라도 읽어보았다면 유자광을 간신으로 몰아가는 엉터리 글은 쓰지 않았을 것이라고 말이에요."

"김기자가 남원 소설가한테 단단히 세뇌를 당하고 왔군."

박광로의 말에 강일수가 물었다.

"김기자는 지금 심수관을 쓰고 싶은 거지? 속내는 그걸 쓰면 문지모의 보조를 받을 수 있을까, 궁리하는 거지?"

"역시 오라버니는 베테랑 형사세요. 단번에 속내를 들켜버렸네요."

"심수관가의 역사를 쓸 수 있다면 충분히 보조를 받을 수 있을 거야. 내가 한번 알아볼게."

"투잡도 괜찮지요?"

"상관없을 걸. 일단은 작성계획서 같은 걸 써가지고 나한테 줘."

"계획서를요?"

"그동안 자료조사를 많이 해놨을 테니까, 줄거리 삼아 쓸 수도 있잖아? 우선은 기사나 르뽀로 보조금을 받고 소설은 아예 계약을 하고 시작하는 것도 괜찮을 거야. 작품만 괜찮게 나왔다 싶으면 적극적으로 홍보하여 책이 팔리게도 만들어 줄 것이고."

강일수의 말에 김민혜는 자신의 몸이 공중으로 붕 떠오르는 느낌이 들었다.

'정말일까? 정말 '문지모'라는 모임이 있고, 그곳에서 보조를 받으며 쓰고 싶은 소설만 쓰면서 살 수도 있을까?'

김민혜가 물었다.

"계획서 양식 같은 건 없는가요?"

"없을 걸. 어차피 스폰서가 보고 판단하여 결정을 내리니까, 스폰서 한 사람에게 보이기 위한 계획서니까. 우선은 심수관 건부터 진행하고 소설은 나중에 하자구."

"그럴게요. 일단은 집필계획서를 작성하여 오라버니의 메일로 넣어드릴게요."

"아니, 메일로 넣지 말고 출력하여 퀵으로 보내든지, 아니면 수일 내로 만나 남원추어탕을 먹을 때 주든지."

"내일 만나지요, 뭐. 시간 끌 것이 있나요?"

"그것도 좋고. 박선생님도 내일 뵐 수 있지요?"

"나야 남아도는 것이 시간뿐이니까."

박광로가 고개를 끄덕였다.

오피스텔로 돌아온 김민혜는 출력해서 보관하고 있던 심수관 자료를 훑어보면서 심수관의 선조들이 처음 터를 잡았던 청송에서부터 시작하여 동래에서 도공으로 있었던 일과 유자광을 따라 남원으로 옮기게 된 사연과 정유재란 때 일본으로 끌려가 세계적인 도자기를 만들어 내기까지의 과정들을 줄거리 형식으로 작성했다.

A4용지 5매 분량의 줄거리를 작성하고 나자 자정이 넘어 있었다.

뿌듯한 마음에 기지개를 켜다 보니까 문득 이화정의 얼굴이 천장 가득히 떠올랐다.

'하루내 야생화를 찾아다닌다고 백두산을 헤매느라 피곤하겠지? 꿈속에서라도 나를 만나고 있을까? 이러다 내가 참지 못하고 백두산으로 날아가는 것은 아닐까?'

그런 생각이 흘러갔지만 김민혜가 고개를 흔들어 떨쳐버렸다.

그립다고, 사무치게 그립다고, 사무치게 그리워서 숨을 쉴 수 없을 지경이라고 해서 보고 싶은 사람을 볼 수 있는 것이 아니었다. 인화연에게 곁을 주지 않을 만큼 흔들림이 없는 사내라는 것은 알 수 있었지만, 흔들림 없는 그 사내의 가슴 속에 김민혜라는 여자가 들어있다는 믿음은 없었다. 그러면서도 김민혜는 '우리 만남은 운명이다'고 했던 이화정의 말에 매달리고 싶었다.

다음날 남원추어탕집에서 만나 강일수에게 '심수관집필계획서'를 넘겨주고 회사로 돌아오자 이동호가 화가 잔뜩 난 채 기다리고 있었다.

"내 전화는 왜 안 받고, 내 문자는 왜 씹는 거야? 정말 끝장을 보자는 거야?"

"제 기사를 묵살해 버린 국장님을 전 납득할 수가 없어요. 아니, 상대조차 하기 싫어요."

"내가 그렇게 싫으면 회사를 그만두어야할 것 아닌가?"

"제가 그만두고 싶을 때 그만둘 거예요. 저한테 그럴 자격은 있다고 생각하는데요? 짜르고 싶으시면 짤라보시든지요."

김민혜가 강하게 나가자 이동호가 어이없다는 표정을 지었다.

"기사는 정말 안 쓸 거야? 초충도에 관한 것만 아니면 무슨 기사든 다 실어줄 거니까, 원고지 매수나 채워오라구. 하다못해 인사동이라도 한 바퀴 돌아 봐. 전시회 기사도 좋고, 인사동 거리스케치도 좋으니까, 기사를 가져와. 기회가 되면 초충도 기사도 실을 거니까, 제발 날 좀 봐줘. 김기자가 기사를 안 쓰니까, 로즈퀸에 읽을거리가 없다고 독자들의 불평이 많다구. 내가 보태고는 있지만 기사가 없어 면수를 줄여야할 지경이야."

그런 이동호가 김민혜는 불쌍한 생각이 들었다.

누구한테 무슨 협박을 당하고 있는지는 몰라도 참 추하게 늙어간다고 김민혜는 생각했다.

"알겠어요. 일단은 인사동으로 나가 기사거리를 건져 볼게요. 그리고 다음 주부터 심수관을 기획기사로 작성하여 연재할까, 하는데 어떠세요?"

"심수관? 정유재란 때 일본으로 끌려가 일본도자기를 부흥시킨?"

"예, 심수관가의 역사를 전기와 르뽀형식을 섞어 쓰고 싶어요."

그 순간 김민혜는 문지모와 상관없이 심수관을 써야겠다고 작정해 버렸다.

"좋지, 좋아. 그런 대기획을 하느라 김기자가 내 속을 썩이고 있었구먼. 원고료도 따로 챙겨줄 것이니까, 마음먹고 써봐."

이동호가 선심을 쓰듯 말했다.

"심수관을 쓰는 동안 저는 사무실로 출근은 안 할지도 몰라요. 대신 다른 기사도 한두 꼭지씩은 쓸게요."

"김기자가 그래준다면 감사하고 또 감사할 뿐이지. 나는 로즈퀸을 발행하는 것이 목적이니까. 출장을 가야할 일이 생기면 출장비를 청구하라구."

이동호의 말에 김민혜가 툭 던졌다.

"일본 출장을 가야할지도 모르는데요?"

"아, 가야지. 심수관이 일본에서 살고 있는데, 가야지. 출장비 걱정은 말고 계획을 잘 세워봐."

출장 얘기를 하다보니까, 문득 남원 소설가가 떠올랐다. 어차피 심수관 취재는 남원에서부터 시작되어야 했다.

김민혜는 남원소설가한테 전화를 걸었다. 5년 전에 받은 휴대폰번호의 숫자판을 차례대로 누르자 약간은 쉰 듯한 목소리의 남원 소설가가 '여보세요' 하고 응답했다.

김민혜가 숨을 꼴깍 몰아쉬고 말했다.

"오 년쯤 전에 심수관을 취재하기 위하여 남원에 내려가 선생님을 뵈었던 김민혜인데요."

거기까지 말하자 남원 소설가가 반색을 했다.

"아, 소설공부를 한다던 예쁘장한 여학생인가? 소설은 많이 썼는가? 혹시나 하고 신춘문예랄지 문예지의 신인상 발표를 눈여겨 보았지만, 김민혜라는 이름은 안 보이데? 필명을 쓰고 있는가?"

"아니에요, 선생님. 사실은 먹고 사느라 소설은 못 썼어요. 이제 본격적으로 심수관을 쓰려구요. 남원에 가면 선생님을 뵐 수 있지요?"

"물론이오. 언제든지 오시오."

"또 혼내키시려구요?"

"혼 날 일이 있으면 혼이 나야지요."

"수일 내로 전화 드리고 찾아뵐게요."

김민혜가 전화를 끊자마자 다시 신호음이 울렸다. 발신자는 박광로였다.

"김기자, 조인호의 열두 폭 병풍이 위작이라는 기사가 인터넷에 떴다는데?"

"그래요? 제가 확인해 볼게요."

박광로와 통화를 중단하고 김민혜가 바로 인터넷을 열었다. 기사는 혹시나 하고 보냈던 인터넷 신문 '뉴스오늘'에 단신으로 실려 있었다. 기사에는 한국고서화 감정계의 일인자 박광로 씨가 조목조목 근거를 댄 주장이라는 내용이 들어있었다.

김민혜는 어쩐지 박광로 선생이 그 기사 때문에 곤욕을 치르게 될 것 같은 예감이 들었다. 불은 언제나 작은 불씨에서 비롯되는 법이었다. 박광로 선생의 이름이 들먹여지지 않았다면 그냥 지나갈 일이었지만, 어떤 분야의 일인자가 등장한다면 얘기는 달라진다.

다음날이었다.

중앙일간지며 방송, 그리고 종편에서 일제히 떠들고 나왔다. 신문에서는 박광로를 가리켜 무책임하다느니, 소중한 우리 문화유산인 사임당의 초충도를 모독하는 일이라느니, 이번 초충도 감정에서 소외된 것에 대한 재뿌리기라느니, 하는 인신모독성 제목을 뽑아내고 있었으며, 종편채널에서는 말 잘하는 구관조같은 패널들을 동원하여 박광로를 매도하고 있었다. 거기에 양민수도 한 몫 거드느라 입에 침을 튀겼다.

'박선생님께서 또 충격을 받으시겠구나. 제발 잘 버티셔야할 텐데.'

김민혜가 걱정에 잠겨있을 때였다.

강일수가 전화를 해왔다.

"박광로 선생님을 모시고 남원추어탕집으로 와요."

그런데 강일수의 목소리가 맑았다.

'수사에 진척이 있는 모양이구나.'

김민혜의 예감대로 남원추어탕집에서 만난 강일수가 자신있게 말했다.

"곧 끝장을 볼 겁니다. 박선생님, 조금도 걱정하지 마세요. 신문이건 방송이건 종편채널이건 한방에 입을 닫게 할 것이니까, 최소한 한 달만 견뎌 주세요. 혹시 매스컴에서 인터뷰를 요청하면 다 해주세요. 매스컴에 박선생님의 주장을 마음껏 펼치세요. 어느 누구도 반박하지 못할 완벽한 증거를 내놓을 것이니까요."

그렇게 말하는 강일수의 눈이 번들거렸다.

그때였다. 김민혜의 휴대폰에서 문자가 들어왔다는 신호음이 울렸다.

한 번 터치를 하자 이화정이라는 이름이 떴고, 한 번 더 터치를 하자 두 줄의 문자가 떴다.

─꽃 속에 그대가 있어.
그래도 그대가 보고 싶어.

순간 김민혜의 가슴이 철렁 내려앉는가 싶더니, 다음 순간 온몸이 후끈 달아올랐다.

'가야겠구나. 화정 씨가 날 이렇게 원하는데, 사무치게 원하는데 백두산으로 가야겠구나.'

김민혜의 마음이 백두산을 향해 날아가고 있는데 또 문자가 들어왔다. 갈홍근으로 부터였다.

─오늘 약속 잊지 않으셨죠?

"제가 사내아이를 낳았어요."

"어디서 낳았습니까?"

"강릉 북평촌 오죽이 있는 집에서요. 서방님이 아이에게 현룡(現龍)이라는 아명을 지어주셨어요."

소형녹음기에서 산고를 겪은 사임당의 조금은 쉰 듯한 목소리가 흘러나오고 있었다.

'현룡이라는 이 아이가 장래의 율곡이라는 말이지?'

천 사람에게 덕을 베풀어야

오죽숲을 흔드는 울음소리를 토해내며 사내아이가 태어나자 이원수가 목간에 미리 받아놓은 차가운 물로 목욕재계하고 산실로 들어갔다.

"수고했소, 부인. 이 아이를 현룡이라고 부릅시다."

사임당의 손을 잡고 이원수가 말했다.

"현룡입니까?"

"그렇소. 부인과 내가 한 날 한 시에 용꿈을 꾸고 얻은 아이가 아니오? 어쩌면 흑룡의 현신일지도 모르오."

"서방님 뜻대로 하세요. 태어난 시가 어떻게 되는가요?"

"이 아이가 태어나고 막 첫닭이 울었으니까, 인시쯤 될 것이오."

"곧 여명이겠네요?"

사임당이 고개를 돌려 태를 자르고 핏자국을 깨끗이 씻긴 현룡이를 바라보았다. 물기가 채 마르지 않은 머리맡에 맑은 서기가 어려 있었다.

"서방님, 현룡이의 머리맡에서 빛이 납니다."

"부인도 보셨소? 서기는 온 방안에 서려 있소. 방안 뿐만이 아니라 집안에도 가득히 차 있소. 아까 부인이 산통을 시작할 때 마당 가운데서 하늘을 올려다보았는데, 북극성이 세 번 깜박거렸소. 그 순간 아이의 울음소리가 들렸고, 온 집안을 맑은 빛이 감싸고 돕디다."

이원수의 목소리가 떨리고 있었다.

"작년 가을이 저물 무렵에 용꿈을 꾸신 서방님께서 중간에서 해찰하지 않고 평창으로 오셨기에 이 아이를 얻을 수 있었어요. 한없이 감사해요."

"그것이 어디 나만의 일이겠소? 부인이야말로 연약한 여자의 몸으로 산을 넘고 물을 건너 잠시도 쉬지 않고 평창으로 달려왔잖소. 내가 부인에게 감사하오."

사임당과 이원수가 그런 덕담을 나누고 있을 때에 이씨부인이 만복이를 불러 '준비해 놓은 것을 가져오라'고 영을 내렸다.

이씨부인은 어제 해질 무렵에 사임당이 산기를 보이자 만복이를 목욕재계시킨 후에 새끼줄을 꼬고 뒷동산에 가서 벌레 먹지 않은 소나무가지를 쳐오도록 시켰다.

만복이가 왼쪽으로 꼰 새끼줄과 소나무가지를 가져다 마루에 놓자 마루에 촛불을 켠 이씨부인이 이원수를 불러냈다.

"이서방이 금줄에 소나무가지와 숯과 고추를 꽂게. 청정한 마음으로 정성을 다하게."

"예, 장모님. 벌써 네 번째 장모님의 똑같은 말씀을 듣고 있습니다."

"금줄에 정성이 들어가야 시기하여 해꼬지를 하려고 대문 밖에 왔던 잡귀가 얼씬도 못할 것일세. 고추 하나, 숯 한 덩이를 달면서도 현룡이의 장래에 좋은 일만 있게 해달라고 지성으로 빌어야 하네."

"예, 걱정하지 마십시오."

대문에 금줄을 달고 다시 산실로 돌아온 이원수가 신뢰가 가득히 담긴 눈빛으로 사임당을 내려다보며 말했다.

"세 아이들처럼 부인이 현룡이도 잘 키워내리라고 믿소."

사임당이 현룡을 낳을 때 집안 가득히 서기가 어렸다는 소문은 하루가 못 되어 북평촌을 한 바퀴 휘젓고는 강릉부 곳곳으로 퍼져나갔다.

―내 오십 평생에 서기라는 말만 들었지, 서기가 그런 것인 줄은 몰랐소. 그려. 바라만 보아도 가슴 속에서 환희심이 넘쳐 흐릅디다.

―부부가 같은 날 같은 시각에 용꿈을 꾸고 '이건 큰 인물을 얻을 꿈이다'고 믿고 한양과 강릉에서 평창으로 달려가 만나 얻은 아들이라고 했소. 그런 신기한 일이 어디에 있겠소. 현룡이는 장차 나라를 위해 크게 쓰일 인물이오.

―그 집의 오죽이 예사 대나무가 아니었던 모양이오. 오죽숲 위

에서 특히 서기가 빛을 냈다하오.

　─아무튼 두고 보십시다. 사임당이 보통 현명한 여자가 아니니, 자식들도 똑바르게 길러내지 않겠소?

　그런 소문들과 함께 세 이레가 지난 날이었다.

　가사와 장삼을 걸친 승려가 찾아와 대문 밖에서 목탁을 두드리며 '관세음보살 나무아미타불'을 외고 있었다. 집안에 이씨부인이 있으면 스님을 대문 밖에 오래 세워두지 않고 집안으로 모셔들여 시주도 하고 덕담도 들을 것인데, 이씨부인이 나들이라도 나갔는지 목탁소리는 한참 동안 계속되었다.

　사임당이 몸을 일으켜 부엌에서 쌀 한 대접을 퍼가지고 대문 밖으로 나가 합장으로 인사를 하고 쌀을 시주자루에 붓자 스님이 말했다.

　"사임당 보살님, 혹시 소승을 기억하지 못하시겠습니까?"

　스님의 말에 사임당이 고개를 들어 찬찬히 살폈다. 어디서 한두 번쯤 만난 것 같기는 한데 기억이 안 났다.

　사임당의 집에는 강릉부에 있는 사찰의 승려들도 종종 들르지만, 떠돌이 탁발승도 시주가 넉넉하다는 소문을 듣고 찾아왔다.

　그럴 때 이씨부인이 미쳐 챙기지 못하면 사임당이 대신 나가 시주를 했었다.

　사임당이 대꾸를 못하자 스님이 말했다.

　"탱화 속의 별은 기억하십니까? 소승은 그때 만난 보우라고 합니다."

그제서야 사임당은 스님이 기억났다.

어린 정난정에게 관음사 칠성각 탱화에서 별을 찾아보라고 했던 젊은 스님이었다.

"예, 기억이 납니다. 관음사에서 뵈었었지요. 헌데 요즘은 어느 절에 계시는지요? 제가 강릉부의 절이란 절은 거즌 다 다니는데, 스님은 못 뵈었습니다."

"절은 천지사방에 있으니까요. 금강산이며 설악산, 남쪽으로는 지리산이며 소백산, 심지어는 바다 건너 한라산의 절까지 안 다니는 곳이 없지요."

"그러셨군요. 그때 뵈었던 법화스님은 평안하신지요?"

"금강산 유점사에서 열반에 드셨습니다."

"예? 언제요?"

"여섯 달 전입니다. 유점사 대웅전 벽면에 보리수 아래에서 설법하시는 부처님을 다 그리시고 붓을 든 채 열반에 드셨지요."

"성불하셨군요."

"그러셨지요. 단청스님이 붓을 든 채 열반하신 것은 성불이나 마찬가지지요. 소승이 보살님 댁을 기웃거린 것은 아직도 집안을 감싸고 있는 서기 때문입니다."

"제 눈에는 안 보이는데, 스님의 눈에는 보이십니까?"

"그것도 아주 강한 서기가 보입니다. 꽃도 너무 예쁘면 손을 타기 쉽고, 소나무의 잎이 너무 푸르면 송충이가 끓듯이 사람도 너무 잘난 사주팔자를 타고 나면 해꼬지를 하려고 노리는 것들이 생기기 마련이지요. 저 서기의 주인은 딱 한번 큰 고비가 있습니다. 스무하루 전 새벽 인시에 관음사에서 도량석을 돌다가 북평촌에 서기가 어리길래 사임당보살님의 출산을 알았지요. 헌데 사주팔자를 풀어보니까, 나이 아홉 살 전에 호환을 당한다든지, 낙상을 한다든지, 깊은 물에 빠지는 횡액을 당하게 되어 있더란 말이지오."

"예? 그것이 무슨 말씀이십니까? 현룡이가 횡액을 당할 팔자라니요?"

사임당의 눈앞이 아득해질 때였다. 사랑에 있던 이원수가 대문 밖에서 들리는 도란거리는 소리에 무슨 일인가 나오다가 현룡이가 횡액을 당할 팔자를 타고났다는 보우스님의 말에 빠른 걸음으로 다가왔다.

"스님, 무슨 그런 악담을 하십니까? 현룡이는 우리 부부가 같은 날 같은 시각에 용꿈을 꾸고 얻은 아입니다. 그런 현룡이가 횡액을 당하다니요?"

이원수를 잠시 바라보다가 보우가 입을 열었다.

"이처사님, 좋은 팔자를 타고 났다고 하여 한정없이 좋은 것만은 아닙니다. 오르막이 있으면 내리막이 있고, 가시밭길이 있으면 꽃길도 있게 마련이지요. 스무하루 전 인시에 태어난 아이에게도 그런 고비는 분명 있습니다."

"스님, 우리 현룡이를 횡액으로부터 지킬 수 있는 방법을 일러주십시오."

사임당이 합장으로 고개를 숙이며 간청했다.

"어렵지는 않습니다. 천 번의 적선을 베풀어 선행의 탑을 쌓으십시오. 횡액을 피하는 길이 그 안에 있습니다."

"그러겠습니다. 스님의 말씀대로 공덕을 쌓겠습니다."

이원수도 합장으로 고개를 숙이며 말했다.

"또한 부처님의 그늘에서 일 년은 살아야 합니다."

"부처님의 그늘이라면 동자승 노릇이라도 시키라는 말씀입니까?"

이원수가 그것은 곤란하다는 투로 목소리를 높였다.

"두 가지 업을 아이가 아홉 살이 되기 전에 마쳐야합니다. 하면 소승은 이만 돌아가 보겠습니다."

보우가 합장을 하고 돌아섰다.

"스님, 점심공양을 드시고 가시지요."

사임당이 권했지만 보우는 가던 길을 그냥 가버렸다.

"남에게 해꼬지 한 번 안 하고, 불쌍한 사람들은 측은지심으로 대하면서 적선을 한다고 하면서 살아왔는데, 현룡이를 위한 천 번의 적선은 어떻게 하면 좋을까요?"

사랑에 자리를 잡고 앉아 명나라의 녹차를 내려 마시면서 사임당이 이원수에게 물었다.

"아홉 살 전에 마쳐야한다고 했으니까, 사흘에 한 번씩 선행을 베풀면 그럭저럭 채워지지 않겠소?"

이원수의 대답에 사임당이 고개를 내저었다.

"지금까지 베풀어 왔던 그런 적선을 두고 하시는 말씀은 아닐 것입니다."

"하면 어떤 적선을 해야 한단 말이오?"

곰곰이 궁리하던 사임당이 입을 열었다.

"평소의 선행은 그대로 베풀고 파주 율곡리 조상님께 물려받은 우리 산에 밤나무 천 그루를 심는 것이 어떻겠습니까? 중간에 죽는 나무도 있을 것이니까, 아예 백 그루나 이백 그루쯤 더 심는 것이 좋겠지요. 횡액의 팔자가 있다는 말을 안 들었다면 모를까, 그 말을 듣고 어찌 가만히 보고만 있겠습니까? 내일이라도 서방 님께서 율곡리에 가서서 밤나무를 심을 방도를 찾아보세요."

"알았소, 그렇게 하리다. 천 그루의 밤나무를 심어 오 년쯤 지 나면 밤을 수확할 수 있을 것이고, 밤이 열면 율곡리 사람들은 물 론 주변 사람들이 마음대로 따먹게 합시다."

"밤은 제사상에도 오를 뿐만 아니라, 굶주린 백성들한테 요긴 한 구황거리가 되겠지요."

"부인의 뜻이 참으로 그럴 듯하오. 성심으로 공덕을 쌓다보면 좋은 일만 생길 것이오."

사임당은 평소에도 환희심으로 이웃을 살폈지만, 현룡이 태어 난 이후에는 더욱 적선을 베풀었다. 끼니 때가 되어도 굴뚝에서 연기가 오르지 않는 집이 있으면 쌀 한 바가지라도 나누어 주었 으며, 얻어먹는 사람이 오면 헛간이 아니라 사랑채 마루에 밥상 을 차려주었다.

현룡이는 눈빛이 영롱한 아이였다. 석 달이 지나고부터는 똥 오줌도 가릴 줄 알았다. 똥이건 오줌이건 마려우면 두어 번의 울음소리로 사임당에게 알렸다. 기저귀를 따로 채울 필요가 없는 아이였다. 아니, 사임당이 시간에 맞추어 똥을 누이고 오줌을 누게 보살펴 주었다.

반 년쯤 지났을 때였다.

현룡이를 아랫목에 뉘어놓고 사임당이 논어를 소리 내어 읽고 있는데, 현룡이가 북북 기어오면서 울음을 터뜨렸다. 아직 똥오줌이 마려울 시간이 아닌데도 그랬다. 사임당이 무릎에 앉히자 그제서야 울음을 그렸다. 그런데 현룡이의 눈길이 사임당이 읽고 있는 논어를 향해 있었다.

그런 일은 그 후에도 종종 일어났다. 사임당이 그림을 그리거나 자수를 놓고 있을 때에는 가만히 있다가도 책을 펼쳐 읽고 있으면 울음을 터뜨렸다.

'혹시 현룡이가 글을 읽고 싶어 하는 것은 아닐까?'

사임당의 뇌리로 그런 생각이 스쳐갔다.

현룡의 반응을 보려고 읽던 책을 밀쳐놓고 수틀을 집어 들었다. 그러자 현룡이 울음을 그쳤다. 다시 책을 펼치자 현룡이 울음을 터뜨렸다.

'그렇구나. 현룡이가 글을 읽고 싶어하는구나.'

그렇게 단정을 내린 사임당이 현룡이를 무릎 앞에 앉히고는 손가락으로 한 자 한 자 짚으면서 천자문을 읽기 시작했다.

"천(天)은 하늘을 가리키고 지(地)는 땅을 가리키는데, 천지만물의 근원이 되는 것이란다. 낮에는 세상을 밝게 비추는 해가 뜨고, 밤에는 달이 뜨는데, 날일(日) 달월(月)이라고 한단다."

그렇게 한 달쯤 지났을 때였다.

사임당이 그림을 그리고 있는데, 현룡이를 돌보고 있던 연화어미가 토방 아래에서 호들갑을 떨었다.

"아씨, 잠깐만 나와보세요. 현룡 도련님이 말을 했어요."

사임당은 현룡이의 옹알이를 두고 연화어미가 호들갑을 떠는 것이라고 믿었다.

"어린 아이들이 말을 배울 때 옹알이하는 소리를 처음 들었는가?"

"아닙니다, 아닙니다요. 현룡 도련님이 분명히 말을 했습니다요."

연화어미의 말에 사임당이 마루로 나갔다.

"들어보세요. 현룡 도련님이 무슨 말씀을 하시는지요. 도련님, 아까처럼 해보세요."

연화어미의 말에 현룡이가 하늘을 가리키며 '하늘, 하늘은 천' 하고 땅을 가리키며 '땅은 지' 하고 또렷하게 말했다.

언제 나왔는지 이씨부인이 듣고는 놀라 말했다.

"우리 현룡이가 선재로구나, 선재야. 말로만 듣던 선재가 우리 집에서 나왔구나. 만복이를 한양으로 보내야겠다. 현룡이 애비한테도 알려야할 것이 아니드냐?"

그 무렵 이원수는 파주 율곡리에서 밤나무를 심고 있었다. 삯꾼을 사서 심겠다는 걸 사임당이 말렸다.

"서방님께서 손수 심으셔야 합니다. 땅만 제공하여 삯꾼을 사서 심는다면 공덕이 쌓아지겠습니까? 한 해에 삼백 그루씩 심는다면 사 년이면 끝날 것입니다."

"내가 성급했소. 공덕은 빨리 쌓는 것이 아니라 지성으로 쌓아야 하는 것을 내가 깜박했소. 부인 말대로 서두르지 않겠소. 밤나무 심는 일에 성심을 다하겠소."

그러나 어차피 밤나무는 봄과 가을에 심어야 했다. 여름 한 철에는 밤나무밭의 잡초를 뽑고 시간이 남으면 한양이나 평창에서 지냈다.

현룡이 선재라며 이씨부인이 만복이를 보내겠다고 할 때에는 이원수가 한양에 있었다.

사임당이 마음을 다스리고 조용히 말했다.

"아니에요, 어머니. 연화어미도 현룡이가 천자문을 알더라고 함부로 소문내지 말게. 자칫 이웃 사람들의 웃음거리가 되기 십상이니."

연화어미한테는 그렇게 말했지만 사임당은 현룡이가 정말 글자를 아는가 확인하고 싶었다. 방으로 안고 들어와 무릎 앞에 앉히고는 먹을 들어 보여주었다. 그러자 현룡이가 '검을 현' 하고 또렷이 말했고, 노란 색실을 들고 보여주자 '누를 황' 하고 마치 천자문을 읽듯이 낭랑하게 읊었다.

방에까지 따라들어온 이씨부인이 말했다.

"보거라. 현룡이가 글을 읽는 것이 틀림없잖느냐? 만복이를 시켜 이서방을 오라고 해야겠구나. 현룡이한테 훌륭한 훈장님을 붙여주려면 이서방과 의논을 해야 할 것이 아니더냐?"

"어머니 뜻에 따르겠습니다. 만복이를 한양에 보내십시오. 다만 현룡이가 글을 읽는다는 말은 하지 않았으면 좋겠습니다."

"알았다. 이서방이 와서 직접 눈으로 보고 귀로 듣는 것이 좋겠지."

한번 말문이 트인 현룡은 할머니나 어머니 앞에서 제 의견을 드러낼 줄 알았다.

사임당이 그림을 그리느라 미처 돌보지 않으면 천자문책을 들고 다가와 어제 읽다만 곳을 펼쳐 놓았다.

한 달만에 천자문을 다 읽은 현룡이 하루는 그림을 그리는 붓을 들고는 사임당이 그림을 그리다 버린 파지에 하늘천(天)을 쓰고 따지(地)를 썼다.

"우리 현룡이가 이제는 글씨까지 잘 쓰는구나. 현룡아 이 천자문은 네 왕외조부께서 손수 쓰셔서 어미한테 가르쳐 주셨던 아주 귀한 책이란다. 이제 너한테 줄 것이니, 네 마음대로 가지고 놀거라."

사임당이 현룡이한테 그런 말을 하고 있을 때였다. 연화어미가 토방 아래에서 아뢰었다.

"사임당 아씨, 주인어른께서 오셨습니다."

"들어오시라고 하게."

사임당의 말에 이원수가 방으로 들어왔다.

"집에 무슨 일이 있는 것이오? 만복이가 연유는 설명하지 않고 무조건 부인이 오란다고만 하여 내가 많이 놀랬소."

이원수가 아랫목에 앉으며 말했다.

"사실은 서방님께서 놀래실 일이 있습니다. 이걸 좀 보십시오."

사임당이 천지(天地)가 쓰인 파지를 이원수 앞으로 밀어놓았다.

"외조부께서 쓰신 천자문을 흉내 냈구려. 부인이 쓴 것이 아니오?"

"아닙니다. 현룡이가 썼습니다."

"뭐요? 아직 돌도 지나지 않은 현룡이가 이걸 썼단 말이오?"

"천자문을 한 달만에 다 익혔습니다. 하도 놀라운 일이라서 서방님을 오시라고 했습니다."

"선재구려. 현룡이가 선재란 말입니다."

"저는 두려워요."

"무엇이 두렵다는 말씀이오?"

"무엇을 가르칠지, 어떻게 가르칠지 앞이 막막합니다."

"두려워할 것 없소. 현룡이한테 걸맞는 훈장님을 모십시다. 강릉부에 마땅한 훈장이 없으면 한양에서라도 찾아보겠소."

이원수의 말에 사임당이 고개를 내저었다.

"아닙니다, 아니에요. 아직 돌도 지나지 않은 현룡이한테 훈장님을 모신다는 것은 현룡이한테 무거운 짐을 지워주는 일입니다. 성급하게 서둘렀다가는 현룡이가 공부에 싫증을 낼지도 몰라요. 저는 현룡이를 세 아이들처럼 키우고 싶습니다. 선이와 번이는 네 살 때부터 글자를 익히고 붓으로 쓰고, 매창이는 세 살 때부터 글자를 익히고 그림을 흉내 내고 수틀를 잡았습니다만, 현룡이는 세 아이들보다 글을 익히는 것이 빨랐다고 여기고, 거기에 맞게 천천히 가르치겠습니다."

"부인의 뜻대로 하시구려. 난 부인을 믿소."

"자식은 부모를 본받는다고 했습니다. 제가 행동거지를 더욱 조심하겠습니다."

사임당의 말에 잠시 침묵을 지키던 이원수가 조금은 당혹스런 낯빛으로 입을 열었다.

"참, 아무래도 부인이 한양에 한번 다녀와야 될 것 같소."

"무슨 말씀이세요? 현룡이가 다섯 살이 되기 전에는 대관령을 넘지 않겠다고 말씀드렸지 않아요."

그런 일이 있었다.

정난정의 말을 들은 중전이 자신을 만나고 싶어 한다는 말을 듣고 사임당이 부랴부랴 강릉으로 돌아간 며칠 후였다.

한양 이원수의 집으로 궐에서 사람이 나왔다. 중전을 모시는 상궁이라면서 사임당을 찾았다.

"사임당은 출산을 앞둔 몸이라 친정인 강릉으로 돌아갔습니다. 아이를 낳고 첫 돌이 지나기 전에는 움직일 수 없을 것입니다."

"중전마마께서 사임당의 그림을 보시고 싶어 일각이 여삼추로 기다리십니다. 사임당이 그린 초충도 병풍으로 머리맡을 가리고 싶다고 하셨습니다. 오고 가는데 가마로 편히 모실 것이니, 중전마마를 알현하도록 하시는 것이 어떻겠습니까?"

"그럴 수만 있으면 그래야 되겠지요. 헌데 사임당은 몸이 허약해서 먼 길을 움직일 수가 없습니다. 중전마마께 그리 전하십시오."

비록 아들은 낳지 못하고 딸만 넷을 낳았을망정 엄연히 교태전의 주인인 중전의 요청을 이원수가 그렇게 거절을 했다.

나중에 그 얘기를 했더니, 사임당이 말했다.

"중전마마께서 제 그림에 관심을 가져주시는 것은 고마운 일이지만, 아이를 낳고 다섯 살이 되기 전에는 강릉을 떠나지 않을 거예요. 중전마마의 일은 서방님께서 잘 막아주세요."

"그럴 수 있을지 모르겠소. 중전이 참으로 드센 여자라고 했소. 왜 안 그렇겠소? 반정공신들의 딸인 후궁들의 온갖 질시와 모함을 견디어낸 것만 보아도 중전이 보통 여인이 아님을 알 수 있잖소. 아무리 윤임 일파의 견제로 힘을 쓰지 못한다고 하더라도 부인한테 악감정을 품으면 얼마든지 해꼬지를 할 수 있을 것이오. 나는 그것이 두렵소."

"너무 염려하지 마십시오. 비록 허울만의 중전이지만, 하늘과 땅의 기운이 조화롭게 화합하여 만물이 생성한다는 뜻을 가진 교태전을 지키는 주인이라면 그 이름값을 할 것입니다. 여염의 여인네한테 악감정을 가질 만큼 옹졸한 마음은 품지 않을 것입니다."

사임당은 그렇게 믿었다. 소문으로 듣기에 중전은 어려서부터 글을 읽었다고 했다. 여범이나 내훈같은 것은 양반가의 아녀자라면 다 읽는 책이지만, 중전은 사서삼경이나 시경을 놓고도 어지간한 선비들보다 낫다고 했다. 그런 여자가 옹졸한 마음을 품을 이유가 없다고 사임당은 생각했다.

그러면서도 종종 중전의 청을 거절한 것이 마음에 걸렸다.

화선지를 펼쳐 놓고 그림을 그리다 보면 문득 중전이 떠올랐다. 언제가 될지는 모르지만 두 폭 침병이라도 한 점 만들어 가지고 중전을 알현해야겠다고 마음 먹고 있는 중이었지만, 아직은 아니었다.

중전보다 어린 현룡이가 더 소중했다.

사임당은 현룡이에게 남의 젖을 먹이고 싶지 않았다. 자신이 중전을 만나겠다고 한양으로 가면 어린 현룡이에게 남의 젖을 먹여야할 판이었다. 사임당은 어린 아이가 어머니의 젖을 먹는 것은 어머니의 정신과 육신을 그대로 물려받는 일이라고 믿었다.

"현룡이의 젖 때문에라도 갈 수가 없어요."

"유모를 들이면 되지 않겠소? 아니면 함께 한양으로 갈 수도 있잖소?"

"제 아들에게 어찌 남의 젖을 먹이겠습니까? 가마에 태워 한양 길을 간다는 것은 더구나 어려운 일이지요. 성숙한 여인네들도 가마를 오래 타면 가마멀미를 하는데, 어린 현룡이 어찌 견디겠습니까?"

사임당의 완고한 고집에 이원수가 얼굴을 붉히다가 겨우 말했다.

"사실은 중전마마가 얼마 전에 아들을 낳았소."

"아들을 낳으셨다구요?"

"그렇소. 그동안에는 왕자를 낳지 못하여 중신들이며 종친들한테 무시를 당했다면 이제 중전이 기지개를 켜고 힘을 발휘할 때가 된 것이오. 벌써 한직에 있던 윤원형을 요직에 앉힌 것만 보아도 그 속내를 짐작할 수 있는 일이 아니겠소? 경원대군을 내세워 조정의 중신들이며 종친들을 자신의 편으로 끌어들일 것이오."

"경원대군이라고 하셨습니까?"

"중전이 낳은 아들이 경원대군이오. 임금의 아들은 세자가 아니면 모두 대군이라는 호칭으로 불리지 않소. 여자는 공주나 옹주라는 호칭으로 불리고 말이오. 중전이 그랬다고 합디다. 도화서 화원들의 병풍보다 사임당의 초충도로 병풍을 만들어 머리맡에 두고 싶다고 말이오. 당숙께서 윤원형이 그러더라면서 사임당이 꼭 중전마마를 알현할 수 있도록 해달라고 신신당부를 하십디다."

"저는 현룡이가 다섯 살이 되기 전에는 강릉을 떠나지 않을 것입니다."

"알았소."

432

"대신 제가 침병으로 쓸 그림 두 점을 내어드릴 터이니, 한양에서 표구를 하여 전해 드리세요."

"정말 그래주시겠소?"

이원수가 반색을 하며 얼굴을 활짝 폈다.

그러나 사임당의 두 폭 침병은 오히려 긁어 부스럼을 만든 꼴이 되었다.

이원수가 한양으로 돌아간 지 두 달쯤 지나서였다. 막 걸음마를 시작한 현룡이 때문에 사임당은 다른 일에는 마음을 쓸 겨를이 없었다. 다림질을 할 때에는 현룡이가 잉걸불이라도 만질까 걱정이 되었으며, 마루로 나가면 토방으로 떨어지지 않을까 염려가 되었다. 그림 그리는 일도 줄이고 수틀을 잡는 일도 줄이면서 오직 현룡이한테만 매달려 지내고 있는데, 강릉부에서는 구경할래야 구경할 수도 없는 크고 화려한 꽃가마를 타고 한양 손님이 찾아왔다. 그것도 강릉부사의 부인을 앞세우고 왔다.

꽃가마 두 채가 대문 밖에 왔다는 연화 어미의 호들갑에 사임당이 마루로 나가니, 이미 대문을 들어선 비단옷 차림의 여인 둘이 안방을 향해 걸어오고 있었다.

'아니, 저 부인은 정난정이 아닌가?'

사임당은 한 눈에 정난정을 알아보았다. 몸에 비단옷을 휘감고 얼굴에는 분가루를 발랐지만 아홉 살 때 관음사 탱화에서 별을 찾아낸 인선이에게 주먹을 들이대던 눈매는 그대로였다.

토방 아래까지 다가온 부사 부인이 말했다.

"한양에서 사임당을 만나러 먼 길을 오신 정씨부인이십니다."

"안으로 드시지요."

사임당이 두 사람을 방으로 들이고 만복이에게 찻물을 끓일 화로를 가져오라고 일렀다.

방으로 들어와 자리가 추스러지자 정난정이 말했다.

"사임당과는 한번 만난 적이 있지요?"

"어린 시절, 아홉 살 때에 관음사에서 보았지요."

정난정이 먼저 아는 체를 해오는데 구태여 모른다고 할 필요는 없었다.

"내가 무엇 때문에 사임당을 찾아 먼 길을 왔는지 알겠소?"

"모르겠습니다. 부인께서 무슨 연유로 누옥을 찾으셨는지요?"

사임당이 짐짓 시치미를 뗐다. 이원수에게 두 폭짜리 침병을 보내면서 우려했던 일이 벌어진 것이라고 믿었다.

정난정이 말했다.

"중전마마의 성화 때문이오. 사임당의 두 폭짜리 침병을 보시고는 당장에 나를 불러 강릉에 다녀오라고 하십디다. 사임당이 육아 때문에 한양에 올 수 없다면 직접 가서 여덟 폭 병풍을 받아오라면서 아끼시던 패물을 내어 주십디다."

"허나 제가 요즘은 한가로이 붓을 손에 잡을 수가 없습니다."

사임당의 말에 정난정의 얼굴이 당장에 일그러졌다. 어렸을 때나 조정의 실권을 한 손에 움켜쥐고 권세를 휘두르는 윤원형의 첩노릇을 하는 지금이나 급한 성미는 조금도 변하지 않고 있었다.

사임당이 명나라에서 들여온 차를 내어 한 잔씩 나누어주자 정난정이 얼굴을 풀고 말했다.

"중전마마께서 사임당의 여덟 폭 병풍을 받지 못하면 날더러 한양으로 돌아올 생각을 말라고 하셨습니다. 사임당께서 병풍을 완성하는 동안 나는 강릉부의 사찰을 돌며 경원대군마마의 만수무강과 지존의 자리에 오르실 수 있도록 불공을 드리겠소. 열흘 후에 들를 것이오. 열흘 후에 안 되어 있으면 다시 열흘 후에 들르고, 그도 안 되면 또 열흘 후에 들르겠소."

"알겠습니다. 성심을 다하겠습니다."

사임당이 마음에 내키지 않았지만 어쩔 수 없이 응낙했다. 믿고 의지하는 남동생 윤원형의 첩인 정난정을 보낼 만큼 중전의 바람이 크다면 들어주는 것이 도리였다.

이번에도 거절한다면 자칫 중전마마의 노여움을 살 염려가 있었다. 중전에 관한 흉흉한 소문은 강릉부에까지 파다할 정도였다. 주로 권력 싸움이 주된 내용이었는데, 동궁전에 불을 지르고, 세자가 잠을 자는 방에 불에 탄 쥐를 넣어 마음이 약한 세자를 기겁시켰다는 등의 소문이 그것이었다. 어떻게든 세자를 폐하고 자신이 낳은 경원대군을 왕세자로 세우려고 온갖 흉한 짓을 다 저지른다고 했다. 그런 중전이라면 교태전의 주인답지 않은 짓도 얼마든지 저지를 수 있었다.

원래 똥은 무서워서 피하는 것이 아니라 더러워서 피하는 법이었다.

성심을 다하여 초충도를 그리겠다는 사임당의 말에 정난정이 입가에 슬쩍 미소를 띠우더니, 밖을 향해 '간난이 게 있느냐?' 하고 데리고 온 계집종을 불렀다.

"예, 대령하고 있사옵니다."

"주머니 두 개를 들이거라."

"예, 마님."

계집종이 주머니 두 개를 들고 들어와 정난정 앞에 내려놓았다.

그걸 사임당 앞으로 밀어놓으며 정난정이 말했다.

"그림값이라고 하기에는 뭣하지만 중전마마와 내 성의입니다. 받아주시지요."

"부인의 성의라니요?"

"나한테는 두 폭짜리 침병이나 만들어 주시오. 나도 여덟 폭짜리를 가지고 싶지만, 이번에는 중전마마의 일로 왔으니까, 두 폭짜리로 만족하겠소."

"밤잠을 줄여서라도 그려보겠습니다. 허나 이것은 받을 수 없습니다. 아직까지 단 한 번도 그림값을 받은 적이 없습니다."

사임당이 주머니 두 개를 정난정 앞으로 밀어냈다.

"중전마마의 성의입니다. 그림값을 지불해야 그림의 값어치가 올라간다고 들었습니다. 백 냥을 지불하면 백 냥짜리 그림이 되고, 천 냥을 지불하면 천 냥짜리 그림이 된다고 들었습니다. 중전마마께서 내리신 패물은 못해도 천 냥의 값어치는 될 것입니다. 중전마마의 호의를 무시하지 마세요."

정난정이 자리를 털고 일어섰다.

아까부터 이씨부인이 토방 아래에서 기다리고 있었지만 사임당은 손님들의 점심상을 준비하라는 말을 하지 않았다. 집에 든 손님한테 밥 한 끼 먹여 보내는 것이 도리였지만, 정난정과는 마주 앉아 밥을 먹기가 싫었다.

부사 부인이 할 말이 있는 듯 돌아보다가 정난정을 따라 나갔다.

사임당이 부사 부인을 만난 것은 현룡이를 낳기 한 달 전이었다. 강릉부의 부사가 바뀌었다는 소문이 돌더니, 하루는 부사 부인이 초청했다. 예전처럼 초충도 한 점을 챙겨들고 마을의 가마를 빌려 타고 강릉부 객사로 갔다. 객사의 안방으로 들어가니, 이미 강릉유지 부인들이 방을 가득 채우고 있었고, 부사 부인 앞에는 화려한 비단이며 패물함이며 관요의 솜씨 좋은 도공이 빚었을 용항아리가 놓여 있었다.

사임당이 초충도가 든 봉투를 내어놓자 '그것이 무엇이오?' 하는 눈빛으로 바라보았다.

"제가 그린 초충도입니다."

"초충도면 그림이란 말이오?"

봉투 안에 어음이라도 든 걸로 생각했던지 그림이라는 말에 잔뜩 실망한 표정을 지었다.

만나면 늘 사임당의 처지를 대변해 주었던 김진사 부인이 이번에도 나섰다.

"사임당의 그림은 참으로 신묘합니다."

"신묘해 봐야 종이에 안료로 그린 그림이 아니겠소?"

"그야 그렇습니다만……."

김진사 부인이 머쓱한 낯빛으로 입을 닫았다.

그날 이후 부사 부인의 소문은 하루가 멀다고 강릉을 떠돌아다녔다. 부사 부인이 강릉부 벼슬아치 부인들을 따로 불러 분에 넘치는 재물을 요구했다느니, 하는 더러운 소문들이었다.

그런 부사 부인한테 사임당의 그림을 얻기 위하여 중전마마가 정난정을 보내온 일은 자다가도 벌떡 일어날 일이었다.

언젠가는 사임당이 중전마마를 만날 터인데, 자칫 강릉부사 부인이 이러쿵 저러쿵하더라고 입이라도 놀린다면 승승장구 강릉부사까지 오른 서방님의 앞날에 누를 끼칠지도 모를 일이었다.

정난정이 돌아간 다음 사임당은 바로 계집종 서운이를 불러 먹을 갈게 했다. 어차피 중전의 청을 거절하지 못할 바에야 하루라도 빨리 마치는 것이 무거운 짐을 벗는 길이었다.

사임당이 잠깐 눈을 감고 여덟 폭 초충도에 그릴 화재를 떠올려 보았다. 그리고는 붓을 들고 무병장수며 부귀다남이며 하는 뜻을 담은 사물들을 등장시켜 단숨에 밑그림을 그리고 안료를 칠했다. 사임당의 손길 한 번에 개구리가 태어나고 여치가 울었으며, 손길 두 번에 포도가 숭어리숭어리 열리고 수박이 발갛게 익어갔다.

사임당이 초충도를 그리는 옆에서 현룡이는 명심보감을 읽고 소학을 읽었다. 글을 읽다가 현룡이가 눈길을 들어 그림을 바라보면 사임당이 온화한 얼굴로 말했다.

"현룡아 포도 그림에 포도를 많이 그리는 것은 그림의 주인이 자식을 많이 낳기를 바라는 마음이 담겨 있단다. 보거라. 이 개구리의 눈길이 하늘을 향해 있지? 그것은 사내는 모름지기 높은 뜻을 품어야 한다는 뜻을 가지고 있느니라."

그림 한 점을 완성할 때마다 사임당이 현룡이에게 설명을 해주었다. 사임당의 말에 현룡이는 그저 벙긋벙긋 웃기만 했다.

한 나절에 초충도 병풍 넉 점을 완성해 놓고 사임당이 붓을 씻고 있는데, 부사 부인을 따라왔던 계집종이 찾아왔다.

"저희 마님께서 명나라에서 들여온 비단 두 필을 사임당아씨께 전해주시라고 내어주셨습니다. 작년 가을에 주신 그림값이라고 하셨습니다."

계집종의 말에 사임당이 고개를 내저었다.

"아니다. 지난 번의 그림은 선물로 드린 것이었느니라. 어찌 호의로 드린 선물값을 받겠느냐? 마음만 고맙게 받겠다고 전해 드리거라."

그렇게 부사 부인의 계집종을 돌려보내고도 사임당은 기분이 씁쓸했다.

중전이 원하는 여덟 폭 병풍과 정난정이 욕심을 부린 침병으로 쓸 산수화 두 점을 완성하는 데는 채 사흘이 걸리지 않았다.

당장 부사 부인에게 보낼까 하다가 서두를 것이 없겠다는 생각에 봉투에 넣어 보관하고 마음을 추스릴 겸 수틀을 잡고 앉아 사슴 두 마리가 이마를 맞대고 장난을 치는 모습의 수를 놓았다. 자수는 그림과 달라 시간이 오래 걸렸다.

"사슴이 살아있는 것 같습니다, 어머니."

맨드라미 꽃수를 놓고 있던 매창이 신기하다는 듯 말했다.

"그림도 그렇지만 자수도 생명을 불어넣는 일이니라. 어머니는 살아있는 사슴이라고 여기고 한 땀 한 땀 바느질을 한단다. 네가 꽃수를 놓을 때도 마찬가지 마음이었을 것이니라."

사임당과 매창이 수를 놓는 곁에서 현룡이는 대학을 읽고 있었다.

"어머니, 현룡이가 대학을 읽고 있습니다. 저도 읽어보았지만, 글자는 알겠는데, 뜻은 알 수 없었습니다."

"글자를 알면 뜻도 곧 해석할 수 있을 것이다. 서두르지 말거라. 현룡이도 마찬가지일 것이니라. 제가 알고 있는 글자가 나오니까, 신기하여 들여다보는 것이 아니겠느냐?"

사임당의 말을 알아들었다는 듯이 현룡이 벙긋 벙긋 웃었다.

정난정이 들르겠다고 했던 열흘째가 되는 날이었다.

부사 부인을 대동하고 정난정이 찾아왔다.

사임당이 봉투에 넣어 봉인한 중전에게 줄 그림과 봉투에 넣었지만 봉인하지 않은 침병용 산수화를 내어주자 정난정이 꺼내 보고 탄성을 내질렀다.

"어머, 어쩌면 이리 내가 원하던 그림을 그렸을까요? 관음사와 문수사를 둘러싸고 있는 산세가 너무 좋아 감탄을 했었는데, 사임당이 아직 그림을 그리지 않았으면 그 모습을 그려달래려고 마음먹고 있었는데, 내 마음을 들여다 본 듯이 그렸네요. 중전마마의 그림은 초충도겠지요?"

"그렇습니다. 경원대군마마의 만수부강과 부귀영화를 비는 마음으로 성심을 다하여 그렸습니다."

"언젠가는 나한테도 초충도를 그려주세요. 천금인들 아깝겠습니까?"

"인연이 닿으면 그려드리겠습니다."

"중전마마께서 일각이 여삼추로 기다리실 것입니다. 나는 이 길로 한양으로 떠나겠습니다. 사임당을 언젠가는 한양에서 만나게 되겠지요."

정난정이 즐거운 낯빛으로 돌아갔다.

사임당이 연화 어미를 불러 목간에 물을 채우라고 일렀다.

차거운 물에 반식경 남짓 몸을 담그고 나면 마음 안에 응어리로 남은 찌꺼기도 씻겨질 것이라고 믿었다. 정난정을 만난 불쾌한 기분을 훌훌 털어버릴 수 있을 것이었다.

이원수가 파주 율곡리에 밤나무 천 그루를 다 심었다며 찾아온 것은 현룡의 네 번째 맞이하는 생일을 며칠 앞둔 어느 날이었다.

첫눈이 내리고 있었다. 그것도 첫눈답지 않게 폭설로 내리고 있었다.

온 몸에 눈을 흠뻑 뒤집어쓰고 온 이원수가 사랑에서 옷을 갈아입고 난 다음에 사임당이 찻물을 준비해 가지고 들어갔다.

"언제 마셔도 부인이 낸 차는 맛이 좋소."

"보부상한테 구해달라고 단단히 부탁을 했지만, 하동녹차는 구할 수가 없는지 가져오지를 않네요. 일 년만에 만난 서방님과 차 한 잔 나누고 싶어서 명나라차라도 들였습니다."

"부인과 함께라면 어떤 차건 내겐 최상의 차요. 현룡이는 요즘 어떤 책을 읽고 있소?"

"한동안 논어를 읽더니, 요즘은 대학을 읽고 있습니다."

"대학을 말이오? 부인이 힘드시겠소."

"제가 어려서부터 외조부께 사서오경을 배우기는 했지만, 겨우 뜻풀이를 할 수 있을 정도인데, 현룡이는 그 경지를 넘어 있습니다. 단순히 글자풀이만 하는 것이 아니라 그 속에 담긴 숨은 뜻까지 질문을 하는데 막힐 때가 많습니다. 때로는 제가 현룡이한테 배우기도 한답니다."

"이제야말로 현룡이한테 학식이 높은 스승님을 모셔야겠소. 휴암 선생이라고 벼슬자리에는 나가지 않았지만, 성균관 유생들은 물론 학문에 정진하는 초야의 선비들한테 존경을 받는 분이 있소."

"휴암이라면 백인걸이라는 분을 말씀하시는 건가요?"

"부인이 어찌 그분의 함자를 아시오?"

이원수가 놀란 표정을 지었다.

"아버지께서 기묘년이던가, 조정암의 사사를 막는다고 대궐 앞에서 시위를 하시다가 사흘 간의 옥고를 치루고 강릉에 오시면서 모시고 왔었어요. 아버지께서 휴암 선생이 조선 최고의 학문이라고 하셨지요."

아버지라는 이름을 입에 올리는 것만으로도 그리움이 사무치는지 사임당의 눈에 눈물이 어렸다.

휴암 백인걸은 학문뿐만 아니라 그림에도 해박했다.

어린 사임당의 초충도를 보고는 감탄을 금치 못했다.

"내가 그동안 명나라 화원의 초충도도 보았고, 조선에서 내로라하는 도화서 화원들의 초충도도 보았지만, 그림 속의 화재들이 살아있는 것은 처음이구나. 네 그림을 본 것만으로도 내 강릉길이 헛되지 않았구나."

사임당은 수줍음으로 얼굴만 붉혔고, 신명화가 대신 말했다.

"어린 인선이한테는 너무 과분한 칭찬이십니다."

"신공, 내가 언제 빈말을 하는 것을 보신 적이 있소?"

"그야 없습니다만, 인선이가 자칫 교만해지지 않을까 걱정이 됩니다."

"인선이의 그림을 보니, 교만해질 인품이 아닙니다."

어린 시절의 일이었지만, 휴암 백인걸은 관음사에서 문수보살의 마음으로 문수보살을 그렸다는 법화스님과 함께 사임당의 뇌리에 종종 떠올랐었다.

그런 휴암 백인걸을 이원수가 현룡이의 스승으로 모시겠다는 말에 사임당의 가슴이 사정없이 뛰었다.

"그분이라면 현룡이를 충분히 가르칠 수 있을 거예요."

"자신의 학문은 높지만 제자를 안 두기로 소문난 분이오. 현룡이의 스승을 맡아주실지는 자신이 없소."

"혹시 거절하시면 이걸 보여드리세요."

사임당이 지난 가을에 현룡이 시 한 구절을 적은 종이 한 장을 문갑에서 꺼내다 보여주었다.

이원수가 한 눈에 읽고 물었다.

"무엇이오? 이것이."

이원수의 물음에 사임당이 빙긋이 웃었다. 거기에는 시 한 구절이 적혀 있었다.

"현룡이가 쓴 거예요."

은행껍질은 둥글며 푸른 옥을 머금었고(銀杏殼含團碧玉)
석류껍질 속에는 빨간 구슬이 부서져 있다.(石榴皮裡碎紅珠)

지난 가을이었다.

현룡이 담 밑의 빨갛게 잘 익은 석류나무 아래에 서 있는 것을 본 이씨부인이 '현룡아, 그것이 무엇인 줄 알겠느냐?' 하고 물었다.

현룡이가 대답했다.

"석류껍질 속에 빨간 구슬이 부서져 있습니다."

"아직 껍질도 벌어지지 않았는데, 껍질 속 석류색깔은 어찌 알았을꼬?"

"작년에도 석류는 익어 있었는 걸요, 할머니."

"그렇구나. 작년에도 재작년에도 석류는 빨갛게 익었었구나."

그날 오후였다.

사임당이 그림의 소재로 삼으려고 연화 어미를 시켜 석류 몇 알을 따다가 나무그릇에 담아 문갑 위에 올려놓았다. 그것을 본 현룡이 단숨에 '은행각함단벽옥(銀杏殼含團碧玉) 석류피리쇄홍주(石榴皮裡碎紅珠)'라고 써내려갔다.

글씨조차도 왕외조부의 필체에서 벗어나 있었다.

"정말 이 글씨가 현룡이가 쓴 것이란 말이오?"

"서방님도 놀라셨지요? 저도 놀랐답니다."

"휴암 선생을 스승으로 모셔야겠다는 욕심이 더 커지는구려. 현룡이의 생일만 보고 바로 한양으로 돌아가야겠소."

이원수의 말에 사임당의 가슴에서 뜨거운 뭉치가 훅 솟아올랐다.

그러나 서둘러 한양으로 돌아간 이원수는 휴암 백인걸을 강릉으로 보내오지 않았다. 오매불망 학수고대하고 있을 사임당을 생각하고 억쇠를 보내왔다.

"주인 어르신의 말씀이 현룡도련님의 스승님을 백방으로 찾고 있지만 아직 어디에 계신지 알 수 없다고 하셨습니다. 계속 수소문을 하고 있으니, 조급해 하시지 말라고 말씀하셨습니다."

"알겠구나. 보통 사람들의 만남도 인연이 닿아야 하거늘, 하물며 스승님을 모시는 일이거늘 쉽지는 않겠지. 그분이 현룡이와 인연이 있다면 스승님으로 모실 수 있을 것이고, 인연이 없다면 모시기 힘들겠지."

몇 달 후에 강릉 북평촌에 온 이원수가 변명삼아 말했다.

"파주와 한양을 오가면서 지인들을 통하여 찾아보아도 찾을 수가 없었소. 세상 돌아가는 꼴에 낙망하여 산천을 유람한다는 소문도 있고, 머리를 깎고 금강산의 깊은 암자에 칩거하고 있다는 소문도 있소."

"서방님, 노심초사하지 마세요. 인연이 닿으면 현룡이와 휴암 선생님이 만날 수 있을 거예요."

"내일 모레면 현룡의 나이 다섯 살이 되오. 어머니께서도 그 날을 학수고대하고 계시오."

그럴 일이 있었다.

어머니 홍씨부인이 현룡의 어미가 언제 한양으로 오느냐고 날마다 묻는다며 이원수도 은근히 사임당의 한양행을 종용했다.

"한양 어머니께는 늘 죄송해요. 제가 며느리 노릇을 제대로 못하고 있어요."

"부인을 탓하자는 것이 아니오. 어머니께는 내가 잘 말씀드릴

446

것이니, 심려하지 마시오."

이원수가 사임당을 다독였다.

정작 휴암 백인걸이 강릉 북평촌에 나타난 것은 현룡의 나이막 다섯 살로 접어들었을 때였다. 해마다 그랬듯이 현룡의 생일에 맞추어 이원수가 다녀간 며칠 후였다. 폭설로 내리는 눈을 하얗게 뒤집어 쓴 손님이 하나 찾아왔다.

"아씨 마님, 수염이 허연 노인이 찾아오셨습니다."

연화 어미가 고했다.

"노인이? 일단 사랑으로 모시게."

사임당의 집에 노인일망정 남자 손님이 방문하는 것은 드문 일이었다. 신명화가 어쩌다 친구를 동행하여 온 적도 있었고, 이원수가 드문 일이기는 하지만 손님과 함께 온 일은 있었지만, 탁발을 나온 스님들 말고는 남자손님이 혼자 찾아온 일은 없었다.

비록 수염이 허연 노인이라고 했지만, 외간 남자를 만난다는 것이 마음에 걸린 사임당이 연화 어미에게 말했다.

"아마도 지나가던 과객인 것 같네. 눈길이 험하니, 하룻밤 머물고 가려고 들르신 것 같으니, 점심상이나 차려다 드리게."

"그냥 들르신 분이 아닌 것 같습니다. 손님께서 아씨 마님을 뵙자고 하십니다."

"그래, 알겠네. 만복이를 시켜 찻물 끓일 화로를 준비하라 이르게."

"예, 사임당 아씨."

사임당이 찻물이 끓을 때쯤 연화 어미를 대동하고 사랑으로 내려갔다.

"손님, 사임당 아씨께서 들어가십니다."

연화 어미가 허리를 숙이며 고했다.

"들어오시라고 하거라."

수염이 허연 노인이라더니, 방안에서 남자의 우렁찬 목소리가 흘러나왔다. 조금은 이상하다고 생각하면서 사임당이 방으로 들어갔다.

그리고 깜짝 놀란 낯빛으로 나즉한 목소리를 냈다.

"아니, 휴암 선생님."

비록 하얀 수염은 가슴까지 내려왔고, 검고 짙은 눈썹이 눈두덩을 가릴 정도였지만, 폭설을 뚫고 찾아온 손님은 어린 시절 보았던 휴암이 분명했다.

"날 알아보겠는가? 사임당."

"어찌 모르겠습니까? 그때 저한테 하셨던 말씀은 제 삶의 길라잡이가 되었습니다."

"허허허, 그런가? 사임당의 부군이 나를 찾는다길래 지나는 길에 한번 들렀네."

"하오면 아직 제 서방님은 만나지 못하셨습니까?"

"그렇다네. 사임당의 아들이 선재라더니, 그 때문에 날 찾은 것인가?"

"서방님의 말씀이 현룡이를 가르칠 수 있는 분은 조선팔도에 휴암 선생님 밖에 안 계시다고 했습니다."

"허허, 동냥치나 다름없는 떠돌이한테 스승이라니, 과분하군. 아무튼 기왕에 왔으니, 선재라는 아들이나 한번 봄세."

백인걸의 말에 사임당이 연화 어미를 시켜 현룡이를 불러내렸다.

방으로 들어와 백인걸과 잠시 눈을 맞춘 현룡이 큰 절로 다소곳이 예를 갖추었다.

"총명하게 생겼구나. 네가 글은 어디까지 읽었더냐?"

백인걸이 문갑 위에 쌓아놓은 사서오경을 비롯하여 명나라에서 들여온 책을 한 눈으로 쓱 훑어보며 물었다. 네 살 때까지는 사임당의 무릎 밑에서 글을 읽던 현룡이 다섯 살이 넘으면서부터는 사랑에서 저 혼자 글을 읽고 있는 중이었다.

현룡이 무릎을 꿇고 앉은 채 대답했다.

"논어 맹자는 다 읽었고, 요즘은 대학을 읽고 있습니다."

"대학을 읽고 있다고? 빠르구나. 빨라도 너무 빠르구나. 저기 사략(史略)이 있구나. 첫째 권을 가져와 보겠느냐?"

현룡이 사략을 가져오자 백인걸이 물었다.

"읽어 보았느냐?"

"아직 읽지 못하였습니다."

현룡의 대답에 백인걸이 손에 잡히는대로 책을 펴서 齊威王初不治諸侯皆來伐(제위왕초불치제후개래벌)이란 구절을 가리키며 '제나라 위왕이 처음에 제후들을 잘 다스리지 못하여 모두 와서 쳤다'라고 해석해 주었다.

그러자 현룡이 백인걸을 빤히 올려다보았다.

"어찌 그러느냐?"

백인걸의 물음에 현룡이 대답했다.

"스승님, 그 부분은 '제나라 위왕이 처음에 잘 처리하지 못하므로 여러 제후들이 함께 와서 쳤다'로 해석함이 옳을 것 같습니다."

"허허, 선재라는 말이 헛소문은 아니었구나. 네 해석이 맞니라. 위왕이 처음에는 제후들을 다스리지 않았으니, 잘못 다스렸다는 말은 옳지 않니라. 아마 위왕과 제후들 간에 다툼이 있었겠지. 그걸 잘 처리하지 못하여 제후들이 뜻을 모아 위왕을 쳤겠지."

백인걸의 말에 사임당이 조심스레 물었다.

"하오면 일부러 틀리게 말씀하신 것입니까? 현룡이가 어쩌나 보시려구요?"

"꼭 틀렸다고 할 수만은 없겠지. 해석이란 것은 사람에 따라 조금은 다를 수도 있으니까 말일세. 허나 현룡이의 해석이 좀 더 정확하네. 현룡아, 네가 대학을 읽고 있다고 했지? 대학의 삼 강령을 말해 보겠느냐?"

백인걸의 말에 사임당도 긴장하여 현룡을 바라보았다. 현룡이가 사랑을 차지하고부터는 사임당도 글읽기에 간섭하기가 힘들었다. 대학을 어디까지 읽었는지, 글자를 제대로 알고 제대로 해석할 수 있을지 알 수 없었다.

현룡이 입을 열어 대답했다.

"대학지도(大學之道)는 재명명덕(在明明德)하고 재친민(在親民)하며 재지어선(在止於善)이니라, 입니다."

"뜻을 말해 보거라."

"대학의 삼 강은 밝은 마음을 밝히는데 있고, 백성을 새로이 하는데 있으며, 지극히 선한 지선(至善)에 머무는 것을 말하는 것입니다."

"허허허, 현룡이가 삼 강을 제대로 알고 있구나. 허면 네가 말한 지선은 무엇이더냐?"

현룡이 잠시 뜸을 들이다가 입을 열었다.

"자식은 부모에게 효도함이 지선이요, 제자는 스승님을 공경하는 것이 지선이며, 백성은 국가에 충성하는 것이 지선이고, 사람은 은혜 갚는 마음인 보은을 하는 것이 지선입니다. 지선을 행하려고 노력하는 마음이 지선에 머물 때라야 참지선에 이를 것입니다."

현룡의 대답에 백인걸이 무릎을 탁 쳤다.

"옳거니, 옳아. 네가 대학의 팔 조목에 대해서도 말할 수 있겠느냐?"

설마 거기까지는 모르겠지? 하는 눈빛으로 백인걸이 현룡이를 주시했다.

"세상에 존재하는 만물은 모두가 존재가치가 있으므로 격물(格物)이라고 하며, 사람은 만물의 영장이므로 인격(人格)이라 합니다. 또한 격물의 존재가치를 잘 아는 것을 치지(治智)라 하며, 치지를 아는 자는 먼저 뜻을 정성되게 하는 성의로써, 올바른 마음을 갖는 정심으로써, 몸을 닦는 수신으로써, 집안을 다스리는 제가로써, 나라를 다스리는 치국으로써, 천하를 다스리는 평천하(平天下)로 나가야함을 이릅니다."

현룡이의 거침없는 대답에 사임당은 눈앞이 아득해질 만큼 혼란스러웠다.

백인걸의 놀라는 낯빛으로 보아 현룡이가 대학의 8조목까지 제대로 알고 대답하고 있는 것이 분명했다.

사임당은 그런 현룡이 두려웠다. 아니, 겁이 났다.

잠시 현룡이를 뚫어져라 응시하던 백인걸이 말했다.

"그만하면 내가 너를 알겠구나. 현룡아, 널랑은 그만 나가보겠느냐?"

"예, 스승님. 가르쳐 주셔서 감사합니다."

현룡이 큰 절로 예를 갖추고 사랑을 나갔다.

백인걸이 사임당에게 눈길을 돌렸다.

"현룡이는 선재가 분명하네. 그냥 선재가 아니라 세상에 태어나기 전부터 세상의 학문을 통달한 선재가 분명하네."

"설마 그럴 리가 있겠습니까?"

"내 말이 틀림이 없을 걸세. 달리 말하면 현룡이는 어미 뱃속에 있을 때부터 글자를 익히고 학문을 닦았다는 말일세. 사임당 자네는 아마 태교의 한 방편으로, 혹은 자네의 학문을 높이기 위하여 사서오경을 읽었겠지. 그것이 그대로 태아에게 전해졌단 말일세. 내가 현룡이를 더 가르칠 것은 없네. 현재 항간에 나도는 학문은 현룡이한테는 의미가 없을 걸세. 나중에는 스스로 새로운 학문을 만들어낼 걸세."

백인걸의 말은 사임당을 더욱 혼란스럽게 만들었다. 혹시 현룡이의 스승자리를 거절하기 위하여 늘어놓는 찬사가 아닌가 의심이 들 정도였다. 그러나 백인걸의 낯빛은 평안해 보였으며 눈빛은 순수해 보였다.

"헌데 말일세, 현룡이가 액땜을 해야 할 일이 있다네."

백인걸의 말에 사임당의 가슴이 덜컥 내려앉았다.

'액땜이라니? 사주팔자에 타고 난 흉사의 업을 소멸하기 위하여 파주 율곡리에 천 그루 이상의 밤나무를 심어 놓았지 않은가? 그걸로는 부족하다는 말인가? 아니면 또 다른 치루어야 할 업보가 있다는 말인가?'

사임당이 조심스레 말했다.

"스승님, 현룡이의 업장소멸을 위하여 파주에 밤나무 천 그루를 심었습니다. 주역에 밝으신 보우스님께서 천 번의 공덕을 쌓아야 한다기에 그리하였습니다. 또한 하루도 선행에 게으르지 않았습니다."

"알고 있네. 내가 말한 액땜은 어려운 일이 아닐세. 여섯 살이 되기 전에 현룡이와 일 년만 떨어져 있게. 내가 금강산 마하연암에서 여섯 달을 머물렀는데, 현룡이를 거기에서 일 년만 머물도록 하게."

"스승님의 말씀에 따르겠습니다."

사임당이 허리를 굽혀 예를 갖추며 대답하다 보니까, 현룡이한
테 1년간 절밥을 먹여야 한다고 했던 보우스님의 말이 떠올랐다.
그 순간 사임당의 가슴에서 회오리가 치고 있었다.

엇갈린 길

'백두산 정상에서 천지의 푸른 물을 보면 화정 씨를 만나는 것이고, 구름에 가려 천지를 볼 수 없다면 화정 씨를 만나지 못할 것이다.'

장춘공항에서 '김민혜 기자님'이라고 쓰인 팻말을 들고 기다린 가이드 박순옥의 차를 타고 백두산 서파 정류장에 도착한 김민혜는 구름에 덮힌 봉우리를 올려다보며 그런 생각을 했다.

장춘공항을 빠져나와 이화정에게 휴대폰을 걸었을 때 '전원이 켜져 있지 않다'는 안내멘트가 나왔다.

백두산으로 가는 길에 몇 차례 통화를 시도해 보았지만 여전히 전원은 켜져 있지 않았다.

김민혜는 이화정이 혼을 담은 사진을 찍느라 휴대폰을 죽여 놓은 걸로 믿었다. 김민혜 자신도 중요한 기사를 쓸 때랄지 '초충도를 찾아서'를 쓸 때는 휴대폰의 전원을 죽여 놓은 적이 많았기 때문이었다.

백두산 서파 주차장에 차를 주차하고 입장권을 끊어준 가이드
가 말했다.

"셔틀버스로 삼십 분쯤 달려 이십 분쯤 걸어 올라가면 돼요. 줄
을 서 있는 사람들이 보이죠? 그 뒤에 가서 기다리시다가 셔틀버
스를 타세요."

"구름이 덮고 있는데 천지의 푸른 물을 볼 수 있을까요?"

"운에 맡겨야지요. 백두산의 날씨는 시시각각 변하기 때문에
천지를 본다고 장담은 못해요. 구름 속에 서 있다가 그냥 내려올
수도 있어요. 기사님의 말에 잘 따르세요. 자칫 낙오될 수도 있으
니까요."

어차피 백두산 천지를 보겠다고 온 것이 아니었다. 이화정과
통화가 되었으면 그 남자의 일정표에 따라 움직였을 판이었다.
천지에서 오래 머물 필요도 없었다.

"다녀오세요."

서울에서 여행사를 통하여 소개받은 30대 중반의 두 아이 엄
마라는 박순옥은 말이 적은 여자였다. 김민혜가 30분마다 통화
를 시도하다가 실패하는 것을 보면서도 별 말이 없었다. 원래 계
획은 이화정과 통화가 되면 곧바로 서파휴게소로 가려고 했으나,
통화가 안 되는 바람에 백두산 등정으로 계획을 바꾸었다.

셔틀버스가 30분쯤 숲속으로 난 좁은 길을 달려 백두산 정류장
에 멈추었다. 승강문을 열기 전에 기사가 말했다.

"지금부터 사십 분을 드리겠습니다. 십오 분 정도 올라가시면

천지가 나옵니다. 정상에서는 십 분 이상 머물면 안 됩니다."

"시간을 더 주세요. 나는 무릎관절에 염증이 있어 걸음을 잘 못 걷는데, 사십 분만에 어떻게 다녀온다요? 가지 말란 소리나 마찬가지지요."

여자 하나가 큰소리로 말했지만, 기사는 못 들은 체 묵살해 버렸다.

김민혜는 등산에는 자신이 있었다. 한 달에 두어 번씩은 산을 찾았다. 주로 서울 인근의 산을 올랐지만, 지리산을 비롯한 이름난 산들의 정상도 거즌 밟아보았다. 백두산도 이번이 두 번째였다. 지난번에 왔을 때는 흙을 밟고 올랐는데, 언제 공사를 했는지 두 줄의 계단을 만들어 놓아 우측으로는 올라가고 좌측으로는 내려오게 되어 있었다.

3년 전에는 천지가 그 모습을 보여주지 않았었다.

올라가는 사람이 내려오는 사람에게 물었다.

"천지를 보셨소?"

"안개 속에 서 있다가 내려오는 길이오. 조상님들이 공덕을 쌓지 않았는지, 나한테는 천지가 문을 안 열어 줍디다. 지금 내려오는 사람들은 아무도 천지구경을 못했소."

"천지도 못 보는 백두산이라면 헛걸음을 한 것이 아니오?"

"그러게 말입니다."

내려오는 사람들마다 불평을 한 바가지씩이나 털어놓았다.

"숨 가쁘게 올라가 봐야 말짱 도루묵이오. 안갠지 구름인지가 잔뜩 끼어있어 천지는커녕 일행도 놓칠 지경이라니까요."

내려오는 사람의 그 말에 무릎관절에 염증이 있다고 했던 여자가 좌측의 계단으로 건너갔다. 천지도 볼 수 없는 백두산 정상에는 올라갈 필요가 없다고 여긴 것이 분명했다.

김민혜는 올라오는 내내 천지를 '본다'와 '못 본다'를 놓고 내기를 하고 있었다. 그것은 이화정을 만날 수 있느냐, 없느냐의 내기였다.

20분을 걸어 백두산 정상에 섰으나 바로 옆 사람의 얼굴도 알아볼 수 없을 만큼 안개가 끼어 있었다. 천지는 그대로 안개바다였다.

김민혜가 안개바다를 눈이 시리게 바라보았다.

"천지를 보려고 왔다가 천지도 못 보고 가겠네."

"천지를 향해 아들놈 좋은 대학에 가게 해달라고 빌려고 했는데, 안개 속에 빌어봐야 말짱 도루묵이겠지?"

"그만 가세. 기사가 십 분만 있다 내려오라고 했잖은가?"

"흐 참. 아까운 돈만 버렸군."

관광객들이 그런 불평을 쏟아놓고 내려간 다음이었다.

'화정 씨, 우리 만날 수 있는 거죠? 지금은 사진을 찍느라 내 전화를 못 받는 거죠? 올라오면서 나 혼자 했던 내기는 취소할래요. 천지를 못 보면 화정 씨를 만날 수 없다고 걸었던 내기는 취소할 거예요.'

김민혜가 중얼거릴 때였다. 귀밑에 서늘한 바람기운이 스쳐가는가 싶더니, 안개바다가 출렁이기 시작했다. 그리고 다음 순간 이었다. 한 줄기 빛이 천지를 향해 내려꽂히자 순식간에 안개가 걷히고 푸른 물이 모습을 드러냈다.

"야, 천지다. 내가 천지를 보았다."

사내 하나가 소리를 질렀다.

김민혜의 가슴에서 뜨거운 기운이 솟구쳐 올랐다.

'화정 씨, 천지예요. 천지가 내게 잘 생긴 얼굴을 보여주었어요. 우린 만날 수 있는 거죠?'

김민혜가 숨을 깊게 들이마신 다음 휴대폰으로 사진 몇 컷을 찍었다.

그때였다. 맞은편 능선에서 구름 한 점이 나타나는가 싶더니, 채 열을 세기도 전에 쪽빛 호수를 구름바다로 만들어버렸다. 은빛의 구름 뭉치 위로 햇살이 쏟아져 내리고 있었다. 구름의 작은 입자마다에서 작고 영롱한 구슬들이 툭툭 튕겨져 오르고 있었다. 그 모습을 다시 몇 컷 휴대폰에 담고 있는데, 눈 깜짝할 사이에 햇살이 사라지고 천지는 다시 암흑으로 바뀌어 버렸다.

"채 오 분도 안 되는 사이에 날씨가 도대체 몇 번이나 바뀌는 거야?"

누군가 큰소리로 불평도 아니고, 그렇다고 감탄도 아닌 말을 내뱉고 있었다.

안개 같은 구름 속에서 벗어난 건 박순옥이 기다리고 있는 아래 주차장으로 내려온 다음이었다.

주차장에는 햇살이 쨍쨍 내려쬐고 있었다.

"천지를 보셨나요?"

박순옥이 물었다.

"기적처럼 보았어요."

"내려오는 사람들마다 천지를 못 보았다고 투덜거리길래 김기자님도 못 보실 줄 알았어요. 백두산에서 천지를 본다는 것은 앞으로의 일이 잘 풀릴 징조예요. 만나시려는 분도 틀림없이 만날 수 있을 거예요?"

박순옥의 말에 김민혜의 가슴이 설레었다.

"고마워요. 서파휴게소에 들를 수 있나요?"

"들를 수는 있지만, 거긴 예약을 하지 않으면 방을 얻을 수가 없어요."

"방을 얻자는 것이 아니라, 누군가 거기에 있을 것 같아서요."

"그렇다면 가셔야지요. 서파휴게소로 모시겠습니다."

박순옥은 장춘공항에서 처음 만났을 때의 무뚝뚝함은 여전했지만, 말문은 제법 많이 열어놓고 있었다.

어차피 기대하지도 않았지만, 서파휴게소에 이화정은 없었다. 매점에 들러 컵라면을 먹으면서 종업원에게 휴대폰을 열어 이화정의 사진을 보여주었다.

"혹시 이 사람 본 적 있어요?"

"아, 예. 기억이 나요. 한 달 가까이 사진을 찍고 있잖아요."

"오늘도 사진을 찍으러 갔나요? 대개 몇 시에 돌아오죠? 해가

지면 오나요?"

"어제도 보았는데, 오늘은 못 보았는걸요."

"예? 못 보았어요?"

"북파로 가셨는지도 모르지요. 사진 찍는 분들은 그러거든요. 서파와 북파를 왔다갔다하며 찍기도 하거든요."

여종업원의 말에 박순옥이 물었다.

"북파로 갈까요?"

"아무래도 그래야겠지요?"

그러나 북파에도 이화정은 없었다.

사진을 본 휴게소 여종업원이 이화정을 아는 체는 했지만, 일주일 전부터 보이지 않는다고 했다.

김민혜가 실망한 표정을 짓자 박순옥이 말했다.

"다른 곳으로 가신 모양이네요. 어쩌면 약초꾼을 따라다닐 수도 있구요."

"약초꾼을요?"

"잘은 몰라도 그런 사진작가도 있다는 말을 들었어요. 약초꾼만큼 백두산을 속속들이 아는 사람도 없잖아요. 약초꾼을 따라다니면 여러 날 동안 휴대폰이 안 터질 수도 있구요."

박순옥의 말에 김민혜는 눈앞이 아득해졌다.

이화정의 욕심이라면 서파와 북파를 오가며 사진을 찍을 만큼 찍고 나면 정말 약초꾼을 따라나설 수도 있었다.

"일단은 호텔부터 잡아야겠어요."

김민혜가 말할 때였다. 휴대폰이 문자메시지가 도착했다는 신호음을 내보냈다.

발신자는 이화정이었다.

아, 화정 씨!

김민혜가 탄성을 내지르며 액정화면을 두 번 터치하여 메시지를 읽었다.

―그대가 보고 싶어 결국 돌아오고 말았소. 지금 만납시다.

인천공항 주차장에서 차에 오른 다음에 김민혜는 휴대폰의 전원을 켰다. 열 통 이상의 부재중전화와 문자메시지가 들어와 있었다.

이화정이 전화 다섯 번에 문자메시지 세 번을 보냈고, 갈홍근이 전화와 문자를 각각 한번씩, 강일수와 박광로가 한번씩 전화를 한 걸로 액정화면에 표시되어 나타났다.

먼저 강일수에게 전화를 걸었다.

"저 민혜예요, 오라버니."

"이틀 동안 어디 갔었어?"

"어? 제가 이틀 동안 잠적한 걸 어떻게 아셨어요?"

김민혜의 농담같은 대꾸에 강일수가 농을 섞어 말했다.

"사랑하는 누이가 이틀 동안 연락이 안 되는데, 하염없이 기다릴 수만은 없잖아. 박광로 선생님께 전화드렸더니, 역시 행방을 모르겠다고 하시더라구. 무슨 일이 생긴 것은 아니지?"

"님을 찾아 백두산에 갔다가 허탕을 치고 왔어요."

"백두산 호랑이가 김기자의 님이었어?"

"후후, 그럴지도 모르지요. 헌데 무슨 일이세요?"

"계좌번호 불러 봐."

"그건 왜요?"

김민혜는 '문지모'에서 심수관 기획기사에 대한 원고료를 입금해줄 모양이라고 짐작하며 물었다.

"문지모 스폰서께서 김기자의 심수관 줄거리를 보시고 아주 만족해 하셨어. 우선은 기획기사로 삼백 매쯤 쓰는 걸로 하자고 하시더군."

"마침 잘 되었네요. 계획에 없던 여행을 하느라 분에 넘치는 지출을 했었는데."

"천만원쯤 입금이 될 거야. 로즈퀸에 실을 거라고 했지?"

"예, 십 회나 십이 회쯤 실을 거예요."

"쓰는 김에 자료조사를 철저히 해놓으라구. 나중에 소설로 써야할 테니까."

"넵, 잘 알겠습니다, 오라버니. 입금되면 크게 한 턱 쏠게요."

"남원추어탕 한 그릇이면 돼."

"정영섭은 여전히 그대로인가요?"

"아직은 별 진척이 없어. 조인호와 양민수, 그리고 정영섭 사이에 분명 무슨 꿍꿍이 수작이 있는데, 아직 그걸 불지 않고 있다구."

"언제까지 기다릴 순 없잖아요. 비행기를 타고 오는 동안 인터넷에서 일간지의 기사들을 훑어보았는데, 한결같이 박광로 선생님을 매도하는 내용뿐이데요. 박선생님이 버텨내실지 모르겠어요."

"박선생님은 내가 안심시켜 드렸으니까, 걱정하지 마. 우리도 언제까지 기다리지는 않을 거야. 안 되겠다 싶으면 극약처방이라도 써야지."

"무슨 뜻이세요? 마치 고문이라도 하겠다는 말씀처럼 들리네요."

"그 비슷한 것은 할 수 있겠지."

"정말이라면 전 싫어요. 나중에라도 후회될 짓은 안하는 것이 좋겠어요. 아무리 나쁜 놈이라고 할망정 사람대접은 해주어야지요."

김민혜의 말에 강일수가 흐흐흐 웃었다.

"김기자, 사람대접은 사람한테만 해주는 거야. 문지모의 시각으로는 놈들은 사람이 아니야. 새로운 사실이 나오면 내가 전화할 거니까, 김기자도 조급해 하지 말고 박광로 선생님이나 잘 다독여 드려."

"예, 그럴게요."

강일수와 통화를 끝내고 김민혜가 이화정한테 전화를 할까 말까 망설이고 있는데, 메시지 도착을 알리는 신호음이 들렸다.

메시지는 갈홍근 박사로부터였다.

"통화 가능해요?"

김민혜가 바로 전화를 걸었다.

갈홍근이 아, 김민혜 씨, 하고 조금은 흥분된 목소리를 보내왔다.

"아직 약속날짜는 며칠 남았잖아요? 무슨 일이 있으신가요?"

"놀라지 말아요. 김민혜 씨의 전생 인연을 찾았어요."

"정말이세요?"

"내가 김민혜 씨한테 거짓말을 할 이유가 없잖소? 지금 병원으로 올 수 있겠소?"

"갈게요, 바로 가겠습니다. 아니에요, 바로 갈 수는 없어요. 여긴 인천공항이거든요. 두 시간쯤 후에나 박사님을 뵐 수 있어요."

"기다리겠소. 천천히 오세요, 과속하지 말고."

갈홍근은 여전히 흥분된 상태였다.

'도대체 어떤 사람이길래 갈박사께서 저리 흥분해 계실까? 정말 전생의 내 인연이 맞긴 한 걸까? 내 주변의 그럴만한 사람이라면 인화연 작가가 있고, 강일수 형사가 있고, 박광로 선생님이 계시고, 화정 씨가 있는데, 그 가운데 한 사람일까, 아니면 전연 엉뚱한 사람이 나타난 걸까?'

김민혜도 흥분되기는 마찬가지였다.

그럴수록 규정속도를 지키려고 눈을 부릅 떴다.

인천에서 서울로 오는 동안에도 휴대폰의 신호벨은 계속 울었다. 그때마다 발신자만 확인했다. 휴대폰을 쉴 새 없이 울게 만들고 있는 것은 이화정이었다. 이어폰을 귀에 꽂고 있었지만 김민혜는 이화정의 전화를 받지 않았다.

　장춘에서 인천으로 오는 비행기 안에서 김민혜는 단단히 다짐을 했다. 최소한 열흘 동안 이화정의 전화는 받지 않겠다고 스스로 약속을 했다. 인천에서 장춘행 비행기를 타던 어제 이후 미친년처럼 이화정에게 빠져 있었던 자신의 모습이 되돌아 보여졌다. 백두산에서 장춘으로 돌아오는 길에 확인했던 '그대가 보고 싶어 결국 돌아오고 말았소. 지금 만납시다'라는 문자를 확인하는 순간 김민혜의 가슴으로 서늘한 기운이 흘러갔다.

　그리고 다음 순간 분노가 치밀어 올라왔다.

　'두고 보라지. 내가 호락호락 내 목소리를 들려주고, 내 얼굴을 보여주는가 보라지.'

　김민혜는 입술을 깨문 채 비행기를 탔고, 깨문 입술을 풀지 않은 채 공항을 빠져나왔다.

　당분간은 가슴에 쌓인 앙금이 다 풀어질 때까지는 앙다문 입술을 풀지 않을 속셈이었다.

　"오백 년 전의 인선이와 겹치는 생을 살았던 인물이 나타났어요. 그것도 두 명이나요."

　'갈홍근 신경정신과'에서 만난 갈홍근이 잔뜩 들뜬 목소리로 말했다.

　"두 명이라구요?"

"나이가 지긋한 남자와 김민혜 씨 또래의 여자입니다."

김민혜는 남자는 몰라도 여자는 틀림없이 인화연일 거라고 짐작했다.

'인작가가 결국 전생여행을 했구나. 정말 인작가가 오백 년 전에 강릉 북평촌에서 살았던 연화가 맞을까?'

그러나 아직은 갈홍근 박사 앞에서 인화연을 아는 체 할 수는 없었다.

"환자의 진료기록을 공개하는 일은 윤리에 어긋나지만, 김민혜 씨와 관계가 있는 내용이기에 그 부분만 따로 복사를 했습니다."

갈홍근이 녹음기의 버튼을 조작하자 이내 인화연의 목소리가 흘러나왔다.

"강릉 북평촌에서 살고 있어요. 집 뒤에 검은 대나무가 보여요."

"또 무엇이 보이지요?"

"연못에 연꽃이 피어있어요. 주인집 애기씨가 제게 이름을 지어주었어요. 연화라는 이름을 지어주었어요. 이름도 없던 계집종이 연화라는 이름을 가지게 되었어요."

전생여행 속의 연화가 기쁨을 감추지 못하여 소리를 질렀다.

"이름을 지어준 주인집 애기씨의 이름은 무엇이죠?"

"인선이요, 신인선."

갈홍근이 버튼을 눌러 녹음기를 끄고 김민혜에게 눈길을 주었다.

"정말이세요? 저 녹음 내용이 누군가의 전생여행이라는 말씀이지요?"

"그렇소. 어린 시절의 신인선과 결혼 후의 사임당과 연관된 내용만 따로 모아 편집을 했으니까, 가져가서 차근차근 들어보세요. 김민혜 씨 녹음분과 비교를 해 보면 이 목소리의 주인이 오백 년 전의 여종 연화라는 것을 알 수 있을 것입니다."

"남자분의 것도 들어볼 수 있나요?"

김민혜의 물음에 갈홍근이 시원스레 고개를 끄덕였다.

"여기 녹음된 목소리의 주인은 내 고등학교 동창 녀석이오. 자꾸만 조선시대 관복을 입은 사내가 꿈에 나타나고, 젊은 여자 하나를 종종 만나는데, 혈육처럼 가깝게 느껴진다면서 찾아왔습디다. 며칠 전에 와서는 그런 저런 얘기만 하다가 정말 전생여행을 하면 과거를 만날 수 있느냐고 묻더니, 어젯밤 늦게 찾아와서 이런 내용을 녹음해 놓고 갔소."

김민혜는 강일수가 다녀간 것이라고 믿었다.

그렇다고 아는 체 할 수도 없어 침묵을 지키는데 갈홍근이 녹음기 버튼을 조작하자 강일수의 묵직한 목소리가 흘러나왔다.

인화연의 녹음처럼 전생으로 들어가는 과정은 생략하고 바로 오백 년 전의 내용이 흘러나오고 있었다.

"당신은 포도청에 근무하고 있다고 했소. 직급이 어떻게 됩니까?"

갈홍근이 묻자 강일수가 대답했다.

"종사관입니다. 좌포청의 종사관으로 있습니다."

"특별히 기억나는 일이 있습니까? 아니면 떠오르는 사람이 있습니까?"

"사임당 부인이 떠오릅니다."

"사임당 부인이 왜 떠오르지요?"

"간장으로 얼룩진 내 아내의 치마에 포도그림을 그려주었다고 했습니다. 덕분에 곤란한 일을 모면했다고 했습니다."

"그래서 고마웠습니까?"

"예, 많이 감사했습니다. 어떻게든 신세를 갚으려고 했는데, 여종으로 있던 연화라는 계집이 사임당의 그림을 흉내 낸 그림을 화방에 판다고 남편이 고발을 해왔기에 찾아주었습니다."

"연화라는 계집종은 어떻게 되었습니까?"

"사임당 부인이 그대로 살게 해주라고 부탁하여 잡아들이지는 않았습니다. 사임당 부인은 도망간 노복을 용서해줄 만큼 너그러운 분이었습니다."

"그 후에 사임당이나 연화라는 계집종을 만난 적이 있습니까?"

"아닙니다. 양재역에 이상한 방을 붙인 범인을 잡지 못한 벌로 관직을 삭탈당했습니다."

"집은 넉넉했습니까? 녹봉을 받지 않아도 먹고 살만 했나요?"

갈홍근의 물음에 강일수가 대답했다.

"아닙니다. 가난했습니다."

"어떻게 먹고 살았습니까?"

"사임당 부인의 그림을 팔았습니다. 그림을 팔아 논 다섯 마지기를 사서 농사를 지어 먹고 살았습니다."

"그랬군요. 당신은 전생에 사임당한테 큰 신세를 졌었군요."

갈홍근이 녹음기의 스톱 버튼을 누르고 말했다.

"다른 내용도 많이 있지만, 김민혜 씨와 관계가 있는 부분만 뽑았습니다."

"제가 방금 들은 내용들을 믿어야 할까요?"

김민혜가 혼란스러운 마음을 다독이며 물었다.

"무슨 뜻입니까? 전생여행을 믿을 수 없는 것입니까? 아니면 내가 사람을 사서 조작을 하고 있다고 의심하는 것입니까?"

갈홍근이 불쾌하다는 낯빛을 노골적으로 드러냈다.

"모르겠어요, 전. 제가 전생여행에서 만났던 인선이나 사임당이 정말 저인지, 현재를 살아가는 김민혜가 사백육십여 년 전의 사임당인지 믿을 수가 없어요."

"충분히 이해합니다. 최면을 걸어놓고 환자들한테 전생여행을 시켜주고 그걸 근거로 치료를 하면서도 가끔은 무서울 때가 있으니까요."

"박사님께서 왜 무서우세요?"

"가령 백 년 전쯤의 전생은 얼마든지 확인할 수가 있잖아요. 또한 조선시대로 들어간다고 해도 행세깨나 하던 집안의 자손은 족보를 보면 어지간한 행적은 알아낼 수 있거든요. 요즘은 그런 일을 하지 않지만, 한때는 전생여행에서 수집한 내용들을 확인하는 것이 내 일이었으니까요."

"확인을 하셨나요?"

"절반쯤은. 족보에 이름이 올려진 사람은 거즌 확인할 수 있었소. 김민혜 씨, 내가 한 가지 물어봐도 되겠소?"

갈홍근이 진지한 목소리로 물었다.

"예, 얼마든지요. 박사님은 저를 만날 때마다 계속 묻기만 하셨잖아요. 저는 줄창 대답만 했었구요."

"방금 들은 목소리의 임자를 알고 있지요? 알고 있을 뿐만 아니라 자주 만나고 있지요? 어쩌면 김민혜 씨가 은근 슬쩍 나한테 가보라고 바람을 넣었지요?"

갈홍근이 그렇게 묻는 데야 할 수 없었다.

더 이상 숨긴다면 그건 예의가 아니었다. 모든 것을 훌훌 털어놓고 도움을 받는 것이 나을지도 몰랐다.

"여자는 꽃그림을 그리는 화가 인화연이고, 남자는 강북경찰서에 근무하는 강일수 형사잖아요."

"김민혜 씨의 표정에서 알 수 있었어요. 강일수의 전생은 포도청 종사관으로 이름은 강수일이었어요. 주변에 그런 사람이 또 있나요?"

갈홍근의 물음에 김민혜의 뇌리로 오칠복의 이름이 스쳐갔다. 4백 6십여 년 전에 연화를 데리고 도망을 친 것이 칠복이었다. 강일수 형사처럼 비슷하거나 같은 이름으로 환생할 수도 있는 일이었다.

김민혜가 말했다.

"계집종 연화와 도망을 친 칠복이라는 하인이 있었어요. 어둠 속에서 잠깐 스친 얼굴이라 확실한 기억은 없지만, 인사동에서 청나라 때의 고물품을 판다는 직업도 그렇고 어쩐지 오백 년 전의 칠복이가 아닌가, 하는 생각이 자꾸 들어요. 인사동에서 고서화점을 하는 정영섭이라는 사람의 전생도 알아보고 싶어요. 제가 근무하는 로즈퀸의 이동호 국장도 궁금하구요. 또 한 사람이 있긴 하지만……."

김민혜가 차마 이화정의 이름을 부르지 못하자 갈홍근이 말했다.

"들먹이고 싶지 않은 인물은 구태여 꺼낼 필요가 없어요. 칠복이라고 했는가요? 연화라는 계집종과 도망을 쳤다면 분명 범법자인데, 전생에 그런 이력이 있다면 후생에서도 비슷한 삶을 살고 있는 경우도 있거든요. 혹시 강일수 형사와 얽혀 있지 않는가요?"

"맞아요. 강형사님께 협조하고 있다고 했어요."

"그러면 강형사한테 데려오라고 하면 되겠군요. 하지만 인화연 작가나 강일수 형사한테는 녹음내용을 아는 체 하지 마세요. 우선은 김민혜 씨만 알고 있어요."

"예, 그럴게요."

오피스텔로 돌아온 김민혜는 인화연의 전생 속으로 들어갔다.

"정경부인을 만났어요. 어렸을 때 관음사에서 만난 정난정이라는 계집애가 첩이라는 딱지를 떼고 정경부인이 되었어요. 본부인을 독살하고 그 자리를 차지하였다고 사람들이 수군거렸어요."

녹음기 속의 인화연이 명주실 타래를 풀 듯이 술술술 풀어놓고 있었다.

'정말 연화가 정난정을 만난 것일까? 그렇다면 정난정이 중전의 심부름이라면서 강릉 북평촌에 와서 초충도와 산수화를 받아간 다음이 아닐까?'

김민혜가 생각하는데, 녹음기 속의 갈홍근이 묻고 있었다.

"당신이 어떻게 정경부인을 만났지요?"

"정경부인이 암암리에 장사를 크게 하고 있었어요. 운종가를 주무르는 큰 손이라고 했어요. 제가 초충도를 잘 그리는 것을 알고 중간에 사람을 넣어 제의해 왔어요."

"무슨 제의를 했지요?"

"운종가의 화방을 소개해 줄 것이니, 초충도를 팔아보라구요."

"그랬군요. 초충도를 팔았습니까?"

"처음에는 거절했어요. 사임당 아씨와 다시는 그림을 팔지 않겠다고 단단히 약조를 했다고 말했어요. 정말 목에 칼이 들어와도 그럴 수 없다고 했어요. 그러나 어쩔 수가 없었어요. 정경부인이 협박을 했어요. 칠복 오라버니와 저를 도망친 노복으로 포도청에 고변하여 죽이겠다고 했어요. 사임당 아씨의 그림을 흉내내는 것이 죽는 것보다 낫잖아요."

"결국은 초충도를 그렸군요?"

"예, 처음에는 협박에 못 이겨 그렸고, 그림값이 들어오기 시작하자 신나게 그렸어요. 제가 그린 초충도를 정경부인이 사임당 아씨의 그림이라면서 높은 벼슬아치의 부인들이나 돈 많은 부자들한테 비싼 값으로 팔았어요. 제 몫으로 떼어준 그림값을 모아 집도 늘구고 가구도 들이고 나중에는 하녀와 머슴도 들였어요."

"사임당한테 미안하지 않았습니까?"

"죄송했습니다. 저를 살려주신 분인데, 제가 몹쓸 짓을 저질렀습니다. 하지만 어쩔 수가 없었습니다."

"사임당은 당신이 칠복이와 도망을 쳤는데도 추노꾼을 동원하지 않았을 뿐만 아니라, 당신이 그림을 팔아 잘 살고 있는 것을 보고도 포도청 종사관에게 그대로 살게 두라고 부탁까지 했었소."

갈홍근이 추궁하듯 말했다.

인화연이 기어들어가는 목소리로 변명했다.

"정경부인의 제의를 거절할 수 없는 이유가 한 가지 더 있었어요."

"그것이 무엇이죠?"

"강민교 나리를 살려야 했어요. 강민교 나리는 중전마마의 반대편에 섰다가 의금부에 잡혀갔어요. 정경부인이 자기의 부탁을 들어주면 강민교 나리를 살려주겠다고 했어요."

"강민교가 누구지요? 당신이 왜 그 사람을 살려야 합니까?"

"인선 아가씨와 서로 연모하는 사이였어요. 강도련님의 자당께서 반대를 하여 혼사는 어그러졌지만요."

"그래서 정난정의 부탁을 들어주었습니까? 단지 주인집 아기씨와 인연이 있었다고 해서 들어주어서는 안 될 부탁을 들어준 것입니까?"

"사실은 제가 민교 도련님을 연모하고 있었습니다. 문수사에서 과거공부를 하고 있는 민교 도련님을 처음 보는 순간부터 제 가슴 속에는 온통 민교 도련님 밖에 없었습니다. 나물을 캔다는 핑계로, 아가씨의 서찰을 전한다는 핑계로, 날마다 문수사에 올라가 먼 발치서 민교 도련님의 얼굴을 훔쳐보고 왔습니다."

"주인집 아가씨와 혼사말이 오가는 사람한테 그럴 수가 있습니까? 당신은 주인이 죽으라면 죽을 수밖에 없는 종이었습니다."

"제 정신이 아니었던 게지요. 죽고 싶어 환장한 것이지요. 그래도 어쩔 수가 없었어요. 하루라도 민교 도련님을 못 보면 죽을 것 같았으니까요."

"정난정이 무슨 부탁을 하던가요?"

"사임당의 그림을 그대로 그려내라고 했어요. 꽃을 별로 덮지 말라고 했어요."

"꽃을 별로 덮었나요?"

"사임당 아씨가 누가 보아도 혼동하지 않게 별을 크게 그리라고 하셨거든요. 그걸 보고 정경부인이 별은 그리지 말라고 했어요. 사임당의 그림이라고 속여야 비싼값을 받을 수 있다면서 별은 그리지 말라고 했어요."

"정난정의 말대로 별은 그리지 않았나요?"

갈홍근의 물음에 녹음기 속의 연화가 작은 소리로 대꾸했다.

"그렸어요. 꽃 속에다 아주 작은 별을 숨겼어요."

"강민교 도련님은 어떻게 되었나요? 정난정의 도움으로 살아났나요?"

"살아났어요. 더 나중에는 정경부인의 도움으로 예조참판까지 되었어요."

"사임당은 그 후에는 만나지 않는가요?"

"한번 더 만났어요. 중전마마가 계시는 교태전에서 만났어요."

녹음기 속 연화의 말에 김민혜가 고개를 갸우뚱했다. 그동안의 전생여행에서 칠복이와 도망간 연화를 만난 것은 딱 한번 뿐이었다.

'다시 전생여행을 하다보면 그 부분도 나오겠지. 전생의 연화가 강민교 도련님을 연모했다면, 그 인연으로 죽을 목숨까지 구해주었다면, 그런 인연을 맺고 있었다면 현생에서도 어떤 식으로건 얽혀서 살고 있는 것이 아닐까?'

그런 생각을 하다보니까 이화정의 얼굴이 빠르게 뇌리를 스쳐갔다.

'화정 씨가 내 주위에서 얼쩡거리는 것은 실상 나하고의 인연 때문이 아니라 인화연 작가와의 인연 때문이 아닐까? 인작가가 백두산까지 쫓아갔던 것도 결국은 그런 인연 때문이 아닐까?'

김민혜가 갈홍근을 만나는 사이에도, 오피스텔로 돌아와 인화연의 전생녹음을 듣고 있는 중에도, 이화정은 계속 휴대폰 벨소리를 내고 있었다.

그때마다 발신자만 확인하고 빨간버튼을 터치해 버렸다.

'화정 씨가 꽃사진을 주로 찍는 것도 유난히 꽃을 좋아했던 강민교의 후생이기 때문이 아닐까? 전생여행 속의 강민교가 연화편에 진달래꽃 한 다발을 보내온 적이 있었지 않은가?'

모든 것이 뒤죽박죽된 것 같아 머리가 지끈거린 김민혜가 뒷목을 툭툭 두드릴 때였다.

휴대폰이 신호음을 울렸다.

이화정인가 했지만, 발신자는 인화연이었다.

"어디 계세요? 이화정 작가가 애타게 찾고 있던데요."

김민혜가 '여보세요'라고 대꾸하자마자 인화연이 다짜고짜 숨넘어가는 소리를 했다.

"이작가가 왜요?"

"두 분이 썸 타고 있는 것 아니었던가요? 전화며 문자를 스무 번도 넘게 했다는데, 못 보았어요?"

인화연의 추궁하듯 하는 말에 살짝 불쾌해진 김민혜의 목소리에 찬바람이 불었다.

"난 일을 할 때는 휴대폰을 옷장 속에 넣어 놓아요. 벨소리를 못 들었어요."

"이작가님께 연락드리세요. 정말 숨이 넘어갈 것 같더라니까요."

"그것은 내가 알아서 할 일이구요. 인작가의 일본 전시회 준비는 잘 되고 있는가요?"

"차질 없어요. 사실은 김기자님께 할 얘기가 있어요."

인화연의 목소리가 은근했다.

김민혜는 인화연이 전생여행을 다녀온 얘기를 하고 싶어 하는 것이라고 믿었다.

"무슨 얘기요?"

"전화로 할 얘기는 아니고, 우리 지금 만날까요? 인사동 '애다무사'에서 어때요? 사실은 갈홍근 박사님을 만났거든요."

"갈박사님은 무슨 일로요?"

"만나서 얘기해요, 우리. 지금 나갈까요?"

"사실은 내가 구상하고 있는 작품의 자료수집차 먼 곳을 다녀왔어요. 너무 피곤하여 움직이기가 싫어요. 다음에 만나요."

"김기자님은 내 전생이 궁금하지 않는 모양이죠?"

"글쎄요. 내가 구상하고 있는 소설에는 전생 얘기가 들어가지 않거든요."

"이작가님께 꼭 전화드리세요."

인화연이 한 마디 더하고는 먼저 전화를 끊어버렸다.

버릇이 없기는 전생이나 현생이나 마찬가지구나, 생각하던 김민혜의 뇌리로 정영섭의 가람에서 보았던 꽃 속에 별을 숨긴 초충도가 스쳐갔다.

'그렇구나. 사임당의 초충도와 쌍둥이 같은, 별을 숨긴 초충도

는 계집종 연화가 그린 것이었구나. 인화연이 꽃 속에 별을 숨긴 것도 전생의 그런 버릇 때문이었구나.'

이날 밤 김민혜는 이화정의 꿈을 꾸었다.

카메라의 렌즈를 얼굴 가까이 들이대던 이화정을 피해 뒤로 물러서는데, 어느 순간 카메라 렌즈가 한 다발의 진달래꽃으로 바뀌었다.

"내 전생은 사임당 집안의 계집종이었대요."

사흘 후에 인사동의 찻집 '애다무사'에서 만난 인화연이 망설임도 없이 털어놓았다. 아무리 전생의 일이라고 하지만 남의 집 종살이를 했다는 말을 인화연은 아무렇지도 않게 입에 올린 것이었다.

"인작가는 전생을 믿어요?"

"믿을 수밖에 없어요. 몇 가지 의문이 풀렸거든요."

"어떤 의문이오?"

"이화정 작가한테 내가 왜 목을 매는지요."

인화연이 아예 작정한 듯 말했다.

"목을 맸어요?"

"삼십 년 넘게 살아오면서 한 남자에게 그리 강한 집착을 한 것은 처음이었어요. 그 남자만 떠올리면 숨이 턱턱 막히고, 밥을 한 수저 떠 넣다 보면 목이 꺽꺽 막히고, 새벽 잠자리에서 눈을 뜨면 가슴이 철렁 내려앉았어요. 어제 김기자님의 행방을 찾는 이작가의 전화에 어쩌면 김기자님은 이작가를 사랑하는 것이 아닐지도 모른다는 생각이 들었어요."

"사랑이 그렇게 쉬운 것은 아니지요."

"김기자한테 고맙다는 생각이 들더군요."

"뭐가 고맙지요?"

"내가 이작가를 사랑하여도 죄를 짓는 것은 아니구나, 하는 생각 때문에요."

"아직 내 마음을 결정하지 않았어요."

"하지만, 현재 사랑하는 것은 아니잖아요. 사실은 이화정 작가를 사랑한 것은 김기자님보다 내가 더 빨랐어요. 강릉에서 그날 밤 이작가와 내가 따로 만나 술판을 벌였던 것은 모르시죠?"

"따로 술판을 벌였어요?"

"이작가의 방에서요. 새벽에 이작가의 방을 나오면서 막장 드라마 한 대목 잘 찍었다는 생각이 들더군요."

"막장 드라마요?"

"지난 번에 백두산에서의 일도 거짓말을 했어요. 이작가는 나한테 곁을 많이 주었어요. 일주일을 줄곧 함께 다녔으니까요."

"나를 가지고 놀았군요?"

"김기자의 마음을 알고 싶었어요. 흔들리고는 있지만 사랑하고 있는 것은 아니라는 믿음이 생기더군요. 갈홍근 박사님을 뵙고는 더욱 확신이 생겼어요."

"무슨 확신이오?"

"이화정 작가는 김기자님의 인연이 아니라 인화연의 인연이라구요. 그분의 전생은 선비였어요. 꽃을 좋아하는 선비였어요. 나는 사임당의 초충도를 흉내 내어 그린 계집종이었구요. 전생의 나는 이름이 연화였대요. 연화나 화연이나 연꽃이긴 마찬가지잖아요. 내가 꽃그림 속에 별을 숨긴 것도 다 까닭이 있더라구요."

"무슨 까닭이오?"

"사임당이 연화한테 그랬대요. 다른 사람이 구별할 수 있도록 초충도의 꽃 속에 별을 그리라구요. 나하고 꽃하고의 인연은 전생부터 비롯된 셈이지요."

"인작가는 전생을 철썩같이 믿는군요."

"모든 것이 딱딱 맞아 떨어지거든요. 난 백퍼센트 믿어요. 이건 순전히 내 느낌인데요, 김기자님의 전생은 사임당이 아닌가 싶어요."

"사임당이요?"

"김기자의 글을 읽다보면 사임당 같은 품격이 느껴져요. 지난번 강릉에서 오죽헌의 사임당 영정과 김기자님이 닮았다고 한 말은 그냥 한 소리가 아니었어요. 얼굴형뿐만 아니라 분위기까지 닮았다니까요."

"후후, 글은 인작가가 써야겠네요."

"언젠가는 쓸 거예요. 김기자님도 내 블로그 보셨잖아요. 지금은 짤막한 일기 형식으로 쓰고 있지만, 나중에는 정통 수필로 쓸 거예요."

"좋은 글감이더군요."

"김기자님도 그렇게 생각하시지요? 고마워요."

"고마울 것까지야 없지요."

"김기자님, 전생여행 한번 해보세요. 정말 내 느낌대로 사임당이 아니었는지, 확인해 보자구요."

인화연이 눈을 빛내며 속삭일 때였다. 강일수의 전화가 왔다.

안 그래도 만나려던 참이었다.

"예, 오라버니."

"남원추어탕 어때?"

"좋지요. 친구와 함께 가도 되지요?"

"나야 상관없어. 미인이면 더 좋고."

농담을 하는 걸로 보아 정영섭 사건에 진척이 있는 모양이라고 짐작하며 김민혜가 인화연에게 물었다.

"인작가님, 추어탕 먹을 줄 알아요?"

"난 아무거나 잘 먹는답니다. 헌데, 어떤 분이세요? 오라버니라는 호칭을 쓰는 걸 보면 집안 친척인가요?"

"오라버니라고 부를 만큼 가까운 사이예요."

김민혜는 인화연도 활달한 성격이니까, 강일수와 쉽게 친해지리라고 믿었다. 아니, 구태여 친해질 필요가 없는 사이라도 추어탕 한 그릇쯤은 마음 편하게 먹을 수 있을 것이라고 여겼다.

그런데 아니었다.

강일수 앞에서 인화연의 낯가림이 심했다. 김민혜가 이쪽은 강북경찰서의 강일수 형사님, 이쪽은 꽃그림화가 인화연이라고 서로에게 소개를 하자 눈길을 들어 눈을 한번 맞추며 고개를 까딱하고는 그만이었다. 강일수를 마주보지도, 말을 걸지도 않았다.

겨우 추어탕 한 그릇을 비운 인화연이 차나 한 잔 더하자는 김민혜의 말에 약속이 있다면서 먼저 자리를 떴다.

"아까 그 친구가 그림을 그린다고 했던가?"

경찰서 앞 카페에 자리를 잡고 앉으며 강일수가 물었다.

"꽃그림을 주로 그리는 화가예요."

김민혜의 말에 잠시 생각에 잠기던 강일수가 툭 던지듯이 말했다.

"누군지 알만하구만."

"얼마 전에 전시회를 열었으니까요. 제가 로즈퀸에 크게 기사를 실어 주었으니까, 낯선 이름은 아니었을 거예요."

"아니, 현생이 아니라 전생에서 말야."

"전생이오?"

김민혜가 시치미를 떼고 되물었다.

"지난번에 내 친구 갈홍근 박사 얘기를 한 적이 있잖아? 사실은 엊그제 그 친구를 만나 전생여행을 했었거든. 전생에서도 나는 포도청 종사관 노릇을 했더군. 연화라는 계집종이 흉내로 그린 사임당의 그림을 팔아먹는 것을 적발하였는데, 방금 보았던 인화연이라는 화가가 꼭 전생에 만났던 연화였던 것 같아. 아까 남원추어탕 집으로 김기자와 함께 들어오는데 왠지 낯이 익더라구. 마치 오래 전부터 알았던 사이처럼 말야."

"후후, 과학적인 마인드를 가져야할 오라버니가 가장 비과학적인 전생여행에 연연하시다니요? 참, 갈홍근 박사님과 친구라고 하셨지요?"

"그런데 왜?"

"혹시 정영섭한테 최면수사를 해볼 생각은 안해 보셨어요? 언젠가처럼요."

"안 그래도 그 생각을 하고 있었어. 도무지 정영섭이 입을 열 생각을 안 해."

"아마, 입을 열면 상대방뿐만 아니라 자기도 다치는 일이기 때문일 거예요."

"모두가 다치는 그 일을 밝혀내야 해."

"결국은 밝혀지겠지요. 전 오라버니를 믿어요."

말 끝에 김민혜가 강일수를 뚫어져라 바라보았다. 그 눈빛을 마주 받으며 강일수가 말했다.

"이상하지? 김기자의 그 눈빛을 오래 전부터 봐온 것처럼 익숙하게 느껴져. 그래서 내가 해본 생각인데 말야, 내가 전생에 포도청 종사관이었다면 김기자는 사임당이 아니었을까?"

"설마요?"

"모든 것이 맞아 떨어지고 있다고. 김기자가 전생의 연화로 의심되는 인화연과 가까운 것도 그렇고, 우리가 처음 만났을 때부터 마음이 끌렸던 것도 그렇고 말야. 김기자, 나하고 갈홍근 박사를 만나보는 것이 어때?"

강일수의 말에 김민혜가 사실은 제 전생이 사임당이었대요, 하고 털어놓고 싶었다. 기왕에 강일수가 전생여행을 했고, 자신의 전생이 포도청 종사관이었다는 걸 알았다면 '그때의 사임당이 내 전생이었다'고 털어놓고 싶었다.

그러나 아직은 아니라는 생각이었다. 아니, 어쩌면 영원히 까발길 수 없는 일인지도 몰랐다.

김민혜가 고개를 내저었다.

"싫어요, 오라버니."

"싫다면 할 수 없고."

강일수도 더 이상 권하지 않았다.

인사동 '중화골동'의 주인 오칠복은 김민혜를 보자마자 흠칫 놀라며 뒤로 두어 걸음 물러서고 있었다. 그러다가 스스로 멋쩍은지 씩 웃으며 인사를 했다.

"어서 오세요. 필요한 물건이 있으신가요?"

오칠복의 물음에 김민혜가 가게 안을 천천히 훑어보았다.

가게를 채우고 있는 건 모두 먼지냄새 풀풀 풍기는 구닥다리뿐이었다.

"이 다기, 청나라 때의 것이 맞나요?"

김민혜가 흙으로 빚은 황토색의 주전자를 들고 물었다.

"중국 사람들이 진짜라고 했으니까요. 제가 알 수 있나요? 그냥 수입해서 팔고 있는 걸요. 손님들이 자기 안목을 믿고 진짜로 인정하고 사가면 진짠갑다, 허지요. 난 잘 몰라요."

"주인이 잘 알지도 못하면서 옛날물품 장사를 해도 되는 것인 가요? 이건 사기를 치는 거잖아요."

김민혜의 말투가 추궁하는 것처럼 들렸던 것일까? 오칠복이 이보세요, 김민혜 기자님, 하고 아는 체를 했다.

"나를 알아요?"

"이래봬도 내가 '로즈퀸'의 애독자랍니다. 김민혜 기자의 기사 는 빼놓지 않고 다 읽었지요."

"이상하네요. 남자분들은 내 기사에 관심이 별로 없는데요."

"나도 이상하게 생각하고 있어요. 무엇 때문에 초충도며 오죽 헌이며 강릉이며 하는 기사가 나오면 두 번 세 번 읽게 되는지를 요. 김민혜 기자의 기사를 서너 번이나 읽은 적도 있어요."

"내 기사를 관심깊게 읽으셨다니, 고마워요."

"고맙긴요. 내 공부를 위해서 읽는 건데요. 여기 있는 것들은 모두가 중국에서 들여온 것은 맞는데, 진품인가 모조품인가는 몰 라요."

"그러다 사기죄로 고발당하면 어쩌려구요?"

"난 청나라 때의 진품이라고 주장하지는 않거든요. 판단은 손 님 몫이니까요."

오칠복이 자신은 잘못이 없다는 투로 당당하게 내뱉었다.

'오백 년 전의 칠복이도 저리 당당했었던가?'

인화연의 전생여행에 나오는 걸 보면 칠복이는 연화에게 버림을 받았다고 했다. 가짜 초충도를 팔아 재물을 모을 만큼 모은 연화가 운종가에서 가장 큰 화방을 하는 사내와 눈이 맞아 칠복이를 내쳤다고 했다.

날마다 찾아와 하소연을 하며 행패를 부리는 칠복이를 왈패들을 시켜 끌어냈다고 연화가 중얼거렸었다.

"칠복이가 청계천 다리 아래에서 얼어죽은 채 발견되었어요."

인화연의 전생여행에 의하면 칠복이는 연화에게 실컷 이용만 당하다가 버림받은 것이 분명했다.

'인화연과 오칠복을 만나게 해 보면 어떨까? 혹시 인화연이 강일수 형사 앞에서 안절부절못한 것은 전생에 지은 죄 때문이 아닐까? 지금 내 주변의 사람들은 모두 전생에 나와 인연이 있었던 사람들이 아닐까?'

김민혜가 맞은편 '가람'을 흘끔 돌아보며 물었다.

"저기 '가람'은 계속 문이 닫혀있네요?"

"다시 문이 열리기는 힘들 걸요."

오칠복이 무심히 대꾸했다.

"무슨 일이 있는 모양이지요?"

김민혜가 슬쩍 묻자 오칠복이 엉뚱한 소리를 했다.

"김민혜 기자님, 내가 차 한 잔 사드리고 싶은데 마셔주시겠습니까? 가람을 들락이는 김기자님을 볼 때마다 그런 생각을 했었습니다."

"내 기사를 지성으로 읽으셨다니까, 차는 내가 살게요. 애다무사 알아요?"

"그럼요. 하루의 마감을 그 집에서 하는 날이 많은 걸요."

그런데 '애다무사'에는 인화연이 먼저 와 있었다. 김민혜를 발견하고 벌떡 일어나다가 뒤따라오는 오칠복을 보고는 털썩 주저앉았다.

가까이 다가가자 인화연이 온 몸을 덜덜 떨고 있었다.

"인작가, 어디 불편해요? 아까 먹은 추어탕이 체한 것은 아닌가요?"

"아, 아니에요. 이제 괜찮아졌어요. 헌데, 이분은 누구신가요?"

"저기 '중화골동'이라고 청나라 때의 물건들을 수입하여 팔고 있는 분이에요."

"아, 그런가요?"

많이 진정되었다고는 하지만, 찻잔을 드는 인화연의 손이 미세하게 떨리는 모습을 김민혜는 똑똑히 볼 수 있었다.

김민혜는 두 사람을 좀 더 관찰해 보고 싶었다. 정말 전생의 연화와 칠복이가 맞는지 확인해 보고 싶었다. 그것은 두 사람에게 술을 먹여보면 알 수 있을지도 몰랐다.

세 번째 우려낸 차를 마시고 잔을 내려놓으며 김민혜가 말했다.

"인작가님, 오랜만에 매운불낙 안주에 술 한잔 어때요?"

"좋지요, 김기자님과 함께라면 난 지옥의 불구덩이라도 따라간다니까요."

"오칠복 씨도 괜찮지요?"

"나야 영광이지요."

"술은 내가 사는 거예요. 내가 잘 아는 낙지집이 있어요. 인사동 '예가람'이라고 허름한 집인데, 안주맛이 끝내주죠."

조선 말기에 장사치나 살았을 것 같은 '예가람' 집은 간장게장을 비롯한 밑반찬들이 맛깔스런 집이었다. 간판이나 인테리어는 수수했지만, 맛집을 찾아다니는 사람들 가운데는 단골이 많았다.

김민혜가 '예가람'을 알게 된 것도 인터넷의 맛집 블로그를 통해서였다.

"초충도 박사께서 오시네."

어쩌면 전생에 한양의 기생집 주인노릇이라도 했을 것 같은 육십대 중반의 주인 여자가 반색을 했다.

"전주 이강주로 한 상 차려주세요."

토방에 신발이 없는 걸로 보아 비어있는 것이 확실한 방으로 들어가면서 김민혜가 주문했다.

"이강주라면 독한 술이 아니던가요?"

"조선시대부터 가양주로 육대째 내려오던 술을 상품화시킨 것인데, 조선시대에는 삼대 명주로 꼽힐 만큼 유명한 술이에요. 별로 독하지도 않고 입 안에 남는 계피향이 좋아요. 마시면 행복해지는 술 있잖아요. 이강주는 그런 술이에요."

"술 때문에 행복한가요? 함께 마시는 사람이 좋아서 행복한 것이지요."

인화연이 먼저 자리에 앉으며 말했다.

"인작가의 말이 맞아요. 오늘 실컷 마셔봅시다. 우리 셋이 좋은 관계인지, 아니면 그저 그렇고 그런 관계인지 취해 일어서다 보면 알 수 있겠지요."

그렇게 시작된 술자리는 해가 지고 어두워진 방에 불을 켤 때까지 이어졌다.

중간에 주인 여자가 고창에서 올라온 틀림없는 풍천장어라면서 몇 점 구워가지고 들어와 '진짜 초충도 박사는 어디에 떼놓고 왔느냐?'고 물었다.

김민혜가 대답했다.

"요즘 며칠 뵙지 못했어요."

"텔레비전을 보면 그 영감이 진짜를 가짜로 주장한다며 욕을 많이 얻어먹던데, 누구 말이 진짜인겨? 내가 보기에 박선생님은 거짓말을 할 분이 아니시던디."

"제가 알 수 있나요?"

자칫 아는 체를 했다가는 꼼짝없이 붙잡혀 시달릴 것 같은 예감에 김민혜가 짧게 대꾸했다.

"그 영감태기 말로는 김기자가 초충도 박사라며? 그때 그랬잖혀?"

"박사님께서 술이 취하셔서 하신 말씀이지요. 전 아니에요."

"흐, 명색이 기자람서 취중진담도 모르는가? 술주전자나 나른다고 사람을 무시하는 것이여? 뭣이여?"

주인 여자가 화를 퍼르르 내며 나가버렸다.

그러나 잠시 후면 방을 나가며 눈으로 슬쩍 확인한 비어있는 안주접시를 채워가지고 들어올 판이었다.

그러나 이강주로 시작한 술판의 마지막은 행복하지 못했다.

인화연이 느닷없이 울음을 터뜨렸다. 처음에는 김민혜한테 김 기자. 미안해요, 하다가 언니, 죄송해요, 하고 술주정을 하더니, 어느 순간부터는 칠복 씨 미안해요, 로 미안한 대상이 바뀌더니, 엉엉엉 통곡을 쏟아냈다.

무슨 일인가 들어온 주인 여자가 김민혜의 품에 안겨 잘못했다면서 울고 있는 인화연을 내려다보며 한 마디했다.

"젊은 처자가 김기자한테 큰 잘못을 저질렀는갑만. 이생에 아니면 전생에라도 갚지 못한 큰 죄를 지었는갑만."

주인 여자의 말에 김민혜의 가슴으로 서늘한 기운이 스쳐갔다.

갈홍근의 말에 의하면 전생의 악연은 후생에도 악연으로 이어지는 경우가 많다고 했다. 인화연 쪽에서 적극적으로 다가와 관계는 맺고 있었지만, 꼭 좋은 인연이라고 말할 수는 없었다.

그런데 그런 인연은 또 하나가 더 있었다.

인화연에게 대리기사를 대주겠다는 칠복이에게 인화연을 맡기고 대리기사를 불러 오피스텔로 돌아왔을 때였다.

오피스텔 문 앞에 이화정이 주저앉아 있다가 벌떡 몸을 일으켰다.

"민혜 씨, 사람이 어찌 그럴 수가 있소? 그대가 그리워서, 사무

치게 그리워서 찍던 사진도 다 못 찍고 돌아왔는데, 어찌 그럴 수
가 있소?"

이화정의 말에 김민혜가 싸늘한 표정으로 쏘아붙쳤다.

"이작가님, 전 막장 드라마를 찍고 싶지 않거든요. 돌아가 주시
겠어요?"

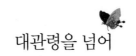

대관령을 넘어

산중일정오(山中日亭午) 해는 한낮이건만 산 속이라
초로악망구(草露渥芒屨) 풀에 맺힌 이슬에 신발 흠뻑 젖었네
고사무거승(古寺無居僧) 오래 된 절간에 스님은 살지 않고
백운만정호(白雲滿庭戶) 흰구름만 뜰에 가득하구나.

이(珥)가 돌아왔다.

금강산 마하연암으로 들어간 지 1년만이었다.

도착하자마자 사당에 들러 왕외조부와 외조부께 큰절로 인사를 드리고 나오는 이는 여섯 살 아이라고 보기에는 너무 의젓했다.

"소자, 다녀왔습니다, 어머니."

"네가 금강산에서 강릉까지 혼자 돌아온 것이냐?"

"아닙니다. 마하연암에 머문 지 일 년이 되는 날 관음사에 볼일이 있으시다는 스님이 한 분 찾아오셨습니다. 그 스님과 함께 왔습니다."

"아마도 휴암 선생님께서 미리 부탁을 해놓으셨을 것이다. 어땠느냐? 지내는데 불편하지는 않았느냐?"

"재미있게 잘 놀다왔습니다."

"잘 놀아?"

"한 권의 서책도 없으니, 글을 읽을 수도 없었습니다. 낮으로는 금강산을 헤집고 다니며 비로봉의 구름과 놀고, 만물상의 만물과 놀고, 심심하면 만폭팔담의 소에 몸을 담그고 놀다가 바위에 누워 잠을 자는 스님을 깨워 바둑판 바위에서 바둑을 두며 신선놀음도 하였습니다. 제 평생 놀 것을 금강산 마하연암에서 다 놀고 왔습니다."

"휴암 선생님은 몇 번이나 뵈었느냐?"

"소자를 마하연암에 떨어뜨려 놓으시고는 한 번도 오지 않으셨습니다."

휴암 백인걸이 그랬었다. 이를 마하연암으로 보내라면서 서책은 한 권도 들려 보내지 말라고 했다. 서책은 물론 먹 한 개 붓 한 자루도 괴나리봇짐 속에 넣어 보내지 말라고 신신당부를 했다.

"아무래도 끼니 수발을 들 노복은 딸려야겠지요?"

사임당의 물음에 휴암이 고개를 내저었다.

"금강산의 골골마다 사찰이며 암자가 수백 개일세. 하루 세 끼 밥공양쯤 못하겠는가?"

"서책이며 문방사우까지 놓고 가라는 것은 어인 연유인지요?"

"저 아이의 머릿속에 이미 사서오경은 물론 세상의 학문이 다 들어있는데, 무거운 짐을 뭐 하러 지고 가겠는가?"

그래서 맨몸으로 갔다가 맨몸으로 돌아온 이였다.

사임당이 가만히 바라보자 이가 씩 웃었다.

"왜 웃느냐?"

"호랑이와 놀던 일이 갑자기 떠오릅니다."

"호랑이와 놀았다고?"

사임당이 자지러질 듯 놀라 물었다.

이가 태어난 지 세 이레 되던 날 찾아온 보우스님이 호랑이한 테 화를 당할 팔자를 타고 났으니, 천 번의 공덕을 쌓으라고 했었 다. 호환을 당하지 않으면 사람한테 화를 당하고, 그도 저도 아니 면 스스로 낙상하여 크게 다칠 수도 있으니, 천 번의 선행을 하라 고 신신당부를 했었다.

그 업장을 소멸하겠다고 파주 율곡리의 야산에 밤나무를 천 그 루가 넘게 심었고, 작년부터는 이웃 사람들이 밤을 수확하여 나 누어 먹고 있는 중이었다.

보우스님의 말대로 선행을 베풀었고, 액땜을 해야 한다는 휴암 의 말대로 금강산 마하연암으로 보냈던 이가 호랑이와 놀던 일이 떠올랐다며 빙그레 웃고 있지 않은가?

"예, 소자가 밤으로는 호랑이와 놀았습니다."

"어떻게 놀았느냐? 무섭지는 않았느냐?"

"처음에는 무서웠지요. 밤으로는 안에서 문을 걸어 잠그고 해우소도 못 다녔습니다. 호랑이의 발소리가 들리면 온 몸을 사시나무 떨 듯 떨며 문구멍으로 내다보기만 했습니다. 그렇게 사흘 밤을 꼬박 새우고 다음날 한낮이었습니다. 한 스님이 찾아왔습니다.”

“스님이?”

“요사채 마루에 앉아 눈 아래 보이는 묘길상을 내려다보고 있는데, 느닷없이 ‘산중일정오’ 하고 시 읊는 소리가 들리더군요.”

“그래서?”

“제 입에서 저절로 ‘초로악망구’하는 댓구가 흘러나왔습니다.”

“그랬더니?”

“스님이 다시 ‘고사무거승’ 하고 읊었습니다.”

“네가 ‘백운만정호’ 하고 나머지를 읊었겠구나.”

“어머니께서도 그 시를 알고 계셨습니까?”

“왜 모르겠느냐? 고려말기에 일곱 분의 왕을 모셨던 익재 이제현 선생의 시가 아니더냐? 그 스님이 너를 시험하고 계셨구나.”

“스님이 그러시더군요. 이놈아, 살아보겠다고 이 먼 곳까지 온 놈이 그깟 호랑이가 무서워 사흘이나 뜬 눈으로 밤을 새웠느냐? 해우소도 못 가고 방안에서 오줌을 질금거렸겠구나, 하시며 짚고 오신 주장자로 마루짱을 치시더군요. 제가 스님께 여쭈었지요. 스님, 전 오줌을 질금거리지 않았는데, 어찌 그리 말씀하십니까, 하고 말입니다.”

“스님께서 뭐라 하시더냐?”

"이놈아, 네 마음속에서 오줌을 질금거렸으면 네 놈은 오줌을 싼 것이다. 호랑이가 무서워 해우소도 못 갔다면 너는 이미 호환을 당한 것이다, 하시는데 제 머릿속에서 천둥이 쳤습니다."

"천둥이?"

"아차, 싶었습니다. 금강산 호랑이가 저한테 해꼬지를 하려고 했으면 마하연암까지 오르는 길에 벌써 몇 번을 당했을 것이라는 생각이 스쳐갔습니다."

"옳지, 그렇지. 밝은 대낮이라고 어찌 호랑이가 없었겠느냐? 네가 무서워한 것은 호랑이가 아니라 어둠이었느니라."

"소자도 그런 생각을 했습니다. 스님이 그러시더군요. 무서워하지 말거라. 마음에서 두려움만 몰아내면 금강산이 네 벗이 될 것이니라. 네가 앉은 그 자리에 삼백 년 전에는 익재 선생이 앉아 계셨느니라, 하셨습니다."

"익재 선생님도 마하연암에 머물렀다고 하시더냐?"

"소년시절에 일 년을 머물렀다 하셨습니다. 스님이 소자한테 '잘 왔구나. 내가 보니 네 머리통이 너무 무겁구나. 버리는 연습을 하거라. 마하연암의 마하가 무엇인 줄 아느냐? 아주 뛰어나다는 뜻을 가지고 있느니라. 너는 이미 불가사의할 만큼 뛰어나지 않느냐? 휴암이 너를 이곳으로 보낸 까닭을 알겠구나. 버리거라. 다 버리거라. 일 년 후에 내려갈 때는 홀가분한 마음으로 내려가거라' 하셨습니다."

"마하가 그런 뜻을 가진 것은 어미도 몰랐구나. 그래, 다 버리고 왔느냐?"

"학문에 대한 집착은 버렸는데, 어머니에 대한 사무치는 그리움만은 버릴 수가 없었습니다."

"육친의 정을 어찌 버릴 수가 있겠느냐? 그것은 버리잔다고 버려지는 것이 아니다. 그래, 호랑이와는 어떻게 놀게 되었느냐?"

"호랑이가 찾아오면 방안의 촛불을 끄고 문을 열어주었습니다. 호랑이가 마당 가운데 앉아있으면 마루로 나가 마주 앉았습니다. 마음에서 두려움을 몰아내자 해우소도 가고 싶을 때면 언제든지 갈 수 있게 되었습니다."

마하연암에서 돌아온 이는 육신만 어린 아이일 뿐 정신은 이미 어른이 되어 있었다.

"다 컸구나. 내 아들 이가 다 컸구나."

"어머니, 제가 한양에 한번 다녀와야겠습니다. 아버지를 뵙고 싶습니다."

"이야, 너와 나는 곧 한양으로 가야 한다."

"다니러 가십니까?"

"아니다. 아주 살러 간다. 친가의 네 할머니께서 한양살림을 어미더러 맡으라 하시는구나. 그동안에는 강건하셔서 어미가 강릉에서 살아도 별말씀이 없으시더니, 이번에는 아주 완강하시구나."

"어머니께서 많이 슬프시겠습니다."

"벌써부터 내 가슴에는 눈물이 고이는구나. 대관령을 어찌 넘어갈까. 걱정이 태산이구나. 한 달 전에도 머슴을 보내오셨더구나. 네가 돌아오면 함께 가겠다고 말씀드려 놓았구나."

이가 돌아오자 이씨부인이 먼저 사임당의 한양행을 서두르고 나왔다.

"내 사지육신이 아직은 멀쩡하다. 사임당아, 널랑은 이를 데리고 그만 한양으로 가거라."

사임당이 눈물을 끌썽이며 애원했다.

"이레만 더 있다 가겠습니다. 어머니."

"아니다. 내일 새벽에 떠나거라. 이미 네 짐은 어미가 싸놓았니라. 먼 길 떠나는 너에게 가마라도 한 채 내어주고 싶다만, 그것은 네가 싫다고 하니, 그냥 걸어서 가거라."

"사흘만 더 머물다 가겠습니다. 허락해 주십시오. 어머니."

"안 된다. 내일 떠나거라. 한양 안사돈께 내가 큰 잘못을 저질렀구나. 이 어미가 너한테 시부모를 잘 섬겨야 한다는 부덕(婦德)을 지키지 못하게 하였구나. 이 어미는 너와 살만큼 살았다. 부디 어미는 잊고 시어머니 모시는 일에 정성을 다하거라."

이씨부인의 고집은 완강했다.

아무리 사정해도 어머니의 뜻이 꺾이지 않을 것을 깨달은 사임당이 눈물을 흘리며 고개를 끄덕였다.

이날 오후였다.

사랑으로 저녁상을 내갔던 연화 어미가 허겁지겁 달려와 고했다.

"사임당 아씨, 현룡 도련님이 보이지 않습니다. 아무리 찾아봐도 집안에는 안 계십니다."

"이가 어디로 갔을까? 산보를 나갔더라도 돌아올 때가 지났는데."

"혹시 한양으로 가시기 싫어 숨으신 것이 아닐까요?"

"이가 그럴 리가 없네. 다시 찾아보게."

연화 어미가 '아무리 찾아도 집안에는 안 계시는데' 하고 중얼거리며 돌아갈 때였다. 사임당의 뇌리로 혹시? 하는 생각이 스쳐갔다.

'혹시 이가 사당에 있는 것은 아닐까?'

사임당이 바로 사당으로 갔다.

이는 거기에 있었다. 왕외조부와 외조부의 위패 앞에 무릎을 꿇고 앉아 두 손을 합장한 채 머리를 숙이고 있었다.

사임당이 말없이 돌아섰다.

이가 사당에서 나온 것은 두어 식경이 더 지난 다음이었다.

사임당이 묻기 전에 이가 말했다.

"외조모님의 강녕하심과 어머니의 한양행이 무사하게 해달라고 빌었습니다."

"그랬느냐? 내일 새벽에 길 떠나면서 하직인사를 드려도 되는데."

"내일 새벽에는 번잡할 것 같아서 그랬습니다."

"잘했구나."

이날 밤 사임당은 이씨부인과 함께 잠을 잤다.

"잘 살아야 한다. 이서방을 너무 몰아세우지 말거라. 사내란 한두 가지의 힘을 가지고 산단다. 속상하는 일도 많을 것이니라. 시부모는 친부모와 다르다. 딸이 잘못해도 친정어머니는 꾸중 한두 마디로 화를 풀지만 시부모는 그렇지 않단다. 이 어미는 너를 믿는다. 네가 한양살림도 잘 해낼 것이라고 믿는다."

"잘 할게요, 어머니."

도란도란 애기를 나누다가 사임당이 잠깐 잠이 들었는가 싶었는데, 이씨부인이 깨웠다.

"사임당아, 첫닭이 울었구나."

사임당이 말없이 일어나 연화 어미가 받아놓은 대야의 물에 얼굴을 씻고 사당으로 들어갔다.

이는 벌써 떠날 채비를 마치고 사당에 꿇어 앉아 있었다.

이 곁에 무릎을 꿇고 앉은 사임당이 외할아버지와 아버지께 간절하게 빌었다. 홀로 남으신 어머니의 만수무강을 빌었다.

어머니의 성화로 밥 한 그릇을 억지로 비운 사임당이 대문을 나섰다.

이씨부인은 마루 끝에 서서 '돌아보지 말고 가거라' 했을 뿐, 대문까지 나오지는 않았다. 사임당은 눈물을 흘리지 않으려고 입술을 깨물었다. 그래도 자꾸만 눈물이 흘러내려 걸음이 흔들렸다.

이가 사임당의 손을 잡으며 말했다.

"울지 마세요, 어머니. 외조모께서 슬퍼하십니다."

"알겠구나. 울지 않으마."

아들 앞에서 울지 않겠다고 중얼거리면서도 사임당은 눈물을 멈출 수가 없었다.

동쪽 산이 붉게 타오를 무렵에 대관령 고갯마루에 도착했다.

어머니는 돌아보지 말라고 했지만, 사임당의 고개가 저절로 돌아갔다. 멀리 아슴히 북평촌이 보였다.

사임당의 입에서 자신도 모르게 시 한 수가 흘러나왔다.

자친학발재임영 (慈親鶴髮在臨瀛) 늙으신 어머니를 고향에 두고
신향장안독거정 (身向長安獨去情) 외로이 서울길로 가는 이 마음
회수북평시일망 (回首北坪時一望) 돌아보니 북촌은 아득도 한데
백운비하모산청 (白雲飛下暮山靑) 흰구름만 저문 산을 날아 내리네

"시에도 눈물이 들어 있어요, 어머니."

사임당이 읊은 시를 조용히 되뇌어 보던 이가 말했다.

"내가 네 앞에서 궁상을 떨었구나. 어서 가자꾸나."

사임당이 빠른 걸음으로 대관령을 내려갔다.

사임당이 한양 시댁에 도착했을 때 이원수는 집에 없었다.

서방님의 행방을 묻자 계집종 막례가 얼굴만 붉힐 뿐 대답을 못했다.

"주인어른이 어디 가셨느냐고 묻지 않느냐? 어이하여 대답을 못하느냐?"

막례가 마지못하여 대답했다.

"주인어르신은 요즘 통 들어오시지를 않습니다."

"안 들어오신다고?"

"열흘이 넘었습니다."

"어디에 계신지도 모르고?"

"억쇠는 알 것입니다."

언년이가 억쇠를 돌아보았다. 사임당이 억쇠한테 물었다.

"억쇠야, 주인어른이 어디에 계시느냐?"

"마포나루 주막에 계실 것입니다요."

"얼른 가서 내가 왔다고 모시고 오너라."

사임당의 엄한 눈빛에 억쇠가 부리나케 대문을 나갔다.

주막에 있었다는 말이 사실인 듯 채 두어 식경이 못 되어 이원수가 돌아왔다.

"왔소?"

이원수가 뜨악한 표정으로 짧게 물었다.

그런데 이원수의 옷차림이 말끔했다. 아무리 살펴보아도 열흘 동안 집에 돌아오지 않은 남정네의 옷차림이 아니었다.

'서방님께 여자가 있구나.'

순간 사임당의 가슴이 철렁 내려앉았다.

"앉으시지요. 서방님께 드릴 말씀이 있습니다."

"앉읍시다. 그래, 할 말이라는 것이 무엇이오?"

이원수가 마치 화라도 난 듯한 표정으로 털썩 주저앉았다.

"이가 마하연암에서 돌아왔기에 한양으로 왔습니다."

사임당이 마주 앉으며 입을 열었다. 이원수는 변해 있었다. 억쇠의 뒤를 따라 대문을 들어선 이후 한 번도 웃는 얼굴을 보이지 않았다.

"그러기로 했잖소?"

"저는 서방님께서 잘 지내시리라 믿고 있었습니다. 선이와 번이한테 좋은 아버지가 되어주시리라 믿고 있었습니다."

"무슨 소리요? 하면 부인은 내가 좋은 아버지가 아니었다는 말이오?"

"자식들은 부모를 배운다고 하였습니다. 열흘 동안이나 집에 들어오지 않는 아버지에게 자식들이 무엇을 배우겠습니까?"

"부인도 없는 집에 들어오기 싫었소. 아이들은 내가 강릉 북평촌에 간 줄 알았을 것이오."

"선이가 열일곱 살입니다. 그만한 눈치도 없겠습니까? 누굽니까? 서방님의 옷을 깨끗이 빨아 빳빳하게 다려준 이가 주막의 주모입니까? 아니면 여염의 여자입니까? 제가 모르는 사이에 첩이라도 얻은 것입니까?"

사임당의 얼굴은 편안해 보였고, 목소리는 차분했으나, 추궁은 매서웠다.

"첩은 아니오. 내 형편에 어찌 첩을 들일 수가 있겠소?"

이원수가 멋쩍은 표정을 지었다.

"서방님, 저하고 약조를 해주세요."

"무슨 약조를 하자는 말이오? 난 부인이 약조를 하자고 하면 무섭기부터 하오. 새삼 과거공부라도 하라는 말이오?"

"서방님이 그러지 못하시리라는 걸 저도 잘 알고 있습니다. 공부하라는 말은 하지 않겠습니다."

"하면 무슨 약조를 하자는 것이오?"

"저녁과 아침으로 어머님께 문후를 여쭙는 일과 저녁과 아침으로 자식들의 문후를 받는 일입니다."

그것은 이원수더러 비록 밖에서 여자를 만나더라도 잠은 집으로 돌아와서 자라는 말이었다.

"알겠소. 부인 말대로 하겠소."

이원수가 벌레라도 씹은 표정으로 대답했다.

"서방님께서 그 약조를 지켜주시지 않으면 저는 강릉으로 돌아가겠습니다."

그 말을 남기고 사임당이 몸을 일으킬 때였다. 문 밖에서 이가 나지막히 고했다.

"아버지, 제가 들어가도 되겠습니까?"

"들어오너라."

이원수가 고개를 끄덕였다.

방으로 들어온 이가 큰 절로 인사를 올리고 무릎을 꿇고 앉았다.

"소자, 잘 다녀왔습니다."

"고생이 많았겠구나. 몸이 아픈 곳은 없느냐?"

"소자, 강건합니다. 아버지께서도 평안하셨습니까? 편찮은 곳은 없으신지요?"

"나야 항시 잘 지내고 있었느니라. 먼 길을 오느라 고생했구나. 그만 물러가 보거라."

"예, 아버지."

이가 고개를 숙여 예를 표하고 사랑을 나간 다음이었다.

사임당이 말했다.

"이한테 부끄러운 아버지는 되지 마세요."

사임당의 말에 자존심이라도 상한 것일까? 이원수가 버럭 소리를 질렀다.

"거 좀 딱딱거리지 마시오. 그럴 때 보면 부인이 꼭 내 훈장처럼 보이오. 내가 부인의 생도는 아니잖소? 부인이 그럴 때마다 나는 숨이 턱턱 막히오."

"사람노릇 좀 하며 살자는 말이 서방님을 그리도 불편하게 만들었습니까? 살 맞대고 사는 부부간에 그런 말도 못한다면 그것이 어디 부부입니까? 남남보다 못한 불편한 관계이지요."

"알았소. 알았으니까 잔소리는 그만 마시오."

이원수의 말에 사임당은 자신의 한양살이가 순탄하지 못할 것 같은 느낌이 들었다. 이원수는 변해도 너무 변해 있었다. 신명화 앞에서 사임당이 마음껏 그림을 그릴 수 있도록 뒷바라지를 잘할

것은 물론 사임당이 강릉 북평촌에서 살 수 있도록 하겠다는 약
조를 하던 온순하고 다정다감했던 이원수가 아니었다.

사임당의 뇌리로 문득 강릉을 떠나올 때 어머니가 당부했던 말
이 스쳐갔다.

'사내란 한두 가지의 험을 지니고 살아간단다. 너무 몰아세우
지 말거라.'

한양살이가 순탄하지 못할 것 같다는 예상이 틀리지 않았다는
것을 사임당이 깨닫는 데는 채 하루가 걸리지 않았다.

안채의 자기 방으로 돌아오자 시어머니 홍씨부인이 '내가 들어
가겠다' 하고는 인기척을 냈다.

"예, 들어오세요, 어머님."

사임당이 문을 열어주었다.

"선이 애비를 너무 닦달하지 말거라."

아랫목에 앉으며 홍씨부인이 말했다.

"무슨 말씀이신지요?"

사임당이 홍씨부인 앞에 무릎을 꿇고 앉으며 말했다.

"나도 네가 잘난 며느리라는 걸 안다. 노복들이 수군거리는 소
리만 들어도 네가 그린 그림이 교태전 중전마마의 머리맡을 지키
는 병풍이 되고, 한양의 내로라하는 호사가들이 네 그림 한 점을
사기 위하여 줄을 서고 있다는 것도 알고 있다."

"허지만 저는 한 점의 그림도 팔지 않았습니다."

"너는 그것을 자랑으로 여길지 모르겠다만, 나는 그렇게 생각

하지 않는다. 기왕 타고난 재주가 있으면 그걸 풀어먹을 줄 알아야 한다. 이제 한양으로 왔으니까 네가 살림을 떠맡거라. 그림을 팔아서라도 네 서방이 밖에 나가서 기죽지 않게 용채도 넉넉하게 내놓거라."

일테면 그 말은 이원수가 밖에서 주모를 만나 바람을 피우는 꽃값까지 대어주라는 뜻이었다.

그렇다면 무엇인가? 시어머니는 지금까지 아들의 외도비용까지 대주었다는 소리가 아닌가?

사임당은 홍씨부인에게 할 말은 많았지만 입술을 깨물며 참았다. 시어머니를 모시겠다고 먼 길을 와서는 하루가 채 가기 전에 시어머니를 노하게 할 일은 아니었다.

"제가 알아서 잘 하겠습니다."

"남자가 밖으로 도는 것은 안에서 잘못하기 때문이라는 걸 명심하거라."

홍씨부인이 며느리를 확실히 잡았다는 생각이 들었는지 바람을 일으키며 방을 나갔다.

한양살림은 사임당이 예상했던 것보다 훨씬 열악했다.

광은 텅텅 비어 있었으며, 이원수의 장롱에는 나들이 때 입을 변변한 두루마기 한 벌 보이지 않았다. 홍씨부인의 장롱 역시 초라하기는 마찬가지였다. 또한 열 명이 넘는 식구들이 살기에는 집이 비좁았다.

'안 되겠구나. 집부터 옮겨야겠구나. 세 아들에게 방 하나씩은 내어 줄 만큼 큰 집으로 옮겨야겠구나.'

그렇게 작정한 사임당이 막례를 시켜 이원수를 불러 올렸다.

"무슨 일이오? 저녁으로는 일찍 돌아와 자식들의 문후를 받고 있잖소? 어머니께 문후도 꼬박꼬박 드리고 있고 말이오."

이원수가 이마에 주름살을 만들며 아랫목에 앉았다.

사임당이 말없이 장롱 속에서 비단주머니 두 개를 꺼내어 이원수 앞에 내려놓았다.

"무슨 주머니요?"

"몇 년 전에 중전마마께서 팔 폭 초충도병풍값으로 주신 패물입니다. 그때 정씨부인의 말에 의하면 천 냥 값어치는 있다고 했습니다. 그리고 작은 것은 정씨부인이 준 것인데 못해도 백 냥 값어치는 될 것입니다."

"정씨부인이라면 윤원형 대감의 부인을 말하는 것이오?"

"첩이 아니라 부인입니까?"

"윤대감의 본부인이 급살을 맞아 죽는 통에 진즉 정부인에 정경부인이 되었소. 소문에 들으면 조선의 상권을 그 여자가 주무르고 있다고 합디다. 헌데 이걸 왜 내 앞에 내놓는 것이오?"

"집을 옮깁시다."

"집을 옮겨요?"

"이 정도면 선이와 번이, 그리고 이한테 방 하나씩은 나누어 줄 사랑이 있는 집을 구할 수 있을 것입니다."

"이제 보니까 부인은 참 부자였구려. 그러리다. 부인 덕에 나도 편히 살아봅시다."

"서방님 편하시라고 집을 늘구자는 것이 아닙니다. 어머니와 자식들을 생각해서입니다."

"압니다, 알아요. 그냥 넘어갈 수는 없소? 꼭 나를 가르쳐야 속이 시원하겠소?"

이원수가 화를 내며 방을 나갔다.

그래도 패물을 팔 곳을 알아보러 다니고, 억쇠를 데리고 옮겨갈 집을 보러 다녔다.

그렇게 며칠이 지난 다음이었다.

이원수가 말했다.

"부인, 삼청방에 적당한 집이 매물로 나왔소. 사랑채가 두 채라서 아들놈들한테 방을 하나씩 나누어 줄 수도 있고, 안채와 멀리 떨어져 있어 세 아들이 학문에 전념하는 데도 좋을 것 같았소. 또한 후원에 별채가 있어 부인이 머물면서 그림을 그리고 글을 읽는데도 적당할 것 같았소. 원래 집주인이 사정이 있어 급매물로 내놓는 바람에 값도 절반만 치루어도 될 것 같소. 칠백 냥만 달라고 합디다."

"그렇다면 패물부터 처분해야겠네요. 제가 한양 사정에 어두운데 어떡하지요?"

"그것도 내가 알아보겠소. 운종가에 은밀히 금은보석을 사고파는 상점을 내가 알고 있소."

"서방님이 어찌 그런 곳을 아십니까?"

"살림이 궁하여 어머니께서 시집오실 때 가져오신 패물을 하나 둘씩 팔아 가용에 보태며 알아둔 곳이오. 내가 운은 띄워 놓았소. 일단은 패물을 보자고 합디다. 어떻소? 부인도 함께 가시겠소?"

"아닙니다. 화방에 들를 일이 있긴 합니다만, 패물은 서방님께서 처분하십시오. 다만, 그 패물이 교태전에서 나온 것은 비밀로 해주시지요."

"말을 안 한다고 모르겠소? 허나 내가 구태여 교태전을 들먹일 필요는 없겠지요."

다음날이었다.

패물주머니를 들고 나갔던 이원수가 백 냥짜리 어음 열다섯 장을 받아가지고 돌아왔다.

"중전마마의 것을 천삼백 냥 치고 정씨부인의 것을 이백 냥을 쳐줍디다. 패물장사가 그럽디다. 운종가에서 스무 해 가까이 장사를 했지만 그런 고가의 패물은 처음 취급한다고 합디다. 오늘 새삼 부인이 대단한 여자라는 것을 알았소."

"중전마마께서 크게 마음을 써주신 것이지요."

"부인의 그림을 탐을 내고 그만한 거금을 들여 곁에 두고 싶어 하시는 걸 보면 소문과는 달리 중전마마가 좋은 분 같소."

그 무렵에도 중전에 관한 소문은 끊임없이 항간에 떠돌아다녔다. 얼마 전에는 중전이 모함하여 경빈박씨와 복성군을 기어코 죽이고 말았다는 소문으로 세상이 한바탕 뒤집어졌었다.

"내일 집값을 치루고 문서를 받아오세요."

사임당이 칠백 냥의 어음을 내어주자 이원수가 할 말이 있는 듯한 표정으로 바라보았다.

어음 두 장을 더 내어주며 사임당이 말했다.

"현금으로 바꾸어 서방님께서 보관하고 계시면서 아들놈들의 서책이라도 사다주세요."

"그리리다. 돌이켜보니, 명색이 아버지면서 나는 자식들한테 책 한 권 사다준 적이 없구려. 이는 물론 선이와 번이 책도 부인 이 구해 주었구려."

"서방님은 책을 싫어하시잖아요. 자신이 싫은데 자식한텐들 사 다주고 싶었겠어요."

"너무 그러지 말구려. 집을 옮기면 나도 가장 노릇을 제대로 한 번 해보겠소."

"저는 서방님을 믿어요."

그러나 그 믿음은 채 한 달을 가지 못했다.

삼청방 새 집으로 이사를 하고 열흘쯤 지났을 때였다. 억쇠를 시켜 이원수를 찾았으나 사랑에 안 계시더라는 대답이 돌아왔다.

"벌써 나들이를 하셨더란 말이냐?"

"아닙니다. 막례 말이 아침상을 내갔을 때도 안 계셨다고 합니다."

"하면 어젯밤에 안 들어오셨더란 말이냐?"

"모르겠습니다. 군불은 때드렸습니다만, 주무셨는가는 모르겠습니다."

어젯밤에 사임당은 별채에서 밤 늦게까지 그림을 그리다가 잠이 들었다. 안채에 머물 때에는 이원수가 홍씨부인을 찾아와 잠자리 문안을 여쭈었기에 서방님의 귀가여부를 알 수 있었다. 또한 밤마다 빠짐없이 안채로 들어와 홍씨부인의 방에서 잠시 머물렀다 나갔으므로 철썩같이 믿었다.

"삼청방으로 이사 와서 몇 번이나 서방님이 방을 비우셨더냐?"

사임당의 물음에 억쇠가 멈칫거리다가 대답했다.

"아씨께서 별채에 계실 때에는 사랑에서 주무시지 않았습니다."

"내가 별채에 있는 것을 어떻게 아시고?"

"제가 주인어른께 알려드렸습니다."

"네가 왜?"

"주인어른께서 부탁하셨습니다. 사임당 아씨께서 별채로 나가시면 마포나루 주막으로 와서 알려달라고요."

"그런 사실을 너만 알고 있거라. 아이들이 알게 해서는 안 된다."

사임당은 이원수에 대한 실망으로 눈앞이 흐릿해지면서 다리가 후둘거렸지만 애써 참고 방으로 들어왔다.

'어이할 거나. 서방님을 어이할 거나.'

"초충도 나온 것은 없습니까?"

운종가 화방에 들른 사임당이 주인에게 물었다.

"암암리에 거래는 되는 모양인데, 팔아달라고 나온 것은 없습

니다."

"암암리에 거래가 되다니요?"

"가끔 초충도를 들고 나와 사임당의 것이 맞느냐고 물어오는 사람이 있거든요."

"더구나 사임당의 것을요?"

"사임당의 초충도는 부르는 게 값입니다. 강릉에 살다가 한양으로 거처를 옮겼다는 소문도 들리던데, 워낙 숨어 사는 분이라서요."

화방주인의 말에 사임당의 뇌리로 '연화가 아직도 초충도를 흉내 내고 있구나. 제가 그린 초충도를 사임당의 것이라고 속여서 팔아먹고 있구나' 하는 생각이 스쳐갔다.

그것은 도저히 묵과할 수 없는 일이었다.

'연화야, 네가 내 말을 무시한다면 나도 어쩔 수가 없구나. 포도청에 고변하여 너를 징치할 수밖에 없구나.'

집으로 돌아온 사임당이 억쇠를 시켜 연화가 몇 년 전에 살던 집에서 아직도 살고 있는가를 알아보라고 했다.

"연화는 그 집에 살고 있지 않더구만요. 전에 살던 사람은 어디로 갔느냐고 물었더니, 더 큰 집을 사서 나갔다는 말 밖에 않더구만요."

"더 큰 집으로 이사를 갔다고?"

"그렇구만요."

이날 밤에도 이원수는 집으로 돌아오지 않았다.

사임당이 서방님과 상의하여 연화의 일을 처리하려고 기다렸으나, 얼굴도 볼 수 없었다. 억쇠를 보내면 불러올 수는 있었지만 아랫것들 보기가 부끄러워 차마 그럴 수도 없었다.

이제나 저제나 하고 사임당이 이원수를 기다리는데, 기다리는 서방님은 오지 않고 꽃가마 한 채가 대문 밖에 멈추었다.

억쇠 마누라 막례가 숨이 턱에 닿아 달려왔다.

사임당은 마음도 추스릴 겸 별채에서 혼자 차를 마시고 있었다.

"아씨, 사임당 아씨. 궐에서 가마를 보내왔습니다."

"궐에서?"

사임당은 '드디어 올 것이 왔구나' 하는 생각이 들었다. 비록 8폭 초충도병풍을 보내주기는 했지만, 언젠가는 중전이 자신을 부를 것을 예상하고 있었다. 머리맡에 펼쳐놓은 초충도를 볼 때마다 사임당이 언제 한양으로 오는가? 촉각을 곤두세우고 있었을지도 몰랐다. 그러다가 윤원형이나 정난정을 통해 사임당이 한양으로 왔다는 소식을 듣고 부랴부랴 가마를 보내온 것일 수도 있었다.

중전이 보낸 가마를 타고 궐에 간 사임당이 교태전으로 들어가자 거기에는 뜻밖의 사람이 기다리고 있었다. 그것도 두 사람이었다.

사임당이 중전에게 예를 갖추고 자리에 앉는데, 화려한 비단옷 차림의 두 여인 가운데 한 여인이 아는 체를 했다.

"사임당 부인, 오랜만에 뵙지요?"

"아, 예. 그동안 강녕하셨습니까?"

여인은 정난정이었다. 그리고 그 곁에는 연화가 앉아있었다.

'저 애가 어찌 궐 출입을 다 할 수 있지? 혹시 초충도를 잘 그리는 화원이라고 정난정이 중전마마한테 소개시켜준 것은 아닐까?'

연화는 사임당을 향해 고개를 까딱하고 눈으로만 인사를 했을 뿐 아무 말이 없었다.

그런 연화한테 사임당도 구태여 따로 할 말이 떠오르지 않았다. 설령 떠오른다 한들 중전마마 앞에서 나눌 얘기는 아니었다.

다과상을 들이라고 상궁에게 영을 내린 중전의 눈길이 사임당에게 왔다.

"사임당, 저 그림을 볼 때마다 많이 보고 싶었소. 정경부인과는 아주 오래 전부터 알던 사이였다구요?"

"예, 작은 인연이 있었습니다."

"그것이 어찌 작은 인연이겠소? 아참, 정경부인과 함께 온 연화라는 화원도 초충도를 잘 그린다고 했소. 마침 초충도 몇 점을 가져왔다고 하니, 사임당이 살펴봐 주겠소? 자네, 초충도를 내놓아 보게."

중전의 말에 연화가 사임당의 눈치를 흘끗 보고는 비단 보자기에 싼 그림을 풀어 놓았다. 정난정이 한 점씩 펼쳐서 보여주자 중전이 고개를 끄덕이다가 말했다.

"내가 보기에는 사임당의 초충도와 별반 다를 것이 없소. 사임당의 그림이라고 해도 믿겠소. 안 그렇소? 사임당."

중전의 물음에 사임당은 사실대로 털어놓고 싶었다.

연화라는 이름으로 화원 행세를 하는 계집이 사실은 집에서 부리던 계집종이었는데, 동무 삼아 그림을 함께 그린 것이 이제는 제법 흉내를 낼 줄 알며, 제가 그린 그림을 사임당의 그림이라 속여 팔아먹고 밤도망을 쳐서 한양에서 살고 있으며 요즘도 은밀히 제 그림을 사임당의 그림으로 팔고 있다는 사실을 털어놓고 싶었다.

그러면 중전마마는 연화를 살리실까, 죽이실까.

중전이 사임당을 향해 물었다.

"사임당이 보기에 어떻소? 내가 보기에는 그럴 듯 하오만."

"중전마마, 저는 남의 그림은 평가를 하지 않습니다. 누구나 그림을 그릴 때에는 혼신을 다하여 그리는데, 화원의 혼이 스며있는 그림을 어찌 함부로 평가할 수 있겠습니까? 중전마마께서 보시고 좋으시면 좋은 그림인 것입니다."

"듣던대로 사임당은 너무 겸손하구려. 허나 사임당의 말도 맞기는 하오. 아무리 좋은 그림이라고 해도 모든 사람에게 좋은 그림일 수는 없겠지요. 앞으로 종종 만나 다과라도 나눕시다. 정경부인은 사임당을 극진히 모시도록 하시오. 우리 조선의 보물이오, 사임당은."

"과찬의 말씀이십니다. 황송하여 몸둘 바를 모르겠습니다, 중전마마."

"아니오. 내가 어찌 사임당한테 허튼소리를 하겠소. 사실은 얼마 전에 명나라에서 온 사신을 접견한 일이 있었소. 명나라 사신이 초충도병풍을 보고 그럽디다. 명나라에도 초충도를 그리는 화원이 많지만, 사임당의 초충도에서 느끼는 기품은 느낄 수가 없었다고 했소. 그러면서 나한테 그럽디다. 사임당의 초충도병풍을 구할 수만 있다면 만금이라도 내놓겠다고 했소. 헛소리를 하는 낯빛은 아니었소. 모르면 몰라도 머지않아 사임당의 초충도병풍을 구하려고 만금을 수레에 싣고 올 것 같았소. 허니 어찌 사임당이 조선의 보물이 아니겠소. 정경부인은 내 말을 명심하시오."

"예, 마마. 그렇게 하겠습니다. 한양에 오신 지 얼마 안 되어 조정대신들의 부인들과 내왕도 없을 것입니다. 제가 그런 자리를 주선할 것입니다. 사임당 부인의 그림이 잘 팔리도록 고관의 부인들에게 제가 소개를 하겠습니다. 그림만 그리고도 충분히 잘살 수 있도록 해드리겠습니다."

정난정이 사임당이 듣기에는 조금도 내키지 않는 소리를 중전에게 나불대고 있었다. 그렇다고 싫은 기색을 드러낼 필요는 없었다.

중전이 말했다.

"사임당의 부군이 아직 벼슬이 없는 모양인데, 대감께 말씀드려 적당한 자리를 내어드리라고 하세요."

사임당이 허리를 깊숙이 숙이고 말했다.

"중전마마, 성심은 한량없이 감사하오나 제 서방님은 벼슬에 뜻이 없으신 분입니다."

"그래도 무릇 사내란 집 밖에 일이 있어야 하오. 별로 어려운 일도 아니니, 사임당은 잠자코 기다려보시오. 정경부인, 오늘은 내가 삼정승을 불러 나누어야할 얘기가 있소. 사임당, 내가 보고 싶을 때면 언제든지 가마를 보낼 것이니, 사양치 말고 와 주시오."

"예, 중전마마의 말씀대로 하겠나이다."

교태전을 나와 가마에 오르기 전에 정난정이 말했다.

"사임당 부인, 내 집에 가서 차나 한잔 하실까요?"

내키지는 않았지만, 정경부인의 말을 거역하기도 어려웠다.

"차를 내어주신다면 감사히 마시겠습니다."

사임당의 말에 정난정이 기쁜 표정을 지었다.

하늘을 날아가는 새도 손짓 한번으로 떨어뜨린다는 윤원형의 집답게 대문 밖에는 벼슬자리를 얻기 위하여 바치는 온갖 뇌물들이 쌓여 있었고, 기운 센 하인들이 연신 집안의 광으로 나르고 있는 중이었다.

정난정이 치부책을 들고 일일이 적고 있는 집사한테 물었다.

"차질 없이 잘 적고 있느냐?"

"예, 예. 한 치의 어긋남도 없이 잘 적고 있나이다."

"네 붓 끝에 벼슬 한 자리가 달려있느니라."

정난정이 얼굴에 철판이라도 깔았는지, 아니면 위세를 떠느라 일부러 그러는지, 뇌물 내용을 적고 있는 집사를 단속하고는 손님을 안방으로 안내했다.

정난정의 방은 권세가 부인의 안방답게 화려하게 꾸며져 있었다. 자개를 입힌 장롱은 눈이 부실 지경이었으며, 한 번도 펼쳐본 흔적이 없는 사서삼경을 비롯한 책들이 문갑에 쌓여 있었다.

중전의 심부름을 온 정난정에게 그려준 2폭 산수화 침병은 방 웃목의 한쪽을 차지하고 있었다.

그러나 정작 사임당의 눈길을 잡아 끈 것은 서탁 옆에 가지런히 놓여 있는 다기였다. 한 눈에 보기에도 관요에서 솜씨좋은 장인들이 빚은 것이 분명한 기품이 보였다.

"중전마마께서 내리신 하사품이지요."

정난정이 계집종을 불러 다모를 들이거라, 영을 내리자 기다리고나 있었다는 듯이 나이 오십은 넘었을 것 같은 다모가 찻물을 끓일 화로를 든 머슴을 앞세우고 들어왔다.

"하루에도 수십 명씩 찾아오는 손님들에게 차대접을 하기 위하여 하동 현감에게 부탁하여 화개골에서 불러올린 다모입니다. 교태전의 상궁들이 낸 차도 마셔보았지만, 내 집 차맛은 따라올 수가 없었지요."

정난정이 손님과 함께 오는 것을 보고 이미 차를 낼 준비를 마쳐놓고 기다리기라도 한 듯 화로 위의 찻물이 이내 끓었다.

다모가 순서에 따라 차를 낼 준비를 마쳐놓고 다관에 차잎을 넣기 전에 정난정에게 물었다.

"정경부인 마님, 어떤 차를 낼까요?"

"지난 번에 쌍계사 주지스님께서 중전마마께 보내주신 차가 있잖느냐? 그걸 내거라."

"예, 정경부인 마님. 화개의 작설차를 내겠습니다."

다모가 차시로 차봉지 안의 차를 덜어 다관에 넣었다. 세 사람이 마실 것이라 그런지 세 번을 덜어 넣었다.

정난정이 말했다.

"쌍계사 주지스님이 중전마마께서 차를 즐겨 마신다는 소문을 어디서 들었는지, 높은 산 중턱의 눈이 채 녹기 전에 눈 위로 피어난 새싹만 한 잎 한 잎 따서 만든 작설차 다섯 통을 보내주었는데, 중전마마께서 황송하옵게도 나한테도 한 통을 나누어 주십디다."

정난정의 자랑에 사임당은 아버지가 그리웠다.

딸에게 맛있는 차를 먹이고 싶어 보부상에게 특별히 부탁하여 화개녹차 한두 통을 구하면 세상을 다 얻은 듯 기뻐하던 아버지였다.

아버지와 함께 마시는 차라면 꼭 화개녹차가 아니더라도 맛이 있었다. 차는 좋은 사람과 마시면 원산지에 상관없이 맛있는 법이었다.

정난정이 중전마마의 하사품이라고 입에 침이 마르도록 자랑을 늘어놓은 하동녹차가 사임당한테는 밋밋한 맛이었다. 세상에서 가장 좋은 차는 색도 향도 맛도 없는 맹물맛을 닮아 있다고 하지만, 이날의 차맛은 사임당이 마셔본 가장 맛없는 차였다.

차 세 잔씩을 마시고 자리가 정리되었을 때 정난정이 방웃목을 돌아보며 말했다.

"사임당, 난 저 자리를 사임당의 초충도병풍으로 채우고 싶소. 내게 재물은 얼마든지 있소. 사임당이 원하는 대로 그림값을 드릴 테니, 내게도 팔 폭 초충도병풍을 그려주시오."

"아직은 한양살림에 서툴러서 붓을 잡지 못하고 있습니다. 붓을 잡게 되면 그려드리지요."

사임당의 말에 정난정이 기쁜 표정을 지으며 손을 덥석 잡았다.

"고맙소, 고맙소, 사임당. 부군의 벼슬자리는 걱정하지 마시오. 오늘밤에라도 내가 대감께 말씀드리겠소."

"아닙니다, 그러실 것 없습니다."

"사임당은 내게 중전마마의 영을 거역하라고 하시는 겁니까?"

정난정이 중전을 내세워 위세를 부리자고 나왔다. 이원수에게 벼슬자리는 필요없다고 우기다 보면 정난정이 못된 성질을 부릴 염려가 있었다.

"그런 뜻이 아니었습니다."

사임당의 말에 정난정이 얼굴을 풀고 말했다.

"오늘 만나서 반가웠습니다. 내가 수일 내로 조정신료들의 부인과 만남의 장을 마련하겠습니다. 그때 뵙기로 하지요. 팔 폭 초충도병풍도 일각이 여삼추로 기다리겠습니다."

정난정의 그 말을 작별의 인사로 알아들은 사임당이 몸을 일으켰다.

연화가 '정경부인 마님 다음에 뵙겠습니다' 하고 인사를 하고 따라 일어섰다.

가마가 있는 대문까지 걸어나오며 사임당이 물었다.

"어떻게 된 일이더냐? 연화 너는 여전히 초충도를 거래하고 있더구나."

"죽을 죄인 것을 저도 잘 알고 있습니다. 하온데 그것은 제 뜻이 아닙니다."

"네 뜻이 아니라면?"

"정경부인의 뜻입니다. 어찌어찌 저한테 그런 재주가 있는 것을 아시고는 그림을 그려오라고 영을 내렸습니다. 제가 그린 초충도를 벼슬아치들의 부인들한테 팔았습니다. 저한테는 열에 한 칸을 주었습니다."

"그렇게 모은 돈으로 고래등 같은 기와집을 샀느냐?"

"송구합니다, 사임당 아씨. 제가 초충도를 그리고 싶어 그린 것이 아닙니다. 제가 팔고 싶어 판 것이 아닙니다. 미천한 저로서는 정경부인 마님의 뜻을 거역할 수가 없었습니다."

"내가 너를 어찌해야 할지 모르겠구나. 죽을 죄를 지은 것은 틀림없는 사실인데, 포도청에 고변하여 죽일 수도 없고, 살리자니 내 속이 썩어 문드러지고."

사임당이 안타까운 눈빛으로 연화를 돌아보았다.

연화가 말했다.

"사임당 아씨께서 죽이시면 죽을 것이고, 살리시면 살겠습니다."

"내 초충도를 흉내 내어 팔면서 말이더냐?"

"저도 죽기보다 더 싫습니다. 사임당 아씨와 한 약조를 지키지 못하는 제가 미워 죽고 싶기만 합니다. 다음에 사임당 아씨께서 정경부인 마님을 만나시면 저한테 초충도를 못 그리게 하라고 말씀을 해주십시오."

연화가 눈물을 글썽였다.

"부인, 내가 벼슬자리를 얻었소."

사임당이 중전을 만나고 온 사흘 후였다.

이원수가 잔뜩 흥분하여 소리를 지르며 안채로 들어왔다. 그 말을 듣고 홍씨부인이 '그 말이 정말이냐?'고 마주 고함을 지르며 마루로 나왔다.

"예, 어머니. 소자가 수운판관이 되었습니다."

"그것이 뭘 하는 벼슬자리더냐?"

"예, 나라의 세곡을 배로 운반할 때 감독을 하는 직책입니다."

"하면 애비가 배를 타야 한다는 것이냐?"

"배를 타야할 때도 있고, 뭍에서 감독을 할 때도 있을 것입니다. 윤원형 대감의 말이 우선 수운판관으로 있으면 더 좋은 자리로 옮겨주겠다고 했습니다."

"보거라. 사람은 한 사람을 끝까지 모셔야 하느니라. 애비가 윤뭐라고 하는 중전의 오라빈가 남동생을 몇 년이나 모셨느냐? 지성이면 감천이라고 빛을 보는 날도 있잖느냐?"

두 모자가 그런 얘기를 나누는 소리를 방안에 앉아 듣고 있는

524

사임당의 가슴에서 싸늘한 바람이 불었다. 중전의 하명을 받은 정난정의 부탁으로 윤원형이 배정해준 수운판관이라는 벼슬자리가 가벼워서는 아니었다. 벼슬자리는 그렇게 들어가는 것이 아니었다. 정 벼슬아치 노릇을 하고 싶으면 학문을 닦아 과거를 보고 급제를 하는 정당한 방법으로 들어가야 하는 것이었다.

사임당은 아이들의 아버지가 바르지 않은 방법으로 벼슬자리에 나간 것이 부끄러웠다.

"서방님, 윤대감을 만나 수운판관직을 사양하십시오."

얼굴 가득히 웃음을 띠고 들어오는 이원수가 아랫목에 자리를 잡자마자 사임당이 서릿발이 이는 목소리로 말했다.

이원수가 펄쩍 뛰었다.

"무슨 소리요? 그런 자리라도 한 자리 얻으려고 윤대감의 사랑에는 선비들이 구름처럼 모여들고 있소."

"아이들한테 부끄러운 아버지가 되지 마세요."

"벼슬도 없이 부인의 치마폭에서 빌빌대는 모습이 더 부끄러웠을 것이오. 설령 아이들이 부끄러워한대도 어쩔 수가 없소. 부인이나 자랑스런 어머니가 되시오. 부인의 보살핌만으로도 자식들이 엇나가지는 않을 것이오."

"서방님, 이번 한번만 제 뜻에 따라주세요."

"아니오. 이번에야말로 내 뜻대로 할 것이오. 제발 나한테 이래라 저래라 하지 마시오."

이원수가 벌떡 몸을 일으켜 방에서 나가버렸다.

그리고 한동안 사임당은 이원수의 얼굴을 볼 수 없었다. 아침마다 큰 사랑 앞에서 '아버님, 편안히 주무셨습니까?' 하고 아침 문후를 여쭙는 아들들한테 사임당은 진정으로 부끄러웠다.

어느 날 맏아들 선이에게 사임당이 말했다.

"선아, 큰 사랑에 드리던 아침 저녁 문후는 당분간은 중단하거라. 네 아버지께서 수운판관 노릇을 하시느라 멀리 타지방에 가신 모양이구나."

그러자 선이가 아무런 대꾸도 없이 사임당의 얼굴을 가만히 바라보기만 했다.

'저도 다 알고 있답니다, 어머니.'

선이의 눈빛이 그렇게 말하고 있었다.

교활한 자들의 음모

천리가산만첩봉(千里家山萬疊峯) 산 첩첩 내 고향 천리언마는
귀심장재몽혼중(歸心長在夢魂中) 자나깨나 꿈속에도 돌아가고파
한송정반고륜월(寒松亭畔孤輪月) 한송정 가에는 외로이 뜬 달
경포대전일진풍(鏡浦臺前一陳風) 경포대 앞에는 한 줄기 바람
파두어정각서동(波頭漁艇各西東) 갈매기 모래톱에 헤락조이락
하시중답임영로(何時重踏臨瀛路) 언젠가 강릉길 다시 밟아 가
갱착반의슬하봉(更着班衣膝下縫) 색동옷 입고 앉아 바느질할꼬.

"혼자 중얼거린 넋두리였어요. 일곱 살 이가 곁에 있는지도 모르고 제 처지가 하도 서러워서 푸념을 한 것인데, 이가 받아 적었어요."

녹음테잎 속의 사임당의 목소리가 울먹이고 있었다.

"무엇이 그리도 서러웠습니까?"

"서방님이 야속했습니다. 수운판관의 녹봉으로는 첩을 먹여살릴 수가 없었는지, 서방님이 도둑고양이가 되어 제 그림을 훔쳐다가 팔았습니다."

"그랬군요. 오늘은 여기서 마칩시다. 사임당이 너무 고통스러워하는군요."

김민혜가 전생여행의 일곱 번째 녹음테잎을 다 듣고 정지버튼을 누르는데, 휴대폰이 벨소리를 내면서 액정화면에 강일수의 이름이 떴다.

"예, 오라버니."

"지금 갈박사의 병원으로 나올 수 있어?"

"그럼요. 드디어 인화연과 오칠복이 만나는 것인가요?"

"갈박사를 어렵게 설득했어. 두 사람을 따로 최면을 시켜 한 자리에 앉혀놓고 사임당 시절로 돌아가 만나게 하는 일이 쉽지는 않겠지만, 일단 시도는 해보자고 했어."

"그렇다면 두 사람은 최면에 걸린 채 서로 만나는 것을 모르는가요?"

"그런 셈이지. 서로 다른 방에서 최면을 걸어 사임당 시대로 돌아가게 한 다음에 연화와 칠복이가 되어 만나는 것이지."

"제가 다 긴장이 돼요. 바로 갈게요."

김민혜가 서둘러 갈홍근의 병원으로 달려갔다.

아직 인화연과 오칠복은 와 있지 않았다.

갈홍근이 말했다.

"어쩌면 오늘 김민혜 씨가 사임당 역할을 해야 될지도 모릅니다."

"예? 제가 사임당 역을 맡아야 한다구요?"

"전생여행의 녹음자료를 통하여 김민혜 씨는 이미 오백 년 전의 연화와 칠복이를 알고 있지 않습니까? 두 사람이 나하고 대화를 하는 것이 아니라 사임당이 된 김민혜 씨와 대화를 나누는 것입니다. 즉 김민혜 씨는 사임당 역할도 하고 갈홍근 역할도 하게되는 셈이지요."

"재미는 있겠는데, 긴장이 돼요."

김민혜가 어깨를 으쓱했다.

두 사람이 동시에 전생여행을 하도록 바람잡이 역할을 한 것은 김민혜였지만, 세 사람의 만남을 먼저 제의한 것은 인화연이었다. 오칠복과 처음 만나던 날 술에 취해 큰 실수를 저질렀다면서 '예가람'에서 이강주를 사겠다며 오칠복을 만나게 해달라고 졸랐다.

"사실은 궁금해서 그래요."

"뭐가요? 뭐가 궁금하죠?"

"그날 처음 만나는 오칠복 씨 앞에서 내가 왜 그리 긴장을 했는지, 잘못했다고 사죄를 했는지요. 오칠복 씨를 만난 이후 꿈에 자주 나타나는 남자가 어쩌면 이화정 작가가 아니라, 오칠복 씨 같은 느낌이 자꾸 드는 걸요."

"인작가, 갈홍근 박사를 통하여 전생여행을 다녀왔다고 했었죠? 오칠복 씨한테도 전생여행을 시켜보는 것이 어때요?"

"하겠다고 할까요?"

"설득을 해봐야지요. 어쩌면 오칠복 씨도 자신의 전생이 궁금할지도 모르잖아요."

그러나 오칠복은 김민혜가 슬쩍 전생여행을 얘기하자 펄쩍 뛰었다.

"현생의 삶도 힘든데 그거 해서 뭐합니까? 싫습니다, 저는."

강일수한테 그 얘기를 했더니, 갈홍근 박사와 의논하여 두 사람을 갈박사의 병원으로 불러들이겠다고 장담했다.

인화연이야 기왕에 전생여행을 체험했으니까, 갈홍근 박사가 불렀지만, 오칠복은 어떻게 설득했는지 전생여행을 경험해 보겠다고 했다면서 김민혜가 무슨 일로 두 사람의 전생에 관심을 갖는지 궁금해 했다. 그날 김민혜는 강일수에게 자신의 전생여행 사실을 털어놓았다.

"제 전생과도 관계가 있거든요. 아직도 저는 갈박사님을 통하여 다녀온 제 전생을 믿을 수가 없어요. 제가 사임당이었는지, 오라버니가 포도청 종사관이었는지, 인화연 작가가 전생의 연화였는지, 자기가 그린 초충도를 사임당의 그림이라고 속이고 팔아먹은 것이 정말인지를 알고 싶어요. 인화연과 오칠복 씨를 함께 전생여행을 시켜보면, 그래서 그들이 오백 년 전 강릉의 북평촌에 살았고, 사임당 집의 노복이 분명했다면, 한 가지 의문은 풀릴 것 같아요."

"한 가지 의문이라니?"

강일수가 물었다.

"별이 그려진 초충도 말예요. 제게 아무런 감동도 없었던 초충도 몇 점이 정말 인화연의 전생인 연화가 그린 것인지 알고 싶어요."

김민혜가 매달리자 강일수가 입가에 웃음을 매달고 말했다.

"누이의 궁금증을 풀어주는 것도 오라버니가 할 일이겠지? 어떻게든 내가 그런 자리를 만들어 볼게. 만약 별이 그려진 초충도가 인화연 작가의 전생인 연화의 그림이 확실하다면 그것도 위작이잖아?"

오칠복과 갈박사를 설득하여 자리를 마련한 것은 순전히 강일수의 작품이었다.

처음에는 내켜하지 않던 갈홍근이 막상 두 사람을 함께 전생여행을 시켜보기로 작정하자 긴장이 되는지 계속 손바닥의 땀을 닦았다.

갈홍근의 병원에 먼저 나타난 것은 인화연이었다.

김민혜와 강일수는 다른 방에 있었고, 갈홍근이 인화연을 최면 상태로 대기시켜 놓고 기다리고 있는데, 채 10분도 안 되어 오칠복이 긴장한 표정으로 쭈뼛거리며 들어섰다.

갈홍근이 오칠복을 다른 방으로 데리고 들어가 최면을 걸어 인화연이 기다리고 있는 방으로 데려다 놓고 김민혜와 강일수를 불러들였다.

"지금 두 사람은 사백 육십여 년 전으로 돌아가 있습니다. 연화와 칠복이가 된 셈이지요. 김민혜 씨, 두 사람에게 말을 걸어 보세요."

갈홍근이 김민혜를 돌아보았다.

김민혜가 두 사람 앞에 놓인 의자에 앉으며 물었다.

"연화야, 칠복아, 내가 누군지 알겠느냐?"

"사임당 아씨십니다."

둘이 합창을 하듯 대답했다.

"왜 도망을 쳤느냐? 내가 너희 둘한테 모질게 대한 적이 없거늘, 어찌 밤도망을 쳤느냐?"

대답은 칠복이로 돌아간 오칠복이 했다.

"제가 죽일 놈입니다. 연화의 그림을 사임당 아씨의 그림으로 알고 비싼 값에 사겠다고 했다는 말을 듣고 제 정신이 홱까닥 돌아갔습니다. 이놈이 연화한데 그림을 팔아먹고 도망을 치자고 사정을 했습니다. 한양으로 도망가서 평민으로 살고 싶었습니다."

"아닙니다. 주인어른의 벗에게 그림을 판 것은 칠복오라버니였지만, 한양으로 도망을 치자고 한 것은 이년이었습니다. 이년을 죽여주십시오."

인화연이 김민혜 앞에 무릎을 꿇고 두 손을 싹싹 비볐다.

"난 너를 죽일 생각이 없다. 일어나거라."

갈홍근이 인화연을 다시 의자에 앉혔다.

김민혜가 물었다.

"꽃 속에 별을 넣은 그림을 몇 점이나 그렸느냐?"

"셀 수 없이 많이 그렸습니다. 그때마다 죽고 싶었습니다. 초충도를 그릴 때면 온 몸이 바늘로 찌른 것처럼 아팠습니다. 나중에 정경부인이 죽고 난 다음에는 초충도를 그리지 않았습니다."

인화연의 눈에서 눈물이 흘러내리고 있었다.

"내가 듣기로 너희들은 백년해로를 못했다. 내 가슴을 찢어놓고 도망을 쳤으면 너희들은 오순도순 잘 살아야 했느니라. 헌데 내게 들려온 소문은 참 추악한 것이었다."

김민혜가 인화연의 전생여행 테잎에서 들었던 내용을 슬쩍 훑려보았다.

얼굴을 일그러뜨리던 오칠복이 갑자기 발작을 했다. 온 몸을 부르르 떨다가 주먹으로 제 가슴을 치며 아 아 아! 울부짖었다.

인화연이 흑 울음을 터뜨리더니, 오칠복 앞으로 털썩 내려앉아 무릎을 꿇고 두 손으로 싹싹 빌기 시작했다.

"제가 나쁜 년이었습니다. 정경부인의 뒷배를 믿고 칠복오라버니께 못할 짓을 저질렀습니다. 칠복오라버니께 맞아죽을 짓을 저질렀습니다. 나중에는 연지당 화방주인과 눈이 맞아 칠복오라버니를 집에서 내쫓았습니다. 칠복오라버니는 제가 죽인 것이나 마찬가집니다."

"연지당이라고 했느냐?"

"정경부인의 도움으로 운종가에 화방을 낸 이가 제게 그랬습니다. 사임당의 초충도를 흉내 낸 그림 말고 제 그림을 그리라고 했습니다. 그러려면 낙관에 새길 당호가 필요하다고 했습니다. 당호를 연지라고 정하고 화방 이름을 연지당이라고 붙였습니다. 사임당 아씨의 초충도를 흉내 낸 그림과 제가 그린 산수화를 함께 팔았습니다. 산수화에는 연지라고 새긴 낙관도 찍어 팔았습니다."

인화연의 말에 김민혜의 뇌리로 정영섭의 고서화점 '가람'에서 보았던 그림이 스쳐갔다.

산과 폭포와 강이 어우러진 그림이었다. 연지라는 낙관이 찍힌 그림을 김민혜가 들고 유심히 들여다보자 박광로가 말했다.

"제법 흉내를 낸다고 내기는 했는데, 남의 그림을 보고 베낀 모사품의 냄새가 나. 정사장, 낙관에 새긴 이름을 보면 여류가 분명한데 다른 그림이 나온 것도 있는가?"

"제가 취급한 것이 다섯 점입니다."

"그래? 헌데 내가 왜 몰랐을까?"

"조선시대 무명의 화가가 한둘입니까? 종종 나오긴 합니다만, 선생님께 보여드릴 값어치가 없어 그냥 제 선에서 해결을 했습니다."

"하긴, 정사장도 안목이 있으니까."

그때는 그러고 말았다. 그런데 인화연의 전생인 연화가 연지라는 당호를 사용하여 산수화를 그렸다고 하지 않은가.

"낙관을 찍은 산수화는 몇 점이나 그렸느냐?"

"셀 수 없이 많이 그렸습니다. 하루 종일 아침부터 저녁까지 그림만 그렸습니다. 제가 그린 그림을 칠복이 오라버니가 연지당 화방에 가져다주고 돈을 받아왔습니다. 그림을 그리면 그린 만큼 돈이 들어오는 것이 좋았습니다. 제가 돈에 눈이 멀었습니다. 저는 사람도 아닙니다. 한때는 제가 사임당 아씨보다 그림도 더 잘 그리고 돈도 더 많이 번다고 우쭐한 적도 있습니다."

"그랬었구나. 연화 네가 그런 아이였구나. 칠복이하고라도 잘 살았으면 좋았을 걸. 칠복이한테만은 넌 사람도 아니었느니라. 짐승이었느니라."

김민혜의 몸에서 땀이 솟기 시작했다. 등줄기를 타고 흘러내리는 땀방울의 불쾌한 감촉에 김민혜가 갈홍근을 향해 고개를 내젓고는 밖으로 나왔다.

갈홍근과 강일수가 무슨 일인가하고 따라나왔다.

"그만하겠습니다. 가슴이 아파서 더 이상 질문을 하지 못하겠습니다. 저는 다만 오칠복 씨가 전생의 칠복이었는지 알고 싶었을 뿐입니다. 쓸데없는 제 호기심이었습니다. 인화연 작가의 전생여행 테잎에서 저는 이미 알 것은 다 알고 있었습니다."

"김기자가 좋을대로 하십시다. 오칠복 씨를 옆방으로 데려가 최면을 풀고 돌려보내겠습니다. 어이, 종사관 나리. 이 친구를 옆방으로 데려가는 걸 도와주겠는가?"

"사람도 참, 종사관은 무슨."

강일수가 웃으며 갈홍근과 함께 오칠복을 옆방으로 데리고 갔다.

잠시 후에 돌아온 강일수가 무슨 일인지 서두르고 나왔다.

"김기자, 내가 갑자기 급한 일이 생겼는데, 이따 전화할게. 갈 박사, 오칠복의 최면은 이십 분쯤 후에 풀어주라구."

"알았네. 인화연 작가부터 먼저 보내지, 뭐. 그러지 말고 김민혜 씨도 강형사를 따라가시지요. 이 친구들은 내가 알아서 돌려보내겠소."

갈홍근이 한쪽 눈을 찡긋했다.

"무슨 일이세요? 오라버니."

갈홍근의 병원을 나와 차에 오르면서 김민혜가 물었다.

"어쩌면 아주 중요한 단서가 될 유에스비를 찾을 수 있을 것 같아."

"예? 정말이세요?"

"오칠복이 최면이 풀리는 과정에서 느닷없이 정영섭의 안가에서 가지고 나온 유에스비를 가게에 숨겨 놓았다고 털어놓잖아."

"내용을 보았다고 하던가요?"

"정확히 알아들을 수는 없었지만, 열두 폭 초충도 어쩌고 하는 말은 분명히 들었어. 우리가 그걸 확보하자구."

'중화골동'에 도착하자 강일수가 호주머니에서 열쇠뭉치를 꺼내더니, 서슴없이 출입문을 열고 안으로 들어갔다.

"오칠복의 호주머니에서 슬쩍 했지. 그걸 어디에 숨겼다고 했더라? 오, 저기 있군. 칠보화병 속에 넣어 놓았다고 했었어."

강일수가 칠보화병을 내려 안을 들여다보더니, 유에스비를 꺼냈다.

"이것인 모양이군. 얼른 가서 확인해 보자구."

밖으로 나온 강일수가 출입문의 자물통을 채우고 열쇠 뭉치를 슬쩍 떨어뜨렸다. 오칠복은 호주머니에서 사라진 열쇠뭉치를 가게의 출입문 앞에서 찾을 수 있을 것이다.

"일단은 박광로 선생님께 보이는 것이 좋겠어요. 가짜 초충도 병풍 때문에 가장 마음 고생이 심한 분이시니까요."

차로 돌아와 노트북으로 유에스비를 확인한 김민혜의 말에 강일수가 고개를 끄덕였다.

"그래야겠지. 이거 복사할 수 있지? 경찰서로 돌아가 서장님께 보고하고 모조리 잡아들여야 하니까."

"저는 박광로 선생님께 보여드리고 우선은 녹취록을 만들겠어요. 그걸 인터넷신문 '오늘뉴스'의 아는 기자한테 제공하고 동영상을 올리도록 하겠어요. 설마 이번에도 무시당하지는 않겠지요?"

"그럴 수는 없을 걸. 세상이 뒤집어질 내용이잖아. 신문이며 방송에서 하이에나처럼 덤벼들 것이라구. 이걸 무시하면 스스로 왕따가 되는 것이지. 김기자, 지금 바로 이걸 복사해줘."

"그럴게요."

김민혜가 여분으로 가지고 다니는 유에스비에 오칠복이 숨겨 놓은 유에스비의 동영상을 복사해서 건네주고 바로 박광로에게 전화를 걸었다.

얼마나 마음 고생이 심했는지 '응, 나야. 김기자' 하고 대꾸하는 박광로는 목이 잠겨있었다.

"선생님, 지금 뵈어야겠어요. 경천동지할 일이 생겼어요."

"무슨 일인데 그래? 정영섭이 자백한 거야? 열두 폭 초충도병 풍은 가짜라고 실토를 한 거야?"

"그것보다 더 엄청난 일이에요. 선생님, 제 오피스텔에서 뵐 수 있을까요? 아니, 제가 지금 선생님 댁으로 갈게요. 도착하면 전화드릴 테니까 나오세요."

"알았어. 기다릴게."

통화를 끝낸 김민혜는 박광로의 집으로 차를 몰았다. 조급한 마음에 자꾸만 액셀레이터에 놓인 발에 힘이 들어갔지만 그때마다 고개를 내저으며 마음을 다잡았다.

30분 후에 김민혜는 박광로에게 유에스비에 담긴 동영상을 보여주었다.

그걸 다 보고 난 박광로가 눈물을 주루룩 흘리며 중얼거렸다.

"나쁜 놈들 같으니라구. 교활한 놈들 같으니라구. 짐승만도 못한 놈들 같으니라구."

"선생님, 마음을 편하게 잡수세요. 이제 선생님께 막말을 한 사람들이 부끄러워질 차례예요. 저는 바로 오피스텔로 돌아가 녹취록을 만들겠어요."

"조심하라구. 워낙 교활한 놈들이니까, 자칫 눈치를 채면 김기자한테 무슨 짓을 할지 몰라."

"걱정마세요. 이래봬도 제 몸 하나는 지킬 줄 안답니다."

오피스텔로 돌아온 김민혜는 유에스비에 담긴 동영상을 보며 녹취록을 작성하기 시작했다.

정영섭의 안가에서 몰래카메라로 찍은 듯한 동영상에는 조인호와 양민수, 그리고 정영섭이 등장하고 있었다. 응접탁자 위에는 열두 폭 초충도가 놓여 있었고, 세 사람은 번갈아가며 초충도를 한 점 한 점 세밀히 들여다보았다. 검토를 마친 양민수가 감동한 표정으로 먼저 입을 열었다.

양민수: 이 정도면 귀신같은 박광로 선생도 진품으로 속을 수밖에 없겠는데요. 종이는 조선시대의 것을 사용했으니, 의심의 여지가 없고, 정화백이 안료까지 사임당 시대의 것을 제조하여 사용한 것은 놀라울 지경이오. 오백 년이라는 시간도 덧칠을 잘했고요.

조인호: 나야 문외한이니까, 잘 모르긴 하지만 그 정도로 감쪽같소? 이걸 잘못 터뜨렸다가 망신이나 당하는 것이 아닌지 모르겠소.

정영섭: 정 불안하면 빠지시지요. 조의원님의 도움이 아니더라

도 얼마든지 진품으로 팔아먹을 수가 있습니다. 한성미술관에서 사임당의 초충도가 나오면 무조건 가져오라고 했어요. 양민수 박사께서 진품이라고 바람을 잡고, 박광로 선생도 동원합시다. 고서화 감정계의 일인자와 이인자가 함께 진품이라는 결과를 내놓는다면 누가 의심을 하겠소?

조인호: 일단은 종편채널에서부터 터뜨립시다. 내가 관여하는 채널이 있소. 사임당의 열두 폭 초충도병풍이라면 온 매스컴에서 환장을 하고 덤빌 것이오. 나중에는 일간지는 물론 지상파방송까지 난리를 피우겠지요.

양민수: 허나 남의 일에 고춧가루를 뿌리는 자들은 꼭 있습니다. 박광로 선생도 가담을 않는다면 무슨 헛소리를 하고 나올지 모릅니다. 한두 군데의 신문에서도 위작 가능성을 제기할 것이고요. 헌데, 조의원님의 선조께서 강원도 관찰사를 지낸 것은 사실입니까? 꼼꼼한 기자라면 그것도 확인하려 들 텐데요.

조인호: 별 걸 다 의심하는구려. 내가 한때 구설수에는 올랐지만 조상님을 놓고 장난을 칠 사람은 아니오. 걱정하지 마시오. 족보에도 나와 있고, 번듯한 선산에 잘 모셔놓았소. 그리고 매스컴 관리는 내가 하겠소. 당신들 내가 국회의원하기 전에 어디 있었는지 알지요? 아직도 그쪽은 내 부하들이 장악하고 있소. 매스컴을 동원하는 일부터 삐딱한 놈들을 단속하는 일까지 거기에서 맡아줄 수 있을 것이오.

정영섭: 이제 이걸 팔고 난 다음의 배분문제를 의논해 봅시다.

양박사님, 한성미술관에서 얼마나 내놓을까요?

양민수: 한성그룹 이회장이 미술관을 만든다면서 나한테 은밀히 부탁합디다. 조선시대의 고서화가 나오면 무조건 자기한테 먼저 상의를 하라구요. 그러면서 사임당의 초충도는 한 점에 얼마나 가냐고 묻더라구요.

조인호: 그래서 뭐라고 대답했습니까?

양민수: 딱히 가격이 정해져 있지 않다. 사임당의 초충도가 확실하다면 사, 오억은 간다고 했죠. 이회장이 생각보다 비싸지는 않군, 하더군요.

정영섭: 이게 열두 폭이니까 오억씩 계산하면 육십억이군요. 열두 폭 초충도병풍이라는 희소성까지 더한다면 백억쯤 불러도 되겠습니다.

조인호: 나는 뒤에서 공작을 할 것이니, 앞에 나서서 매매하는 것은 양박사가 맡으시오. 최종 가격결정 때만 내가 나서겠소. 배분문제는 매매가 완료된 후에 정하는 것이 어떻겠소?

정영섭: 나중에 다툼이 일어날 수 있으니까, 미리 결정하십시다. 저는 이걸 만드는데 꼬박 일 년이 걸렸습니다. 매매가의 절반은 제가 가져야겠습니다.

양민수: 정화백의 노고를 모르는 것은 아니지만, 이걸 진품으로 만들지 못하면 말짱 도루묵이오. 정화백의 힘으로 이걸 진품으로 만들 수 있을 것 같소? 내가 절반을 가질 것이니, 두 분은 나머지를 나누시오.

조인호: 두 분의 노고가 큰 것은 알아요. 허나 삼백 년 전에 내 조상님께서 강원도 관찰사를 하지 않으셨다면 이것이 진품으로 신뢰를 얻을 수 있을 것 같소? 또한 매스컴에서 진품으로 나팔을 불게 하려면 내 입김이 없이도 가능할 것 같소? 내가 절반을 가질 테니, 두 사람이 나머지를 나누시오.

양민수: 두 분의 얘기를 듣고 보니, 양보할 것 같지 않군요. 이렇게 하면 어떨까요? 어차피 진품으로 만드는 과정에서 경비가 솔찬히 들어갈 것입니다. 십 퍼센트는 경비로 쓰기로 하고 세 사람이 삼십 퍼센트씩 나누는 것입니다.

조인호와 정영섭이 고개를 끄덕이는 걸로 동영상은 끝났다.

김민혜는 동영상을 처음부터 다시 재생시키면서 녹취록을 검토하였다. 어차피 매스컴에 녹취록과 동영상을 함께 제공할 것이니까, 크게 상관은 없지만 될 수 있으면 자신의 손에서부터 정확하게 만들어야 한다는 고집같은 것이었다.

김민혜가 동영상을 유에스비에 복사하고 녹취록을 10여 부 복사하여 가지고 오피스텔을 나오는데, 휴대폰이 전화가 왔다고 알려주었다.

발신자는 강일수였다.

"김기자, 녹취록 작성했어?"

"예, 지금 회사로 들어가 이동호 국장님과 상의해 보려구요."

"아직은 아무한테도 발설하지 마. 강릉까지 가서 조인호를 체포해 오려면 시간이 걸리니까. 정영섭은 경찰서로 데려다 놓았고, 양민수도 방금 연행해 왔으니까, 조인호만 연행해 오면 녹취록을 터뜨려도 돼."

"생각보다 일이 빠르게 진행되었네요. 영장을 발부받으려면 내일쯤에나 가능할 걸로 믿었는데요."

"녹취록과 동영상을 확인한 서장님이 서둘러 주셨어. 조인호를 잡아오면 만사 오케이야. 상황이 마무리 되는대로 내가 전화할 테니까, 기다려."

"잘 알겠습니다, 종사관 나리."

김민혜의 씩씩한 대꾸에 강일수가 흐흐 웃었다.

김민혜는 회사를 향해 차를 몰았다.

"김기자, 퇴근시간이 다 되었는데, 무슨 일로 출근을 했지? 나는 오늘도 자가근무인 걸로 알았는데."

사무실로 들어가자 이동호가 휘파람이라도 불 듯한 표정으로 김민혜를 반겼다.

"처리해야할 일이 생겼어요."

"심수관 기사는 반응이 좋아. 홈페이지에 댓글 올라온 것 봤지?"

"그래요? 전 아직 못 보았는데요."

"그래? 심수관의 흔적을 찾아서 남원까지 다녀올 만큼 취재에는 열심이면서 어찌 정작 자기가 쓴 기사에는 무관심할까?"

엊그제 김민혜는 심수관의 행적을 찾아 남원에 갔었다. 점심시간에 맞추어 만난 남원 소설가가 지역신문에 실린 심수관 기사를 복사하여 놓았다가 한 뭉치 내어주었다.

"그동안 틈틈이 모아놓은 심수관에 관한 기사요. 원래는 내가 쓰려고 했는데 김기자가 써서 주간신문에 싣는 것도 의미가 있을 것 같아 내어주는 것이오. 점심 먹고 춘향테마파크에 가보시오. 거기에 남원향토박물관과 심수관도예전시관이 있소. 둘러보면 정유재란 때의 남원성 싸움을 통하여 심수관이 끌려갈 때의 시대상을 들여다볼 수 있을 것이고, 심수관도예전시관에서는 간략하게나마 심수관의 삶을 만나볼 수 있을 것이오."

"고마워요, 선생님. 추어탕은 제가 사드릴게요."

"남원 사람은 손님한테 밥값을 내게 하지 않습니다. 그리고 이건 내가 쓴 소설이오. 시간이 나면 읽어 보시오."

남원 소설가가 소설책 한 권을 선물로 내주었다. 제목이 '유자광전'이었다.

"유자광전이네요. 기어코 쓰셨네요?"

"남원 땅에 태를 묻은 작가로 응당 해야 될 일을 한 셈이지요. 소설적인 허구도 들어있소만, 실존인물이 나오는 부분은 모두 조선실록을 참고한 것이오. 과연 유자광이 희대의 간신이었는지 살펴보시오."

"지난번에 선생님을 뵙고 올라가서 바로 조선실록의 유자광 시대를 읽어보았어요. 선생님 말씀이 옳더군요. 유자광을 간신으로 몰아붙일 근거는 어디에도 없었습니다. 선생님의 소설도 바로 읽겠습니다. 선생님처럼 유자광 전도사가 될게요."

"유자광 전도사라? 좋지요."

남원 소설가가 허허허 웃었다.

남원의 추어탕거리에서 먹으면 행복해지는 추어탕을 한 그릇 비우고 춘향테마파크를 찾아 향토박물관과 심수관도예전시관을 둘러본 다음에 서울로 돌아오는 KTX 안에서 김민혜는 남원 소설가가 쓴 '유자광전'을 단숨에 읽었다.

책장을 덮으면서 스쳐간 감상은 조선시대나 현재나 기득권층은 언제나 교활하고 악랄하다는 점이었다. 조선시대에는 양반이 기득권층이었고, 일제 강점기에는 친일파가 기득권층이었고, 해방 이후에도 여전히 친일파가 기득권층이었다. 한번 기득권층이 된 친일파들은 그 힘을 바탕으로 또 다른 힘을 길러 군사독재 시절의 독재자가 되고 여전히 잘 먹고 잘 살았던 친일파며 독재자의 독버섯 같은 자손들은 여전히 기득권층으로 서민들의 살을 뜯어 먹고 뼈를 발라먹으며 피를 빨아 먹고 살아간다고 김민혜는 생각했다.

그때 김민혜는 만화인가, 일간지의 칼럼인가에서 보았던 꼬리에 고기 한 점을 매단 한 마리의 개를 떠올렸다. 개는 꼬리에 달린 고기를 먹겠다고 계속 맴을 돌지만 꼬리에 달린 고기는 함께 돌기에 잡힐 듯 잡힐 듯 잡히지 않고, 결국 돌다가 지친 개가 쓰러지면 주인은 개를 잡아먹는다는 내용이었다.

고소한 기름을 발라 구운 고기 한 점은 백성들에게는 독약이었지만, 백성들은 고소한 냄새에 늘 속아 넘어가 제 자리를 맴도는 개 노릇에 충실했다. 속고 또 속으면서도 늘 속을 준비를 해놓고 기다리는 것이 백성이었다.

물론 유자광은 엄연한 양반 출신이었다. 꼬리에 매달린 한 점의 고기를 먹겠다고 제자리를 맴도는 개가 아닌 것이다.

다만 얼자라는 딱지가 문제였다. 적자가 아니면 과거도 볼 수 없고, 벼슬자리에 나갈 수도 없는 시대를 유자광은 과감히 떨치고 일어섰다. 자신의 비천한 출신을 비관하지 않고 이시애의 난을 평정할 계책을 마련하여 스스로 상감에게 자신을 추천하는 상소문을 올릴 만큼 배짱이 좋은 사람이었다. 그 문장이 얼마나 좋았던지 세조 임금이 상소문을 읽고 유자광을 당장에 발탁하여 썼다.

실록에 보면 곳곳에 유자광의 상소문이 실려 있었다. 유자광의 문장은 빛이 났으며, 읽는 사람을 설득할 수 있는 힘을 지니고 있었다.

무오사화나 갑자사화, 심지어는 중종반정까지 유자광의 이름이 등장하지만 유자광이 앞장서서 도모한 적은 없었다. 다만 사화를 일으킨 훈구파들이 자기들의 머리로는 해결하기 어려운 일들을 유자광의 지혜를 빌려 쓰고는 자신들의 의도대로 사화나 반정이 성공하고 나면 제 놈들의 허물까지 유자광에게 덮어씌워 가지고 탄핵을 하기 일쑤였다.

사림파건 훈구파건 자기들은 기득권층이고, 비록 양반 출신일 망정 얼자 출신인 유자광은 필요하면 가져다 쓰고 다 쓰고 나면 버려도 좋을 소모품일 뿐이었다.

남원 소설가의 '유자광전'은 남원 출신이기에 유자광을 변명하는 소설이 아니었다. 조선시대 남이의 후손인 남곤이 쓴 '유자광전'은 악의적인 감정을 가지고 편파적으로 썼다면 남원 소설가의 '유자광전'은 역사적인 사실은 조선실록을 근거로 비교적 사실적으로 쓰려고 애를 쓴 흔적이 곳곳에 나타나 있었다.

"무관심이 아니라요, 아주 중요한 일이 있었어요."

"중요한 일이란 게 뭐지? 혹시 사임당의 초충도병풍에 관한 것인가? 뭐 새로운 소식 없어? 양민수 박사한테 물어봐도 별 말이 없고. 매스컴도 그렇게 요란을 떨더니 너무 조용하잖아? 꼭 태풍 전야 같은 고요함이라니까."

이동호의 말에 김민혜가 속으로 후후 웃었다. 역시 30여 년의 베테랑기자 출신답게 감은 뛰어났다.

그러나 김민혜는 이동호에게 아무 말도 할 수가 없었다. 일단은 조인호의 신병이 확보되었다는 강일수의 전화를 받기 전까지는 입을 열어서는 안 되는 일이었다.

"이젠 더 할 얘기도 없을 걸요."

김민혜가 그렇게 대꾸할 때였다.

이동호의 휴대폰이 벨소리를 냈고, 발신자를 확인한 이동호가 고개를 갸우뚱하며 통화를 시작했다.

두어 차례 예, 예, 하고 대답하던 이동호가 예? 양박사가 잡혀 가다니요? 하고 큰소리로 물었다.

양민수의 부인이 남편의 절친인 이동호에게 무슨 일로 경찰이 와서 연행해 갔는지 묻고 있는 모양이었다.

"제가 알 수가 있나요? 별 일이야 있겠어요? 너무 걱정하지 마세요. 예, 예, 알아보겠습니다."

통화를 끝낸 이동호가 김민혜에게 말했다.

"김기자, 양민수 박사를 경찰이 연행해 갔다는데?"

"그래요? 무슨 일일까요?"

김민혜가 시치미를 뗐다. 나중에 사실을 알고 나면 화를 내겠지만, 강일수의 부탁이 아니더라도 조인호의 신병이 확보되기 전에는 비밀을 지켜야 했다.

조인호를 경찰서로 데려다 놓았다는 강일수의 전화가 온 것은 김민혜가 '로즈퀸' 다음주 판에 실을 심수관 기사를 절반쯤 작성했을 때였다.

김민혜가 사무실 밖으로 나와 전화를 받았다.

"조인호를 연행해 왔어."

"그래요? 이젠 터뜨려도 되겠죠?"

"그렇게 하자구. 헌데 어떻게 눈치를 챘는지 방송국 기자가 카메라를 들고 와있더라구."

"예? 오라버니께서 제보하신 것이 아녜요?"

"난 아니야. 누군가 눈치를 채고 제보를 해주었겠지. 수사를 하다보면 종종 그런 일이 생겨. 오히려 잘 됐지, 뭐. 동영상을 녹취록과 함께 공개하고 연행되는 모습을 방송한다면 훨씬 실감이 나잖아. 내일 아침쯤이면 세상이 발칵 뒤집어져 있을 거야. 몸 조심하고."

"오라버니두요."

강일수와 통화를 끝낸 김민혜가 사무실로 들어가 이동호 앞에 녹취록과 동영상을 복사한 유에스비를 내놓았다.

"이게 뭐지?"

"이번 열두 폭 초충도병풍 사건의 진실이에요."

"뭐라구? 진실이 따로 있었어?"

"바로 매스컴에 제공할 거예요. 로즈퀸에는 국장님께서 기사를 작성하여 실의시든지, 아니면 또 묵살하시든지요. 확인하시고 판단하세요. 저는 지금 퇴근합니다."

김민혜가 뒤도 안 돌아보고 사무실을 나왔다.

차에 올라 시동을 걸기 전에 김민혜는 인터넷신문 '뉴스오늘'의 장병근 기자에게 전화를 걸었다. 장병근은 지상파방송의 시사고발 프로그램을 제작하다가 미운털이 박혀 해직된 뒤 '뉴스오늘'의 시민기자로 활동하다 정식기자로 입사한 이후 입바른 소리를 잘하기로 소문이 난 사람이었다. 얼마 전에 열두 폭 초충도병풍의 위작 가능성을 제기한 박광로의 기사를 단신으로일망정 기사화해 준 유일한 기자이기도 했다.

장병근과는 바로 통화가 되었다.

"저 로즈퀸의 김민혜 기자인데요, 지금 뵐 수 있을까요?"

김민혜가 단도직입적으로 묻자 장병근이 살짝 긴장한 목소리로 되물었다.

"열두 폭 초충도병풍 때문인가요?"

"맞아요. 그 일로 뵈었으면 해요. 인사동에 있는 전통찻집 '애다무사'에서 삼십 분 후에 뵙죠."

"좋아요. 지금 바로 출발하겠습니다."

"저기 장기자님. 다른 매체의 기자들도 동석했으면 좋겠어요. 될 수 있으면 많이요."

"김기자, 힌트를 좀 주시죠. 낚시를 하려면 미끼가 있어야죠."

장병근의 말에 김민혜가 잠시 머리를 굴리다가 '경천동지할 일이 있어요' 하고 말해 주었다.

"경천동지? 이번에는 스무 폭 초충도병풍이라도 발견된 것이오?"

"삼십 분 후면 알 수 있잖아요? 이따 봬요."

'애다무사'에는 아직 아무도 와 있지 않았다.

김민혜가 개량한복 차림의 주인여자에게 소규모의 모임이 있음을 알리자 무슨 모임이냐고 묻지도 않고 별실을 내주었다.

10분쯤 후에 도착한 장병근이 사과부터 했다.

"나도 팩트에 자신이 없었고, 데스크에서도 망설이는 통에 기사를 크게 실을 수 없었습니다. 박광로 선생님이 고서화 감정의 일인자라고는 해도 이미 진품으로 굳어진 사안을 뒤집기에는 역부족이었지요."

장병근은 처음 만나는데도 기사를 많이 접하여서 그런지 낯설지가 않았다.

그것은 장병근도 마찬가지인 모양이었다.

"김민혜 기자가 쓴 기사는 많이 보았어요. 기자들 사이에서는 김민혜 기자를 사임당과 초충도 전문기자라고 소문이 난 거 알아요?"

"그런가요? 부지런히 발품을 판 덕분이죠, 뭐. 헌데 누가 오기로 했나요?"

"일단 경천동지로 밑밥은 던져놓았으니까요, 몇 사람은 오겠지요. 일간신문에서 셋, 지상파방송에서 하나, 종편에서 하나 정도해서 다섯은 모일 겁니다. 김기자님, 미리 좀 알 수 없을까요?"

"좀 있다 함께 얘기하죠."

김민혜가 차를 내려 한 잔씩 마시고 있는데, 약속이라도 한 듯 기자들이 우루루 몰려왔다.

장병근은 다섯 명 정도라고 했는데 모두 아홉 명이 모였다. 지상파방송국의 잘 나가던 앵커를 영입한 이후 뉴스시청률이 정권의 앵무새 노릇을 하는 지상파의 어떤 방송보다 더 높다고 화제가 된 종편채널의 기자도 있었다.

"무슨 일이오? 장형."

체제비판적인 기사를 많이 싣기로 소문이 난 일간지의 기자가 먼저 운을 뗐다.

"나도 잘 모릅니다. 여기 주간 신문 로즈퀸의 김민혜 기자가 말해줄 겁니다. 김민혜 기자, 시작할까요?"

장병근의 말에 김민혜가 우선 녹취록을 한 부씩 나누어 주었다.

속독의 달인들인 기자들이 한 눈에 읽고는 벌린 입을 다물지 못한 채 김민혜에게 일제히 눈화살을 쏘아보냈다.

"이것이 사실입니까? 이번에 발견되었다고 세상을 떠들썩하게 흔들어 놓은 열두 폭 초충도병풍을 이 세 사람이 조작한 것이란 말입니까?"

"예, 사실입니다. 정영섭이 위작을 그렸고, 양민수가 진품으로 포장을 했으며, 조인호가 비싼값에 팔기 위한 공작을 꾸몄습니다."

김민혜의 대답에 지상파방송 기자가 의문을 제기했다.

"허나, 이것만 가지고는 기사거리가 되지 않습니다. 이런 녹취록이야 사실과는 상관없이 얼마든지 만들 수 있는 것이 아닙니까?"

김민혜가 대답했다.

"물론입니다. 이제 그 증거를 보여드리겠습니다."

김민혜가 노트북에 꽂아놓은 유에스비를 열었다. 이내 녹취록에 기록된 내용들이 세 사람의 입을 통하여 흘러나왔다.

"이런 쳐죽일 놈들, 아무리 썩어 문드러져 냄새가 풀풀 풍기는 세월이라고는 해도 소중한 문화유산을 가지고 이런 더러운 장난을 치다니."

장병근이 먼저 분노하고 나섰다.

"뭐야? 우리가 이 개만도 못한 놈들의 꼭두각시 노릇을 했단 말야? 김민혜 기자, 유에스비 하나 주시오. 당장 아홉 시 뉴스에 내보내겠소. 아니, 화면 화단에 자막으로라도 우선 때리겠소."

지상파방송국의 기자가 손을 내밀었다.

김민혜가 말했다.

"제가 복사해온 것이 딱 하나 밖에 없어요. 장병근 기자님께 드릴 것이니, 알아서들 복사해 쓰세요."

"김기자님, 이 엄청난 사실을 어디서 구한 것이오?"

"정보의 출처는 목에 칼이 들어와도 공개하지 않는 것이 기자의 윤리가 아니던가요?"

"그렇긴 합니다만, 궁금하지 않소?"

"미안합니다. 이제 더 알찬 심층취재는 능력껏 해보시기 바랍니다."

장병근 기자에게 유에스비 하나를 넘겨주고 '애다무사'를 나서는 김민혜의 걸음이 흔들렸다. 마치 몸이 공중에 붕 떠 있는 느낌이었다.

계단 벽에 등을 기댄 채 김민혜가 강일수에게 전화를 걸었다.

"종사관 오라버니, 제가 지금 많이 쓸쓸한데 어떡허죠? 남원추어탕 집에 가서 섬진강 미꾸리로 만든 미꾸리 숙회를 안주로 소주라도 마시고 싶은데 사주지 않으실래요?"

"나도 그럴 마음은 간절한데 시간을 낼 수가 없어. 기자들은 만난 것인가?"

"지금 녹취록과 동영상을 넘겨주고 나오는 길이에요. 가슴이 텅 빈 느낌이에요. 소주라도 채워야할 것 같아요."

"너무 많이 마시지 마. 취해 길거리에 쓰러져 잠들지도 말고."

"후후후, 이래봬도 제가 술을 마시지 술이 저를 마시게 하지는 않는 답니다."

'애다무사'를 나와 주차장을 향해 인사동 거리를 걸어가고 있는데, 앞에서 낯익은 얼굴 둘이 다가오는 모습이 보였다.

인화연이 이화정의 팔짱을 끼고 기대듯이 걸어오고 있었다.

'저들도 전생부터 인연이 있었다고 했지? 인화연의 전생인 연화가 이화정의 전생일지도 모를 강민교를 연모했다고 했었던가?'

못 본 체 돌아설까 하다가 김민혜가 두 사람 앞에서 걸음을 멈추었다.

"어머, 김기자님. 안 그래도 김기자님 얘기를 하던 참인데, 여기서 만나네요. 기왕 만난 김에 이강주 한 잔 어때요?"

이화정은 멋적게 웃고 있었고, 인화연이 호들갑을 떨었다.

"두 분 좋아 보이네요? 내가 눈치가 없어도 그렇지, 깨소금에 고춧가루를 뿌리겠어요? 난 약속이 있어요."

김민혜가 두 사람과 헤어져 '중화골동' 앞을 지나갈 때였다.

안에서 보고 있었는지 오칠복이 달려나왔다.

"김기자님, 차 한 잔 하고 가세요."

"방금 차 마시고 나오는 길인데요. 그것보다 소주 한 잔 어때요?"

"돼지껍데기 먹을 줄 알아요?"

"좋죠. 술과 함께라면 못 먹는 것이 없답니다."

"제 단골이 있습니다. 전주가 고향인 칠십대 할머니가 하는 소주집인데, 밑반찬이 기가 막히게 맛있습니다."

"후후, 나도 그 집 알아요. 할머니하고도 친하구요."

"그래요? 헌데 그동안에는 왜 못 만났을까요?"

"사람과 사람의 만남은 다 인연이 있어야 만나진답니다, 오칠복 씨."

인연이라고 말하는 순간 김민혜의 가슴으로 싸아한 아픔 같은 것이 흘러갔다.

'이 사람이 정말 4백 6십여 년 전에 사임당 집의 머슴이었으며 연화와 부부의 연을 맺고 살다가 처절하게 배신을 당했던 그 칠복이의 후생이 맞는 걸까? 사람에게 전생이라는 것은 정말 있는 걸까?'

술은 소주 한 가지에 안주는 돼지껍데기에 밑반찬 몇 가지를 내놓는 전주집에는 빈 테이블이 없을 만큼 손님들로 북적이고 있었다.

그렇게 바쁜 중에도 손님상에 소주병을 가져다주고 주방으로 돌아가던 전주할머니가 김민혜를 보고 아는 체를 했다.

"어디를 씰레씰레 돌아댕기니라 내 집에는 뜸혔던 겨?"

"할머니 못 뵌 지 겨우 한 달이네요, 뭐."

"너헌테는 한 달이었는가 몰라도 나헌테는 삼 년 맞잽이었어. 쫌만 기둘려. 내 얼른 껍데기 볶아다 주께."

전주할머니가 치마바람을 흘리며 주방으로 돌아가고 난 다음이었다.

오칠복이 심각한 낯빛으로 물었다.

"김기자님, 사람에게 정말 전생이 있는 걸까요?"

"갑자기 전생은 왜요?"

"조금 전에 인화연 화가와 이화정 작가가 지나가는 모습을 보았어요. 무엇 때문인지 가슴이 울컥했어요. 내 소중한 무엇인가를 이화정 작가한테 빼앗긴 기분이 들었어요."

"빼앗긴 것 같은 그 소중한 것이 인화연 씨던가요?"

"사실은요, 지난번에 인화연 화가를 보고 난 다음부터 꿈에 자주 나타나요. 나타나면 그냥 울기만 해요. 잘못했다고 빌면서 울기만 해요."

"칠복 씨, 혹시 인화연 씨를 사랑하고 있는 것 아녜요?"

"아니오, 사랑은 아닐 거예요. 사랑이라면 꿈이 아니라 현실에서 보고 싶고 만나고 싶을 텐데, 밝은 대낮에는 떠오르지도 않거든요. 꿈에만 나타나요."

"그렇게 궁금하면 전생여행을 해보라니까요. 혹시 알아요? 칠복 씨가 전생에 영의정쯤 살았는지, 아니면 전쟁에서 큰 공을 세운 장군이라도 되었는지요."

"전 전생은 안 믿는다니까요? 지난 번에 제가 갔던 곳이 갈홍 근 박사가 최면으로 전생여행을 시킨다는 곳이 맞죠?"

"그렇게 알고 있어요. 갈홍근 박사는 그 분야의 일인자시잖 아요."

"그날 무슨 일이 있었지요? 제가 전생여행을 한 것인가요?"

"궁금하면 갈박사님께 여쭈어 보세요. 병원에서의 일은 의사선 생님께 직접 들어야 한다고 했어요."

둘이 그런 얘기를 나누고 있는데, 전주할머니가 돼지껍데기 볶 음과 밑반찬 몇 가지를 얹은 쟁반을 들고 왔다. 김민혜가 얼른 쟁 반을 받아 안주들을 테이블 위에 내려놓았다.

돼지껍데기 안주는 질기지 않고 부드러웠다. 순창의 고추장 명 인에게 배운 비법으로 직접 담근 고추장만 사용한다는 전주할머 니의 말대로 돼지껍데기 안주는 달콤 매콤한 맛이 입안에서 살살 녹았다.

이제는 팔도의 음식맛이 평준화되었다고 하지만 돼지껍데기 하나에도 전주음식은 품격이 달랐다.

돼지껍데기 한 접시에 소주 한 병씩을 비웠을 때였다.

벽에 걸어놓은 텔레비전에서 아홉 시 뉴스를 방송하고 있었다. 마침 조금 전 '애다무사'에서 기자를 만났던 지상파방송채널이라 김민혜의 시선이 저절로 꽂혔다.

'열두 폭 초충도병풍은 가짜로 밝혀져'라는 자막과 함께 목에 잔뜩 힘을 준 앵커의 목소리가 홀을 쩌렁쩌렁 울렸다.

"얼마 전에 온 나라를 떠들썩하게 만들었던 사임당의 열두 폭 초충도 병풍이 가짜로 밝혀졌습니다. 보도에 안민호 기자입니다."

앵커의 멘트에 이어 강북경찰서 정문을 뒷배경으로 '애다무사'에서 보았던 낯익은 얼굴의 기자가 보도를 시작했다.

"먼저 동영상화면을 보시겠습니다."

이어서 김민혜가 제공한 동영상이 그대로 방영되고 있었다. 동영상이 끝나자 열두 폭 초충도 그림이 느리게 스쳐가면서 기자의 보도가 이어졌다.

"동영상에 보이는 세 사람이 모의를 한 곳은 열두 점의 초충도 위작을 그린 정영섭의 안가였습니다. 정영섭은 삼십 년 전에 국전에서 한국화로 입상경력이 있는 화가인 걸로 알려졌습니다. 위작을 진품으로 감정한 양민수 씨는 한국고서화 감정계에서는 내로라하는 전문가 노릇을 했는데, 이번 사건으로 그동안 양민수 씨가 감정한 작품까지도 의심을 받을 수밖에 없게 되었습니다. 전직 국회의원 조인호 씨는 가짜 열두 폭 초충도병풍을 비싼 값에 팔기 위한 바람잡이 역할을 했습니다. 서로 역할을 분담하여 대국민 사기극을 벌인 일당입니다."

텔레비전에 눈길을 주고 있던 오칠복이 다음 뉴스로 넘어가자 말했다.

"아까 그 동영상 나도 본 기억이 나요. 다는 안 보았지만, 첫

장면이 눈에 익어요. 김기자님도 아시지요? 가람의 사장 정영섭 씨요."

"알다마다요."

김민혜가 고개를 끄덕일 때였다.

전주할머니가 혀를 끌끌 차며 홀 안의 손님들이 모두 들도록 큰 소리로 말했다.

"귀신은 멋허는가 몰라? 저런 놈들 싸그리 안 잡아 가고."

김민혜가 마주 소리를 질렀다.

"할매, 여기 껍데기 이 인분에 소주 두 병만 더 주세요."

두 사람이 소주 세 병씩을 비우고 났을 때 김민혜가 엉뚱한 소리를 했다.

"오칠복 씨, 나 강릉에 좀 데려다 줘요. 오죽헌에 좀 데려다 줘요. 오늘이 음력 며칠이죠?"

"열사흘이에요. 인사동 하늘에서는 희미한 달이 떠도 강릉의 하늘에는 밝은 달이 뜰 거예요. 김기자님, 정말 강릉에 가실 거예요?"

"데려다 줘요. 강릉에 데려다 줘요."

김민혜가 떼를 쓰는 아이처럼 보챘다.

그때였다.

지나가다 김민혜를 발견하고 들어왔는지, 아니면 돼지껍데기에 소주라도 마시려고 들어왔는지, 인화연과 이화정이 '전주집'으로 들어섰다. 인화연은 여전히 이화정의 팔짱을 끼고 있었다.

두 사람이 망설임도 없이 김민혜의 자리로 왔다.

김민혜가 말했다.

"오백 년 전의 사랑이 이제야 결실을 맺는 것인가요?"

이화정은 여전히 어물쩡한 낯빛으로 김민혜를 마주보지 못했고, 인화연이 대꾸했다.

"그럴지도 모르지요. 오백 년 동안이나 찾아 헤맨 사랑을 이제야 만났답니다."

"인작가, 칠복 씨와 내가 강릉에 가려는데 함께 가지 않을래요? 우린 강릉팀이잖아요?"

"좋아요. 화정 씨, 우리 강릉에 가요."

인화연이 서두르고 나왔다.

차는 오칠복의 9인승 카니발을 이용하기로 했다. 대리기사를 불러 인사동을 빠져나오기 전에 김민혜는 오칠복의 어깨에 기대어 잠이 들었다.

아니, 잠보다 꿈이 먼저였다.

어린 인선이가 마루에서 그림을 그리고 있었다.

봉숭아꽃을 그리고, 꽃 옆에 강아지풀을 그리고, 강아지풀 줄기에 방아깨비 한 마리를 그렸을 때였다.

연화가 소리를 질렀다.

"애기씨, 저 수탉이 그림 속의 방아깨비를 노리고 있어요."

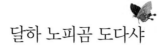

달하 노피곰 도다샤

"길을 가고 있어요. 한없이 걸어가고 있어요."

김민혜의 마지막 전생여행은 그렇게 시작되고 있었다.

"어디를 향해 가고 있지요?"

갈홍근이 물었다.

"금강산으로 가고 있어요."

"누구랑 가고 있습니까?"

"이요. 이가 동행하고 있어요."

"금강산에는 왜 가는 거지요? 유람차 떠나는 것인가요?"

"아, 아니에요."

김민혜의 얼굴이 고통으로 일그러졌다.

가도 가도 길은 끝이 없었다. 한 길이 끝나면 새로운 길이 시작되었고, 한 굽이를 돌아가면 또 다른 굽이가 나타났다.

고갯마루 위에서 멀리 아슴히 보이는 사람 사는 세상을 내려다

보며 사임당이 아들을 돌아보았다.

"저기가 송도구나."

"황진이라는 기생이 사는 곳입니까? 어머니."

"네가 황진이를 어찌 아느냐?"

사임당의 가슴이 철렁 내려앉았다. 이제 열세 살의 아들 입에서 기생의 이름이 나오다니, 저 아이도 혹시 제 아버지를 닮아 여자한테 쉽게 무너지는 성품을 타고난 것은 아닐까, 걱정이 앞섰다.

사임당은 이원수만 생각하면 가슴이 답답했다. 도무지 말이 통하지 않는 사내가 되어 있었다. 자식들 앞에서 얼굴을 찡그리지 않으려고, 자식들 앞에서 부모가 다투는 큰소리를 내지 않으려고, 참고, 참고, 또 참아온 사임당이었다.

이원수는 자신이 무슨 짓을 해도 사임당이 큰소리를 내지 못하리라는 걸 알고 있었다.

"서방님, 밖에서 만나는 여자는 상관하지 않겠습니다. 제발 집에 들일 생각만은 말아주세요. 자식들한테 참한 아버지의 모습을 보여주세요. 자식들은 부모의 모습을 보며 배우고 자란다고 했습니다. 부모를 닮는다고 했습니다."

목소리가 문 밖으로 새어나가지 않게 조곤조곤 말하면 이원수가 입맛만 쩝쩝 다셨다.

"그 여자가 좋은 걸 어쩌겠소? 부인과 있으면 숨을 쉴 수가 없소."

"무엇 때문입니까? 왜 저랑 있으면 숨을 쉴 수가 없습니까?"

"꼭 훈장님 앞에서 훈계를 듣고 있는 기분이란 말이오. 그 여자는 그러지 않소. 그 여자를 만나면 사는 재미가 있소."

"제가 서방님 앞에서 아무 말도 하지 않으면 되겠습니까?"

"부부가 어찌 말을 않고 살 수가 있겠소?"

"하면 절더러 어쩌란 말입니까?"

"모르겠소, 나도."

이원수는 세곡을 운반한다는 핑계를 대고 집에 들어오지 않는 날이 많아지더니, 작년부터는 숫제 주막집 여자와 살았다. 집에 급한 일이 생겨 억쇠를 보내면 마지못해 들렀다. 그리고 이원수가 집에 들어오는 날은 또 있었다. 주머니가 비어있을 때였다.

사임당의 그림을 몰래 가져다가 운종가의 화방에 팔아먹기 위하여 들렀다.

언젠가부터 사임당은 초충도며 산수화같은 그림이 한두 점씩 사라지는 것을 눈치 챘다. 처음에는 자신이 그리지 않은 그림을 그린 걸로 착각하고 있다고 믿었다.

그런데 아니었다. 분명 어제 그린 그림이 오늘 보면 사라진 경우가 종종 생겼다.

'누가 그림을 가져갈까? 아, 그렇구나. 서방님이 다녀가실 때마다 그림이 없어졌구나.'

그걸 깨달은 사임당은 이원수가 집에 들르는 날이면 일부러 그림을 가져가기 쉬운 곳에 놓아두었다. 별채에도 놓아두고, 안채 안방에도 잘 보이는 곳에 놓아두었다.

이원수가 별채를 기웃거리는 기색이면 안방에 있었고, 이원수가 안방을 기웃거리는 기색이면 별채로 몸을 피해 주었다.

이원수가 조운선을 타고 황해도에 갔을 때였다.

주막의 권씨녀가 술이 잔뜩 취해 찾아왔다.

"성님, 제가 권가 성을 쓰는 꽃분이입니다."

"그런가? 헌데 자네가 내 집엔 웬일인가?"

"서방님께서 배를 타고 떠나시면서 저한테 그러셨습니다. 살다가 생활비가 떨어지면 성님을 찾아가라고요."

"나를 찾아가라 하셨다고?"

"예, 성님. 그림을 주실 것이라고 했습니다. 그걸 운종가 화방에 내다 팔면 쌀 다섯 가마니 값은 줄 것이라고요. 그림을 주십시오."

권씨녀가 손을 내밀었다. 술이 취해 벌겋게 상기된 얼굴의 어느 곳에도 부끄러워하는 기색은 없었다. 마치 맡겨놓은 물건을 내달라는 식으로 당당했다.

"줄 수가 없네."

사임당의 말에 권씨녀가 포악을 부렸다.

"안 주신다면 할 수 없지요. 서방님께 맞아죽을 각오를 하고 다시 사내들한테 웃음을 파는 수 밖에요."

"웃음을 판다고?"

"예, 제가 원래 웃음을 팔고 살았습니다. 그런 제게 주막을 때려치우게 만든 분이 서방님입니다. 어떻게든 먹여는 살려줄 것이니, 주막은 때려치우라고 하셨지요. 그깟 수운판관의 녹봉이 얼마나 됩니까? 그래도 하루 세 끼 끼니는 때울 수가 있어 참고 살았습니다. 성님이 절 먹여 살려주시지 않으면 배운 기술이 그것밖에 없는데 어쩌겠습니까? 웃음이라도 팔아야지요."

권씨녀가 입에 게거품을 물고 덤볐다.

"자네 참, 못 말릴 사람이구먼. 미우나 고우나 서방님과 인연이 있는 사람인데, 웃음을 팔게 할 수는 없겠지. 그림을 내어줄 것이니, 운종가 화방에 팔아 아껴서 쓰게."

사임당의 말에 권씨녀가 마당에 넙죽 엎드려 절을 했다.

"고맙습니다. 성님은 부처님이고 문수보살님이십니다."

사임당이 초충도 한 점을 내어주자 열 번도 더 절을 하고 물러갔다.

언제 나왔는지 자식들이 그 모습을 보고 있었다.

"너희들 아버지의 먼 친척뻘이 되는 분이니라. 이상하게 여길 것 없다."

그래도 사임당은 자식들 앞에서 얼굴이 후끈거렸다.

권씨녀는 종종 왔다. 잊을만하면 찾아와 그림을 달라며 손을 내밀었다. 나중에는 이원수 대신 그림을 받으러 왔다.

권씨녀가 다녀간 날이면 사임당의 가슴에 붉은 상채기가 꽃처럼 피어났다. 한 번 다녀가면 한 송이가 피어나고, 두 번 다녀가면 두 송이가 피어났다.

그러나 사임당은 자식들 앞에서 가슴에 핀 붉은 꽃을 감추느라 애를 썼다. 자식들과 얘기를 나누다가도 가슴에 통증이 일면 얼른 하던 얘기를 끝내고 안방으로 돌아와 주먹으로 명치끝을 토닥토닥 두드렸다.

작년이었다. 이원수는 열흘이 넘게 돌아오지 않고 권씨녀만 두 차례 다녀간 다음이었다.

새벽에 대문을 두드리는 소리에 나갔다 온 억쇠가 다급하게 고했다.

"사임당 아씨, 작은 아씨께서 다녀가셨는데, 주인어른께서 위급하시답니다. 제가 도련님들과 얼른 가서 모시고 오겠습니다."

"알겠다. 다녀오너라."

사임당이 허둥거릴 때였다. 작은 사랑에서 나온 이가 억쇠에게 호통을 쳤다.

"억쇠야, 누가 작은 아씨라는 말이냐? 네가 아씨라고 부를 분은 내 어머니뿐이니라. 알겠느냐?"

"예, 예. 잘 알아 모시겠습니다요."

억쇠가 부리나케 대문을 나갔다. 선이와 번이가 함께 갔다.

사임당이 이에게 말했다.

"이야, 네 아버님은 강건하신 분이시니라. 크게 걱정할 것 없다."

사임당은 그렇게 믿었다.

그런데 아니었다. 억쇠의 등에 업혀 온 이원수는 얼굴이 파란 빛이었다. 큰 사랑에 이원수를 눕히고 아들들이 팔다리를 주무르고 의원이 와서 침을 놓았으나 얼굴색이 돌아오지 않았다.

혹시 급체인가 싶어 사임당이 바늘끝으로 손가락을 따도 마찬가지였다.

이원수의 얼굴을 찬찬히 살펴보던 셋째 아들 이가 지니고 있던 은장도를 꺼내더니 검지의 살점을 뚝 잘라내고는 피가 줄줄 흐르는 손가락을 환자의 입에 넣었다.

한참을 손가락 수혈을 한 이가 조용히 일어나 사당으로 들어갔다.

신위 앞에 꿇어 앉아 두 손을 모으고 지성으로 빌기 시작했다.

"조상님들이시여, 아버지의 병환이 낫게 음덕을 베풀어 주십시오. 아버지 대신 제가 아플 것이니 아버지를 낫게 해주시어 어머니의 근심을 덜어주소서."

이가 얼마를 그러고 있었을까?

손가락에서 흐르던 피가 멈추고 상처가 다 마를 때까지 이는 조상님께 드리는 기도를 멈추지 않았다.

사임당이 사당을 찾아가 이 곁에 꿇어 앉아 말했다.

"이야, 네 지극한 효성이 아버지를 깨어나게 했구나. 십 년도 훨씬 더 전이구나. 한양에서 강릉으로 오시던 네 조부께서 급병에 걸리셨구나. 그때 나도 오늘의 너처럼 단지를 하여 피를 흘려 넣어 드렸지만, 네 조부님께서는 끝내 눈을 뜨지 못하셨구나. 내 정성이 네 정성보다 작았던 게지."

"아닙니다, 어머니. 조부께서는 돌이킬 수 없는 위급상황이었겠지요. 제 작은 정성을 어찌 큰 효도라고 하십니까."

"아버지는 네 효성으로 일어나신 것이니라. 가자, 아버지께서 너를 찾으신다."

이가 큰 사랑으로 들어가자 이원수가 말없이 검지에 핏자국이 말라붙은 오른손을 가만히 잡아주었다.

죽을 고비를 넘겨서일까?

한동안 이원수는 밖의 일을 마치면 집으로 돌아왔다. 설명절도 집에서 자식들과 보냈다.

가끔 밤 늦게 돌아오는 경우는 있었지만, 잠은 꼭 집으로 돌아와 잤다. 중단되었던 자식들의 아침 저녁 문후가 이어지고 모처럼 집안에 화기가 돌았다.

하루는 이원수가 셋째 아들 이를 큰 사랑으로 불러들였다.

"이야, 네가 올해 몇 살이더냐?"

"소자, 열세 살이 되었습니다."

"돌아오는 삼월 열이레 날에 소과가 있는 것을 알고 있느냐?"

"금시초문입니다."

"그날 소과를 치루거라. 거기서 뽑혀야 대과를 치룰 자격을 얻는다. 나는 네가 선재라는 것을 알고 있다. 어디 선재의 능력을 발휘하여 아버지를 기쁘게 해보렴."

"꼭 소과를 치루어야 합니까?"

"아버지의 한을 풀어다오. 네 외조부와 어머니의 성화에 못 이겨 몇 번 소과를 보았으나 번번이 낙방을 하였구나. 네가 선재라는 이름에 걸맞게 당당히 합격하여 아버지의 원을 풀어다오."

아버지의 간절한 당부에 어쩔 수가 없었다.

이해 봄, 이는 소과에 합격하여 진사라는 호칭을 얻었다. 큰 형님 선이와 둘째 형님 번이도 해내지 못한 일을 열세 살의 이가 해낸 것이었다.

이가 소과에 합격하고 나자 이원수의 행동거지가 조심스러워졌다. 여전히 권씨녀를 만나고는 있었지만, 자식들의 눈치를 보느라 밤이면 꼭 집으로 돌아왔다. 그것만도 사임당은 다행이라 여겼다. 권씨녀가 끼니를 굶지 않게 억쇠를 시켜 곡식을 보내주었다.

그러나 이원수는 의지가 약한 인물이었다.

겨우 석 달을 아버지 노릇을 하는가 싶더니, 다시 권씨녀의 집에 잠자리를 깔았다.

사임당은 세상살이가 허망했다.

밤이면 천정에 목을 매단 자신의 모습이 자꾸만 머릿속을 스쳐갔다.

'안 되겠구나. 이러다간 내가 자식들 앞에서 큰 실수를 저지르겠구나. 아무리 통사정을 해도 서방님이 내 말을 들어줄 리가 없으니, 내가 집을 나가야겠구나.'

그렇게 작정한 사임당이 억쇠에게만 금강산 구경을 하고 온다고 일러놓고는 집을 나섰다. 대문을 나와 골목을 몇 걸음 걸었을 때였다. 어느새 괴나리봇짐을 등에 진 이가 따라오고 있었다.

"이야, 내가 어디 가는 줄 알고 네가 따라나서느냐?"

"금강산에 가시지 않습니까? 소자가 모시겠습니다."

"내가 집을 나설 줄은 어찌 알았느냐?"

"어머니가 곧 그러실 것을 짐작하고 준비를 해놓고 기다리고 있었습니다."

"이번에 가면 내가 영영 집으로 안 돌아올지도 모르는데, 그래도 가겠느냐?"

"어머니가 안 돌아오시면 저도 금강산에서 살겠습니다. 제 나이 여섯 살 때의 금강산이 아직도 생생합니다. 마하연암을 지키던 호랑이는 잘 있는지 모르겠습니다."

사임당이 돌아가란다고 돌아설 이가 아니었다.

또한 아들과 동행하는 금강산행이 사임당은 싫지 않았다.

"오르막길이 험했구나. 잠시 쉬었다 가자."

사임당과 이가 고갯마루 느티나무 아래 몸을 내려놓았다.

"어미가 묻지 않았느냐? 네가 황진이를 어찌 아느냐?"

"성균관에서 선배 유생들에게 들었습니다."

"네가 성균관에는 어찌 갔느냐?"

사임당의 물음에 이가 싱긋 웃고 대답했다.

"소과에 급제하여 진사가 되면 입학자격이 생긴다기에 가봤습니다. 나이 열다섯이 되면 오라고 하더군요. 헌데 저는 소과에 합격하였으니, 나이가 어려 상재생(上齋生)이나 상사생(上舍生)은

될 수 없지만, 하재생(下齋生)으로 청강은 허용한다고 했습니다. 종종 들러 놀다가 왔습니다."

"헌데 학문에 정진해야할 성균관 유생들 사이에서 어찌 기생 황진이의 이름이 들먹여진단 말이더냐?"

"기생 황진이가 아니라 황진이의 시가 회자되고 있었습니다, 어머니."

"어떤 시더냐? 네가 그 시를 알더냐?"

"황진이가 양곡 소세양을 보내며 쓴 시인데 소자가 읊어보겠습니다."

이의 입에서 황진이가 소세양을 보내며 쓴 시가 낭낭하게 흘러 나왔다.

월하정오진(月下庭梧盡) : 달빛 어린 뜰에는 오동잎 지고

상중야국황(霜中野菊黃) : 서리 속 들국화 노랗게 피네

누고천일척(樓高天一尺) : 누각이 드높아 하늘에 닿을듯

인취주천상(人醉酒千觴) : 수없이 오간 술잔 그만 취했네

유수화금랭(流水和琴冷) : 거문고 가락 섞어 물소리 싸늘하고

매화입적향(梅花入笛香) : 매화곡 부는 피리 향기로워라

명조상별후(明朝相別後) : 내일 아침 서로가 이별한 후에

정여벽파장(情與碧派長) : 그리는 정 푸른 물결처럼 이어지리라

"사랑하는 님을 보내는 여인의 절절한 감정이 들어있구나. 그런 감성을 가진 여인이니, 사내들이 목을 매겠구나. 양곡 선생의 답시는 없었다더냐?"

사임당이 속으로 웃으며 물었다. 사실은 사임당도 이미 알고 있는 시였다.

항간에 그런 얘기가 떠돌고 있었다.

송도 기생 황진이의 미모가 뛰어나고 문장에 박식하며 시를 잘 쓴다는 소문에 팔도의 내로라하는 한량들이 송도로 몰려간다는 말을 들은 소세양이 벗들 앞에서 호언장담을 했다던가.

"내가 황진이와 딱 한 달만 살고 오겠네. 설령 황진이가 붙잡는다고 해도 뒤도 안 돌아보고 한양으로 돌아오겠네."

그때가 마침 소세양이 사가독서를 하고 있는 중이었다. 사가독서란 벼슬자리는 그대로 지니고 녹봉을 받으며 집에서 독서를 하는, 일테면 장기휴가 같은 제도였다. 어찌어찌 황진이를 만난 소세양이 '내가 한양의 벗들한테 자네와 딱 한 달만 살고 오기로 했다네. 허니, 나하고 한 달만 살세' 하여 한 달을 살았는데, 다음날이었다.

소세양이 '나 한양으로 돌아가네. 잘 지내소' 하고 떠났다.

황진이는 소세양과의 한 달이 꼭 꿈 속 같기도 하고, 정말 소세양이 그대로 떠날까, 싶기도 하여 시 한 편을 일필휘지로 갈겨 머슴을 시켜 중간에서 쉬고 있는 소세양에게 보냈다.

황진이의 시를 읽은 소세양이 '내가 자칫 한번 품으면 오뉴월에도 서리가 내린다는 여인의 한을 만들 뻔했구나' 하고는 황진이에게 되돌아가 사흘을 더 머물다가 한양으로 돌아왔다는 것이었다.

그 이후에도 소세양과 황진이는 서찰을 주고받으며 교분을 이어갔는데, 종종 시로 문답을 주고받는다는 것이었다.

"네가 황진이의 시를 읊었으니, 어미는 양곡 선생의 시를 읊어 보마."

홀보평안자(忽報平安字) : 문득 편지를 보내고 나니
료관몽상현(聊寬夢想懸) : 꿈에도 그리던 마음 풀어지네
고운비령교(孤雲飛嶺嶠) : 외로운 구름 고개 넘어 흘러가고
편월조호천(片月照湖天) : 조각달 호수를 비치고 있네
양지무천리(兩地無千里) : 떨어져 있는 거리 천리도 못 되는데
상망근육년(相望近六年) : 못 만난 지 여섯 해가 지났네
모첨우성야(茅簷雨聲夜) : 초가집 처마에 빗소리 들리는 밤
장억대상면(長憶對床眠) : 그대 생각타 책상머리에서 잠이 드네.

"제가 듣기로 양곡 선생은 성품이 대쪽 같다고 했는데, 연모하는 마음 앞에서는 대쪽도 여름 땡볕에 놓인 엿가락이 되는가 봅니다."

"세상에 그것처럼 무서운 것도 없다."

"연모는 아름다운 마음인데, 어찌 무섭다고 하십니까?"

"아름다우니까 무서운 것이다."

"소자는 어머니께서 그리신 그림 속의 꽃을 보면 한없는 아름다움을 느낍니다. 어머니께서 그린 초충도가 무서운 것입니까?"

"무섭다. 욕심을 내는 사람이 생기니까 무섭고, 흉내 내는 사람이 생기니까 무섭다."

사임당과 이가 황진이와 소세양의 시를 주고받으며 읊고 있는데, 언제 왔는지 저만큼에 떨어져 앉아 땀을 식히던 선비가 말을 걸어왔다.

"거기 도련님은 지난 봄 소과에서 장원을 한 이진사가 아니시오?"

이가 돌아보며 대답했다.

"선비께서는 저를 아시는지요?"

"왜 모르겠습니까? 그날 나는 비록 낙방을 했지만, 다른 사람은 글제의 뜻을 풀기도 전에 답안을 작성하여 당당하게 걸어나가 제출하던 모습이 눈에 선합니다. 처음에야 어린 놈이 글 좀 읽었다고 장난삼아 나온 걸로 알았었지요. 헌데 등수를 매겨놓고 밀봉해 놓았던 인적사항을 개봉한 시험관들이 놀라 이진사를 앞으로 불렀지요. 그때 장원이 열세 살짜리 어린아이라는 것에도 놀랐지만, 나이답지 않게 정승반열의 시험관 앞에서도 기죽지 않고 묻는 말에 또렷이 대답하던 모습은 그날밤 선비들 사이에서 좋은 술안주거리였지요. 동행이신 부인은 사임당이시겠군요."

낯선 선비의 물음에 이가 대답했다.

"예, 사임당은 제 어머니의 당호이십니다."

"천천히 오십시오. 먼저 갑니다."

선비가 먼저 일어나 고갯길을 내려갔다.

"어머니, 우리는 좀 더 쉬었다 가요. 고갯길이 가파라서 다리가 뻑뻑하네요."

숨이 가빠하는 어머니를 조금이라도 더 쉬게 하기 위하여 이가 능청을 부렸다.

"그러자꾸나. 어차피 오늘밤에는 송도에서 묵어야할 것 같구나."

두 사람은 낯선 선비의 모습이 눈길 밖으로 사라졌을 때야 자리를 털고 일어섰다. 오르막이 힘든 만큼 내리막은 수월했다.

내리막 다음에는 평지길이었다.

도란도란 얘기를 하며 송도에 도착하여 주막을 찾아 들어갔다. 방이 없다고 하여 마당에 놓인 평상에 앉아 장국밥 두 그릇을 시켜 먹고 있을 때였다.

얼굴이 곱상하게 생긴 총각 녀석이 주막으로 들어서더니 '여기 혹시 이진사라는 분이 안 계시오?' 하고 누구에게랄 것도 없이 큰 소리로 물었다.

마당의 평상에 앉아 장국밥을 먹던 열댓 명의 손님들 가운데 아무도 대꾸가 없자 총각 녀석이 사임당 쪽으로 걸어왔다.

"선비님 말씀이 열세 살 먹은 이진사님과 그 자당님이 함께 오셨다고 했는데, 혹시 두 분이 아니신지요?"

그제서야 이가 대답했다.

"내가 이진사네만 무슨 일로 그러는가?"

"저희 아씨께서 두 분을 모셔오라고 하셨습니다."

"자네의 아씨가 누구시던가?"

"명월 아씨십니다."

"황진이가 자네의 아씨이신가?"

그렇게 대꾸하며 이가 사임당을 돌아보았다. 그 눈빛 속에는 황진이가 초대를 했다는데 가시렵니까? 하는 물음이 담겨 있었다.

"이야, 어미도 황진이가 궁금했느니라. 기생이 아니라 시인으로, 황진이를 보고 싶었느니라. 가자꾸나."

두 사람이 먹던 장국밥을 그대로 남겨둔 채 주막을 나왔다.

황진이의 집은 한양 높은 벼슬아치들의 집만큼 크고 기품이 있어 보였다. 대문에 주막임을 알리는 주(酒)자 등이 걸리지 않았다면 여염의 대가집이라고 해도 손색이 없을 판이었다.

"명월 아씨, 이진사님을 뫼셔왔습니다요."

두 사람을 안채로 안내한 총각이 허리를 깊숙이 숙이며 고하자 수수한 한복 차림의 여인네가 맨발로 달려나왔다.

"결례인 줄 알면서도 제가 욕심을 냈습니다. 어서 안으로 드시지요."

"실례인 줄 알면서도 가자는대로 따라왔습니다. 들어가자꾸나,

이야."

사임당이 먼저 방으로 들어갔다.

자리가 추스러지고 사임당이 방안을 둘러보았다. 화려하지 않은 장롱이 벽 한 쪽을 차지하고 있었고, 방 귀퉁이에는 거문고가 세워져 있었으며, 사서삼경이 얹힌 서탁이 방 가운데를 지키고 있었다. 그러나 사실 가장 먼저 사임당의 눈길을 휘어잡은 것은 족자로 표구되어 걸려있는 초충도 한 점이었다.

사임당과 이의 눈길이 거기에 머물러 있는 것을 보고 황진이가 말했다.

"사임당 부인의 초충도는 송도에서도 유명하답니다. 부인의 고결한 인품과 초충도와 산수화는 조선 최고의 화원으로 손색이 없다는 소문을 진즉에 들었었지요. 한양에서 가끔 찾아오시는 손님께 부탁드렸더니, 종로 운종가 화방에서 거금을 들여 구입했다면서 가지고 와서 벽에 걸어두고 날마다 들여다보고 있습니다."

"허나 수박과 들쥐를 그린 저 그림은 사임당의 그림이 아닙니다. 사임당의 그림을 흉내 낸 모사품일 뿐입니다."

"예? 그 말씀이 사실입니까? 저 초충도를 선물한 분은 한양 도화서에 계신 화원으로 왕세자와 공주마마들의 초상도 그린 분이십니다. 그런 분이 다른 사람의 위작을 사임당의 그림으로 오해를 하시다니요? 그것도 모르고 저는 삼 년 동안이나 아침 저녁으로 저 그림을 보며 사임당을 흠모했습니다. 조금 전에 찾아온 선비가 하는 말이 송도로 들어오는 고갯마루에서 모자 간이 분명한

두 사람이 양곡 선생님과 황진이가 주고받은 시를 읊고 있는데, 사임당과 열세 살 나이에 소과에 장원급제한 이진사였습니다, 하더군요. 그 말을 듣고 틀림없이 주막에서 점심을 드실 것으로 믿고 머슴을 보냈지요."

황진이가 당황하여 어쩔 줄 몰라 하며 벽에 걸린 초충도에 눈길을 주었다.

"삼 년 전이면 운종가 화방에 내 그림을 내놓지 않을 때입니다. 작년부터 피치못할 사정으로 일 년에 몇 점씩 화방에 나가기도 합니다만, 내가 원래 그림을 축재의 수단으로 삼지 않았습니다. 마음수양의 방편으로 그림을 그리고 즐길 뿐이지요."

사당임과 황진이가 그런 얘기를 나누고 있는데, 임금님의 수라상 같은 밥상이 들어왔다.

살만큼 사는 형편이었던 사임당도 여지껏 한 번도 받아보지 못한 밥상이었다.

"시장하실 것입니다. 우선 드십시오. 제 집이 손님들이 많이 드나드는 기생집이긴 합니다만, 안채는 바깥채와 멀리 떨어져 있어 시끄럽지 않고 한적합니다."

황진이가 곁에 앉아 시중을 들어 주었다.

'밥값을 하려면 초충도 한 점은 그려야겠구나. 연화가 그린 저 가짜 그림을 보고 삼 년 동안이나 사임당을 흠모했다고 하지 않는가?'

사임당은 황진이의 그런 정성만으로도 초충도 한 점은 소장할 자격이 충분하다고 믿었다.

사임당이 말했다.

"나 또한 시문으로 명성이 자자한 명월이 궁금하고 만나고 싶었지요. 오늘 만난 기쁨으로 초충도 한 점을 그려드리겠습니다. 앞으로 초충도를 구입할 때면 꽃 속에서 별을 찾아보세요. 별이 들어있는 초충도는 위작입니다."

"별이라구요? 저 그림 어디에 별이 있다는 것이지요?"

"아주 작은 별이라서 가까이에서 눈을 크게 뜨고 봐야 보입니다. 두 번째 줄기에 핀 세 번째 꽃을 자세히 보세요. 별이 보일 것입니다."

사임당의 말에 황진이가 몸을 일으켜 가까이 다가가서 보고는 놀란 목소리로 말했다.

"정말 있군요. 정말 별이 보여요."

이날밤 사임당은 황진이를 위한 초충도 한 점을 그렸다.

양귀비꽃을 향해 날아드는 나비 세 마리를 그린 그림이었다.

송도 황진이의 집에서 하룻밤을 머무르고 닷새만에 사임당은 이가 묵었던 마하연암에 도착했다. 암자 건물은 그대로였지만 사람이 살았던 흔적은 없었다. 눅눅한 습기를 머금은 아궁이에는 타다 남은 나뭇가지만이 몇 개 뒹굴고 있었다.

"어머니, 이젠 객승도 오지 않는 모양입니다."

"네가 머물 때에는 스님이 종종 들렀다고 했잖느냐?"

"그때도 마하연암은 버려진 암자였습니다. 하루 세끼 공양도 발품을 팔아서 해결하였습니다. 어머니, 아래 큰 절로 내려가시지요. 날이 어두워지면 호랑이가 사냥을 나옵니다."

"내가 네 어미인데 호랑이를 무서워하겠느냐? 기왕에 왔으니, 하룻밤만 머물고 내려가자."

사임당이 고집을 부렸다.

송도에서 황진이가 챙겨준 미숫가루를 물에 타 먹는 걸로 끼니를 때우고 방문을 열어놓고 모자가 나란히 앉아 호랑이를 기다렸지만, 이날 밤 호랑이는 찾아오지 않았다.

멀리서 늑대가 우우우 울었다.

다음날 사임당과 이는 마하연암을 나와 유점사로 내려왔다.

대웅전에 들러 부처님께 삼 배를 올리고 한양에서 준비해온 백 냥짜리 환을 시주통에 넣고 나오는데, 수염이 하얀 스님이 '따라오시지요' 하고 앞장을 섰다.

요사채의 한 방으로 두 사람을 안내한 스님이 말했다.

"기왕에 오셨으니, 보살님은 일 년쯤 머무시고, 처사님은 사흘만 머물다 돌아가시지요."

"스님, 저는 어머니와 함께 있으려고 왔습니다. 어머니를 두고 떠날 수가 없습니다."

"허허, 처사님은 첫 돌이 되기도 전에 어머니의 품을 떠났지 않소? 새삼 어머니의 품이 그리운 것이오?"

"자식이 어찌 어머니를 오지에 두고 떠날 수 있습니까?"

"부처님의 절집을 오지라니요? 그런 생각을 가진 분이 어찌 마하연암에서는 일 년을 살았습니까?"

"저를 아십니까?"

"알다 마다요? 이처사가 유점사 공양주 보살이 지은 공양을 모르면 몰라도 백 끼는 축냈을 것입니다. 절집은 어디나 극락입니다. 사흘 후에 이처사가 떠나지 않겠다면 모친이신 사임당 보살님도 받아들일 수가 없습니다."

노승의 고집도 여간 아니었다.

"이야, 큰 스님의 말씀을 따르거라. 너는 성균관에도 가야 하지 않느냐?"

"거기에 가도 배울 것은 없습니다."

이의 말에 노승이 버럭 고함을 질렀다.

"교만이 하늘을 찌르는구나. 이놈아, 책에만 배움이 있다더냐? 진짜 배움은 사람한테 있느니라. 네가 만나는 사람 모두가 너한테는 스승일 것이니라. 여섯 살 나이에 마하연암에서는 배울 것은 다 잘 배우더니, 어찌 배움에 게을러졌는고?"

"마하연암에서 저는 아무것도 배우지 않았습니다. 책 한 권, 종이 한 장 가지고 가지 않았습니다. 그냥 날마다 놀기만 했습니다."

"너는 놀면서 호랑이하고도 친해지고 나무 한 그루, 풀 한 포기와도 교감을 했지 않느냐? 하늘을 날아가는 새를 보면 그 새가 무엇 때문에 바삐 날갯짓을 하는지 알려고 하지 않았느냐? 삼라

만상이 다 스승이고 제자이니라. 사흘 후에 떠나거라. 장차 유학의 선봉에 설 네가 절집에서 배울 것은 없느니라."

결국 사흘 후에 이는 유점사를 떠나왔다.

일주문까지 따라나온 사임당이 아들의 손을 잡고 말했다.

"일 년 후에 돌아가마. 어미 걱정은 말고 네 학문에 정진하거라. 행여 어미가 보고 싶다고 찾아오지 말거라. 돌아보지 말고 가거라."

"알겠습니다. 일 년 후에 건강한 모습의 어머니를 뵙겠습니다."

이가 뜨거운 가슴을 안고 돌아섰다. 어머니가 지켜보고 있는 것을 알았지만 돌아보지 않았다.

그러나 사임당은 유점사에서 채 반년을 머물지 못했다.

다섯 달이 지났을 때 유점사에서 주지스님의 행자가 찾아왔다. 사임당의 병고가 점점 깊어지고 있다는 것이었다. 날마다 요사채 마루에 앉아 산만 바라보는데, 공양 때가 되어도 공양방에 잘 내려오지 않는다고 했다. 공양주 보살이 가져다주는 공양그릇도 다 비워진 적이 없다는 것이었다.

처음 며칠간은 대웅전에 들러 백팔배도 드리고 공양도 잘 하는 것 같더니, 이레가 지나고 열흘이 지나자 세상을 다 살아버린 사람처럼 허망한 눈빛이 되더라는 것이었다.

큰 스님의 법문도 사임당의 마음을 움직이지 못했다고 했다.

결국 주지스님이 사임당을 집으로 돌려보내기로 결정을 내리고 행자한테 심부름을 보낸 셈이었다.

"아버지, 소자가 어머니를 모셔오겠습니다."

이가 이원수 앞에 무릎을 꿇고 앉은 채 말했다.

"안 된다. 너는 곧 있을 대과를 준비해야 된다. 네 어머니는 억쇠를 보내 데려오게 할 것이다. 널랑은 아무 생각 말고 학문에만 정진하거라. 네 어머니도 그걸 바랄 것이다."

아버지의 영을 이는 어길 수가 없었다. 눈물을 머금은 채 억쇠가 어머니를 모셔오기만을 기다렸다.

한 달 후에 억쇠의 등에 업혀 들어오는 사임당은 뼈만 앙상하게 남아 있었다. 맑고 빛나던 눈의 총기도 보이지 않았다.

사임당이 돌아왔다는 전갈을 받은 이원수가 집에 들러 '왔소?' 하고 묻자 눈물만 주르르 흘렸다.

어느 날이었다.

막례의 수발을 받으며 몸을 깨끗이 씻은 사임당이 이원수를 안방으로 불러들였다.

"서방님, 제가 살 날이 얼마 안 남았습니다. 유언 삼아 서방님께 당부드릴 말이 있어 보자고 했습니다."

"무슨 말이 하고 싶은 거요? 어디 해보시오."

이원수의 말투에 부부간의 정은 조금도 담겨있지 않았다.

"제가 죽으면 새 부인을 얻지 마십시오."

"그것은 부인이 상관할 문제가 아니오."

이원수가 얼굴을 찡그렸다.

"권씨녀는 더더욱 집에 들이지 마십시오. 그 여자는 서방님뿐만이 아니라 자식들까지 불행하게 만들 것이오.”

“부인이 생각하는 것처럼 나쁜 여자는 아니오. 무식하고 술을 잘 먹고 종종 포악을 부리기는 해도 내겐 참 편한 여자요.”

“제 마지막 부탁이에요. 자식들한테 무시당하는 아버지는 되지 마세요. 저는 우리 자식들이 아버지를 무시하는 불효자가 되는 것은 싫습니다.”

사임당이 눈물로 애원했다.

“선이와 번이를 데리고 서방님이 세곡을 싣고 평안도로 떠난 날이었어요. 눈앞이 어질거리고 가슴에 통증이 일더니 숨을 쉴 수가 없었어요. 아, 내가 죽는구나, 싶어 억쇠를 시켜 서방님과 선이와 번이를 불러오려 했지만, 이미 배는 떠난 다음이었어요. 성균관에 간 이가 돌아와 저녁 문후를 여쭈었지만 아픈 내색을 할 수가 없었어요. 그렇게 사흘이 지났어요. 외조부와 아버지께서 저를 찾아오셨어요. 함께 가자고 손짓을 하셨어요. 두 분과 함께 훨훨 날아 강릉으로 갔어요. 경포대에서 호수에 빠진 달을 내려다보았어요. 오죽숲에서 하늘에 높이 떠 있는 오월 열이레 달을 올려다보았어요. 오죽의 작은 잎을 스쳐가는 대바람 소리를 들었어요. 어머니는 건강한 모습으로 잠들어 계셨어요. 한참을 내려다보아도 ‘사임당아, 왔느냐?’ 하고 묻지 않으셨어요. 저는 어머니를 안을 수도 없었고, 어머니의 잠을 깨울 수도 없었고, 어머니를 부를 수도 없었어요. 그날, 오월 열이레에 제가 죽었어요. 사임당이 죽었어요.”

갈홍근을 통하여 다녀온 김민혜의 전생여행은 그렇게 끝났다.

김민혜는 인터넷을 뒤져 사임당의 사망일자를 확인했다.

−1551년 5월 17일 새벽 홀연히 별세하였다. 향년 48세.

−끝−